Philippe Sollers

Discours Parfait

*Édition complétée
par un index des noms cités*

Gallimard

Philippe Sollers est né à Bordeaux. Il fonde, en 1960, la revue et la collection « Tel quel » ; puis, en 1983, la revue et la collection « L'Infini ». Il a notamment publié les romans et les essais suivants : *Paradis, Femmes, Portrait du Joueur, La Fête à Venise, Le Secret, La Guerre du Goût, Le Cavalier du Louvre, Casanova l'admirable, Studio, Passion Fixe, Éloge de l'infini, Mystérieux Mozart, L'Étoile des amants, Dictionnaire amoureux de Venise, Une vie divine, Guerres secrètes, Un vrai roman-Mémoires, Les Voyageurs du Temps, Trésor d'Amour.*

Préface

Ce volume est la suite logique de *La Guerre du Goût* (1994)[1] et d'*Éloge de l'infini* (2001)[2].

Son titre a une histoire.

Le *Discours Parfait* (*Logos Teleios*) est un écrit hermétique grec du début du IVe siècle de notre ère, connu en latin comme l'*Asclépius*. On sait que saint Augustin, venu du manichéisme, l'a lu.

Une version copte faisait partie de la Bibliothèque gnostique de Nag Hammadi, découverte par hasard par des paysans en Égypte, en 1945.

D'étranges individus ont ainsi enterré pour plus tard ou jamais leur pensée essentielle. On la redécouvre aujourd'hui, en pleine nouvelle période de déliquescence.

Dans ce discours, anxieusement appelé «parfait», Hermès Trismégiste déplore l'effondrement d'une civilisation divine. Mais :

«Le rétablissement de la nature
des choses saintes et bonnes
se produira par l'effet

1. Folio n° 2880.
2. Folio n° 3806.

9

du mouvement circulaire du temps
qui n'a jamais eu de commencement. »

À l'opposé de toute vision apocalyptique, ou de «fin
de l'Histoire», ou de fascination pour la Terreur, les
écrits réunis ici ont pour unique visée la préparation
d'une Renaissance, à laquelle, sauf de très rares exceptions, plus personne ne croit. Cet avenir certain,
quoique hautement improbable, a d'ailleurs été affirmé
en toute clarté dans un roman récent encore méconnu :
Les Voyageurs du Temps[1].

Philippe Sollers
Mai 2009

---

1. Éditions Gallimard, 2009.

«Plus nous sommes attaqués par le néant qui, tel un abîme, de toutes parts menace de nous engloutir, ou bien aussi par ce multiple quelque chose qu'est la société des hommes et son activité, qui, sans forme, sans âme et sans amour, nous persécute et nous distrait, et plus la résistance doit être passionnée, véhémente et farouche de notre part. N'est-ce pas?»

Hölderlin

Fleurs

L'orage rajeunit les fleurs.

Baudelaire

PROLOGUE

On sait peu de choses de Gérard van Spaendonck (1746-1822), sauf sa réputation qui a été considérable dans le domaine de la botanique et de la représentation des fleurs. Cet anonymat très actif convient au sujet que j'aborde. Le continent, ou plutôt l'océan des fleurs est un monde tellement multiple et varié qu'il serait fou de croire l'embrasser et le surplomber. Voyons quand même l'étrange histoire de cet aventurier végétal et plastique.

Il vient de Hollande, pays de la riche navigation, qui introduit en Europe la culture des fleurs. C'est une vraie germination temporelle, une pause dans les conflits du Temps, une proposition de la terre et de l'art. Il se forme là, ce jeune homme, il travaille ensuite à Anvers, à Breda, puis vient à Paris en 1770. Repéré

Ré 7/06 à l'affichage

E1

Fleurs

« L'orage rajeunit les fleurs »
Baudelaire

Prologue

On [illegible] [illegible] (sur les choses) l'œuvre de Gérard van Spaendonck (1746-1822) [illegible] de sa réputation, qu'a été considérablement, dans le domaine de la botanique et de la représentation des fleurs. Cet amoureux fut aussi [illegible] consacré au sujet qu'il aborde. Il contemple, ou plutôt il examine (l'embrasse) les fleurs, [illegible] un monde tellement multiple et varié qu'il semble fait de toute la complexité! Voyons quand même cet aventurier végétal et poétique dans les lieux où il apparaît.

Il vient de Hollande, du pays ~~qui s'approche~~ [illegible], le pays qui, [illegible] obligera, célébrité ~~[illegible]~~ l'Europe de la culture des fleurs. C'est au [illegible] historien [illegible] une réputation de la [illegible] de [illegible] dans les [illegible] du [illegible]. Il se forme là, ce jeune homme, il travaille [illegible] à Anvers, l'art. Il se forme là, ce jeune homme, il travaille [illegible] à Breda. Puis vient à Paris en 1770. Repéré par un [illegible], Watelet, on le [illegible] [illegible] du Roi, puis professeur à la [illegible] royale de [illegible]. Le comte d'Angiviller, directeur général de l'Académie des bâtiments et Jardins lui donne une charge au Jardin du Roi. en 1780

Il a 24 ans. Fait exceptionnel pour un étranger, il [illegible] s'installe au Louvre. En 1781, il est membre de l'Académie de peinture. En 1788, Conseiller de l'Académie Royale. [illegible], il [illegible] et les reproductions pour les [illegible] du Roi. [illegible] l'Orléans, [illegible] [illegible] dans [illegible], [illegible], [illegible] [illegible], [illegible] [illegible], la [illegible] de la [illegible] [illegible] [illegible] ensemble que le Jardin des plantes comme une [illegible] naturelle. La connaissance, l'œil profond, la [illegible] du dessin, l'amour des différences et des éléments, l'étude de la reproduction, la saveur de la [illegible] [illegible], toute cette [illegible] de la [illegible] [illegible] des fleurs [illegible] pour la première fois, sont [illegible] par elles-mêmes. Il est vrai que [illegible] sa [illegible] d'autant [illegible] légende de sa commence [illegible] mondial et de ses [illegible] [illegible], [illegible], [illegible], [illegible], [illegible], [illegible], [illegible], [illegible], [illegible], [illegible] [illegible] de [illegible] [illegible]. Les espèces nouvelles affluent d'un [illegible] (on imagine [illegible] leur [illegible] [illegible] sur les [illegible] d'alors), des [illegible] de [illegible]. [illegible], d'Amérique du Nord, de l'Orient. On [illegible] un [illegible] [illegible], [illegible] et [illegible] de 1781. Cette [illegible] de Spaendonck. [illegible] de Virginie, elle est [illegible]. Elle [illegible] [illegible] [illegible] [illegible], elle [illegible], [illegible] [illegible] les [illegible] (des [illegible], elles [illegible] [illegible] beaucoup d'[illegible], d'eau, d'[illegible], de [illegible]. [illegible] les fleurs sont silencieuses, [illegible] pour laquelle elles [illegible] [illegible] beaucoup [illegible] d'elles.

(marginal note: avec les fleurs [illegible] [illegible] [illegible] de Nouvelle-Hollande, de Chine, d'Inde.)

(marginal note: enfantent)

[illegible] [illegible] [illegible] la Révolution [illegible] [illegible] [illegible] [illegible] à [illegible], [illegible] [illegible] l'[illegible], mais pas de [illegible]. Spaendonck [illegible] ses [illegible]. [illegible] ~~[illegible], et la Convention~~ [illegible] [illegible] [illegible] [illegible], et Spaendonck [illegible] [illegible] [illegible] [illegible] [illegible] [illegible] [illegible] [illegible] en 1795 [illegible] [illegible] [illegible] [illegible] [illegible] d'Histoire naturelle. [illegible] de l'Iconographie botanique du [illegible] d'Histoire naturelle. [illegible] [illegible] 1799 ~~[illegible] 1799~~ (dédiée à [illegible] Joséphine) [illegible] le [illegible]. En 1799 [illegible] Fleurs dessinées d'après nature par Gérard van Spaendonck [illegible] recueil utile aux amateurs, aux jeunes artistes, aux élèves des Écoles centrales et aux dessinateurs des manufactures, qui a [illegible] [illegible] [illegible] [illegible] [illegible] [illegible] des fleurs!! [illegible] [illegible] fleurs [illegible] [illegible], [illegible] [illegible] [illegible] [illegible], [illegible] [illegible], des fleurs [illegible] des tulipes, des [illegible], des roses ; mais cette fleur, par un mécène, on le retrouve miniaturiste du roi, professeur à la Manufacture royale de Sèvres et enfin, grâce au comte d'Angiviller, directeur général de l'Académie des bâtiments et jardins, avec une charge au jardin du roi.

Il a 24 ans. Fait exceptionnel pour un étranger, il est installé au Louvre. En 1781, toujours sans bruit, il est membre de l'Académie de peinture. En 1788, conseiller de l'Académie royale. Et c'est la collaboration aux «vélins du roi», collection amorcée par Gaston d'Orléans sous forme déjà encyclopédique. La raison, la curiosité et le goût forment alors un ensemble que le jardin déploie comme une philosophie naturelle. La connaissance, l'œil profond, la sûreté du dessin, l'amour des différences comme des détails, l'étude des fécondations, la saveur de la vision transposée, toute cette vie silencieuse et minutieuse se module autour des fleurs qui, pour la première fois, sont observées pour elles-mêmes. Il est vrai que toute une population d'artisans dépend de ce commerce désormais mondial et de ses répercussions : broderie, tapisserie, tapis, orfèvrerie, ciseleurs, dominotiers, éventaillistes, boîtes, guéridons, paravents et, de là, tableaux et bouquets en tous genres (réunissant sur la toile des fleurs qui ne fleurissent pas en même temps). Les espèces nouvelles affluent d'un peu partout (on imagine leur existence cachée dans les bateaux d'alors), de Nouvelle-Hollande, de Chine, d'Inde, du cap de Bonne-Espérance, d'Amérique du Nord, du Pérou. On a ainsi, de Spaendonck, un *Hibiscus palestris*, signé et daté de 1781. Cette fleur de Virginie est mauve, elle fait signe entre ombre et lumière, elle pourrait, entre toutes les autres (des milliers, des millions), vous entretenir discrètement de climat, d'eau, d'insectes, de papillons. Mais les fleurs se taisent, raison pour laquelle elles vont faire beaucoup parler d'elles, révélant ainsi la projection des désirs. Être au parfum n'est pas pour rien une expression populaire.

On pourrait croire que la Révolution va porter un coup à cette innocence élitiste d'Ancien Régime, mais pas du tout. Spaendonck et ses élèves, sans doute protégés par leurs fabriques et leur relatif anonymat, traversent la tempête sans encombre, et Spaendonck lui-même, en 1795, voit son importance accrue par sa nomination comme directeur de l'Iconographie botanique du Muséum d'histoire naturelle. L'Empire (surtout à travers Joséphine) suivra le mouvement. En 1799 paraissent les *Fleurs dessinées d'après nature par Gérard van Spaendonck, recueil utile aux amateurs, aux jeunes artistes, aux élèves des Écoles centrales et aux dessinateurs des manufactures.* Qui a dit, ou osé penser, qu'on pourrait se passer des fleurs ? Que mille fleurs s'épanouissent donc. On ne dira plus désormais, avec négligence, «des fleurs, des tulipes, des œillets, des roses», mais cette fleur, cette tulipe, cet œillet, cette rose. Les espèces et les noms vont se multiplier, faisant apparaître l'aveuglement de ceux qui passent *à côté* de la Nature, de sa profondeur comme de sa surface, de son surgissement continuel. Les fleurs parlent d'amour ? On va voir ça, de Dieu au Diable, du sublime à l'angoisse, de la pureté au vice, de la joie à la mélancolie. Cette rumination dure depuis très longtemps mais, pour l'instant, on regarde, on trie, on différencie, on classe, on découvre, on varie, on peint, on pénètre, on étudie. Nul n'entre ici s'il n'est pas jardinier de lui-même. Voici, de Spaendonck, des *Tulipes, Roses et Pavots*, une huile sur marbre. On n'est pas obligé de savoir qu'il existe plus de quatre mille variétés de tulipes, mais il est préférable de s'en douter. Quant au pavot, je ne vous le présente pas, vous avez entendu parler de Thomas De Quincey et de l'Afghanistan, je pense.

Tous les témoignages concordent : Spaendonck a été un botaniste, un artiste et un professeur unanimement respecté. Quand il meurt en 1822, à 76 ans, un hommage solennel lui est rendu à l'Académie royale des beaux-arts par Quatremère de Quincy et le grand Cuvier, alors directeur du Muséum d'histoire naturelle. Beaux morceaux de rhétorique naïfs, ainsi Quatremère sur l'art de peindre les fleurs : « S'il est vrai qu'en cette partie l'imitation soit arrivée au point de remplacer la nature, pour le charme des yeux et aussi pour l'étude physiologique des plantes, il sera donné sans doute aux artistes d'égaler en ce genre de travaux leurs prédécesseurs, mais il leur sera difficile d'ajouter à l'utilité que la science peut y trouver. »

Cuvier : « Qui ne se souvient de l'imperfection et de la rareté des figures dans les ouvrages publiés encore au commencement du dernier siècle et de la peine que le naturaliste avait à reconnaître les espèces les plus communes ? Buffon même n'eut souvent que des planches incorrectement dessinées et grossièrement coloriées. Aujourd'hui, des ouvrages nombreux et magnifiques ont multiplié à l'infini des images aussi reconnaissables que les originaux eux-mêmes. »

Remplacer la nature ? Mais non, apprendre à la voir se faire. Ce que font les élèves de Spaendonck, et son propre frère Corneille, démontre qu'on ne peut plus ignorer distraitement la flore et que la Nature attend d'être dite pour se révéler.

Spaendonck n'a été dépassé en célébrité que par le plus doué de ses élèves, Pierre-Joseph Redouté (1758-1840). Lui aussi vient du Nord, des Ardennes belges.

De nouveau, la Hollande imprime sa révolution intime. *Le Jardin d'amour*, voilà un titre à la Rubens pour cette poussée. Ne s'agit-il pas, en somme, de «peindre des miracles de tous les jours»? Chaque jour, les fleurs sont en effet un miracle. Le temps a ses raisons, son rythme, sa dépense apparemment gratuite, sa mort, sa revie. L'anecdote la plus étrange de la vie de Redouté? Celle-ci : une nuit, il est appelé pour peindre devant Louis XVI et Marie-Antoinette, prisonniers au Temple, un cactus en fleur. Filmez donc cette scène.

Le succès de Redouté? Ses *Liliacées*, dont il dit : «Les plantes de cette brillante série seront dessinées, gravées, coloriées avec toute la fidélité que la science peut désirer et, ce qui est plus difficile, avec le luxe du pinceau dont la nature les a embellies. De longues recherches sur la manière de graver la plus propre à recevoir l'impression des couleurs et de nombreux essais m'ont démontré que l'art pouvait saisir et fixer l'éclat et les nuances variées que nous admirons dans les fleurs.»

Plus tard, de 1817 à 1824, *Les Roses*, 162 planches aquarellées. C'est un travail splendide, projection et introjection, durée très lente et explosante-fixe. «On dirait des photos», dira l'esclave du spectacle contemporain. Eh non, ce ne sont pas des photos, puisque la main s'y laisse sentir, comme le vélin et la soie, oui, et le cerveau qu'elle implique. Pas des peintures de «peintres» non plus, quoique ici, dans une histoire catastrophique, la voie soit ouverte (science et art) vers l'incroyable floraison française de la fin du xixe siècle (Monet, Van Gogh, Cézanne, Manet). Écoutons simplement cette litanie des planches de Redouté. Il nous faut les noms pour approfondir la vision, ce que la photo, le cinéma, la télévision, etc., sont là pour exclure :

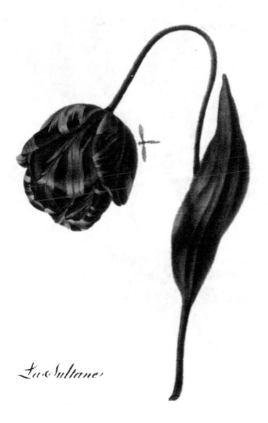

La Sultane

Jasmin des Indes

L'harmonie

Amaryllis brésilien, Anémone simple, Camélia panache (japonica), Bouquet de camélias, Narcisses et Pensées (un chef-d'œuvre), Iris, Chèvrefeuille, Dahlia, Gentiane, Hortensia, Campanule, Jacinthe d'Orient, Nymphéa, Œillet, Pavot, Pervenche, Pivoine de la Chine, Laurier-rose, Lilas, Lys blanc, Liseron, Myosotis, Narcisse, Pois de senteur, Rosier blanc royal, Rosier à cent feuilles, Rosier églantier, la Duchesse d'Orléans (rose rouge), Rosier évêque, Rosier de Bengale à fleurs pourpres de sang, Rose jaune et Rose de Bengale, Rosier mousseux à fleurs doubles, Rosier pompon, Rosier jaune de soufre, Bengale Thé hyménée (avec papillon rouge), Tulipe de Gesner (flamme), Tulipe cultivée...

Si vous croyez que des photographies peuvent vous procurer le même *effet*, libre à vous. Quant à moi, je suis bien forcé d'admettre mon ignorance, pire, mon amateurisme existentiel, plus soucieux des dernières actualités sanglantes que du buisson de laurier-rose près duquel je viens de passer. Ce ne sont pas les fleurs qui passent, mais nous, pauvres passants transformés en clichés. De mémoire de rose, on a vu mourir des millions de jardiniers qui, eux-mêmes, étaient plus respectables que les promeneurs, les touristes, les philosophes, les politiques, les artistes, les poètes, les publicitaires. Si vous voulez voir une mise en scène révélatrice de ce que notre temps pense des fleurs, allez donc dîner un soir au *Four-Seasons George V* à Paris. Vous y verrez un impressionnant massacre de fleurs exposées dans des vases de toutes les dimensions. C'est proliférant, ça a coûté des fortunes (l'addition du repas ou de la chambre s'en trouve justifiée), c'est *photographique* à souhait, sans rêve, sans saveur, sans odeur. Américain, bien sûr. Hyper-mode. Puritanisme d'acier. C'est somptueux, fastueux, faramineux, sur-réalistement merveilleux, bref, un désastre. Par pitié, ne laissez qu'*une* fleur dans ma chambre. Oui, cette orchidée blanche. *Une seule*, vraiment, ça suffira amplement.

Mon lecteur, ma lectrice, est sûrement au courant du fonctionnement sexuel reproducteur des mammifères et des fleurs, mais après tout ce n'est pas sûr. De brèves questions auprès d'individus, pourtant cultivés par ailleurs, m'en convainquent. D'où ce rappel élémentaire.

Étamine (du latin *stamen*, fil) : organe mâle des plantes à fleurs, formé d'une partie mince, le *filet*, et d'une partie renflée, l'*anthère*, qui enferme le pollen.

Pistil (latin *pistillus*, pilon) : ensemble des pièces femelles d'une fleur, résultant de la soudure de plusieurs capelles et comprenant l'ovaire, le style et le stigmate. Synonyme : *gynécée* (du grec *gunê*, femme). *Placenta* (mot latin, *galette*) : région de l'ovaire où sont fixés les ovules.

Pollen : mot latin, *farine*. Poudre que forment les grains microscopiques produits par les étamines et dont chacun constitue un élément reproducteur mâle.

Stigmate (latin *stigma*, marque de flétrissure, de plaie, de maladie, trace, marque honteuse, exemple « les stigmates du vice » : orifice respiratoire des trachées chez les insectes, les arachnides, plaies qui reproduisent celles de Jésus crucifié chez certains mystiques chrétiens, et enfin, ou surtout, partie supérieure du pistil qui reçoit le pollen.

Étamine est un mot qui paraît féminin, et pistil masculin : erreur.

On peut rêver de deux sciences possibles : la gynécologie et la pistologie, sans parler de l'étaminologie et de la pollénologie.

Le pollen, donc, fleur de farine, est une poussière ordinairement jaunâtre, mais parfois rouge, brune, blanche ou bleue. Ses grains sont de petits corps sphériques, ou de forme rappelant un cube, un tétraèdre ou un tube. Membranes : l'*exine* et l'*intine*. Ils se réunissent par groupes de 4 ou de multiples de 4, mais aussi par masses, comme les *pollinies* des orchidées. Ce 4 m'intrigue beaucoup, mais passons.

Un dieu nouveau pourrait sortir de tout ce micmac, où vous avez remarqué, j'espère, au moins les mots *style* et *stigmate*. *Style*, surtout. Le nom de ce dieu pourrait être : Apollen.

Je ne serais pas complet sans :

Calice : enveloppe extérieure, en forme de coupe, généralement de couleur herbacée, et qui renferme la corolle et les organes sexuels de la fleur.

Corolle : ensemble des pétales.

Pétale : chacun des éléments qui compose la corolle d'une fleur, formé d'un limbe coloré et d'un onglet qui les rattache au calice.

Sépale : demeure des pièces du calice d'une fleur.

Le calice nous entraînerait dans des considérations liturgiques où le vin et le sang se retrouvent, martyre et transsubstantiation, Rose-Croix, et pourquoi pas Quête du Graal.

Les parfums, les couleurs et les sons se répondent.

Détournons un moment Pascal :
« À mesure qu'on a plus d'esprit, on trouve qu'il y a

plus de fleurs originales. Les gens du commun ne trouvent pas de différence entre les fleurs.»

Ou encore :

«Quelle vérité que la peinture qui nous oblige à voir les choses que, par vanité, nous ne voyons pas naturellement.»

Ou mieux :

«Une ville, une campagne, de loin est une ville et une campagne : mais à mesure qu'on s'approche, ce sont des maisons, des arbres, des tuiles, des feuilles, des herbes, des fourmis, des jambes de fourmis, à l'infini. Tout cela s'enveloppe sous le nom de campagne.»

On note que Pascal, dans son énumération, a oublié les fleurs pour aller, vite, aux fourmis. La fourmi n'est pas prêteuse, l'abeille poursuit son miel. Mais le papillon n'en pense pas moins, murmure Tchouang-tseu dans les arbres.

Dominique Rolin m'écrit :

«J'ai le souvenir encore étincelant d'une fête annuelle organisée à Gand sur les fleurs du Nord, en particulier les tulipes en provenance de Hollande, de toutes les couleurs, violentes, brutales même, fleurs de conquête, d'amour et de guerre à mort. J'étais trop jeune à l'époque pour comprendre quoi que ce soit à ce très mystérieux festin annuel. La foule de visiteurs était incroyable, il devait y avoir une atmosphère de folie mystique, sacrée ou franchement pornographique, dans le sens religieux du terme. Les couleurs, les odeurs, le maintien superbe de ces champs de fleurs dans le plus bel épanouissement, cela s'appelait les *Floralies gantoises.*»

Tulipe est un mot turc.

Vous croyez savoir ce que vous dites en disant «des iris». Ceux de Van Gogh, il y a pas si longtemps, ont crevé le plafond des ventes internationales. Mais laissez-moi vous éblouir en déclinant leur variété : il y a le Green Spot (jaune), le Canary Bird (jaune), le Langspot Honey (jaune), l'Amethyst Flame (mauve clair), le Langspot Wren (mauve profond), le Langspot Chief (mauve intermédiaire), le Langspot Finch (mauve clair), le Florentine (blanc), le langoureux Chapter (mauve), le Blue Pansy (moyen mauve), l'Iris germanica (inquiétant), l'Iris germanica nepalensis (encore plus inquiétant).

J'ai leurs photographies (américaines) sous les yeux. Je vois des taches colorées, c'est-à-dire rien. Spaendonck et Redouté sourient. Aucune importance.

Que cela ne vous empêche pas de méditer un peu sur l'iris, cette membrane colorée de l'œil située derrière la cornée et devant le cristallin, et percée d'un orifice que l'on appelle pupille. L'iris joue le rôle d'un diaphragme que vous retrouvez dans l'appareil photographique, formé par de nombreuses lamelles comprises entre deux anneaux, l'un fixe, l'autre mobile. Diaphragme encore pour la poitrine et l'abdomen, sans parler de la membrane de caoutchouc disposée dans le col de l'utérus comme moyen anticonceptionnel.

La conception, chez les fleurs, a beaucoup occupé les esprits. L'Immaculée Conception, l'Incarnation, l'Assomption rôdent dans les parages. Amour sous toutes ses formes, bien sûr.

Convoquons ici, en toute justice, Iris, messagère des dieux, et son écharpe : l'arc-en-ciel.

Rodin, on s'en souvient, n'a pas craint d'en faire une danseuse d'espace à écartement bondissant de jambes.

Le rhizome (racine) de l'iris est utilisé en parfumerie. On connaît le trouble qu'a produit cette odeur chez le jeune Proust. Au passage, notons que le parfum entêtant de la tubéreuse vient du Mexique. Et ainsi de suite.

Je fais jouer maintenant le nouveau «sens historien» dont Nietzsche écrit dans *Le Gai Savoir* : «Que l'on accorde à ce germe encore quelques siècles de plus, et il se pourrait qu'il finisse par produire une plante merveilleuse d'une non moins merveilleuse odeur, propre à rendre la terre plus agréable à habiter qu'elle ne le fut jusqu'alors. »

Après des dévastations inouïes, nous trouverons peut-être cette science des siècles dont le florilège s'annonce à l'observateur attentif.

Rilke :

«Rose, ô pure contradiction, volupté de n'être le sommeil de personne sous tant de paupières. »

JOYCE

Nous sommes en mai 1933, une année dont on se souvient lourdement en Europe. James Joyce est à Zurich, il s'apprête à subir une opération de l'œil droit. Il écrit à Louis Gillet cette phrase stupéfiante : «Ce qu'apportent les yeux n'est rien. J'ai cent mondes à créer, je n'en perds qu'un. »

Joyce s'occupe, à ce moment-là, du dixième chapitre de *Finnegans Wake,* celui du travail des enfants à la maison, qui fait de l'histoire de Dublin une histoire universelle. En juillet, il demande à son secrétaire Paul Léon de lui retrouver une note dans un carnet qu'il a laissé à Paris. Il s'agit d'une phrase magnifique d'Edgar Quinet avec laquelle il avait un jour étonné John Sullivan en la lui récitant, boulevard Edgar-Quinet, le long du cimetière du Montparnasse :

«Aujourd'hui, comme au temps de Pline et de Columelle, la jacinthe se plaît dans les Gaules, la pervenche en Illyrie, la marguerite sur les ruines de Numance, et pendant qu'autour d'elles ces villes ont changé de maîtres et de noms, que plusieurs sont entrées dans le néant, que les civilisations se sont choquées et brisées, leurs paisibles générations ont traversé les âges et sont arrivées jusqu'à nous, fraîches et vivantes comme aux jours des batailles.»

C'est la seule citation littérale et en clair, en français, donc, que fait Joyce dans *Finnegans Wake.* Il ne donne pas le nom de Quinet mais sa conception florale de l'Histoire (j'insiste : en français).

Qui lit encore Quinet, le grand maître à penser de la République laïque? Qui rouvre son livre sur les jésuites de 1848? Sa *Création*, inspirée de Darwin, de 1870? Son *Esprit nouveau* de 1874? En revanche la *Quinétie* est bel et bien une plante, genre d'hélianthée, dont on connaît plusieurs espèces croissant en Australie. Notons juste au passage qu'en 1874 et 1875 Rimbaud existe et écrit.

Du beau français balancé classique en plein cœur de *Finnegans Wake*? Juste avant, dans la marge, on lit : «Mais maintenant elle est Venus.» Et, plus loin, toujours dans la marge, *Also spuke Zerothruster*, où *Ainsi parlait Zarathoustra* et son éternel retour se laissent ironiquement entendre. Et puis des exclamations : «Margaritomancie! Hyacintheux, pervenchant à la perversion! Fleurs. Nuage.»

Et aussi : «Dormir à la belle eau, tisonner le feu, secouer la poussière de la terre, rêver à celui qui me donnerait des ailes de ses boucles au vent. Plus tard : messe sera dite par nos lavandières, étrange merveille des ténèbres comme cette malépine dans le champ des fées que fréquentait la fleur homosauvage de Wilde.»

Où on entend Shakespeare, *Le Songe d'une nuit d'été.*

Tous les chemins mènent Arôme.

Il n'empêche qu'une note en bas de page, pour la citation de Quinet, vise à détruire (comme toujours avec Joyce) l'interprétation lyrique ou romantique :

« Traduire ce chafouin en turc, Teague, tigre, c'est bien mon fils et toi Thady, papa, lèche le style, c'est ça avec ta fesse pulpeuse. »

Mais écoutons Molly Bloom, Molly Fleur, à la fin d'*Ulysse* : « et les roseraies et les jasmins et les géraniums et les cactus de Gibraltar quand j'étais jeune fille et une Fleur de la montagne oui quand j'ai mis la rose dans mes cheveux comme les filles andalouses ou en mettrai-je une rouge oui et comme il m'a embrassée sous le mur mauresque je me suis dit après tout aussi bien lui qu'un autre et je lui ai demandé avec les yeux de demander encore oui et alors il m'a demandé si je voulais oui dire oui ma fleur de la montagne et d'abord je lui ai mis mes bras autour de lui oui et je l'ai attiré sur moi pour qu'il sente mes seins tout parfumés oui et son cœur battait comme un fou et oui j'ai dit oui je veux bien Oui ».

Floraison, défloraison : ce *oui* (yes) de vierge est le plus célèbre de la littérature mondiale. On comprend qu'*Ulysse* ait été longtemps interdit aux États-Unis (mais il l'est toujours plus ou moins sous une forme invisible).

En écrivant son livre, Joyce n'a pas pu ne pas penser au dixième chant de l'*Odyssée*, quand le héros d'endurance, aux mille tours, détours et inventions, s'achemine vers la grande demeure de Circé « riche en drogues ». Là, ses compagnons, transformés en porcs, sont retenus prisonniers. Hermès lui apparaît alors sous la forme d'un adolescent gracieux à la baguette d'or, et lui donne la fleur qui le protégera des enchantements de la déesse magicienne :

« Le dieu fulgurant me passe son remède. Il le retire de la terre et m'en indique la nature. C'est une herbe à racine noire, avec une fleur comme du lait. Les dieux l'appellent molu. Les mortels ont du mal à l'extraire, mais les dieux peuvent tout. »

Fleurs, Dieux, Femmes : voilà l'équation globale.

DÉTOURS

Nous pouvons passer par l'Égypte, entre 2494 et 2345 avant notre ère, rester en arrêt devant le lotus et les papyrus, naître avec le dieu Râ, renaître avec lui comme le disque solaire, dériver ensuite par la Grèce et Rome parmi des guirlandes et des couronnes de fleurs, déjouer les divers complots ascétiques, faire un tour en Perse, traverser l'Islam, nous enchanter de roseraies, de tuliperaies et de jardins tous plus merveilleux les uns que les autres, puis faire une longue station en Inde, puisque :

> *Les femmes voluptueuses*
> *Dans l'été amoureux*
> *Tissent pour leur oreille*
> *Des boucles de fleurs*
> *Fragiles grains de mimosas*
> *Et les abeilles*
> *Caressent leurs joues de doux baisers.*

Mais c'est en Chine que nous reviendrons, dans le pays de toutes les floraisons, rouleaux de soie, pivoines, chrysanthèmes, azalées, fleurs de pêchers, de mûriers, de magnolias, et voici la reine érotique, l'orchidée, temps perdu, temps retrouvé : «Pointer de son pinceau le cœur de l'orchidée, c'est pointer le regard dans le portrait d'une femme. Les champs d'orchidées ondulant de la rivière Xiang animent le paysage entier, le cœur de la fleur signe le portrait. L'essence même de la fleur est contenue dans cette petite touche. Comment pourrait-on l'oublier?»

L'orchidée fait signe du côté des prostituées, et aller aux courtisanes s'est beaucoup dit en chinois «soigner les fleurs et s'inquiéter des saules». Les fleurs peuvent être vénéneuses ou carnivores, on le sait.

Mais voici des nouvelles récentes dans la revue *Nature* (on ne lit pas assez la revue *Nature*) :

«La misère sexuelle est telle, chez certaines orchidées, qu'elles en sont réduites à s'autoféconder. Dans les forêts d'altitude de Simao (province du Yunnan), le vent souffle rarement et les insectes pollinisateurs sont peu nombreux. L'espèce *Holcoglossum amesianum* ne peut donc compter que sur elle-même pour s'assurer que des grains de pollen, porteurs de la semence mâle, se déposent sur les stigmates, l'organe femelle. Cette plante hermaphrodite — comme toutes les orchidées — a développé une technique très personnelle. Une fois la fleur ouverte, l'étamine perd son capuchon, découvrant à son extrémité deux petits sacs jaunes remplis de pollen. Ceux-ci se dressent alors vers le ciel avant de se recourber pour s'introduire dans la cavité du stigmate. L'opération, parfois, échoue. Le capuchon reste collé, ou bien les sacs de pollen ratent leur entrée. L'orchidée, pas plus que les humains, ne peut se targuer d'être performante à 100%.»

La dernière phrase est un chef-d'œuvre d'idéologie nataliste, comme si tout acte sexuel humain (performant) avait pour but la reproduction. Elle fait pouffer de rire Marcel Proust, et nous verrons pourquoi lorsque nous sortirons l'orchidée cattleya d'Amérique centrale (que Proust écrit avec un seul *t* : *catleya*) de sa serre ou de sa réserve.

Pour l'instant, voyons seulement ce nom : *orchidée*, du grec *orkhis*, testicule. Une orchite est une inflammation des testicules. Quant aux orchidées d'origine tropicale, on en compte quinze mille espèces, parmi lesquelles, outre le cattleya (usage littéraire réservé), l'orphrys, le sabot-de-Vénus, la vanille. Voulez-vous, lectrice sournoise, faire un peu sabot-de-Vénus avec moi? Non, c'est trop dur? Un peu de *vanille*, alors, de façon plus glacée et plus électrique?

L'angoisse ou l'attirance ravie des mammifères humains par rapport aux fleurs se comprend sans peine : naissance cachée, éclosion, flétrissure, disparition, mort, rééclosion préparée en retrait, tout un jaillissement spontané, orchestrable, toute cette *passagèreté*, ont un côté énigmatique et fascinant qu'on aimerait maîtriser. Cette beauté dit la vérité, mais laquelle? Comme la reproduction humaine est en voie de solution technique, les rosaces basculeront de plus en plus depuis les anciens vitraux dans l'*in vitro*. Les fleurs s'éclipseront-elles pour autant? Non, mais il est à craindre qu'elles soient de plus en plus conçues comme artificielles. Des feux d'artifice, oui, mais bouche cousue à propos d'une passion millénaire.

J'essaie de voir, ou plutôt d'écouter et de respirer, le jardin où je suis. Après le printemps des pâquerettes, des giroflées, des roses, des mimosas et des lilas, c'est l'été des lavaters (explosifs), et puis de nouveau des roses, des cannas, des géraniums, de la sauge (pointue et discrète), de la lavande (merveille des narines), des fleurs d'acacias blanches ou roses, des lilas d'Espagne, des roses trémières, du solanum, des lauriers rouges ou roses, des marguerites, des églantines, des bignonias, des althæas. Un arbre mimosa est toujours là, les rosiers sont en train de revenir, rouges, blancs, roses, crème (bonjour Ronsard), des dizaines de papillons blancs flottent, se posent, butinent en même temps que les bourdons. Le verbe *butiner* (butin, lutiner) se profile en miel sur fond de néant. Un peu de musique? Mais oui, Chérubin, dans *Les Noces de Figaro*, papillon d'amour, *farfallone amoroso*, Mozart lui-même avant qu'il devienne Don Juan. Et puis non, silence, *ce silence-là*, au bord de l'océan, un silence aux couleurs épanouies et vives.

Printemps, été, automne : un brasier silencieux, les fleurs.

LE *CANTIQUE DES CANTIQUES*

L'érotisme floral à travers les âges? Il est constant, insistant, sublime, idéalisant, chaste, sensuel, vicieux, mélancolique, vivifiant, enivrant, mystique, métaphysique, initiatique.

«Qu'il me baise des baisers de sa bouche, tes amours sont plus délicieuses que le vin», chante le *Cantique des cantiques*. Et, tout de suite : «L'arôme de tes parfums est exquis, ton nom est une huile qui s'épanche, c'est pourquoi les jeunes filles t'aiment.» Les jeunes filles sont des fleurs à la rencontre d'un jeune homme en fleur. C'est l'*enclos* où le nard donne son parfum. «Je suis le narcisse de Saron, le lys des vallées.»

Grand personnage du roman général, le lys, l'autre étant, pendant des siècles, la rose. «Comme le lys entre les chardons, telle ma bien-aimée entre les jeunes femmes.» Le Bien-Aimé, la Bien-Aimée : leur chant d'amour réciproque convoque le printemps, la germination, les parfums, les vignes en fleurs, les oiseaux, l'huile, le vin. «Voilà l'hiver passé, c'en est fini des pluies, elles ont disparu, sur notre terre les fleurs se montrent, la saison vient des gais refrains, le roucoulement de la tourterelle se fait entendre.»

Puissance du printemps : Lui c'est moi, Elle c'est moi. «Mon Bien-Aimé est à moi, et moi à lui, il paît son troupeau parmi les lys.» Le vin, la bouche, la langue, l'*appétit* : «Tes joues, des moitiés de grenades», et aussi : «L'arôme de tes parfums plus que tous les baumes.»

Le jardin clos, l'*Hortus conclusus*, commence ou continue sa très longue légende incestueuse. «Elle est un jardin bien clos, ma sœur, ma fiancée, un jardin bien clos, une source scellée.» La fleur ne sera vraiment fleur que si elle est déflorée, on entre ici dans le grand bazar multiséculaire des fantasmes : vierges, hymen, fleur de sang, pureté ravie, viol légal. Ce *sceau* sur la source brouille un peu les yeux, mais c'est en son nom que l'humanité persiste et subsiste. Ici, abondance des sensations : verger de grenadiers, nard, safran, roseau odorant, cinnamome, arbres à encens, aloès, myrrhe. Jardin clos, peut-être, mais ouvert aux vents (c'est elle qui parle) : «Soufflez sur mon jardin, qu'il distille ses aromates ! Qu'il entre dans mon jardin, qu'il en goûte les fruits délicieux !»

Vous savez, bien entendu, ce qu'est une *Rose des vents*, vous avez fait du bateau, vous connaissez le *nordé*, l'Aquilon n'a pas de secrets pour vous, et l'alizé, cet après-midi, vous soulage d'une chaleur trop forte. On comprend que, devant cette invite de souffle au jardin, le Bien-Aimé appelle sa partenaire « ma sœur, mon amie, ma colombe, ma parfaite ». En somme : mon enfant, ma sœur, songe à la douceur. Mais la « sœur » n'est pas en reste, et voici comment elle le ressent : « Ses jambes sont comme des parterres d'aromates, des massifs parfumés, ses lèvres sont des lys, elles distillent la myrrhe vierge. » Et encore : « Mon bien-aimé est descendu à son jardin aux parfums embaumés, pour paître son troupeau dans les jardins, pour cueillir des lys. »

Paix, mes brebis, dira quelqu'un, dont la venue aura été *annoncée*, c'est le cas de le dire, par une histoire de vierge recevant une incroyable nouvelle en même temps qu'un lys. Toute la chrétienté est fondée sur cette affaire d'Incarnation florale. Impossible ? Délirant ? Absurde ? Mais justement. Marie ? Une fleur (nous verrons laquelle). Dieu, sous forme d'archange ? Un papillon.

Ce frère et cette sœur (dont « le ventre est un monceau de froment environné de lys ») ont de quoi faire rêver la planète, et c'est d'ailleurs ce que la Bible, dans son ensemble, n'arrête pas d'engendrer. Mais il me semble qu'on n'insiste pas assez sur le passage suivant (c'est lui qui parle) : « Sous le pommier je t'ai réveillée, là même où ta mère t'a conçue, là où a conçu celle qui t'a enfantée. »

Voyons, voyons, un pommier, une pomme, une histoire de jardin... En tout cas, aller chercher une fille au lieu même où sa mère l'a *conçue* n'est pas à la portée du premier venu, allez-y voir vous-même si vous ne voulez pas me croire. D'autant plus que le résultat est là : « L'amour est fort comme la Mort, la passion inflexible comme le Shéol (l'enfer), ses traits sont des traits de feu, une flamme de Yahvé. Les grandes eaux ne pourront éteindre l'amour, ni les fleuves le submerger. Qui offrirait toutes les richesses de sa maison pour acheter l'amour ne recueillerait que mépris. »

Les fleurs sont fortes comme la Mort et on en recouvre les morts. La rose rouge, ici, à Paris, sait de quoi je parle.

LE ROMAN DE LA ROSE

Un roman, en français, a d'abord été un *romanz* ou un *roumanz* en vers, et c'est *Le Roman de la Rose* « où l'art d'Amors est toute enclose ». C'est beau, c'est devenu illisible, vous écoutez l'octosyllabe pour lui-même, et vous vous demandez pourquoi, au début du XIIIe siècle, tant d'embarras courtois, tant d'épreuves et d'obstacles, tant de chichis et de respect pour atteindre une rose. Guillaume de Lorris est transi, Jean de Meung est plus sombre, on croit comprendre que « la femme » est le but de tous les désirs contrôlés par des règles sévères, et qu'ensuite elle est aussi la source de tous les malheurs. Quatre mille vers pour l'un, plus de onze mille pour l'autre, c'est une curiosité bavarde avec des lueurs. Le retard français est ici flagrant, il restera bientôt jaloux de l'avance italienne. Non, la France n'est pas la mère des arts, des armes et des lois. À travers le latin et le provençal, un soleil se lève enfin vers 1300 sur l'Europe et le monde : Dante. Il faudra attendre plus de six siècles après lui pour que le français, débarrassé de l'alexandrin, réintégrant en prose l'octosyllabe et surtout le décasyllabe, invente rythmiquement son Paradis : «voix fleur lumière écho des lumières», etc. Ce qui n'est toujours pas admis.

DANTE

Disons les choses : depuis la fin de l'Antiquité jusqu'à cette aurore, c'est l'enfer. *La Divine Comédie* nous le fait voir, sentir, entendre. Il faut passer par là pour sortir du latin et inventer la langue des étoiles. Purgatoire donc, et, enfin, après avoir été couronné «roi et pape de soi-même», Paradis terrestre (chant 28), autrement dit premier voyage d'un vivant en un lieu que son espèce n'aurait jamais dû quitter, forêt épaisse et vive, le 13 avril 1300, mercredi de Pâques, entre 6 heures et 7 heures du matin.

Les grands bois, plus tard, après une nouvelle chute, nous effraieront comme des cathédrales en deuil. Mais ici, maintenant, au lever d'un jour de printemps, dans ce jardin hors-temps ou plutôt trans-temps, au sommet d'une montagne en pleine mer, le sol embaume, l'air est une haleine légère, un souffle inaltérable, une douce brise où résonnent des chants d'oiseaux. C'est l'âge d'or, l'île des Bienheureux : «Ici règnent les fleurs et les fruits éternels.»

Deux ruisseaux traversent ce printemps fleurissant et pur. Et voici une femme énigmatique, Matelda. Elle chante en cueillant des fleurs dont son chemin est émaillé. Ce sont des fleurs d'or, des fleurs vermeilles : elle les *tresse* en précisant qu'elles poussent *sans semence* du sol. Au chant 32, un arbre dépouillé (celui, paradisiaque du Bien et du Mal) se rafraîchit soudain (nous passons donc par-delà le Bien et le Mal). Il se couvre de fleurs «d'une teinte moyenne» entre le rouge et le violet, autrement dit pourpres (le pourpre est la couleur des Vertus cardinales). Nous allons, comme les apôtres Jean, Pierre et Jacques, «sous les fleurs du pommier» (ce pommier!), vers la scène de la Transfiguration. Un bain dans le fleuve Léthé (oubli), un autre dans l'Eunoé (régénération), et notre cosmonaute, «comme une jeune plante que rafraîchit un feuillage nouveau», est prêt à monter dans les étoiles, c'est-à-dire au Paradis céleste.

L'audace de Dante, dans sa grande œuvre initiatique, est énorme. Il est comme ce marin, Glaucus, qui ayant observé les poissons qu'il avait pris mangeant une herbe et retournant à la mer, goûte cette herbe et devient, par cette drogue, l'égal des autres dieux. Dante dit qu'il est maintenant sur un grand navire musical fendant une eau qui n'a jamais été parcourue. De qui s'autorise-t-il? De lui-même. Suivons-le, dans son tourbillon de feu, au sujet des fleurs.

Il y a une fleur «maudite», c'est le lys, monnaie de Florence, florin d'or (armes de Florence : lys d'argent sur champ de gueules). C'est aussi la fleur du royaume de France, donc à l'époque de Philippe le Bel, destructeur de l'ordre du Temple. La France (d'azur à trois fleurs de lys d'or) paiera cher ce crime. Mais le lys présenté par l'archange Gabriel à la Vierge? Celui-là est le bon, que les autres corrompent, falsifient, assèchent.

Dans le «séjour où la joie s'éternise», les élus apparaissent parfois comme des guirlandes de roses «se répondant du dehors au dedans». Alors que l'hérésie est une ronce, le «jardin catholique» est une danse de fleurs. L'hiver ne doit pas nous tromper, puisque «j'ai pu voir, pendant tout un hiver, l'épine se montrer piquante et presque morte, et pousser au printemps la rose à son sommet». Comprenons bien : c'est la clarté qui *fleurit* la substance par le rafraîchissement de la pluie éternelle de l'intellect d'amour. L'éclosion n'est plus soumise aux saisons, la renaissance, ou la résurrection, est constante. Les «contemplatifs», par exemple, comme Benoît, sont embrasés d'une ardeur qui «fait éclore les fleurs et les fruits saints».

> *Ô fleurs perpétuelles*
> *De la liesse éternelle, qui faites*
> *Qu'en un parfum je sens tous vos parfums !*

De mémoire de rose terrestre, on n'a vu ressusciter qu'un seul jardinier, celui que Marie-Madeleine a vu près du tombeau vide sans le reconnaître. Le paradis, lui, est un immense jardin qui fleurit sous le rayon du Christ. Mais comme nous sommes dans une nouvelle Genèse (et une tout autre génétique), l'annonce qui nous est faite est celle de «la Rose où le verbe divin a pris sa chair», et cette Rose est entourée des lys du bon chemin (les apôtres). Tout est donc intensément floral dans le feu, la lumière, la joie, la danse, le chant et l'unité des métamorphoses. Un pré de fleurs est une foule lumineuse, les nombres angéliques sont incalculables, mais Marie est le nom de cette Fleur, «si belle, que j'invoque toujours, matin et soir, afin de concentrer mon esprit pour observer la splendeur la plus grande». C'est la claire Étoile couronnée de flammes, le saphir le plus beau (bleu).

Un Dieu «éternel jardinier», voilà quand même une nouvelle sensationnelle qui n'a pas encore été vraiment comprise par les humains. Que les roses d'anges «étincellent», que ces derniers «fleurissent dans un printemps sans fin», nous sommes transfusés dans une géométrie spéciale où un point « semble contenu dans ce qu'il enveloppe ». Une nouvelle vue s'allume qui perçoit la clarté sous la forme d'un fleuve « éclatant de splendeur, filant entre deux rives tout émaillées d'un printemps merveilleux » :

De ce torrent sortaient de vives étincelles
Qui de tous les côtés se posaient sur les fleurs
Ainsi que des rubis enchâssés dans l'or pur ;

Après un temps, comme ivres de parfum,
Elles se replongeaient dans le gouffre admirable
Et, dès que rentrait l'une, en ressortait une autre.

Dante, maintenant, « boit avec les yeux ». Le fleuve devient *rond* et, comme si des masques tombaient,

Les fleurs, les étincelles prirent
L'aspect d'êtres plus beaux d'allégresse, et je vis
Du Paradis les deux cours apparaître.

(Les deux cours : les Anges, les Élus.)

Voici donc la Rose céleste, d'abord lac rond, puis amphithéâtre gigantesque, énorme Colisée ouvert sur l'Empyrée où « être près ou loin ne retire ni n'ajoute ». Nous ne sommes plus dans les lois spatio-temporelles de la Nature, mais dans le gouvernement immédiat de Dieu (Dieu : « Subsisto »).

Dans le cœur d'or de la Rose éternelle
Qui s'exalte et dilate, et exhale un parfum
De louange au Soleil de l'éternel Printemps...

Un homme, de son vivant, pour l'instruction des siècles (de toute l'Histoire passée et à venir), est donc entré, par-delà les cieux, dans une Rose « toute blanche » épousée par le sang du Christ qui en est sorti (« Vierge mère fille de ton fils »). Rose d'Amour butinée par les Anges :

Comme un essaim d'abeilles, qui, tantôt
Se plonge dans les fleurs, et tantôt s'en retourne
Au miel où son butin doit prendre son arôme,

Descendait dans la fleur, immense, diaprée
De pétales sans nombre, et de là remontait
Au point où règne à jamais son Amour.

Suivons un moment les gradins de l'amphithéâtre. Béatrice, grâce à laquelle Dante, tiré de l'Enfer, se trouve là, se situe au troisième degré des femmes juives de l'Ancien Testament. Dans l'ordre, donc : Ève, Rachel, Béatrice, Rébecca, Judith, Ruth. Audace inouïe de Dante, et anachronisme délibéré passé inaperçu : Béatrice est une Juive parmi les Juives. Aucune contradiction entre l'Ancien et le Nouveau, au contraire : interpénétration rythmique, colonnes d'harmonie réciproques. Vérité tellement refoulée de part et d'autre qu'on s'étonne de la voir ici (et ici seulement, c'est-à-dire dans une aventure singulière) en pleine lumière, venant *comme une fleur*, sous nos yeux. Inutile d'épiloguer sur le chant suivant, le 33, où connaissance et jouissance sont portées à leur comble, où la Trinité se révèle, et où, stupeur, une mère devient la fille de son fils :

Dans ton ventre, l'amour s'est rallumé
Par la chaleur de qui, dans la paix éternelle,
Cette fleur ainsi a germé.

L'amour, à partir d'une fleur, meut le soleil et les autres étoiles. Il fallait y penser. Dante est hautement l'amant de la Rose. C'est un Fidèle d'Amour.

41

Claudel, plus terrestre, dans son livre sublime et fou, *Le Poète et la Bible*, écrit en 1944 :

« Chaque matin, il s'élève du fond de l'abîme un épanouissement de fleurs et de voix et d'œils, une ascension de langues présentes, une poussée sans cesse renaissante d'êtres et d'âmes, et de tous les autels de la Chrétienté, entre les mains des prêtres, une exultation de calices. »

Pas mal vu.

Le grand amour de Claudel, en Chine, et son échec passionnel, se nommait Rosalie. Il l'appelait Rose.

ANGELUS SILESIUS

Angelus Silesius, gloire de ce qu'on s'obstine à appeler la Contre-Réforme, alors qu'il s'agit d'une révolution catholique irradiant l'énorme floraison du baroque, écrit dans son *Pèlerin chérubinique* :

Dieu fleurit en ses branches
Si tu es né de Dieu, Dieu fleurit en toi,
Et sa divinité est ta sève et ta parure.

Et aussi :

La rose qu'ici voit ton œil extérieur,
Fleurit ainsi en Dieu depuis l'Éternité.

Et encore :

Qui décore les lys ? Qui nourrit les narcisses ?
Alors, pourquoi tant t'inquiéter de toi ?

Et encore :

C'est maintenant qu'il faut fleurir,
Fleuris, chrétien glacé, voici le mois de mai,
Fleuris sur le champ, ou sois mort à jamais.

Le christianisme était donc pris dans les glaces ? Il connaît des périodes de frigidité ? Il croit savoir ce qu'il est, donc il se fane ?

Je ne sais pas ce que je suis, je ne suis pas ce que je sais ;
Une chose sans être une chose, un point et un cercle.

Ici, le Néant intervient, et même « le Surnéant », le néant essentiel où s'abrite la richesse abyssale de l'être, comme le dira Heidegger. Et c'est le célèbre :

La rose est sans pourquoi, fleurit parce qu'elle fleurit,
Sans attention à elle-même, sans demande d'être vue.

Gratuité absolue du Néant, de Dieu, de la Rose : il faudrait vivre selon cette foi, mais ne rêvons pas.

Insistons seulement sur le fait que la fleur ne demande ni à être vue ni à être photographiée ou filmée. La fleur n'est pas médiatique. C'est d'ailleurs, encore et toujours de gratuité que nous parle la prédication évangélique : on ne peut pas servir Dieu et l'Argent, la vie est plus importante que la nourriture, le corps que le vêtement, prenez donc exemple sur les oiseaux et les lys des champs : « Observez les lys des champs, ils ne peinent ni ne filent, or je vous dis que Salomon lui-même, dans toute sa gloire, n'a pas été vêtu comme l'un d'eux. Que Dieu habille de la sorte l'herbe des champs, qui est aujourd'hui, et demain sera jetée au four, ne fera-t-il pas bien plus pour vous, gens de peu de foi!» (Matthieu, VI, 28-30, et Luc, XII, 27-29).

Paroles probablement de plus en plus inaudibles. Dieu vous demande d'être comme des oiseaux ou des fleurs? Et puis quoi encore? D'être en pure perte pour le seul plaisir d'être? Quelle légèreté! Quelle désinvolture! Quelle superficialité! Quelle irresponsabilité!

Quelques peintres ont atteint le «sans pourquoi». Et puis, de temps en temps (mais c'est peut-être toujours le même), un poète.

RONSARD

Nous voici en France, c'est-à-dire, malgré saint Bernard, dans le retard charmant où la sensation s'abuse et se désabuse. Le grand Ronsard, bien sûr, «Mignonne, allons voir si la rose», et la série des *Amours*. La rhétorique est impeccable, la belle est une fleur passagère, elle va vieillir et dépérir, le poète languit à côté d'elle, non sans lui rappeler sans cesse, et avec perversité, le devenir du temps comme usure. Il admire, le poète, il jouit par intermittence, il est fasciné, mais au fond il est jaloux de cette «bouche vermeille, pleine de lys, de roses et d'œillets». Ah, cette Cassandre qui «en avril, par l'herbe la plus tendre, va, fleur, mille fleurs ravissant». Les poèmes se suivent et se ressemblent, se répètent, et c'est toujours la même femme, le même scénario, le désir est vif, l'appétit impatient, le plaisir rapide, la conclusion, le plus souvent, sombre et amère. La Beauté est un souci, il y a quelque chose d'empoisonné dans la métaphysique, la fleur ne dure qu'un matin ou qu'un jour :

Prends cette rose aimable comme toi,
Qui sers de rose aux roses les plus belles,
Qui sers de fleur aux fleurs les plus nouvelles,
Dont la senteur me ravit tout de moi.

Mais :

Il faut tromper doucement le trépas,
Car aussi bien sous la terre là-bas,
Sans rien sentir, le corps n'est plus que cendre.

Dieu est donc en train de mourir, les fleurs ne sont plus éternisables. On perd les fleurs du Bien, on les retrouvera dans le Mal. Ronsard est à la charnière des Temps modernes. Il vibre, il est inquiet. Après Cassandre, Marie :

Douce, belle, amoureuse et bien-fleurante Rose,
Que tu es à bon droit aux amours consacrée !
Ta délicate odeur hommes et Dieux recrée,
Et bref, Rose, tu es belle sur toute chose.

On ne sait pas si la belle, à ce discours, ne se tient plus de joie et laisse tomber sa fleur dans le bec du poète. Il ne faudra pas moins que la rude leçon du *Don Quichotte* pour remettre Dulcinée dans la dimension hallucinatoire d'une odeur de vieille salade transformée en délicieux parfum.

Au passage, ce vers extraordinaire :

Vivons, mon cœur, vivons sans désirer la mort !

C'est donc qu'il pourrait la désirer ?

En tout cas, Marie meurt. Et c'est un admirable poème, dans le second livre des *Amours*, *Sur la mort de Marie* (composé sans doute non pas pour Marie l'Angevine, mais pour Marie de Clèves, maîtresse d'Henri III, morte en 1574) :

Comme on voit sur la branche au mois de mai la rose,
En sa belle jeunesse, en sa première fleur,
Rendre le ciel jaloux de sa vive couleur
Quand l'Aube de ses pleurs au point du jour l'arrose ;
La grâce dans sa feuille, et l'amour se repose,
Embaumant les jardins et les arbres d'odeur ;
Mais battue ou de pluie, ou d'excessive ardeur,
Languissante elle meurt, feuille à feuille déclose.
Ainsi en ta première et jeune nouveauté,
Quand la Terre et le Ciel honoraient ta beauté,
La Parque t'a tuée, et cendre tu reposes.
Pour obsèques reçois mes larmes et mes pleurs,
Ce vase plein de lait, ce panier plein de fleurs,
Afin que vif et mort ton corps ne soit que roses.

On se laisse reprendre par la musique de Ronsard, remplaçant Marie par Hélène («Ma douce Hélène, non, mais bien ma douce haleine»), laquelle va de nouveau incarner le mois d'avril, les œillets, les lys et les roses vermeilles qui, bien entendu, riment avec merveille. Le refrain philosophique reste le même, et la rengaine se poursuit un peu partout, jusqu'à Malherbe : «et rose, elle a vécu ce que vivent les roses, l'espace d'un matin.» La rose s'effondre à midi, elle est inconcevable le soir ou la nuit. L'Amour et la Mort sont une seule chose (croyance tenace), l'Amour et les fleurs ne durent qu'un printemps. Le poète, bientôt, ne sera plus qu'un fantôme sous terre, et la Belle Rose sera une vieille femme « au foyer accroupie », regrettant et récitant avec mélancolie son Ronsard. C'est du moins ce qu'on lui répète, à la Belle :

> Vivez si m'en croyez, n'attendez à demain,
> Cueillez dès aujourd'hui les roses de la vie.

Puisque :

> Vous êtes le bouquet de votre bouquet même,
> Et la fleur de sa fleur, sa grâce et sa pudeur.

Est-ce une bonne stratégie amoureuse de parler à une femme-fleur ravissante de sa destruction future ? N'y a-t-il pas là une trace de ressentiment, d'esprit de vengeance, bref le parfum reconnaissable et morbide du nihilisme en cours ? Pourquoi une pleine jouissance penserait-elle à la mort ? On se le demande.

SHAKESPEARE

Nous avons maintenant besoin de musique, de magie et de féerie. De même que pour le mystère de l'Incarnation la musique indépassable est l'*Incarnatus* de la *Grande Messe en ut mineur* de Mozart (Maria Stader dirigée par Ferenc Fricsay), de même, pour les combinaisons secrètes et atomiques de la nature, il nous faut Purcell ou Bach, par exemple, les *Suites anglaises* de ce dernier (gavotte de la suite n° 3, en *sol* mineur, par Murray Perahia). Large broderie d'un côté, piqué et perles de l'autre.

Le latin, l'italien, l'anglais, l'allemand, toujours pas

le français. Et, là, le coup de baguette est évidemment donné par Shakespeare. Il se meut comme personne, à travers les éléments, il vole, il s'insinue, il agit, il pointe. Ainsi *Le Songe d'une nuit d'été*.

C'est le début de l'acte II. C'est une fée qui parle :

«Par la colline, par la vallée, à travers les buissons, à travers les sources, par les parcs, par les haies, à travers l'eau, à travers le feu, j'erre en tous lieux, plus rapide que la sphère de la lune. J'accompagne la reine des fées et j'humecte les cercles qu'elle trace sur le gazon. Les primevères les plus hautes sont ses gardes. Vous voyez des taches sur leur robe d'or : ce sont les rubis, les bijoux de la fée, taches de rousseur d'où s'exhale leur senteur. Il faut à présent que j'aille chercher des gouttes de rosée, pour en suspendre une perle à chacune de leurs oreilles.»

Les fleurs, les fées, la magie, les drogues. Prospero, Ariel, Obéron, Puck. La fleur hermétique *molu* qui, dans l'*Odyssée*, protège des envoûtements de Circé, est ici, au contraire, la fleur qui, par vengeance comique, va déclencher un amour passionné. Obéron contraint Titania, la reine des fées, à aimer Bottom, transformé en âne.

Obéron à Puck :

«Donne-moi la fleur. Je connais un talus où s'épanouit le thym sauvage, l'oreille d'ours et la violette inclinée. Il est couvert par un dais de chèvrefeuille vivace, d'églantiers et de roses musquées. C'est là que dort Titania à un certain moment de la nuit, bercée dans ces fleurs par les danses et les délices ; c'est là que le serpent jette sa peau émaillée, vêtement assez long pour couvrir une fée. Je teindrai ses yeux avec le suc de cette fleur, et je l'obséderai d'odieuses fantaisies...»

Titania à Bottom (transformé en âne) :

« Viens t'asseoir sur ce lit en fleurs, que je caresse tes joues charmantes et que j'attache des roses musquées sur ta tête douce et lisse, et que je baise tes belles et longues oreilles, mon doux trésor ! »

C'est méchant, c'est drôle, c'est moral d'immoralité, c'est parfait.

« Ainsi le chèvrefeuille embaumé s'enlace doucement, ainsi le lierre femelle s'enroule aux doigts rugueux de l'orme. »

Voici donc une fleur du Mal (mais pour rire), un philtre, un suc de luxure. On retrouve d'ailleurs Bottom dans les *Illuminations* de Rimbaud, grand lecteur de Shakespeare.

Écoutons l'anglais : *The fresh lap of the crimson rose.* La guerre des Deux Roses en Angleterre : York (blanche), Lancastre (rouge).

Le sein frais de la rose cramoisie.

LA BRUYÈRE

L'ère chrétienne est bouclée, les Temps modernes s'achèvent. Ils ont duré jusqu'à l'insurrection de l'Histoire mondiale, avec deux guerres ouvrant sur l'ère planétaire où nous sommes entrés, avant d'aborder une tout autre dimension du temps.

Première Guerre mondiale : 9 millions de morts. Seconde : 49 millions. Désormais, ni guerre ni paix, guerre permanente, religions, sexes, classes, races. Là-dedans, les fleurs...

Les débuts des Temps modernes correspondent à

l'ère du soupçon, autrement dit de la mode. Grande lucidité de La Bruyère dans ses *Caractères* :

« Une personne à la mode ressemble à une fleur bleue qui croît de soi-même dans les sillons, où elle étouffe les épis, diminue la moisson, et tient la place de quelque chose de meilleur ; qui n'a de prix et de beauté que ce qu'elle emprunte d'un caprice léger qui naît et qui tombe presque dans le même instant : aujourd'hui elle est courue, les femmes s'en emparent ; demain elle est négligée, et rendue au peuple. »

« Une personne de mérite, au contraire, est une fleur qu'on ne désigne pas par sa couleur, mais que l'on nomme par son nom, que l'on cultive pour sa beauté ou pour son odeur ; l'une des grâces de la nature, l'une de ces choses qui embellissent le monde ; qui est de tous les temps et d'une vogue ancienne et populaire ; que nos pères ont estimée, et que nous estimons après nos pères ; à qui le dégoût ou l'antipathie de quelques-uns ne sauraient nuire : un lys, une rose. »

(Quel merveilleux autoportrait !)

Ces noms d'écrivains français, tout de même : Villon, La Bruyère, La Fontaine, Pascal, Bossuet, Racine, Retz, Sévigné, Molière, Saint-Simon, La Rochefoucauld, Vauvenargues, Voltaire, Diderot, Rousseau, Laclos, Sade, Chateaubriand, Baudelaire, Lautréamont, Rimbaud, Mallarmé, Claudel, Breton, Aragon, Proust, Bataille, Artaud, Céline, Genet, Debord... Quel *massif* !

Et maintenant, portrait du fétichiste aveuglé :
« Le fleuriste a un jardin dans un faubourg : il y court au lever du ciel, et il en revient à son coucher. Vous le voyez planté, et qui a pris racine au milieu de ses tulipes et devant la *Solitaire* : il ouvre de grands yeux, il frotte ses mains, il se baisse, il la voit de plus près, il

ne l'a jamais vue si belle, il a le cœur épanoui de joie ; il la quitte pour l'*Orientale*, de là il va à la *Veuve*, il passe au *Drap d'or*, de celle-ci à l'*Agathe*, d'où il revient enfin à la *Solitaire*, où il se fixe, où il se lasse, où il s'assied, où il oublie de dîner : aussi est-elle nuancée, bordée, huilée, à pièces emportées ; elle a un beau vase ou un beau calice : il la contemple, il l'admire. Dieu et la nature sont en tout cela ce qu'il n'admire pas ; il ne va pas plus loin que l'oignon de sa tulipe, qu'il ne livrerait pas pour mille écus, et qu'il donnera pour rien quand les tulipes seront négligées et que les œillets auront prévalu. Cet homme raisonnable, qui a une âme, qui a un culte et une religion, revient chez soi fatigué, affamé, mais fort content de sa journée : il a vu des tulipes. »

Est-il nécessaire de faire remarquer à quel point tout cela est admirablement écrit ? Oui, je crois. Car si je ne le fais pas, qui le fera ?

VOLTAIRE

Vous avez noté, dans *Le Songe d'une nuit d'été*, l'apparition de l'*oreille d'ours*. Il s'agit de la *primavera auricula*, que Voltaire, dans un passage de *Candide*, convoque davantage pour son nom que pour le velouté de ses couleurs ou sa ténacité. C'est Pangloss, toujours un peu libidineux, qui parle (il est à Constantinople) :

« Un jour, il me prit fantaisie d'entrer dans une mosquée ; il n'y avait qu'un vieil imam et une jeune dévote très jolie qui disait ses patenôtres, sa gorge était toute découverte : elle avait entre ses deux tétons un beau

bouquet de tulipes, de roses, d'anémones, de renon-
cules, d'hyacinthes et d'oreilles d'ours ; elle laissa tomber son bouquet ; je le ramassai, et je le lui remis avec
un empressement très respectueux. Je fus si longtemps
à le lui remettre que l'imam se mit en colère, et voyant
que j'étais chrétien, il cria à l'aide. On me mena chez
le cadi, qui me fit donner cent coups de lattes sur la
plante des pieds et m'envoya aux galères. »

Voltaire, comme d'habitude, s'amuse : une dévote
dans une mosquée ? disant des « patenôtres » ? sans
voile ? avec une gorge hyper-fleurie « toute découverte » ? Plût au ciel !

INTERMÈDE

Les fleurs ont, paraît-il, des intentions amoureuses. Il
suffit de les faire parler (et, même si ce n'est pas le cas,
le récipiendaire des fleurs est une femme). Voici comment on s'exprimait au XIXᵉ siècle :

Acacia, blanc ou rosé, désir de plaire.

Amandier, douceur, bonté.

Amarante, rouge-brun, amour durable, rien ne pourra
me lasser.

Aubépine, prudence, restons discrets, cachons notre
amour.

Azalée, bleu ou rose, joie d'aimer, heureux de vous
aimer, heureux d'être aimé.

Bouton-d'or, joie d'aimer.

Camélia, rouge ou rose, fidélité, je vous trouve la plus belle, je suis fier de votre amour.

Clématite, blanche, désir, j'espère vous toucher.

Coquelicot, ardeur fragile, aimons-nous au plus tôt.

Cyclamen, rouge, jalousie, votre beauté me désespère.

Dahlia, reconnaissance, merci, merci.

Gardénia, blanc, sincérité.

Genêt, préférence.

Géranium, sentiments.

Giroflée, rouge-brun, jaune feu, constance, je vous aime de plus en plus.

Glaïeul, rose ou orange, rendez-vous, le glaïeul au centre d'un bouquet indique, par le nombre de fleurs, l'heure de la rencontre (tout cela avant le téléphone, le portable, et pour déjouer les interceptions postales).

Glycine, bleu violacé, tendresse.

Hortensia, caprice.

Iris, cœur tendre.

Jacinthe, joie du cœur.

Jasmin, amour voluptueux.

Laurier-rose, triomphe.

Lilas, amitié.

Lys, pureté.

Marguerite, extrême confiance.

Myosotis, souvenir fidèle.

Narcisse, froideur.

Mimosa, sécurité, personne ne sait que je vous aime.

Œillet, admiration.

Orchidée, ferveur (et même beaucoup plus).

Pavot, désigne l'heure, et complète la signification des glaïeuls (usage inconnu en Afghanistan).

Pensée, affection.

Pervenche, mélancolie.

Pétunia, obstacle, indiscrétion, surveillance.

Pivoine, vigilance, mon amour veille sur vous, veillez sur vous.

Réséda, tendresse.

Rose, amour, rose blanche : soupir, rose rose : serment, rose thé : galanterie, rose rouge vif : passion.

Scabieuse, tristesse.

Tulipe, toutes couleurs, déclaration d'amour.

Violette, amour caché, clandestinité, secret, ambiguïté sexuelle, unisexualité, etc.

Impossible, avec la violette, de ne pas penser au bouquet introduit par Manet dans le corsage de sa belle-sœur Berthe Morisot, elle-même fleur noire et rose au regard vif de noirceur. Du même, le bouquet de violettes, près d'un éventail, petit roman érotique.

Ou bien cette provocation ; le 1er avril 1930, à Berlin, a lieu la première du film de Sternberg, *L'Ange bleu*, avec Marlene Dietrich. Le soir même, elle part pour New York où elle restera jusqu'en 1960. Elle s'avance sur scène dans un manteau de fourrure blanc, l'enlève et montre, épinglé sur sa robe, dans l'entrejambe, un bouquet de violettes. Rires, photos, rideau.

Tout cela semble loin, très loin, comme d'avant le Déluge. Ces signaux, ces récits de l'oisiveté sensible, nous racontent un monde où les femmes (du moins certaines) vivaient leur vie végétale en retrait, en serre, en marge centrale, en dissimulation, et comme en attente de fécondation. On envoie encore des fleurs, bien entendu, mais sans sous-entendus. Les lys ne filent toujours pas, mais les femmes, désormais, travaillent.

Violette, beau prénom féminin. Mot étrange : viol, viole, violon, violoncelle, voile, voilette. « Ô, l'Oméga, rayon violet de ses yeux. » Rimbaud, encore : « L'araignée de la haie ne mange que des violettes. »

ROUSSEAU

Le jeudi 24 octobre 1776, Rousseau se promène sur les hauteurs de Ménilmontant. Nous sommes dans la Deuxième promenade des *Rêveries du promeneur solitaire*. Il s'est retiré en lui-même, nous dit-il, il est dans la nature, il herborise, il pense échapper ainsi à ses persécuteurs. Ce jour-là, à six heures, pendant son retour, il est renversé par un chien courant et manque passer sous les roues d'un carrosse : « Je voyais couler mon sang comme j'aurais vu couler un ruisseau, sans songer seulement que mon sang m'appartînt en aucune sorte. Je sentais dans tout mon être un calme ravissant auquel, chaque fois que je me le rappelle, je ne trouve rien de comparable dans toute l'activité des plaisirs connus. »

Rousseau, ou le bonheur retrouvé, loin du sang, dans le silence des plantes.

« Comment vivre heureux et tranquille dans cet état affreux ? J'y suis pourtant encore et plus enfoncé que jamais, et j'y ai retrouvé le calme et la paix, et j'y suis heureux et tranquille, et j'y ris des incroyables tourments que mes persécuteurs se donnent en vain sans cesse, tandis que je reste en paix, occupé de fleurs, d'étamines et d'enfantillages, et que je ne songe même pas à eux. »

« Les plantes semblent avoir été semées avec profusion sur la terre comme les étoiles dans le ciel, pour inviter l'homme par l'attrait du plaisir et de la curiosité à l'étude de la Nature... »

En 1765, Rousseau est dans son île Saint-Pierre, sur le lac de Bienne. Il laisse de côté ses livres et ses papiers, il emplit sa chambre de fleurs et de foin, il plonge dans la botanique :

« J'entrepris de faire la *Flora peninsolaris* et de décrire toutes les plantes de l'île sans en omettre une seule, avec un détail suffisant pour m'occuper le reste de mes jours... Rien n'est plus singulier que les ravissements, les extases que j'éprouvais à chaque observation que je faisais sur la structure et l'organisation végétale, et sur le jeu des parties sexuelles dans la fructification... »

Pour vaincre autour de vous et en vous vos persécuteurs (vous en avez, ne dites pas le contraire), observez donc le jeu des parties sexuelles dans la fructification. C'est sur ce point précis que vos ennemis se trompent. Ils sentent en vous un expérimentateur hostile qui échappe à leur règne lourd.

Rousseau parle des plantes, mais jamais d'une fleur particulière. L'eau et la nature l'apaisent, le rendent à lui-même, loin d'une culture de mort dont l'anatomie est le signe :

« Quels appareils affreux qu'un amphithéâtre anatomique, des cadavres puants, de baveuses et livides chairs, du sang, des intestins dégoûtants, des squelettes affreux, des vapeurs pestilentielles : ce n'est pas là, sur ma parole, que Jean-Jacques ira chercher ses amusements...»

Et tout de suite après :

«Brillantes fleurs, émail des prés, ombrages frais, ruisseau, bosquets, verdure, venez purifier mon imagination salie par tous ces hideux objets...»

Et encore :

«C'est la chaîne des idées accessoires qui m'attache à la botanique : les prés, les eaux, la solitude, la paix, le repos...»

Rousseau n'est pas un libertin : nulle fleur ne s'impose à lui comme tentation physique, et ce n'est pas lui qu'une fleur du mal viendrait visiter. Personne n'aurait l'idée d'appeler une rose *La Nouvelle Héloïse*, nom, peut-être, d'une rosière d'autrefois, mais on pourrait s'attendre à voir éclore *La Béatrice*, *La Juliette*, *L'Albertine*, Le Bien, le Mal, l'Équivoque. Un détour dans le temps et l'espace nous pousse maintenant vers la tulipe. Elle vient de loin aussi, celle-là, elle nous attendait, la voilà.

OMAR KHAYAM

Nous sommes maintenant entre le XIe et le XIIe siècle. Il y a un paradis en Perse, et ce paradis est une ville, Nishâpur, dont les géographes arabes donnent alors la description suivante :

Autour de Nishâpur, des champs couverts de violettes, de jasmins, d'iris,

Dès qu'on entre dans la ville, le parfum délicieux des
jardins et des vergers,
Les faubourgs sont pleins de fontaines.

C'est là qu'est né un des esprits les plus libres de tous les temps, mathématicien célèbre, astronome réputé, mais aussi poète anarchiste aristocratique, auteur des *Rubayat*, quatrains où il n'est question que de vin, d'ivresse et de filles. «Enivrez-vous», dira Baudelaire beaucoup plus tard. Mais où en était l'Occident à l'époque?

Voici la grande civilisation persane :

Vous mes compagnons, vous les libres...
Au loin islam, religion, péché!...
Assieds-toi au Paradis avec une jolie...

Jolie fait penser à l'époque Éva de Picasso («ma jolie»), mais ici une jolie est une tulipe, toutes les jolies filles sont des tulipes. Omar Khayam (1040-1125) vit à l'ombre de tulipes en fleur, comme d'autres au soleil de femmes épanouies. Il les célèbre sans cesse à travers le vin. Si je n'ai pas bu de vin, dit-il, ma jolie est comme de l'herbe. Si j'en ai bu un peu, c'est une rose. Mais si j'en ai bu beaucoup, alors c'est une tulipe. Le vin fait venir les filles en fleurs. «Une jolie fille à joues de tulipes» va nous servir du vin. Et Khayam, à qui on doit, entre autres traités, une *Méthode pour l'exercice des racines carrées et cubiques* et une *Démonstration des problèmes d'algèbre*, ce même Khayam qui administrait un observatoire, calculait des binômes et des équations du quatrième degré, répète, sans arrêt, qu'il s'enivre et qu'il n'y a pas mieux à faire sur cette terre. On n'a jamais vu la science et la jouissance immédiate, les mathématiques, le vin, les fleurs et les femmes, composer un bouquet aussi incongru.

Boire du vin, chatouiller des jolies comme des tulipes,
C'est mieux que des cafarderies, des hypocrisies,
S'ils sont damnés, ceux qui font l'amour et qui boivent
*   du vin,*
Qui donc voudra voir le Paradis ? Qui ?

Une telle déclaration est-elle dépassée dix siècles après ? Nous en reparlerons en 3010. Mais ne pouvons-nous pas déjà avoir honte de voir de plus en plus interdits le vin, les jolies, le temps, les tulipes ?

Vin, tulipe, rose, regardez ma jolie.

Voilà au moins quelqu'un que ni l'algèbre, ni Dieu, ni l'infini du cosmos ne semble troubler le moins du monde :

Nous ne quittons le verre de vin ni le jour ni la nuit,
Nous ne laissons en paix les filles ni le jour ni la nuit,
Si nous sommes ainsi, c'est que Dieu nous a faits ainsi,
Nous sommes avec le vin, avec les filles, avec Dieu,
*   jour et nuit.*

Inutile de dire que, sauf prudence momentanée, on ne trouve Khayam ni à la mosquée, ni à la synagogue, ni à l'église, ni au couvent, ni au temple :

Libertin comme une tulipe ! à la fois infidèle et croyant !

Il le dit explicitement : nous sommes comme des pièces jouées par le Ciel sur un échiquier, et qui sont rebasculées, une par une, dans le Néant. Il parle carrément à partir du néant des mathématiques, des galaxies, du vin, des fleurs et des filles. La rose est sans pourquoi, mais pas sans comment :

L'état de la rose, le buveur seul est en état de le savoir,
Et pas les tristes docteurs au triste savoir.

Arrière, donc, clergés, faux savants, hypocrites et vanités en tout genre, râteliers universitaires, puritains, puritaines, mélancolies, ressentiment, gémissements poétiques, immense tartuferie sociale sous tous les climats et dans tous les temps :

La rose de la gaieté s'est épanouie !
Tout point que peint la violette en jaillissant de terre,
A été un grain de beauté sur la joue d'une jolie !

Ou encore :

La torche de la rose s'est allumée au milieu des prés
en fleurs,
Mettons-nous près du fleuve avec une guirlande de
filles aux yeux noirs.

Omar Khayam est aussi légendaire pour avoir écrit un quatrain très blasphématoire contre sa mère :

Ô cent fois, mille fois damnée,
Ô digne d'allumer le feux de l'enfer,
Jusqu'à quand vas-tu prier pour le salut d'Omar ?
Qui donc es-tu pour enseigner la pitié ?

Ces vers sont stupéfiants, et ont peu d'équivalents, comme inspiration, dans l'histoire humaine. Le matricide est très rare : Baudelaire («les bûchers consacrés aux crimes maternels»), Rimbaud, Joyce. Il fallait oser.

Ce n'est pas tout : un témoin est passé, vingt-cinq ans après la mort de Khayam, devant sa tombe, au pied d'un mur au-dessus duquel des poiriers et des abricotiers, étendant leurs branches, avaient répandu leurs pétales sur la dalle au point qu'elle en était entièrement recouverte.

Un tombeau de fleurs.

CITATIONS

La misère des temps est telle que la plupart des critiques croient qu'on peut se débarrasser d'un livre en disant qu'il comporte beaucoup de citations. Sur ce sujet, Debord, dans *Panégyrique*, dit ce qu'il faut :

«Les citations sont utiles dans les périodes d'ignorance ou de croyances obscurantistes. Les allusions sans guillemets, à d'autres textes que l'on sait très célèbres, comme on en voit dans la poésie classique chinoise, dans Shakespeare ou dans Lautréamont, doivent être réservées aux temps plus riches en têtes capables de reconnaître la phrase antérieure, et la distance qu'a introduite sa nouvelle application. On risquerait aujourd'hui, où l'ironie même n'est plus toujours comprise, de se voir de confiance attribuer la formule, qui d'ailleurs pourrait être hâtivement reproduite en termes erronés. La lourdeur ancienne du procédé des citations exactes sera compensée, je l'espère, par la qualité de leur choix. Elles viendront avec à-propos dans ce discours : aucun ordinateur n'aurait pu m'en fournir cette pertinente variété.»

Et encore :

« Autre avantage : en se référant au vaste *corpus* des textes classiques parus en français tout au long des cinq siècles antérieurs à ma naissance, mais surtout dans les deux derniers, il sera toujours facile de me traduire convenablement dans n'importe quel idiome de l'avenir, même quand le français sera devenu une langue morte. »

Après avoir constaté honnêtement qu'aucun ordinateur n'aurait pu fournir la pertinente variété des citations de ce livre (*Fleurs*, publié en français au début du XXIe siècle), il restera à se demander *qui* aura été capable, à quel moment, et pourquoi, de composer un tel florilège.

Florilège : du latin *flos*, *floris*, fleur, et *legere*, choisir. Recueil de poésies. Sélection de choses remarquables.

Autrement dit : comment fallait-il vivre pour savoir lire à ce point ?

Réponse dans un roman, *Femmes*, qu'on peut lire en même temps que *Fleurs*.

BAUDELAIRE

Que s'est-il passé ? Pourquoi, tout à coup, à Paris, *Les Fleurs du Mal* ? Le Bien n'en voulait donc plus ? Les femmes ne sont plus des fleurs innocentes ? Un serpent les a mordues ? Le Diable est de retour ?

« Des poètes illustres, écrit Baudelaire, s'étaient partagé depuis longtemps les provinces les plus fleuries du domaine poétique... »

Les provinces fleuries... Mais voici la capitale.

« La France traverse une phase de vulgarité... »

Scandale des *Fleurs du Mal*, de *Madame Bovary* et, plus tard, d'*Ulysse*. Les fausses fleurs académiques (morale, religion, société) fondent comme de la cire au soleil. Auparavant, le faux se défend comme il peut : tribunal, injures.

« J'avais mis quelques ordures pour plaire à MM. les Journalistes. Ils se sont montrés ingrats. »

Peu importe :

« J'ai un de ces heureux caractères qui tirent une jouissance de la haine et qui se glorifient dans le mépris. Mon goût diaboliquement passionné de la bêtise me fait trouver des plaisirs particuliers dans les travestissements de la calomnie. »

Faut-il s'expliquer ? Non :

« Ceux qui savent me devinent, et pour ceux qui ne peuvent ou ne veulent pas comprendre, j'amoncellerais sans fruit les explications. »

La rose céleste a disparu, les cathédrales sont devenues des cercueils, la prostitution règne, je suis un vieux boudoir plein de roses fanées, j'ai plus de souvenirs que si j'avais mille ans, l'angoisse est despotique, il faudra retrouver la Beauté ailleurs, tout en bas ou là-bas, sous d'autres cieux, dans un autre monde :

> *Nous aurons des lits pleins d'odeurs légères,*
> *Des divans profonds comme des tombeaux,*
> *Et d'étranges fleurs sur des étagères,*
> *Écloses pour nous sous des cieux plus beaux.*

Oui, que s'est-il passé ? Quand le cardinal de Retz veut décrire une femme, c'est tout simple : « Je trouvai Mlle de Sceaux très belle, le teint du plus grand éclat du monde, des lys et des roses en abondance. » Et voilà. Mais Baudelaire, lui, et il a ses raisons, voit un noir mystère dans cette abondance : une arrogance et une insolence.

> *J'ai puni sur une fleur*
> *L'insolence de la Nature.*

Cette fleur est trop sûre d'elle-même, cette femme est trop gaie :

> *Les retentissantes couleurs*
> *Dont tu parsèmes tes toilettes*
> *Jettent dans l'esprit des poètes*
> *L'image d'un ballet de fleurs.*

Un poète (Ronsard) se languissait auprès de sa Fleur ? Voici le moment de la contre-attaque :

> *Que m'importe que tu sois sage ?*
> *Sois belle ! et sois triste ! Les pleurs*
> *Ajoutent un charme au visage,*
> *Comme le fleuve au paysage,*
> *L'orage rajeunit les fleurs.*

Le «noir mystère», c'est que les fleurs peuvent très bien se passer du poète et du bourdon fécondateur pour s'aimer entre elles. *Les Fleurs du Mal* devaient d'abord s'appeler *Les Limbes*, puis *Les Lesbiennes*. Et voici :

> *Car Lesbos entre tous m'a choisi sur la terre,*
> *Pour chanter le secret de ses vierges en fleurs,*
> *Et je fus dès l'enfance admis au noir mystère*
> *Des rires effrénés mêlés aux sombres pleurs.*

Cette «admission» et cette élection de Baudelaire, hors du principe de contrôle du «vieux Platon» (c'est-à-dire, finalement, de toute la métaphysique fondée sur l'homosexualité masculine), intriguait beaucoup Proust, on le sait (la mère de Proust n'aimait pas Baudelaire). Proust n'est pas Gide, il rêve d'avoir le bon passeport. L'ombre équivoque et inaccessible des jeunes filles en fleurs vient de là, et il faut savoir entendre *libertine* dans *Albertine*.

Baudelaire, après avoir récusé sa mère (forcément alliée du «vieux Platon»), ouvre la poésie à une tout autre aventure :

> *Sous la tutelle invisible d'un Ange,*
> *L'Enfant déshérité s'enivre de soleil,*
> *Et dans tout ce qu'il boit et dans tout ce qu'il mange*
> *Retrouve l'ambroisie et le nectar vermeil.*

C'est dans la Nature, donc, que la nostalgie de la liturgie catholique peut maintenant se dire. Dans *Harmonie du soir*, chaque fleur, vibrant sur sa tige, «s'évapore ainsi qu'un encensoir». Pendant que les sons et les parfums tournent dans l'air du soir, «le ciel est triste et beau comme un grand reposoir». Quant au souvenir de l'amour, il luit «en moi, comme un ostensoir».

Encensoir, reposoir, ostensoir : les fleurs du Bien ou du Mal sont, en Occident, d'essence catholique. «Personne n'est plus catholique que le Diable», dit Baudelaire, choquant ainsi tous les dévots de son temps (et de tous les temps). Mais qu'en est-il exactement du «secret» et du «noir mystère» des vierges en fleurs ? Pourquoi ces rires effrénés, pourquoi ces pleurs ? Et surtout, à quelle initiation singulière («dès l'enfance») Baudelaire fait-il allusion ? Faut-il être ici plus analytique ou plus clair ? Non, bien sûr.

En juillet 1872, cinq ans après la mort de Baudelaire («un vrai Dieu»), Rimbaud est à Bruxelles :

> *Plates-bandes d'amarantes jusqu'à*
> *L'agréable palais de Jupiter...*

Plus loin, «rose et sapin au soleil, et liane ont ici leurs jeux enclos...».

L'autre monde pressenti et rêvé par Baudelaire est ici soudain présent, immédiat, puissant, vibrant, affirmatif, énigmatique.

L'amarante, elle, est une plante dont on cultive, sous le nom de queue-de-renard, des espèces ornementales pour les fleurs rouges groupées en longues grappes d'un mètre de hauteur. Comme bois, il s'agit de l'acajou de Cayenne, d'un rouge *vineux*.

> *Je sais que c'est Toi qui dans ces lieux*
> *Mêles ton Bleu presque de Sahara.*

Jupiter (ou plutôt Zeus) est donc, dans la vision florale, de nouveau parmi nous, comme dans un palais en plein désert. Olympe rouge et bleu : illumination en pleine ville. Rimbaud et les fleurs, c'est toute une histoire. Elle commence par une déclaration de guerre parodique, dans une lettre à Théodore de Banville, le 15 août 1871 : *Ce qu'on dit au poète à propos des fleurs*. C'est signé Alcide Bava, par un jeune homme de dix-sept ans, et c'est un coup de revolver dans le Parnasse. Ce poème, ou plutôt ce contre-poème, n'a été révélé qu'en 1925. On note la date : juste après la Commune et la Semaine sanglante, et un 15 août (fête de l'Assomption). Au diable les jeux floraux et le romantisme de 1830, au diable les troubadours et les ménestrels, au diable le Parnasse et le symbolisme, au diable la décadence générale. Vous voulez encore des fleurs ? Mais «Des lys ! Des lys ! On n'en voit pas ! ». Et d'ailleurs «l'Art n'est plus... là ! ».

> *Ô blanc Chasseur qui cours sans bas*
> *À travers le pâtis panique,*
> *Ne peux-tu pas, ne dois-tu pas*
> *Connaître un peu ta botanique ?*

Rude leçon :

> *En somme, une Fleur, Romarin*
> *Ou Lys, vive ou morte, vaut-elle*
> *Un excrément d'oiseau marin ?*
> *Vaut-elle un seul pleur de chandelle ?*

Rimbaud *voit* : c'est désormais le «Siècle d'enfer», chemin de fer, télégraphe, accélération irrésistible et irréversible des sciences et des techniques :

> *Commerçant ! colon ! médium !*
> *Ta tête sourdra, rose ou blanche,*
> *Comme un rayon de sodium,*
> *Comme un caoutchouc qui s'épanche !*
>
> *De tes noirs Poèmes — Jongleur !*
> *Blancs, verts et rouges dioptriques,*
> *Que s'évadent d'étranges fleurs*
> *Et des papillons électriques !*

Ce jeune homme, c'est sûr, va avoir des ennuis avec le milieu littéraire. Les poètes, maintenant, mentent, ils ne sont plus à la hauteur de la situation, il faudra inventer d'autres fleurs, ou plutôt *une autre disposition* par rapport à elles. Quoique traversé de téléphones, de journaux, d'ordinateurs, de radios, de télévisions, je peux regarder ici, tout de suite, des dizaines de papillons blancs butinant des roses sur fond d'océan.

Rimbaud : une autre expérience physique, qui se lit aussi dans les *Stupra* : « Obscur et froncé comme un œillet violet » (*Sonnet du trou du cul*), « Pour elles c'est seulement dans la raie/Charmante, que fleurit le long satin touffu » (on dirait là une description de *L'Origine du monde* de Courbet).

Claudel, effrayé, voyait en Rimbaud « un mystique à l'état sauvage ». C'est vrai qu'il est difficile d'imaginer comment le mot « mystique » pourrait rimer avec « domestique ». Mais le problème n'est pas là, pas plus que dans la réappropriation « communarde » et déçue de Breton. Rimbaud a débouché, pendant et après une saison en enfer, sur une connaissance bouleversante de la nature comme nature, ce que les *Illuminations*, surtout à propos de fleurs, montrent pleinement. La Nature se montre et aime se cacher : le végétal et le minéral se répondent.

Nous voici donc « après le Déluge » (« c'est cette époque-ci qui a sombré ! »). Et, d'emblée : « Oh les pierres précieuses qui se cachaient, et les fleurs qui regardaient déjà. »

Répétition plus loin : « Oh ! les pierres précieuses s'enfouissant, et les fleurs ouvertes ! »

Fleurs et joyaux constellent le *Paradis* de Dante. Mais la nouvelle éclosion, après une dévastation, est simultanément une occultation. Les pierres précieuses s'enfouissent et se cachent, les fleurs s'ouvrent et se *regardent*. Le lieu et la formule de Rimbaud se résument ainsi dans *Mouvement* : « le sang, les fleurs, le feu, les bijoux. » Une rose vous regarde, un rubis se dissimule, le feu de votre sang le sait : « Dans la futaie violette, bourgeonnante, Eucharis me dit que c'était le printemps. »

Les fleurs de rêve plus que réelles de Rimbaud ont des propriétés étranges. À la lisière de la forêt, elles « tintent, éclatent, éclairent ». Elles « bourdonnent » et, « sur les versants, des moissons de fleurs grandes comme nos armes mugissent ». Après le déluge, après l'orage qui rajeunit les fleurs, celles-ci se font entendre avec force, et elles parlent : « La première entreprise fut, dans le sentier déjà empli de frais et blêmes éclats, une fleur qui me dit son nom. » Lequel ? Aucun des noms connus, en tout cas, et encore moins, même si on le connaît, celui de la botanique. Son nom, c'est tout. Le nom de cette fleur est Nom.

Les fleurs sont *habitées*, comme dans le paysage de cette renaissance d'enfance :

« C'est elle, la petite morte, derrière les rosiers. »
« Le petit frère (il est aux Indes !) là, devant le couchant, sur le pré d'œillets. »
« Les vieux qu'on a enterrés tout droits dans le rempart aux giroflées. »

Les fleurs sortent, les pierres précieuses s'enfoncent, les morts sont là, entre les deux. Mais les fleurs (encore une fois, comme chez Dante) sont aussi des étoiles :
« J'ai tendu des cordes de clocher à clocher ; des guirlandes de fenêtre à fenêtre ; des chaînes d'or d'étoile à étoile, et je danse. »
Mieux :

« La fille à lèvres d'orange, les genoux croisés dans le clair déluge qui sourd des prés, nudité qu'ombrent, traversent et habillent les arcs-en-ciel, la flore, la mer. »

De mieux en mieux :

« Dames qui tournoient sur les terrasses voisines de la mer ; enfantes et géantes, superbes, noires dans la mousse vert-de-gris, bijoux debout sur le sol gras des bosquets et des jardinets dégelés. »

(Où l'on constate que le déluge a un avantage : c'est aussi le *dégel*.)

L'éternité retrouvée et réinventée de Rimbaud est un paradis d'interpénétrations des sens, des saisons, des éléments, des règnes. Le plus étonnant est qu'il l'ait noté en le vivant, alors que pour l'identifier et le comprendre il n'y avait personne. Le « gracieux fils de Pan » hermaphrodite, au « front couronné de fleurettes » passe inaperçu. Le couple royal qui s'avance « du côté des jardins de palmes » n'engendre pas la moindre curiosité. Les « vingt véhicules bossés, pavoisés et fleuris comme des carrosses anciens », filent devant nous, invisibles.

Énorme *richesse* de Rimbaud, c'est tout le problème :

« Les tapisseries, jusqu'à mi-hauteur, des taillis de dentelle, teinte d'émeraude, où se jettent les tourterelles de la veillée. »

Ou bien :

« La douceur fleurie des étoiles et du ciel et du reste descend en face du talus, comme un panier, contre notre face, et fait l'abîme fleurant et bleu là-dessous. »

(Deux fois *face*, modulation de la nuit à l'abîme en bleu, transition de *fleurie* à *fleurant*, *douceur* fleurie — toucher —, abîme *fleurant* — odeur).

Puisque ici on ne se prive de rien, pourquoi pas « des dunes illustrées de chaudes fleurs et de bacchanales », « des talus de parcs singuliers penchant des têtes d'arbre du Japon », « des crevasses de fleurs et d'eaux des glaciers », « des atroces fleurs qu'on appellerait cœurs et sœurs », et jusqu'à des « fleurs arctiques » qui existent le temps de dire qu'elles n'existent pas.

Les saisons obéissent, la scène a lieu partout sur la planète. Rimbaud est le premier horloger de l'ère planétaire, raison qui fait de lui (comme il l'a compris) l'étranger absolu de la fin des Temps modernes. Silence, donc. C'est « le grand midi » annoncé par Nietzsche, « l'heure de l'ombre la plus courte », l'heure nouvelle, splendide mais « très sévère », de la fin d'*Une saison en enfer*, celle, enfin, du *Génie* dont il faudrait savoir suivre les vues, les souffles, le corps, le jour.

« Que le monde était plein de fleurs cet été ! »

Et puis, carrément, comme si ça ne suffisait pas :

« FLEURS

D'un gradin d'or — parmi les cordons de soie, les gazes grises, les velours verts et les disques de cristal qui noircissent comme du bronze au soleil —, je vois la digitale s'ouvrir sur un tapis de filigranes d'argent, d'yeux et de chevelures.

Des pièces d'or jaune semées sur l'agate, des piliers d'acajou supportant un dôme d'émeraudes, des bouquets de satin blanc et de fines verges de rubis entourent la rose d'eau.

Tels qu'un dieu aux énormes yeux bleus et aux formes de neige, la mer et le ciel attirent aux terrasses de marbre la foule des jeunes et fortes roses. »

Vous voyez bien que, sur la mer mêlée au soleil, il y a un dieu pour les fleurs.

Le coup de dés de Rimbaud a *aboli* le hasard («Un coup de ton doigt sur le tambour décharge tous les sons et commence la nouvelle harmonie»). Heure nouvelle, nouvel amour.

Mallarmé est un coup d'arrêt métaphysique à Rimbaud, un coup d'arrêt *économe*. Comme Verlaine, et, après lui, des légions de poètes mineurs (il faut excepter l'oreille de Claudel), il est jaloux de Rimbaud, de sa beauté, de sa santé, de son extraordinaire richesse de perception et de sensation, de sa virtuosité verbale.

Économie : «Je dis : une fleur ! et, hors de l'oubli où ma voix relègue aucun contour, en tant que quelque chose d'autre que les calices sus, musicalement se lève, idée même et suave, l'absente de tous bouquets.»

Les fleurs ne sont plus des fleurs mais des idées, et le mot «fleur» lui-même consacre leur absence. La fleur idéale et laïcisée domine toutes les autres, elle n'a pas de nom, elle disparaît dans une préciosité contournée et statique. Le néant est là, sans doute mais au lieu de faire jaillir l'Être, il l'avale. C'est, paradoxalement, un manque de néant.

Il s'ensuit non pas la floraison et la dépense éperdue de Rimbaud («Solde de diamants sans contrôle») mais une expérience tombale et contrainte. La célèbre formule «La Destruction fut ma Béatrice» (comme quoi Dante continue à hanter les esprits) sera reprise, de façon fascinée, par la rumination nihiliste. Le négatif tend à se figer dans une rétention platonique, le vieux Platon a de nouveau frappé. Ainsi dans la *Prose pour des Esseintes* :

Oui, dans une île que l'air charge
de vue et non de visions
Toute fleur s'étalait plus large
Sans que nous en devisions.

Telles, immense, que chacune
Ordinairement se para
D'un lucide contour, lacune,
Qui des jardins la sépara.

Gloire du long désir, Idées,
Tout en moi s'exaltait de voir
La famille des iridées
Surgir à ce nouveau devoir.

Vous avez bien lu : les fleurs platoniciennes, aspirées et vampirisées par l'Idée, s'étalent, grandissent, mais sont chacune *séparées* du jardin. Le fait de se parer les sépare. D'ailleurs :

De lys multiples la tige
Grandissait trop pour nos raisons.

Une telle érection est déraisonnable, sans parler, à la fin (sépulcrale), d'un «trop grand glaïeul» qui se dresse comme un phallus interdit.

Mallarmé, dans sa vision, nous dit qu'il est avec une sœur «sensée et tendre», son âme-sœur si l'on veut. Ils sont silencieux, les fleurs s'exaltent, mais sans aucun parfum ni aucune couleur. Les iridées sont une *famille* (en effet : iris, safran, glaïeul, crocus), mais, à part les lys (et le glaïeul-aïeul, donc), pas d'autres fleurs concrètes, glas, spasme sec. L'iris de l'œil rentre dans la fleur du «devoir» (le devoir, chez Rimbaud est, au contraire, l'ardeur des braises de satin). Aucune femme ne saurait s'y trouver, sauf comme stèle. Notre seule étoile est morte, le soleil noir de la mélancolie absorbe le jour. En définitive, la formule : «La Destruction fut ma Béatrice» est aussi cocasse que celle qui dirait : «Le Poison fut ma Rose». On comprend mieux, ainsi, l'extrême agressivité de Mallarmé à l'égard de Rimbaud (il n'a fait que passer, tout aurait eu lieu sans lui) qu'il a été, comme Verlaine, incapable de lire. Il a disparu en Éthiopie, celui-là? Tant mieux. André Breton (pas de fleurs) dira que Rimbaud s'est trompé, qu'il a voulu nous tromper. Claudel, plus sensuel (rosace), se précipitera à Notre-Dame après la lecture «séminale» des *Illuminations* dans *La Vogue*. Mais les fleurs de Rimbaud ne signifient ni la Commune de Paris ou l'avenir du socialisme, ni un renouveau de cathédrale. Elles sont ici, tout de suite, dehors. Relisons : de fines verges de rubis entourent la rose d'eau et, tel un dieu aux énormes yeux bleus et aux formes de neige, la mer et le ciel attirent aux terrasses de marbre la foule des jeunes et fortes roses. Iris, messagère divine, est là comme un arc-en-ciel. C'était hier, c'est demain, c'est aujourd'hui.

PROUST

Après Dante, Shakespeare et Rimbaud, le jeu moisit, sauf chez les peintres. Le temps se perd, l'éternité, un moment retrouvée, s'abîme dans l'ombre, le soupçon, la frigidité, l'abstraction, le deuil. Pour aller vite à travers le siècle dernier, Gide, Valéry, Sartre, Malraux, Camus, Blanchot, Duras, Lacan, Foucault, Deleuze, etc. : beaucoup de discours, peu de fleurs.

Mais voici un botaniste génial, le grand aventurier intérieur : Proust. Lui aussi est seul, et il le reste.

Le narrateur de la *Recherche du temps perdu* commence par nous entraîner dans son laboratoire tournant de sommeil et d'enfance, pour nous conduire assez vite dans «une petite pièce sentant l'iris» où il a pris très tôt l'habitude de s'enfermer. Ce sont, bien entendu, les toilettes, seul lieu de la maison qu'il peut fermer à clef. L'endroit ne sent pas que l'iris : il est aussi parfumé par un cassis sauvage «poussé au-dehors entre les pierres et la muraille et qui passait une branche de fleurs par la fenêtre entrouverte». On peut aussi apercevoir au loin un *donjon*. Écoutons bien : le cassis est sauvage, il introduit par la fenêtre entrouverte sa branche fleurie. C'est le cabinet du cassis. Là, en dehors d'opérations communes et plus «vulgaires», se déroulent des occupations qui réclament «une inviolable solitude : la lecture, la rêverie, les larmes et la volupté».

Tout l'art de Proust consiste à suggérer, à prendre l'analogie à sa source, et il n'est donc pas question de «masturbation» mais d'une éclosion logique : l'odeur équivoque de l'iris, la branche fleurie passant par la fenêtre entrouverte, les mots eux-mêmes, *iris*, *cassis* (le cassis, comme le groseillier, est une promesse de confiture). Une fleur, c'est d'abord la possibilité de sensations multiples, à commencer par les yeux devenus narines. Le narrateur se touche comme une fleur musicale, c'est un très bon instrumentiste. Mais où apprend-il d'abord ces combinaisons? À l'église Saint-Hilaire, une simple église catholique de la province française. On sait que Proust s'est élevé, en son temps, contre la campagne anticléricale qui voulait aggraver le programme d'éradication du catholicisme français (transformation des cathédrales en musées, etc.). Son intérêt pour les églises romanes est constant, non par foi religieuse, ni par esthétisme historique, mais parce qu'il sent que ce culte est l'occasion de rassembler une foule de perceptions profondes, une convocation de tous les sens à la fois, mois de Mai, dévotion à Marie, bouquets et brassées offerts à l'Au-delà, c'est-à-dire à un Ici d'habitude ignoré et décoratif.

Ainsi de la révélation des aubépines :

« Quand, au moment de quitter l'église, je m'agenouillai devant l'autel, je sentis tout d'un coup, en me relevant, s'échapper des aubépines une odeur amère et douce d'amandes, et je remarquai alors sur les fleurs de petites places plus blondes sur lesquelles je me figurai que devait être cachée cette odeur comme sous les parties gratinées le goût de la frangipane ou sous leurs taches de rousseur celui des joues de Mlle Vinteuil. Malgré la silencieuse immobilité des aubépines, cette intermittente odeur était comme le murmure de leur vie intense dont l'autel vibrait ainsi qu'une haie agreste visitée par de vivantes antennes, auxquelles on pensait en voyant certaines étamines presque rousses qui semblaient avoir gardé la virulence printanière, le pouvoir irritant, d'insectes aujourd'hui métamorphosés en fleurs. »

Odeur, goût, métamorphoses, femme (et pas n'importe laquelle, Mlle Vinteuil, scandaleuse lesbienne), toute cette « virulence printanière » se trouve au pied d'un autel devenu un brasier érotique local.

On est du côté de Méséglise (décidément), du côté de chez Swann. Proust accentue sa pression florale : ce sont maintenant des lilas, des capucines, des myosotis, des pervenches, des glaïeuls, des lys et, plus loin, des pensées, des verveines, des jasmins, des giroflées. Mais le mystère est bien celui des aubépines (entendre, dans *aubépines*, *aube* et *épines*).

«La haie formait comme une suite de chapelles qui disparaissaient sous la jonchée de leurs fleurs amoncelées en reposoir; au-dessous d'elles, le soleil posait à terre un quadrillage de clarté, comme s'il venait de traverser une verrière; leur parfum s'étendait aussi onctueux, aussi délimité en sa forme que si j'eusse été devant l'autel de la Vierge, et les fleurs, aussi parées, tenaient chacune d'un air distrait son étincelant bouquet d'étamines, fines et rayonnantes nervures de style flamboyant comme celles qui, à l'église, ajouraient la rampe du jubé ou les meneaux du vitrail et qui s'épanouissaient en blanche chair de fleur de fraisier. Combien naïves et paysannes en comparaison sembleraient les églantines qui, dans quelques semaines, monteraient elles aussi en plein soleil le même chemin rustique, en la soie unie de leur corsage rougissant qu'un souffle défait.»

Proust parle en même temps des aubépines et de la phrase qu'il est en train d'écrire : les fleurs sont des mots, les mots sont des fleurs. Il cherche à s'identifier le plus possible à un phénomène qui l'enivre mais qu'il ne comprend pas. Il voudrait «s'ouvrir à son rythme», mélodie, intervalles musicaux. Il se repose un instant devant un seul coquelicot «faisant cingler au vent sa flamme rouge», puis revient aux aubépines, au plaisir obscur qu'elles lui donnent, et enfin découvre, grâce à son père qui se promène à ses côtés, une épine rose «plus belle encore que les blanches».

«Elle aussi avait une parure de fête, de ces seules vraies fêtes que sont les fêtes religieuses.» Ce rose est une chose *mangeable* comme un fromage à la crème dans lequel on a écrasé des fraises. Bref, voici que brille en souriant dans sa fraîche toilette rose, «l'arbuste catholique et délicieux».

Il sera question, plus tard, d'une dame en rose.

L'arbuste catholique et délicieux engendre une petite fille, Gilberte, qui apparaît dans un détour, blonde aux yeux noirs. Le narrateur croit qu'elle a à son égard une attitude de mépris, alors qu'il apprendra par la suite qu'il s'agissait d'une invite et d'un geste indécent. Des aubépines? Non, des *gilbertes*.

Mais il y a aussi la Vivonne, rivière parfois obstruée qui forme de petits étangs à nymphéas. Voici «une fleur de nymphéa au cœur écarlate blanc sur les bords». Et puis «des roses mousseuses en guirlandes dénouées». Il s'ensuit «un bonheur attentif, silencieux et mobile» (génie de Proust dans ses triades d'adjectifs).

Ces fleurs-là, celles des premières émotions intenses, restent les seules vraies fleurs :

«Soit que la foi qui crée soit tarie en moi, soit que la réalité ne se forme que dans la mémoire, les fleurs qu'on me montre aujourd'hui pour la première fois ne me semblent pas de vraies fleurs. Le côté de Méséglise, avec ses lilas, ses aubépines, ses bleuets, ses coquelicots, ses pommiers, le côté de Guermantes avec sa rivière à têtards, ses nymphéas et ses boutons-d'or...»

L'enfance et l'adolescence, dans le flot invisible du temps, c'est le surgissement, la prolifération, la multitude, la surabondance. Vient ensuite l'axe de la fixation érotique. L'excitation, désormais, choisit sa cible. Proust passe ainsi du mystère des aubépines à la révélation de l'orchidée «aux larges pétales mauves». L'orchidée, on s'en doute, n'est pas une fleur d'église. C'est ici le catleya d'Odette (Proust écrit *cattleya* avec un seul *t*). Avec Odette, dans le langage de son amant obsédé et jaloux, Swann, faire l'amour se dit «faire catleya». Ça commence, en voiture, par des arrangements timides de la fleur dans le corsage. Ça devient ensuite un code secret.

Comme toujours, avec Proust, et c'est sa grande force vicieuse par rapport aux étalages de laideur érotique-pornographique (plaie de notre temps), vous êtes priés d'imaginer l'acte ou la série d'actes qui s'ensuivent. Comment fait-on «catleya»? Est-ce une pratique vraiment démocratique? Tout le monde en est-il capable? Ne s'agit-il pas d'une perversion hautement spécialisée et privilégiée, et, dans son élitisme dépassé, à proscrire? N'est-il pas préférable d'encourager toutes les autres pratiques et représentations sexuelles *sauf celle-là*? Chaque magazine un peu branché de l'été me propose ses suppléments ou ses dossiers «sexe», mais nulle part, même s'il s'agit d'un ensemble désopilant sur «les philosophes et l'amour» (de Platon à Sartre), je ne trouve la moindre référence à «faire catleya». Proust n'est décidément pas à la mode. J'aurai donc parcouru en vain ces textes et ces photos (onanisme, fellation, sodomie active ou passive, postures sado-masochistes, homosexualités diverses, bref toute la ménagerie des lourds mammifères humains), sans trouver une seule femme ni une seule fleur, et encore moins un catleya.

Il entend l'anglais, Proust (traduction de *Sésame et les lys* de Ruskin), et voici son Sésame : catleya. On dit *un* catleya. Dans *cat*, il y a chat ou chatte, suivez mon regard vers ce *elle* et ce *il y a*. Ce Proust, n'en doutons pas, est un dangereux maniaque, une sorte de psychotique stabilisé pervers, qui doit se réjouir, ces temps-ci, de voir des plants de lys sauvages, espèce désormais protégée, faire obstacle, dans un vaste champ de village français, à la construction d'un incinérateur de déchets qui exigerait leur arrachage. La commune de Combray a pourtant un besoin urgent de cet incinérateur. Le repousser à cause de lys est encore un mauvais coup des partisans de l'art pour l'art (dirait M. de Norpois).

Odette fait peut-être «catleya», comme son amant aux goûts raffinés mais conventionnels (Botticelli, Vermeer), elle n'en perçoit pas la nature de fleur. Encore moins peut-il être question de défloration, selon les croyances antiques, puisque nous avons affaire à une demi-mondaine, autrement dit à une prostituée de luxe, entretenue et transformée en fausse noble, Odette de Crécy. Sur la défloration, Buffon a cette phrase amusante : «Toute situation honteuse, tout état indécent dont une fille est obligée de rougir intérieurement, est une vraie défloration.» Odette est loin de cette pudeur naïve, et c'est pourquoi c'est une femme artificielle, ou une fleur artificielle, une actrice déjà usée qui, aujourd'hui, jouerait son rôle dans le carnaval people :

«Elle trouvait à tous ses bibelots chinois des formes "amusantes", et aussi aux orchidées, aux catleyas surtout, qui étaient, avec les chrysanthèmes, ses fleurs préférées, parce qu'ils avaient le grand mérite de ne pas ressembler à des fleurs, mais d'être en soie, en satin.»

N'empêche, Odette mérite d'être un nom de fleur. Donnez-moi un Odette, c'est-à-dire un catleya, oui, oui, celui-là, bien que ce ne soit pas mon genre.

Autre orchidée stratégique de la *Recherche* : le «petit arbuste» de la duchesse de Guermantes (procurez-vous donc *un Oriane*, à moins que vous ne puissiez, vu ce qui va suivre, dire par contraste *une Oriane*). C'est l'extraordinaire début de *Sodome et Gomorrhe*, la rencontre improbable, dans la cour de l'hôtel de Guermantes, entre Jupien et Charlus. La fleur d'Oriane est là, à la fenêtre, en attente d'un «miracle», c'est-à-dire de l'insecte reproducteur qui «viendrait, par un hasard providentiel, visiter le pistil offert et délaissé» (pauvre duchesse).

Proust se lance alors dans une incroyable démonstration d'érotisme floral. Il est lui-même, dit-il, «un herboriste humain», un «botaniste moral». Il a beaucoup travaillé la question de la fécondation des fleurs, surtout des hermaphrodites. Il tient à cette imagerie pour expliquer ce qu'il ne veut pas appeler l'homosexualité (mot pour lui impropre), mais l'*inversion*, par rapport, donc, à une *version*. La perversion est l'inversion, ou plutôt la réversion, d'une version. Dans ce cas, la fécondation non reproductive est quand même une fécondation mais «au sens moral». Les hommes-femmes («descendants de ceux des habitants de Sodome qui furent épargnés par le feu du ciel») sont comparés à des fleurs le plus souvent en difficulté, qui n'ont que rarement l'occasion de trouver une rencontre satisfaisante, d'où leur abstinence forcée ou leur affairement obsédé.

C'est la Recherche du pollen perdu. La fleur mâle, par exemple, n'est pas passive : ses étamines se tournent spontanément vers l'insecte pour mieux le recevoir. La fleur femme, elle (ici l'arbuste d'Oriane), «arquera coquettement ses "styles" et, pour être mieux pénétrée par l'insecte, fera imperceptiblement, comme une jouvencelle hypocrite mais ardente, la moitié du chemin». C'est toute la signification cryptée de la danse de Charlus autour de Jupien et de leur fascination réciproque, spectacle ridicule, sans doute, mais qui, lorsqu'on en a compris la finalité, devient d'une étrange beauté. Proust sait de quoi il parle : il est ici le voyeur, puis l'auditeur, de son propre vice obligatoire et divinatoire. Le bourdon n'ira peut-être pas féconder le petit arbuste de la duchesse, mais en bas, dans la cour, la fleur a trouvé son bourdon, et le bourdon sa fleur.

La scène n'est pas ragoûtante (Charlus est un quinquagénaire «bedonnant» et le giletier Jupien n'a rien d'un pâtre grec ou d'un Corydon, ce qui, on s'en doute, ne pouvait pas plaire au militant Gide), mais, dit Proust, «les lois du monde végétal sont gouvernées elles-mêmes par des lois de plus en plus hautes». Ces lois s'appliquent génétiquement à l'espèce humaine, flux et croisements incessants des générations dans la *version*, apparemment contredite, mais en réalité étayée, par l'*inversion*. L'homosexualité est ainsi au service de la reproduction «normale». Le Diable collabore à l'œuvre de Dieu (il y a encore des humains qui s'en étonnent).

À partir de là, Proust devient fou, compare les méduses répulsives de la mer à de «mauves orchidées», s'occupe de la stérilité de certaines fleurs («organe mâle séparé par une cloison de l'organe femelle»), des obstacles sans nombre à surmonter pour arriver au but (attraction des insectes par les fleurs, sécrétion de liqueur qui immunise contre les pollens qui ne conviennent pas), etc. La conjonction miraculeuse Charlus-Jupien révèle une particularité, celle des jeunes gens attirés par des hommes beaucoup plus âgés qu'eux, en restant indifférents aux avances des jeunes gens de leur âge. C'est ainsi que «restent stériles les fleurs hermaphrodites à court style de la *Primula veris* tant qu'elles ne sont fécondées que par d'autres *Primula veris* à court style aussi, tandis qu'elles accueillent avec joie le pollen de la *Primula veris* à long style.»

Question de style.

C'est ce qui s'appelle travailler son sujet. Charlus

est d'ailleurs une fleur exceptionnelle, car, parfois, de simples paroles suffisent à le satisfaire. Ses coups de semonce colériques sont des coups de semence, «comme certaines fleurs, grâce à un ressort, aspergent à distance l'insecte inconsciemment complice et décontenancé».

Bref, selon Proust, il y aurait un «hermaphroditisme initial», antique Orient, âge d'or de la Grèce, et même beaucoup plus loin, «époques d'essai où n'existaient pas les fleurs dioïques ni les animaux unisexués», ce dont porterait témoignage la péripétie biblique de Sodome et Gomorrhe (référence qui ne plaisait guère, on s'en doute, au pasteur Gide).

«Je trouvais la mimique d'abord incompréhensible pour moi de Jupien et de M. de Charlus aussi curieuse que les gestes tentateurs adressés aux insectes, selon Darwin, par les fleurs dites composées, haussant les demi-fleurons de leurs capitules pour être vues de plus loin, comme certaine hétérostylée qui retourne ses étamines et les courbe pour frayer le chemin aux insectes, ou qui leur offre une ablution, et tout simplement même que les parfums de nectar, l'éclat des corolles, qui attiraient en ce moment des insectes dans la cour.»

Ouf.

Fécondation «au sens moral», donc : Proust, dans l'inversion, trouve la confirmation de la version. Les deux voies, génétique et anti-génétique, ne conduisent à aucun Paradis, mais seulement à l'enfer social, au bordel, à l'usure, à la mort. L'obsession de l'éternel retour de la reproduction est générale, y compris dans ce qui semble en nier l'effectuation. Seule triomphe l'œuvre, immense Fleur.

Avec Colette, femme-fleur, on retrouve le sol, sa germination, sa santé, sa vertu perverse mais tonifiante. Elle vit dans les fleurs, elle les vit, elle les devine et elle les déchiffre, elle les prend au mot, elle est leur médium :

« Je fais mieux que de voir la tulipe regarder ses sens : j'entends l'iris éclore. »

« Ces roses qui ont une lèvre, une joue, un sein, un nombril, une chair givrée d'un gel indicible... »

« Nous savons que les corolles n'atteignent l'épanouissement qu'au prix d'efforts qui semblent conscients. »

Dans *Flore et Pomone*, rejetant les noms latins qui stérilisent les fleurs :

« De quels noms familiers coiffer ces créatures folles de mimétismes, déguisées en oiseaux, en hyménoptères, en plaies, en sexes ? »

Là encore, les fleurs sont des mots à trouver ou à retrouver :

« À force de me pencher sur une image de ma mémoire, il m'arrive de reconstituer une fleur qui m'intriguait autrefois. Ainsi, nous rappelons de l'abîme le mot en voie de s'engloutir et que nous saisissons par une syllabe, par son initiale, que nous tirons vers la lumière, tout mouillé d'obscurité mortelle... J'ai cherché ce calice tubulaire, sa corolle dentelée, sa couleur de cerise, son nom... »

Fine remarque sur la passion française du muguet, le 1er mai :

« Presque toute une nation exige le muguet comme le pain, au printemps. »

Muguet : ancien français *mugue*, musc (à cause de l'odeur). Mais aussi : maladie des muqueuses, due à un champignon (*candida*), qui apparaît surtout dans la bouche des nouveau-nés.

Il faut surprendre l'étonnement d'un étranger devant les jeunes vendeuses de muguet, à chaque coin de rue de Paris, encore aujourd'hui, en mai.

Et enfin, toujours le souvenir catholique, même si la Vierge est désormais en plâtre, avec l'autel de Marie à l'heure du Salut :

«L'église était étroite et chaude, et les enfants chargés de fleurs. L'intraitable odeur des lys s'épaississait et troublait les cantiques. Quelques-uns des fidèles sortaient précipitamment, quelques-uns penchaient la tête et s'endormaient, ravis par un étrange sommeil. Mais la Vierge de plâtre, debout sur l'autel, frôlait de ses doigts pendant la longue mâchoire de caïman qu'un lys entrouvrait à ses pieds, et lui souriait avec mansuétude.»

Le lys a pris trop d'importance par rapport à la rose, et le «caïman» de l'Archange mange maintenant du plâtre, ce qui n'était pas prévu par les centaines d'Annonciations de la peinture italienne. Personne ne semble plus pouvoir imaginer Marie comme une jeune fille vivante, et encore moins comme une rose grandiose. On ne voit pas Dante s'agenouiller devant une Vierge en plâtre. La plâtrification du divin annonce sa mise en images pieuses, elles-mêmes englouties par la diabolie cinématographique. Mais Titien, Tintoret ou Léonard de Vinci n'ont pas fait des *images* : leurs Annonciations, archanges, lys, femmes recueillies, paysages ou architectures sont *vraies*. On les entend respirer.

Pas de transcendance ni de vice chez l'humaniste Colette, mais une imprégnation primitive rarement égalée : «Ô géraniums, ô digitales... Celles-ci fusant du bois-taillis, ceux-là en rampe allumée au long de la terrasse, c'est de votre reflet que ma joue d'enfant reçut un don vermeil...»

Précision et ivresse de l'observation :

«Violettes à courte tige, violettes blanches et violettes bleues, et violettes d'un blanc-bleu veiné de nacre mauve...»

Et aussi :

«Tout en haut, buvant le soleil, formés de son image, règnent les tournesols à larges faces, dont le cœur est un gâteau de miel noir...»

Ou encore :

«Le jeune œillet d'Inde, en affrontant le ciel, la mer et le volubilis s'exalte...»

Et enfin, ce passage étonnant :

«Cours-la-Reine, j'aimais visiter les expositions florales qui jalonnaient si fidèlement l'année. L'azalée venait d'abord, puis l'iris et les hortensias, les orchidées, pour finir par les chrysanthèmes. Je me souviens d'une extraordinaire prodigalité d'iris en mai... Mille et mille iris, un massif d'azur avoisinant un massif jaune, un violet velouté confronté à un mauve très pâle, iris noirs couleur de toile d'araignée, iris blancs qui fleurent l'iris, iris bleus comme l'orage nocturne et iris du Japon à larges langues... Il y avait aussi les tigridias et leurs oripeaux de saltimbanques magnifiques... Mille et mille iris, occupés de naître et de mourir ponctuellement, sans cesse, de mêler leurs parfums à une fétidité d'engrais mystérieux...»

On peut rêver sur cet engrais mystérieux.

Le genêt (latin *genesta*) est un arbrisseau à fleurs jaunes, commun dans certaines landes, et formant de nombreuses espèces, parfois épineuses (famille des papilionacées).

Et voici comment Jean Genet vient habiter son nom :

« Quand je rencontre dans la lande des fleurs de genêt, j'éprouve à leur égard une sympathie profonde. Je les considère gravement, avec tendresse. Mon trouble semble commandé par toute la nature. Je suis seul au monde, et je ne suis pas sûr de n'être pas le roi et peut-être la fée de ces fleurs. Elles me rendent au passage un hommage, s'inclinent sans s'incliner mais me reconnaissent. Elles sont mon emblème naturel, mais j'ai des racines, par elles, dans ce sol de France nourri des os en poudre des enfants, des adolescents, enfilés, massacrés, brûlés par Gilles de Rais. »

Genet associe immédiatement son nom de fleur au crime. Ses fleurs du mal sont des mâles de l'assassinat considéré comme un des beaux-arts.

Il vient de loin, Genet, entre Notre-Dame de Paris, Villon et le quai aux Fleurs. Il a lu en profondeur Baudelaire, Rimbaud, Proust. Ses titres sont explicites : *Miracle de la Rose*, *Notre-Dame-des-Fleurs*. Mais voilà : il écrit en prison (Fresnes, 1942), et sa Notre-Dame n'est pas une église, mais un jeune assassin de charme dont le surnom dit tout.

Les fleurs du Bien et de la poésie étant devenues introuvables, les nouvelles fleurs du Mal incarneront un autre Bien arraché au Mal. En tout cas, elles déplâtrent. Les assassins guillotinés sont des héros, et on peut voir en eux une «merveilleuse éclosion de belles et sombres fleurs». Se révèle ainsi «rien que le vide dressé, sensible et fier comme une haute digitale» (empreinte génitale, empreinte digitale).

Genet découpe dans les journaux les photos de ces sombres fleurs, dont la tête a été, par la suite, tranchée.

«Les journaux arrivent mal jusqu'à ma cellule, et les plus belles pages sont pillées de leurs plus belles fleurs, ces macs, comme jardin en mai : les grands macs inflexibles, stricts, sexes épanouis, dont je ne sais plus s'ils sont des lys ou si lys et sexes ne sont pas totalement eux, au point que le soir, à genoux, j'embrasse de mes bras leurs jambes.»

Genet, dans sa cellule, parle comme une religieuse au couvent. C'est sainte Genet, pas du tout comédienne et encore moins martyre; ses extases, emprisonnées, mais libres, visent un *rien*, un *vide*, une fleur de mort (comme «la fleur de lys sur l'épaule des voyous d'autrefois»).

Ajoutez à cela que Genet lit beaucoup. Je suis sur un lit, je lis, je suis un lys. Ce thème de royaume (de France), même inversé (Gilles de Rais), est constant chez lui.

Macs, assassins bizarrement «innocents», tantes aux noms célestes ou floraux (Divine, Mimosa, Première-Communion), toute la féerie de Genet agace le militant protestant Sartre. Le protestantisme est toujours un puritanisme plus ou moins déguisé, alors que le catholicisme, même pudibond, est pervers, c'est connu, et c'est bien ce qui le rend insupportable.

Comportement de Divine :

«Elle croit, au milieu de tous nos gestes, jeter, les semant autour d'elle, des pétales de roses, de rhododendrons et de pivoines, comme, dans le village, les petites filles en jetaient sur les routes de la Fête-Dieu.»

Après quoi, Divine montre à Mimosa une petite photo du jeune assassin de Notre-Dame-des-Fleurs, et Mimosa la pose sur sa langue et l'avale : «Je l'adore ta Notre-Dame, je la communie.»

Ailleurs, Genet évoque «les candélabres dorés, les lys d'émail blanc, les nappes brodées d'argent, les chasubles vertes, violettes, blanches, noires, en moire ou en velours, les aubes, les surplis raides, les hosties nouvelles...».

Cet écrivain est une fleur, une sainte, un enfant de chœur, un voleur rapide et viril, un mac par projection, un marin, une tante, un assassin, un policier, un procureur, un vieillard, un voyou, un ange. C'est le grand charme transversal et transmoral de son art. À un moment, il se demande d'où il a tiré tous ces noms liturgiques :

«Ces noms ont entre eux une "parenté", une odeur d'encens et de cierge qui fond, et j'ai quelquefois l'impression de les avoir recueillis parmi les fleurs artificielles ou naturelles dans la chapelle de la Vierge Marie, au mois de mai, sous et autour de cette statue en plâtre goulu, derrière quoi, enfant, je cachais la fiole contenant mon foutre.»

Voilà donc le plâtre dix-neuviémiste vivifié et transsubstantié de la plus étrange façon. C'est une évasion.

Nature enchantée de Genet. Ainsi du visage de Pilorge (autre assassin raccourci) : «visage pareil aux pins les soirs d'orage, survol aux jardins où je passais la nuit». Ou bien (et on peut entendre ici l'accent de Rimbaud) :

«Mon enfance, comme un Sahara, tout minuscule ou immense — on ne sait pas —, abrité par la lumière, le parfum et le flux de charme personnel d'un gigantesque magnolia fleuri qui montait dans un ciel profond comme une grotte, par-dessus le soleil invisible et pourtant présent.»

Cette expérience du magnolia est à faire très tôt : je vois très bien celui que je veux dire.

Mais je ne savais pas, et vous non plus, que le nom de magnolia a été donné par Linné à cet arbre originaire d'Amérique et d'Asie en hommage au botaniste français Pierre Magnol (1638-1715) qui eut l'idée du classement des fleurs par «familles». Être transformé en arbre à fleurs splendides est, on en conviendra, un destin peu banal.

Genet donne toute sa mesure dans ce passage où Notre-Dame-des-Fleurs tue :

«J'écoute avec lui dans sa tête comme un carillon qui doit être fait de toutes les clochettes du muguet, des clochettes des fleurs du printemps, des clochettes en porcelaine, en verre, en eau, en air. Sa tête est un taillis qui chante. Lui-même, il est une noce enrubannée qui dévale, violon en tête et bouton d'oranger sur le noir des vestons, un chemin creux d'avril. Il croit bondir, l'adolescent, de vallon fleuri en vallon fleuri, jusqu'à la paillasse où le vieux enfouissait son magot. Il la tourne, la retourne, l'éventre, la vide de sa laine, mais il ne trouve rien, car rien n'est plus difficile à trouver comme l'argent après un meurtre commis exprès.»

Parole de professionnel.

PONGE

Les dates sont importantes, les titres de livres aussi. Genet, en prison, en 1942, sanctifie des fleurs criminelles. Ponge, entre 1941 et 1944, écrit loin de Paris, à Roanne, *La Rage de l'expression*. Pourquoi «la rage»? C'est que, dans la catastrophe de la Seconde Guerre mondiale, tout semble perdu, y compris la possibilité de s'exprimer «comme avant». On savait qu'une crise avait lieu, mais à ce point de destruction, non. La France, notamment, s'effondre, une civilisation disparaît, c'est le noir.

Il y a deux textes consacrés aux fleurs dans *La Rage* : *L'Œillet* et *Le Mimosa*. Ponge veut une refonte radicale du langage qui sera «poétique» s'il ne commence pas par se vouloir tel. Il envisage une entreprise difficile et de longue haleine, où seront convoqués, dit-il, l'encyclopédie, l'imagination, le rêve, le télescope et le microscope, le calembour, la rime, la contemplation, l'oubli, la volubilité, le silence, le sommeil, etc. Le partenaire principal? Le dictionnaire, puisque tous les mots, et leur histoire, sont devenus opaques, dangereux, pleins de ressources inexploitées, aussi bien distants que nouveaux. Pour le dictionnaire, donc, Littré. Pour les fleurs, Linné. Il s'agit de «relever le défi des choses au langage». «Les œillets défient le langage.» Nous ne percevons plus le monde extérieur, nous sommes devenus des clichés.

L'Europe est en feu, la France occupée, Ponge est alors membre du Parti communiste clandestin, et il s'occupe d'œillets. Est-ce bien raisonnable? Non, et voilà justement l'intérêt.

Bizarrement, il ne dit à aucun moment que le mot *œillet* est un diminutif d'*œil*. Il voit devant lui une fleur explosive et violente que Linné appelle «bouquet tout fait, bouquet parfait». C'est l'émotion, le choc. Il va aussitôt à des comparaisons de linge froissé et de crème fouettée, quelque chose de frisé, de fripé, de chiffonné, de déchiqueté (l'œillet, dit-il, est le contraire des fleurs calmes et rondes, arums, lys, camélias, tubéreuses). De là, il précise que respirer les œillets procure un plaisir «dont le revers serait l'éternuement», puis écrit, de façon stupéfiante :

«À les voir [les œillets], le plaisir qu'on éprouve à voir la culotte, déchirée à belles dents, d'une fille jeune qui soigne son linge.»

Les confidences érotiques de Ponge sont rares (il est protestant). Celle-ci est d'autant plus forte qu'elle est couplée, un peu plus loin, avec l'évocation d'une «foule sortant en delta de la communion». Que s'est-il donc passé pour lui, à ce moment-là, au bord de la Loire ? Que vient faire ici cette «fille jeune soigneuse de son linge», dont la culotte est déchirée (par qui ?) à belles dents ?

Voyons : «une tige se déboutonne hors d'une olive (plus loin : d'un *gland*) souple de feuilles». Et voici «un jabot merveilleux de satin froid» (jabot ouvre aussi sur la mousseline et la dentelle). Comme c'est curieux. Mais ne faut-il pas entendre comme un coup de frein la banalité suivante : «La fleur n'est qu'un moment de l'individu, lequel joue son rôle comme l'espèce le lui enjoint.» Est-ce bien sûr ?

Pour décrire l'œillet, nous voici roulés dans les papillotes, les torchons, les chiffons, les ruchés, les mouchoirs, les fripes, avant de déboucher (pour échapper à la culotte ?) sur une dramaturgie de «trompettes pleines de gorgées bouchées», sur des «lèvres déchirées par la violence de leurs cris», des «gorges entièrement bouchées par des langues». Malgré le côté «crémeux écumeux blanc neigeux», il s'agit donc d'un engorgement et d'une musique empêchée («languettes tordues et déchirées par la violence de leur propos»).

Plus explicitement, l'œillet est un «magnifique héros, un exemple à suivre», monté sur «un fin bambou vert» :

> À l'extrémité promise au succès
> gonfle un gland une olive souple et pointue
> Qui soudain donne lieu à une modification
> bouleversante
> la force à s'entrouvrir qui la fend
> et s'en déboutonne.

Ponge, ensuite, descend vers la racine de l'œillet, une *corde* avec «volonté d'enlacer et de ficeler la terre».

Reptation souterraine, jaillissement de tige, gland, fente, bouillonnement blanc, coup de trompette bouchée, envers d'éternuement, faut-il être plus clair, et parler d'érection, d'éjaculation, de spasme engorgé rentré ? Mais non, le dieu des fleurs reconnaît les siens parmi les mammifères. Ils peuvent porter un œillet à la boutonnière, c'est mieux qu'un insigne de légion.

Pour *Le Mimosa*, Ponge trouve une merveilleuse épigraphe de Fontenelle : «Le génie et la gaieté produisent assez souvent ces enthousiasmes soudains.»

Le mimosa (latin *mimus*, qui se contracte comme un mime) vient du Brésil, et est aussi appelé *sensitive* puisque ses feuilles se replient au moindre contact. Le mimosa des fleuristes appartient au genre acacia. À l'instant, sur ma droite, je peux voir un acacia et un mimosa poursuivre sans cesse, y compris dans le vent, un dialogue d'amour enthousiaste.

Ponge est émouvant quand il note la date et l'heure de son travail. Par exemple, le 6 avril 1941, dimanche des Rameaux, à 3 heures du matin.

La nuit, donc, malgré tout, les mots et les fleurs, en pleines ténèbres historiques.

Sur ce sujet, il éprouve des difficultés. Il commence par comparer le mimosa avec un personnage de la comédie italienne, une sorte d'histrion à «naïve gloriole», un Pierrot dans son costume à pois jaunes. Je ne vois pas. Tout, chez le mimosa, me paraît au contraire réservé, nocturne, intérieur. Ses grains d'or, ses étoiles, sortent à mes yeux d'une obscurité profonde. C'est la lumière du pollen. Ponge, du reste, en convient : «Le mimosa ne m'inspire pas du tout.»

Et voici l'explication :

«Comment se fait-il que le mimosa ne m'inspire pas du tout — alors qu'il a été l'une de mes adorations, de mes prédilections enfantines? Beaucoup plus que n'importe quelle autre fleur, il me donnait de l'émotion. Seul de toutes, il me passionnait. Je doute si ce ne serait pas par le mimosa qu'a été éveillée ma sensualité, si elle ne s'est pas éveillée aux soleils du mimosa. Sur les ondes puissantes de son parfum je flottais, extasié. Si bien qu'à présent le mimosa, chaque fois qu'il apparaît dans mon intérieur, à mon entour, me rappelle tout cela et fane aussitôt.»

Ponge, par puritanisme protestant, refoule le chapitre de sa sensualité enfantine, comme il passe vite sur la culotte déchiquetée à belles dents d'une fille jeune qui soigne son linge, vue dans *L'Œillet*. Il ne parle jamais du pollen, dépensé pourtant de façon solaire et pluvieuse (pluie d'étoiles, gouttelettes), mais s'oriente immédiatement vers des *poussins*, des *poussins d'or*. Le mimosa devient une poule poussive à poussins. Mais pourquoi le paroxysme de la floraison graineuse donnerait-il des poussins qui «piaillent» (alors que rien n'est plus étrangement silencieux qu'un mimosa)?

On peut dire, certes, que « la fleur est le paroxysme de la jouissance d'un individu », quoique *épanouissement* serait plus juste, mais pourquoi associer systématiquement la floraison à la fructification ? Les mimosas ne donnent aucun fruit, ils en sont même la négation multiple (et pourquoi, en effet, tant d'étoiles, de soleils et de galaxies *pour rien* ?). Ils existent pour eux-mêmes, en pure perte, de façon éblouissante, au parfum. Pourquoi demanderaient-ils « pardon d'avoir si ostensiblement joui » ? La pleine jouissance ne demande pas de pardon, et elle n'entraîne aucun ressentiment, aucun esprit de vengeance. Un rire ou un soupir de merci, c'est tout. Ce « bouquet de fumées végétales » ne serait-il pas d'ailleurs comme « l'encens » ? Attention, cet effluve est peut-être catholique.

Je ne vois pas non plus, dans le mimosa la moindre « autruche » ni le moindre « désespoir ». En revanche, oui, un paradis.

Et oui, aussi, à « une éclosion comme telle, purement et simplement un déploiement d'étamines au soleil ».

Oui mais, qui, ou quoi, s'oppose à l'éclosion *comme telle* ?

C'est là où l'oreille interne et l'audition doivent s'imposer. L'œil écoute, dit Claudel. Or Ponge veut absolument faire « piailler » les poussinières du mimosa. Par rapport à son enfance extasiée, il fait la sourde oreille. Il précise quand même que le mimosa, comme la mer, aurait été un bon sujet pour Debussy. Que n'avait-il à sa disposition, à trois heures du matin, en 1941, sur les bords de la Loire, des grains de Mozart : Mimozart.

L'héroïque Ponge, à qui je dois tant, est mieux inspiré dans *Le Bois de pin* et *La Mounine*, sans parler de son texte majeur *Le Soleil placé en abîme*, dont je le revois me parler une fois, les larmes aux yeux, au café.

BECKETT

Premier Amour est peut-être le chef-d'œuvre de Samuel Beckett. Ce court texte, pathétique et hilarant, a été écrit en 1945 (à la «rentrée» historique, donc, sur fond de désastre) et publié seulement en 1970.

Pas de prix Nobel pour Proust, Joyce, Céline ou Genet. Il ne suffit d'ailleurs pas de le refuser (Sartre) pour ne pas l'avoir mérité.

Beckett a été nobélisé sur un malentendu profond d'humour noir. Personne n'est aussi foncier sur le ratage humain dû à la naissance, mais personne n'est non plus aussi dépeupleur d'investissement sexuel. C'est un puritain d'acier (encore un protestant), et très drôle.

Plus de femmes, plus de fleurs, ou bien seulement de vieilles femmes et de vieilles fleurs. Fin de partie. Fin d'un monde. Un homme, ou ce qu'il en reste, est squatté par une caricature féminine, et il vit cloîtré dans sa chambre. Elle sera bientôt enceinte, mais évidemment pas de lui, etc.

Ici, la *jacinthe* (ou il faut entendre le *jacet* latin du ci-gît — *hic jacet* — et le mot *enceinte*) dit tout :

«Un jour je lui demandai de m'apporter une jacinthe, vivante, dans un pot. Elle me l'apporta et la mit sur le dessus de cheminée. Il n'y avait plus, dans ma chambre, que le dessus de cheminée où l'on pût poser des objets, à moins de les poser par terre. Je la regardais tous les jours, ma jacinthe. Elle était rose. J'aurais préféré une bleue. Au début, elle alla bien, elle eut même quelques fleurs, puis elle capitula, ce ne fut bientôt plus qu'une tige flasque parmi des feuilles pleureuses. L'oignon, à moitié sorti de la terre, comme à la recherche d'oxygène, sentait mauvais. Anne voulait l'enlever mais je lui dis de la laisser. Elle voulait m'en acheter une autre mais je lui dis que je n'en voulais pas d'autre. Ce qui me dérangeait davantage, c'étaient d'autres bruits, petits rires et gémissements, dont l'appartement s'emplissait sourdement à certaines heures, aussi bien de jour que de nuit... »

Et maintenant? J'éteins la télévision qui m'annonce, partout et sans cesse à travers des heures d'imbécillité publicitaire, du bruit, de la fureur, des bombardements, des attentats-suicides. Cadavres exhibés et vite oubliés, feu, ruines, cris, larmes. Ai-je raison, seul, ce matin, de regarder intensément cette rose blanche?

Oui.

CHINE

Eh bien oui, je ne sais ni comment ni pourquoi, me voici devenu chinois. Ce papillon blanc, dans le jardin, s'appelle Tchouang et moi tseu, à nous deux nous sommes Tchouang-tseu. Nous méditons au bord de l'océan, il fait doux et frais, à peine une risée du nord-est, l'eau est mêlée au soleil, tout est calme. La névrose occidentale et mondiale a disparu, les fleurs nous attendent.

Ici, pas besoin de classifications de temps et d'espace. On dirait que le même artiste se lève, avec des variations, à travers les siècles, lotus en fin de floraison, orchidées dans les rochers, jeune bambou à chaque souffle d'inspiration interne. L'encre fait vivre le papier, qui lui-même attendait d'être fécondé par l'encre. Pas de roses, mais des pivoines à foison (comme cet énorme massif de pivoines que j'ai vu en remontant d'un tombeau Han, il y a plus de trente ans, à Nankin). Et puis les fleurs de mûriers, de prunus, de magnolias, que les oiseaux ou les poissons comprennent. Un martin-pêcheur sur une fleur de lotus ? C'est toi, c'est moi. Un chrysanthème et une pivoine ? Les mêmes. Le bambou traverse et dirige la floraison suspendue ? Il faut bien une baguette pour ce silence en musique.

Li Bai (702-762) :

Tombent les fleurs, coule l'eau, voie mystérieuse.

Ou Du Fu (712-770) :

Au bord du fleuve, miracle des fleurs, sans fin.
À qui se confier ? On en deviendrait fou.

Ou encore, plus tôt, l'empereur Yang :

La rivière de ce soir est lisse et calme,
Les fleurs du printemps s'épanouissent,
Le courant emporte la lune,
La marée ramène les étoiles.

Vous êtes aujourd'hui, après des époques de crimes, au musée de Nankin, de Shanghai, ou encore au musée du Palais, à Pékin. Ces jonquilles de Shitao (1642-1707) sont là depuis tout à l'heure. Là, toujours là, dans l'espace ouvert, l'espace libre pour le jeu du temps dans le temps. Même bonheur de soie, même effusion de désirs demeurés désirs, dans cette branche de pêcher (pêcher originel), ou ces deux fleurs en conversation, ou ce prunus en fleurs. L'éternel retour n'a besoin d'aucune démonstration, il plane.

Li Yu (987-978) :

> *Les fleurs d'or sont ouvertes,*
> *Les fleurs d'or sont fermées,*
> *Les oies sauvages se sont envolées,*
> *À quand le retour de l'homme ?*

Mais ici, maintenant, sans bruit.
D'ailleurs, Chu Ta (1626-1705) :

> *Le pinceau chargé de pensées printanières,*
> *Rêve d'éclore en fleurs au point du jour.*

C'est arrivé, c'est fait, ça arrivera de nouveau, ça se fait.

Une branche de magnolia ? Une fleur livrée au vide ? Une tige et une fleur de lotus ? J'ai vécu des après-midi entières, vers douze ans, dans un petit bois de bambous, je sais ce qu'est un envol de souffle vertical et vide.

> *Lorsque Yu K'o peignait un bambou,*
> *il voyait le bambou et ne le voyait plus,*
> *comme possédé, il délaissait son propre corps,*
> *celui-ci se transformait et devenait bambou.*

Et voilà. Bambou près d'un rocher : autoportrait de l'artiste ressuscité sur sa tombe.

Un choix, un seul ? Impossible. Tout de même, cette encre et couleurs sur soie, d'un anonyme des Song

(XIIe-XIIIe siècle), au musée du Palais à Pékin : *Lotus épanoui.* Dans un musée ? Non, les œuvres occidentales finissent dans des espaces clos, alors que les chinoises sont partout dehors, elles sont à l'intérieur du dehors. Le titre secret de ce lotus épanoui, gloire et béatification du pollen ? *Une vie divine* (d'un auteur anonyme, comme lui).

PEINTRES

J'ai privilégié, dans ce livre, la mythologie, la théologie, la mystique, la littérature, la poésie. J'aurais pu m'en tenir exclusivement aux peintres, chacun ses fleurs, mais ce serait un autre livre, d'ailleurs passionnant à faire. Rien que les Annonciations, examinées de près et sans préjugés, révéleraient des passions multiples. Le lys et la Vierge de ce peintre, lui-même archange, ne sont pas ceux d'un autre. Tel lys est plus viril, tel autre plus féminin ou plus éthéré, tel autre encore plus combatif. Fra Angelico, Léonard de Vinci, Titien, Tintoret (pour ne citer qu'eux) ont chacun leurs raisons discrètes (le plus violent, à travers un mur transpercé comme par un missile, étant Tintoret). Sous couvert de christianisme, il s'en passe de belles.

Voyons ce que pense le peintre : je suis un archange, un lys, je m'adresse à une jeune fille en fleur, ravissante et pudique, qui, par mon intermédiaire, se transformera en rose céleste. Ça se passe strictement entre nous, à fleur de pinceau, dans nos intimités de jouissances les plus profondes.

Mais enfin, restons avec les Français révolutionnaires du XIXe siècle, ils le méritent. Van Gogh, venu du Nord, prend le soleil de front, ses iris sont fabuleux, ses tournesols sont des fleurs carnivores (c'est à un tournesol, non à une prostituée, que Van Gogh offre son oreille coupée). Monet s'enlève dans des coquelicots, mais choisit bientôt, à Giverny, l'observation lente et liquide, s'abîme dans les nymphéas que l'on sait. Le grand Cézanne (malgré des roses dans un vase bleu et des tulipes flambantes) ne s'attache pas aux fleurs, il préfère les fruits, les crânes, les blocs, les pins, les rochers. Le plus impliqué est Manet : son testament est dédié aux fleurs, science, élégance, violence. Qu'a-t-il voulu dire ? Il l'a dit.

Manet, l'homme aux fleurs et aux femmes : pas de rival sur ce point, le plus difficile de tous. Le moins puritain ? Le moins embarrassé sexuellement ? De loin. Musique.

Résumons : Van Gogh force la note, Monet la disperse et la noie, Cézanne lui préfère l'architecture de base, Manet la laisse passer et l'attrape au vol. Il pointe la passagèreté, et la passagèreté, comme son nom l'indique en latin (Manet) *reste.* C'est une transmission vivifiante, un legs.

Écoutons un romancier d'aujourd'hui (c'est un père incestueux qui parle à sa jeune fille).

Elle le questionne :

« Ton peintre préféré ?

— Manet. Fleurs dans des vases ou des verres. Fin de sa vie. Juste avant qu'on lui coupe la jambe. Fleurs coupées. Les racines ne sont pas les pétales, les cœurs, les corolles. Deux mondes différents. L'eau transparente en miroir, l'épanouissement dans la toile sans tain. Des bouquets apportés par des amis, lui sur un canapé, une ou deux séances, hop, tableau. Roses dans un verre à champagne. Roses, œillets, pensées. L'incroyable lilas et roses. Le bouleversant lilas bleuté dans son verre. Roses mousseuses dans un vase. Bouquet de pivoines. Roses, tulipes et lilas dans un vase de cristal. Vase de fleurs, roses et lilas. Œillets et clématites. Lilas blanc. C'est sans fin. Le cerveau est sans fin. "Je voudrais les peindre toutes!" Entre-temps, il meurt. Les bouquets sont là, les derniers, dans l'atelier de la rue d'Amsterdam... Roses et lilas blancs, du 1er mars... Peu de fleurs sont aussi séduisantes. À jamais. »

Et aussi :

« Pourquoi toutes les autres fleurs peintes, à côté, ont-elles l'air mortes ?

— Parce qu'elles ne sont pas passées par la mort.

— Le mal ?

— Non. Le bien profond de la mort. Son velours. Au couteau simple. Au ciseau de luxe. À l'indifférence vibrante. Fleurs à boire.

— Le bar ?

— Au champagne. Deux roses, une jaune et une rose. C'est la consommation que sert le tableau. Le reste est illusion, tournoiement gai de fantômes. Suzon est décolletée en alpha et rejoint le lustre et les hublots, oméga. Tu vois une toile en miroir, les Folies sont au-delà du miroir. A-t-elle des boucles d'oreilles ? Un chignon ? Sa table de marbre n'est-elle pas un étal de morgue ?

— Elle est triste ?

— Même pas. Perdue. Regard perdu. Ni gaie ni triste. Magnifique. Manchettes et collerettes de dentelles, eucharistie, sainte table. Elle officie dans le vague. Bien calée sur ses mains, offrant ses poignets, son pouls.

— Elle est rousse ?

— Blond vénitien. Fleur blonde et noire, avec

feuillage. La foule, elle, est noyée. Naufrage enjoué. Trapèze. Je vais même jusqu'à compter les boutons de sa redingote. Huit.

— Pile ou face?

— Les deux, les deux. C'est le prix du rêve. Vous voulez quoi? La taille? Le cul? Non, le verre et les fleurs, toujours. Tu sais, quand on rêve qu'on ramène une fleur du pays enchanté. La gauche? La droite? Es-tu ici? Là-bas? partout? Nulle part? De quel côté? D'où?

— Mieux que *Nana*?

— Le miroir de Nana ne reflétera jamais rien. Il est en lait, en sperme, en soie, en cire comme les bougies du trépied aux bougeoirs. Rien ne bouge. La sibylle pose. La houppette à la main, le tube de rouge à lèvres, le petit doigt pointé vers le ciel, comme un saint Jean... Fond de ciel. Canapé Louis XV. *La vida es sueño.* Quelle putain catégorique! Enlevée! Croupée! La fleur se poudre. Elle se pomponne. Elle se pompadourise, combinaison et coussin. Si tu en veux une autre, il y a Madame Gamby, à Bellevue, dans le jardin de l'artiste. Nature verte, fleur noire aux yeux noirs, violettes au chapeau... Madame Gamby... Et il va perdre une jambe... Il rentre dans le néant sur un pied comme un danseur. Une seule réalité : les Folies-Bergère. Tous en scène! Dissous! Rien que le bar! »

(*Les Folies Françaises.*)

Les deux roses dans une coupe, ou plutôt une flûte enchantée, de champagne. Une rouge, une jaune, avec feuilles. Le tableau est au musée de Glasgow. C'est le plus insolent du monde. Les deux fleurs, contradictoires et complémentaires, ont été vécues, respirées, touchées, jouées, mangées, bues. Elles continuent de l'être. Chine de Manet, gratuité de l'Instant des Lumières cueilli, et qui dure, luxe, calme, énergie, ordre, beauté, santé, volupté. Le titre secret du tableau ? *Le Cœur absolu.* N'oublions pas que la femme discrète de Manet, Suzanne, venait de Hollande, et jouait très bien du piano.

À partir de là, on peut reprendre depuis le début :

On ne sait pas grand-chose de Gérard van Spaendonck (1746-1822), sauf sa réputation, qui a été considérable dans le domaine de la botanique et de la représentation des fleurs...

Une édition grand format reliée de *Fleurs* est disponible aux éditions Hermann, avec les illustrations de Gérard Spaendonck, ainsi qu'une édition de luxe en demi-reliure, numérotée de 1 à 100 et dédicacée par l'auteur.

Paroles secrètes

En décembre 1945, à 130 kilomètres de Louxor, des paysans égyptiens tombent soudain sur des papyrus enfouis là depuis la fin du IVe siècle : le trésor de Nag Hammadi, une bibliothèque gnostique. Un an plus tard, à Qumran, ce sont les manuscrits dits « de la mer Morte » qui sont mis au jour. Enfin, un peu plus tôt, la grotte de Lascaux surgit dans toute sa splendeur millénaire. Pourquoi rapprocher ces événements ? Parce qu'ils semblent défier la grande catastrophe de la première moitié du XXe siècle, comme une insurrection vibrante du temps.

Gnose, en grec, veut dire « connaissance ». Un gnostique est donc un « connaissant », c'est-à-dire quelqu'un qui pense que le salut passe par une expérience directe de la divinité l'arrachant à la mort. Vous ouvrez ces textes éblouissants, et ils vous parlent ouvertement, mais aussi de façon cachée, d'une extraordinaire bonne nouvelle à comprendre ici, tout de suite, comme dans un éternel présent. Ce sont des évangiles : *Évangile selon Thomas*, *Évangile selon Philippe*, *Évangile de la Vérité*, et bien d'autres. Ils ont été assez vite rejetés en dehors des évangiles dits « canoniques » (les quatre), et déclarés «hérétiques», on comprend vite pourquoi. S'il est juif, le gnostique est déjà hétérodoxe, s'il est grec il s'oppose à la philosophie et à toute valorisation du cosmos, s'il est chrétien il ne rentre pas dans le rang, et tient la Loi, la foi, les œuvres et les règles comme des valeurs inférieures et communautaires bonnes pour les simples croyants. Le gnostique ne veut pas «croire» mais connaître. Il pense qu'il a été jeté dans ce monde par erreur, par oubli de sa propre identité lumineuse, qu'il est donc en captivité, en prison, du fait de la génération qui s'oppose à une régénération. Il met en question un «dieu jaloux», un démiurge qui a pris la place du vrai Père, lequel n'a été révélé que par son Fils, dans sa mort et sa résurrection. Jésus est «le Vivant» et voici sa première «parole cachée» : «Celui qui trouvera l'interprétation de ces paroles ne goûtera pas la mort.» Si on demande au gnostique d'où il vient, il peut répondre «je suis né de la lumière, là où la lumière s'est produite d'elle-même». Rien que ça. On voit la prétention. Inutile de dire que ces étranges solitaires (parfois regroupés en communautés vite dispersées ou dissoutes) ont été persécutés, réprimés, moqués, méprisés, sans cesse attaqués et parfois tués. Quand ils enterrent leurs livres, en Égypte, leur sort est réglé, mais presque deux mille ans après, c'est comme s'ils étaient là, près de vous, à travers les foules. «Je suis un son qui résonne doucement, existant depuis le commencement dans le silence.» Ou bien : «J'entends avec ma force de lumière.» Ou bien ce début de l'*Évangile de la Vérité* : «Joyeuse est la Bonne Nouvelle de la Vérité pour ceux qui ont reçu de la part du Père de la Vérité la grâce de le connaître, par la puissance de la Parole qui émana de la plénitude — Parole qui résidait dans la Pensée et dans l'Intelligence du Père. C'est elle qui est dénommée "Sauveur", car tel est le nom de l'œuvre qu'elle devait accomplir pour le salut de ceux qui en sont venus à ignorer le Père, tandis que le nom de "Bonne Nouvelle" est la révélation de l'espoir puisque, pour ceux qui sont à sa recherche, il signifie la découverte. »

Puissance de la parole : c'est elle qui réveille et fait signe vers la lumière, c'est-à-dire vers la plénitude, le royaume, le paradis vrai. L'erreur est née d'une déficience, d'une usurpation perturbatrice, de l'angoisse et de la peur produisant un « brouillard ». La condition mortelle est une question d'ignorance et d'oubli. Le gnostique, en revanche, veut remonter à sa propre source, se connaître lui-même comme étant beaucoup plus précieux que sa pauvre personnalité abusée, falsifiée par toute une bureaucratie céleste et humaine, trop humaine. Le monde, la société sont un cadavre, et celui qui a identifié ce cadavre, le Mal lui-même, est sauvé, on peut même dire qu'il ressuscite sur place. La gnose est ainsi la science d'un nouveau temps, ni cyclique ni linéaire, un temps de saisissement et de foudre que connaissent les « pneumatiques », c'est-à-dire les spirituels, alors que les « hyliques » se traînent dans la matière, et les « psychiques » dans un milieu flottant. Pas de milieu pour le gnostique, il va aux extrêmes, il ne s'agit pour lui ni de psychologie ni de morale (il peut vivre dans l'ascétisme comme dans la débauche, le problème n'est pas là). Il veut se rassembler, s'unifier, être un vivant issu du Vivant, rejoindre le commencement : « Heureux celui qui se tiendra dans le commencement, et il connaîtra la fin, et il ne goûtera pas de la mort. » Ce qui résonne ici, à l'encontre de toutes les conventions (travail, règles communes, richesse, report au lendemain ou à l'au-delà) est une urgence passionnée, comme dans cette *Prière de l'apôtre Paul* : «Sauveur, sauve-moi, car moi je suis à toi, je suis issu de toi. Tu es mon intellect, engendre-moi. Tu es mon trésor, ouvre-moi. Accorde-moi ce qui est parfait, ce qu'on ne peut pas saisir.» Prière pathétique de réengendrement par l'Intellect qui fait du gnostique quelqu'un qui devient ce qu'il est, ce qu'il n'a jamais cessé d'être. «Bienheureux celui qui est avant d'avoir été. Car celui qui est a été et sera.»

On a donc appelé «hérétiques» ces témoins de la vérité vivante. Qu'ils aient été rejetés comme «élitistes», cela va de soi. Cependant, on retrouve leur marque partout, dans la mystique mais aussi dans la philosophie, par exemple chez Spinoza et son célèbre «Nous sentons et nous expérimentons que nous sommes éternels». Leur cheminement souterrain passe par l'hermétisme, l'alchimie, la Kabbale, on les entend chez Copernic, Kepler et Newton, ils sont là à la Renaissance, très visibles dans *La Flûte enchantée* de Mozart, dans la franc-maçonnerie et le romantisme, chez Nietzsche, Kafka, Joyce, Bataille, Artaud, et aujourd'hui, dans notre basse époque de décadence spectaculaire, sous des masques divers au-dehors dans les nouvelles catacombes. Qui a dit «le devenir-falsification du monde est un devenir-monde de la falsification»? Le gnostique Debord. Mais écoutons encore l'*Évangile selon Philippe* : «Ce monde est un mangeur de cadavres. Aussi tout ce qu'on y mange est mortel. La vérité est une mangeuse de vie. Voilà pourquoi aucun de ceux qui sont nourris de vérité ne mourra.» Ou encore l'*Évangile d'Ève* : «Je suis toi et tu es moi, et, où que tu sois, moi je suis là, et je suis en toutes choses disséminé, et d'où que tu le veuilles tu me rassembles et, en me rassemblant, tu te rassembles toi-même.»

Paradis caché

Dans mon roman *Les Voyageurs du Temps*[1] le narrateur se retrouve dans l'église Saint-Thomas-d'Aquin, dans le 7e arrondissement de Paris. Tout est triste, abandonné, gris, sans espoir. Il a alors l'idée baroque de convoquer saint Thomas lui-même, tel qu'il apparaît dans le *Paradis* de Dante. Petit coup de folie parmi d'autres, mais montage éclairant.

L'enfer existe, nous en avons eu, et nous en avons encore, les preuves massives. Dieu est mort, il se survit comme il peut, le malheur et la misère débordent dans toute la littérature, seul Samuel Beckett nous fait signe, parfois, depuis une corniche du *Purgatoire* du même Dante, mais enfin qui oserait aujourd'hui maintenir l'hypothèse d'un paradis? D'un bonheur parfait? D'un amour qui ne serait que Lumière? D'une compréhension absolue? Personne, ou alors quelqu'un de complètement malade.

Cela dit, figurez-vous, Dieu a eu lieu, le paradis a eu lieu, et même si toute cette histoire est presque totalement oubliée, niée, occultée, censurée, des éclairs peuvent

1. Gallimard, 2009.

nous parvenir encore dans nos vies encombrées et moroses. C'est Rimbaud, par exemple, nous disant qu'il a fait «la magique étude du bonheur». C'est Joyce, c'est Beckett, tous deux fascinés par Dante. Ici, il faut franchir la représentation devenue rengaine : «dantesque» veut dire infernal et jamais paradisiaque. Le paradis, en somme, est trop difficile. Le bonheur est difficile, le vrai, pas ses ersatz.

On vous parle beaucoup, et mal, du retour des religions, ou encore des mystiques. Mais le voyage de Dante, lui, est initiatique, il se veut, et il est, progression vers la connaissance (c'est-à-dire la gnose). C'est une expérience historique et physique, une exploration des racines du temps. Le 14 avril 1300, soudain, est plus proche de nous que la confusion mondialisée du début du XXIe siècle. Au lendemain de tant de catastrophes, le bonheur du paradis est une idée neuve sur la planète. On ne veut pas le savoir? On préfère ses petits enfers? Dante ne mérite ni le Nobel ni le Goncourt? N'empêche que depuis que j'ai ouvert *La Divine comédie*, elle ne me lâche plus, elle se récite en moi, elle revient sans cesse, elle est là, ici, maintenant, dans un présent perpétuel. Il suffit d'écouter. Musique.

Encore une fois, il ne s'agit pas (ou du moins pas seulement) de religion ou de mystique, mais de connaissance. Il est possible de voir l'enfer, de circuler dans le purgatoire, d'accéder au paradis bienheureux. De même que la gnose distingue les «hyliques» (pesants de matière), les «psychiques» (péniblement subjectifs) et les «pneumatiques» (souffles légers), les trois états décrits par Dante sont parfaitement observables dans la vie quotidienne, sauf le dernier, qui semble avoir disparu avec la science et ses conséquences. Nous savons que nous ne rencontrerons pas les anges ou les élus dans le cosmos, mais il s'agit ici d'une expérience intérieure, d'un royaume auquel, en réalité, nous nous refusons par paresse, ignorance, résignation, avidité immédiate ou servilité volontaire. Mallarmé, prince des nihilistes, disait que la destruction avait été sa Béatrice (formule curieuse reprise par Debord). On voit là qu'il n'a pas jugé bon (comme tant d'autres) de lire vraiment le *Paradis* de Dante, pas plus qu'*Une saison en enfer* de Rimbaud. Béatrice, comme son nom même l'indique, est une splendide métaphore de la puissance érotique de la poésie. C'est l'amour sous sa forme non pas éthérée (comme on veut le croire) mais brûlante. Il s'agit, dit Dante, de « transhumaner » (*trasumanar*). Nous sommes humains, trop humains, il faut aller plus loin, avec des yeux de soleil, tout en comprenant ce qui arrive. Bref, l'absolutisation du bonheur consiste à changer de corps au fur et à mesure que le désir et la connaissance augmentent. C'est vertigineux ? Eh oui, et Stendhal, qui paraît si loin de Dante, l'a dit et répété : c'est une aventure pour « happy few ». L'enfer est très démocratique, l'absence d'amour et de lumière aussi. Le Paradis a donc mauvaise réputation, et j'ai même entendu beaucoup d'imbéciles (toujours très XIXe siècle) me dire que l'Enfer était plus « intéressant ». Chacun ses goûts, et bonne chance.

Le *Paradis* est embrasé, l'*Enfer* de plus en plus glacé. On est paradisiaque avec du feu, de la musique, de la danse, de la vitesse, des métamorphoses, dans « ce qui n'est pas démontré mais se sait de soi-même ». Voici des guirlandes et des farandoles, une joie qui s'accroît, des chœurs, des chants, des joyaux. C'est ici « le séjour où la joie s'éternise », et quelle plus belle définition du bonheur ? Dans le malheur, le temps pèse et ne passe pas, dans le bonheur chaque heure en vaut mille. Autrement dit, «l'esprit est clair au ciel, il est fumeux sur terre». L'allégresse est telle que tout ce que l'expérimentateur voit lui semble être un «sourire de l'univers». N'oublions pas que c'est Béatrice qui est venue chercher Dante (pour son salut) et que, donc, la réciprocité amoureuse est ici complète (événement rarissime). Il y a donc «la triste existence des mortels» et un monde d'«heureuse ivresse». Point clé : l'amour vient *après* l'acte intellectuel. Intellect d'abord, effusion amoureuse ensuite. La connaissance, ici, produit, par émanation, la lumière et l'amour.

Avec une grande précision, Dante décrit comment son nouveau corps amoureux fonctionne. Il a vu, en enfer, comment les corps sont condamnés à une répétition de plus en plus pétrifiée. Exemple : il voit, au paradis, un fleuve éclatant de splendeur coulant entre deux rives émaillées de fleurs. Des étincelles butinent ces fleurs (anges, élus) et en ressortent comme «ivres de parfum». Il va boire, et là, instantanément, le fleuve devient une surface ronde, un lac. Et voici un amphithéâtre, une rose immense, diaprée de pétales sans nombre. Dante insiste beaucoup sur la multiplicité, la prolifération infinie des visages de flammes aux ailes d'or. Le paradis est multiple tout en restant unique en un point. La reine de cette rose est la Vierge Marie, dont saint Bernard, au chant 33, prononce l'éloge : «Vierge mère, fille de ton fils / Terme fixe d'un éternel dessein.» Oui, vous avez bien lu : une mère est devenue la fille de son fils, le paradis est, à mots couverts, une apologie de l'inceste. Un homme, sur terre, peut-il devenir le père de sa mère ? Ça se saurait. Début de la Comédie, fin de la Tragédie. Comédie veut dire fin heureuse, le contraire du cinéma courant, quoi. Au passage, je signale, puisque cette indication n'est jamais remarquée, que Béatrice, dans l'Empyrée, siège au troisième rang, dans l'escalier des Juives, entre Rachel et Sarah. C'est extraordinairement audacieux, de même que la conciliation entre l'Ancien et le Nouveau Testament qui a produit (et qui continue de produire) tant de controverses et de drames. Quoi qu'il en soit, dans le royaume, on ne connaît «ni soif, ni tristesse, ni faim».

Un ventre féminin a engendré une fleur qui mène à «l'ultime salut», c'est-à-dire ni plus ni moins à la sortie des «brouillards de la mortalité». Dante mourra, bien sûr, mais il est ici ressuscité sur place (autre allusion gnostique). Il va vers le «plaisir suprême». Pendant qu'il dit, il jouit. Là, nous devons comprendre que l'enfer et la damnation, dès ici-bas, est le non-accès à la poésie comme telle. Misère du langage, misère des tristes mortels. C'est l'ennui, l'argent, le bavardage, le mensonge, le ratage sexuel, la contrainte, l'exploitation, la vanité angoissée, l'illusion. La grande poésie, elle, transforme la vie, elle pense plus que la philosophie (ce que seul un penseur comme Heidegger a su reconnaître). Dante, musicien de la pensée, a trouvé, comme le dit Rimbaud de lui-même, la «clé de l'amour».

L'admirable Spinoza, spécialiste éthique du bonheur véridique, dit que Dieu s'aime lui-même d'un amour intellectuel infini. Dante, parlant de la Trinité, évoque une Lumière qui seule se comprend, et, comprise d'elle-même, s'aime et se sourit. En réalité, personne ne veut du paradis parce qu'il est gratuit. La joie, le bonheur, l'amour sont gratuits. Un amour qui n'est pas gratuit n'est pas de l'amour. C'est la raison pour laquelle le bonheur réel ne peut être que farouchement clandestin dans un monde livré au calcul. Dante, dans sa jeunesse, a commencé par un coup de foudre, il termine sa *Comédie* par une fulguration illuminante.

Maintenant, si la proposition «L'amour meut le soleil et les autres étoiles» vous est indifférente, ou si vous préférez, à ce sujet, hausser les épaules ou ricaner, libre à vous. Ce n'est ici que la réaction d'un petit fini qui a peur de l'infini. Le bonheur fait peur, il est très lourd à porter et à vivre. Il passe même pour une imbécillité, alors qu'il est la raison et l'intelligence mêmes. Comme l'a dit un excellent auteur, en renversant une proposition courante : «Pour vivre cachés, vivons heureux.» Le bonheur rend invisible. C'est la grâce qu'il faut se souhaiter.

Gloire de la Bible

Dieu se plaint depuis longtemps : il trouve qu'on l'a toujours mal écouté, mal entendu, mal lu ; qu'on a méconnu sa parole, son rythme, son enseignement, son souffle ; que son évidence, en somme, a été et reste sans cesse déniée, caricaturée et détournée vers d'autres fins que les siennes. Dieu n'est pas le terrible ou le bon dieu qu'on croit, il n'aime pas les sacrifices, les cultes, les attitudes religieuses ou morales, il déteste qu'on le prenne au premier degré et qu'on emploie son nom en vain, il s'irrite d'être compris trop vite ou à demi, il s'afflige surtout des traductions de lui qui pullulent sur le marché biblique. La Bible ? Oui, d'accord, on connaît. Mais dans quelle version la lisez-vous ? On racontera ici, une fois de plus, l'histoire de cette brave dame catholique qui voit un vieux monsieur ne payant pas de mine en train de lire un livre. « Vous lisez quoi, cher monsieur ? » — « La Bible, madame. » — « Mais en quelle langue ? » — « En hébreu. » — « Ah bon, la Bible a *aussi* été traduite en hébreu ? »

Quel étrange roman débordant, qui envahit aussi bien les bibliothèques que les tables de nuit d'hôtels. Dieu, le seul vrai Dieu, a parlé, on l'a transcrit, on l'a adapté, commenté, révéré, cité, découpé, discuté, réfuté; on continue à se disputer sur son incarnation éventuelle et sa résurrection supposée; on a prétendu qu'il était mort, mais sans retrouver son corps; on lui attribue des tonnes de convulsions et de fanatismes; on l'entend encore psalmodié, hurlé, proféré, dilué, mais de quoi s'agit-il *en fait*? De littérature? De poésie? De cinéma? De bande dessinée? De pathologie récurrente? Seule certitude : il y a un texte, et son fonctionnement peut donner le vertige car il semble bien être infini. En réalité, le scandale est là : cette infinité dérange. On ferait tout et n'importe quoi pour la limiter, la canaliser, l'affadir, l'oublier, la rejeter, voire l'exterminer. Peine perdue : le livre est là, on l'ouvre, les surprises surgissent, et on peut longuement s'étonner de voir passer à travers lui des foules entières, saints, sages, justes, criminels, clercs, érudits. C'est une question de langage, une épreuve physique par rapport à lui.

L'œuvre d'Henri Meschonnic est déjà importante, et il serait temps qu'elle soit reconnue comme révolutionnaire dans notre misérable époque spectaculaire. Oh, sans grands mots : une indignation à peine contenue, un humour froid, une précision percutante, une science, une passion. Meschonnic traduit la Bible, et la démonstration est faite que nous n'avons eu entre les mains, jusqu'à présent, que des approximations ou des recouvrements, tradition hellénique ou chrétienne, compromis du Rabbinat, dévotion, timidités, voiles. «L'Occident ne s'est fondé que sur des traductions et, pour le Nouveau Testament, fondement du christianisme, des traductions de traductions de traductions... Si l'anglais et l'allemand ont eu un original second, avec la King James Version et avec Luther, le français n'en a jamais eu. » Voilà le point essentiel. Dieu, en français, est quasiment inaudible, à moins de le prendre pour Victor Hugo. Il faut donc qu'une énergie particulière, simultanément poétique et de traduction, nous fasse franchir cette surdité acquise, sirop, emphase ou répulsion. Le poème, pour Meschonnic, est une « force-sujet dans le langage », et les versets de la Bible sont cette force qui n'a pas encore été dégagée comme telle. Rien ne le montre mieux, aujourd'hui, que la parution éclatante des Psaumes sous le nouveau titre de *Gloires*. De la belle complainte on passe à l'interpellation directe, de la « bondieuserie » à une sorte de guerre permanente et abrupte, où les accents, les *te'amim*, jouent un rôle fondamental. Ce terme hébreu est le pluriel de *ta'am*, qui veut dire *goût*. La Bible est une guerre du goût. Son parler-chanter (du moins dans *Gloires*) doit s'entendre comme un goût dans la bouche — à la fois goût et raison —, comme « une physique du langage ». Parler, chanter, raisonner sont une même substance qui peut être écoutée par Dieu, à qui on demande de prêter l'oreille. *Gloires* est plus fort que *psaumes*, à la tonalité idyllique, et sans aucun doute préférable à *louanges*, dont Meschonnic dit drôlement que cela aurait « un côté Saint-John Perse », comme s'il s'agissait d'une « adoration vague et d'une acceptation du monde et de son histoire ». Mais non, voyons : rien de plus tendu, de plus tremblant, de plus dramatique que ces paroles sortant enfin de la brume cléricale pour exposer l'épouvante et la peur du gouffre, l'appel au nom divin et à sa promesse de joie. La Tora n'est pas la « Loi », mais l'Enseignement. Les *Gloires* sont des situations d'abîme : c'est l'homme, qui risque d'être avalé, raflé, détruit, par ses persécuteurs réels, jeté au trou, mais qui garde confiance dans son « Dieu de la multitude d'étoiles». On presse Dieu d'écouter, d'intervenir, de parler, de trancher. Il l'a fait? Il peut donc le refaire.

Des décalages justifiés de mots, et chaque fois des pans entiers de représentations fausses s'effondrent. Ne dites plus «péché» ou «pécheurs» mais plutôt «égarement», «égarés». Les pécheurs sont des égarés et les méchants sont des «malfaisants». Beaucoup d'égarés, beaucoup de malfaisants, ça se prouve. Voulez-vous retrouver le sens d'*Amen*? Dites : «C'est ma foi.» Vous avez l'habitude d'*Alleluia*? Entendez : «Gloire à Yah.» Ne récitez pas «Mon Dieu, mon Dieu, pourquoi m'as-tu abandonné?» mais *à quoi* m'as-tu abandonné (ce n'est pas du tout la même chose). Traduction Dhorme (la «Pléiade») : «Les cieux racontent la gloire de Dieu, et le firmament annonce l'œuvre de ses mains.» Traduction Meschonnic : «Le ciel proclame la splendeur du dieu, et l'œuvre de ses mains est ce que raconte le déploiement du ciel.» Autre forme, autre scansion, autre disposition des mots sur la page, avec des blancs significatifs de respiration. Début des *Gloires* : «Bonheur à l'homme qui n'a pas marché dans le plan des malfaisants et dans le chemin des égarés.» Ce «bonheur à» est en effet bien préférable à «heureux celui qui» («heureux qui comme Ulysse a fait un beau voyage»). Au passage, on signalera à ceux qui se plaignent des textes comportant trop de citations, le très bel essai de Meschonnic sur Walter Benjamin dans *Utopie du Juif*, rappelant qu'il s'agit là d'un art très ancien (le Talmud, par exemple). Principe de montage, permettant un autre rapport à l'histoire. «Les citations dans mon travail, écrit Benjamin, sont comme des voleurs de grands chemins qui surgissent en armes et dépouillent le promeneur de ses convictions.» Les touristes de l'existence détestent ces rappels bibliques. On les comprend. Dans *Gloires*, la partie est rude. Il y a là un certain David, un des plus grands poètes de tous les temps, dressé dans une position-limite : vous sentez passer sur lui la peur, le frisson, le spasme, la panique, la souffrance jusque dans les os ; vous le voyez inlassablement aux prises avec le mensonge, la corruption et la fraude. Il a sa musique, sa conviction, ses «prières secrètes», son murmure, jour et nuit, même s'il est courbé, épuisé, pourri, les tripes brûlantes. Il n'a plus de force, son cœur va trop vite, il est abandonné, il va devenir sourd, muet, aveugle, pendant que ses ennemis sur lui «se grandissent». Le tumulte l'entoure, il patauge dans la détresse et des marais de boue, mais il persiste à chanter ce Dieu «qui maintient les montagnes dans sa force». D'un côté la fosse, la mort et les amis de la mort ; de l'autre le roc, un grand oiseau aux ailes protectrices, la vie. Autant dire que *Gloires* est un livre d'une actualité brûlante.

Henri Meschonnic, *Gloires*, traduction des psaumes, et *L'Utopie du Juif*, Desclée de Brouwer, 2001.

L'amour de Shakespeare

C'est le plus grand : on ouvre ses œuvres, et aussitôt, le globe tourne, les passions se déchaînent, la nature entière se déploie, les flèches du rythme vibrent, criblent la scène, viennent vous frapper en plein cœur. Traduire Shakespeare est une épreuve épuisante. On allonge, on retarde, on est moins direct, moins cru. On passe moins vite du tragique au comique, et du tragi-comique au lyrisme pur. Moins vite aussi du sarcasme à l'enchantement, de la bestialité à la douceur. Un seul exemple : un personnage fait l'éloge d'un autre personnage, et cela paraît excessif à son interlocuteur. Ce dernier lui dit donc : « *You speak him far.* » Comment traduire ? « Vous allez loin dans la louange ? » C'est en effet le sens. Mais la flèche dit : « Vous le parlez loin. » On entend l'anglais, le français explique. Les éditions bilingues sont donc nécessaires, et celle de « Bouquins », comme celle de la « Pléiade », sont des événements, *enfin*. Voici donc, dans « Bouquins », les tragi-comédies et les poésies, chef-d'œuvre sur chef-d'œuvre : *Troïlus et Cresside*, *Mesure pour Mesure*, *Tout est bien qui finit bien*, *Cymbelin*, *Périclès*, *Le Conte d'hiver*, *La Tempête*. Et puis ce chef-d'œuvre au-dessus des chefs-d'œuvre, la clé de l'art magique de

120

William Shakespeare : les *Sonnets*, magistralement traduits et commentés par Robert Ellrodt.

Quelle joie, quelle agitation, quel repos. L'énorme
William semble se jouer de tout, se moque d'Homère
et des Grecs, réécrit la guerre de Troie, médite sans
cesse sur la trahison, le mensonge, la corruption, le
meurtre, la mélancolie et l'oubli, mais aussi (car nous
sommes maintenant en pleine mer sur des îles), sur la
musique, la réconciliation, le pardon, l'harmonie. C'est
curieux, cette pente de l'auteur vieillissant vers des histoires d'inceste allusif père-fille. Il veut insister sur
l'énigme de la transmission. Il y aura donc des errants,
des tempêtes, des naufrages, et puis ces couples
étranges, Périclès et Marina, Léonte et Perdita, Prospero et Miranda. Les parents ont commis des fautes, les
enfants ne doivent pas en souffrir. On est séparés, on
croit les autres perdus ou morts, mais on va se retrouver, car le Temps survole tout et arrange les choses
par-dessus la raison humaine : «Les puissances qui
prennent leur temps, mais n'oublient pas, ont, contre
votre paix, dressé mers et rivages, voire la création tout
entière.» Tout est mal qui finit bien, la tragédie est inévitable mais un singulier artiste veille, commande,
dirige et interprète sa partition. La vengeance cède
finalement le pas à la volonté de la Fortune. L'existence est un naufrage, c'est entendu, mais la poésie est
l'île d'un salut. On rêve en pensant que *La Tempête* a
été représentée à Londres en 1611 en présence du roi
Jacques. Voici monsieur Shakespeare en personne,
dont l'art consiste, pour les beaux yeux de sa fille de
quinze ans, à dicter leur conduite aux esprits, aux
génies, aux anges. Il y avait une sorcière, on l'a domp-
tée. Les bateaux et la mer sont aux ordres d'un magicien. Il peut tout se permettre. L'enchanteur dicte sa loi

harmonique à son exécutant, Ariel. Ariel ? Le voici :
« Je bois l'air devant moi, et je reviens avant que ton
pouls ait pu battre deux fois. » C'est bref, n'est-ce pas ?
Ainsi vole la pensée, ainsi enveloppe-t-elle le monde.
Nous sommes faits de la même étoffe que les rêves, et
notre petite vie est entourée de sommeil, soit. Mais un
nouveau monde se lève, un « brave new world », celui
de l'épreuve dépassée et d'une transmutation générale.
Vous qui souhaitez le pardon de vos offenses, que
votre indulgence nous laisse libres. Mot de la fin : « *Set
me free.* » C'est l'anglais, oui, sous la plume de
William Shakespeare, qui résout l'éternel problème de
l'esprit de vengeance et du ressentiment de la volonté
contre le temps et son « il était ». *Will* : volonté, désir,
testament. Une grande tempête pour arranger les
choses, une pensée musicienne pour changer de ciel.

D'où lui viennent cette ampleur, cette percussion,
cette profondeur, cette lucidité, cette fureur ? D'un
grand deuil (son fils Hamnet, mort à onze ans) ? D'un
amour bafoué ? D'une invraisemblable capacité à être
tous et personne ? Les grandes énergies de langue ont
leur secret. Ce secret est là, pourtant, en plein jour,
dans les 154 sonnets : love, et encore love, et toujours
love. Il y a un mystérieux dédicataire, un « begetter »,
un engendreur de poèmes, un jeune homme unique,
clair et beau (pas pour très longtemps, mais peu
importe). On le presse de se reproduire « pour que
jamais la Rose de la beauté ne meure ». Cet objet
d'amour ravissant suscite donc des enfants poétiques,
mais il faudrait qu'il ne frustre pas la nature en négli-
geant d'avoir un fils. Étrange insistance du poète qui,
comme d'habitude, mais de façon très obsessionnelle,
fait du Temps son personnage principal. Le Temps est
le ravageur, le ruineur, le dévorant, la loi de procréa-

tion est donc implacable, mais la création seule peut le défier si elle est fondée en amour fixe, en passion fixe. Il y a des naissances, mais une seule renaissance. Les amants sont des étoiles victorieuses de la mort et de la nuit. «En vers éternels tu croîs avec le temps.» Le lecteur, à travers les âges, saura s'y reconnaître : «Apprends à lire ce qu'en silence l'amour écrit / Entendre avec les yeux, l'amour subtil le sait.» L'amour est un «phare au regard immuable et jamais ébranlé», et il durera jusqu'à la fin des temps. Si cela n'est pas vrai, dit Shakespeare, «nul n'a jamais aimé et je n'ai rien écrit».

L'amour, donc, est «un joyau suspendu dans une affreuse nuit». Le temps veut l'annuler, il faut aller plus vite que lui (et voilà qui éclaire la stupéfiante rapidité de Shakespeare : il s'est beaucoup entraîné). C'est un œil, une fleur, un gage d'éternel retour, un désir de fraîcheur, de jeunesse, de vitalité. Les générations auront beau passer, c'est cet amour-là, réel, incarné, qui est appelé à rester et à tenir le coup dans des lignes d'encre. «Sa beauté se verra dans le noir de ces lignes / Qui vivront, et en elles il vivra toujours vert.» Dans la vie courante, c'est à désespérer : le mérite mendie, la nullité est célébrée, la perfection est calomniée, la sottise écrase le talent, le bien est soumis au mal, tout dégénère, les roses artificielles sont préférées aux vraies. Bon, on peut rendre son corps terreux à la terre. Et voici ces vers admirables : «Tu vivras à jamais — ma plume a ce pouvoir — / Où mieux souffle le souffle, dans la bouche des hommes.» Shakespeare fait semblant d'écrire, en réalité il respire. Ses vers, comme l'a vu Coleridge, sont des serpents : ils bougent, rampent, se dressent, sifflent. Inutile d'insister sur les sous-entendus sexuels : ils sont plus évidents de n'être pas aplatis par une pornographie devenue de nos jours maniaque. D'ailleurs, quand surgit la Dame Noire, au sonnet 127, la nuit succède à la clarté. La toute-puissance sans issue du Désir («*Will*») se joue du poète et de son «*sweet boy*», ils sombrent tous les deux en enfer, c'est-à-dire dans le «grand réceptacle», «la baie, où entrent tous les hommes». La trinité «Beau-bienveillant-constant» (*Fair, kind and true*) fait place à une mère-maîtresse de fond, fausse, infidèle et cruelle. C'est la revanche du soleil noir : maladie et folie incurable. Sous la pression de la Reine de la Nuit, l'ange se change en démon. «Mes pensées, mes propos, comme ceux des déments / Sont lancés au hasard, loin de la vérité.» Rien de moins platonicien, on le voit, d'autant plus que le poète (qui s'appellera un jour Baudelaire) jouit de son mal et bande pour lui. La «tendre tricheuse» infernale est «très chère» (dans les deux sens du mot : elle coûte beaucoup). L'homme et son jeune homme s'abîment en elle. Shakespeare ne résout donc rien (sauf en indiquant une révolution ultérieure père-fille). Le combat du feu et de l'eau, du «tison» et de la «source froide» n'aura pas de fin. On peut certes en tirer des «bains bouillants» où on se plongerait pour guérir. Mais voilà : «Peu d'amour chauffe l'eau, l'eau n'éteint pas l'amour.» Heureusement, au-delà du feu et de l'eau, il y a une plume, et de l'encre.

La Connaissance comme salut

FRANÇOIS MEYRONNIS, YANNICK HAENEL : *1. En décembre 1945, on découvre à Nag Hammadi en Égypte des textes enfouis sans doute à la fin du IVe siècle et que l'on croyait disparus depuis. C'est le retour des gnostiques, jusqu'à cette époque dépréciés et négligés (on les connaissait surtout par leurs adversaires, comme l'hérésiologue Épiphane de Salamine et sa* Boîte aux remèdes — Panarion, *vers 370). Quel sens donnez-vous à cette exhumation à ce point précis du temps, juste après la Deuxième Guerre mondiale ?*

2. L'hérésie est, en général, le point de butée à partir duquel se constitue le dogme catholique, et sans lequel il ne pourrait s'élaborer : le plus souvent entre deux doctrines contradictoires. À cet égard, la position gnostique opère différemment, plutôt comme un envers ou un point de fuite. Qu'en pensez-vous ?

3. Non sans ironie, il vous arrive souvent d'affirmer une stricte position catholique romaine. Et pourtant, ici ou là, à bon entendeur, on sent poindre chez vous une tonalité gnostique. Comment cela s'ajuste-t-il ? En quel sens pourrait-on décrire Paradis *comme un livre gnostique ?*

4. La «gnose» se présente comme un savoir qui sauve — davantage qu'une croyance, ou qu'une religion. Elle apprend à se ressaisir dans la «vérité», à rallier un monde défini comme «autre», «nouveau», «étrange», et qui déborde celui que les hommes admettent couramment — «Le maître de ce monde aime le sang» — proclame un gnostique de la secte des Pérates («Ceux qui traversent»). «J'écris pour faire un bond hors du rang des meurtriers» — dit Kafka. La littérature ne suppose-t-elle pas, elle aussi, un savoir de l'indemne au cœur du crime? Du reste, à partir du moment où elle devient «absolue», ne tend-elle pas à devenir «gnostique»?

5. Les gnostiques affirment que nous sommes «jetés» dans un monde voué au mal et à la lourdeur, où nous serions étrangers. Ils soupçonnent l'engendrement charnel d'être ordonné à la mort, et postulent la nécessité d'une autre naissance, liée au souffle et à la parole, pour qu'un être se mette effectivement en vie. Par ailleurs, on trouve ceci, dans les Extraits de Théodote (80, 1), cité par Henri-Charles Puech : — «Celui que la mère engendre est mené à la mort et dans le monde.» En débutant votre roman, Femmes, par ce préambule provocateur : «Le monde appartient aux femmes. C'est-à-dire à la mort. Là-dessus, tout le monde ment», aviez-vous conscience de produire un énoncé gnostique?

6. Du Christ, en tant qu'incarnation de la parole immortelle, on peut dire qu'il a été, qu'il est et qu'il sera. Mais les gnostiques appliquent cette formule à tout être spirituel ayant recroisé en lui le commencement et la fin — c'est-à-dire à tout véritable gnostique. Reprendriez-vous à votre compte cette position hété-

126

rodoxe? Est-il conséquent de faire de chaque «disciple» un double du Christ, ou son jumeau (en araméen : toma, d'où le privilège de l'apôtre Thomas sur les autres)?

7. Les gnostiques enseignent à passer de la «mort» à la «vie» — à coïncider avec le point vif de la résurrection, en déchirant la taie épaisse de l'ignorance. Ce qui est tout près de soi, il y a encore à le rejoindre dans un kaïros — un moment opportun. Le «Royaume», disent-ils, est là à chaque instant; mais encore faut-il s'ouvrir à lui. Il ne cesse de coexister avec chaque solitude, mais faute de le saisir dans un éclair, cette solitude ne sort jamais de la torpeur. Quand prévaut sur toute la planète le nihilisme, ne sommes-nous pas environnés par des gens qui s'hystérisent dans le sommeil; et qui s'agitent en ronflant? Cette trépidation stérile n'est-elle pas le contraire de l'éveil?

8. Le «lieu» impossible où se tient Jésus est celui où il convoque le disciple : — là d'où il est venu et où il retourne. N'importe quel lieu et n'importe quel point de la durée peuvent rejoindre le «Lieu de la vie». Comment transpercer l'écran qui nous en a séparés, et sauter en lui? Le logion 5 de l'Évangile de Thomas dit : «Connais ce qui est devant ta face, et ce qui est caché te sera dévoilé; car il n'y a rien de caché qui ne sera manifeste.» N'est-ce pas en connaissant ce qui, à chaque moment, est devant nous — le plus proche, le plus immédiat — que l'on peut atteindre le «Royaume»?

9. Pour les gnostiques, on ressuscite dès cette vie : si la résurrection ne nous modifie pas tout de suite, si elle n'est pas ce qui fait recouvrer la vie dans le divin, comment prévaudrait-elle contre la mort? Dans le

127

Traité sur la résurrection, *l'un des écrits de Nag Hammadi*, on lit ceci : «*Qu'est-ce que la résurrection ? C'est la révélation, à tout instant, de ceux qui sont ressuscités.* » *Ou encore :* « *Le monde est une illusion plutôt que la résurrection.* » *Ou encore :* « *Dégage-toi des divisions et des liens, et déjà tu possèdes la résurrection !* » — *laquelle ne serait pas autre chose qu'une* « *transformation en nouveauté* ». *Comment envisagez-vous cette spécificité gnostique d'une victoire sur la mort à l'intérieur même du temps ?*

10. *Les gnostiques louent et magnifient la Parole — qui est aussi la Sagesse — au point d'en faire une prosopopée dans* Le Tonnerre, intellect parfait, *un autre des écrits de Nag Hammadi.* « *C'est moi dit-elle — la fiancée et le fiancé, / et c'est moi mon mari qui m'a engendrée. / C'est moi la mère de mon père et la sœur de mon mari, / et c'est lui mon rejeton* ». *Ou encore :* « *C'est moi la voix dont les sons sont nombreux / et la parole dont les aspects sont multiples. / C'est moi l'énoncé de mon nom.* » *Ou encore :* « *C'est moi le silence qu'on ne peut saisir.* » *Ou encore :* « *C'est moi l'audition qui est recevable pour quiconque, / ainsi que la parole qui ne peut être saisie.* » *La parole qui s'énonce ainsi ne ressemble-t-elle pas à ce que Heidegger nommera plus tard la* « *parole parlante* » ?

11. *Comment entendez-vous cette étrange adresse de la parole dans* Le Tonnerre, intellect parfait *:* «*Pourquoi vous qui me haïssez, / m'aimez-vous / et haïssez-vous ceux qui m'aiment ?* » *Et lorsque la parole dit :* « *Moi, je suis une sans-dieu / et c'est moi celle dont les dieux sont nombreux* », *ne fait-elle pas signe vers une dimension du divin encore en retrait et qui, peut-être, reste à découvrir ?*

*12. Dans l'un des textes valentiniens, l'*Évangile de la vérité, *la Bonne Nouvelle est dite «joyeuse», et réservée aux seuls élus. Connaître le «Père» ne serait possible qu'à travers la «puissance de la Parole», engageant elle-même une opération spirituelle. Ainsi le Sauveur ferait-il* un *avec le verbe —* Word, save us, *dirait James Joyce. Qui, aujourd'hui, prendrait cela au sérieux? Qui ferait assez confiance au langage pour ne pas hausser les épaules?*

*13. L'*Évangile de la vérité *identifie la «méconnaissance du Père» à un «errement» débouchant sur «perturbation et angoisse» — «Puis — dit le texte — la perturbation se figea à la manière d'un brouillard au point que nul ne put voir. De ce fait, l'Erreur tira sa puissance. Elle se mit à œuvrer sur sa propre matière dans le vide, ignorante de la vérité.» Et si un tel mirage, se soutenant d'un figement dans la confusion, ne demandait qu'à être traversé par une parole capable de voir et d'entendre? Et si cette «perturbation» qu'est le monde s'écroulait à son tour dans la nullité? Ne suffirait-il pas, pour cela, que pointe ce que le texte nomme l'«Inappréhendable inconcevable»? Dès lors ne serait-il pas possible, selon la formule gnostique, de «naître à la joie dans la découverte»?*

14. Les gnostiques dénoncent le règne de l'«oubli» et de la «fabrication mensongère». Même si ce règne domine le monde sans partage, ils pensent qu'on peut le vaincre à tout moment. Est-ce aussi votre avis? Et si oui, à quelles conditions? En admettant, comme les gnostiques, que le monde soit truqué de part en part — et plus que jamais à l'ère du «spectaculaire intégré», selon l'expression de Guy Debord —, peut-on encore accéder à autre chose qu'au truquage?

15. Dans l'Évangile selon Philippe, on lit : «Les héritiers des morts sont eux-mêmes morts et c'est des morts qu'ils héritent. Les héritiers du vivant sont eux-mêmes vivants et ils héritent du vivant et des morts. Les morts n'héritent de personne.» Que vous inspirent ces curieuses formulations?

16. Les gnostiques mettent en question la «fabrication» même du monde, en interprétant la création comme bousillage. Ne rejettent-ils pas par avance toute théodicée? Ne sont-ils pas inacceptables pour le «philosophisme» dans ses différents avatars? Ne font-ils pas exploser le cadre de ce que Heidegger nomme l'«onto-théologie»? Et ne récusent-ils pas à la fois le judaïsme rabbinique et l'Église catholique?

PHILIPPE SOLLERS : Les gnostiques sont ce que j'appelle des «Voyageurs du Temps». Un livre nouveau de moi porte ce titre, dont l'exergue provient de l'*Évangile selon Philippe* : «Bienheureux celui qui est avant d'avoir été, car celui qui est a été et sera.» Dans ce roman, et surtout dans la seconde partie, il est ouvertement question de la gnose. En 1945, quand des paysans égyptiens tombent par hasard sur les manuscrits gnostiques de Nag Hammadi, j'ai neuf ans. Il faudra de nombreuses années avant que cette découverte, bientôt suivie de celle des manuscrits de Qumran, me rejoigne.

La Deuxième Guerre mondiale marque le début d'une nouvelle période, qui n'a pas encore été envisagée comme telle : l'ère planétaire. Comme vous l'avez noté vous-mêmes dans *Prélude à la délivrance*, cette ère nouvelle déborde largement celle des Temps modernes. On parle à son propos de mondialisation, qu'il faudrait plus justement appeler immondialisation... Ce qui frappe, c'est l'extraordinaire concentration maléfique que recouvre la coexistence de ces noms : Staline, Hitler, Hiroshima, qu'il convient de citer dans cet ordre. Simultanément, vous avez un certain nombre d'éclaircies dans la texture même du temps : Nag Hammadi, Qumran, mais aussi la grotte de Lascaux, que j'ai vu très jeune, et qui a été pour moi une véritable révélation. Arriveront petit à petit des continents entiers : l'Inde, la Chine, avec des pensées qui excèdent la métaphysique occidentale.

Au sujet des gnostiques, il faut rendre hommage à leur découvreur : Henri-Charles Puech. Son nom est curieusement absent du dictionnaire. Il laisse pourtant de grands livres : *La Gnose et le temps*, puis le commentaire sur l'*Évangile selon Thomas*, et enfin son étude *Sur le manichéisme*. Il est scandaleux que Puech soit aujourd'hui oblitéré, pour ne pas dire fossoyé dans l'oubli. Alors que les évangiles gnostiques se lisent maintenant dans la «Pléiade», leur découvreur s'efface des mémoires. Si nous avons à disposition les gnostiques, nous le devons à celui que l'on censure aujourd'hui. On a beau exhumer des manuscrits, le geste est sans cesse à refaire. Soyons certains qu'ils seront enterrés de nouveau.

Les débuts de ce que l'on appelle le «christianisme» (terme que je récuse) sont environnés d'une très grande opacité. Nous avons là trois siècles extraordinairement ténébreux, d'où se détache un embrouillamini de thèses étranges, de sectes bizarres, de groupes improbables. Avant d'en arriver au concile de Nicée en 325, il y a beaucoup de remuements. Au travers de cette agitation, on peut être certain qu'*il s'est passé quelque chose*. Comme vous diriez, il est arrivé quelque chose au temps. Allons plus loin — le temps a été affecté dans sa fibre. Entre nous, la gnose ne procède pas des manuscrits de Nag Hammadi, elle vient de beaucoup plus loin. Elle souffle où elle veut, quand elle veut. Le mot «gnose» signifie en grec : connaissance. Il s'agit donc d'un savoir portant sur le salut. Ce savoir est lié à l'événement qui peut avoir pour nom Jésus. Dieu s'est incarné, il est mort, il est ressuscité. Il faut tenir ces trois nœuds. Arrangez-vous.

L'incarnation concerne la Parole. Au commencement *est* le Verbe. Ne mettez jamais cette phrase de Jean à l'imparfait, toujours au présent. Lorsqu'un évangile apocryphe note : «Jésus a dit», il faut aussi l'entendre au présent. Cela a lieu dans l'instant. Si ce n'est pas le cas, cet énoncé n'a aucune signification. «Jésus a dit», non; «Jésus dit». Si l'on introduit le passé dans cette affaire, on est projeté aussitôt dans un film. En effet, le cinéma précède de très loin l'histoire du cinéma. Mais dès qu'il y a film, nous sortons de l'évangélique. La bonne nouvelle consiste à reconnaître que le Verbe traverse la mort, et la vainc. L'évangélique n'a pas d'autre fond que cette annonce.

Les quatre évangiles canoniques sont escortés d'une myriade d'évangiles apocryphes, comme on dit. Ces derniers, on les connaît peu. Mais il faut se faire à l'idée qu'on connaît désormais aussi mal les canoniques. Vous pouvez le vérifier tous les jours. L'ignorance sur ces questions s'appesantit. Une histoire est racontée, elle prend des tours, des détours, sur lesquels on finit par ne plus rien savoir. Faites-en l'expérience avec n'importe qui. L'évangélique s'efface de nos références. L'humanoïde nihiliste en a semble-t-il perdu la clef, y compris dans les récitations pieuses qui le pétrifient.

Y a-t-il opposition entre les canoniques et les apocryphes, que l'on attribue aux gnostiques? Je ne trouve pas. Les canoniques regorgent de gnose à chaque ligne. Quant aux apocryphes, ils concentrent l'évangélique au maximum, et le déploient à partir de sa quintessence.

Irénée de Lyon prend la gnose pour une hérésie. Il se trompe. Pour être hérétique, il faut s'appuyer sur un contre-dogme. Elle devient hérétique, la gnose, lorsqu'elle assemble des communautés, et encore plus lorsqu'elle fonde une Église. C'est le travers dans lequel tombe Mani. La gnose est le point de fuite de l'évangélique, son envers, si vous voulez, mais surtout son *point d'accès*. L'Église catholique combat la gnose comme rassemblement possible, mais n'en touche pas l'essence.

L'évangélique a produit un considérable ébranlement du temps, dont il n'est pas certain que deux mille ans suffisent pour l'éclaircir. Nous ne sommes peut-être qu'au début d'une telle compréhension. Le dieu dont il est question décline son identité en condensant le *'ehyeh 'asher 'ehyeh* d'*Exode*, 3. Il se fait appeler : «Je suis». Le gnostique ne dit pas autre chose. Il dit : «Je suis». L'erreur serait de le crier sur les toits. La gnose est le point d'accès de l'évangélique, elle ouvre à son registre le plus secret. Enlevez le secret, il n'y a plus de gnose. Et pas non plus de salut.

Chaque évangéliste incarne une question. Philippe, par exemple, demande où est le Père. Et Jésus lui répond : tu me vois, donc tu vois aussi le Père. La question est magnifique ; la réponse, splendide. Il y a un don des langues propre à chaque disciple. Les gnostiques reprennent tous les points clés du récit évangélique, et les font travailler pour rejoindre l'éveil. Aucune contradiction entre ce qu'énoncent les canoniques et la connaissance que vous chuchote la gnose. Si vous posez qu'il y a une contradiction, vous risquez de tomber dans toutes sortes d'élucubrations prétendument «gnostiques». Il y a beaucoup de bavardages sur les éons, de récits confus cosmologiques. Mais la vraie gnose consiste à répondre à un appel, au point d'être radicalement transformé. Cela se joue en un éclair. Vous êtes transi par votre propre résurrection.

Le catholicisme demeure la seule autorité dans cette révolution du temps. De Arius à Luther, des hérésiarques s'emploient à la contester. Sur presque deux mille ans, l'archive du dogme est d'une invention considérable. Elle reflète une véritable guerre, dont la question de l'autorité est la clef de voûte. De vous à moi, dans cette affaire, il n'y a que l'Église catholique, apostolique et romaine qui tienne le coup. Son histoire devrait être appelée, comme le propose Pascal, une «histoire de la vérité». Voilà bien une proposition insupportable pour les philosophes et les professeurs. S'il y a un auteur indispensable sur ce sujet, c'est Joseph de Maistre. Son livre *Du Pape* est la plus fabuleuse machine de guerre contre ce qu'il nomme le «philosophisme». Nous sommes là à un point précis de l'Histoire, celui du triomphe des Temps modernes avec la Révolution française. Ce triomphe, le gnostique Maistre le prend à revers en jouant la carte de Rome.

Permettez-moi de rendre hommage à une figure spirituelle décisive, aussi bien dans la gnose que pour l'Église : je veux parler de Sa Majesté le Diable. Il occupe une place éminente au cœur de l'évangélique. Dans la version officielle, on voit comment il tente Jésus au désert. On constate qu'il lui offre la domination du monde en échange de sa reconnaissance. Les textes, par ailleurs, le définissent à la fois comme «Prince de ce monde», et «Père du mensonge». Un gnostique conséquent en déduira que le monde lui-même appartient à Satan, lui a toujours appartenu, et lui appartiendra toujours. Le «Royaume» qu'annonce le Messie n'est pas de ce monde, comme les évangiles ne cessent de l'affirmer. Les gnostiques pensent que le cosmos, dans son ensemble, donc aussi la société, s'ordonne au Mauvais. Ils discernent partout une malignité foncière, impossible à éradiquer. Tiens, et si le monde était plutôt la création du Diable que de Dieu? L'affaire gnostique tourne autour de cela. D'où une autre version, plus noire, de la Genèse, dans laquelle Satan ne joue plus la partie du comparse. On n'insistera jamais assez sur le fait que la gnose est *acosmique*. Le salut vient du dedans, certainement pas du cosmos.

Le Diable est un contre-Père, comme sa paternité à l'égard du mensonge le révèle. Il est par ailleurs «homicide depuis le début». Dans la lecture gnostique, la création comporte donc un aspect meurtrier. Le Prince des démons règne sur les ténèbres, dont les actions humaines participent dès la conception. C'est tout de même étrange qu'on oublie à ce point le Diable. Deux points sont aujourd'hui oblitérés: le Diable et la résurrection. D'eux, l'homme moderne, c'est-à-dire l'esclave, ne veut plus entendre parler. C'est logique, puisqu'il n'y a pas l'un sans l'autre. Retirez le Diable, et vous n'avez plus de résurrection. Remarquez au passage que cette absence est dans l'intérêt du Diable.

Ai-je une position catholique? Mais oui. Peut-on discerner dans ce que j'écris une «tonalité gnostique», comme vous dites? Pas une tonalité, chers amis — un ton fondamental. Sans aucune contradiction, je suis à la fois catholique et gnostique. L'un parce que l'autre. Mon rapport avec la gnose remonte à plus de quarante ans. Je le date de l'un de mes livres, *Drame*, publié en 1965. Dans ce livre, on voit que je commence à m'intéresser sérieusement à ce géant de la gnose qu'est Dante. Lui aussi, catholique et gnostique. Et l'un parce que l'autre. On ne peut pas, de mon point de vue, séparer gnose et catholicité. Cette séparation est d'ailleurs la signature même du Diabolus. Rome, unique objet du ressentiment de tous. «Tous les ennemis de Rome sont amis», dit Joseph de Maistre. Sous ce rassemblement d'hostilité, il faut savoir débusquer un fond sexuel innommable. L'animosité des possédés, prenons-la comme une information de première main sur ce qui la déclenche. Le nouage entre la Parole, le Temps et la Résurrection, voilà ce qui fait butée. Que ce nouage ait un rapport avec le nom de Marie ne vous étonnera pas. Sandrick Le Maguer, dans son très beau *Portrait d'Israël en jeune fille*, a raison de réintégrer la Vierge dans la tradition biblique. Mais ce n'est qu'un aspect des choses, le nom de Marie est aussi la révolution elle-même, le nouage le plus intime de l'évangélique. La Révolution française avec sa «déesse Raison» sur l'autel de Notre-Dame de Paris a été, dans son essence, une inversion satanique. Maistre, à cet égard, est un précurseur. Le premier, il a vu.

Paradis est une œuvre gnostique. Le second tome, encore plus ouvertement que le premier. J'y déploie tout ce que la langue française permet de kabbale juive et catholique. Ma façon de penser est simple : je pars de la singularité, je vais vers l'unité, et tout cela n'est pensable que dans l'universalité. Je prends ici le contre-pied radical de toute «diversité culturelle». Le divers ne m'intéresse pas, seule compte l'unicité. Un individu, peu importe s'il est d'origine juive ou grecque, s'il est chinois ou pygmée, et même riche ou pauvre, il suffit qu'il soit catholique pour devenir par là même universel — tendu vers l'unité, et non vers le multiple.

Le gnostique, lui, répond à un appel qui transit sa singularité. Cela ne contredit pas la nécessité d'une autorité ensembliste unique. Je pense à l'exergue de *Du Pape*, tiré de l'*Iliade*, qu'on peut rendre par : « Il faut qu'il n'y en ait qu'un. » En un mot, *il faut du Pape*. Hou ! Hou ! Eh bien oui ! C'est comme ça ! Qu'un seul homme ait l'autorité. La succession apostolique, depuis deux mille ans, voilà bien un roman inouï. Le plus inouï de tous les romans. La tentative d'assassinat de Jean-Paul II, je l'ai ressentie comme un acte d'un mauvais goût atroce. Comme vous le savez, Stendhal dit : « Le mauvais goût conduit au crime. »

Entre nous, Rome est pour moi le lieu de protection maximale. En tant que gnostique, je me mets sous la protection du Pape. Je n'ai confiance en personne. Même si tout le monde me réprouve, saint Pierre, toujours, me donnera asile. Où serais-je mieux en sécurité que chez mon ennemi ? Je ne crois qu'en l'Église catholique, apostolique et romaine. C'est mon seul refuge, et c'est pourquoi j'ai offert mon livre sur la *Divine Comédie* à Jean-Paul II.

Qui est Pierre ? Eh bien, c'est le gardien du troupeau. Les papes sont les gardiens du troupeau. Doit-on s'en prendre au troupeau ? Doit-on le récuser ? Mais non. Il faut du troupeau ! Au XXe siècle, on a voulu changer le troupeau. Au nom d'une classe, ou d'une race, on a cherché à remodeler les moutons. Quelle erreur ! Moi je suis pour le troupeau tout simple, tout bête — celui qui se laisse conduire par le successeur de Pierre. Au fond, y en a-t-il un autre ? Le délire de Staline ou celui de Hitler, cela n'aboutit qu'à en remettre sur le crime. Le Pape représente ici-bas le Ressuscité. Qui d'autre, mieux que lui, s'occuperait du troupeau ? Je ne vois pas de meilleur candidat. Au balcon de saint Pierre, à Rome, le Pape annonce dans toutes les langues que le Christ, qui est aussi la Parole, est ressuscité. Il le proclame *urbi et orbi*, à l'occasion des fêtes de Pâques. Le message est rediffusé par toutes les télévisions, c'est un spectacle auquel plus personne ne croit, et cela n'a aucune importance. Le mot « résurrection » n'en tourne pas moins sur lui-même dans les langues de la planète. L'universalité catholique n'a pas d'autre sens que ce tournoiement résurrectionnel.

Le troupeau est là depuis deux mille ans, à suivre le Pape. Qui cela gêne-t-il ? Moi, je n'ai rien à y redire. En cela, je suis profondément étranger à ce qu'on appelle les Temps modernes.

Dans le manichéisme, qu'on peut considérer comme une branche très profonde de la gnose, il y a le récit des aventures de la Lumière et des Ténèbres. Les manichéens distinguent trois temps : dans le premier, la Lumière est à l'écart des Ténèbres. Mais celles-ci, par convoitise, finissent par envahir son royaume. Il en résulte l'âge catastrophique du mélange, dont nous peinons à nous extirper. La promesse est celle d'une nouvelle séparation, qui libérera la Lumière de la gangue matérielle où les Ténèbres l'ont enfermée. Entre la Lumière et les Ténèbres, il y a un conflit inexpiable : la Grande Guerre, ce que Rimbaud appelle le « combat spirituel ».

Sortir du mélange, tel est le but. Par rapport à cela, les gnostiques distinguent habituellement trois types de corps. Les plus nombreux sont les « hyliques » (de *hylè*, la matière), entièrement régis par leur corps matériel, enfermés en lui, limités par ses contraintes. Ensuite, il y a les « psychiques », dont nous sommes infestés. Ceux-là s'imaginent en prise avec la pensée, mais leur psychisme y fait constamment obstacle. Ils se croient au-dessus des «hyliques», leur prétention est aussi considérable que vaine. En général, le «psychique» souffre beaucoup. Enfin, il y a les «pneumatiques» (de *pneuma*, le souffle, l'esprit), qui sont violemment haïs et persécutés par les deux autres groupes. C'est eux, et eux seuls, qui sortent du mélange. Ils ont entendu un appel qui s'adresse à chacun séparément.

Les gnostiques conçoivent l'univers comme une vaste pharmacie. Il s'agit d'assembler les parcelles de lumière et de les soustraire à l'engluement du mélange. Mais la salvation ne suppose aucune communauté. Il n'y a, dans la gnose, que des aventures singulières. Elles ont, en tant que telles, un impact sur l'histoire cachée du monde. Si vous voulez : la Nature est très belle, mais «l'homme» est rarement en accord avec elle (le grand art est gnostique par définition).

Tout gnostique reconnaît à travers le temps ses prédécesseurs. En un sens, chaque singularité a déjà eu lieu un grand nombre de fois, sous d'autres noms, dans d'autres circonstances, avec d'autres corps, et dans d'autres langues. D'ailleurs Proust pensait qu'il n'y a qu'un seul véritable écrivain à travers le temps, dont la biographie varie en fonction des noms propres.

On n'est pas obligé de s'accrocher au mot «littérature». Même le mot «art» devient sujet à caution. Aujourd'hui, ces mots recouvrent une telle misère et une telle confusion qu'il est difficile de les maintenir. La seule chose qui importe, c'est de rejoindre l'indemne, c'est-à-dire de s'extraire de la damnation. Dans cette matière, les expériences ne peuvent être que personnelles. Il n'y a pas de règle. On peut très bien être gnostique, et ne rien écrire de sa vie. L'Église catholique, disait Maistre, n'a pas besoin que ça s'écrive, même si elle a beaucoup fait écrire. Quand on est possesseur de la vérité dans une âme et un corps, pourquoi rajouter des pages aux pages ? Cela dit, on peut le faire.

Les grands noms de la littérature ne recherchaient que le salut. Vous auriez dit à Pascal et à Saint-Simon qu'ils faisaient de la littérature, ils se seraient récriés. Ils ne cherchaient qu'à faire un bond hors du mensonge, en un mot à sortir du bourbier. Saint-Simon, par exemple, écrit l'histoire à la lumière du Saint-Esprit pour la faire apparaître comme un cortège d'immondices criminelles. Il y parvient, c'est énorme.

Il me plaît de faire l'éloge, devant vous, du troupeau. C'est pour équilibrer les énoncés que j'ai pu commettre à l'encontre de la procréation. Celle-ci est une erreur fondamentale, bien sûr, mais il faut savoir le dire sans se crisper. C'est une escroquerie, il n'y a aucun doute. Mais il faut la démasquer sans haine. Il vaudrait mieux s'abstenir, sans tomber pour autant dans l'ascétisme. La position de l'ascète produit des hallucinations négatives. Ce que je prône ressemble davantage à un athéisme sexuel. Il y a, et il y aura toujours de la concupiscence, et au fond cela n'est pas si grave. De la sexualité découle le troupeau. Nous sommes embarqués, mais grâce à l'Église catholique, il y a une seconde naissance avec le baptême. Le troupeau n'y comprend rien, mais, comme l'a dit Maistre, il vaut mieux ne rien comprendre que comprendre mal. Toutes les hérésies tirent leur fond d'une compréhension déviée ou incomplète.

Dans la Bible juive, il y a beaucoup de gnose. On peut même soutenir qu'elle en regorge. Mais il y a aussi la Loi. Or le gai savoir des gnostiques en fait très bien l'économie. Celui qui sait est un «Prince hors la loi», pour reprendre la belle expression de Nietzsche.

Je n'exclus pas que la gnose soit profondément élitiste. Ainsi, le *logion* 23 de l'*Évangile selon Thomas* affirme : « Je vous choisirai un sur mille, et deux sur dix mille, et ils se tiendront étant un seul. » Insistance, donc, sur l'unité. Comme le montre Puech, « un seul » rend le mot *monakhoi*, terme signifiant tout aussi bien « seul », « solitaire », « isolé », « célibataire », « continent », « unique », « ramené à soi-même et à l'unité ». Tout individu, vous pouvez le vérifier, qui manifeste une irritation plus ou moins automatique à l'endroit des propos du Pape, prouve par là combien il est peu unifié. Il est donc divisé, agité secrètement par la volonté de périr. La nervosité, qui va parfois jusqu'au jet de crapauds, traduit la présence du Grand Diviseur. L'absence d'unité peut avoir des effets dramatiques, qui vont parfois jusqu'au suicide. Ah, les suicidés ! Ils se font refaire par la société, qui les assigne à leur division. Il y a autre chose qui déclenche les possédés : c'est la messe catholique. Et d'abord la transsubstantiation, c'est-à-dire la transformation, suite à des paroles sacramentelles, du pain et du vin en le corps et le sang du Christ. Il n'y a rien de tel pour rendre un être divisé fou de rage. Avez-vous lu ce qu'a écrit Vassili Grossmann sur la Madone Sixtine, qu'il a admirée à Dresde ? À l'époque, Grossmann est encore bien vu par l'appareil stalinien. On le surveille, on le censure, mais on ne le réprime pas. Néanmoins, ce qu'il dit du tableau de Raphaël énerve l'idéologue Souslov, celui-là même qui supervisera, des années plus tard, l'attentat contre Jean-Paul II. Souslov convoque Grossmann au Kremlin et lui fait une scène. Il lui reproche son indulgence pour le catholicisme. Nous sommes au début des années 1950, après des millions de morts. Et ne pas oublier que c'est Khrouchtchev qui est à l'origine de la campagne contre Pie XII.

Le gnostique, dites-vous, cherche une victoire sur la mort à l'intérieur même du temps. C'est exactement ce que je fais, comme Roland Barthes a bien voulu s'en rendre compte dans *Sollers écrivain*, lorsqu'il évoque ce qui est en jeu dans *Drame* comme un «éveil» qui serait un «temps complexe, à la fois très long et très court». «C'est un éveil naissant — dit-il —, un éveil dont la naissance dure.» Le savoir de la résurrection comme seconde naissance se donne et se redonne sans arrêt. Il n'est jamais acquis. On peut le définir très exactement comme une «naissance qui dure». Le temps qu'on nous inflige n'est pas celui que je dis. Ne voyez pas là une formule, mais la ligne de risque de mon existence. Je n'en ai jamais eu d'autre. Et c'est ce qui, dans mon cas, restera inexpiable pour le Gros Animal qu'est la société.

Amener la parole à la parole en tant que parole, cette proposition de Heidegger a une résonance évidente avec la gnose. L'intrication extatique entre temps et parole, voilà l'expérience dont il est ici question. Le temps résurrectionnel suppose que vous soyez rejoint par le langage. Ce qui ne mobilise aucune volonté. Il s'agit plutôt de répondre à l'appel de la parole. On retrouve ici le Sauveur Sauvé dont parlent les manichéens. «Je suis la voix du réveil dans la nuit éternelle», disent les textes. Alors, vous répondez ou non. Il y a des moments où ce n'est pas le cas. Je me le reproche souvent. L'essentiel consiste à être à l'écoute de ce qui appelle dans une parole. Et puis, d'un coup, de répondre, en son propre nom. Il est impossible d'être toujours à une hauteur aussi exigeante, mais on peut rester sur le chemin d'une telle hauteur.

Heidegger, gnostique? — Évidemment. C'est même le point qui achoppe pour le clergé philosophique. Ce qu'on fait payer à Heidegger : avoir été gnostique *et* catholique. Mais chut! Même les heideggeriens n'ont pas envie d'en savoir si long.

J'ai connu un autre gnostique, pour lequel j'avais une vive affection. C'est de mon ami Lacan que je parle. Il se colletait tous les jours à ce que peuvent avoir d'emmerdant les « psychiques ». Et Dieu sait qu'ils sont emmerdants! Comme le gnostique Valentin, il parlait beaucoup du Nom du Père. Il lui arrivait de parler, pour rire, d'*hainamoration*. Ce qui répond à l'interrogation que rapporte le texte de Nag Hammadi *Le Tonnerre, intellect parfait* : « Pourquoi, vous qui me haïssez, / m'aimez-vous / et haïssez-vous ceux qui m'aiment? » Pourquoi? C'est tout simple. Parce que la parole est tellement aimée qu'on ne peut pas faire autrement, pour supporter cet amour, que de la haïr. Le Christ dit de lui-même : « Ils m'ont haï sans cause. » Il n'y a pas de pourquoi à cette haine, parce qu'elle est le renversement de l'amour.

Eh oui, Jésus inspirait la haine! Lorsqu'il disait : « Avant qu'Abraham fût, je suis », cela mettait hors d'eux les docteurs biologiques de la Loi. Aujourd'hui, on a tendance à gommer ce qui fait scandale dans la parole christique. On a tort. L'évangélique est, et ne peut être, qu'une provocation et un blasphème pour le judaïsme rabbinique. Cela va loin. On cherche Jésus pour le lapider, le tuer, on réclame sa mise à mort aux Romains, on finit par obtenir sa crucifixion. Il n'y a pas lieu de répéter les âneries sur le « peuple déicide ». Mais il y a une vraie rupture entre la position des pharisiens et celle du Christ. On ne doit pas la cacher, ni en avoir honte. Le mieux qu'on puisse faire, ce serait de la restituer dans sa grandeur.

On a accusé la gnose d'anti-judaïsme. C'est exagéré,

sauf chez Marcion. Mais enfin, le Père de la Lumière acosmique n'a rien à voir avec le Créateur de la Genèse. Quelqu'un comme Lautréamont, autre grand gnostique, comprend très bien que le dieu lumineux qui inspire la Parole n'est pas celui qui a commis ce bousillage dément et criminel : la Création du monde. Ni Lautréamont ni Rimbaud ne sont anti-christiques. Difficile, au fond, d'être plus christiques qu'eux. Je me fous que cela dérange les préjugés dix-neuviémistes du surréalisme. Je me fous aussi que cela fasse pilier chez Claudel. J'estime profondément Breton et Claudel, mais je déborde leurs points de vue trop étroitement religieux.

Dans *Les Voyageurs du Temps*, je les réconcilie par l'entremise de Watteau. Ils aiment tous les deux ce magnifique tableau : *L'Indifférent*. Pour l'un, c'est un «messager de nacre», pour l'autre une «perle». Réconciliation inconsciente à travers cette métaphore spermatique.

Moins on est religieux, mieux on admet un principe d'autorité dont la succession apostolique est la dépositaire. Puisqu'il y a du troupeau, plutôt que de le massacrer, mieux vaut qu'il y ait du Pape. Dès qu'il y a nihilisme, il y a un embarras par rapport au Père que l'on n'est pas, parce qu'on n'est pas le Fils qui doit être comme lui. Que cet embarras débouche sur le crime de masse, l'histoire du xxe siècle le prouve. «La paternité, en tant qu'engendrement conscient, n'existe pas pour l'homme. C'est un état mystique, une transmission apostolique, du seul générateur au seul engendré», écrit Joyce. Existe-t-il une formule plus gnostique? «*Word save us !*», comme il dit.

La gnose comme «gai savoir» permet au «Moi-joie» de se déployer. Bonheur de s'extraire du bourbier. Et tant pis pour ceux qui se font dévorer par le Diabolus. «L'erreur est la légende douloureuse», dit Lautréamont. L'homme ne doit pas créer le malheur dans ses livres, ajoute-t-il. Il ne peut que le décrire, afin d'en donner une description morale. Mettez une plume dans les mains d'un moraliste, il sera supérieur à tous les poètes. Cela ne signifie pas qu'on fasse de la morale, mais qu'on parvienne à des maximes indiscutables. «Inappréhendable-Inconcevable», non. J'appréhende et je conçois parfaitement ce qui arrive dans le salut gnostique. Cette connaissance, c'est ce qui fait naître la joie. Le savoir jouit de lui-même.

Les gnostiques ne cherchent même pas à vaincre le monde. Ils ne poursuivent que le salut. Le monde demeure le partage du Mauvais. Peu importe que le monde soit truqué, ce qui compte c'est la guerre entre la damnation et le salut. Debord, on lui rendra les hommages convenus, mais il reste pris dans le social. Trop de social entrave la dimension libre du temps. Il parle, depuis sa singularité, dans une solitude tout à fait gnostique, tout en prétendant s'exprimer au nom d'une communauté imaginaire. C'est le problème des communautés : elles sont toujours imaginaires. Mieux vaut y renoncer une fois pour toutes, et pour toujours. Pas de groupe. Pas d'ensemble. Aucun parti. Dissolution du «nous». Mise en pièces du «on». Dieu devenu société — être par rapport à cette nouvelle idole d'un athéisme catégorique. Chercher l'éclaircie, le salut, reconnaître la joie intense, le bonheur qui ravit. Debord, à ce sujet, reste en deçà, et d'ailleurs ses propos imbéciles et navrants sur moi le prouvent. Vous remarquerez qu'il est désormais considéré comme «Trésor national».

Pour la gnose, le mot «nihilisme» ne suffit pas à décrire ce qui se passe aujourd'hui. Que ce mot renvoie à la perversion de la métaphysique occidentale au moment où elle règne sur la planète en tant que domination technique, il n'y a aucun doute. Mais la mauvaiseté qui se déploie sous nos yeux va beaucoup plus loin qu'une exploitation sociale. Schelling, sur ce point, s'avère plus précieux que Marx. Et n'oublions pas, contre toutes les hypocrisies dévotes, l'ironie de Voltaire.

Le gnostique est un vainqueur. Non seulement il ne perd pas la guerre, mais il ne s'incline pas devant ceux qui ont été défaits. Pas de commémoration en l'honneur des vaincus. Les poètes ne sont pas maudits, sauf dans les élucubrations de Verlaine. Les échecs ne sont qu'un moyen d'apprendre à vaincre. Il est interdit d'échouer quand on est confronté à la «Grande Guerre», celle que décrivent les manichéens. On peut saluer les combattants héroïques, même quand ils ont connu la défaite. Mais sans se laisser empêtrer par la fascination de la déroute. Debord a perdu, salut!

Le social est une illusion, jamais un enjeu. On peut s'en mêler dans telle ou telle application, mais ce n'est que tactique. Il n'y a rien dans le social de respectable, ni même de sérieux. Sa vérité gît dans le crime, et s'épanouit dans le grotesque.

Les morts, laissons-les s'enterrer eux-mêmes. Quant à celui qui est dans l'unité du vivant, il est naturel qu'il «hérite» des vivants et des morts. Il sait tout sur le processus criminel qui produit les morts à jet continu. Non seulement les morts physiques, mais les morts spirituelles. L'histoire des civilisations, sur tous les continents et dans toutes les langues, ne demande qu'à vous renseigner. Si vous avez la connaissance, vous possédez le ressort de cette histoire. Il vous saute aux yeux. Que cela ne vous effraye pas, le savoir porte sur les moyens du salut. Parmi ces moyens, il y a la science précise des enfers. Celui qui se sauve en connaît un bout sur la logique du mal. Pour lui, la mort et la folie sont deux aimables filles.

Ceux qui ne veulent pas la connaissance, tous les englués du social, de droite ou de gauche, je les appelle des obscurantistes. Car ils sont, à leur insu, au service des Ténèbres. Le comique, c'est qu'ils n'en sauront jamais très long sur ce qu'ils servent.

Quant à la Création, il s'agit en effet d'une erreur. C'est l'«école des cadavres». Comme dit l'*Évangile selon Thomas* : «Celui qui a connu le monde a trouvé un cadavre.» Un enfant de sept jours en sait plus long qu'un vieillard. Un nouveau-né en sait plus long sur la vie et la lumière qu'un intellectuel. La misère philosophique est telle qu'on se prend parfois à se pincer. Lisez ce que Michel Onfray, cet «hédoniste solaire» (tu parles!), est capable d'articuler sur le gnostique Sade, et vous aurez une idée de l'ampleur de cette indigence philosophique. Obscurantisme du philosophe social. Truquage inepte sur fond de vulgarité bafouilleuse. Celui que la parole n'a jamais élu se venge pitoyablement d'un des plus grands génies de sa langue. Le spectacle d'une telle vengeance nous sera infligé de manière toujours plus impudente. Cette vulgarité philosophique me fait rire. Je suis sensible à son caractère bouffon, plus ridicule encore que pathétique.

La gnose sera toujours inacceptable pour le «philosophisme». Cela dit, mettre sur le même plan le judaïsme rabbinique et l'Église catholique, c'est tentant. Et pourtant, il convient ici de résister à la tentation. L'effet de symétrie convaincrait facilement, mais, que voulez-vous, ces affreux gnostiques choisissent finalement l'Église romaine.

Ils votent catholique! C'est abominable, il faut s'y

résigner. L'Église catholique, c'est-à-dire universelle, vous met tout ça dans sa poche, sans aucun problème. La Bible, le Coran, les Grecs, le chinois, le sanskrit, la gnose, elle met sur cet océan sa bénédiction. Cela n'a rien à voir avec la diversité culturelle, n'en déplaise à la propagande humaniste en vigueur. C'est l'unité, que personnifie la baleine blanche du Pape.

Entretien avec *Ligne de risque*, 2009.
Propos recueillis par François Meyronnis et Yannick Haenel.

Montaigne président

La photo est connue : un président de la République française pose, pour son portrait officiel, avec un livre à la main, les *Essais* de Montaigne, la photographe est célèbre, elle s'appelle Gisèle Freund, les visages qu'elle a vus comme personne sont ceux de Virginia Woolf, Joyce, Malraux, Sartre, et bien d'autres. On espère que le choix humaniste du rusé Mitterrand, en 1981, aura contribué à calmer, dans quelques commissariats, la nervosité policière. Montaigne plutôt que le drapeau français en toile de fond ? Un président vaniteux qui sait lire ? Rêvons.

Le temps passe, mais les *Essais* se transforment en eux-mêmes. L'édition en Pléiade de la version de 1595 (celle de Marie de Gournay) paraît aujourd'hui, accompagnée d'un album superbe. C'est le livre que vous attendiez, c'est votre devoir de mémoire, il doit présider à vos jours, vous ne pourrez plus le quitter. D'où vient cette éternelle jeunesse ? Écoutons Nietzsche : « Qu'un pareil homme ait écrit, véritablement la joie de vivre sur terre s'en trouve augmentée. Pour ma part, du moins depuis que j'ai connu cette âme, la plus libre et la plus vigoureuse qui soit, il me faut dire ce que Montaigne a dit de Plutarque : "À peine ai-je jeté un coup d'œil sur lui qu'une cuisse ou une aile m'ont poussé." C'est avec lui que je tiendrais, si la tâche m'était imposée de m'acclimater sur la terre. »

Et encore : « Au milieu de l'agitation de l'esprit de la Réforme, il a trouvé un repos en soi-même, une paisible retraite en soi-même, un temps de répit pour reprendre haleine — et c'est ainsi que l'a compris sûrement Shakespeare, son meilleur lecteur. »

Ici, un souvenir personnel : j'ai 12 ans, à Bordeaux, et on emmène les élèves des lycées Montesquieu et Montaigne visiter le château de La Brède et la Tour de l'auteur des *Essais*. Là, je suis ébloui : quel est ce fou qui a multiplié sur les poutres et les solives de sa « librairie » des sentences peintes en latin et en grec ? Ça se déchiffre, messages cryptés, comme venus d'une autre planète. Exemples : « En jugeant l'un par l'autre. » Et puis : « Aucune prépondérance. » Et puis : « Pas de vrai plaisir sans totale autonomie. » Et puis : « Heureux qui joint la santé du corps à l'exercice de la pensée. » Et puis : « Ciel, mer et toutes choses : un néant. » Et puis : « Partout où le vent m'emporte, je m'installe un moment. » Et puis : « Que de vide dans le monde. »

Ce type est épatant : non seulement je vais lire son livre, mais, c'est décidé, je vais faire comme lui, de la magie à travers les murs et sur le papier. Épatant, parce que parfaitement schizophrène. D'un côté, il est conseiller au parlement de sa ville, avant d'en devenir le maire ; de l'autre, il voyage beaucoup, il passe jusqu'à huit ou dix heures à cheval (« où sont mes plus larges entretiens »). Il est aussi bien à Paris qu'à Rome où il embrasse la pantoufle du pape Grégoire XIII (qui élève gentiment le pied jusqu'à son menton), avant d'aller déposer un ex-voto à Notre-Dame de Lorette, sanctuaire de la Vierge Marie, le représentant en dévotion avec sa femme et sa fille. Mais l'essentiel, qui l'accompagne partout, c'est son livre, son corps devenu livre, un livre nourri de livres puisque lire et écrire forment un même tissu sanguin. «Mon livre me fait.» «Nous allons conformément et tout d'un train, mon livre et moi.» Grande décision mélancolique après la mort de La Boétie, l'ami idéal, le jeune auteur génial et, mort trop tôt, de la *Servitude volontaire*? Sans doute, mais Montaigne a d'abord écrit seulement «parce que c'était lui», avant d'ajouter «parce que c'était moi». Mais qui est ce «moi»? Un abîme. «Si le monde se plaint de quoi je parle trop de moi, je me plains de quoi il ne pense seulement pas à soi.» Vous croyez être vous, mais vous ne pensez pas à vous, par vous, vous faites tout pour éviter d'être un vrai vous, promis à la mort et contradictoire. Les livres ont beau vous faire signe (Homère, Platon, Lucrèce, Virgile, Horace, etc.), la maladie a beau vous avertir, vous vous épuisez en «haines intestines, monopoles, conjurations». Montaigne n'arrête pas de le dire : il n'enseigne pas, il récite, il raconte. Que sais-je? Qui suis-je? Réponse : «Si je parle diversement de moi, c'est que je me regarde diversement. Toutes les contrariétés s'y trouvent selon quelque tour, et en quelque façon : honteux, insolent, chaste, luxurieux, bavard, taciturne, laborieux, délicat, ingénieux, hébété, chagrin, débonnaire, menteur, véritable, savant, ignorant et libéral, et avare et prodigue.» Vous voulez réduire ce tourbillon à une identité stable? Erreur.

Individualiste, Montaigne? Et comment! La société de son temps est celle de tous les temps : fanatisme plus ou moins rampant, ignorance, massacres, assassinats, mensonges, illusions, dissimulations, « vacations farcesques ». La jalousie et l'envie, sa sœur, mènent le monde, et la jalousie est « la plus vaine et tempétueuse maladie qui afflige les âmes humaines ». Il s'ensuit un théâtre de la cruauté, mais « je hais cruellement la cruauté » (formule sublime). Chaque parti trouve donc que l'explorateur de soi est toujours trop proche de l'autre parti. On dirait aujourd'hui que, pour la droite, Montaigne est de gauche, et pour la gauche, de droite. Il s'en fout. « Quelqu'un disait à Platon : tout le monde médit de vous. — Laissez-les dire, fit-il, je vivrai de telle façon que je leur ferai changer de langage. » La seule école et la seule éducation qui vaillent sont celles de soi par soi. On n'imagine pas plus Montaigne théologien pédant de son temps, que, de nos jours, universitaire ou « intellectuel ». « Je me repens rarement, ma conscience se contente en soi. » Ou bien : « Ce n'est pas un léger plaisir de se sentir protégé de la contagion d'un siècle si gâté, un siècle corrompu et ignorant comme celui-ci, où la bonne estime du peuple est injurieuse. » Ou bien : « Je suis extrêmement libre et par nature et par art. » Pourquoi ? « Je sens la mort qui me pince continuellement la gorge ou les reins. » D'où une décision de fond : « Favorise-toi, crois ce que tu aimes le mieux. » Et le fameux : « Étendre la joie, retrancher la tristesse. » Résultat (et il faut oser l'écrire) : « J'ai pu me mêler des charges publiques sans me départir de moi de la largeur d'un ongle, et me donner à autrui sans m'ôter à moi. »

Nietzsche a raison, dans *Le Gai Savoir*, de parler, à propos de Montaigne, d'« une loquacité qui vient de la joie de tourner d'une façon toujours nouvelle la même chose ». À homme nouveau, style nouveau, « parler prompt », « tel sur le papier qu'à la bouche », « allure poétique à sauts et gambades ». Montaigne écrit en spirale, il vrille, il varie, il prolifère. La vie a ses hauts et ses bas, il faut les harmoniser, comme en musique. « Quand je danse, je danse ; quand je dors, je dors. » D'où vient cette confiance dans la Nature ? Peut-être, et c'est très rare, du « bon père que Dieu me donna ». En tout cas, il faut se garder de trop de défiance soumise au calcul : « rien de noble ne se fait sans hasard ». Il est inutile de se justifier, de s'excuser, de trop interpréter. Pas d'autocritique, donc, ce serait « être tiré en place marchande ». Voilà donc quelqu'un qui vous dit carrément : « J'ai fait ce que j'ai voulu : tout le monde se reconnaît en mon livre, et mon livre en moi. » Maintenant, je me revois copier des phrases du fou très sage de la Tour dans mon cahier d'écolier. « Notre grand et glorieux chef-d'œuvre, c'est vivre à propos. » Et aussi : « C'est une absolue perfection, et comme divine, de savoir jouir loyalement de son être. » Et encore (vérification facile) : « L'amour est une agitation éveillée, vive et gaie. » Comme quoi, me disais-je, un homme, bien qu'homme, peut avoir une vie divine. C'est ce qu'il fallait démontrer.

Sacré jésuite

Il suffit, aujourd'hui encore, de prononcer le mot «jésuite» pour provoquer immédiatement, surtout en France, un préjugé de rejet. Il y a des mots comme ça, «manichéen», «machiavélique», ou encore, autrefois, quand on ne comprenait pas quelque chose, «c'est de l'hébreu» ou «c'est du chinois». Jésuite veut donc dire, depuis longtemps : faux, dissimulé, hypocrite, diabolique, noir, comploteur, pervers. En comparaison, nous sommes authentiques, vrais, francs, honnêtes, moraux, fraternels, purs. N'allez pas me dire qu'un jésuite a pu être un penseur et un écrivain de génie, et qu'il reste, de nos jours, d'une actualité et d'une modernité brûlantes. C'est impossible, je n'en crois rien. Et pourtant, si. Et le voici : Baltasar Gracián (1601-1658) enfin rassemblé et magnifiquement traduit et annoté par son connaisseur hors pair : Benito Pelegrín.

Ce que les historiens, après le concile de Trente (1545-1563), appellent la Contre-Réforme catholique ouvrant sur le baroque est en réalité la fondation d'une nouvelle religion qui n'a plus que des rapports lointains avec l'ancien programme doloriste. Les puritains protestants et jansénistes auront réussi ce prodige : susciter une contre-attaque révolutionnaire dont nous sommes encore éblouis. Gracián, par ses traités, participe pleinement de ce débordement fulgurant. Jamais l'espagnol, comme langue, n'est allé à une telle splendeur. Concentration, concision, multiplicité des points de vue, intelligence, spirales, renversements, voltes, tout se passe comme si Dieu, qu'on a voulu cadrer, simplifier, asservir, canaliser, et, en somme, embourgeoiser, ressurgissait dans sa dimension insaisissable, incompréhensible, libre, infinie, aristocratique. Gracián inaugure une religion de l'esprit «à l'ombre du Saint-Esprit». Le christianisme et son Verbe se transforment en philosophie des Lumières. Ça a l'air extravagant, mais c'est ainsi. Contre l'aplatissement et le moutonnement qui menacent (avenir du capitalisme), il s'agit donc de former des singularités irrécupérables. «Que je te désire singulier!», dit Gracián, en commençant par un coup de maître, à 35 ans : «Le Héros». Suivront «Le Politique», «L'Honnête homme» (*El Discreto*), «Oracle manuel», «Art et Figures de l'Esprit», tous écrits sous le nom de Lorenzo Gracián (prénom de son frère) pour ne pas trop choquer l'autorité de la Compagnie. On le rappelle à l'ordre? Il continue de plus belle. Il est aussi insolite qu'insolent, il peut compter sur un mécène éclairé, il touche ses droits d'auteur, il temporise quand il faut, persiste en cavalier seul. À la fin de sa vie, encore un grand roman sous pseudonyme, le «Criticón» mais en même temps, sous son vrai nom de religieux, un «Art de communier», merveille de rhétorique mystique. En somme, une guerre incessante, avec l'énergie du diable au service de Dieu. C'est un Castiglione en plus profond, un Machiavel en plus affirmatif et lyrique. Il va être très lu, pillé, imité dans toute l'Europe. Il inspire les moralistes français (La Rochefoucauld), est traduit par Schopenhauer, trouve, évidemment, l'oreille de Nietzsche. «Les grands hommes ne meurent jamais», dit-il, et c'est vrai : il est là, paradoxalement, comme un auteur d'avenir (on dirait qu'il pense en chinois). Le monde est un néant, le néant est «beaucoup», mais le langage, en lui-même, est plus encore. Regardez, écoutez, ce qui a lieu dans «l'intense profondeur du mot». «Le style est laconique, et si divinement oraculaire que, comme les écritures les plus sacrées, même dans sa ponctuation, il renferme des mystères.»

Le Héros n'est pas le Prince, il peut être n'importe qui, vous, moi, quelqu'un d'autre, la porte du Ciel est ouverte, mais le mensonge règne et il faut donc s'armer pour lui échapper. «Que tous te connaissent, que personne ne te comprenne, car, par cette ruse, le peu paraîtra beaucoup, le beaucoup infini, et l'infini plus encore.» Le Héros n'est l'homme d'aucune communauté ni d'aucun parti, il s'exerce, il se protège, il est d'une «audace avisée» ou d'une «intelligente intrépidité». Le néant du monde est son adversaire, il ne joue donc jamais le coup que ce dernier suppose, et encore moins celui qu'il désire. Qu'est-ce qui domine ? La bêtise, la méchanceté. «Tous ceux qui le paraissent sont des imbéciles, plus la moitié de ceux qui ne le paraissent pas.» Ça fait du monde, avide, acide. Faut-il pour autant se retirer de la scène ? Mais non, au contraire.

Il peut y avoir un art de paraître, souterrainement allié à la plus lucide solitude. Pas d'ascèse, de l'entraînement; pas de martyre, l'écart. Tout est, autour de vous, manœuvres d'intérêts sur fond de jalousie, de ressentiment, de vengeance ? Aucune importance : vous saurez «détourner, en la nourrissant, la malveillance». Faites travailler vos ennemis, ils ne demandent que ça. Mais soyez sur vos gardes : « Peu importe d'avoir raison avec un visage qui a tort. » Heureusement, grâce à l'acuité de votre esprit (*agudeza*, le grand mot de Gracián, qui évoque la pointe de l'épée et le piqué de l'aigle), vous ne craindrez pas le hasard ; « Que l'esprit peut être grand dans les occasions subites ! » L'esprit est une chance, un éclair, une allusion au royaume des anges. C'est la raison pour laquelle ce disciple de Loyola peut aller jusqu'à dire : « Il faut user des moyens humains comme s'il n'y en avait pas de divins, et des divins comme s'il n'y en avait pas d'humains. » Là, évidemment, tout le monde crie au cynisme, alors qu'il s'agit simplement de la division des pouvoirs. De toute façon, vous savez à quoi vous en tenir sur la puissance et la gloire : « La gloire ne consiste pas à être le premier dans le temps mais dans la qualité. »

Gracián a toujours insisté pour que ses livres soient publiés en format de poche. Vous vous baladez avec lui, vous le lisez, vous le relisez, comme Nietzsche ou Tchouang-tseu. Vous tombez sur : « Tout doit être double, et plus encore les sources de profit, de faveur, de plaisir. » Ou bien : « Comprendre était autrefois l'art des arts. Cela ne suffit plus, il faut deviner. » Ou bien : « N'attendez rien d'un visage triste. » Ou bien : « Le malheur est d'ordinaire un effet de la bêtise, et il n'y a pas de maladie plus contagieuse. » L'esprit, lui, est « ambidextre », il parle toujours sur deux versants à la fois, avec deux qualités principales : l'aisance, le goût. « On mesure la hauteur d'une capacité à l'élévation de son goût. » Ce que vous devez faire ? « Jouir, lentement ; agir, vite. » Vous êtes à la recherche du temps perdu ? « On doit cheminer à travers les espaces du temps jusqu'au cœur de l'occasion. » Et ce trait inattendu, fabuleux, extrême : «En résumé, être saint, car c'est tout dire en un seul mot.» Vous ne vous attendiez pas à cette nouvelle définition de la sainteté, je suppose.

C'est que vous n'avez pas encore compris la nouvelle anatomie : «regarder les choses en dedans». Voyez comme font les saints : «Ils savent grandement déchiffrer les intentions et les fins, car ils possèdent en permanence le judicieux contre-chiffre. L'imposture ne peut se vanter que de rares victoires sur eux, et l'ignorance encore moins.» Mieux, quand Gracián veut faire son propre panégyrique, voici comment il parle d'un prince napolitain : «Rien n'égalait la maîtrise dont il faisait preuve dans les situations les plus désespérées, son imperturbable raisonnement, son brio d'exécution, l'aisance de son procédé, la rapidité de ses succès. Là où d'autres pliaient le dos, lui plongeait la main dans la pâte. Sa vigilance ne connaissait pas l'imprévu, ni sa vivacité la confusion, dans une surenchère d'ingéniosité et de sagesse. Il put perdre les faveurs de la fortune, fors l'honneur.»

Baltasar Gracián, *Traités politiques, esthétiques, éthiques*, traduit de l'espagnol, introduit et annoté par Benito Pelegrín, Seuil, 2005.

Une religieuse en amour

Imaginons : vous êtes un jeune officier français de la fin du XVIIe siècle, vous avez de solides principes libertins, vous êtes en campagne au Portugal, vous entrez dans un couvent comme dans un moulin, une jeune religieuse, Maria, vous tombe dans les bras dans sa chambre, vous l'embrassez, elle brûle, elle vous adore : « Je suis résolue à vous adorer toute ma vie et à ne voir personne, et je vous assure que vous ferez bien aussi de n'aimer personne. »

Vous ne détestez pas être adoré, mais le monothéisme, à ce point, vous fatigue. Au bout de deux ou trois mois, vous écourtez votre séjour portugais, et, pendant un an, vous allez recevoir cinq lettres passionnées qui deviendront célèbres. Vous ne répondez pas, sauf une fois, par une dérobade. C'est fini, mais vous conservez ces lettres de feu, et vous les laissez publier plus tard. Elles stupéfieront l'époque, et leur succès dure encore.

Stendhal, dans *De l'amour*, donne les *Lettres de la religieuse portugaise* comme exemple de « l'amour-passion ». Il y revient dans sa *Vie de Rossini* : « Il faut aimer comme la *Religieuse portugaise*, et avec cette âme de feu dont elle nous a laissé une si vive empreinte dans ses lettres immortelles.» Il y revient encore dans *Le Rouge et le Noir*, en exergue de la seconde partie, au chapitre x : «Amour! dans quelle folie ne parviens-tu pas à nous faire trouver du plaisir.» Il dit qu'il cite les *Lettres*, mais, en réalité, il invente la citation. Vous n'attendiez pas Stendhal, ou, avant lui, Diderot, en religieuse? Voyons, voyons.

Il y a encore des controverses sur les origines et l'authenticité de cette correspondance unilatérale. Je la tiens, moi, pour authentique, car aucun homme (et certainement pas le pâle Guilleragues) n'aurait pu aller aussi loin dans la description de la folie amoureuse féminine. La lucidité qui dévoile un aveuglement de cette dimension est unique. Mariana Alcoforado a-t-elle lu Thérèse d'Avila? C'est probable. Mais elle met carrément un homme sexuel à la place de Dieu, lequel est d'ailleurs absolument absent de ses plaintes. En bonne mystique dévoyée, hystérique, masochiste, géniale et hyper-narcissique, sa stratégie consiste à culpabiliser son partenaire. Comment peut-il ne pas répondre à un don total par un don équivalent? La religieuse, ici, est une mante religieuse : «Je me flatte de vous avoir mis en état de n'avoir sans moi que des plaisirs imparfaits.» Et ceci, vrai coup de poker : «Vous êtes plus à plaindre que je ne suis, et il vaut mieux souffrir tout ce que je souffre que de jouir des plaisirs languissants que vous donnent vos maîtresses de France.» La religieuse a-t-elle connu, avant la grande jouissance de la passion identificatoire, des «plaisirs languissants»? Il faut croire.

En tout cas, les délices de la souffrance semblent rester inconnus de cet amant français, probablement trop hétérosexuel. Il préfère des plaisirs « grossiers », il ne saura jamais à quel point il pourrait jouir davantage de lui-même. « Je meurs de frayeur que vous n'ayez jamais été extrêmement sensible à tous nos plaisirs. » Où se passaient ces plaisirs ? « Dans ma chambre où vous êtes venu tant de fois. »

Les *Lettres* sont publiées, sans nom d'auteur, en 1669. En 1677, Racine écrit *Phèdre* (il finira religieusement dans *Esther*). Rapprochement troublant, puisque nous avons bien, ici, une Vénus tout entière à sa proie attachée. Hélas, la proie est devenue une ombre fuyante après avoir été consommée. Cet amant, malgré l'intensité de la proposition fusionnelle, n'a sans doute eu aucun goût pour le dolorisme et le sacrifice exalté. Ce prédateur n'est pas à la hauteur du bûcher qu'on lui offre. Pas de doute, il est désespérément français. Mais alors, Stendhal aurait-il plu passionnément à Mariana ? Non, elle l'aurait trouvé laid et de trop d'esprit. On n'enflamme pas comme ça une religieuse. D'autant plus que, sur ce terrain à hauts risques, il aurait pu redouter le *fiasco*.

Stratégie de l'abandonnée : plainte à la santé, chantage à la mort, reproche, jalousie. Seule la souffrance sait faire jouir, elle est sacrée. « Je suis jalouse avec fureur de tout ce qui vous donne de la joie. » Si l'amant ne revient pas, il sera responsable de la mort tragique de sa religieuse. « Mandez-moi que vous voulez que je meure pour vous ! » Ce n'est plus une histoire d'amour, mais une histoire d'O. Cependant, « ma passion augmente à chaque moment », et surtout « je voudrais bien ne pas vous laisser à une autre ». On arrive enfin au grand problème : l'autre. En effet, comme « je m'intéresse secrètement à toutes vos actions », je pourrais aller jusqu'à me glisser dans une autre, plutôt que de continuer à vivre dans ce qui m'est devenu «odieux» : famille, amis, couvent. Ici, dans la fin précipitée, et admirable, de la lettre IV, on touche au basculement. L'amant français a eu le grand tort de finir par répondre par une lettre nulle. La religieuse est furieuse, pire, vexée *en tant qu'auteur*. Au lieu de cinq lettres, elle aurait pu en écrire encore cent. Mais à quoi bon, puisqu'il ne sait pas lire, c'est-à-dire jouir en profondeur ? Elle a «idolâtré» une illusion. Aveu extraordinaire : «Je ne cherchais pas à être éclairée.» Il aurait mieux fait de se taire.

Du coup, elle lui renvoie un portrait et des bracelets qu'il lui a offerts. Ce détail des *bracelets* est charmant. Et puis d'autres aveux : «J'étais jeune, j'étais crédule, on m'avait enfermée dans ce couvent depuis mon enfance...» Retenons surtout ce remerciement, d'une rare élégance : «Vous m'avez donné de grands secours, et j'avoue que j'en avais un extrême besoin.»

Voilà : c'était, au temps de la civilisation, une campagne militaire française. La preuve, ce compliment de notre religieuse : «J'ai eu des plaisirs bien surprenants en vous aimant.»

Janvier 2009

Préface aux *Lettres d'amour de la religieuse portugaise*,
Bordeaux, Elytis.

Furieux Saint-Simon

Il faut voir le manuscrit des *Mémoires* de Saint-Simon à la Bibliothèque nationale de France : onze portefeuilles reliés et frappés aux armes ducales, petite écriture noire serrée, presque pas de ratures, mise au net prête pour une imprimerie posthume, forêt en marche, armée conduite, comme le dit François Raviez, par «une fureur méthodique d'écrire». Le plus extraordinaire, dans cette énorme traversée du temps, c'est qu'elle nous atteint aujourd'hui en plein cœur battant de l'Histoire. Ce duc intraitable veut dire la vérité, rien que la vérité, toute la vérité. La voici donc, fouillée, déferlante, crépitante, multiple, vérifiant la fameuse formule de Céline : «Le français est langue royale, il n'y a que foutus baragouins tout autour.» Il ne s'agit pas de littérature, mais de jugement dernier et, figurez-vous, de révélation à la lumière du «Saint-Esprit». Saint-Simon aurait souri de commisération en apprenant qu'il était classé comme le plus grand écrivain de sa langue par Stendhal, Proust, Chateaubriand, et bien d'autres. Il pousse même la désinvolture jusqu'à s'excuser de son style «Je ne fus jamais un sujet académique, je n'ai pu me défaire d'écrire rapidement». Vous ouvrez son énorme livre n'importe où, et vous êtes emporté, subjugué, soumis à un véritable électro-choc. La comédie humaine a beau changer de costumes, c'est toujours la même chose, en beaucoup plus vulgaire, évidemment. On voit mal Louis XIV dire brusquement à ses ministres : «Attention, mon histoire avec la Maintenon, c'est du sérieux.» Regardez cette immense galerie de fantômes plus vivants que les vivants. Ils se lèvent devant vous, ils bougent, ils parlent, ils intriguent sans cesse, et surtout ils n'arrêtent pas de mourir. Saint-Simon ponctue à la mort, c'est son arme absolue. Le duc d'Orléans (le Régent) lui dit un jour : «Vous êtes immuable comme Dieu, et d'une suite enragée.» Portrait en plein dans la cible.

Prenons le prince de Conti : «C'était un très bel esprit, lumineux, juste, exact, vaste, étendu, d'une lecture infinie, qui n'oubliait rien, qui possédait les histoires générales et particulières, galant avec toutes les femmes, amoureux de plusieurs, bien traité de beaucoup.» Mais voici tout de suite le contrepoids : «Cet homme si aimable, si charmant, si délicieux, n'aimait rien. Il avait et voulait des amis comme on veut et qu'on a des meubles.» Passons maintenant au sinistre cardinal Dubois, le mauvais démon du Régent : «Son esprit était fort ordinaire, son savoir des plus communs, sa capacité nulle, son extérieur d'un furet, mais de cuistre, son débit désagréable, sa fausseté écrite sur son front.» De temps en temps, tel ou tel écrivain, ou journaliste, essaye d'imiter Saint-Simon pour décrire les mensonges de son temps : peine perdue, l'exercice tombe à plat, ils n'ont pas l'électricité et la violence requises. Le duc vous prévient : tout ce qu'il écrit n'est qu'ordre, règle, vérité, principes certains. En face de lui, il n'y a que «décadence, confusion, chaos» (déjà !). Les mémorialistes précédents, Dangeau par exemple ?

«Il n'a écrit que des choses de la plus repoussante aridité.» Pourquoi? «Il ne voyait rien au-delà de ce que tout le monde voyait.» Exécution rapide : «Dangeau était un esprit au-dessous du médiocre, très futile, très incapable en tout genre, prenant volontiers l'ombre pour le corps, qui ne se repaissait que de vent, et qui s'en contentait parfaitement.» Autre rafale contre l'ambassadeur de France en Espagne : «Je m'aperçus bientôt qu'il n'y avait rien dans cette épaisse bouteille que de l'humeur, de la grossièreté et des sottises.» Et voilà le swing Saint-Simon. Voyez Mlle de Séry : «C'était une jeune fille de condition sans aucun bien, jolie, piquante, d'un air vif, mutin, capricieux et plaisant. Cet air ne tenait que trop ce qu'il promettait.» Concision, raccourci, torsade des adjectifs, improvisation presque folle, chaque séquence est nerveuse et à vol d'oiseau, comme une intervention de Charlie Parker. La faute de Louis XIV? Il s'embourgeoise, contrôlé de plus en plus par une Maintenon religieuse qui «se figurait être une Mère de l'Église» : «Le Roi était devenu dévot, et dévot dans la dernière ignorance.» Il se fait gouverner, à son insu, par «un cercle de besoins et de services réciproques». Il ne pense qu'à promouvoir ses bâtards «successivement tirés du profond et ténébreux néant du double adultère». C'est un maniaque des familles recomposées, ce qui, pour le duc, est le crime suprême : on abaisse le sang, on élève le néant, et tout cela en parlant de Dieu, mélange qui finira mal un jour ou l'autre. Il faut donc lire Saint-Simon pour comprendre la Révolution. Imaginez-le aujourd'hui, épouvanté, tournant dans le parc de Versailles, ou essayant d'entrer à la Lanterne. De quoi perdre la tête à jamais.

Ce duc si pointilleux et moral en diable a quand même eu un grand amour pour son absolu contraire : le très étrange Régent, débauché acharné, incestueux, confit en occultisme et sorcellerie, en chimie et en alchimie, et qui allait jusqu'à tenter de rencontrer le Diable lui-même. C'est ici la partie la plus passionnante des *Mémoires*. Saint-Simon réprouve la conduite du duc d'Orléans avec ses «roués», mais il ne peut s'empêcher de l'aimer. Les nuits de la Régence? «On buvait beaucoup, on s'échauffait, on disait des ordures à gorge déployée, et des impiétés à qui mieux mieux, et quand on était bien fatigué et qu'on était bien ivre, on s'allait coucher, et on recommençait le lendemain.» Le Régent a beau être couvert de maîtresses, il ne leur confie rien des affaires. Mieux : c'est lui qui va rabaisser les bâtards lors du Conseil et du Lit de justice du 26 août 1718. Là, Saint-Simon jouit comme jamais : «Pénétré de tout ce que la joie peut imprimer de plus sensible, du trouble le plus charmant, d'une jouissance la plus démesurément et la plus persévéremment souhaitée, je suais d'angoisse de la captivité de mon transport, et cette angoisse même était d'une volupté que je n'ai jamais ressentie ni devant ni depuis ce beau jour. Que les plaisirs des sens sont inférieurs à ceux de l'esprit, et qu'il est véritable que la proportion des maux est celle-là même des biens qui les finissent!» Pas de doute, Saint-Simon, ce jour-là, se meurt de joie : «Je triomphais, je me vengeais, je nageais dans ma vengeance, je jouissais du plein accomplissement des désirs les plus véhéments et les plus continus de ma vie.» Le Premier président du Parlement, lui, est consterné, et le duc n'arrête pas de lui envoyer des «sourires dérobés et noirs». «Je me baignais dans sa rage et je me délectais à le lui faire sentir.» Écoutez ça : « L'insulte, le mépris, le dédain, le triomphe lui furent lancés jusqu'en ses moelles.» Dès le début de cet événement majeur, les vaincus ont compris leur défaite : «Il se peignit un brun sombre sur quantité de visages.» Qui a su écrire ainsi les extravagants et furieux plaisirs de l'esprit? Écoutez bien : c'est déjà Sade.

Éloge d'un maudit

Connaissez-vous Joseph de Maistre (1753-1821)?
Non, bien sûr, puisqu'il n'y a pas aujourd'hui d'auteur
plus maudit. Oh, sans doute, vous en avez vaguement
entendu parler comme le monstre le plus réactionnaire
que la terre ait porté, comme un fanatique du trône et
de l'autel, comme un ultra au style fulgurant, sans
doute, mais tellement à contre-courant de ce qui vous
paraît naturel, démocratique, sacré, et même tout simplement humain, qu'il est urgent d'effacer son nom de
l'histoire normale. Maistre? Le Diable lui-même. Baudelaire, un de ses rares admirateurs inconditionnels, a
peut-être pensé à lui en écrivant que personne n'était
plus catholique que le Diable. Ouvrez un volume de
Maistre, vous serez servis.

Maudit, donc, mais pas à l'ancienne, comme Sade
ou d'autres, qui sont désormais sortis de l'enfer pour
devenir des classiques de la subversion. Non, maudit
de façon plus radicale et définitive, puisqu'on ne voit
pas qui pourrait s'en réclamer un seul instant. La droite
ou même l'extrême droite? Pas question, c'est trop
aristocratique, trop fort, trop beau, effrayant. La
gauche? La cause est entendue, qu'on lui coupe la tête.
Les catholiques? Allons donc, ce type est un fou, et

nous avons assez d'ennuis comme ça. Le pape? Prudent silence par rapport à ce royaliste plus royaliste que le roi, à ce défenseur du Saint-Siège plus papiste que le pape. Vous me dites que c'est un des plus grands écrivains français? Peut-être, mais le style n'excuse pas tout, et vous voyez bien que son cas est pendable. Maistre? Un Sade *blanc*. Ou, si vous préférez, un Voltaire retourné et chauffé au rouge.

D'où l'importance, pour les mauvais esprits en devenir, de ce recueil de certaines des œuvres les plus importantes de ce maudit comte, *Considérations sur la France*, *Les soirées de Saint-Pétersbourg*, *Éclaircissements sur les sacrifices*, chefs-d'œuvre rassemblés et présentés admirablement par Pierre Glaudes, avec un dictionnaire fourmillant d'informations et de révélations historiques[1]. Vous prenez ce livre en cachette, vous l'introduisez dans votre bibliothèque d'enfer, le vrai, celui dont on n'a aucune chance de sortir. Ne dites à personne que vous lisez Joseph de Maistre. Plus réfractaire à notre radieuse démocratie, tu meurs.

Cioran, en bon nihiliste extralucide, lui a consacré, en 1957, un beau texte fasciné, repris dans *Exercices d'admiration*[2]. Il reconnaît en lui «le génie et le goût de la provocation», et le compare, s'il vous plaît, à saint Paul et à Nietzsche. Bien vu. Le plaisir étrange qu'on a à le lire, dit-il, est le même qu'à se plonger dans Saint-Simon. Mais, ajoute Cioran, «vouloir disséquer leur prose, autant vouloir analyser une tempête». Le style de Maistre? Voici : « Ce qu'on croit vrai, il faut le dire et le dire hardiment; je voudrais, m'en coû-

1. «Bouquins», Robert Laffont, 2007.
2. Cioran, *Exercices d'admiration, Essais et portraits*, Gallimard, «Arcades», 1986.

tât-il grand-chose, découvrir une vérité pour choquer tout le genre humain : je la lui dirais à brûle-pourpoint. »

Feu, donc, mais de quoi s'agit-il ? Évidemment, encore et toujours, du grand événement qui se poursuit toujours, à savoir la Révolution française, dont Maistre a subi et compris le choc comme personne, devenant par là même un terroriste absolu contre la Terreur. Écoutez ça : « Il y a dans la Révolution française un caractère *satanique* qui le distingue de tout ce qu'on a vu et peut-être de tout ce qu'on verra. » Cette phrase est écrite en 1797, et, bien entendu, le lecteur moderne bute sur « satanique », tout en se demandant si, depuis cette définition qui lui paraît aberrante, on n'a pas vu mieux, c'est-à-dire pire. Dieu aurait donc déchaîné Satan sur la terre pour punir l'humanité de ses crimes liés au péché originel ? Maistre est étonnamment biblique, il se comporte comme un prophète de l'Ancien Testament, ce qui est pour le moins curieux pour ce franc-maçon nourri d'illuminisme. Mais voyez-le décrivant la chute du sceptre dans la boue et de la religion dans l'ordure : « Il n'y a plus de prêtres on les a chassés, égorgés, avilis ; on les a dépouillés ; et ceux qui ont échappé à la guillotine, aux bûchers, aux poignards, aux fusillades, aux noyades, à la déportation, reçoivent aujourd'hui l'aumône qu'ils donnaient jadis... Les autels sont renversés ; on a promené dans les rues des animaux immondes sous les vêtements des pontifes ; les coupes sacrées ont servi à d'abominables orgies ; et sur ces autels que la foi antique environne de chérubins éblouis, on a fait monter des prostituées nues. » Et ceci (au fond toujours actuel) : « Il n'y a pas d'homme d'esprit en France qui ne se méprise plus ou moins. L'ignominie nationale pèse sur tous les cœurs (car jamais peuple ne fut méprisé par des maîtres plus méprisables) ; on a donc besoin de se consoler, et les bons citoyens le font à leur manière. Mais l'homme vil et corrompu, étranger à toutes les idées élevées, se venge de son abjection passée et présente, en contemplant avec cette volupté ineffable qui n'est connue que de la bassesse, le spectacle de la grandeur humiliée. »

Vous voyez bien, ce Maistre n'est pas fréquentable, il vous forcerait à refaire des cauchemars de culpabilité, et, en plus il vous donne des leçons d'histoire depuis l'Antiquité jusqu'à nos jours. Mais enfin, pour lui, d'où vient ce mal français devenu mondial ? De l'Église gallicane, d'abord (polémique avec Bossuet), du protestantisme, en fait, et puis du « philosophisme ». La haine de Maistre pour le protestantisme atteint des proportions fabuleuses, dont l'excès a quelque chose de réjouissant : « Le plus grand ennemi de l'Europe qu'il importe d'étouffer par tous les moyens qui ne sont pas des crimes, l'ulcère funeste qui s'attache à toutes les souverainetés et qui les ronge sans relâche, le fils de l'orgueil, le père de l'anarchie, le dissolvant universel, c'est le protestantisme. » Maistre n'en finira pas d'aggraver sa diatribe inspirée, notamment dans son grand livre *Du Pape* (1819), malheureusement absent du volume actuel. « Qu'est-ce qu'un protestant ? Quelqu'un qui n'est pas catholique. » Et voilà, c'est tout simple, vous voyez bien que cet énervé est maudit, avec lui, aucun « œcuménisme » n'est possible. Rome, rien que Rome, tout le reste est nul.

On aurait tort, cependant, de penser que Maistre s'en tient au registre de l'anathème. *Les Soirées...*, *Éclaircissements sur les sacrifices* sont aussi des traités métaphysiques qui suffiraient à prouver l'abîme qui le sépare des «réactionnaires» de tous les temps. Ses propos recèlent alors un sens initiatique parfois ahurissant, lorsqu'il démontre que la guerre est «divine» et qu'elle est incompréhensible, sinon comme phénomène surnaturel, prouvant qu'il n'y a de salut que par le sang et la réversibilité des mérites. Le lecteur moderne ne peut que s'indigner en entendant parler d'une «inculpation en masse de l'humanité» due à la Chute : «L'ange exterminateur tourne comme le soleil autour de ce malheureux globe, et ne laisse respirer une nation que pour en frapper d'autres.» Plus hardi encore : «Si l'on avait des tables de massacres comme on a des tables de météorologie, qui sait si on n'en découvrirait pas la loi au bout de quelques siècles d'observation?» Suspendez «la loi d'amour», dit Maistre, et en un clin d'œil, en pleine civilisation, vous voyez «le sang innocent couvrant les échafauds, des hommes frisant et poudrant des têtes sanglantes, et la bouche même des femmes souillée de sang humain. «Ces choses ont eu lieu, elles ont lieu sans cesse. L'amour? Mais qu'est-ce que l'amour? Un acte de foi : «La foi est une croyance par amour, et l'amour n'argumente pas.»

Cioran, subjugué et accablé par Maistre, termine en disant qu'après l'avoir lu, on a envie de s'abandonner aux délices du scepticisme et de l'hérésie. Il y a pourtant des moments où la certitude et le dogme ont leur charme qu'on croyait aboli. Sur le plan de la raison raisonnante, Maistre a eu tort. Il n'a rien vu, bien au contraire, de la régénération qu'il annonçait. Il est mort en 1821 à Turin (date de naissance de Baudelaire), et il est enterré dans l'église des jésuites à deux pas du Saint-Suaire contesté et du lieu d'effondrement de Nietzsche. Ces trois points triangulaires me font rêver.

Chateaubriand à jamais

Qu'est-ce qu'un grand livre au moment de sa parution? Personne ne l'attend, il vient de loin, des années de travail et de fermentation. Il prend l'actualité à contre-pied, ouvre à nouveau l'Histoire, dénoue des questions figées. Il bouscule les académismes et les pseudo-modernités, il respire à l'air libre. Tel est le monument pluriel que Marc Fumaroli vient de dresser à la gloire de Chateaubriand.

Vous ne vous attendiez pas à la résurrection de cet enchanteur-emmerdeur sur la tombe duquel, à en croire Simone de Beauvoir, le jeune Sartre est allé un jour pisser pour fonder son empire? Vous trouvez Chateaubriand dépassé, réactionnaire, démoralisant, fâcheusement musical? Je sais, le livre de Fumaroli fait 792 pages, et il faut le lire. Vous n'avez pas le temps, le passé vous rebute, vous vivez au jour le jour en vous défiant des morts? Tant pis, c'est comme ça, il y a un feu d'enfer dans la bibliothèque profonde. On murmure, ces temps-ci, que la France tombe. Qu'elle lise ou relise donc pour voir, les *Mémoires d'outre-tombe*.

Plusieurs livres en un seul, voilà une générosité folle, raison pour laquelle Fumaroli, dans une société de mesquinerie généralisée, doit s'attendre à une réception superficielle, ignorante, pincée, polie, chichiteuse. Que vient faire cette tête de Méduse parmi nous ? Pourquoi rapprocher la question de la Poésie de celle de la Terreur, comme s'il s'agissait d'une même substance physiologique ? Quoi, encore les questions qui fâchent ? La Révolution, Napoléon, la République, le génie du christianisme, la guerre civile interminable, la réconciliation impossible ? Ne vaut-il pas mieux survivre et dormir ?

Mais voilà, et Fumaroli le montre vague après vague, Chateaubriand est le carrefour crucial de l'histoire de France, comme de celle de l'Europe et du monde. Marx était contournable, Rome et la démocratie sont toujours là, quoi qu'en pensent les éradicateurs de tous bords. L'Histoire est loin d'être finie, elle tourne, se retourne, se métamorphose, «sa transformation enveloppe la transformation universelle». Chateaubriand : l'homme des mutations à travers une fidélité stricte. Il a connu la pauvreté, l'exil, les grands voyages, il a découvert pour nous une autre dimension du Temps. C'est un écrivain ? Mais oui, et l'un des plus grands par sa volonté de rassemblement du passé et son influence sur l'avenir. En amont : Homère, Virgile, Dante, Le Tasse, Shakespeare, Milton, Rousseau, Byron. En aval : son neveu Tocqueville, Balzac, Hugo, Baudelaire, Lautréamont, Rimbaud, Proust, Céline. *À la recherche du temps perdu* ? Couleur Chateaubriand. *Une saison en enfer* ? Impossible sans Chateaubriand : «Je suis réellement d'outre-tombe», dit Rimbaud qui a lu tout ce qu'il fallait lire. De sorte qu'on a envie, pour Chateaubriand, de reprendre ce qu'il note lui-même à propos de Bossuet : «Il change de temps et de place à son gré ; il passe avec la rapidité et la majesté des siècles (...) Il élève ses lamentations prophétiques à travers la poudre et les débris du genre humain.» Écriture profane, écriture sacrée : les *Mémoires*, pour la première fois en français, réalisent cet alliage et cette transmutation improbable.

La solitude, l'étrangeté à soi et aux événements, la révélation de la terreur sous forme de têtes tranchées, le long duel symbolique avec Bonaparte, la politique nationale et internationale, l'échec de la Restauration libérale, les passions féminines, la foi, l'écriture par-delà le temps et la mort, le retrait inspiré... Qui dit mieux, plus contradictoire, plus ample ? Chateaubriand n'est pas un opportuniste d'Ancien Régime, ni un contre-révolutionnaire passéiste. Ce n'est pas non plus un «grand paon», comme l'a dit, un peu bêtement, Julien Gracq. Il n'a rien à voir avec Talleyrand qui aura passé sa vie à «changer de maître comme on change de domestique». Talleyrand et Fouché entrant chez Louis XVIII pour reprendre du service, telle est la «vision infernale» : «Tout à coup une porte s'ouvre : entre silencieusement le vice appuyé sur le crime.» Quelle phrase, quelle scansion. Chateaubriand vient de Rousseau, bien sûr, mais rien à faire : il reste catholique, pécheur et papiste. Fumaroli, dans un chapitre ébouriffant, le montre poursuivant sans cesse une «sylphide» dont les prénoms seront, tour à tour, Pauline, Delphine, Natalie, Claire, Hortense (sans oublier Charlotte, en Angleterre, qu'il n'épousera pas puisqu'il est déjà marié). Et Juliette, enfin (Récamier), muse et protectrice de ses vieux jours. Son enfance bretonne à château le nourrit sans cesse, et comment ne pas savoir immédiatement que c'est lui en lisant par exemple ce coup d'archet : «Les jours d'orage en été, je montais au haut de la grosse tour de l'ouest»? C'est un corps sensible, un *royaume* (sur terre, dans le ciel). Le royaume n'est pas le roi ni l'idée monarchique : il s'agit plutôt, dit Fumaroli, d'une « poésie tacite » que la violence sanglante ou corruptrice fait surgir comme une vision. Cette vision persiste à travers les bruits, les fureurs et les fastes de l'Empire (Napoléon, « empereur des parvenus » n'en est pas moins l'esprit du monde aperçu par Hegel à Iéna, d'où ce jugement de Chateaubriand : « Après Napoléon, néant »).

Portraits, descriptions (l'incroyable récit de la retraite de Russie), retours en arrière, déploiement de l'Histoire : vous ouvrez les *Mémoires*, vous n'en sortez plus. Fumaroli a raison de parler de « voyance polyédrique », de « cubisme », de « réel à plusieurs faces, à perspectives multiples, à temps superposés ». C'est une voix qui chante et semble venir d'une région inconnue ; le papier, l'encre, la lenteur, le vent, l'orage, l'Amérique, Jérusalem, les salons, les ministères, Londres, Rome, Venise, la Trappe (*La Vie de Rancé*). Chateaubriand ou la noblesse de l'Histoire : « La rapidité des fortunes, la vulgarité des mœurs, la promptitude de l'élévation et de l'abaissement des personnages modernes, ôtera, je le crains, à notre temps, une partie de la noblesse de l'histoire. » Sans commentaire. Celui-ci, pourtant, à propos des Français « dogmatiquement amoureux du niveau » : « Ils n'aiment pas la liberté, l'égalité seule est leur idole. Or l'égalité et le despotisme ont des liaisons secrètes. » Faut-il ouvrir un instant le musée des horreurs du xxᵉ siècle pour prouver la justesse d'une telle appréciation ? L'affaire est jugée, mais elle peut continuer sous d'autres formes, il suffit de savoir écouter. Chateaubriand est un fanatique de la liberté, là est la surprise. La conséquence logique est la solitude, mais aussi la victoire posthume. Pas de précipitation, des milliers de pages entassées près de son lit de mort dans des caisses de bois. Rejeté par le parti de l'ordre («J'aimais trop la liberté») comme par celui issu du jacobinisme («Je détestais trop le crime»), il ne reste à Chateaubriand, la plume à la main qu'il confond avec le crucifix, que des «semences d'éternité». La France, après la Terreur et l'Empire, était devenue un immense commissariat (Fouché, «cerveau de la première police politique secrète»). Bonaparte, en Égypte, feignait, contre Rome, d'être musulman, d'où cette notation qui prend de nos jours une portée savoureuse : «Comme Mahomet avec le glaive et le Coran, nous allions l'épée dans une main, les droits de l'homme dans l'autre.» Rien de très nouveau sous le soleil, donc. Si, pourtant : on peut imaginer une Terreur par anesthésie générale et ablation chirurgicale de la poésie. Opération en cours. Conclusion : «Il est pour les hommes des vérités cachées dans la profondeur du temps ; elles ne se manifestent qu'à l'aide des siècles, comme il y a des étoiles si éloignées de la terre que leur lumière n'est pas encore parvenue jusqu'à nous.»

Marc Fumaroli, *Chateaubriand, Poésie et Terreur*,
De Fallois, 2003.

Mouvement des Lumières

Je pense à l'actualité massacrante et confuse, j'ouvre le *Dictionnaire philosophique*, je vais droit à l'article «Fanatisme», je tâche de comprendre pourquoi il s'agit d'une maladie endémique et épidémique qui, gangrénant les cerveaux, est presque incurable. «Dès que ce mal fait des progrès, dit Voltaire, il faut fuir, et attendre que l'air soit purifié.» Il ajoute : «Que répondre à un homme qui vous dit qu'il aime mieux obéir à Dieu qu'aux hommes, et qui, en conséquence, est sûr de mériter le ciel en vous égorgeant?»

Bonne question, et qui se repose sans cesse (on se croirait aujourd'hui à Bagdad ou au Proche-Orient). Le fanatisme serait donc éternel, comme les dévots en tous genres, il s'agirait d'une pathologie génétique sur fond de sauvagerie, réclamant sans cesse sa ration de sang, véritable histoire de vampires. Nous avons été payés pour le constater depuis deux siècles, et ça continue de plus belle, n'est-ce pas, inutile de s'appesantir.

Je vais maintenant, avec curiosité, à l'article «Égalité», et je lis : «Chaque homme, dans le fond de son cœur, a droit de se croire entièrement égal aux autres hommes ; il ne s'ensuit pas de là que le cuisinier d'un cardinal doive ordonner à son maître de lui faire à dîner, mais le cuisinier peut dire : "Je suis homme comme mon maître, je suis né comme lui en pleurant ; il mourra comme moi dans les mêmes angoisses et les mêmes cérémonies. Nous faisons tous deux les mêmes fonctions animales. Si les Turcs s'emparent de Rome, et si alors je suis cardinal et mon maître cuisinier, je le prendrai à mon service." Tout ce discours est raisonnable et juste ; mais en attendant que le Grand Turc s'empare de Rome, le cuisinier doit faire son devoir, ou toute société humaine est pervertie. »

Le plus étonnant, avec Voltaire et les autres, c'est la sensation de présence intense et mouvante que leur voix dégage en vous éclairant. Immédiateté, netteté, simplicité, drôlerie, art du récit concentré et de la maxime. On est devant des corps en action, et ces corps sont eux-mêmes une aventure permanente où rien n'est jamais arrêté ni acquis. Qui a peur des Lumières ? Tout le monde, à commencer par ceux qui s'en sont proclamés les propriétaires ou les notaires, transformant un mouvement minoritaire à hauts risques en catéchisme de clichés, en boutique petite-bourgeoise de prêt-à-penser. Ces gêneurs lumineux sont sans cesse en procès. Les religieux s'en méfient, et à juste titre, mais aussi les philosophes, ces « prêtres masqués » (Nietzsche), les professeurs, les politiques, les intellectuels, les marchands d'opium pornographique ou publicitaire. Un nouveau clergé est venu se greffer sur l'ancien, une nouvelle lourdeur physique et morale organise l'ignorance et ses intérêts. Laideur, bêtise, conformisme, résignation, servilité, violence, mensonge, cupidité, voilà l'éternel programme de l'Obscurantisme, ce beau mot doit être repris et précisément appliqué avec l'ironie qui convient, l'Ironie, grande arme des Lumières contre le faux sérieux, cul de plomb de l'esprit gré-

gaire. L'essentiel est là : la révolte de quelques individus («le petit troupeau», dit Voltaire) contre les
injustices hurlantes ou les préjugés de leur temps, et de
tous les temps. Solitude des Lumières, oui, voilà ce
qu'on ne dit pas et que tout s'emploie à cacher. Dieu
est mort, dit-on, mais son agonie n'en finit pas d'em-
puantir l'atmosphère, le Collectif règne, alors qu'il suffirait d'être douze pour changer d'air. J'allume une
bougie, je sors en plein jour dans la rue, je cherche un
partisan des Lumières, et je ne trouve que des douteurs
ou des névrosés plus ou moins décérébrés. Les
Lumières? Elles sont désormais introuvables me dit
l'un, elles se sont aveuglées reprend un autre, elles sont
dépassées et ringardes affirme un troisième, elles ont
préparé les totalitarismes, ajoute le plus effronté. Voltaire? Vous plaisantez, son programme est nul. D'ailleurs il est mort riche (péché mortel pour la gauche), il
se moque de tout (condamnation à droite), il était
anglophile, sinophile, et peu républicain (huée générale). On l'a surnommé «l'aubergiste de l'Europe»?
Vous voyez bien, il n'est pas de chez nous.

Des écrivains, soudain, se mettent à penser. Ils ne
demandent pas la permission, ils n'enseignent pas à
l'université, ils sentent que la situation est urgente,
qu'une grande mutation est en cours, d'où rassemblement clair de mémoire, obsession de la transmission,
lutte contre l'amnésie et l'absence de goût, nécessité
d'une refondation encyclopédique, interventions en
tous genres (lettres, journaux, romans, essais, libelles,
dictionnaires, recherches historiques, passion des
bibliothèques). Ce sont tous d'immenses lecteurs, et
d'autant plus qu'ils redoutent par-dessus tout la disparition de l'art de lire, le coup du livre unique (Bible,
Coran), et peut-être même, un jour ou l'autre, l'extinc-

tion de la lecture elle-même, c'est-à-dire la fin de l'esprit critique et de la liberté de pensée (nous y sommes presque). Les Lumières ? Des surréalistes, des professionnels de l'intervention. Ils sont transversaux, ils détestent la séparation, ils se mêlent de tout en se jouant, ils sont médiatiques. Regardez Diderot peint par Fragonard : l'éveil, la fraîcheur, l'inspiration même. Il sort de ses papiers comme un oiseau, on croirait entendre Mozart. Vous allez le rencontrer vers cinq heures du soir au Palais-Royal, Diderot. Il suit «la première idée sage ou folle qui se présente», il «abandonne son esprit, à tout son libertinage». Il y a, comme par hasard, des courtisanes «à l'air éventé, au visage riant, à l'œil vif, au nez retroussé». Vous connaissez ce mot célèbre et scandaleux : «Mes pensées ce sont mes catins.» Voilà un bon sujet de dissertation : expliquez ce que Diderot a voulu dire dans cette formule étrange.

Voltaire et les «affaires» (Calas, chevalier de La Barre) : «Le sang innocent crie, et moi je crie aussi ; et je crierai jusqu'à ma mort.» Et puis, sans cesse, ces fusées : «Comme je suis fort insolent, j'en impose un peu, et cela contient les sots.» Ou bien : «J'ai un petit malheur, c'est que je n'écris pas une ligne qui ne coure l'Europe.» Ou bien : «Je suis d'un caractère que rien ne peut faire plier, inébranlable dans l'amitié et dans mes sentiments, et ne craignant rien, ni dans ce monde-ci, ni dans l'autre.» Ou bien : «Je vais vite parce que la vie est courte, et que j'ai bien des choses à faire.» Ou encore : «Je crois que j'étais né plaisant, et que c'est dommage que je me sois adonné parfois au sérieux.»

Solitude terrible de Voltaire, comme dans cette lettre de 1768 à d'Argental : «Cinquante ans de travaux ne m'ont fait que cinquante ennemis de plus, et je suis toujours prêt à aller rechercher ailleurs, non pas le repos, mais la sécurité. Si la nature ne m'avait pas donné deux antidotes excellents, l'amour du travail et la gaieté, il y a longtemps que je serais mort de désespoir.»

Les Français n'aiment pas qu'on leur rappelle le rôle joué par les Anglais dans l'étude de l'œuvre et de la vie de Voltaire. Ils n'aiment pas non plus se souvenir que sa bibliothèque se trouve à Saint-Pétersbourg, 6 814 titres, classement des marginalia qui n'en est qu'à la lettre M. On a mis son jeune vieux cœur infatigable d'abord, avec ses restes, au Panthéon, puis, après des péripéties incroyables, dans le socle du modèle en plâtre de la statue de Houdon, *Voltaire assis*, qu'on peut voir à la Bibliothèque nationale de France. Peu de visiteurs l'entendent battre encore en ce lieu. Maintenant, nous sommes le 18 février 1778, et Voltaire écrit : «Je meurs en adorant Dieu, en aimant mes amis, en ne haïssant pas mes ennemis, en détestant la superstition.» Sa main ne semble pas trembler en traçant ces lignes.

Lumières de Mirabeau

Honoré-Gabriel Riqueti, comte de Mirabeau (1749-1791), est un des grands inconnus de la culture et de l'histoire françaises. C'était un révolutionnaire, mais pas dans le sens jacobin. Cette erreur coûte cher. Il est donc en enfer, ce qui, à mes yeux du moins, le rend beaucoup plus intéressant que les vedettes officielles.

Baudelaire, à la fin de sa vie, prépare une préface pour *Les Liaisons dangereuses*, de Laclos. Il a cette formule fulgurante : «La Révolution a été faite par des voluptueux.» Autrement dit, la Contre-Révolution et la Terreur ont été l'œuvre des vertueux. Voilà ce qu'on nous cache.

Mirabeau, le plus grand orateur de la Révolution, est aussi un écrivain pornographique, *philosophiquement pornographique*. Sa relation avec Sade est évidente (sauf pour les passions cruelles). Mais son propos, qui est un trait essentiel et méconnu de la philosophie française, porte sur l'éducation des filles, point crucial.

Comment l'esprit vient-il aux filles ? La Fontaine s'est occupé de cette question. Mais c'est dans la France des Lumières, et nulle part ailleurs, qu'un développement subversif de cette idée a pu avoir lieu. Les vertueux (et tueurs) lisaient Rousseau. Ils ne pouvaient pas accepter Mirabeau.

Il est violent et passionné, Mirabeau. À 17 ans, lieutenant de cavalerie à Saintes, ses débauches et sa vie scandaleuse conduisent son père à le faire enfermer à l'île de Ré. On l'envoie ensuite en Lorraine, puis en Corse. Trois autres incarcérations : à Manosque, au château d'If, et au fort de Joux, près de Pontarlier.

Philosophiquement, Mirabeau est un physiocrate, c'est-à-dire quelqu'un qui pense que la Nature doit régler les rapports sociaux.

Dans le mot philosophique, il y a *sophie*. Et c'est avec une Sophie de 20 ans, qu'il arrache à son vieux mari, le marquis de Monnier, qu'il s'enfuit à Amsterdam. Nouvelle incarcération à Vincennes (trois ans). C'est là qu'il écrit ses *Lettres à Sophie* (que j'avais en tête en écrivant *Portrait du Joueur*[1], d'où le personnage féminin central, érotique, ne pouvait s'appeler que Sophie).

Brouillé avec sa famille (et pour cause), Mirabeau vit à Londres en 1784. Il commence à s'occuper sérieusement de politique. Il est en mission secrète en Prusse. Il a une correspondance chiffrée avec le futur Talleyrand. Son *Histoire secrète de la cour de Berlin* montre l'étendue de ses informations et de son insolence. Au moment des États généraux, en France, il est élu du tiers état à Aix, et il fonde le *Journal des États Généraux*. On connaît son mot fameux : «Nous sommes ici par la volonté du peuple, nous n'en sortirons que par la force des baïonnettes.» C'est parti.

Mirabeau est partisan d'une monarchie constitutionnelle à l'anglaise. Il est très populaire, mais modéré. Dès le mois de mai 1790, il a une entrevue secrète avec

1. Gallimard, 1985 ; Folio n° 1786.

Marie-Antoinette à Saint-Cloud. Il veut conseiller Louis XVI. La cour le paye, mais ne suit pas ses avis (grosse erreur).

Mirabeau était-il laid ? Cela jurerait avec son nom magnifique qui signifie la beauté du regard. L'époque parle d'une « laideur grandiose et fulgurante ». En tout cas, ses discours enflamment ses auditoires. L'époque veut aussi qu'il ait été usé par ses débauches continuelles. Il meurt en effet à 42 ans, le 2 avril 1791.

La Convention le fait transporter au Panthéon. Mais il sera dépanthéonisé après la découverte de ses liens d'argent avec le roi et la reine. Je serais personnellement d'avis qu'il soit repanthéonisé pour cause de génie.

Le Rideau levé permet de connaître l'art et la portée des idées philosophiques de Mirabeau. Ce qu'il préconise est en effet stupéfiant, et d'une grande actualité dans notre époque de violent conformisme.

Dès le début, sont récusés les « censeurs atrabilaires, les dévots, les hypocrites, les fous, les prudes, les guenons, les vieilles mégères ».

Cela fait du monde.

Vient ensuite la démonstration, dans le style courant du XVIIIe siècle, c'est-à-dire la confession par lettres. Laure raconte son étrange éducation à son amie de couvent, Eugénie.

De quoi s'agit-il ? D'un inceste père-fille. Ruse de Mirabeau : le père n'est pas le *géniteur* de sa fille, il a couvert le fait que sa femme était enceinte au moment où il l'a épousée. Ici, l'humour est à son comble : comme il n'a pas engendré sa fille, l'inceste qu'il pratiquera avec elle ne pourra être que positif.

Le couvent, non seulement éloigne du bruit social,

mais permet « les effets échauffants d'une imagination exaltée dans la retraite et l'oisiveté ». C'est une prison, mais une prison favorable à l'excitation. De toute façon « le bonheur des femmes aime partout l'ombre et le mystère ». C'est une loi dont nous avons peut-être perdu la science. La mère est morte, la fille est libre, son père l'adore et elle adore son papa, Laure va donc aller de découverte en découverte, aidée en cela par sa gouvernante de 19 ans, Lucette.

Je vous laisse lire. Mais qu'une fille (ou, plus tard, une femme) puisse déclarer, grâce à cette éducation parfaitement scandaleuse que « l'envie et la jalousie sont étrangères à son cœur », voilà la rareté de la chose.

Supprimer l'envie et la jalousie serait donc possible ? Mirabeau veut en faire la démonstration.

Le père, ici, est un philosophe. Sa fille le décrit ainsi : « un homme extraordinaire, unique, un vrai philosophe au-dessus de tout ».

Le sexe de son père, lui, est un « vrai bijou ».

Action. « Depuis ce temps tout fut pour moi une source de lumières. Il me semblait que l'instrument que je touchais fût la clef merveilleuse qui ouvrait tout à coup mon entendement. »

On sait (on ne sait pas assez) que Mirabeau a été un partisan résolu de la masturbation, surtout à deux, la solitaire entraînant « une très grande dissipation des esprits animaux ». Ce qui est frappant, dans *Le Rideau levé*, c'est la mise en garde contre les excès sexuels, aussi destructeurs que les grossesses forcées ou intempestives. Le sexe a une fonction de connaissance, mais sans cette connaissance il est vite destructeur ou abrutissant.

Au contraire, « tout est plaisir, charmes, délices, quand on s'aime aussi tendrement et avec autant de passion ».

Mirabeau est très précis : toutes les positions y passent, en hommage à la vraie philosophie.

Une philosophie que l'on peut dire résolument féministe, quitte à faire hurler ceux ou celles qui croient connaître le sens de ce mot.

Le lesbianisme le plus raisonné est ainsi célébré, et cette révélation vient du père. Le Père, en somme, est un nouveau dieu qui prend la place du Dieu ancien (ce Dieu procréateur étant faussement hétérosexuel).

Audace de Mirabeau : sa poétique sensuelle est en même temps une politique révolutionnaire. On ne l'a pas entendu, c'était couru.

Derniers mots de Laure, après la mort de son père, à Eugénie : « Mais, tendre amie, oublions l'univers pour ne nous en tenir qu'à nous-mêmes. »

Moralité : une femme n'a qu'un seul homme dans sa vie : son père. Le meilleur usage qu'elle peut en faire, à condition qu'il ait été un vrai philosophe français, est d'en tirer des plaisirs en connaissance de cause.

Je renvoie ici à un autre de mes romans qui poursuit le même esprit à travers le temps : *Les Folies Françaises*[1]. J'aurais pu le dédier à Mirabeau.

Préface à Mirabeau, *Le Rideau levé ou l'Éducation de Laure*,
Éditions Jean-Claude Gawsewitch, 2004.

1. Folio n° 2201.

Le sexe des Lumières

La plus belle définition du mot *libertin* se trouve dans Littré (1872) : «En termes de fauconnerie, il se dit de l'oiseau de proie qui s'écarte et ne revient pas.» La notion d'*écart* est ici centrale : elle suppose une règle et une contradiction à cette règle, aussi bien chez l'écolier par rapport à son maître, à la fille par rapport à sa mère, au fils par rapport à son père, à la femme par rapport à son mari, au moine par rapport à son couvent, etc. «Cela se dit d'une personne qui hait la gêne et la contrainte, qui suit son inclination et vit à sa mode.» Au fond, il y a des dévots à travers les siècles (ils changent de costume et ils sont légion), et puis des individus de l'écart, des aventuriers du dérèglement. Les dévots? Molière a tout dit : «Ils veulent que chacun soit aveugle comme eux. C'est être libertin que d'avoir de bons yeux.» Mais Sévigné n'est pas mal non plus : «Je suis tellement libertine quand j'écris que le premier tour que je prends règne tout au long de ma lettre.» On est déjà libertin quand on va vite, qu'on préfère le galop au trot, qu'on refuse de s'ennuyer, qu'on prend des chemins de traverse, qu'on improvise, qu'on saisit l'occasion, qu'on aime le moment, l'instant.

Ces choses se sont dites en français, le français semblant avoir été inventé pour poser à la fois la règle et l'exception, l'une n'allant pas sans l'autre. Étrange langue, étrange pays, devenus si embarrassés et moroses, où des corps se sont mis à penser et à jouir tout en le disant. Voyez tous ces livres, ces romans, cette philosophie pratique et physique, cette débauche d'actes et de mots confondus, cette énergie, cette gaieté, cette audace. L'être humain se découvre soudain musical, il sait comment se jouer, il est devenu un clavecin vivant. Diderot, dans *Le Rêve de D'Alembert* : «Nous sommes des instruments doués de sensibilité et de mémoire. Nos sens sont autant de touches qui sont pincées par la nature qui nous environne, et qui se pincent souvent elles-mêmes.» Sans doute, sans doute, mais cela peut faire simplement du bruit, il y faut une orchestration. C'est là où le sexe intervient, traité le plus souvent de façon lourde et confuse. Éclairons donc ça, et voyons.

Vous connaissez déjà les vedettes : Diderot, Laclos, Casanova, Sade, mais aussi Mirabeau, Denon, Rétif de la Bretonne, et aussi Crébillon, Dorat, Nerciat. Vous êtes moins sûr de vous s'il s'agit de Mairobert (*Confession d'une jeune fille*) ou de Pigault-Lebrun (*L'Enfant du bordel*). Les choses se corsent lorsque vous découvrez un auteur très important et très méconnu, dont le nom n'est jamais cité, et pour cause : il s'appelle Anonyme. Anonyme est mon écrivain préféré, Anonyme écrit des chefs-d'œuvre, Anonyme est infatigable, inlassable, divers, cru, acide, varié. Il est l'auteur des *Mémoires de Suzon*, de *La Messaline française*, et surtout du *Petit-fils d'Hercule*, dont une seule phrase peut donner le ton (prière aux typographes de ne pas mettre de points de suspension au mot que je vais écrire).

Cette phrase, la voici : «Qui n'a pas été branlé par une duchesse ignore le plaisir.» Il y en a bien d'autres, mais celle-ci me semble parfaite, la femme de Cour, selon Anonyme, n'ayant pas son équivalent. C'est là, dans le temps, qu'un grand malheur menace. Baudelaire avait raison de dire que la Révolution a été faite par des voluptueux. Et Nietzsche : «Toute la haute civilisation et la grande culture littéraire de la France *classique* se sont développées sur des intérêts sexuels. On peut chercher partout chez elles la galanterie, les sens, la lutte sexuelle, "la femme" — on ne les cherchera pas en vain.» Le malheur, c'est qu'une telle expérience peut être sanctionnée et punie, et elle l'a été, le sexe ayant vite été désigné comme privilège aristocratique. On l'a démocratisé, c'est un fait. On veut le démocratiser toujours plus, ce qui revient sans doute à l'éliminer sous forme d'overdose publicitaire ou pornographique. Ce qui se perd ici, en tout cas, c'est l'intériorité décidée de l'acteur libertin, l'invention des actrices, la philosophie au service de la narration. Ces personnages rapides savent ce qu'ils font, ils se présentent, parlent, agissent, s'en vont. Pas de pathologie, pas de sentimentalisme poisseux, pas de plainte, pas de névrose. Une immense curiosité, un vif désir de savoir, organisent le temps. «Il y a deux sortes d'amour : l'amour qui pleure, l'amour qui rit. Le premier fait beaucoup d'honneur et très peu de profit; l'autre fait éprouver des contradictions, rarement des malheurs.» Ou bien, ceci, admirable : «Le grand point est de conserver assez de goût l'un pour l'autre pour être toujours d'accord à la moindre lueur de liberté.» Vous connaissez, bien entendu, le portrait de Mademoiselle Guimard, danseuse et actrice de l'opéra de l'époque, peint par Fragonard. La voici, peinte autrement, dans les coulisses : «J'enfilai Guimard, maigre sans doute, mais ayant encore du velouté et les mouvements ondu-leux. » Le verbe *enfiler* peut d'ailleurs être repris pour annoncer la fondation d'une académie orgiaque qui a peu à voir avec l'Académie française : « Il y a tant d'académies inutiles où l'on ne fait qu'enfiler des périodes : il en fallait au moins une pour conserver le vœu de la nature. » Nos libertins sont des figures ani-mées de la Nature, pas celle de Rousseau, magnifique promeneur solitaire mais quand même très restreint sur la question du boudoir (c'est ce puritanisme-là qui ins-pirera la Terreur, *La Nouvelle Héloïse* d'un côté, la guillotine de l'autre). S'agissant du sexe, la définition est précise : « La Nature est bien bonne. Elle nous a fait un présent avec lequel on peut se passer de la fortune, des dons des rois, et des illusions de la grandeur. »

Voici donc des femmes, et encore des femmes, avec, au passage, une apologie de l'amour lesbien : les plai-sirs de femme à femme sont « vrais, purs, durables, sans remords ». « Nuls préliminaires pénibles, tout est jouissance : chaque jour, chaque heure, chaque minute, cet attachement se renouvelle sans inconvénient, ce sont des flots d'amour qui se succèdent comme ceux de l'onde sans jamais se tarir... On se retrouve, on recom-mence avec une ardeur nouvelle, loin d'être affaiblie, irritée par l'inaction. » Femmes d'ailleurs, réellement savantes : « L'amour-propre mène les hommes, et c'est par là qu'on les contient. Voilà donc ce qu'il exerce chez eux : c'est ce beau petit amour d'eux-mêmes, qu'il faut incessamment tracasser, chiffonner, morti-fier, suivant les cas. » Tout cela, bien entendu, écrit par des hommes, mais qui sont, c'est le cas de le dire, enfin au parfum. Après Venise, Paris est la capitale du bordel philosophique, c'est-à-dire de « cette étendue libertine qui n'a aucune borne » (Corneille, dans un autre sens).

191

Une grande fête a eu lieu, elle a été brûlée et niée, mais les fantômes sont encore là pour vous parler à mi-voix. Écoutez Paris avec ces oreilles, voyez ces corps déliés et pressés courant à leurs rendez-vous clandestins, passant d'une chambre à une autre, d'une terrasse à une autre, d'une petite maison à un grand jardin. Des signaux chiffrés s'échangent, des adresses circulent, des portes s'ouvrent dans la nuit, «les plaisirs furtifs et défendus n'en sont que plus attrayants». Et pourquoi tout ça? Pour danser au-dessus des préjugés, des jalousies, des clichés, des conformismes : «Vigueur, aisance et liberté, voilà ce que doit désirer un homme raisonnable. La vigueur pour la jeunesse, l'aisance pour l'âge mûr, la liberté depuis le berceau jusqu'à la tombe. J'ai lu les livres de morale, et je n'ai rien vu dans Confucius, Platon, Sénèque au-dessus de ce que j'ai répété : le plaisir, le plaisir par-dessus tout.»

Rallumons les Lumières !

Dans un coin de la morne et scolaire exposition de la Bibliothèque nationale de France consacrée aux Lumières (les auteurs ont ajouté un point d'exclamation désespéré à ce mot), on peut voir une fiche de police datée du 1er janvier 1748. L'écriture est celle d'un fonctionnaire soigneux et zélé. Elle concerne un homme de 54 ans, «grand sec, et l'air d'un satyre». Appréciation du flic de l'époque : «un Aigle pour l'esprit et un fort mauvais sujet pour les sentiments». Ce dangereux individu, dont les œuvres sont déjà célèbres, habite chez une marquise, et il faut le surveiller de près. Vous avez deviné : c'est Voltaire. Sa marquise, passionnée de sciences, et plutôt très libre de mœurs, est d'ailleurs aussi dangereuse que lui : c'est Mme du Châtelet, laquelle ne craint pas de s'exprimer ainsi : «Nous n'avons rien à faire dans ce monde qu'à nous procurer des sensations et des sentiments agréables.» La cause est entendue : un couple d'enfer.

Nous ferons semblant d'avoir compris et absorbé l'esprit des Lumières, nous répétons qu'il a conduit à la Révolution, aux droits de l'homme, à la démocratie, à la liberté, mais en réalité nous avons hâte de nier l'évidence : ces individus sont tous des aventuriers, ils ont été sans cesse dans le danger et le risque, c'est leur corps et leur système nerveux qui devraient nous intéresser, leur jeu, leur subtilité, leur style. À la fin de sa vie, Baudelaire pense à une préface pour *Les Liaisons dangereuses* de Laclos, et il note : « La Révolution a été faite par des voluptueux. » Ici, l'universitaire de service se cabre, murmure, tamise, filtre, normalise, fuit dans l'abstraction, censure le libertinage, écarte Sade ou Mirabeau qui n'ont pas le droit d'exister dans la sage et bourgeoise république des professeurs. On accepte de vous montrer, presque en cachette, une *Bacchante endormie* façon Fragonard ? C'est tout de suite pour souligner que cet artiste « quoique audacieux n'aurait pas osé souligner ainsi la nudité ». Sans blague ? Vous reprenez courage en contemplant le manuscrit autographe du *Don Giovanni* de Mozart. Mais vous serez vite rappelé à l'ordre par Kant ou Rousseau : les Lumières doivent être éclairées du bon côté, enseignement collectif, politique, école. À les présenter obstinément de cette façon, on ne doit pas s'étonner du désastre contemporain. D'ailleurs, tous nos malheurs viennent peut-être de ces mauvais sujets en état d'insurrection permanente. N'ont-ils pas entraîné un déluge de catastrophes et organisé en sous-main les phénomènes totalitaires ? Cela se dit, la cabale des dévots est constante. Il faut donc réécouter Nietzsche : « La dernière noblesse politique de l'Europe, celle du XVIIe et du XVIIIe siècle français, s'écroule sous la poussée des instincts populaires du ressentiment. Jamais sur terre on n'avait connu d'allégresse plus grande, d'enthousiasme plus tapageur... Avec une magnificence jusqu'alors inconnue, l'idéal antique lui-même se présenta en chair et en os au regard de l'humanité... » Un miracle, donc, un coup de théâtre qui va être bientôt interrompu et canalisé par l'éternel esprit de vengeance. Triomphe des Lumières ? Mais où, quand, comment, par qui ? On pense ici à cette lettre de prison de Céline, le 17 juillet 1946 : « Et puis je souffre aussi de l'exil. Beaucoup. Il est consolant de lire les lettres de Voltaire, c'est une perpétuelle fuite devant les gendarmes, seulement de château en château, toute sa vie un chien traqué. » Victoire de Voltaire ? Mais pas du tout. Personne n'est aujourd'hui plus méconnu, oublié, mal lu. D'où l'ennui, la lourdeur, la mélancolie, l'embarras, la brutalité, la maladie romantique, l'obsession sociale. La droite (comme on dit) n'aime pas Voltaire : trop fluide, trop intelligent, trop sarcastique. La gauche (comme on dit aussi) l'aime encore moins : trop libre, pas assez maudit, et, surtout, mort riche. Quant à sa vie privée, parlons-en. Une marquise virevoltante et traductrice de Newton, et ensuite un inceste avec sa nièce. Mais c'est tout le siècle qui voit surgir la substance féminine dans un jour nouveau, et c'est là, sans doute, que le bât blesse. Mme du Châtelet ? Voltaire l'appelle, tour à tour, « génie, prodige, Mme Pompon Newton, meilleur ami, tyran, divine Émilie, muse, aimable nymphe, déesse de Cirey ». Cirey, c'est le château où ils se sont retirés ensemble comme « deux philosophes très voluptueux ». Un seul programme : le jeu, l'amour, l'étude, et théâtre à la maison presque tous les soirs. Lisons Émilie : « Notre âme veut être remuée par l'espérance et la crainte, elle n'est heureuse que par les choses qui lui font sentir son existence. Or le jeu nous met perpétuellement aux prises avec ces deux passions, et tient, par conséquent, notre âme dans une émotion qui est un des grands principes du bonheur qui soit en nous. » Elle joue gros jeu, Émilie, elle n'est pas raisonnable, quoique reçue à l'Académie des sciences de Bologne en 1746. C'est elle qui a dit aussi, dans une lettre : « La plus grande vengeance que l'on puisse prendre des gens qui nous haïssent, c'est d'être heureux.» Et puis l'étude, sans arrêt, puisque «l'esprit se rouille plus aisément que le fer». Ce qui n'empêche pas Mme Du Deffand, sa grande ennemie (avec Frédéric de Prusse qui veut lui ravir Voltaire), de la décrire ainsi très crûment : «Une femme grande et sèche, sans cul, sans hanches, la poitrine étroite, deux petits tétons arrivant de fort loin, de gros bras, de grosses jambes, des pieds énormes, une très petite tête, le visage aigu, le nez pointu, deux petits yeux vert de mer, le teint noir rouge échauffé, la bouche plate, les dents clairsemées et extrêmement gâtées...» Elle joue, ce charmant bas-bleu? Voltaire éponge les dettes. Elle tombe enceinte du poète Saint-Lambert qu'elle s'est mise à aimer follement? Voltaire arrange l'affaire. Mais enfin, elle a 42 ans, elle en meurt. Roman extravagant, tout cela, comme la liaison de Voltaire avec Mme Denis, sa nièce. Les Lumières? Des joueurs, des stratèges, des fous. Il y a un Diderot et son impératrice russe, mais surtout Sophie Volland; il y a le sublime Rousseau, la prude *Nouvelle Héloïse*, mais aussi ses *Rêveries* enchantées. Il y a Laclos et l'inconcevable Sade. Et les autres, tous les autres, savants, diplomates, architectes, sculpteurs, peintres, musiciens. Et les autres, toutes les autres, dont Casanova écrit en français les attraits. Énorme roman des Lumières, rien à voir avec une salle de classe mal éclairée.

Les Français vont mal parce qu'ils n'aiment pas leurs Lumières. Voltaire, aujourd'hui, serait, comme de son temps, attaqué de façon incessante par «les excréments de la littérature». «J'avais comme de raison pour persécuteurs tous ceux qui se mêlaient de vers ou de prose.» Plus calomnié que lui, difficile à trouver. «Dès que j'eus l'air d'un homme heureux, tous mes confrères les beaux esprits de Paris se déchaînèrent contre moi. » Il a réuni, dit-il, toute une bibliothèque de brochures publiées contre lui, où il est traité de mauvais poète, d'athée, et même de «fils d'un paysan». «Je m'étais d'abord donné le plaisir de faire un recueil de ces calomnies, mais elles se multiplièrent au point que j'y renonçai. » La solution? «Je me suis fait roi chez moi malgré des pertes immenses. » Quelques blasphèmes? Voici : «J'ai vu tant de gens de lettres pauvres et méprisés, que j'ai conclu dès longtemps que je ne devais pas en augmenter le nombre. » Ou encore : «Je n'ai jamais trop conçu comment on meurt de chagrin. » Et aussi : «J'ai toujours préféré la liberté à tout le reste. » Conclusion : «J'entends beaucoup parler de liberté, mais je ne crois pas qu'il y ait eu en Europe un particulier qui s'en soit fait une comme la mienne. Suivra mon exemple qui voudra ou qui pourra. »

Vérité de Rousseau

Oublions les portraits, les simplifications scolaires, les souvenirs confus et le Panthéon lui-même. Voltaire et Rousseau, ces vieux ennemis, sont morts la même année et leurs cercueils sont là, côte à côte, dans le temple de la République. Ce qui s'est passé ensuite est de leur faute. Oui, mais quoi exactement ? Un changement d'ère, de calendrier, de vision du monde ? Une Révolution ? Il paraît.

Mieux vaut ouvrir les livres et lire. Sentir la plume, l'encre, le papier, la main qui écrit, ses avancées, ses reculs, sa ruse, son énergie, son tempo, sa musique. Rousseau, toute sa vie, aura eu (et c'est déjà très étrange) la passion de la notation musicale. Sa vérité est là, dit-il, il va la dire avec des mots puisque la société la lui refuse, ne veut rien savoir de sa mélodie intime : « Je forme une entreprise qui n'eut jamais d'exemple et dont l'exécution n'aura pas d'imitateur. Je veux montrer à mes semblables un homme dans toute la vérité de la nature ; et cet homme ce sera moi. »

Rousseau insiste : « Moi seul. » Il sait très bien qu'il n'est pas le premier à poser ce défi, et il se doute probablement qu'il aura beaucoup d'imitateurs. En amont, au moins Montaigne. En aval, au moins Casanova,

Chateaubriand, Proust. Et, hélas, beaucoup trop de «moi», des fleuves de subjectivité molle. Qu'importe, *Les Confessions* traversent le temps. Voilà ce qui arrive quand on écrit «de l'intérieur et sous la peau». On a beau être entouré d'espions, de surveillants malveillants et vigilants («Les planchers sous lesquels je suis ont des yeux, les murs qui m'entourent ont des oreilles»); on a beau être gorgé de malheurs, de trahisons, de perfidies, de souvenirs attristants et déchirants, la détresse fouette la mémoire, la rend plus précise, plus effervescente. «Ma mémoire, qui retrace uniquement les objets agréables, est l'heureux contrepoids de mon imagination effarouchée, qui ne me fait prévoir que de cruels avenirs.»

Rousseau est maladroit en société, il parle mal, il se plaint souvent de sa «lourdise». Cela va lui valoir incompréhension, soupçons, persécution. Ses démêlés avec Diderot, Voltaire, d'Holbach, les pasteurs de Genève, les femmes du monde, Rameau et beaucoup d'autres, sont un grand roman policier. Il est célèbre, mais refusé; discuté partout, mais pauvre; père de cinq enfants abandonnés (mais étaient-ils de lui, ou bien Thérèse avait-elle des divertissements dus à la curieuse maladie urétrale de Jean-Jacques?), mais toujours plus solitaire. Il rêve d'opéra et d'Italie; on lui fait la sourde oreille. Il fuit, il herborise, il se promène, il invente une nature et des amours idylliques, il est contraint de raisonner et de se défendre. C'est un enfant, voilà le problème. Il s'éduque, s'enchante, se déploie, se comprime, mais sa vérité trouve partout des barrières. «Comment s'y prendre pour la faire percer?» Réponse : écrire. Hölderlin, dans son splendide poème *Rousseau*, a raison d'appeler Jean-Jacques «l'homme de profond désir» qui a «épousé la démarche de la vie». C'est ce que Rousseau appelle «la chaîne des sentiments qui ont marqué la succession de mon être».

On le trouve naïf, peu informé des usages, timide, idéalisant, masochiste puis paranoïaque, mais la question n'est pas là. C'est un inventeur d'instants. «J'étais dans un calme ravissant, jouissant sans savoir de quoi.» Ou bien : «Je la laissais rêver, je me taisais, je la contemplais, et j'étais le plus heureux des hommes.» Elle, c'est Louise-Éléonore de Warens, qu'il appelle «Maman» et qui lui répond «Petit». Elle a 28 ans, lui 16. C'est le grand inceste de la littérature française. Rencontre : «Je vois un visage pétri de grâces, de beaux yeux bleus pleins de douceur, un teint éblouissant, le contour d'une gorge enchanteresse.»

Ce jeune calviniste croyait tomber sur une triste dévote récemment convertie au catholicisme, il est ébloui par une apparition de paradis. Voici comment on peut se servir de la langue française : «Je me levais avec le soleil, et j'étais heureux; je me promenais, et j'étais heureux; je voyais Maman, et j'étais heureux; je la quittais, et j'étais heureux; je parcourais les bois, les coteaux, j'errais dans les vallons, je lisais, j'étais oisif; je travaillais au jardin, je cueillais les fruits, j'aidais au ménage, et le bonheur me suivait partout : il n'était dans aucune chose assignable, il était tout en moi-même, il ne pouvait me quitter un seul instant.» Il s'agit bien, là, d'un système de musique. Celui que Rousseau avait inventé devait «noter aisément par chiffres toute musique imaginable, clefs, silences, octaves, mesures, temps et valeur des notes». Il l'a appliqué dans sa vie d'où les malentendus. Comme le lui dit Zulietta, une charmante prostituée de Venise avec laquelle il vient d'avoir un *fiasco* : «laisse les femmes, et étudie les mathématiques».

Rousseau est, bien entendu, le contraire d'un libertin, il aime le suspens, le moment sans suite, l'éclair émotif (Stendhal se souviendra de cela) : «Rien de tout ce que me fait sentir la possession des femmes ne vaut les deux minutes que j'ai passées à ses pieds sans même oser toucher à sa robe.» Ici, nous sommes à Turin, avec une boutiquière du nom de Mme Basile. Jean-Jacques était-il impuissant? Homosexuel? Exhibitionniste? Fou? On l'a dit, on le redit, en évitant soigneusement de voir qu'il plaide inlassablement pour l'émerveillement, la clairière du temps, le chant. Il n'écrit pas comme un assis, mais «à la promenade, au milieu des rochers et des bois, dans mon lit durant mes insomnies, dans mon cerveau». Au fond, c'est un déserteur du contrat social, un dissident, un indépendantiste, un illuminé à coincer, un mauvais ami, un faux philosophe, un religieux inclassable, capable de vous expliquer sans arrêt que Dieu, justement, est *gratuit*. Il faudra châtier cet insolent hérétique qui ose dire qu'il se présentera au Jugement dernier son livre à la main. Mais pour qui se prend-il? Est-il bien bouclé au Panthéon, au moins?

L'Arche de Buffon

Amusez-vous, faites l'expérience en présence de quelques amis.Vous prenez un livre, vous ne révélez ni son titre ni le nom de l'auteur, vous proposez seulement une ou deux minutes de jouissance auditive, loin de l'actualité et du bavardage électoral. Vous précisez qu'il s'agit du monde animal dont, à votre avis, l'animal humain s'est trop détaché à ses dépens, sombrant ainsi dans la misère d'un monde d'images artificielles. Voici, vous lisez à haute voix, il s'agit des éléphants :

« Lorsque les femelles entrent en chaleur, la troupe se sépare par couples que le désir avait formés d'avance ; ils se prennent par choix, se dérobent, et dans leur marche l'amour paraît les précéder et la pudeur les suivre ; car le mystère accompagne leurs plaisirs. On ne les a jamais vu s'accoupler, ils craignent surtout le regard de leurs semblables et connaissent peut-être mieux que nous cette volupté de jouir dans le silence, et de ne s'occuper que de l'objet aimé. Ils cherchent les bois les plus épais, ils gagnent les solitudes les plus profondes pour se livrer sans témoins, sans trouble et sans réserve à toutes les impulsions de la nature... »

Vos amis sont perplexes, ils hésitent. De qui s'agit-il? Pourquoi ces précisions sexuelles entre les lignes? Que faut-il entendre exactement par «impulsions de la nature»? Vous voyez vos auditeurs intrigués, troublés. Vous enchaînez vite avec le chat :

«Il est très porté à l'amour, et, ce qui est rare chez les animaux, la femelle paraît être plus ardente que le mâle; elle l'invite, elle le cherche, elle l'appelle, elle annonce par de hauts cris la fureur de ses désirs, ou plutôt l'excès de ses besoins, et lorsque le mâle la fuit ou la dédaigne, elle le poursuit, le mord, et le force pour ainsi dire à la satisfaire...»

Cette fois, un ange passe et la pression monte. Vous évitez le cheval, trop reconnaissable à cause de la fameuse formule «la plus noble conquête de l'homme», et vous poursuivez impassiblement votre avantage avec le coq :

«Un bon coq est celui qui a du feu dans les yeux, de la fierté dans la démarche, de la liberté dans ses mouvements, et toutes les proportions qui annoncent la force. Un coq ainsi fait inspirera de l'amour à un grand nombre de poules; si on veut le ménager on ne lui en laissera que douze ou quinze...»

Bon, ça va comme ça. Mais pour détendre l'atmosphère et montrer que votre auteur inconnu peut être aussi à l'aise dans la légèreté, vous envoyez l'oiseau-mouche :

«L'émeraude, le rubis, la topaze brillent sur ses habits, il ne les souille jamais de la poussière de la terre, et dans sa vie tout aérienne on le voit à peine toucher le gazon par instants; il est toujours en l'air, volant de fleurs en fleurs; il a leur fraîcheur comme il a leur éclat : il vit de leur nectar et n'habite que les climats où sans cesse elles se renouvellent...»

C'est très bien écrit, n'est-ce pas? Vous venez donc d'entendre comment l'énorme Buffon, dont on commémore aujourd'hui le tricentenaire de la naissance (1707-1788), se coule, dans son *Histoire naturelle*, dans la matière animée et son mouvement musical. Il peut devenir, à son gré, renard, écureuil, souris, taupe, singe, castor, oiseau. Il n'a pas eu le temps de se faire insecte, et c'est bien dommage, mais il reste aussi étonnant dans le minéral ou dans sa description des sensations du premier homme au soleil. Il était donc une fois un pays, la France, où respiraient en même temps Montesquieu, Voltaire, Rousseau, Diderot, et plein d'autres. Buffon aura été le plus célèbre, et son *Histoire*, en 36 volumes, un best-seller international. Oublié, Buffon? Sans doute, mais comme tous les autres, et, finalement, comme la Nature elle-même.

Incroyable Buffon : c'est un bourgeois devenu grand seigneur, il commence par les mathématiques, et se retrouve tour à tour haut fonctionnaire, académicien, naturaliste, grand propriétaire terrien, forestier, maître de forges, architecte, bâtisseur, intendant du jardin du roi, ami des savants, et surtout prodigieux écrivain. «Le style, c'est l'homme même» : voilà son blason. Il a été très critiqué par les naturalistes qui le trouvent «hasardeux» et par les dévots (surtout jansénistes), qui dénoncent, à juste titre, son absence de Bible et son matérialisme évolutionniste (cette bagarre fait rage, aujourd'hui encore, autour de Darwin). Il s'en fout, ne répond jamais aux attaques, continue son travail à l'écart, dans sa propriété de Montbard, près de Dijon, et n'a jamais assez de temps pour lui : «Chacun a sa délicatesse d'amour-propre, le mien va jusqu'à croire que de certaines gens ne peuvent même pas m'offenser. » Il se fait réveiller tous les matins à 5 heures par son valet Joseph, au besoin avec un seau d'eau sur la tête : «Je dois à Joseph trois ou quatre volumes de l'*Histoire naturelle.*» Buffon, c'est le vrai nouvel observateur : avant lui, du flou, du désordre, après lui du concret et l'orchestration d'un opéra de formes. Il pense, avec raison, que la nature est infinie et précise : «tout ce qui peut être, est». Il écrit sans arrêt, sans bruit.

La cour? Mme de Pompadour le croise un jour à Marly et lui lance : «Vous êtes un joli garçon, Monsieur de Buffon, on ne vous voit jamais!» Elle lui enverra, peu avant sa mort, son carlin, son perroquet et son sapajou. Des liaisons? Il se marie tard, à 45 ans, mais«il n'y a de bon en amour que le physique». Hérault de Séchelles, dans son fameux *Voyage à Montbard*, prétend qu'après la mort de sa femme, il ne voyait que des petites filles, «ne voulant pas de femmes qui lui dépensent son temps» (imaginez, de nos jours, le scandale). Des amitiés? Oui, intenses, comme celle de Mme Necker, qu'il appelle «mon ange de lumière». Elle n'est pas en reste: «Le plus grand miracle de la nature est un homme de génie, et M. de Buffon ne m'a jamais parlé des merveilles du monde sans me faire penser qu'il en était une.» De la religion? Ce qu'il faut pour qu'on vous foute la paix (et ceux qui n'ont pas compris ça sont des fous). Le jeune Hérault, très anticlérical, est à la fois amusé et bluffé : « Il est clair que ses ouvrages démontrent le matérialisme, et cependant c'est à l'imprimerie royale qu'ils se publient.»

Les écrivains qui ont aimé Buffon dans le temps sont de premier ordre : Rousseau («la plus belle plume de son siècle»), Diderot, Sade, Chateaubriand, Winckelmann, Balzac (beaucoup), Flaubert («J'admire M. de Buffon mettant des manchettes pour écrire, ce luxe est un symbole»), Lautréamont, Proust, Ponge («un des plus grands poètes en prose de notre littérature»). Il fait irrésistiblement penser à l'immense Joseph Haydn. Hérault, en 1785, dit qu'à 78 ans il en paraît 60, et que malgré les souffrances inouïes de sa maladie, il reste beau et calme, «frais comme un enfant». Hérault, lui, a 26 ans, c'est un ambitieux et un libertin de grande envergure (voir à son sujet le beau livre de Jérôme Garcin, *C'était tous les jours tempête*), il se moque un peu de la vanité de Buffon, s'en sert pour sa propre publicité, mais l'admire aussi sincèrement. Étrange coïncidence : le révolutionnaire Hérault est guillotiné à 35 ans, avec Danton, en 1794. Un autre condamné de 30 ans, à la même époque, le propre fils de l'auteur de l'*Histoire naturelle*, s'avance devant le peuple, avant de perdre sa tête, et dit : «Citoyens, je m'appelle Buffon.» Ainsi disparaît la douceur de vivre.

Renaissance de Goethe

On se souvient de la rencontre insolite et cocasse de Napoléon et de Goethe, en 1808, à Erfurt. Napoléon semble dominer le monde, Goethe est très célèbre. L'Empereur a le *Werther* de Goethe dans ses bagages, il convoque l'auteur, le regarde et lui dit : «Vous êtes un homme.» L'autre s'incline. «Quel âge avez-vous? — Soixante ans. — Vous êtes bien conservé.» Et puis la phrase fameuse : «Venez à Paris, le destin, désormais, c'est la politique.»

Eh non, le destin n'est pas la politique, mais quelque chose de plus profond, de plus intérieur. Un voyage permanent, une randonnée clandestine, un exil voulu, une accumulation de trésors, une renaissance. Prenons Goethe à 37 ans, en 1786. Il pouvait rester tranquille, s'installer, se laisser admirer. Mais non, il décide brusquement de s'enfuir de Carlsbad à trois heures du matin sans prévenir personne, il fonce incognito vers l'Italie, le sud, la lumière, il devient un *Wanderer*, il se sent magnétiquement appelé. Il veut se «défaire des opinions et des idées du Nord», vivre une vie nouvelle, se métamorphoser, être un autre homme. Il dira beaucoup plus tard à Eckermann : «Oui, c'est à Rome seulement que j'ai senti ce que c'est qu'être un homme dans le vrai sens du terme. Cette élévation, cette félicité de sentiments, je n'ai pu y atteindre par la suite ; par comparaison avec l'état dans lequel je vivais à Rome, je n'ai plus été vraiment heureux depuis lors. »

Goethe va vite, mais reste un observateur : modulation des sols, de l'architecture, du climat, des plantes. Tous ses sens sont en action, c'est un professionnel des couleurs. Le jour n'est pas le même jour, la nuit la même nuit. Le soir, pour les humains, a lieu enfin dehors, on crie partout, on jacasse, on chante, on s'exerce à siffler comme les oiseaux. À Vicence, découverte de Palladio. À Padoue, Mantegna, Titien. Et voici déjà un épisode curieux touchant un protestant apparemment sévère mais déjà émancipé par le *Sturm und Drang* (Tempête et Élan) : une station dans l'église Sainte-Justine, où il a, dit-il, une « méditation tranquille ». « Je me sentais dans une solitude parfaite, car personne au monde qui eût pensé à moi dans ce moment ne m'aurait cherché là. »

L'Italie est un déploiement de temps, de douceur, de merveilles. C'est un *abri*. Mais voici le choc du destin, c'est-à-dire, aussi, de l'enfance : Venise, la ville que Napoléon détestait. « Il était donc écrit, à ma page, dans le livre du destin, que l'an 1786, le 28 septembre au soir, à cinq heures, selon nos horloges, je verrais Venise pour la première fois. » Une gondole s'approche, et le souvenir surgit : un jouet offert vingt ans auparavant par son père, à son retour d'Italie. « Il y attachait beaucoup de prix, et il était sûr de me faire une grande faveur quand il me permettait de m'en amuser (...) Tout m'a salué comme une vieille connaissance. » Le soleil était là, très tôt, on le retrouve à point nommé, on sort des ténèbres. Le Vénitien, écrit Goethe, est devenu un être d'une nouvelle espèce, comme Venise ne peut se comparer qu'à elle-même. Inutile de dire qu'ici la musique commence, et aussi « nombre de figures et de tailles très belles ». Les hommes ont l'air « paisibles, sûrs d'eux-mêmes, portant légèrement la vie, et tous animés d'une certaine gaieté ». Le peintre vénitien ? « Il voit tout plus lumineux et plus serein. » Le moderne, qui s'annonce, est déjà décevant, alors que l'Antique laisse des « ouvrages qui pourront être, pendant des milliers d'années, les délices et les modèles du monde ». « Combien je me félicite d'oser revenir aux écrivains de l'antiquité ! » Goethe s'amuse en même temps à ramasser des coquillages au Lido, et à observer des crabes. Il pense à un de ses rêves fondamentaux, « le rêve des faisans », où il se retrouve en bateau dans une île fertile, riche en végétation, pleine d'oiseaux de paradis. Étrange Goethe : « Chez moi, dit-il, tout surgit en même temps. » Il ne faudra pas, lorsqu'il reviendra dans le Nord, après Rome, lui raconter d'histoires : « J'ai vu Rome, et je sais à peu près où j'en suis. »

Pour le guérir de la philosophie, une petite princesse, à Naples, veut l'emmener à Sorrente. C'est le moment où les fouilles ont commencé à Pompéi et Herculanum, où la Grèce sort de terre, où on peut assister aux séances de poses de Lady Hamilton. « Le monde n'est qu'une simple roue, pareille à elle-même dans tout son contour : si elle nous semble étrange, c'est que nous tournons nous-mêmes avec elle. » Ces années-là, rappelons-le, Mozart compose *Les Noces de Figaro* et *Don Giovanni*. Goethe, lui, est à Paestum, à Palerme, il s'enchante des lauriers-roses et des citronniers. Le sanctuaire de sainte Rosalie l'impressionne et il écrit même sur un saint exceptionnel, Philippe Neri. Mais voici l'essentiel :

«Maintenant rivages et promontoires, golfes et baies, îles et langues de terre, rochers et côtes sablonneuses, collines buissonneuses, douces prairies, champs fertiles, jardins ornés, arbres cultivés, raisins suspendus, montagnes nuageuses et plaines toujours riantes, écueils et récifs, mer qui environne tout avec mille variations et mille changements, tout cela est présent à mon esprit, et l'*Odyssée* est enfin pour moi une parole vivante.»

Homère et les Grecs, donc. Une parole vivante. Et ce peuple étonnant à l'esprit vif, libre, et au juste coup d'œil, avec ses saillies mordantes. Et ces nobles qui vivent dans la volupté, le luxe, la dissipation. Et ces ecclésiastiques en loisir. Et puis des poissons, des fleurs, des fruits, des mouchoirs, des rubans de soie, des corsages et des jupes écarlates, des vaisseaux peints, «même la mort est gaie et parée». Et puis, pour couronner le tout, une éruption du Vésuve, formidable, en compagnie d'une duchesse, Giuliana Giovane, qui l'a invité à dîner. Sacré Goethe, rien de sadien, retenue et réserve, mais il ne se prive de rien. On comprend mieux, ici, l'éloge de Nietzsche dans *Le Crépuscule des idoles* : «Goethe, événement non pas allemand, mais européen.» «Un tel esprit *libéré* apparaît au centre de l'univers, dans un fatalisme heureux et confiant, avec la *foi* qu'il n'y a de condamnation que ce qui existe isolément, et que, dans la totalité, tout se résout et s'affirme. *Il ne nie plus*... Mais une telle foi est la plus haute des fois possibles. Je l'ai baptisée du nom de *Dionysos*...» Faut-il s'étonner si ces lignes ont été écrites en Italie, à Turin, en septembre 1888, un siècle après le voyage en Italie de Goethe? Une ou deux notes fondamentales par siècle, c'est déjà beaucoup.

Goethe, *Voyage en Italie*, édition établie par Jean Lacoste, Bartillat, 2003.

L'érotisme français

Il était une fois un peuple, favorisé par la nature et l'histoire, qui avait découvert le plaisir rapide de vivre, et, mieux, de pouvoir le dire. On appelle cet événement improbable le XVIIIᵉ siècle français. Ce fut le printemps, vite puni par un long hiver. Nietzsche compare ce moment au miracle grec, en plus miraculeux encore. Français, et surtout Françaises, encore un effort si vous voulez savoir de quoi vous étiez capables. Cette anthologie extraordinaire, minutieusement présentée par Maurice Lever, vous plonge dans un passé vivant, vertigineux, vibrant, bourré de romans légers, de Mémoires inventés, d'enquêtes, de documents, de lumières. Les aventures, les phrases, les mots, les personnages vous sautent au visage. Personne n'a le temps de s'ennuyer, vous non plus.

Incroyable moment, en effet, quelque part entre 1740 et 1789. Le libertinage est partout, Paris est «la Cythère de l'Europe», ou, plus exactement, «le Bordel de l'Univers». Une longue accumulation, plus ou moins souterraine, donne lieu à ce débordement, à cette dépense tourbillonnante et folle. Pour la première fois dans le temps humain, de façon aussi massive qu'éclatante, « la philosophie se réconcilie avec le corps et le corps lui-même devient philosophe ». Il y a, oui, une philosophie française, spécialisée, on ne le sait pas assez, dans l'éducation et la liberté des femmes. D'où sa mauvaise réputation. D'où l'oubli et la censure qui la guettent. D'où, aussi, son éblouissante fraîcheur.

Comme le dit une courtisane d'alors : « Je vous l'ai déjà dit, et vous ne m'entendrez pas dire autre chose : du plaisir, mes enfants, du plaisir, je ne vois que cela dans le monde. » Le frontispice de *Thérèse philosophe* est on ne peut plus clair : « La volupté et la philosophie font le bonheur de l'homme sensé. Il embrasse la volupté par goût, il aime la philosophie par raison. » L'être humain est enfin *sensé*, son corps a de l'esprit, son esprit est un corps. Au grand effroi des dévots de tous bords, son existence devient un roman en acte. Conséquence : les femmes surgissent, bougent, s'emparent des situations. « La femme de condition a un amant par air, la bourgeoise par amusement, et l'indigente par besoin. La coquette le recherche, l'hypocrite le désire, la femme raisonnable le choisit. » Voici donc l'ère des « grivoises ». « Une grivoise, Mademoiselle, est une fille qui ne se soucie de rien, qui satisfait ses plaisirs et ses passions quand elle en trouve l'occasion, qui ne prend aucun chagrin et qui ne songe qu'à se réjouir. »

Enfer et damnation : la vieille vérité vacille, le pouvoir est déstabilisé, une révolution est en cours. Vous pensez aux grands auteurs, Crébillon, Laclos, Sade, mais il y en a bien d'autres, et de grand talent. Pierre Alexandre Gaillard de La Bataille, par exemple et son *Histoire de Mademoiselle Cronel dite Fretillon*. C'est de Mlle Clairon, qu'il s'agit, célèbre actrice de la Comédie-Française. Elle compare les femmes légères comme elle aux Académiciens : «Nous ruinons nos amants, ils ruinent leurs libraires. Nous amusons le public, on dit qu'ils l'ennuient.» Autre vedette galante, danseuse à l'Opéra : Mlle Guimard, dont nous avons le merveilleux portrait par Fragonard. Mais c'est toute une population qui se lève au fil des pages, comme ces dames de la Cour portées sur le libertinage (*La Grivoise du temps, ou La Charolaise*, 1747), comme cette extravagante cousine de Louis XV, Mlle de Charolais, un temps maîtresse du père de Sade : on les appelle «les Saintes», les fêtes ont lieu au Château du Petit Madrid, en plein Bois de Boulogne, les nuits n'en finissent pas. Mlle de Charolais dit froidement : «J'aurais trouvé vingt pères pour un à mes enfants.» C'est le catalogue à l'envers : princes, ducs, marquis, comtes, barons, suisses, saxons, dragons. La France d'en haut s'envoie en l'air, la France d'en bas ne chôme pas : «Partout on est libertin par tempérament; à Paris, on l'est par principe.» Petites maisons, folies, théâtres, bordels : sexe et commerce. Les reines d'en bas s'appellent Mme Pâris, dite «Bonne Maman», et Mme Gourdan, dite «La Petite Comtesse». La *Correspondance de Madame Gourdan* (1783) ou *Les Sérails de Paris* (1802) sont les témoignages les plus ahurissants de cette frénésie ambiante. Sade est passé par là, bien sûr, Casanova aussi. Voyons, par exemple, les leçons ou maximes à l'usage des filles du monde, rédigées par une «mère- abbesse» du faubourg Saint-Germain. Article 15 : «Simple, coquette et prude tout à la fois, elle saura que la simplicité attire, la coquetterie amuse, et la pruderie retient. Ce sera la base de sa conduite.» Article 16 : «Elle n'aura pas de caractère à elle; elle s'appliquera à étudier avec le plus grand soin celui de son entreteneur, et saura s'en revêtir comme si c'était le sien propre.» Simulacres, illusions, dissimulations, et comme le dit si bien Beaumarchais : «noirceurs filées, distillées, superfines, la quintessence de l'âme et le caramel des ruses».

Bien entendu, la répression de la prostitution est souvent terrible : c'est alors l'horreur de l'Hôpital (Salpêtrière, Sainte-Pélagie). La machinerie sociale est observable à l'œil nu, c'est-à-dire «ce destin inconcevable qui sans cesse élève, abaisse, maintient, renverse ministres et catins». Et pourtant, tout continue dans un climat d'ivresse. Les hommes sont des animaux pulsionnels et lubriques : on les tient en main, ils paient, on les remplace quand il faut, ce qui n'empêche pas d'en aimer un de temps en temps (ça arrive). Regardez comment c'est écrit : «Le soir nous composâmes, la nuit nous agîmes, et le lendemain il me mit dans mes meubles.» Hommage au Palais-Royal (bonjour Diderot) : «Là, on peut tout voir, tout entendre, tout connaître ; il y a de quoi faire d'un jeune homme un petit savant en détail.» Rencontres, rendez-vous, goûts, manies, hantise des grossesses ou de la vérole, luxe inouï, misère des «raccrocheuses» ou des «pierreuses», c'est une coupe verticale dans une foule qui semble avoir décidé de n'aller nulle part.

La Révolution va s'ensuivre («elle a été faite par des voluptueux» dira Baudelaire), mais le prix à payer est très lourd. On voit venir l'orage avec la tombée du sexe dans la politique. La France aristocratique est ruinée, le couple royal va en faire les frais. Louis XVI passe pour impuissant, les libelles contre Marie-Antoinette se succèdent avec une violence stupéfiante. Le grand retournement de la sexualité en esprit de vengeance a lieu (est-ce une fatalité ? peut-être). Les pamphlets «patriotes» sont obscènes, mais ils visent à l'ordre moral. La

Reine, surtout, est l'objet de tous les fantasmes. On sent la bourgeoisie furieuse mener le peuple au sang. Voici *Le Bordel Royal* (1790) ou *Les Fureurs utérines de Marie-Antoinette* (1791). Mauvais vers, brutalité pornographique, rétrécissement du vocabulaire, malveillance, calomnies, lourdeur stéréotypée des situations : le mauvais goût se déchaîne, la rancune et le ressentiment imprègnent tout, la grâce s'éclipse. Le complot puritain passe par l'abaissement des mots et des corps. Les plaisirs étaient donc trop grands, il faut les terroriser, les falsifier, les abattre. On parlera désormais beaucoup de liberté, mais ça reste à voir.

Maurice Lever, *Anthologie érotique. Le XVIIIe siècle*,
Robert Laffont, coll. «Bouquins», 2004.

Les métamorphoses d'Éros

Qu'est-ce qu'un grand collectionneur de livres érotiques ? Quelqu'un qui organise le retournement de
l'enfer des bibliothèques en paradis privé. Il doit avoir
un goût sûr et pas seulement obsessionnel, être très
informé de l'envers sombre de l'Histoire, savoir quelles
œuvres les pouvoirs sociaux ont voulu saisir, brûler,
censurer, occulter. Le collectionneur incarne alors la
contre-société secrète, il a une fonction religieuse, il
prend des risques en se limitant à un seul sujet, il peut
tomber d'un sommet vers une petite chose vulgaire,
exactement comme son grand adversaire clérical met
parfois sur le même plan saint Augustin et un sermon
sulpicien.

On comprend la passion austère de l'amateur pornographique, sa curiosité toujours en éveil comme celle
d'un inquisiteur inversé, sa jouissance rédemptrice. Il
sauve des chefs-d'œuvre rejetés (Sade), des documents
bouleversants, des moments d'existence essentiels. De
ce point de vue, la collection de Gérard Nordmann, que
l'on peut voir se déplier dans ce volume, *Éros invaincu*
— en même temps qu'une exposition à Genève —, est
un trésor.

216

Éros invaincu? Oui, pendant au moins trois siècles, XVIᵉ, XVIIᵉ, XVIIIᵉ. On commence à Venise avec l'Arétin et ses *Postures*, illustrées de façon énergique et splendide par Jules Romains. Nous sommes en 1527, et c'est la première œuvre érotique des Temps modernes. A-t-elle pour autant vieilli? Mais non, c'est tout le contraire, elle nous parle avec une fraîcheur et une autorité que n'auront plus la plupart des œuvres du XIXᵉ ou du XXᵉ siècle. Comme si, après la lumière de la raison et des corps, venaient le doute, l'affadissement, la torpeur.

C'est Apollinaire qui, en 1910, note à propos du *Diable au corps*, de Nerciat (1783) : «C'était à l'époque où l'amour était à la mode. Nous n'en avons plus l'idée aujourd'hui où l'on a tant parlé d'amour libre. L'amour, l'amour physique apparaissait partout. Les philosophes, les savants, les gens de lettres, tous les hommes, toutes les femmes s'en souciaient. Il n'était pas comme maintenant une statue de petit dieu nu et malade à l'arc débandé, un honteux objet de curiosité, un sujet d'observations médicales et rétrospectives.» Apollinaire, aujourd'hui, pourrait aggraver son propos. Ce qui risque de vaincre Éros n'est pas la vertu (au contraire), mais tout simplement le mauvais goût ou la vulgarité déchaînée.

Éros est un dieu philosophe, mais est-il pour autant démocratique? Ce n'est pas sûr. On peut en tout cas faire cette remarque de bon sens : il a fleuri et s'est épanoui dans sa lutte contre (ou avec) le catholicisme. On ne le voit ni hébraïque, ni orthodoxe, ni protestant, ni réellement musulman. Et là, comment ne pas regarder avec émotion l'incroyable rouleau des *120 Journées de Sodome* couvert de la petite écriture nette et noire de Sade? L'aventure de ce manuscrit est à elle seule un roman. Tout paraît faible et pénible après Sade, pour la lecture duquel un maximum de richesse et de luxe est recommandé.

On pense ici à la très énigmatique figure de Jeanne-Baptiste d'Albert de Luynes, comtesse de Verrue (1670-1736), dite «dame de volupté», l'une des rares femmes bibliophiles et des plus fines lettrées du XVIIIe siècle. L'auteur de sa notice nous apprend que «ses livres étaient renfermés dans de belles armoires en marqueterie d'écaille, les volets garnis de taffetas vert, le dessus couvert de marbre». *Éros invaincu*, le volume, ressemble à cette armoire.

Et voici l'épitaphe de cette femme d'esprit, composée par elle-même :

«Ci-gît dans une paix profonde
Cette dame de volupté
Qui, pour plus grande sûreté,
Fit son paradis en ce monde.»

Éros invaincu. La bibliothèque Gérard Nordmann,
sous la direction de Monique Nordmann, Fondation Martin Bodmer,
éd. Cercle d'art, 2004.

Exception

JACQUES HENRIC : *Votre premier roman,* Une curieuse solitude, *défendu par Mauriac et Aragon, connaît un grand succès. Vous n'exploitez pas celui-ci, bien au contraire. Vos livres suivants se heurtent à diverses résistances ; c'est la période de* Tel Quel. *Puis, en 1983,* Femmes *et* Portrait du Joueur (1985) *sont des best-sellers. Aujourd'hui, vous publiez deux ouvrages disons moins «grand public»... Cela est-il concerté de votre part ?*

PHILIPPE SOLLERS : Je crois, finalement, que tout se passe de façon beaucoup plus naturelle que ne le croient les gens. Je me contente de faire exactement ce que j'ai envie de faire, au moment où j'ai envie de le faire, et de suivre une nécessité nerveuse. Il se trouve que ça prend la forme d'œuvres qui tantôt sont apparemment tournées vers l'extérieur, tantôt plutôt tournées vers l'intérieur, mais pour moi il s'agit d'un mouvement de diastole et de systole d'un même cœur qui bat. N'y aurait-il pas dans ce qui se manifeste à mon sujet, ou à travers moi, une désorientation du temps par rapport à lui-même ? Est-ce que je ne montrerais pas, sans le faire exprès, à quel point il est faux de croire que la vie va d'un point vers un autre en suivant une courbe dessinable par je ne sais quel contrôle historique ou temporel? Mon cas ne prouverait-il pas que la vie est faite de plusieurs vies et la mort de plusieurs morts? La seule chose qui m'intéresse, c'est la coïncidence entre le temps et lui-même. Le moment, toujours le moment, et la physique de ce moment... La cohérence que je devrais avoir pour les autres est celle de la mort qui vivrait une vie humaine, avec tout ce que cela comporte de nihilisme. Nous sommes dans une époque où le nihilisme fait rage et la seule chose qui me semble devoir être recommandée à l'heure actuelle, c'est la plus grande désinvolture possible. Vous croyez que *Femmes* et *Portrait du Joueur* ne se sont pas « heurtés » à des résistances? Ah! Ah!

Le décalage entre l'image que les médias donnent de vous et l'aventure que vous vivez comme écrivain est-il un problème pour vous? Peut-on contrôler son image médiatique?

Pour contrôler son image « médiatique », il suffit d'être soi-même un peu médium; on peut ainsi ne pas dévier d'un millimètre de son projet fondamental, c'est-à-dire revenir, sans cesse, à une technique de méditation qui n'enferme pas. On peut très bien concevoir — ça c'est prévu aussi par le nihilisme ambiant — quelqu'un qui se croirait complètement en lui-même et qui serait vu de l'extérieur dans la position de cette prétention. On peut très bien imaginer un moine zen filmé dans une émission de publicité. La bonne attitude est de rompre sans cesse l'enchaînement de ce devenir inessentiel et publicitaire : se lever, changer de place, revenir, tenir des discours contradictoires, successifs... C'est une gymnastique à acquérir. Pour ma part, je m'y livre sans problème. Je travaille dans la pointe de l'audition, et à respirer ainsi dans une dimension microscopique du langage et de la matière, eh bien ! on est là comme si on n'était pas là.

Des livres paraissent qui, déjà, font l'histoire de Tel Quel, *votre propre histoire. Quelle impression cela vous fait ?*

Ça commence, en effet, à sortir un peu de partout. Il me semble que les gens qui font ces histoires n'ont pas intérêt à s'informer trop pour l'écrire. J'ai beaucoup de choses à dire sur chacune de ces histoires et sur les personnages qui les ont traversées. Si je suis là et qu'on me fait le coup de l'histoire, c'est très comique parce que ma seule présence récuse (à cause des informations dont je dispose) l'écriture de la dite histoire. Je suis dans la situation d'avoir à entendre des gens qui croient être plus dans ma propre histoire que moi-même. C'est amusant. Exemple récent : la revue *L'âne* me demande, dans le cadre de son enquête : «quelle influence la psychanalyse a-t-elle eue sur vous ?». J'ai répondu très brièvement par : «J'ai déjà beaucoup influencé la psychanalyse, je continue à le faire mais je ne sais pas si j'aurai le temps d'expliquer pourquoi.» Cette réponse, évidemment, n'a pas été publiée par la revue en question. Qu'elle n'ait pas pu être publiée me gratifie de son exactitude, puisque ma femme est psychanalyste. Tout cela n'est pas grave : purs rapports de forces biologiques. Il y a ainsi des gens plus jeunes que moi qui se croient sincèrement plus jeunes que moi. C'est parfois tordant.

Que pensez-vous de l'état de la littérature et de l'art aujourd'hui ? Prêtez-vous intérêt à ces débats sur le moderne, le postmoderne... ?

Il s'agit, à mon avis, d'une très grande gêne par rapport au temps. La question est de savoir dans quel calendrier on se place pour penser le temps. La civilisation dans laquelle nous vivons a connu deux événements considérables qui pourraient être considérés ou comme une origine ou comme un milieu du temps : le christianisme d'une part, de l'autre la révolution dite française. Il y a eu, après cette révolution, un forçage qu'on peut appeler le marxisme dont on a pensé qu'il inaugurerait un calendrier nouveau pour l'humanité. Des théories, toutes plus sophistiquées les unes que les autres, ont laissé croire qu'il se serait produit vers la fin du XIXe une sorte de recommencement. Puis le temps passant, il a fallu se faire à l'idée que le soi-disant recommencement n'avait rien de si radical, pas plus que celui d'où il émanait, à savoir la Révolution dite française.

On peut dire qu'il y a, décelable dans tous les discours, un trouble du temps et du lieu. C'est pourquoi parler à Paris aujourd'hui, en 1986, semble aussi difficile. C'est curieux parce que tous les éléments sont là pour qu'on puisse se repérer. Je ne parle pas à Prague, je ne parle pas à Vienne, pas à New York, pas à Berlin, pas à Jérusalem, je parle à Paris. De deux choses l'une : ou je manifeste que je sais que je parle à Paris, ou je manifeste ma gêne, mon inhibition à le savoir.

Comment, par rapport à cette question du temps, situez-vous ces avant-gardes dont on parle à nouveau beaucoup aujourd'hui ? Vienne, par exemple...

Si je pense que la psychanalyse est le dernier mot de toutes choses, alors je vais ruminer indéfiniment sur Vienne. Si je pense, au contraire, que la psychanalyse a produit, en effet, une manifestation particulièrement intéressante de cette crise du temps mais qu'en même temps elle ne peut pas répondre comme l'ont fait un certain nombre d'*exceptions* qui, elles, se situent dans cette conscience du temps, j'ai deux points de vue totalement différents. Dans ce second cas, je peux montrer comment la psychanalyse ne peut pas rendre compte des œuvres considérables qui sont dans notre champ immédiat : Proust, Céline, Joyce, Picasso, Matisse, et tout ce qui s'est passé à Paris.

La question, en somme, se résume à ceci : pourquoi cette impuissance à penser ce qui s'est produit à Paris au XXe siècle ? et ce qui continue à s'y passer, puisque j'y écris...

Et quelle explication proposez-vous de ce phénomène ?

C'est, je crois, dû à ce que Nietzsche avait déjà diagnostiqué : l'impossibilité de se faire à l'idée que des réponses parfaitement non nihilistes, positives, jouisseuses, peuvent être apportées à la crise du temps. Il faut donc s'attendre à un incessant surcroît de nihilisme.

Ce nihilisme, on le trouve partout : dans la philosophie, dans la théorie du psychisme, dans les arts plastiques, l'architecture, la littérature... Tout n'est envisagé qu'à partir d'un «manque», d'une «béance», d'un «drame» insoluble, d'une «folie», d'une «impasse», d'un «indicible»... Tout, plutôt que des affirmations, des réussites, des synthèses heureuses ou des voluptés voulues.

Or, prenez *À la recherche du temps perdu*, de Proust, avec *Le temps retrouvé* comme dernier volume ; qu'est-ce que c'est sinon la traversée des apparences pour une affirmation de certitude mystique et esthétique? Oui ou non? Oui! *Ulysse* et *Finnegans Wake,* qu'est-ce que c'est, sinon la traversée du temps, des apparences, du langage, pour une remise en forme qui soit absolument positive et avec un tremblement de joie dans toute l'épaisseur du langage? Oui ou non? Oui! Picasso, est-ce autre chose que l'utilisation de toute la rhétorique plastique avec la sensation d'obtenir le fond des choses, depuis les ossements jusqu'à la grimace du visage en passant par toutes les torsions de l'acte sexuel traversant la constitution de tous les corps humains? Oui ou non? Oui! Aucune trace de nihilisme dans toutes ces œuvres! Comme pour Céline, on trouvera de la violence, de la monstruosité, de la rage, oui! mais pas de nihilisme! Pas non plus, chez Sade, et pour cause...

À tous les nihilismes contemporains qui barbotent dans cette confusion du lieu et du calendrier, dans le bazar académique de l'art dit moderne, j'ai envie de dire que leur désir inconscient est peut-être celui du maître, du maître fasciste. Si vous voulez une formule scandaleuse, on pourrait dire que Vienne à Beaubourg prouve bien à quel point de dégénérescence en était venue la civilisation occidentale, le plus dégénéré des Viennois étant évidemment Adolf Hitler.

Reste évidemment à soulever cette énorme chape de plomb de la culpabilité française par rapport à la Seconde Guerre mondiale, et à ce qui s'est passé en France mais dont on peut dire en toute tranquillité (alors que l'Allemagne et l'Autriche ont produit le phénomène hitlérien, que la Russie dans ses profondeurs a produit le phénomène stalinien) que l'épisode pétainiste, lui, a été une parenthèse, imposée de l'extérieur d'ailleurs, et qu'il ne doit en aucun cas nous rendre amnésique par rapport à ce qui est le génie français. Et ce génie, c'est la pensée du nu en tant que tel.

Dans Paradis II, *Homère est très présent. Est-ce un désintérêt pour Jérusalem et un retour à Athènes ?*

Pas du tout. Vous savez que je suis romain. Catholique, apostolique, et postromain. La Bible, je m'en suis pas mal occupé, je ne vais pas passer mon temps à me répéter, encore que la Bible — notamment les Psaumes — soit très présente dans *Paradis II*, livre entièrement dédié à la liturgie pascale. Mais ce serait trop simple d'avoir une seule couleur dans le paysage ; il faut donc s'attendre à ce que les Grecs, et le vieil Homère notamment, aient des choses tout à fait neuves à nous dire. Et je pourrais, par exemple, me demander pourquoi Dante est dans la position temporelle, lui, de méconnaître tout à fait Homère, et de croire que Virgile en est l'équivalent, ce qui n'est pas vrai du tout. Je pourrais me poser la question de savoir pourquoi Freud ne s'est pas intéressé à Homère ; pourquoi il prend la tragédie grecque et pas, dans l'Odyssée, l'histoire d'un père et d'un fils qui s'entendent admirablement avec la même femme... Ainsi, je pourrais, de fil en aiguille, radiographier un certain nombre de points essentiels de notre culture. Par exemple, en passant, faire vivre Dante là où on le répète sans profondeur, où on le réduit abusivement, par exemple dans l'équation : l'Enfer c'est Auschwitz (j'ai encore lu ça récemment).

Par la même occasion, s'agissant du Judaïsme et de la Bible, je pourrais critiquer de façon rigoureuse toutes les interprétations nihilistes qui en sont données. Pas seulement l'antisémitisme et son histoire, ça c'est évident, mais aussi l'investissement pathétique et tout à fait irraisonné, injustifié, du judaïsme. Les journaux, les livres, sont pleins de cette idée que le Judaïsme est quelque chose d'abstrait, d'ineffable, tout cela en l'absence de tout Juif concret, de tout texte concret, donc un pathos ponctué des mots «holocauste», «Auschwitz», «incontournable», «impensable», etc. Pour ma part, je ferai deux remarques, et je les ai faites publiquement au centre Rachi en citant un livre merveilleux d'Albert Cohen sur Churchill : je ne sache pas que la Deuxième Guerre mondiale ait été perdue par les «forces de lumière» (en faisant de cette guerre un effondrement, cela veut-il dire qu'on se montre gêné qu'elle ait été gagnée?); et si j'ouvre ma Bible, je n'y trouve rien de ce qu'on me raconte de ce pseudo-judaïsme abstrait, aux marges de l'exténuation et du silence. J'y trouve au contraire une formidable affirmation et une poésie grandiose, des tas d'histoires rocambolesques, une présence charnelle constante, et des gens qui ne mâchent pas leurs mots. Chtaranski refusant de rendre son livre des *Psaumes* aux flics soviétiques au cours de l'échange à Berlin-Est, et préférant rester allongé dans la neige jusqu'à ce qu'on lui rende son exemplaire : très bien! Magnifique!

Pour vous qui écrivez, qu'est-ce que c'est, aujourd'hui, une «exception»?

C'est quelqu'un qui est dans l'évidence. L'évidence physique, là d'où on verrait que tout est fait de somnambulismes divers, de ruminations psychiques inutiles, de névroses, de perversions limitées. L'exception, ça consiste à voir ce qui est, et à en jouir. À prouver, contrairement à ce que veut le nihilisme, que ce qui *est* n'est pas triste.

Entretien avec Jacques Henric, *Art Press*, avril 1986.

Nietzsche, encore

Voici le ton fondamental :

« Ce n'est pas uniquement la pauvreté de l'âme, l'air ranci de ses recoins qui excluent de mes domaines, mais bien plutôt la lâcheté, la malpropreté, la rancune sournoise qui se tapisse dans les entrailles. Un mot de moi fait monter au visage tous les mauvais instincts. J'ai parmi mes connaissances plusieurs cobayes sur lesquels j'étudie les diverses réactions — très instructives — que provoquent mes écrits. Ceux qui veulent en ignorer le fond, mes prétendus amis, par exemple, deviennent aussitôt "impersonnels" : on me félicite d'être de nouveau "arrivé à ça", et on remarque aussi un progrès dans la sérénité du ton... Les esprits complètement "vicieux", les "belles âmes", celles qui ne sont qu'un tissu de mensonges, ne savent que faire de ces livres ; aussi leur belle logique de belles âmes les considère-t-elle comme au-dessous d'eux. Les bourriques de ma connaissance me donnent à entendre qu'évidemment on n'est pas toujours de mon avis, mais qu'il y a pourtant des passages... Tout féminisme, même chez l'homme, me ferme la porte : il empêchera toujours d'entrer dans mes téméraires labyrinthes du Savoir... Si je cherche à me représenter mon lecteur parfait, j'imagine toujours un monstre de courage et de curiosité, avec aussi quelque chose de souple, de rusé, de circonspect, un aventurier, un explorateur-né.»

Et, toujours dans *Ecce homo* :
«Le génie du cœur qui force à se taire et à obéir tous les bruyants, les vaniteux ; qui polit les âmes grossières et leur donne un nouveau désir, l'envie d'être lisse comme un miroir pour rappeler le ciel profond... Le génie du cœur qui enseigne aux mains maladroites et impatientes le tact et la modération, qui devine tous les trésors cachés, la goutte de bonté et de délicatesse sous la glace épaisse et trouble, le génie du cœur, baguette magique qui révèle le moindre grain d'or enfoui dans la boue et le sable... Le génie du cœur que personne ne saurait toucher sans s'enrichir, non qu'on le quitte écrasé comme les biens venant d'un autre, mais plus riche dans sa propre substance, plus neuf à soi qu'auparavant, débloqué, pénétré, surpris comme un vent de dégel, plus incertain peut-être, plus délicat, plus fragile, plus brisé, mais plein d'espérance encore sans nom, plein de nouveaux vouloirs et de nouveaux courants, plein de nouveaux contre-vouloirs et de nouveaux contre-courants...»

Pourquoi Nietzsche fait-il le choix de Dionysos ? Ce dieu est deux fois né. D'un côté il y a le Crucifié, ce dieu mort censé être ressuscité, de l'autre, il y a Dionysos, le dieu du vin, des bacchanales et de l'ivresse avec cette particularité que son déchaînement entraîne la folie, surtout chez les femmes. Pour Nietzsche, Dionysos est aussi le dieu de la musique, c'est sous cet angle que le rapport avec ce dieu doit être repensé. Nietzsche est un malade de la musique, il souffre physiologiquement de la musique. Wagner représente finalement pour lui la dégénérescence, la décadence, la pesanteur de la musique. La *corporation* de Nietzsche, son corps lui-même en train de *corporer* est impliqué dans la question même de la musique et de Dionysos.

«Je veux que la musique soit profonde et gaie comme un après-midi d'octobre», dit Nietzsche. Mais il n'avait à sa disposition que des musiques pour rêveries de curistes, comme, par exemple, la *Carmen* de Bizet. Il souffre de la musique et il est lui-même musicien. Il insiste beaucoup sur le fait que devenir *Style*, dans le «je» que doit être la pensée, passe dans une régénération de l'ouïe et du corps entier. Les pas, la danse, le bondissement, comptent beaucoup, mais, par-dessus tout, l'ouïe. Il y a aussi les narines : «Mon génie est dans mes narines.» Ce corps-là est évidemment le contraire du corps saint.

C'est pour cette raison que le scandale provoqué par Nietzsche au sein de la métaphysique — métaphysique qu'il accomplit et qu'il achève — consiste, à la limite, à préférer passer pour un guignol que pour un saint. Dans une désinvolture humoristique, on se laisse traiter de guignol alors qu'on est dans la profondeur même.

«Tous les trésors du verbe s'ouvrent d'eux-mêmes pour toi; tout être veut devenir verbe et tout devenir doit apprendre de toi à parler.» Ce que Nietzsche dit ici, en citant *Zarathoustra*, devient une expérience où l'on apprend que l'on peut dire beaucoup de choses en beaucoup d'endroits, et certainement pas une seule chose en un seul endroit. C'est cela le «Oui» de Nietzsche. Celui qui, à la limite, préfère être traité de guignol plutôt que de saint, celui qui ne prendrait pas au sérieux la façon dont on lui dirait en quoi il devrait être maître (puisque, que veut l'hystérique? un maître sur lequel elle règne), celui-là, et celui-là précisément, avec ce corps régénéré par l'ouïe, en train de dire oui à cette régénération de l'ouïe, sera transformé éternellement en méchant par la morale du ressentiment, celle des esclaves et de la vengeance fondamentale. Et il faut repartir de là, puisque le ressentiment et l'esprit de vengeance tournent dans l'éternelle chanson de l'envie, de la jalousie, de la convoitise pour ce qui est «beau, fier, généreux».

On peut en faire l'expérience personnelle : il suffit, sans même formuler cette expérience, d'être quelqu'un qui entend un peu plus finement que les autres. Cette écoute un peu plus fine s'opère à cause des fonctions même d'un *corporer* sur lequel on ne s'interroge pas.

Qu'est-ce qu'être — et non avoir — un corps? Qu'est-ce que *corporer*? En quoi ça *corpore*? Pourquoi, le refus ou la gêne de s'interroger intimement, profondément, sur cette *corporation* qui implique de ne pas rentrer dans différentes corporations, dans des corps constitués, dans des partis, des églises, des associations, des syndicats, des familles? Refus de s'y faire *décorporer*, pour calmer, pour anesthésier la question du *corporer*. Qu'est-ce qui se pense dans le *corporer* lui-même?

C'est la raison pour laquelle, la «dionysiaquerie» de Nietzsche trouve devant elle la croix. Et le christianisme — dont nous ne sommes pas sortis, malgré les apparences — met à mort la *corporation* même de Dionysos : c'est l'histoire de la métaphysique occidentale. Si je ne me pose pas la question de savoir comment perçoit ce corps humano-divin, comment il ressent l'étant en tant que ressuscité, je vais sombrer dans quelque chose qui va représenter le caractère principal du nihilisme tel que Nietzsche le pointe.

Je ne vois que deux poètes qui répondent à cette question du nihilisme. D'une part Hölderlin, qui passe par la question du pain et du vin, et qui se demande aussi dans quelle mesure ce Christ serait le frère d'Héraclès. D'autre part, Rimbaud, dont je vous conseille de lire les *Proses évangéliques* qui sont bizarrement placées juste avant *Une saison en enfer*. Dans ces trois courts textes, Rimbaud s'est posé très sérieusement la question de savoir comment le Christ percevait les détails.

Nietzsche insiste sans cesse sur cette question du corps. Si on ne la pose pas, on ne comprendra ni Zarathoustra, ni la question de l'Éternel Retour, ni la volonté de puissance. Donc, jusqu'à maintenant, personne ne s'est occupé de la question du *corporer*. Ce qui a permis et permet encore d'utiliser les corps, de les évacuer, de les massacrer, de les tenir pour parfaitement remplaçables comme on a pu le voir au XXe siècle, ou bien de dresser, par rapport à eux, l'épouvantail de la folie.

Vous avez remarqué cette confidence de Nietzsche faite à Lou à Saint-Pierre de Rome. «Est-ce qu'une fois que toutes les possibilités ont été saturées, ne devrait-on pas, peut-être, en revenir à la religion catholique?» C'est une séduction de sa part auprès de Lou Salomé, pour qu'elle retienne ce propos en le trouvant incompréhensible.

Ce fils de pasteur qu'est Nietzsche, posant cette question d'une éventualité catholique du dieu, s'inscrit dans une polémique constante contre le protestantisme : «Luther, ce moine fatal», «Kant, araignée funeste»... Nietzsche fait aussi l'apologie de ce moment où le catholicisme aurait, à la Renaissance, dissout le christianisme, à travers les Borgia. Et ensuite, Luther aurait voulu faire réexister le christianisme par sa polémique contre Rome.

À supposer que je sois pape, pape dans les siècles des siècles, je proposerais volontiers et ouvertement de dissoudre l'Église catholique. À une seule condition : que toutes les autres religions et manifestations de religiosité aient été dissoutes préalablement. Vous voyez que ce n'est pas demain la veille que cette décision pourra être posée comme telle.

Lors de cette confidence qui est une sorte de séduction toute féminine vis-à-vis de Lou, Nietzsche signifie peut-être que la *corporification* est envisagée de façon plus intense du côté catholique. Ce que d'ailleurs tout prouve : musique, peinture, sculpture. Ce qu'il veut dire, c'est qu'en passant à travers ce latin-là, ou ce romain-là on peut mieux toucher au grec. Ma conviction profonde est que si l'on veut toucher au grec (non pas pour y revenir) dans sa vibration fondamentale, il faut aller à Bordeaux comme Hölderlin l'a fait pour y voir un peu Dionysos. On peut aussi passer par le XVIIIe siècle ou par Rome... Une autre possibilité, c'est d'aller en Chine, mais ça c'est le dialogue avec l'Asiatique que propose Heidegger.

N'oublions pas que s'agissant de Dionysos et du Crucifié : l'un *est* l'autre, dialectiquement. Si j'écris *l'Antéchrist*, ça ne veut pas dire que je cesse de poser le Christ, et même, d'une certaine façon, c'est le contraire : « Deux mille ans et pas un seul nouveau dieu... »

Le *Nietzsche* de Heidegger, paru en Allemagne seulement en 1961, est un travail qui se déroule à partir de 1936 jusqu'à la fin de la Deuxième Guerre mondiale et seulement traduit en français en 1971. Cela fait 32 ans, d'après moi, que cet ouvrage de Heidegger n'est toujours pas lu. En voici l'exergue :

«L'expérience déterminant sa pensée, Nietzsche lui-même la nomme : *La vie... la plus mystérieuse — à partir du jour où la grande libératrice est venue sur moi, la pensée qu'il nous était permis de voir dans la vie une expérimentation de la connaissance.*»

Évidemment ici, la vie n'est pas faite pour être vécue comme expérimentation *pour* la connaissance ; nous ne sommes pas dans l'horizon scientifique. Il est essentiel de ne pas y voir une romantisation de Nietzsche et encore moins de croire pouvoir se passer de Nietzsche. Ce que montre très bien Heidegger, c'est qu'avec Nietzsche la métaphysique s'achève, tout en continuant sous forme de perversion. Qu'est-ce qui peut être post-métaphysique ou dépassement de la métaphysique ? C'est toute la question, que nous ne pouvons que préparer.

En ce qui concerne l'Éternel Retour, la question est celle du Temps lui-même. Dans Zarathoustra, les chapitres sur «Le portique» ou sur «L'instant» traitent de la collision de l'avenir et du passé et de la révélation de ce «fameux» Éternel Retour. Secret effroyable... D'autant plus extatique qu'il est effroyable, et que Nietzsche ne le confiait qu'à voix basse : c'est effrayant, parce que si c'est l'Éternel Retour du Même, de la bêtise, du côté criminel ou sinistre de l'étant, comme le dit Heidegger, alors c'est aussi le retour de l'inintelligence et de la surdité.

Ce que je peux dire de l'Éternel Retour sera toujours aussi peu entendu que si je le redisais à nouveau, et même si j'ai déjà été là pour le dire... Ce moment qui a lui-même déjà existé (que je sois visible ou pas) pour dire que je me saisis dans l'instant, dans l'éternel retour

de quelque chose qui sera peut-être entendu un jour...
le même... donc pas.

Sur ce point, Heidegger va tout de suite à la question
du « midi ». Il se demande ce qu'est le « midi » pour
Nietzsche et Zarathoustra.

« Le mot de "midi" détermine pour l'événement de
la pensée du retour, à l'intérieur de l'éternel retour du
même, un point temporel que ne mesure nulle horloge,
parce qu'il constitue au sein de l'étant dans sa totalité,
le point qui est le Temps même en tant que temporalité
de l'instant. »

J'ai beaucoup tourné et je continue de tourner autour
de cette question de ce que serait le Temps lui-même
en tant que temporalité de l'instant. Vous ouvrez *Paradis* et c'est évidemment de ça que ça parle. Il y a une
décision à prendre en faveur de la temporalité comme
telle. Le ressentiment, l'esprit de vengeance sont des
embarras de la volonté envers le Temps.

Dans *Qu'appelle-t-on penser ?* Heidegger commente
la phrase de Nietzsche : « L'esprit de vengeance est le
ressentiment de la volonté contre le Temps et son *il
était*. » Qu'est-ce que cet instant ? Comment pourrions-
nous être *Instant* ? Comment pourrions-nous expérimenter que le passé n'est pas *l'avoir été* ? Que l'être en
tant qu'avoir été advient toujours comme s'il était déjà
advenu ? C'est une expérience à faire et la métaphysique ne peut pas la faire.

Nietzsche, lui, a fait cette expérience, malgré la
métaphysique et, de plus, en l'accomplissant. C'est le
moment le plus surprenant et, le plus essentiel, non
compris, de ce qu'il dit. C'est la question du Temps
lui-même en tant qu'on ne peut pas le stocker dans
l'éternité. Mais alors, quel est ce Temps ?

234

Ce Temps, je vais renoncer à le penser, puisque je n'ai pas le temps de me rendre compte de ce qu'est ma *corporation* même. De plus, comme je suis poussé par le nombre et absolument remplaçable, je vais me contenter de ce que m'aura dit ma petite mythologie personnelle, mes parents ou mes grands-parents, sans jamais remonter plus loin. Dans les temps où nous sommes, parfaitement adaptés à la dévastation et si peu favorables à l'humanoïde, il est intéressant de voir qu'en laissant parler quelqu'un, immédiatement le roman familial ressort. Mais il ressort très bref avec une mémoire très restreinte. Tout le passé devient en danger. Nous sommes depuis fort longtemps entrés dans l'ignorance historique déferlante, dans le méli-mélo des dates, dans ce présent vide qu'accomplit en quelque sorte la publicité.

C'est la raison pour laquelle, la question du surhomme posée par Nietzsche (le Surhomme libère en fait le Sous-homme) de façon éminemment héroïque, au moment où la métaphysique dit son dernier mot, fait place à ce que Heidegger a raison d'appeler «l'inconditionné de l'objectivation même».

L'humanité est en effet devenue matériel humain dans l'absence de sens de «la subjectivité dans son achèvement». Nous vivons désormais dans cette absence de sens, dans cet insensé qui trouvent dans la publicité sa forme vérifiable. On n'est pas là pour être capté autrement que par cette mise en scène du faux présent par lui-même. Cela s'appelle le nihilisme à son point d'accomplissement. Et ce n'est qu'un début. Le nihilisme n'est rien d'autre que l'essentiel non penser à l'essence du néant. Mais c'est quoi ça, le néant?

Il est intéressant de remarquer que Heidegger écrit contre toute notion biologisante. Notion qui n'est qu'un district de la mise à disposition de tout étant, de l'homme en tant que tel et de ses substances. Ce n'est pas une mise à disposition du *corporer* de l'homme (dont nous ne savons pratiquement rien) mais de ce qui le constitue en tant qu'éventuellement on peut le cloner, *l'ovocyter*. Par cette instrumentalisation de l'humain, on poursuivra non pas une expérimentation de la connaissance, mais une expérimentation du calcul reproductif ou criminel (ce qui revient ici au même).

Au moment où Heidegger écrit cela, il faut bien entendre comment ça résonne. On entre selon lui dans «la souveraineté du total», dont ce qu'on appelle le totalitarisme n'est qu'une figure annonciatrice de l'ère dans laquelle nous sommes. C'est l'ère qui n'a plus rien à voir avec les Temps modernes, c'est tout simplement l'ère Planétaire.

Il est étrange que Heidegger parle, en portant l'attaque à partir de Nietzsche, contre ce qui s'est réalisé après lui, contre la falsification que l'on a faite de Nietzsche. Il est extraordinaire que personne ne veuille se rendre compte que la seule critique du nazisme est dans Heidegger et nulle part ailleurs. Ce qui est très troublant. Ce grand livre sur Nietzsche, qui est un travail philologique de mise en perspective, critique radicalement toutes les falsifications dont Nietzsche a pu, est, ou pourra être l'objet. Cet ouvrage est en même temps une critique de Nietzsche lui-même.

Il est tout aussi étrange qu'ensuite Heidegger fasse appel à la détresse. «Nous sommes entrés dans la détresse de l'absence de détresse», dit-il. Cela est très remarquable. Dans l'absence de détresse, il ne s'agit pas de misère, de violence ou de brutalité; c'est l'impossibilité de toucher à la question de l'être. L'absence de détresse, c'est l'extrême détresse. Il n'y a pas de détresse pire que celle que vous pouvez constater à l'époque de la marchandise planétarisée. On trouve cette question dans la dernière partie du *Nietzsche* de Heidegger qui s'appelle «La détermination ontologico-historiale du nihilisme».

Heidegger avait déjà expliqué remarquablement dans son *Schelling* que cette époque de l'ère planétaire, temps de la volonté de volonté, va vers sa propre nullification. Il y dit aussi comment il peut y avoir un être décidé pour le mal et que cela vient du fond même.

Cela consiste alors à se demander qu'est-ce que Dieu? Peut-on parler de sa mort? Quelles sont ses représentations? Et le Diable aussi pour la même occasion? Et l'Être?... L'Être?... je ne sais plus, j'ai oublié. Tout ce qui serait salutaire dans l'étant devient alors évanescent. Ce qui implique que toute ouverture du sacré est changée en réclusion. Du divin lui-même aurait en effet surgi l'hypothèse d'un dieu éventuel, hypothèse dans l'histoire de cette lueur, mais cette lueur, cette éclaircie, se seraient assombries.

«Le dépaysement mi-avoué, mi-nié, de l'homme par rapport à son essence est compensé par la conquête organisée de la terre en tant que planète et son expansion dans l'espace cosmique.»

Le dépaysement compensé par la conquête organisée de la terre est un constat, il est inéluctable, et ce n'est qu'un début. Heidegger ajoutera un peu plus tard qu'il ne s'agit pas seulement de la conquête de la terre et de la disposition de tout, mais aussi de l'humain lui-même et de ses substances reproductives. Cela était à son époque déjà prévisible dans le biologique et le génétique, même si l'expérimentation ne faisait que commencer.

C'est grâce à Nietzsche, en tant qu'il achève la métaphysique, que tout cela peut être pensé aujourd'hui. Et certainement pas de façon «nietzschéenne», ce qui serait le contresens le plus grave. La question est de savoir comment se situer dans cette autre temporalité, qui n'a rien à voir avec l'éternité, ni avec l'Éternel Retour du Même, mais que l'Éternel Retour du Même comme Volonté de Puissance indique. Si vous ne passez pas par là, vous ne comprendrez pas comment la métaphysique s'achève, et vous referez de la métaphysique sans le savoir, comme monsieur Jourdain faisait de la prose.

Sous une forme presque inapparente, sauf pour quelqu'un d'assez «éveillé», je mets ça sous forme de romans. J'écris des romans métaphysiques. Comment ça métaphysiques?... Eh bien, vous y trouvez bien sûr une constante description du nihilisme en cours d'accomplissement. C'est bizarre que personne ne le remarque, mais c'est comme ça quand même; aussi bien dans *Paradis*, dans *Femmes*, ou dans tous les romans ultérieurs. Ce sont des romans métaphysiques en tant que vous y trouverez constamment la description du nihilisme en cours. D'une part, il y a un ton qui est volontiers sarcastique. D'autre part, vous avez des propositions tout à fait affirmatives de prises de position en faveur de la temporalité, de la poésie, de la perception, de la sensation, du *corporé* lui-même en tant que les cinq sens y sont constamment convoqués de façon musicale.

Nietzsche, lui, n'avait à sa disposition que la *Carmen* de Bizet pour imaginer ce que pouvait être la liberté musicale. N'oublions pas qu'il n'y a qu'à peine trente ans que l'extraordinaire archive musicale oubliée est en train de resurgir. Si par exemple je pars avec Nietzsche à Venise, Cecilia Bartoli va commencer à chanter et à chanter à n'en plus finir. Cela fait à peine vingt ans que la régénération de l'ouïe est en cours. Ce qui nous oblige du même coup à nous demander ce qu'aura été cette dénégation de l'ouïe. Qu'est-ce qui a organisé cette surdité mentale? C'est un sujet sur lequel je n'arrête pas de faire des propositions, dans *Mystérieux Mozart* ou ailleurs. C'est une question essentielle.

Lorsque j'ai écrit *L'Étoile des amants*, j'étais très content parce que je venais d'identifier un organe invisible que vous ne trouvez pas en anatomie. C'est ce que j'ai appelé la *vésicule vaginale biliaire*. C'est quelque chose de très difficile à trouver, à saisir, et c'est presque impossible à opérer. Déjà, j'entends que c'est une découverte qui ne plaît pas... Ce que je propose pourtant, c'est de passer outre cette VVB.

Dans tous les romans que j'écris, vous trouvez la description de la misère de la pensée, de la littérature, avec une contre-proposition immédiate, à savoir qu'une incroyable richesse est à la disposition de qui ne se l'interdirait pas. Je pense qu'il y a en effet une responsabilité à accepter l'invivable. Mais on me dira que si ça devient plus vivable là où ça ne l'est pas encore, ce sera alors grâce aux fleurs du bien qui ne surgissent que du fond social, seule façon d'atteindre la liberté. On nous chante ce refrain depuis longtemps. Je veux bien laisser tourner ce disque, mais je préfère demander à la personne qui se trouve en face de moi comment elle s'arrange avec le Temps.

Mes romans sont des petits livres comme ça, comme *Ecce homo* : ils n'ont l'air de rien et sont construits sur la même structure. À savoir, qu'il y a une crise fondamentale, une angoisse vitale, un rejet extrêmement violent des conditions d'existence qui trouvent peu à peu une résolution.

« Là où le mouton de troupeau rayonne de l'éclat de la pure vertu, l'homme d'exception doit être dégradé et représenter le mal. Là où le mensonge à tout prix revendique pour son optique personnelle l'attribut de la vérité, on doit retrouver la vérité réelle affublée des pires noms. Zarathoustra ne laisse aucun doute là-dessus : il dit que c'est précisément la connaissance des hommes bons, la connaissance des "meilleurs", qui lui a inspiré l'horreur de l'homme, et que c'est cette répulsion qui lui a fait pousser des ailes "pour aller planer vers des avenirs lointains"; il ne cache pas que son type d'homme, type relativement surhumain, est surhumain précisément par rapport aux hommes bons, et que les bons et les justes appelleraient son surhomme "démon"... »

Malheur, donc, à qui n'aurait pas, d'une façon ou d'une autre, très mauvaise réputation.

4 février 2003

Vidéo de Jean-Hugues Larché.

Nietzsche, miracle français

Il ne serait pas si surprenant que Nietzsche, dans son existence même et dans tout ce qu'il a fait de plus aigu, soit plutôt lisible en français qu'en allemand.

Ce serait un des paradoxes les plus étranges de cette affaire... Comme si le corps de Nietzsche, avec cette moustache tout à fait exagérée qu'il faut lui enlever tout de suite, dérangeait. On le vérifie surtout dans les photographies prises de façon très complaisante à la fin de sa vie, lorsqu'il est enfermé par sa mère et sa sœur, lorsqu'il est wagnérisé par l'horreur de la matrice allemande, de la mère allemande, de la femme allemande.

Ce qu'a toujours souhaité être Nietzsche physiologiquement, c'est avant tout un marcheur, un coureur, un danseur, un musicien. Il a passé sa vie dans des sauts, des embardées, des pérégrinations incessantes, dans la montagne, dans des cavernes.

Et cette légèreté, moi, m'apparaît immédiatement lorsque je l'écoute. Quand je le lis, en réalité je l'écoute. Il y a très peu d'auteurs dont on peut entendre la voix et dont on perçoit en quelque sorte la présence physique.

Au moment où je vous parle par exemple, il ne serait pas exagéré de dire que si je dis « Nietzsche », Nietzsche est là. Et que le moment que nous vivons pourrait se reproduire indéfiniment, de telle façon que nous serions au cours d'un temps indéfini en train de parler ensemble.

Puisque je parle, et que vous m'écoutez, ça m'induit à parler d'une certaine façon. (De plus, il y a les caméras, ce qui fausse évidemment tout ce que je suis en train de dire, parce que l'œil va être prévalent sur le son et donc sur le discours.) Mais quand même, c'est un épisode de la présence de Nietzsche. Je présentifie une péripétie, une apparition de Nietzsche en français.

Il y a quelque chose de très remarquable dans la façon dont Nietzsche, très tôt, se détache de son origine philosophique et musicale allemande. Quand il va vers le Sud, quand il fait signe vers Mozart l'Autrichien, quand il se déprend du christianisme, c'est-à-dire, du protestantisme, du père pasteur.

Ah! les pasteurs... Les pasteurs en Allemagne... Depuis Luther et la lourdeur protestante allemande, nous avons certes des exceptions notables, mais sanctionnées assez vite, et qui sont tout à fait visibles : Hölderlin et Nietzsche.

Quelque chose se passe entre le fermier allemand, la pasteurisation protestante, et le guet... Oui, le guet de la sanction pour tout corps qui voudrait suggérer sa propre liberté. On voit ici Hölderlin et Nietzsche.

Dans cette histoire, n'oublions pas le penseur qui a travaillé le plus profondément sur Nietzsche, dans deux volumes extraordinaires, qui sont à relire sans cesse... Il s'agit bien sûr de Heiddeger, qui, lui, est d'origine catholique. C'est le fils d'un tonnelier sacristain, mais catholique. Ce qui déjà le met à part dans une tradition cléricale philosophique qui vient sur ce fond religieux protestant en Allemagne. C'est très important de le signaler.

Français, pourquoi?

Eh bien parce que précisément, Nietzsche, seul de son temps, envisage la réussite miraculeuse et brève de l'aristocratie française. Elle représente, dit-il, un miracle extraordinaire, très supérieur même à la Grèce. *La dictature de la minorité...*

Là, tout de suite des huées s'élèvent... A-t-on déjà entendu quelque chose d'aussi blasphématoire?

Il y aurait eu dans le temps, en France, et c'est la raison pour laquelle c'est un miracle, un miracle très bref. Miracle grec, tout le monde s'accorde là-dessus. Mais miracle français! Il y aurait eu ce surgissement de très grande gratuité, de dépense, de souveraineté sans but, quelque chose qui ne va nulle part.

Bien entendu, aussitôt, sanction! Sanction, non pas du peuple — et là nous sommes dans un problème très grave — non pas du peuple, mais de ce que Nietzsche appelle, tantôt la populace, tantôt la plèbe. Et en soulignant que, désormais, on peut s'attendre de plus en plus à voir la plèbe partout. Elle est en bas comme en haut.

La France «d'en haut» ou la France «d'en bas» c'est la même chose du point de vue du micmac. La «micmacation» est de son temps déjà visible comme devant un jour devenir universelle, planétairement, n'est-ce pas? — et nous y sommes. La «micmacation» annoncée, elle est là, dans la transvaluation des valeurs. Ce qui s'est donc passé en réalité, c'est une plébéisation de l'idée même de valeur qui est la conséquence évidente de la mort de Dieu.

Français, donc!

Dans la mesure où, peut-être et même sûrement, la mort de Dieu ou le fait que Dieu soit mort se vivrait particulièrement mieux en français que dans n'importe quel autre coin du monde. De ce fait, un dialogue alors ultérieur dans lequel nous entrons avec l'Asiatique se laisserait envisager depuis cette position. Oui, Nietzsche est sans doute français, ou chinois.

La mort de Dieu... On peut laisser Dieu tranquille. La question est de savoir pourquoi, par exemple, Voltaire l'a laissé subsister? C'est une position qu'il faut considérer comme quand même extraordinairement ironique.

«Deo Erexit Voltaire»... L'hommage de Nietzsche est ici très célèbre.

C'est d'abord la dédicace de *Humain trop humain* à Voltaire pour le centenaire de sa mort. Nous sommes en 1878. Et ce sont ensuite les déclarations enflammées de *Ecce Homo* : «Voltaire, la seule grande intelligence qui ait vécu avant moi.» Ça fait quand même un bond.

Nietzsche dit, bon alors? Résumons-nous... Des esprits libres? Eh bien il y a Voltaire et moi. Luther, «moine fatal»; Kant, «araignée funeste».

Sur le moment, c'est-à-dire à la fin du XIXe siècle, la folie de Nietzsche est une chose bien entendue, on tient ses déclarations comme exagérées. Puis le temps passe, les choses s'aggravent, l'ignorance monte en même temps que l'obscurantisme, le fanatisme et l'illettrisme.

Tout à coup ce raccourci demande à être considéré comme une grande nouveauté, avec fraîcheur.

Qu'y aurait-il dans le français lui-même, corps et langue mêlés? Et surtout la grande question du français : pourquoi cette réticence à la musique? Pourquoi Nietzsche en est-il ironiquement, mais aussi assez sincèrement, à préférer par exemple la *Carmen* de Bizet à Wagner? Vers quoi fait-il signe?

« Si tu ne m'aimes pas, je t'aime, si je t'aime prends garde à toi... »

Dans ce choix de musique, musique qu'on entendrait presque se déverser dans les stations thermales, il faut remarquer qu'il y a un prénom, que ce prénom est Carmen. Donc, il s'agit d'une femme — Et de celle-là — Nietzsche prend cette fleur. C'est une femme hispanoïde, une femme du Sud... Et puis plus de femme. Il est dans le plus-de-femme.

C'est une question importante pour l'histoire de la métaphysique, parce que la philosophie finit quand même par avouer de quoi et en quoi elle est faite. La philosophie, son histoire, celle de la métaphysique, donc de la politique aussi, du social dans son ensemble, c'est une grande passion homosexuelle. Il y a dans un coin de l'Europe, un juif autrichien qui a quand même mis un doigt là-dessus : Freud.

Les rapports de Lou Salomé avec Nietzsche, avec Rilke, avec Freud mériteraient des considérations multiples. Nietzsche n'a pas eu beaucoup de chance avec les femmes, encore que... Sur ce plan, ce que je préfère c'est la lettre de rupture à Malvida Von Meyensburg, une lettre fameuse... Elle n'est pas d'accord avec lui sur le cas Wagner... Nietzsche et Lou ? Oui, enfin peut-être, mais ce n'était pas ça non plus... Donc Nietzsche écrit à Malvida : « Vous êtes une idéaliste, et j'appelle idéalisme l'insincérité faite instinct. » Il y aurait une insincérité devenue instinctive, ce qui est assez dire une impossibilité d'établir un rapport à la vérité.

C'est très intéressant de suivre ce fil chez Nietzsche parce que l'apparition féminine, la vie, le féminin y sont toujours présentés comme une danse avec le mensonge. C'est d'ailleurs la raison pour laquelle la vérité dont il s'occupe n'est plus la vérité philosophique, ni non plus la vérité scientifique, mais la vérité de l'art.

Il est évident que Nietzsche va vers un certain corps moins mortifère que celui de l'Allemagne. C'est pourquoi cela rend absolument scandaleux l'amalgame qui est fait, par la suite, de Nietzsche avec la moindre hypothèse nazie.

Il faut se demander en quoi ceux qui veulent absolument porter ce jugement sur Nietzsche sont intéressés à le faire. Non pas parce qu'il y aurait la moindre ambiguïté avec la sœur, Hitler, Wagner, la canne, enfin, tout ce micmac plébéien, mais probablement à cause d'une vengeance ou d'un ressentiment profond quant à Nietzsche. C'est-à-dire tout simplement à ce qui n'arrête pas en lui de chanter, ce qui peut être noble, heureux et beau.

Toute accusation portée sur Nietzsche comme complice éventuel du mouvement nazi, summum de fureur plébéienne, est délirante. Ce summum vient faire fleurir un cancer qui est déjà en cours en Russie. Il faut bien mettre les choses en perspective : c'est Staline d'abord, Hitler ensuite.

Il y a une rage et alors un comble d'exacerbation de cette rage. Et il ne s'agit pas de la même chose, parce que dans une maladie, il y a plusieurs aspects. Mais c'est une maladie très profonde qui a été répercutée en France, les Français étant aussi, depuis fort longtemps, des collaborateurs du maître plébéien.

Ce corps donc, auquel s'identifie Nietzsche, de cette main très légère... Il faut voir son style... Ce corps est plutôt français, oui. Nietzsche est là en tant que réaffirmation de ce qui a pu être un miracle. Évidemment si je dis aux Français qu'ils sont les enfants d'un miracle, je ne vais pas provoquer beaucoup d'attention. Puisqu'on leur explique et leur inculque sans arrêt qu'ils se sont débarrassés à juste titre, en coupant des têtes, d'exploiteurs effrayants.

Le mal français, vous le voyez, vient du fait qu'il est très difficile d'avouer qu'on a été assassin d'un miracle... Donc ce n'en était pas un !

Dans *Zarathoustra*, vous avez remarqué que le plus affreux des hommes n'a pratiquement plus de forme. Il est dans un état de décomposition avancée, il est la chose la plus horrible du point de vue humain.

Zarathoustra le rencontre au cours de ses pérégrinations. C'est le meurtrier de Dieu. Il a tué Dieu parce qu'il n'en pouvait plus d'être observé tout le temps par Dieu. C'était pas possible, Dieu se mettait à sa place, Dieu voyait ses moindres recoins, c'était dégoûtant. Donc il a tué Dieu et c'est le plus affreux des hommes. Zarathoustra l'écoute, l'invite dans sa caverne avec les hommes supérieurs pour essayer de voir comment on pourrait les dépasser.

Eh bien tuer Dieu, évidemment, c'est un événement.

Nietzsche ne dit pas c'est celui-là qui a tué Dieu. Nous l'avons tous tué, nous sommes des assassins de Dieu. Dieu est mort. Il n'est pas mort comme ça tout seul. Nous l'avons tué.

Vous pouvez éventuellement traiter ça en petite monnaie et dire, vous voulez parler d'Œdipe, de Laïos, du meurtre du père et patati, et patata. C'est la petite monnaie de la chose. La tragédie grecque ne nous parle pas de la mort de Dieu puisqu'il n'y avait pas ce Dieu en Grèce.

En revanche, dans l'histoire occidentale, Dieu a fonctionné indubitablement, il fonctionne encore. Comme vous le voyez le plus souvent, il est appelé à égorger tranquillement ses semblables humains. Dieu sert à tout. Dieu est devenu plébéien. Dieu a des sentiments extrêmement simplistes, simplifiés qui peuvent servir à tout et à n'importe quoi. De quelques noms que vous l'appeliez, « Allah akbar » par exemple, ou autrement.

Dieu s'exprime par cette décomposition encore une fois plébéienne, pas du tout aristocratique, de la pulsion de mort.

Alors, pourquoi l'athéisme a-t-il toujours été quelque chose de très rare et combattu partout ? Il est rare, il est peu observable de façon conséquente. On peut déclarer qu'on ne croit pas en Dieu comme ça, mais enfin, si l'on gratte un peu, on s'aperçoit qu'une énorme superstition a pris la place. Et que finalement « ça y croit » quand même sous une forme très dégradée.

L'athéisme est évidemment une question aristocratique. Raison pour laquelle Robespierre, qui avait vu venir le danger, voulait refonder une religion, celle de « l'Être Suprême ». Ça n'a pas tenu longtemps. Dieu est revenu comme chez lui, de bric et de broc, avec un objectif très précis qui était ce que pouvait annoncer Sade. C'est Sade qui dit la vérité française fondamentale. C'est-à-dire la vérité de la Terreur.

Sade est le seul athée conséquent qu'on puisse observer (si j'ose dire) la plume à la main ou le couteau à la main, ce qui revient au même dans ce cas-là.

En son temps déjà, Nietzsche prévient que si ça continue comme ça, que si l'homme n'est pas dépassé... Alors là encore, la salle s'échauffe : Mais l'Homme ? Les Droits de l'Homme ?... Et évidemment je ne dis plus rien. Mais alors Nietzsche est illisible... L'homme ?... Et la femme donc alors... ? Et « le femme »... et « la homme »... Bon, tenons-nous-en là, c'est très bien.

Mais pendant ce temps-là, Dieu continue sans se préoccuper des droits de l'homme à investir le crime. Je ne fais pas l'apologie du crime. Je me demande ce que Nietzsche a en vue et ce qu'il veut mettre après la mort de Dieu... Qui est peut-être une faribole d'ailleurs, peut-être que Dieu n'a pas à mourir.

Je crois qu'en effet, ou bien Dieu est, et il est immortel. Ou bien il n'est pas. Mais il y en a un. Pourquoi un seul? Quelles discussions! Des bibliothèques entières...

Le Miracle français aurait consisté à faire de l'absence de Dieu une fête grandiose. Où les corps humains — *minoritairement*, d'où la sanction — auraient fait une grande fête pour rien, sans valeur. La question est celle de la valeur. C'est sans valeur, autrement dit, ça n'a pas de prix. C'est ce que Bataille va appeler bientôt *la Part maudite*. Part maudite parce qu'elle est miraculeuse.

Le français est maudit à cause de ce miracle. Cette malédiction requiert l'attention. Si je me sens français, si je suis curieux, pas mouton, ça m'intéresse, je vais droit à cette malédiction. Je me demande pourquoi? De quoi s'agit-il?

Là je vais trouver un certain nombre de témoignages importants. C'est en effet la fidélité presque mystique de Bataille pour Nietzsche. *Sur Nietzsche, Memorandum*... Comme s'il s'agissait d'une vie de saint... À la limite, Nietzsche est un saint... Un bouffon, un saint, un danseur, tout ça récusant le culte.

Il y a aussi un nombre considérable d'écrivains qui vont me montrer comme une sorte d'attirance très profonde, très magnétique vers quelque chose comme un Royaume. Je laisse Chateaubriand, c'est tellement visible, mais prenons Genet par exemple. Je peux vous montrer point par point comment Jean Genet est un écrivain qui se réclame du Royaume. Je le prends exprès parce que vraiment, il n'en a pas l'air... Villon,

Genet Rimbaud... Rimbaud, aussi, est un écrivain du Royaume.

Zarathoustra parle ainsi de son Royaume :

«Et dans mon Royaume, dit-il, je ne veux pas que qui que se soit souffre, ni désespère. Montez chez moi, vous allez vous reposer, manger mon miel, là-haut dans ma caverne, avec mes animaux, vous allez vous entretenir avec mes animaux.»

La présence des animaux chez Nietzsche est très significative. Il y a l'Aigle, le Serpent, l'Âne, les Colombes, le Lion. Les animaux, chez Nietzsche, ont l'air d'en savoir davantage que les hommes qu'ils rencontrent, ils sont plus sages. Il y a l'Aigle donc, le Serpent ou le Lion qui arrive à la fin et qui rit. C'est une fable magnifiquement orchestrée par un grand artiste. Ce sont des animaux réconciliés avec quelque chose qui prétend avoir dépassé l'humain.

Ça va paraître curieux, mais pourquoi ne pas faire se tenir la main Nietzsche et La Fontaine ?

J'aime le jeu, l'amour, les livres, la musique,
La ville et la campagne, enfin tout ;
Il n'est rien qui ne me soit souverain bien,
Jusqu'au sombre plaisir d'un cœur mélancolique.

Écoutez ça : -Il-n'est-rien-qui-ne-me-soit-sou-ve-rain-bien...

Voyez, double négation et «souverain bien». «Jusqu'au sombre plaisir d'un cœur mélancolique...»

Ah, la mélancolie, le deuil, la plainte, l'accusation. Ah le ressentiment... Voilà, nous y sommes : l'esprit de vengeance.

L'esprit de vengeance est la seule chose qu'il faut questionner, j'allais dire du matin au soir, et puis toute la nuit.

C'est quoi l'esprit de vengeance que vous constatez à chaque instant, en vous aussi bien, le ressentiment, la morale des esclaves...? La servitude volontaire? Voyons ça puisque nous sommes presque à Bordeaux, et que c'est un livre qui vient de là.

Comme vous le savez, l'admiration de Nietzsche pour Montaigne était grande. Il voyait là un corps qui lui semblait presque justifier la vie humaine. « Il y a eu des gens comme Montaigne. » Ce n'est pas que Montaigne se signale à nous comme un excellent cavalier, un débauché notoire, un libertin vraiment doué. Il faudra attendre un siècle ou deux de plus pour que ça se manifeste. Il est là, à Bordeaux, un peu casanier. Il voyage quand même en Italie.

La Servitude volontaire, voilà un livre d'une actualité absolument brûlante, vous allez le relire et vous allez vous demander en effet si tout le monde n'est pas de nouveau dans la servitude volontaire. C'est très simple à comprendre, à savoir que le pouvoir ou le tyran n'est soutenu que du désir que l'on a de le voir continuer à exister. Mais là encore, ça ne va pas.

Il ne faut pas que je m'avoue que je suis dans la servitude volontaire.

Il faut qu'il y ait un méchant qui m'empêche d'être libre, que ce soit les autres, toute une ribambelle ; les prêtres, les patrons, les marchés financiers... Ce n'est évidemment pas moi, et pourtant c'est une possibilité que ce soit moi qui me satisfasse de la servitude volontaire ou qui, plus subtilement encore, éprouve de façon masochiste ma jouissance possible.

Vous imaginez un Surmoi qui dirait par exemple : « Tu jouiras de perdre et de disparaître... Tu ne gagne-

ras pas, ta jouissance sera de perdre et de disparaître»...
Oh combien de lendemains qui devaient chanter se
sont exécutés dans ce sens! Ça s'est appelé révolutionnaire, à tort.

Révolutionnaire? Il faudrait se faire une autre
conception de la jouissance pour se faire à l'idée qu'il
pourrait y avoir une révolution. Une vraie. La française
par exemple. Parce qu'on en a pas eu d'autres. Toutes
les autres ont été des contre-révolutions terroristes.
Nous sommes d'accord j'espère... Non? Pardon...

Ça me fait penser à mon vieil ami Pomeau que j'allais voir dans sa maison de Saint-Cloud, le seul voltairien français sérieux, qui me disait : «Ah vous êtes un
voltairien atypique, vous.» C'est pas grave... Il se mettait de temps en temps en colère, je le revois encore
s'agiter : «Encore un coup des rousseauistes, encore un
coup des rousseauistes!»

Voltaire, comme vous savez, n'est pas aimé en
France. Il n'est pas aimé par la droite parce qu'il était
très incrédule. Et la gauche non plus ne l'aime pas, ne
l'a jamais aimé parce qu'il est mort plutôt riche. Ce
sont les Anglais qui se sont occupés de Voltaire... Ou
alors si, Voltaire, vous l'avez voltairien, dégradé, c'est-
à-dire monsieur Homais, etc.

Si vous n'avez pas Voltaire, vous n'avez pas
Nietzsche non plus. Puisque comme il l'a dit lui-même
d'une façon extrêmement précise, ce n'est pas la peine
de le lire, Nietzsche, si vous n'avez pas déjà commencé
par vous imprégner profondément, sans préjugés, de
Voltaire. Vous ne pourrez pas faire le pas suivant, ou
alors, vous le ferez de façon romantico-floue. Vous
aurez un Nietzsche de fantaisie romantique, ce qui s'est
beaucoup vu, notamment chez les philosophes.

La servitude volontaire est donc fondée sur l'esprit de vengeance.

L'esprit de vengeance est la grande percée de Nietzsche. Ce n'est pas seulement une faute morale, une histoire de famille, une question psychanalytique. Non, ça va beaucoup plus loin, et plus intensément dans le fond de la métaphysique elle-même.

« L'esprit de vengeance, dit Nietzsche, c'est le ressentiment de la volonté contre le temps et son *il était*. » Il était une fois...

L'esprit de vengeance, c'est le ressentiment de la volonté contre le temps, contre le temps lui-même. C'est un embarras avec le temps, une haine du temps, une passion violente par rapport au temps.

Le contraire serait de laisser le temps au temps, de trouver que le temps n'est jamais passé, mais qu'il est là, qu'il faut redistribuer ses histoires, non pas seulement d'éternité, mais de passé, de présent et d'avenir... Ce serait de se situer autrement par rapport au temps, ne pas avoir un blocage sur un moment du temps, ne pas, par exemple, être assigné à un calendrier, surtout à un calendrier imaginaire.

Vous savez que les terroristes français avaient décidé de changer le calendrier... Fructidor, thermidor, brumaire, vendémiaire, tout ça... Avec des noms de mois qui devaient remplacer les saints, tout ça d'une façon très paysanne, charmante d'ailleurs, il y avait le jour du râteau, de la brouette, etc.

Vous pouvez prendre le calendrier que vous voulez... Il paraît que nous sommes en 2002, dans un calendrier chrétien, universel. Il y a d'autres gens qui pensent que l'on est dans d'autres dates, je ne vous apprends rien. Mais l'affaire est cruciale, c'est le cas de le dire, puisque vous définissez le temps qui va du passé à l'avenir en passant par vous.

D'où, une très grande arrogance des parlants d'une époque qui croient que tout le passé était fait pour arriver jusqu'à eux. Je rencontre tous les jours des gens qui sont persuadés d'être l'accomplissement du passé. Il ne faut pas les en dissuader, parce que, sinon, ils deviennent très vite agressifs. C'était fait pour eux... Mozart était fait pour eux. Comme ils ne font pas grand-chose de Mozart la plupart du temps, leur position est plutôt obscène.

Nietzsche intervient là, exactement sur ce point. Tout d'un coup (après l'Extase) il se met en position de remettre en question le Temps. Le Temps lui-même. Là-dessus il y a des commentaires de Heidegger, excellents : *Être et Temps*, *Temps et Être*. Les artistes ont très souvent remis en question le Temps lui-même. Le *Temps perdu*, le *Temps retrouvé*... Vous pouvez prendre les exemples que vous voulez. Picasso lui aussi joue avec le temps, et c'est justement ça qui choque : la libre disposition du temps. Vous n'êtes pas obligé de vous tenir à carreau en pensant qu'une fois que vous êtes né, le vin est tiré, il faut le boire, et que vous allez de votre naissance à votre mort qui ne saurait tarder, car c'est très bref.

Vous vous donnez à ce moment-là au *bios*, à la biologie, à la technologie. Parce qu'on fabriquera les corps humains, n'en doutez pas. On les fabriquera pour qu'ils soient mesurés dans le temps qu'on va leur assigner. Raison pour laquelle, le geste de dégagement de Nietzsche sera combattu par ceux-là mêmes qui veulent appliquer le programme technique.

Et on dira à ce moment-là que c'est Nietzsche qui est responsable de cette déshumanisation. Alors qu'elle va à toute allure et que vous serez dès lors assignés, en tant qu'humain, à un temps donné. Le temps de la ren-

tabilité voulue. Ceci avant que vous ne soyez remplaçable, puisque être, désormais, c'est être indéfiniment
remplaçable, et nous sommes déjà remplacés.

C'est cette place du remplacement automatique que
Nietzsche interroge dans sa question sur le Temps.

Paris, 4 novembre 2002

Le Principe d'aristocratie

La nature n'a créé les hommes que pour qu'ils s'amusent de tout sur la terre, c'est sa plus chère loi, ce sera toujours celle de mon cœur.

Sade

Enlever une fille au contrôle souterrain de sa mère est déjà une très mauvaise action, mais en enlever *deux*, quand on est un homme, est une abomination. Sade a commis ce crime, et il a ainsi déclenché contre lui une belle-mère de tous les diables, au moment où la société ne demandait qu'à s'identifier à cette substance de vengeance et de ressentiment. La révolution bourgeoise est en marche, la présidente de Montreuil l'incarne déjà, elle va faire de son gendre le maudit des siècles. Drôle d'histoire, que nous pouvons de mieux en mieux comprendre, comme l'œuvre énorme du Marquis lui-même.

C'est très tôt un mauvais sujet, Donatien, un libertin endurci, pilier de bordels et locataire de petites maisons, vite compromis dans des dérapages de prostituées maltraitées sur fond de blasphèmes. L'ennuyeux, avec lui, c'est qu'il a tendance à penser ce qu'il fait, à ne jamais le regretter, à le revendiquer, même, comme une philosophie générale. Sa haute noblesse, croit-il, le protège. Erreur. Une autre petite noblesse, de *robe* celle-là, est à l'œuvre dans les coulisses du royaume. Elle calcule, elle se hausse, elle économise, un matriarcat strict la caractérise. La Présidente contre le Marquis : la littérature choisira le second, l'opinion la première.

Le père de Sade tient à marier son fils pour assurer sa fortune. Il le *vend* donc aux Montreuil, père fantoche, mère de tête. Sade est prié de se ranger un peu, d'être discret, d'oublier ses aventures d'actrices et ses débordements compulsifs, son irréligion affichée, ses dépenses inconsidérées, son arrogance, sa désinvolture. Il aime, à ce moment-là, une Mlle de Lauris prénommée Laure ? Peu importe, il épousera Renée-Pélagie, pas belle mais avec charme et caractère. Elle aura des «complaisances pour les fantaisies de son mari».

Plus grave : Renée-Pélagie a une sœur, Anne-Prospère, chanoinesse en transit. Elle est jolie, raffinée, faussement religieuse. On peut supposer qu'elle a une belle voix, c'est une belle-sœur, une belle sœur. Sade va l'aimer, ils vont s'enfuir en Italie pendant trois mois, en plein scandale de l'«affaire de Marseille». La Présidente, bien entendu amoureuse de son gendre, trouve que la plaisanterie a assez duré. Sa haine remue ciel et terre, elle fera enfermer l'insolent et ne le quittera plus d'une semelle. Elle aura pour elle, ensuite, tous les régimes jusqu'à Napoléon. Il est vrai que l'insolent répond à l'incarcération par une multitude d'écrits abominables. Mais le point de départ est là : deux filles, deux sœurs, sous la coupe d'un monstre, et contentes de l'être. Voilà une révolution pire que toutes les autres, un défi au trône, à l'autel, à la République, à l'Empire, à la Société, à la Famille, à l'Humanité.

Sade a 32 ans. «Taille moyenne, assez rempli, cheveux blonds, portant épée, vêtu d'un frac gris, culotte en soie couleur souci, ayant une canne à pommeau d'or.» Il a déjà trois enfants de sa femme (deux fils et une fille). Il ne sert donc plus à grand-chose, les Montreuil ayant capté le nom. Il ne s'est pas assagi, loin de là, il transforme sa vie en théâtre, organise son château de La Coste en conséquence, — et maintenant la belle-sœur. «Au milieu de cette famille aussi vertueuse qu'épaisse est sorti un ange céleste qui, par tous les agréments physiques et moraux qui la renferment, a porté le méchant public à de furieux doutes sur la vertu de la Présidente. On n'a jamais voulu ni pu croire que le magistrat son mari ait eu la moindre part à l'existence de cette divinité.»

Délicieuse belle-sœur... Ange céleste... Intimes communications... Divinité... «J'aime beaucoup cette jeune personne, et je suis sûr qu'elle me le rend.»

Nous n'avons pas le portrait d'Anne-Prospère, mais nous savons que le Marquis l'aura toujours avec lui, jusque dans sa vieillesse à Charenton. Elle lui évoque, sans aucun doute, son aïeule Laure, chantée autrefois par Pétrarque, et qui lui apparaît une nuit à la Bastille. Inceste et généalogie : le rêve.

Deux sœurs, donc, comme dans *Justine* et *Juliette*? Les infortunes de la vertu, les prospérités du vice? Comment ne pas entendre ces *prospérités* dans le prénom d'Anne-*Prospère*? «Elle vit bien qu'on offusquait sa raison, qu'on obscurcissait son esprit, en cherchant à lui faire des crimes des plus douces émotions de l'âme comme des plus doux penchants de la nature.» Le style de Sade est ici encore précieux et voilé (il s'agit d'une «Julie»), mais il va se déchaîner de plus en plus contre tout l'édifice religieux et moral fondé, n'en doutons pas, sur les mères et les belles-mères («la mère en prescrira la lecture à sa fille» dit l'exergue d'hyper-humour noir de *La philosophie dans le boudoir*). Défier les Mères, c'est faire bouillonner l'enfer.

Mlle de Launay est un «petit trésor». Elle joue la comédie à La Coste, réclame une baignoire pour se maintenir en forme, s'entend on ne peut mieux avec son démoniaque beau-frère, participe avec sa sœur à certaines orgies. C'est la vie de château, elle coûte cher, et Marie-Madeleine, la Présidente, est de plus en plus inquiète et furieuse. Un principe d'aristocratie incompréhensible, véritable ferment d'anarchie, résiste au bon sens bourgeois, à ses calculs, à ses rituels. Ce principe, à contresens de l'Histoire en cours, est aussi, comme le dira Sade des pires excès, un «principe de délicatesse». Lui seul explique qu'on peut être à la fois débauché et sensible, lyrique et cruel, idyllique et vicieux, cultivé et bestial, chaud et froid, destructeur et amoureux de son parc. C'est de la folie, c'est une question de style. Robespierre avait raison de combattre l'athéisme comme étant d'essence aristocratique. Il n'est pas à mettre, pas plus que l'érotisme, entre toutes les mains. Sade est le contraire du petit pervers marchand de l'époque démocratique. On l'aurait beaucoup étonné en lui parlant de «sadisme» et d'égalitarisme sexuel, et encore plus en lui débitant le discours convenu sur l'homosexualité, l'hétérosexualité, la transsexualité et le reste. Sade gay? Vous voulez rire. Amant fidèle? C'est déjà plus vrai, comme en témoigne son testament en faveur de «Sensible» qui l'a sauvé pendant la Terreur. Doté d'un imaginaire criminel comme personne avant lui, et personne après? C'est évident, et indépassable. Un écrivain de génie est souvent réduit à un adjectif négatif. Comme le dit une des amies du Marquis, «il écrit comme un ange». Par exemple, ce portrait d'un président au Parlement de Provence (un de ses juges) : «Une espèce de bête, rigoriste par état, minutieux, crédule, entêté, vain, poltron, bavard et stupide par caractère; tendu comme un oison dans sa contenance, grasseyant comme Polichinelle, communément efflanqué, long, mince et puant comme un cadavre...» Celui-là fait partie d'une cohorte nouvelle : «Sots fripons, canaille hébétée qui, pour des putains, déshonore un gentilhomme...» Et ceci : «Je passe pour le *loup-garou* ici. Les pauvres petites poulettes avec leurs mots d'*effroi*! Mais pourquoi s'en plaindre? C'est l'usage, on aime à prononcer le jugement qu'on inspire.»

La rumeur de «l'affaire de Marseille» enfle, se déforme en tous sens, on parle de morts et d'atrocités, la sodomie, surtout, révulse les imaginations populaires. Sade et son valet Latour sont condamnés à avoir la tête tranchée (pour le Marquis), à être pendu (pour Latour), les corps devant être ensuite brûlés et les cendres jetées au vent. Absents, ils sont exécutés et brûlés en effigie sur la place des Prêcheurs à Aix-en-Provence. Sade, pendant ce temps, est déjà loin, à Venise, avec sa belle-sœur. Il sera arrêté à son retour. Quant à Anne-Prospère, elle mourra quelques années plus tard de la variole au couvent. Ce qui affole la Présidente, ce sont, bien sûr, les *papiers*, qui doivent se trouver dans une boîte ou une cassette *rouge*. Des lettres? La preuve de l'inceste? Le déshonneur familial serait irréparable, la deuxième fille serait inmariable (et d'ailleurs elle ne voudra pas se marier). Renée-Pélagie, elle, soutient son mari («mon tendre ami»), et va jusqu'à se déguiser en garçon pour approcher du fort où il est détenu. Elle parle d'«innocence opprimée», d'«arrêt injuste», elle ose écrire (sans doute à l'instigation du Marquis) : «Une imagination trop vive a produit une espèce de délit, la prévention l'a érigé en crime.» La détention n'est que «le moyen d'irriter le mal qu'on veut guérir» (on reconnaît là une formule constante de Sade). «Ma femme me redemande», écrit froidement le Marquis. Et ceci : «La cruauté outrée d'une belle-mère dont je ne dépends pas, les mensonges, les entortillages, les tromperies dont on m'endort depuis si longtemps...» Pas de problème, il se sent innocent. Son évasion sera un roman. Mais la longue torture de son enfermement sans jugement commence. Il ne reverra pas son «ange céleste», reviendra pourtant en Italie, écrira sur ce pays des pages inouïes dans l'*Histoire de Juliette.* La Présidente a déclaré à son gendre une guerre à mort? Des milliers de pages lui répondent, dont beaucoup laissent entrevoir le fantôme de Mlle de Launay, née peut-être d'un adultère caché, d'une perturbation génétique.

Que dit l'opinion de M. de Sade? C'est un «très mauvais sujet», il a la «tête fort dérangée», «sa famille considérable est dans des transes mortelles». Encore : «Ce seigneur est très dangereux, ayant autant de caprice que de vivacité et d'inconstance.» Pensez-vous, «il est amoureux de sa belle-sœur». Le reproche qui revient le plus souvent est «vif». Plus on le voudrait mort, plus il est vif. «Il est accoutumé de changer de nom et de se déguiser.» En Italie, par exemple, il se faisait appeler comte de Mazan et présentait sa belle-sœur comme sa femme, «avec les privautés dues à ce titre». Il se croit à la Renaissance, peut-être? Au-dessus de Dieu et des lois?

On peut imaginer, pendant leur cavale en Italie, les conversations de Sade et de sa belle-sœur, les voir se promener à Gênes, à Venise, à Florence, à Rome, à Naples. Les jours, les nuits. Les obscénités, l'extrême sensibilité. La fureur, le rire. Les sarcasmes sur la famille. Mlle de Launay est-elle au courant des bizarreries de son beau-frère? Elle l'est, n'insistons pas, et sa sœur aussi. Mais, que voulez-vous, ce monstre est génial dans son genre, en tout cas jamais ennuyeux. Elles l'aiment, elles choisissent ses armes, elles récusent l'étroitesse des Montreuil, ce sont des Merteuil. La Présidente n'est qu'une «espèce» de la pire espèce, elle sent le notaire, la magistrature, les comptes, la police, la prison. Sa méchanceté prouve qu'elle a une «âme de boue», pleine de procédures et de chiffres.

Rien de plus éclairant, à cet égard, que la requête de Renée-Pélagie, marquise de Sade, contre sa mère, en 1774. La police a débarqué à La Coste : «Les échelles étaient préparées, les murs du château sont escaladés; on entre le pistolet et l'épée à la main. C'est dans cet état que l'exempt de police se présente à la suppliante. La fureur excitée par son action peinte sur son visage, il lui demande, avec les plus affreux jurements dans sa bouche et les expressions les plus indécentes, où se trouve M. de Sade, son mari, qu'il le lui faut mort ou vif...» La Présidente a donc décidé la mise à sac du château (les révolutionnaires recommenceront un peu plus tard). «L'inutilité des recherches redouble la fureur; le cabinet du marquis de Sade est l'objet de la dernière scène; l'on arrache et l'on coupe des tableaux de famille ; l'exempt de police surtout se signale par l'enfoncement des bureaux et des armoires de ce cabinet ; il se saisit de tous les papiers et de toutes les lettres qu'il y trouve. Les uns, au gré de cet exempt, deviennent la proie des flammes, il en emporte d'autres sans donner à la suppliante la moindre connaissance de ce qu'ils contenaient (...). Ce que l'on aura peine à croire, c'est que l'on a entendu quelques-uns de cette troupe pousser la barbarie jusqu'à vomir qu'ils avaient ordre de tirer chacun trois coups de pistolet sur le marquis de Sade et de porter ensuite son cadavre à la dame de Montreuil. »

Il paraît convenable, aujourd'hui, de laisser planer sur ces lignes, écrites par sa sœur contre leur mère, le charmant sourire perdu d'Anne-Prospère de Launay.

Octobre 2003

Préface à *Anne-Prospère de Launay, l'amour de Sade*,
Gallimard, 2004.

Anne-Prospère de Launay au marquis de Sade :

« Je jure à M. le marquis de Sade, mon amant, de n'être jamais qu'à lui, de ne jamais ni me marier, ni me donner à d'autres, de lui être fidèlement attachée, tant que le sang dont je me sers pour sceller ce serment coulera dans mes veines. Je lui fais le sacrifice de ma vie, de mon amour et de mes sentiments, avec la même ardeur que je lui ai fait celui de ma virginité, et je finis ce serment par lui jurer que si d'ici à un an, je ne suis pas chanoinesse et par cet état, que je n'embrasse que pour être libre de vivre avec lui et de lui consacrer tout, je lui jure, dis-je, que si ce n'est pas, de le suivre à Venise où il veut me mener, d'y vivre éternellement avec lui comme sa femme. Je lui permets en outre de faire tout l'usage qu'il voudra contre moi dudit serment, si j'ose enfreindre la moindre clause par ma volonté ou mon inconscience.

[*Signé avec du sang :*] De Launay.
15 décembre 1769. »

La main de Sade

Michel Delon, le subtil et précis éditeur de Sade dans la Pléiade, fait semblant de croire, dans son histoire de la réception des œuvres du divin marquis, que je mets de temps en temps des perruques du XVIIIᵉ siècle pour mes apparitions médiatiques. Ce dont il ne semble pas avoir eu connaissance, en revanche, c'est que la décision de publier ce monstre sur papier bible a été prise par Antoine Gallimard et moi, fin 1982, dans un avion pour New York. Voilà pourtant une date qui permet d'évaluer à neuf toutes les autres. Beaucoup d'eau trouble ou imaginaire a, depuis, coulé sous les ponts, mais le réel est là : ces livres infâmes, avec gravures d'époque, sont disponibles dans toutes les bonnes librairies, la seule question étant maintenant d'évaluer s'il y a encore des têtes pour savoir les lire. Rien n'est moins sûr.

Vivons-nous vraiment la fin de la censure, des réactions indignées d'horreur suivies des fétichisations romantiques ou surréalistes ? Puis-je aller tranquillement, sans perruque, au journal télévisé de 20 heures, faire résonner cinq minutes les mots de *Juliette ou les Prospérités du vice* ? Aurai-je, pour cet exercice purement verbal, l'approbation de la classe financière et républicaine, qu'elle soit de droite ou de gauche ? Les journaux et les magazines de mon époque sont-ils disposés à reproduire une seule page de Sade en gros caractères ? Bien sûr que non. Et je ne parle même pas des réactions morales et religieuses devant ces descriptions et ces apologies minutieuses de l'inceste, du viol, de l'infanticide, de la torture, du crime, de toutes les atrocités jouisseuses imaginables. La vérité est que Sade est un scandale *durable* : rien ne peut l'amoindrir, le réduire, pas plus mille thèses universitaires que la déferlante pornographique en cours. La mondialisation est de plus en plus vulgaire, la violence de Sade, elle, ne l'est jamais. Délicatesse de Sade ? Mais oui, et c'est là son énormité qu'il faut bien appeler aristocratique, par rapport à laquelle il y a union sacrée de tous les bourgeois et petits-bourgeois qui devraient, s'ils savaient lire, renoncer à publier leurs lourds romans névrosés. La rime est là : Sade, Pléiade. Faut-il brûler cette Pléiade ? Je m'étonne que personne ne l'ait encore proposé. Il y a bien eu, récemment, un essayiste américain (la traduction américaine de Sade est désastreuse et falsifie son style) pour demander que ces livres, dont raffolent tous les assassins, soient étiquetés comme le tabac ou l'alcool. Sade tue, il empoisonne votre entourage, il nuit gravement à vos spermatozoïdes, les lecteurs et les lectrices de Sade meurent prématurément, c'est prouvé.

On n'en finirait pas, le malentendu, ici, est increvable. La morale, toujours la morale, de plus en plus la morale, cette «faiblesse de la cervelle», disait Rimbaud, pour cacher l'incapacité de lecture, seul point commun, au fond, entre un bien-pensant et un criminel.

Delon a raison de parler des «vies» de Sade, même si la plus grande partie de son existence s'est passée en prison. Une seule vie passionnée quand même : écrire. Voyez cet extraordinaire rouleau des *120 journées de Sodome*, exposé pour la première fois à la fondation Bodmer, près de Genève, en 2004. Trente-trois feuilles formant une bande de douze mètres, rédigées des deux côtés, opus écrit et perdu à la Bastille en 1785. Il a été retrouvé, puis transcrit par l'admirable Maurice Heine, entre 1933 et 1935. La prise de la Bastille, c'est ce rouleau, dont la disparition faisait pleurer à Sade des «larmes de sang». Bombe de l'anti-Loi, révélation minutieuse de toutes les terreurs et de toutes les horreurs possibles, le contraire, en abîme, de tout ce qui est en train de se déchaîner dans l'Histoire, à cette époque et depuis. Puissance du style, ampleur brûlante de l'imagination, composition acharnée de plume et d'encre, météorite ravageant l'hypocrisie millénaire, stupeur.

C'est pourquoi il faut aller droit aux manuscrits et aux cahiers de prison du marquis, pour découvrir, au passage, qu'une main policière anonyme a tracé ce qui suit sur une des couvertures : « Ces notes sont de la main de l'infâme marquis de Sade. » L'émotion qui vous saisit là n'a rien de religieux, on s'en doute. Vous vérifiez, une fois de plus, que Sade était un lecteur et un annotateur avide (Voltaire, d'Alembert), un amateur d'Histoire, curieux de toutes les coutumes et de tous les pays (la Russie, l'Égypte). Vous voyez naître sa grande idée des deux sœurs : «L'une, très libertine, vit dans le bonheur, dans l'abondance et la prospérité ; l'autre, extrêmement sage, tombe dans mille panneaux qui finissent par entraîner sa perte. » Implacable démonstration du renversement qui ne peut que nous indigner (mais aussi nous faire rire d'un drôle de rire) : la bienfaisance est punie, la pitié sanctionnée, la prudence châtiée, l'amour du vrai ridiculisé, la vertu persécutée, le vice récompensé. Sade va jusqu'à dire que le temps justifie tous les crimes, que la Nature opère dans ce sens, et il ose même déclarer, avec une incroyable désinvolture : «J'imite la main de la Providence.» Des remords? Mais non : «Le remords, en vous déchirant, ne raccommoderait pas le mal que vous avez fait aux autres, et vous en ferait beaucoup à vous-même.» On se souvient ici de la devise de Juliette : «Le passé m'encourage, le présent m'électrise, je crains peu l'avenir.» C'est entendu, cette philosophie radicale déplaira. Mais «est-ce bien la peine de chercher à plaire à ceux qui ne s'occupent jamais qu'à déplaire aux autres?». La belle écriture noire continue, elle ébauche des récits courts ou longs, gais ou sombres («Les inconvénients de la pitié», «La force du sang»), elle fait vivre le «taquinisme» d'une façon oubliée, chez ce personnage « d'un libertinage effréné, d'un taquinisme et d'une méchanceté sans exemple». Tout à coup une phrase étrange : «Les femmes sont comme le crocodile, elles flattent quand elles veulent mordre.» Sade a son cahier de «phrases refaites», un autre de «reparties plaisantes et paroles remarquables». Bref, il n'arrête pas.

Entraînement constant, fouilles dans la langue elle-même, à travers des listes d'antonymes et de synonymes, ouverture répétée vers la prolifération. Je trouve particulièrement révélatrice cette liste effervescente : «faveurs, attraits, traits, beauté, désir, plaisirs, volupté, touchants appas, divins, doux, amours, sentiments, soupirs, naître, grâces, dieu-dieux, déesse, tendresse, odeurs, feux, flamme, âme, cœurs, penchants, rose, fleurs, tendrement, ardemment, joies, délices, candeur, naïveté, œil, yeux, bouche, trône, empire, fers-chaînes», après quoi deux mots barrés : «captiver, soupirer». Et ça reprend, comme une fugue : «illusions, prestige, rigueurs, choix, foi, idéal, souvenir, promesse, fête, bonheur, malheur, inspirer, respirer, désirer, souhaiter, jouissance ». Sade est au clavecin, il improvise, il fait monter les mots, il compose, en vrai musicien baroque (c'est un génie baroque), une Suite française, à la Bach. Quel charme, quelle fraîcheur.

Ou bien, dans sa cellule d'ailleurs plutôt confortable, il se donne des fêtes pour lui seul : «Souper dans une salle de fleurs avec bougies. » Contes, poèmes, pensées philosophiques, fragments de lettres. Magie : «On s'embarque pour le souper dans des galères charmantes qui mènent chez une fée dont le palais est resplendissant et le souper servi par des sylphes qui descendent des airs. » Encore une fois, délicatesse de Sade, que personne, semble-t-il, ne veut percevoir. Et puis, soudain, ce coup de feu prophétique contre tous les dévots : «On se plaint de l'intolérance catholique. Elle est atroce, sans doute, mais les sectes opposées ont été bien plus dures quand la force s'est trouvée de leur côté. »

...oir. Mais vous attendez que la Saine soit passée afin de ... le ... gager le double ... et en attendant ... et en attendant ... la gage ... o non de dieu de loin de loin et marquez moi exactement quelque chose de positif sur cela.

il faut que vous ayez la bonté d'envoyer de la bougie car nous en manquons, et M. Bourdet vous prie de luy faire avoir douze paires de ... pareille à l'échantillon. comme vous bien mettre cette lettre à la poste il faire très bien de ... envoyé aussy une ... pareille à l'échantillon pour longtems ...

Stendhal à Bordeaux

Le 1er avril 1838, venant de Toulouse, Stendhal arrive à Bordeaux. «Enfin beau soleil, après cet hiver abominable et si long.» Il a déjà dit de cette ville, qui lui évoque Venise, qu'elle est sans contredit la plus belle de France. Comme d'habitude, analytique et précis, il entame immédiatement l'examen économique du lieu.

Il y a un *avant* et un *après*, comme dans l'Histoire de France elle-même. Avant, c'est avant 1792. Après, c'est le commencement du tunnel des XIXe et XXe siècles, dont nous commençons à peine à sortir.

Plus XVIIIe siècle français que Bordeaux, difficile à imaginer. Stendhal, dans ses *Mémoires d'un touriste* (*Voyages en France*, «Bibliothèque de la Pléiade»), s'interroge. Nous devrions nous interroger avec lui.

Avant 1792, donc, la vie du port est intense. Bordeaux envoie chaque année 800 ou 900 navires à Saint-Domingue (aujourd'hui Haïti). Les cargaisons sont le vin, le cognac, la farine, les savons, les huiles, les fruits secs, les toiles, les chapeaux. Le planteur des Antilles, lui, rentre avec du sucre, du café, des épices que la Russie, la Suède, Hambourg et tout le Nord viennent acheter dans la capitale du Sud-Ouest. «On voit que ce commerce était tout le contraire de celui de Lyon. Excepté au moment du chargement de son navire, le jeune négociant de Bordeaux n'avait pas deux heures de travail sérieux ; il devait paraître à la Bourse et suivre la correspondance avec ses fournisseurs. »

Ici apparaît un monstre masculin qui va être pénalisé par la suite, mais dont tout laisse à penser qu'il est encore en opération : le *viveur*. « Ce négociant, pauvre encore à 25 ans, à l'âge où l'on se mariait avant la Révolution, ne se mariait pas. Il n'avait pas le temps ni la patience de faire la cour à la femme d'un autre, car avant tout il était viveur. Il se faisait donc le protecteur d'une jeune marchande de modes aux beaux yeux, venant des Pyrénées. »

N'est-ce pas révoltant ? Et pourtant, Stendhal semble plus qu'indulgent. « À une époque d'hypocrisie et de tristesse ambitieuse, la *sincérité* et la *franchise* qui accompagnent le caractère *viveur* placent le Bordelais au premier rang parmi les produits intellectuels et moraux de la France. » (Ce n'est pas moi qui souligne, bien entendu, mais Stendhal lui-même.)

On a compris : le viveur est un frondeur, il vient d'une histoire très ancienne, il a été anglais pendant trois siècles, il est plus proche de Londres que de Paris, il a successivement, comme sa ville, été hostile à Louis XIV, à la Terreur jacobine, à Napoléon le Grand, à Napoléon le Petit, aux délires patriotiques de la Grande Guerre, à Vichy (Papon n'est pas de Bordeaux), au gaullisme exacerbé, au socialisme, au communisme, à l'antisémitisme (trop de protestants et de marranes locaux), à l'américanisme comme à l'anti-américanisme, etc.

Est-il encore français ? On se le demande. À moins que ce ne soit lui, plutôt, qui incarne le contraire d'une France moisie, à cause de son respect pour le vin, le

272

mûrissement, les Lumières, l'océan. Stendhal : « Montesquieu était mort en 1755. Dix ans après se formaient à Bordeaux ces jeunes gens si éloquents, si généreux, si connus sous le nom de Girondins, Guadet, etc. » Stendhal cite aussi Vergniaud.

Qui n'a pas lu *l'Histoire des Girondins*, de Lamartine, ne connaît pas l'Histoire de France. Le récit de leur supplice est encore capable de bouleverser une âme sensible. Il en reste peut-être quelques-unes, mais ce n'est pas sûr. Conclusion de Stendhal : « On est dévot à Lyon ; on est joueur à Bordeaux. »

L'auteur du *Rouge et le Noir* est rarement lyrique, et on peut s'étonner qu'il aille jusqu'à écrire : « Ce n'est pas de l'amour que j'ai pour Montesquieu, c'est de la vénération. » Il visite donc le château du philosophe à La Brède : « En y arrivant, j'ai été saisi d'un respect d'enfant, comme jadis en visitant Potsdam et touchant le chapeau percé d'une balle de Frédéric II. » Élève au lycée Montesquieu, puis au lycée Montaigne, j'ai connu quelques vieux professeurs de français qui conduisaient leur classe à Montaigne (sa tour, les citations latines sur les poutres) et à La Brède (ses fossés, sa bibliothèque vitrée). J'ai 12 ans, il s'agit, comme on dit, d'un souvenir marquant (voilà ce qu'on peut faire avec une plume, du papier, de l'encre). Liberté de pensée ? Cela va de soi.

Stendhal raconte deux anecdotes. La première : « *Montesquieu* avait porté un livre à la messe ; il l'oublia ; on le porta au curé qui le prit pour un livre de magie ; il y avait, au milieu des pages, des triangles, des cercles, des carrés... en un mot, c'étaient les *Éléments* d'Euclide. » La seconde : « Il courait la ville un jour avec Mme de Montesquieu, femme excellente, pleine de sens et qui avait toute son estime. Il lui dit :

"Nous voici à la porte de Mme de..., je vais monter; attendez-moi un instant." Il ne descendit qu'au bout de trois heures; il avait entièrement oublié sa femme; c'était une distraction et non un mauvais procédé. Le fâcheux, c'est que la dame chez laquelle il était monté passait pour être sa maîtresse. »

N'est-ce pas révoltant?

Tout cela se comprend mieux, peut-être, si, après être passé devant le Grand Théâtre et avoir parcouru la rue Esprit-des-Lois, on marche sur les splendides quais de Bordeaux et on s'arrête place de la Bourse (ex-place Louis XV). N'est-il pas étrange que chaque fois que la République s'effondre elle se retrouve à Bordeaux? C'est donc la ville la plus à l'écart de la France? Ailleurs? Protégée par tous ces châteaux enchantés que résume le nom de Margaux (rue Margaux : adresse de Montesquieu à Bordeaux). Stendhal : « En s'unissant à la France, Bordeaux tomba dans une monarchie absolue, où le favori décidait despotiquement de tout; de là ses fréquentes révoltes. Aucun des nigauds vendus qui ont écrit son histoire n'a vu ce grand fait. »

En 1838, à Bordeaux, Stendhal lit Froissart pour mieux connaître l'ancien souverain anglais de la ville, Édouard, prince de Galles, plus connu sous le nom de Prince Noir. « Son règne fut la gloire et le bonheur de Bordeaux (...) Que dire de ce grand homme? Comment se borner? La bataille de Maupertuis et de Poitiers, avant laquelle le prince ne pouvait concevoir la plus légère espérance, est intéressante comme un roman, et bien plus qu'un roman, si le lecteur a plus de trente ans. Il faut la lire dans Froissart. Les circonstances et discours qui précèdent la bataille sont admirables (...) Ainsi voilà tout le sud-ouest de la France parvenu au gouvernement raisonnable et ayant un grand homme

pour roi. Heureuse la France si elle eût pu s'en tenir là!
(...) Après la mort de ce héros si modeste, si généreux,
si grand, et qui semble dénoter les vertus d'un autre
âge, l'histoire de Bordeaux fait pitié.»

Stendhal exagère. N'est-il pas anglophile de façon
fanatique? Réactionnaire? Shakespearienne? N'oublions pas qu'il écrit, comme il dit, «à une époque
d'hypocrisie et de tristesse ambitieuse». La nôtre est-
elle plus gaie? On peut en douter. Bordeaux, cependant, veut encore vivre et revivre, elle ne s'abandonne
pas à son noir désir, même si «le ténébreux, le veuf,
l'inconsolé, le Prince d'Aquitaine à la tour abolie»
(Nerval) hante encore son histoire. Montaigne, donc,
La Boétie, Montesquieu, Stendhal. Mais aussi Baudelaire s'embarquant ici, Lautréamont débarquant là, et
puis le passant sublime: Hölderlin et son extraordinaire poème *Andenken*, entièrement dédié à Bordeaux.
Et encore le vibrant et landais Mauriac à qui sa ville a
mis si longtemps à rendre hommage. N'a-t-il pas fallu
deux siècles pour qu'une plaque commémore à Bordeaux le séjour ébloui de Hölderlin venant de Hambourg? il est vrai que les grands poètes ont tout le
temps, puisqu'ils «fondent ce qui demeure».

La Folie des Nuits

Je suis comme vous : si on me dit *Les Mille et Une Nuits*, je vois aussitôt, à travers l'enfance, la lampe d'Aladin, la caverne d'Ali Baba, Sindbad le marin, des califes implacables, des danseuses dangereuses, des djinns, des génies, des tapis et des lits volants, des traîtres, des voleurs, des métamorphoses à n'en plus finir, bref une énorme fantasmagorie que résume le mot *Sésame,* dans la formule magique «Sésame, ouvre-toi!». Ici, le rocher coulisse, les coffres et les bijoux apparaissent et ruissellent, le trésor était caché dans la montagne, il suffisait de savoir parler la bonne langue, la puissance du verbe fait loi. En réalité, c'est un livre. Ouvrez-le, croyez-moi, c'est prouvable.

Et puis, bien sûr, Shéhérazade. Elle joue sa vie toutes les nuits, puisque son épouvantable mari a pris toutes les femmes en haine après avoir été honteusement cocufié par des esclaves noirs. Ce roi bafoué exécute au petit matin ses proies d'une nuit. Leurs débordements sensuels n'ont donc pas été convaincants, et ce criminel a déjà plusieurs têtes sur son absence de conscience. Shéhérazade se dévoue, lui lance un défi. Tu disposeras de mon corps, soit, mais je te raconterai de merveilleuses histoires. À l'aube, tu auras tellement envie de connaître la suite que tu ne me tueras pas. Voilà un contrat risqué, une sorte d'*Histoire d'O* immémoriale (en plus chaste, car Dieu est quand même là dans un coin), un poker renouvelé mille et une fois, le temps de faire craquer l'infernal bonhomme et de lui faire endosser un fils (ou peut-être trois). Cet énorme recueil de contes est ainsi à mettre au tableau d'honneur des femmes de tous les temps. Dieu (exalté soit-il!) s'en frotte encore les yeux de surprise, et nous avec lui. Shéhérazade, ou la volupté prolongée par la parole inspirée. N'oublions pas que sa sœur Dinarzade est là aussi, le lecteur libertin peut imaginer pourquoi. Elle encourage et relance la conteuse, le roi est submergé, il est pris, il veut savoir. Les trois personnages ne dorment pas beaucoup, nous non plus, mais qu'importe puisque la vie est un rêve, et qu'on rêve peut-être pour ne pas mourir. Sur fond de mort possible, la vie devient d'ailleurs d'une richesse folle. Le lit c'est bien, les histoires c'est mieux : il suffisait d'y penser et d'en tirer les conséquences.

Ce monument mouvant de récits est anonyme, on ne sait pas exactement d'où il est venu atterrir en arabe. De Perse et d'Inde, sûrement, via Bagdad (splendide civilisation livrée, ces temps-ci, à la barbarie), et Le Caire. Des milliers de conteurs ont parlé ces aventures le soir, revenez me voir demain. Mais c'est sa trans-mission occidentale qui est un roman supplémentaire. Ça commence sous Louis XIV avec un génie modeste, Antoine Galland (1646-1715). Il connaît le grec, l'hé-breu, le turc, le persan. Il a accès à des manuscrits, il lit, il traduit, il organise, il publie. La première version française est de 1704. C'est un triomphe international. La première grande vague orientaliste, c'est lui. J'aime qu'il ait habité très simplement, jusqu'à sa disparition, dans une auberge parisienne qui s'appelait *Au Cerceau d'or*. On dira longtemps «Les Nuits de Galland», ce qui, entendu en français, est tout un programme. L'influence de cette découverte se fait vite sentir partout : en Angleterre, Swift, Defoe; en France, les Lumières. Il faut en convenir : nous étions très ignorants (nous le sommes encore). Les Croisades ne nous ont pas appris grand-chose, les préjugés pullulent, et l'Islam ne voit pas non plus d'un bon œil ce recueil de tours de magie où les animaux parlent et les têtes coupées poursuivent parfois leur discours. L'autre événement (fin du XIXe) s'appelle Joseph-Charles Mardrus, un très étrange docteur né au Caire. Il propose ses *Nuits* sur fond d'occultisme flamboyant, fréquente Mallarmé, séduit les symbolistes et les décadents de tous bords. On est là en plein «orientalisme» donnant lieu à un déluge d'images en général de très mauvais goût, façon de voiler ce que *Les Mille et Une Nuits* dévoilent : la puissance verbale de l'improvisation contrôlée, enchantée. Les illustrations déferlent, et elles figent. Un érotisme de bazar envahit la scène. Les nus sont conventionnels, prudents, embarrassés. Les Ballets russes vont s'en mêler, la publicité arrive (*Les Mille et Une Nuits* pour faire vendre le chocolat Poulain ou La Jouvence de l'abbé Soury !), le cinéma (malgré Pasolini) aggrave le malentendu qui était déjà visible dans la mauvaise peinture. Bref on est loin de la calligraphie arabe pour l'*Histoire d'Aladin* disant, de l'intérieur de l'écrit : « Le savoir est le sol des jardins du ciel. »

Mieux vaut, à tout prendre, réécouter *L'Enlèvement au sérail* de Mozart, et surtout comprendre pourquoi Proust, grand amateur des *Mille et Une Nuits*, est venu balayer, avec la *Recherche*, le kitsch Montesquiou et ses dessous. Il fallait cette couleur profonde, cet acide, bien éloignée des exclamations, très «Nourritures terrestres» de Gide : «Ah! Vive Mardrus! Ah! Merci! Ici l'on exulte, on éclate, on s'enivre par tous les sens.» Rimbaud, de son côté, est plus proche des *Nuits*, dans *Illuminations*, que Hugo et Balzac (autre amateur des contes), sans parler de Heredia, Catulle Mendès, ou d'auteurs majeurs comme Valéry, Louÿs, Jarry. L'autre énergique intervention, sur le même terrain, est celle de Joyce dans *Ulysse*. Il voit les rapports entre l'*Odyssée* et les *Nuits*, et achève l'avant-dernier chapitre, *Ithaque*, où Bloom va enfin pouvoir se reposer après son long voyage d'un jour, par l'évocation de «Sindbad le salin». Shéhérazade, ici, devient l'incroyable Molly : une métamorphose.

Donc plein d'histoires folles où les tapis et les lits volent, mais les têtes aussi. N'oublions pas les esclaves noirs à la virilité redoutable et les pauvres eunuques châtrés très tôt. Les hommes sont simples, crédules, emportés, inquiets, dominateurs, vengeurs, souvent ridicules, et parfois généreux en reconnaissant leurs erreurs. Les femmes sont par définition sensuelles (rêvons toujours), avides, trompeuses, chanteuses, danseuses, sorcières, empoisonneuses, poignardeuses, en tout cas fluides et variées. Les génies surgissent du sol, on peut les faire servir (apporter un bon repas, par exemple). Le calife veut des plaisirs, le vizir tremble. En frottant un anneau, l'autre monde peut être à votre disposition, comme Stendhal en aura l'imagination dans ses *Privilèges*. Ce serait si bien. Revenons un instant au XVIIIᵉ siècle, où un musicien audacieux a déployé un catalogue de Mille et trois femmes, c'est-à-dire Mille et Trois Nuits. Voici le portrait de Shéhérazade en femme dont pourrait rêver un vrai philosophe : «Elle s'était heureusement appliquée à la philosophie, à la médecine, à l'histoire et aux beaux-arts, et elle faisait des vers mieux que les poètes les plus célèbres de son temps. Outre cela, elle était pourvue d'une beauté excellente...»

Ouvrez, lisez : «Or le roi pensait à ce moment qu'il ne la tuerait pas avant qu'elle achève le conte, tellement il le trouvait merveilleux. Ils passèrent la nuit enlacés. À l'aube, le roi gagna son conseil. La salle du divan une fois remplie, le souverain rendit la justice, nomma aux emplois, révoqua, donna les ordres et prononça les interdictions jusqu'à la fin du jour. Lorsque le conseil fut terminé, il regagna ses appartements. La nuit tomba et il fit l'amour à Shahrâzâd.»

Jeunesse de Hugo

L'embêtant, avec Hugo, c'est qu'il faut se débarrasser de lui pour l'atteindre. De lui, ou plutôt des clichés scolaires et républicains, images barbues et pieuses, Panthéon et commémorations, rabâchages primaires, périodes oratoires, culte et ennui. Comme d'habitude, ce qui est supposé bien connu est méconnu, et il suffit d'entrer dans les détails d'une création et d'une vie pour que tout se lève et foisonne, changeant le grand-père momifié en jeune homme éternel. Il faut citer Hugo, le couper, le fissurer, le faire apparaître, le diversifier, le libérer, le déchaîner, l'arrêter brusquement, l'approfondir à partir de quelques mots. Exemple : «Jamais le génie ne réussira près des Académies ; un torrent les épouvante : elles couronnent un seau d'eau.» Ou bien : «Moi, je demande l'Europe, et je ne regretterai pas la France.»

Une biographie précise, donc : la voici, par un normalien de 31 ans, Jean-Marc Hovasse, et c'est aussitôt un roman, plus passionnant que tous les romans[1]. Premier volume : de 1802 à 1851, ou comment Hugo

1. Fayard, 2001.

devient enfin jeune à 50 ans en partant pour l'exil, après le coup d'État de Napoléon-le-petit. Hugo dans tous ses états : contradictoire, volontaire, inspiré, ambitieux, amoureux, intrigant, cachottier, rêveur, enthousiaste, déprimé, voyageur, travailleur. Hugo, surtout, prodigieuse machine de langage, poésie, drame, roman, notations, visions. «La poésie, c'est tout ce qu'il y a d'intime dans tout.» Hugo-montagne, Hugo-océan, Hugo-ville, Hugo-dessins, Hugo-chevauchée fantastique. Et puis Hugo-politique, Hugo-seul-contre-tous, Hugo-révolution. Voyons cela point par point à travers son style, sinon, et c'est le but de l'opération momification, on oublie l'essentiel : Hugo écrit, et c'est la puissance de son écriture (et de son art oratoire) qui lui a donné raison par rapport à tout un pays. Exemple : nous sommes à l'Assemblée nationale, un interrupteur de droite demande à Victor Hugo de se taire. Hugo lui demande son nom : Bourbusson. Hugo : «C'est plus que je n'espérais.» Éclat de rire général. Ou encore, à l'Académie, Victor Cousin déclare que la langue française est en décadence depuis 1789. Hugo : «À quelle heure, s'il vous plaît?» Rire de nouveau. À quoi succèdent les grandes envolées lyriques contre la peine de mort et pour la liberté de la presse. *Liberté* : c'est le mot qui revient le plus souvent. «Liez une veine, vous avez la maladie; entravez un fleuve, vous avez l'inondation; barrez l'avenir, vous avez les révolutions.» Hugo pré-soixante-huitard? Mais bien sûr, n'en déplaise aux néo-hugoliens nationaux.

Tout sur Hugo, donc : son enfance, ses lectures («J'ai passé mon enfance à plat ventre sur les livres»), sa mère royaliste, son père général napoléonien, son imprégnation espagnole, sa solitude enchantée dans des jardins, sa double fascination pour Chateaubriand et Voltaire, son mariage avec Adèle (qui lui préfère Sainte-Beuve), le coup de foudre pour Juliette Drouet («Blanche avec des yeux noirs, jeune, grande, éclatante, / Tout en elle était feu qui brille, ardeur qui rit»), leur première nuit d'amour avec, au matin, les Masques du carnaval («ils étaient ivres et moi aussi; eux de vin, moi d'amour»), ses succès ou ses échecs au théâtre, le duel imaginaire avec Shakespeare, son horreur de la guillotine (qui influencera Dostoïevski), sa résurrection de Notre-Dame de Paris... Hugo et la Nature? C'est là, sans doute, l'aspect principal. Exemple : «Une grande brume grise couvrait le fond de la mer où les voiles s'enfonçaient en se simplifiant.» Ou bien : «Chaque rocher est une lettre, chaque lac est une phrase, chaque village est un accent.» Ou bien : «Cependant la sombre terre marche et roule; les fleurs ont conscience de ce mouvement énorme.» Ou bien : «Il y a toujours sur ma strophe ou sur ma page un peu de l'ombre du nuage et de la salive de la mer.» Ou bien : «La racine enfante dans l'ombre une rose pour le soleil.» Et aussi : «Le rêve est l'aquarium de la nuit.» Et encore : «Je me sens à jamais pensif, ailé, vivant.» Hugo découvre une chose stupéfiante et toute simple : la Nature (ou Dieu, ce qui revient au même) pense à travers la forme optique du vers. Il suffit de placer l'instrument, et la révélation a lieu. De là, on pourra aller annoncer la bonne nouvelle aux opprimés, aux enchaînés, aux humiliés, aux persécutés. Et ce n'est pas un Prince-Président ni un Empereur de carton-pâte qui pourront empêcher la nouvelle de se répandre. Bien entendu, l'amour est à la charnière de ce déferlement. Après Juliette, Léonie (qui répare la mort de sa fille Léopoldine). La voici sous les traits de Cosette : «Elle faisait à qui la voyait une sensation d'avril et de point du jour. Il y avait de la rosée dans ses yeux. C'était une condensation de lumière aurorale sous forme de femme.» *Les Misérables* est un roman constamment crypté d'autobiographie, et c'est encore de lui-même que Hugo parle en célébrant Balzac : «Tous ses livres ne forment qu'un livre, livre vivant, lumineux, profond, où l'on voit aller et marcher et se mouvoir, avec je ne sais quoi d'effaré et de terrible mêlé au réel, toute notre civilisation contemporaine...» Encore un autoportrait dans cette description de Mirabeau : «Il ne rencontre dans la vie que deux choses qui le traitent bien et qui l'aiment, deux choses irrégulières et révoltées contre l'ordre, une maîtresse et une révolution.» La Nature parle, l'Amour la condense, l'histoire de la Liberté s'ensuit. Cela provoque des cabales et des insultes? Peu importe :

J'entends rire les sots, j'entends hurler l'envie,
On siffle, on raille, on ment; on m'outrage en plein jour.
Mais je ne me plains pas. Le ciel donne ma vie
À la haine en public, en secret à l'amour.

Cette insistance sur l'amour est probablement ce qui choque le plus chez Hugo. On l'arrête en plein adultère? Il célèbre la supériorité du droit naturel sur le droit social : «la liberté du cœur humain». On le conspue? Il s'écrie : «Taisez-vous, chiffonniers de la haine!» Ses adversaires sont pour lui «de la boue avant d'être de la poussière». Portrait de Victor Cousin : «C'est un déclamateur, banal, bouffi de lieux communs, rogue et pédant. Il est méchant, mais il est faible. Il fait ce qu'il peut, mais il ne peut qu'un avortement. Il veut faire une blessure et ne fait qu'une piqûre. Professeur, académicien, pair de France, ministre, jamais on n'a vu sortir une idée de sa tête, cette outre sonore. Il a toute la prétention d'un philosophe, toute l'apparence d'un charlatan, et toute la réalité d'un cuistre.» L'Assemblée? Un ramassis de médiocres : «Elle est presqu'entièrement composée d'hommes qui, ne sachant pas parler, ne savent pas écouter. Ils ne savent que dire et ils ne veulent pas se taire. Que faire? Ils font du bruit.» En réalité, on est réactionnaire à partir de questions de langage : «Depuis quinze ans, on a ridiculisé l'enthousiasme : Poésie! disait-on.» Conséquence : «Les consciences se dégradent, l'argent règne, la corruption s'étend, les positions les plus hautes sont envahies par les passions les plus basses» (ici, le compte-rendu de la séance note : *mouvement prolongé*). Hugo ne se résigne pas à l'oubli de la grandeur. Lors du retour des cendres de Napoléon (le Grand), il crie à la foule des bourgeois apathiques de se découvrir. Il est tellement indigné qu'il n'apprécie même pas le *Requiem* de Mozart. Onze ans plus tard, c'est le «crime» de Napoléon III. Hugo se retrouve seul, ou presque. Il voit les barricades et les massacres. Sa tête est mise à prix. Il se cache dans Paris pendant trois jours, et finit par passer en Belgique avec un faux passeport d'ouvrier typographe. Ici, ces lignes sublimes : «L'improvisation perpétuelle des moyens, des procédés, des expédients, des ressources, rien pas à pas, tout d'emblée, jamais le terrain sondé, toutes les chances acceptées en bloc, les mauvaises comme les bonnes, tout risqué à la fois de tous les côtés, l'heure, le lieu, l'occasion, les amis, la famille, la liberté, la fortune, la vie, c'est le combat révolutionnaire.» Il faut prendre le temps de relire cette phrase, ses gestes, sa vision déchirée globale. Or qui sait s'il ne reste pas des jeunes gens pour savoir l'écouter?

Hugo, de nouveau

Hugo est le grand traumatisé de la mort : il la voit partout à l'œuvre, il en est imprégné, transi, bouleversé, affolé. Ce fils de général n'aura de cesse de la dénoncer et de la poursuivre. L'abolition de la peine de mort est son cheval de bataille, il ne supporte pas les exécutions à froid, il est le premier à imaginer à la première personne les affres d'un condamné attendant son supplice. La Terreur a eu lieu, un crime a été commis, il faut réparer cette catastrophe, aller vers la paix, l'harmonie, l'humanisation de la sauvagerie humaine. « Quand le vivant s'endort, il s'établit immédiatement une communication entre son lit et sa tombe. » Hugo a rendez-vous avec des spectres, il entend tous les fantômes de l'Histoire, sa légende des siècles finit par faire de lui, selon sa drôle de formule, « le fonctionnaire de Dieu ». D'où sa sensibilité à la misère, à la révolte, à l'émeute, à tout ce que la violence et l'ignorance maintiennent comme enfer social. La Poésie voit tout cela : elle s'indigne, elle prend le parti de la Nature (autre nom de Dieu). Il est impossible de ne pas s'insurger, en vers comme en prose, par le chant ou par l'action romanesque, contre l'hypocrisie criminelle des « assis » (comme dira Rimbaud). Contre la peine de mort (faut-il rappeler que son abolition est toute récente en France, et qu'elle continue à être pratiquée un peu partout, notamment aux États-Unis ?), pour l'instruction gratuite et obligatoire, pour la liberté de la presse. C'est un minimum, mais il est loin d'être acquis de son temps. Cette exigence vaut à Hugo l'exil, qui est la grande période créatrice de sa vie (écriture de ce chef-d'œuvre qu'est *Les Misérables*). Et puis des poèmes, et encore des poèmes, et des dessins, et des visions, et des superstitions, et une volonté incroyable. À Guernesey : «Je vis dans une solitude splendide, comme perché à la pointe d'un rocher, ayant toutes les vastes écumes des vagues et toutes les grandes nuées du ciel sous ma fenêtre ; j'habite dans cet immense rêve de l'océan, je deviens peu à peu un somnambule de la mer.»

La République, enfin rétablie sur fond de massacre (la Commune), a eu tôt fait de momifier Hugo, de le canoniser, de le sanctuariser, de simplifier son parcours, bref, de rendre cohérent son génie multiforme. Cohérent, il l'est, mais à travers combien de drames, d'embûches, de dangers, de fatigues, d'incessant roulement verbal. Hugo académicien, Hugo député, Hugo grand-père de la nation nous font oublier le témoin des barricades, l'amoureux impénitent, le visionnaire des dessous de la ville, le métaphysicien ivre, l'insolent spontané, le généreux prêt à porter secours à tous les esclaves et aux damnés de la terre. Il a un instrument : ce don verbal prodigieux (relire, par exemple, dans *Les Misérables*, le récit de la bataille d'Austerlitz, le passage sur les égouts de Paris, ou encore l'éblouissant morceau sur l'argot). La seule bonne façon de commémorer Hugo serait de lui dédier une insurrection : il aurait aimé celle de 1968, et qu'on ait écrit sur les murs de Paris «Sous les pavés, la plage». Le Hugo qu'on aime? Celui qui, après le coup d'État de Napoléon-le-petit, écrit ces lignes, en décembre 1851, à Bruxelles : « Une fois ceux que j'aime mis en sûreté, qu'importe le reste : un grenier, un lit de sangle, une chaise de paille, une table et de quoi écrire, cela me suffit. » Ou encore : « On ment sur mon compte. Qu'importe ! Voilà plus de quarante ans qu'on m'abreuve de toutes les inventions de la haine. Je bois avec calme ces ciguës et ces vinaigres. Cela passe et je n'en meurs pas. Poisons inutiles qui n'aboutissent pas à l'empoisonnement. Je suis le Mithridate de la calomnie. » Ou encore : « Je ne suis pas avec un parti ; je suis avec un principe. Le parti, c'est le feuillage, cela tombe. Le principe, c'est la racine ; cela reste. Les feuilles font du bruit et ne font rien. La racine se tait et fait tout. »

La France a haï Victor Hugo, puis elle l'a canonisé, et maintenant elle fait semblant de le commémorer pour mieux l'oublier. Rappelons donc son insolence par cette lettre :

Monsieur,

Je n'attache aucune importance à être fils d'un menuisier ou fils d'un empereur.

Jésus-Christ, qui était fils d'un charpentier, était en même temps fils de rois.

Arrangez ma naissance comme vous voudrez. Cela m'est absolument égal.

V.H.

Ou encore : « Les hommes comme moi sont impossibles, jusqu'au jour où ils sont nécessaires. »

Une publicité actuelle nous annonce : « Quoi de nouveau ? La Bible. » Répondons en écho : « Quoi de nouveau ? Hugo. »

Secrets sexuels

Vous voulez découvrir un grand livre méconnu du
XIXe siècle[1]? Un volume indispensable à mettre à côté
de Balzac, Flaubert, Zola, Maupassant, Proust? Une
étude de mœurs précise, passionnante, ahurissante?
Voici : c'est un roman policier situé pendant le Second
Empire et la IIIe République, et d'autant plus policier
qu'il est écrit au jour le jour par la police elle-même.
Époque lointaine? Mais non, puisque la prostitution
court à travers les âges, et que nous avons eu droit,
récemment, à des Mémoires féminins intitulés carrément *La Putain de la République*. Comme disait Céline
à propos des romans publiés autrefois dans *La Revue
des Deux Mondes*, vous ajoutez des avions et des téléphones et vous obtenez les clichés du roman moderne.
Encore un effort : vous balancez dans la narration des
portables, des fax, des mails, des textos, des SMS, du
Web en folie, et la même comédie séculaire continue
de plus belle, le carnaval sexuel se poursuit, autrement
dit le tourbillon des prix du désir.

Voyez ces femmes galantes, ces cocottes, ces intri-
gantes, ces proxénètes avisées (les «procureuses»), ces

---

1. *Le Livre des courtisanes*, Tallandier, 2007.

femmes d'affaires du grand monde, du demi-monde ou du bas monde, de la richesse à la misère, des hôtels particuliers à la rue. Certaines sont célèbres, et méritent de figurer dans la *Recherche du temps perdu*. Mais il y a aussi toutes les autres petites actrices, oubliées, modistes, employées de commerce, couturières, marchandes à la toilette, marchandes de poissons ou d'éponges, fleuristes, lingères, gantières, plumassières, filles de salle, peintres ou écuyères. Ces dernières, la police n'en parle presque pas, sauf pour des raisons sanitaires. Les vedettes, entre politique et finance, ont droit, elles, à une surveillance d'État. Elles ont des noms épatants : Fanny Lear, Cora Pearl, Léonide Leblanc, Blanche d'Antigny, Lisette Duval, dite Moussy, Félicie Marmier, Thérésa, Catherine Schumaker, Alice Regnault, Marie Beecher. Des surprises ? Oui, pour Mme Feydeau (mari paralysé), ou Sarah Bernhardt (dont les prix, pour séances courtes, sont exorbitants). Voyez : les registres et les fichiers minutieux des flics ne demandent qu'à s'animer et à vivre. Les personnages défilent, s'agitent, ont leurs spasmes de malentendu, perdent ou amassent des fortunes, puis sombrent. Tous ces squelettes ont joui, paraît-il, et ce grand cimetière sous la lune est émouvant à la longue. La police aujourd'hui ne s'intéresse plus à ces dérapages ? Allons donc. Ce sont plutôt les romanciers qui faiblissent sur ce terrain escarpé. Voilà peut-être la vraie raison de la morosité en la littérature.

Tournez les pages vous êtes immédiatement partout dans Paris, vous observez tout, vous savez tout. Bon, les policiers ne vous donnent que les éléments fondamentaux de l'action, mais un peu d'imagination, que diable. Vous surplombez le bal, vous entrez dans les appartements, vous assistez aux tractations de haut vol, aux transactions, aux simulacres. La déesse convoitée est là, en déshabillé rose, avec le jour de la semaine inscrit sur ses bas si c'est jeudi, on lit «jeudi», et si c'est dimanche, «dimanche». Un protecteur-rémunérateur entre, un autre viendra plus tard, ce sont des ministres, des députés, des généraux, des banquiers, ils sont parfois de bords opposés, mais aucune importance. Chez Léonide Leblanc, par exemple, vous rencontrez aussi bien le duc d'Aumale, le prince Napoléon et Clemenceau. Le protecteur-rémunérateur laisse place à l'amant-partenaire, tandis que le jeune homme à plumer attend son tour. Si sa famille est riche, et lui pauvre, on lui fait signer des reconnaissances de dettes : il y aura au moins un suicide à scandale, mais que d'arrangements en coulisses pour éviter la publicité. Le policier informé peut aussi monnayer ses notes, le journaliste-policier n'est pas loin, la corruption fait partie du métier. Le prix usuel d'une passe est de 100 francs, ce qui correspond au salaire mensuel des agents des mœurs (comme on les appelle). Blanche d'Antigny ne prend jamais moins de 500 francs, et Fanny Lear consent parfois, pour 25 louis, à retarder sa promenade pour une acrobatie de vingt minutes («c'est si vite fait!»). Sarah Bernhardt, elle, est hors de prix : de 1 000 à 1 500 francs pour une adoration intime (son hôtel particulier, avenue de Villiers, a coûté 500 000 francs), mais elle n'en continue pas moins sa liaison avec Gustave Doré. Pour les traîneuses, il y a les boulevards, les restaurants, les cafés, les concerts, les théâtres, l'opéra, les bals, les promenades plus chics du bois de Boulogne (rebonjour Proust) ou les courses de Longchamp, sans parler des villes d'eau françaises ou étrangères. Le promenoir des Folies-Bergère est un vrai bordel, mais pour plus de discrétion, et si vous en avez les moyens, vous retiendrez le cabinet n° 6 à la maison d'Or, vaste salon laqué qui a entendu bien des murmures (c'est là que Flaubert fait dîner Frédéric Moreau dans *L'Éducation sentimentale*). Lucie Lévy, modiste, était parmi les mineures qui se prostituaient chez la veuve Rondy (procureuse de choc) : les soupers qu'elle offrait chez Monnier ont inspiré *Nana*, de Zola (Nana, ce nom dit tout, et c'est aussi un tableau magnifique de Manet, peintre fort instruit sur ces choses).

Catherine Schumaker, fille d'un cocher luxembourgeois, est surnommée Alice La Bruyère. Elle facture des services sexuels ponctuels, mais c'est aussi une virtuose de la reconnaissance de dette extorquée aux jeunes nigauds fortunés. Le roman est classique, puisqu'elle finit marquise (un vieux de 82 ans) après avoir commencé la musique organique à 16 ans. Sa richesse est considérable : mobilier, fourrures, robes, dentelles, linge, bijoux, cristaux, porcelaines, argenterie, et même une cave de luxe. Alice Regnault (morte en 1931) ruine le trésorier de la Société Générale, mais parvient quand même à épouser Octave Mirbeau, ce qui n'est pas si mal. En somme, il y a les dépensières (plutôt rares) et les amasseuses. Je rêve maintenant de Félicie Marmier qu'une fiche de septembre 1875 nous décrit ainsi : «Marmier Félicie, âgée de vingt-sept ans, est née à Paris. C'est une grande et jolie fille brune, qui a la taille parfaitement faite, et qui a reçu une brillante instruction, dont elle n'a profité que pour exploiter les hommes, qui ont eu, ou ont encore affaire à elle. Elle a été élevée à la Légion d'honneur, et on affirme qu'elle est la nièce du général Marmier, ainsi que la parente de l'académicien de ce nom.» La fiche précise ensuite qu'à peine sortie de pension elle a noué de nombreuses intrigues, qu'elle fréquente toutes les maisons de rendez-vous de Paris où elle se fait appeler «la marquise» (titre d'un ancien amant), mais aussi qu'elle a habité au n° 8 place

Vendôme chez « une vieille femme galante ». Précis, le policier ajoute : « Là, elles faisaient des affaires ensemble, et recevaient tous les jours un grand nombre d'hommes. On prétend même qu'elles se livraient à des actes contre nature pour satisfaire leurs clients. » Ce « contre nature » m'enchante, et la suite aussi : « Elle continue à mener grand train, du reste elle ne se livre pas à moins de dix ou quinze louis. Elle ne sort qu'en voiture, et porte toujours de riches toilettes. »

Léonide Leblanc, elle, « dit volontiers dans l'intimité qu'elle s'offre un homme si cela lui convient, et qu'elle préfère être une femme parce qu'on a bien plus de plaisir ». La suite est plus rude : « vieille gouine, douairière des morphinomanes et des lesbiennes ». Nous sommes en 1891. Trois ans plus tard, elle se meurt, et le duc d'Aumale est à son chevet pour une fin édifiante : « Elle se préparait depuis un mois et a reçu les sacrements avec ferveur. Elle a bien racheté les légèretés de sa vie par son courage et ses souffrances. Ses yeux se sont rouverts et elle s'est tournée pour mourir en regardant la Madone. » Comme quoi, et il n'est peut-être pas inutile de le rappeler ces temps-ci, Baudelaire a raison : le catholicisme est la vraie religion de fond.

L'érotisme de Baudelaire

Le procès des *Fleurs du Mal* s'ouvre le 20 août 1857.
Il a été précédé, comme c'est souvent et encore le
cas, d'un bombardement de presse. Gustave Bourdin,
dans *Le Figaro* du 5 juillet : «L'odieux y côtoie l'ignoble,
le repoussant s'y allie à l'infect.» Ça ne suffit pas : nouvelle attaque le 12 juillet dans le même journal, car le
ministère de l'Intérieur fait du journalisme et même de
la critique littéraire. Il est à noter que Flaubert a été
acquitté un peu plus tôt pour *Madame Bovary*, mais
Flaubert bénéficie d'un bon environnement social. Baudelaire, pas du tout, et d'ailleurs son beau-père, le puissant général Aupick, vient de mourir. La réputation du
beau-fils est très mauvaise. Il est à découvert.

L'accusation porte sur l'atteinte à la morale religieuse d'un côté, et sur l'atteinte à la morale publique
de l'autre. Atteinte à la morale religieuse : *Le Reniement de saint Pierre*, *Abel et Caïn*, *Les Litanies de
Satan*, *Le Vin de l'Assassin*. Curieusement, ces pièces
ne seront pas condamnées, comme quoi l'époque fai-
blit déjà sur l'orthodoxie religieuse (presque plus personne n'y croit). En revanche, la morale publique tient
encore le coup. Sont donc visés les poèmes suivants :

Les Bijoux, *Sed non satiata*, *Le Léthé*, *À celle qui est trop gaie*, *Le Beau Navire*, *À une mendiante rousse*, *Lesbos*, *Femmes damnées*, *Les Métamorphoses du Vampire*. Plus important que la religion, il y a le mystère de «La Femme». Il est en danger.

La condamnation portera sur six poèmes de cette liste, les immortalisant du même coup. La Cour de cassation réhabilitera Baudelaire le 31 mai 1949. Vous avez bien lu : 92 ans après, sans parler des désastres de deux guerres mondiales.

Ernest Pinard (qui a déjà requis contre Flaubert) défend la morale publique, c'est-à-dire la morale tout court. Son discours est épatant. Jugez-en :

«L'homme est toujours plus ou moins infirme, plus ou moins faible, plus ou moins malade, portant d'autant plus le poids de sa chute originelle qu'il veut en douter ou la nier. Si telle est sa nature intime tant qu'elle n'est pas relevée par de mâles efforts et une forte discipline, qui ne sait combien il prendra facilement le goût des frivolités lascives sans se préoccuper de l'enseignement que l'auteur veut y placer.»

Notez bien «mâles efforts» et «forte discipline». La discipline est la force des armées. Il y aura beaucoup de mâles français à faire massacrer.

Ernest Pinard, c'est évident, adore faire ce réquisitoire. On peut supposer que, la veille, il a lu ces poèmes *osés* à Mme Pinard. On entend celle-ci : «Arrête ces cochonneries, Ernest!» C'est tout émoustillé par cette *chaude soirée* que Monsieur le Substitut arrive à l'audience. Là, il se déchaîne, il réécrit les poèmes, il les *résume* en faisant saillir, dans son style, les sujets scabreux. Dans *Le Léthé*, il voit «Une Vierge folle dont la jupe et la gorge aiguë aux bouts charmants versent le

Léthé.» Pourquoi «vierge folle»? On n'en sait rien, mais l'expression ne tombera pas dans l'oreille d'un sourd, ce sera Rimbaud (qui a 3 ans à l'époque) dans *Une saison en enfer*. Dans *Les Bijoux*, Pinard voit une «femme nue, essayant des poses devant son amant fasciné» (a-t-il demandé ce service à Mme Pinard? C'est probable). *Les Métamorphoses du Vampire*, surtout, l'inspire. Il voit une «Femme Vampire étouffant un homme en ses bras veloutés, abandonnant aux morsures son buste sur les matelas qui se pâment d'émoi, au point que les anges impuissants se damneraient pour elle». Bien entendu, tous ces mots se trouvent dans le poème, mais une fois transcrits par Pinard ils deviennent des clichés piteux. Des bras *veloutés*? Mais non, Baudelaire a écrit *redoutés*. Mme Pinard avait peut-être des bras un peu veloutés, mais devait cacher, avec circonspection, sa nature de vampire.

Nous rions de Pinard, et nous avons tort. De même que les vampires se métamorphosent, la censure se déplace, se rhabille, se grime, change apparemment de but, mais conserve la même structure. Je me fais fort, aujourd'hui, de rendre les poèmes de Baudelaire scandaleux ou insignifiants pour des professionnels de la publicité, du porno, de l'audimat, des conseils d'administration, des marchés financiers. Ils sont trop compliqués, ces poèmes, élitistes, contraires aux «gay and lesbien studies», on peut même y discerner une vieille composante religieuse malsaine. Le Mal avec une majuscule est intolérable, et je me demande même s'il n'y a pas, dans ces élucubrations, une atteinte à la bonne morale laïque, ou, plus exactement, des propositions métaphysiques insensées. La sexualité est saine, épanouie, obligatoire, rentable. De quoi nous parle cet aristocrate pervers? Baudelaire n'a aucun succès aux États-Unis, c'est prouvable.

En réalité, il s'agit de poésie, donc de musique, donc de complexité physique, donc d'intelligence, donc de désir, donc d'érotisme impossible à vulgariser. Quand Baudelaire, dans *Lesbos*, parle de baisers chauds comme le soleil ou frais comme des pastèques, de baisers qui sont comme des cascades, «orageux et secrets, fourmillants et profonds», j'ai, ou je n'ai pas, l'expérience personnelle de ces féeries de bouche. Des «filles aux yeux creux, de leurs corps amoureuses»? Baudelaire les a rencontrées. Il sait quelque chose de l'autre sexe replié sur lui-même, et c'est là sa découverte, son extraordinaire nouveauté :

> *Car Lesbos entre tous m'a choisi sur la terre*
> *Pour chanter le secret de ses vierges en fleurs,*
> *Et je fus dès l'enfance admis au noir mystère*
> *Des rires effrénés mêlés aux sombres pleurs.*

Selon la loi de composition du poème, Baudelaire répète le premier vers qui devient ainsi, solennel, le dernier d'un quatrain qui passe ainsi à cinq :

> *Car Lesbos, entre tous m'a choisi sur la terre.*

Voilà une proposition considérable : «entre tous, sur la terre». Et cela, «dès l'enfance admis au noir mystère». Baudelaire se présente donc comme un élu (pour qui se prend-il?). Un élu en dehors de la métaphysique et de son homosexualité masculine implicite :

> *Laisse du vieux Platon se froncer l'œil austère.*

(Ce vers est d'un humour délicieux.)

Le premier titre des *Fleurs du Mal* (après celui de *Les Limbes*, vite abandonné) était *Les Lesbiennes*. Le mot n'avait pas encore de connotation sexuelle marquée. On disait «tribades» (c'est d'ailleurs le terme que Pinard emploie à l'audience). Mais on sait que Proust était plus qu'intrigué par Baudelaire, et qu'au fond il ne voulait pas admettre son hétérosexualité *spéciale*. À l'ombre des jeunes filles en fleurs? Les voici. Elles protègent un «noir mystère», et Baudelaire a été «choisi» pour le chanter, ce qui est éminemment condamnable. Un mystère doit le rester, surtout s'il est «noir». Mais Baudelaire, ici, se dit le continuateur de l'admirable poésie de Sapho, et donc d'Aphrodite. «Mère des jeux latins et des voluptés grecques.» Aphrodite ou Vénus? Aphrodite, Sapho. La «mâle Sapho» est à la fois «l'amante et le poète»:

Plus belle que Vénus se dressant sur le monde
Sur le vieil Océan de sa fille enchanté.

Baudelaire affirme quelque chose de très précis: jusqu'à lui, tout le monde s'est trompé sur Vénus et ses alentours, alors que lui, dès l'enfance, est entré dans le «noir mystère», dont personne, au fond, ne veut entendre parler. Il ne s'agit pas seulement de «lesbiennes», même si (voir Proust) c'est de ce côté-là que quelque chose résiste et peut s'éclairer.

Ce que Proust imagine, Baudelaire le *voit*. Le narrateur de la *Recherche* passe son temps à essayer de pénétrer dans le «noir mystère», objet de sa jalousie. Peu importe, ici, que l'homosexualité féminine soit un déguisement de la masculine, c'est elle qui attire le récit, le charge, le fait brûler. Dans une conversation avec Gide, Proust va même jusqu'à dire que Baudelaire devait être lui-même homosexuel. Eh non. Il est ce très étrange hétérosexuel admis au « noir mystère ». Albertine et Andrée, chez Proust, ne se dévoilent jamais, alors que Delphine et Hippolyte, dans *Femmes damnées*, posent en pleine lumière. De là, on le sait, vient le tableau de Courbet, *Le Sommeil* ou *Les Dormeuses*, ou encore *Paresse et luxure*. On connaît les rapports étroits entre Baudelaire et Courbet. Mais c'est Manet qui fera le portrait de Jeanne Duval, la maîtresse de Baudelaire, celle qui illumine *Les Fleurs*.

L'amour entre femmes implique, on le sait, le rejet et l'exclusion de l'homme conçu comme brutalité déflorante et bestialement reproductrice. C'est dans ce « pas d'homme » radical que Baudelaire s'introduit, en faisant parler comme jamais les actrices de cette récusation fiévreuse. Leurs baisers sont « légers comme ces éphémères / Qui caressent le soir les grands lacs transparents ». Leur plaisir est un désir d'oubli, d'enfouissement, de sommeil, de néant, de mort. Mais le prix à payer est une rage stérile, sans cesse renouvelée, comme s'il s'agissait de fuir un infini intérieur. On est donc bien en enfer, mais dans la révélation inouïe que la mort, au fond, jouit fémininement d'elle-même. Qu'elle vienne sur scène pour le dire n'est pas du goût de la Société, on s'en doutait.

Condamné.

Jeanne elle-même est une « âme cruelle et sourde », un « tigre adoré », un « monstre aux airs indolents ». Son beau corps est « poli comme le cuivre ». De nouveau, il s'agit d'abîme et d'oubli, de baisers profonds comme un fleuve. On peut s'abreuver à ce courant comme un enfant, pourtant il ne s'agit pas de lait mais de *Léthé* (Baudelaire, bien entendu, joue de l'équivoque sonore). Ce vin-là, il est exclu que les *Pinard* le boivent à travers les siècles. De plus, Jeanne est une métisse, une quarteronne, *une femme de couleur*, grâce à laquelle la poésie française trouve enfin ses plus éclatantes couleurs.

Condamné.

Parmi les plus beaux vers de Baudelaire, ceux-ci, dans *À celle qui est trop gaie* :

> *Ta tête, ton geste, ton air*
> *Sont beaux comme un beau paysage ;*
> *Le rire joue en ton visage*
> *Comme un vent frais dans un ciel clair.*

Cette fois, nous sommes avec une *sœur* («mon enfant, ma sœur»), c'est-à-dire dans une autre dimension incestueuse que celle de la mère froide (Baudelaire en sait beaucoup sur ce sujet). La sœur est belle comme un voyage et un paysage, la santé rayonne de ses bras et de ses épaules, les couleurs de ses toilettes correspondent à son «esprit bariolé». C'est une fleur de la Nature, insolente, qu'on a envie de «punir» (sadisme après la transe masochiste). Et là, les Pinard à travers les âges, voient avec horreur leur fille (qu'ils adorent), blessée d'un coup de couteau au flanc (plaie christique), et le poète malade, à travers ces «lèvres nouvelles», lui infuser son «venin». Donc maladie vénérienne, syphilis, sida. Donc crime.

Condamné.

Baudelaire exagère : c'est maintenant le *Cantique des cantiques* (très peu lu, en général, par les Pinard), qu'il imite, qu'il parodie, qu'il souille.

Les Bijoux :

La très chère était nue, et, connaissant mon cœur,
Elle n'avait gardé que ses bijoux sonores.

Que voulez-vous, ces bijoux sont indiscrets, et le mot « bijou » lui-même, mêlant le faste à la nudité, ne me paraît pas, à moi, Pinard, à sa place. Diderot nous a déjà fait le coup, mais ce Baudelaire va plus loin, il flashe sur des négresses, et des étrangères (moue pincée des femmes Pinard à travers le temps). Par exemple, il voit une certaine Lola de Valence, et aussitôt, tac, « un bijou rose et noir ». C'est un obsédé dangereux, surtout à cause de son goût dépravé du luxe. Il l'avoue lui-même : il aime « à la fureur » « les choses où le son se mêle à la lumière ».

Donc la femme nue (avec ses bijoux sonores) est couchée et « se laisse aimer ». Le désir de ce pervers monte vers elle, comme la mer vers une falaise (encore du naturisme parfaitement déplacé). Là-dessus, face à son « tigre dompté », la négresse « essaye des poses ». Baudelaire se lâche : il accumule des mots qu'on préférerait ne pas voir : bras, jambe, cuisse, reins, ventre, seins — il fait onduler tout ça et ose même comparer l'ensemble aux « grappes de sa vigne ». Singulier vigneron, n'est-ce pas. Mais il ne s'en tient pas là : la danse féminine est comparée à celle des « anges du mal », venant déranger l'âme, calme et solitaire, assise sur son rocher de cristal. Un vers comme « sa taille faisait ressortir son bassin » est ici franchement obscène. Même chose pour :

Sur ce teint fauve et brun le fard était superbe.

Et que penser de ce feu, de ce foyer qui « inonde de sang cette peau couleur d'ambre » ? Sommes-nous encore chez nous ?
Condamné.

Le sieur Baudelaire, je tiens à le rappeler, a écrit, parmi tant d'autres incongruités insupportables, deux vers sur la prostitution qu'il faut effacer des bibliothèques et de la mémoire humaine :

Une nuit que j'étais près d'une affreuse Juive,
Comme au long d'un cadavre un cadavre étendu...

Mais le poème qui devrait définitivement disparaître, le plus abject et le plus vicieux, est certainement *Les Métamorphoses du Vampire*. L'auteur n'a pas hésité à dire qu'il s'agissait d'une de ses pièces préférées. C'est, bien entendu, quelle que soit l'époque considérée, la plus condamnable, un vrai crime contre l'humanité.

Non seulement Baudelaire dégrade les rêves de l'idéal et de l'éternel féminin, mais il prétend, en plus, avoir couché avec la mort elle-même, dégoûtante prétention, incroyable audace.

Jugez-en.

La femme, ici, a une bouche de fraise, c'est une Sibylle en fureur. Elle se tord comme un serpent sur la braise, elle pétrit ses seins, est en pleine crise oraculaire, et ses mots sont, paraît-il, « imprégnés de musc ». Elle se vante d'avoir « la lèvre humide », de « sécher tous les pleurs sur ses seins triomphants », de « faire rire les vieux du rire des enfants » (les grands-mères Pinard apprécieront), son délire n'a plus de limites :

Je remplace, pour qui me voit nue et sans voiles,
La lune, le soleil, le ciel et les étoiles !

Pas de doute, elle nous déclare qu'elle règne sur le monde humain, c'est une star, une super-star, une *vamp*. Cette madone des lits s'adresse à son « cher savant » pour lui révéler que, «docte aux voluptés», «les anges impuissants se damneraient pour elle». Et où ça? Sur des *matelas*.

Le «cher savant» se laisse faire. La femme à la bouche de fraise, tenez-vous bien, lui suce toute la moelle de ses os (ici, Mme Pinard a un hoquet de dégoût à travers les âges), mais voici le pire. Le cher savant se retourne, et sur quoi tombe-t-il?

Une outre aux flancs gluants, toute pleine de pus.

Au lieu du mannequin puissant de tout à l'heure, qui «semblait avoir fait provision de sang»,

Tremblaient confusément des débris de squelette,
Qui d'eux-mêmes rendaient le cri d'une girouette
Ou d'une enseigne, au bout d'une tringle de fer,
Que balance le vent pendant les nuits d'hiver.

J'arrête ici cette démonstration de pure démence. À moins de voir dans ce cas une mystification sarcastique de grande envergure, une sorte d'humour noir pour attirer notre attention sur le fait que, dans le «noir mystère» il n'y a aucun mystère, et que le fameux «continent noir» évoqué par un savant d'autrefois, est une faribole, je trouve cet étalage pseudo-poétique (car enfin, la poésie, n'est-ce pas, c'est tout autre chose!) aussi indigne que profondément inutile. Je sais que d'aucuns prétendent que Baudelaire a démasqué, à travers l'hystérie, la frigidité et l'impuissance originelles comme moteurs de la frénésie sexuelle; je sais qu'il a revendiqué comme une découverte capitale que l'être humain, possédé par cette impasse, était en général indifférent à la poésie. Le gidien protestant Sartre, en 1946, peu avant la regrettable réhabilitation de ces fantaisies, nous a dit ce qu'il fallait penser de toutes ces histoires. Je m'associe à lui dans mon nouveau réquisitoire qui, lui-même, sera suivi de bien d'autres, je n'en doute pas.

Baudelaire a des visions et des hallucinations, soit. Elles ne sauraient en aucun cas troubler la science, le progrès, l'humanisme, l'évolution des mœurs, la paix des ménages. Pourrais-je vous dire, mesdames, mesdemoiselles, messieurs, que ma mère, ma femme, ma maîtresse, ma sœur, ma fille, ma petite-fille ne sont que des outres pleines de pus, ou des débris de squelette? Cette insulte à la dignité féminine élémentaire doit être sévèrement sanctionnée. Il n'est que trop évident que Baudelaire, sans être gay, ce qui le rendrait sympathique, n'est pas non plus *lesbian* — mais que son trans-genre *queer* est une façon de dissimuler sa haine des femmes dans leur substance même, substance dont il se veut, au fond, sous prétexte de poésie, le vampire forcené.

Condamné.

Juin 2005

Préface aux *Poèmes interdits*, Éd. Complexe.

La rage de Flaubert

Prenons Flaubert le samedi 21 septembre 1878 dans le *Journal* d'Edmond de Goncourt : «Flaubert, à la condition de lui abandonner les premiers rôles et de se laisser enrhumer par les fenêtres qu'il ouvre à tout moment, est un très agréable camarade. Il a une bonne gaieté et un rire d'enfant, qui sont contagieux ; et dans le contact de la vie de tous les jours se développe en lui une grosse affectuosité, qui n'est pas sans charme. »

Ce Goncourt ne comprend rien, cela va de soi, mais il nous donne une précieuse information sur l'ouverture des fenêtres. Flaubert étouffe, il suffoque, son *Bouvard et Pécuchet* lui donne un mal fou, c'est un bouquin infernal, atroce, qui le mène droit à la mort. « Mon but secret est d'abrutir tellement le lecteur qu'il en devienne fou. Mais mon but ne sera pas atteint, par la raison que mon lecteur ne me lira pas. Il se sera endormi dès le commencement. »

On n'a pas assez insisté, à mon avis, sur la découverte fondamentale de Flaubert, son trait de génie, sa passion, sa rage. Sartre a eu tort d'inventer pour lui le rôle d'«idiot de la famille», alors qu'il aura été le premier à sonder ce continent infini, la Bêtise. De ce point de vue, Flaubert c'est Copernic, Galilée, Newton : avant lui, on ne savait pas que la Bêtise gouvernait le monde. « Je connais la Bêtise. Je l'étudie. C'est là l'ennemi. Et même il n'y a pas d'autre ennemi. Je m'acharne dessus dans la mesure de mes moyens. L'ouvrage que je fais pourrait avoir comme sous-titre "encyclopédie de la Bêtise humaine". »

Bêtise de la politique, bêtise de la littérature, bêtise de la critique, médiocrité gonflée à tout va, il faut dire que la fin du XIXe siècle se présente comme un condensé de tous les siècles, ce qui a le don de mettre Flaubert en fureur. Le Pouvoir est bête, la religion est bête, l'ordre moral est insupportable, bourgeois ou socialistes sont aussi imbéciles les uns que les autres, et ce qui les unit tous, preuve suprême de la Bêtise, est une même haine de l'art. « Qui aime l'Art aujourd'hui ? *Personne* (voilà ma conviction intime). Les plus habiles ne songent qu'à eux, qu'à leur succès, qu'à leurs éditions, qu'à leurs réclames ! Si vous saviez combien je suis écœuré souvent par mes confrères ! Je parle des meilleurs. » Il faut lire ici (ou relire) la grande lettre à Maupassant, de février 1880, elle est prophétique. Un programme de purification du passé est en cours sous le nom de moralité, mais en réalité (et nous en sommes là aujourd'hui) par la mise en place d'une conformité fanatique plate. Il faudra, dit Flaubert, supprimer tous les classiques grecs et romains, Aristophane, Horace, Virgile. Mais aussi Shakespeare, Goethe, Cervantès, Rabelais, Molière, La Fontaine, Voltaire, Rousseau. Après quoi, ajoute-t-il, « il faudra supprimer les livres d'histoire qui *souillent l'imagination* ».

Flaubert voit loin : les idées reçues doivent remplacer la pensée, il y a, au fond de la bêtise, une « haine inconsciente du style », une « haine de la littérature » très mystérieuse, animale, qu'il s'agisse des gouvernements, des éditeurs, des rédacteurs en chef des journaux, des critiques «autorisés». La société devient une énorme «farce», où, dit-il, «les honneurs déshonorent, les titres dégradent, la fonction abrutit». Renan se présente à l'Académie française? Quelle «modestie»! «Pourquoi, quand on est quelqu'un, vouloir être quelque chose?» Savoir écrire et lire est un don, sans doute, mais aussi une malédiction : «Du moment que vous savez écrire, vous n'êtes pas sérieux, et vos amis vous traitent comme un gamin.» Bref, l'être humain est en train de devenir irrespirable. En janvier 1880, vers la fin de son existence physique de saint halluciné, Flaubert écrit à Edma Roger des Genettes (sa correspondante préférée, avec Léonie Brainne et sa nièce Caroline, plutôt des femmes, donc) : «J'ai passé deux mois et demi absolument seul, pareil à l'ours des cavernes, et en somme parfaitement bien, puisque, ne voyant personne, je n'entendais pas dire de bêtises. L'insupportabilité de la sottise humaine est devenue chez moi une *maladie*, et le mot est faible. Presque tous les humains ont le don de m'*exaspérer*, et je ne respire librement que dans le désert.» Simple question : que dirait Flaubert aujourd'hui? Autre prophétie pleinement réalisée : «L'importance qu'on donne aux organes uro-génitaux m'étonne de plus en plus.» Allons bon : le sexe lui-même est en train de devenir Bête.

Pauvre Verlaine

Tout commence bien dans la vie de Verlaine : il ouvre son comptoir poétique à l'ombre de la cathédrale Hugo, il se fait bientôt connaître par sa petite musique. En 1867, il a 23 ans, il est déjà fonctionnaire, et le maître vénéré le complimente pour sa «jeune aube de vraie poésie», son «souffle», son «vers large et son esprit inspiré». Le génial concurrent, Baudelaire, vient de mourir, Mallarmé est encore dans l'ombre. La poésie française, à l'époque du second Empire, marque le pas, essaie de survivre à l'océan hugolien, mais enfin ce n'est pas ça : Lamartine, Théodore de Banville, José Maria de Heredia, Leconte de Lisle, Sully Prudhomme, François Coppée, l'incroyable Moréas, auteur des *Syrtes*, et tant d'autres dont nous avons heureusement oublié les noms. Tout le monde a l'air de faire des vers, comme aujourd'hui des romans : les lycéens, les professeurs, les journalistes, les employés de bureau, les ministres. C'est une carrière. On reste ahuri devant cette épidémie de sentimentalisme, de préciosité et d'extase. Verlaine se distingue par une oreille plus fine, un goût plus sûr : ses *Fêtes galantes* annoncent un tournant, mais lequel ? Lui-même admire un peu n'importe qui, et jusqu'à la très mauvaise poésie de Sainte-Beuve. Parnasse et symbolisme d'un côté, réalisme et naturalisme de l'autre, on est en pleine décadence, et chacun s'en doute sans vouloir le savoir. La Commune de Paris approche.

Décadence veut dire aussi fleur bleue en surface et pornographie dans la marge. Verlaine est membre des Vilains Bonshommes, et il y aura bientôt l'«Album zutique». Là, on parle très librement en argot, on multiplie les dessins obscènes. Lettre de Verlaine à François Coppée : «On compte sur votre retour pour ajouter de nouvelles pierres à ce monument gougnotto-merdo-pédérasto-lyrique.» Retenez le mot «merde» : il va envahir la *Correspondance*[1] de Verlaine avec une obsession significative. Le délicat poète est pourtant marié, et sa femme est enceinte, quand quelqu'un surgit. Un cyclone.

Ce quelqu'un, c'est Rimbaud, c'est-à-dire, après Baudelaire et Lautréamont (mort complètement inconnu), le génie en personne. Il n'a pas 18 ans, les Vilains Bonshommes le trouvent «effrayant», il fascine, il terrifie, il est beau, sauvage, violent, c'est le diable. Verlaine est sous le choc, sa passion commence. Il est devant un «ange en exil», un «Casanova gosse», et surtout devant une puissance d'invention verbale sans précédent («Shakespeare enfant», aurait dit Hugo). À partir de là, tout bascule. Adieu femme, bébé, respectabilité, emploi d'ailleurs supprimé par la répression versaillaise. Lettre à Rimbaud, le 2 avril 1872, écrite à la Closerie des Lilas : «C'est ça, aime-moi, protège et donne confiance. Étant très faible, j'ai très besoin de bontés.» Immédiatement masochiste et très «vierge

1. Paul Verlaine, *Correspondance générale, 1857-1885*, édition établie par Michael Pakenham, Fayard, 2005.

folle», Verlaine rêve de «martyre», de «chemin de croix». Un peu plus tard : «Écris-moi et me renseigne sur mes devoirs, la vie que tu entends que nous menions, les joies, affres, hypocrisies, cynisme, qu'il va falloir!» L'ange en exil, le surdoué d'une poésie en train de changer d'axe de façon révolutionnaire, devient ainsi un «époux infernal». Ce qui n'empêche pas Verlaine d'écrire à sa femme : «Ma pauvre Mathilde, n'aie pas de chagrin, ne pleure pas; je fais un mauvais rêve, je reviendrai un jour.»

Le plus étrange, dans cette affaire qui fera couler beaucoup d'encre, c'est que Verlaine n'a pas l'air de comprendre en quoi son comportement peut scandaliser les conventions petites-bourgeoises courantes. C'est un menteur innocent, un pervers candide, un pornographe compulsif, un simulateur sincère, un alcoolique raffiné, un clochard sublime, un populiste aristocratique, tout cela, en somme, très *français*. Être fou de Rimbaud, au fond, quoi de plus naturel? De là à lui écrire qu'il est sa «vieille truie» et son «vieux con toujours ouvert» (*cunt*, en anglais), c'est sans doute aller trop loin dans la confusion des orifices. Enfin, Verlaine s'accroche, il paie grâce à l'argent de sa mère, les noces barbares se passent à Londres et à Bruxelles, à l'écart des milieux communards en exil dont les préjugés sont d'ailleurs les mêmes que ceux de leurs adversaires.

Tout cela finit, comme on sait, par un coup de revolver à Bruxelles, détonation qui n'en finit pas de résonner dans le fantasme poétique mondial. Rimbaud est légèrement blessé, il dira de façon désinvolte dans *Une saison en enfer* qu'il a «aimé un porc»; Verlaine, lui, est en prison, se convertit au catholicisme, rêve de se réconcilier avec sa femme (peine perdue), écrit à Victor Hugo sa longue plainte en lui demandant d'intervenir. Là, Hugo est parfait. Sa réponse au prisonnier élégiaque? «Revenez au vrai.» Le «vrai», ce seront les vers pieux et grandiloquents de *Sagesse*, dont il enverra, pour plaider sa réintégration dans la vie normale, des extraits à sa belle-mère. Rimbaud y est traité de malheureux aveugle traître à son baptême, d'enfant prodigue aux gestes de satyre, d'imbécile plus bon à rien de propre, de mémoire bondée d'obscénités, bref, de raté sans idées. C'est beaucoup pour un ex-ami en train d'écrire un des grands chefs-d'œuvre de tous les temps, *Illuminations*. Mais Verlaine n'en sait rien et ne voudra rien en savoir. Dans l'ombre, d'ailleurs, les mères s'activent. Elles perçoivent, et elles n'ont pas tort, qu'elles sont là intimement concernées.

Le correspondant principal de Verlaine (à part son ami Lepelletier), c'est bien entendu Ernest Delahaye, l'ami de jeunesse de Rimbaud à Charleville, celui qui peut toujours donner des nouvelles du «monstre». Car maintenant on ne peut plus prononcer son nom, même si on le dessine obsessionnellement dans ses aventures. Rimbaud s'appelle «chose», «l'œstre», «l'être», «Homais» (il s'intéresse aux sciences), «machin», «lui», «le voyageur toqué», «l'homme aux semelles de vent». C'est un déserteur, un enfant gâté, un ingrat, un réactionnaire ennemi de la poésie, un «nouveau juif errant», un «roi nègre», un «canaque». Delahaye écrit à Verlaine : «Des vers de "lui"? Il y a beau temps que sa verve est à plat. Je crois même qu'il ne se souvient plus du tout d'en avoir fait.» Bref, le malentendu est à son comble, et stagne, côté Verlaine et Delahaye, dans le provincialisme le plus buté. Jamais un mot sur *Une saison en enfer* qu'ils ont pourtant, l'un et l'autre sous les yeux, jamais un mot non plus, par la suite, sur *Illuminations* dont le manuscrit disparaît pendant dix ans (sur ce point capital, il faut lire l'analyse aussi accablante que précise et définitive de Marcelin Pleynet dans son livre, *Rimbaud en son temps*[1]). On en arrive à une hypothèse toute simple : lors du coup de feu de Bruxelles, qui tirait sur qui ? La vieille religion poétique sur l'aventure métaphysique. L'une s'appelait Verlaine, l'autre Rimbaud. Affaire encore à déchiffrer, malgré Claudel et les surréalistes. Mallarmé non plus n'a rien vu, même s'il écrit à Verlaine en 1884 (mais cette formule vaut pour aujourd'hui) : « Il y a trop de bêtise dans l'air, ici, pour un éclair qui la déchire une fois par an peut-être. » Quoi qu'il en soit, après l'échec de *Sagesse*, Verlaine comprend qu'il faut jouer une autre carte, se résoudre à parler du « monstre ». Ce sera le volume *Les Poètes maudits*, où la fausse légende s'installe.

À ce moment-là, on le sait, pas maudit du tout mais en pleine poésie concrète, Rimbaud s'occupe de trafic d'armes dans le désert.

1. Gallimard, *L'Infini*, 2005.

La Parole de Rimbaud

Il me semble que la poésie persiste, quoique très clandestinement : « À quoi bon des poètes en temps de détresse, dit Hölderlin, ils sont comme des prêtres qui errent dans la nuit sacrée, des prêtres de Dionysos avec du vin. » Bon, ce sont des clandestins. Et dans tous les livres que j'ai écrits, la figure de la clandestinité est présente, c'est-à-dire que le narrateur est toujours à part, en train de faire quelque chose, de l'ordre de l'évocation. De l'évocation des morts qui, d'après moi, sont plus vivants que les vivants. À savoir que, quand j'ouvre une Bible, ou Homère, ou Parménide, ou Héraclite, ou Lao-tseu, ou Rimbaud, j'ai l'impression, que ces vivants me parlent directement, comme s'ils étaient là, ce qui me repose intensément de tous les bavardages que j'ai été obligé d'ingurgiter, y compris à travers ceux que je fais moi-même, dans une journée. Donc je crois que les morts sont de plus en plus vivants au fur et à mesure que les vivants sont de plus en plus mécaniques et somnambuliques. C'est le curieux moment où nous sommes, historiquement, dans le temps. Il y aurait comme une sorte d'afflux, auquel je ne peux pas résister, dont je ne peux pas me défendre, de toutes ces

313

voix, écrites, qui viennent parler, témoigner, dans un monde de morts-vivants, de marionnettes.

Un écrivain c'est une voix, c'est une voix qui ressort du signe qu'il a écrit en fonction de cette voix. Vous ouvrez un écrivain, il vous parle. Ce qui est amusant, de plus en plus, c'est qu'il suffit que je lise à haute voix un de mes livres pour persuader quelqu'un qui l'aura lu qu'il ne l'a pas lu. La démonstration est implacable. Elle ne fait pas partie d'une revendication narcissique, c'est simplement la vérification que l'être humain *croit lire*, mais n'entend pas ce qu'il lit. Entendre aux deux sens du mot : comprendre... « Beaucoup de gens, dit Voltaire, ne lisent que des yeux. » Rien.

C'est un phénomène quand même très étrange, et qui va en s'aggravant comme une preuve supplémentaire de ce que je suis en train d'essayer de dire sur la détresse des temps où nous sommes. Détresse qui n'a rien de négatif à mes yeux. À l'intérieur de cette détresse croît en même temps quelque chose de très positif. C'est le vers fameux de Hölderlin que Heidegger aime citer : « Là où le péril croît, croît aussi ce qui sauve. » Mais il se passe quand même une sorte de mutation de l'humain. Il y en a eu d'autres.

Il n'y a aucune différence entre l'écrit et la parole, bien entendu. Mais c'est la poésie qui le prouve. D'ailleurs à la limite on pourrait s'arrêter d'écrire, c'est ce que j'essaye de montrer à propos de Rimbaud : la poésie, contrairement à ce que tout le monde a intérêt à dire, ne l'a pas abandonné une seconde. Il a suffi que, sur son lit d'hôpital à Marseille, on lui fasse absorber à cause de la douleur une dose massive de morphine, pour que tout à coup il se mette à improviser et à étonner tout le monde. Rimbaud est quelqu'un qui a considéré que l'on pouvait *aussi* s'interrompre d'écrire, tout en continuant à vivre parfaitement la poésie. Ce qui est pour nous incroyable, parce que quelqu'un qui ne produit pas un objet marchandisable... Voyons : combien de livres sont parus ces derniers jours, je ne sais pas, dix millions ? Des objets...

Il est prouvable que presque plus personne ne sait vraiment lire. Ça ne veut pas dire que les caractères ne sont pas déchiffrés, mais c'est comme si le sens n'arrivait pas au cerveau. Il y a donc une opération sous anesthésie de l'espèce humaine qui est en train de passer par des tas de procédures techniques. Ça nous sort d'un rêve : celui que l'art ou la littérature ou la poésie s'adresseraient à tous. Ça nous sort d'un rêve pseudo démocratique si vous voulez. Moi, je crois que ça a toujours été comme ça, il y avait très peu de gens pour entendre quoi que ce soit. Et d'ailleurs, si on suit la parabole évangélique, c'est bien ça que ça dit : il y a quelqu'un qui s'exprime, et même les gens qui lui sont les plus proches ne le comprennent pas. Prendre ça sur soi, et puis aller se faire crucifier et tout, nous ne sommes pas pressés.

Le problème est là : il y a *dans la parole même* quelque chose dont personne ne s'aperçoit, alors que c'est la chose la plus présente, intimement, à l'être humain. C'est tout de même un paradoxe fabuleux. Vous avez une belle métaphore pour ça, l'écrit fameux d'Edgar Poe qui s'appelle *La Lettre volée*. C'est un magnifique petit récit où la police, chargée de retrouver une lettre très importante qui a été volée, fouille l'appartement, défonce les murs ou peu s'en faut, fouille sous les parquets, et ne trouve pas quelque chose qui se trouve sous ses yeux. C'est que le type a simplement retourné l'enveloppe, et l'écriture, et l'a mise bien en évidence. Bon, vous voyez tout de suite la puissance de cette fiction : c'est dire que ce qui est le plus proche, le plus évident, le plus visible, n'est pas perçu, n'est pas vu, pas entendu. Le plus proche... Nous passons sans cesse à côté du plus proche sans le voir, sans l'entendre, sans le sentir. Voilà.

Les peintres ont su ça, ils ont beaucoup parlé de ce genre de chose, presque tous, de façon très intelligente, que ce soit Cézanne ou Picasso. C'est pour ça que la peinture... Mais, là aussi, y aura-t-il encore des peintres ? Il y aura de plus en plus de décorateurs. L'art n'est pas une décoration. Or, il s'agit de vous prouver à chaque instant que vous ne voyez pas ce que vous voyez, que vous n'entendez pas ce que vous dites. Vous ne savez pas ce que vous dites, en plus, et il y a Freud, là, pour vous en rajouter une louche. La preuve est faite que vous allez payer pour que quelqu'un vous écoute, parce que vous ne savez pas ce que vous dites, vous ne savez pas ce qui vous arrive, vous rêvez vous ne savez pas de quoi. C'est à l'occasion du fait que vous allez en parler, que vous serez écoutés d'une certaine façon, que quelque chose va surgir. Les divans sont pleins, sursaturés. Une très belle anecdote me vient à l'esprit. Jean Beaufret, le traducteur, enfin l'ami de Heidegger, était en analyse chez Lacan. On pouvait parler un peu de ça avec Lacan. Alors Beaufret est en analyse et il est agacé parce que Lacan se tait. Il ne dit rien. Mais là, un jour, Beaufret a une astuce, il tend un piège à Lacan et lui dit : «Tiens, j'étais avant-hier à Fribourg, et Heidegger m'a parlé de vous.» Et Lacan saute dans son fauteuil et dit : «Ah oui ! Qu'est-ce qu'il vous a dit ?» Puissance de la parole ! Heidegger a dit de Lacan, au reçu de ses *Écrits* : «Le psychiatre a peut-être besoin d'un psychiatre.» Donc vous voyez, ce sont des questions qui touchent, comme on dit, à la santé mentale. Et à tout ce qu'on appelle folie.

La poésie relève de la traversée de ces tourbillons. Ou bien elle est nulle.

Gallimard, «À voix haute», 1999.

Le fusil de Rimbaud

L'histoire est cocasse : en 1990, la légende de Rimbaud aidant, on découvre et authentifie la maison qu'il aurait habitée lors de sa vie sinistre à Aden. Les conséquences ne se font pas attendre : restauration à grands frais du bâtiment, création d'un centre culturel français, visites de poètes, d'écrivains et de spécialistes, animation, colloques, rencontres, récitations, émotions, poésie, poésie, poésie, c'est-à-dire, plus que jamais, tourisme. Comme il devait être enivrant, en effet, d'être là, sur place, en communication mediumnique avec le grand disparu, de respirer le même air, de ressentir sa souffrance, son mystère, ses rêves. Comme il devait être doux, dans le confort, de penser à l'existence pénible d'un trieur de café entouré d'indigènes stupides, d'un trafiquant d'armes courant, sous un soleil implacable, vers la maladie et la mort. Le Spectacle a ses lois : la « maison de Rimbaud » n'attendait que ses nouveaux hôtes à l'intériorité précieuse, le Yémen devenait un coin de France et même, qui sait, une parcelle exotique de la Commune de Paris. Après l'affaire de *La Chasse spirituelle* (ce faux Rimbaud grotesque démasqué, en son temps, par André Breton), après le canular des *Illuminations* envoyées sous un autre nom et refusées par toutes les grandes maisons d'édition, on tenait enfin du nouveau, du *solide*. Patatras, la maison de Rimbaud, construite bien après sa mort, n'était pas la sienne, et celle où il a réellement habité, non loin de là, a disparu pour laisser place, depuis longtemps, à une cage de béton moderne. L'institut culturel à vocation poétique est ainsi devenu prosaïquement un hôtel, le *Rambow*. Devant cette nouvelle comédie, il n'est pas interdit d'imaginer Rimbaud éclatant d'un petit rire sec. Surpris, lui? Allons donc.

Ces révélations, et bien d'autres, peuvent se constater dans l'album *Rimbaud à Aden*. L'idée est lumineuse : on confronte des photos des années 1880 à celles d'aujourd'hui, on voit les paysages que Rimbaud a vus et ce qu'ils sont devenus. On débarque à Steamer Point (actuellement Tawahi), on aperçoit le Grand Hôtel de l'Univers (voilà une bonne adresse). Rimbaud pouvait contempler, si on peut dire, en face de lui un tribunal anglais et un minaret. Le minaret est toujours là, mais le tribunal est devenu la poste centrale. Des chevaux, des chameaux ont été remplacés par des voitures. L'endroit fait semblant d'être vivable, mais écoutons plutôt ce que l'exilé travailleur raconte à sa famille le 28 septembre 1885 (l'année de la mort triomphale, à Paris, de Victor Hugo) : «Il n'y a aucun arbre ici, même desséché, aucun brin d'herbe, aucune parcelle de terre, pas une goutte d'eau douce. Aden est un cratère de volcan éteint et comblé au fond par le sable de la mer. On n'y voit et on n'y touche donc absolument que des laves et du sable qui ne peuvent produire le plus mince végétal. Les environs sont un désert absolument aride. Ici, les parois du cratère empêchent l'air d'entrer, et nous rôtissons au fond de ce trou comme dans un four à chaux. Il faut être bien forcé de travailler pour son pain, pour s'employer dans des enfers pareils !» Rimbaud vu par son employeur Alfred Bardey : «C'est un grand et sympathique garçon qui parle peu et accompagne ses courtes explications de petits gestes courants, de la main droite et à contre-temps.» Nous retrouverons ces mains tout à l'heure.

Il est impossible, ce Rimbaud, et la nouvelle et décapante biographie de Jean-Jacques Lefrère le confirme : aucun romantisme, une tension de tous les instants, des buts financiers âpres et précis. Un témoin, Borelli, parle de lui ainsi : «Il est infatigable. Son aptitude pour les langues, une grande force de volonté et une patience à toute épreuve le classent parmi les voyageurs accomplis.» Rimbaud s'ennuie, il vit dans des «désagréments indescriptibles», il ne lit pas les journaux et encore moins de romans, il ne pense qu'à perfectionner son arabe pour le commerce, il n'a aucune envie de parler de sa vie passée, et si on se risque à l'interroger sur sa création poétique, il grogne, fait allusion à «une période d'ivrognerie», jette les mots «absurde», «ridicule», «dégoûtant», «rinçures». Poète «maudit», lui? Chef d'on ne sait quelle «école décadente» s'émerveillant du sonnet des Voyelles? Vous n'y pensez pas, merde à la poésie. Ces gens qui feignent de s'intéresser à lui, là-bas, en France, préparent sans doute un mauvais coup, on va rappeler l'affaire de Bruxelles avec Verlaine, d'ailleurs l'armée risque de le réclamer pour son service militaire (lui, le déserteur de l'armée néerlandaise à Java). Qu'on le laisse tranquille, il a son plan. Ramasser cet argent si dur à gagner («je n'ai pas de position»), rentrer un jour, bien qu'il soit trop habitué à «la vie errante et gratuite» et aux climats chauds («je mourrais en hiver»), se marier («mais il faudrait que je trouve quelqu'un qui me suive dans mes pérégrinations»), avoir un fils à instruire pour qu'il devienne «ingénieur», bref surtout pas de littérature. De toute façon l'expérience est faite : personne n'a rien compris à *Une saison en enfer* et aux *Illuminations*, dans un siècle ou deux il en sera peut-être de même, ah bon on achète très cher les manuscrits maintenant, ça alors. Il faut aller vite, ramasser ce qui peut l'être, s'en aller, mais quand ? Tentons une caravane de fusils. Un Italien, Ferrandi, voit partir Rimbaud : «Grand, décharné, les cheveux grisonnants sur les tempes, vêtu à l'européenne, mais fort sommairement, avec des pantalons plutôt larges, un tricot, une veste ample, couleur gris kaki, il ne portait sur la tête qu'une petite calotte, également grise, et bravait le soleil torride comme un indigène. Bien que possédant un petit mulet, il ne le montait pas pendant les marches, et, avec son fusil de chasse, il précédait la caravane, toujours à pied.»

Ce fusil de Rimbaud, le voici photographié, contre toute attente, dans un cliché de groupe à Sheick-Othman, sorte d'oasis non loin d'Aden. On est dans une belle propriété aujourd'hui en ruine, six personnages coloniaux sont rassemblés avant le déjeuner sur un perron. L'un d'eux détonne aussitôt par son attitude, c'est Rimbaud. Événement surréaliste : au moment même où on se trompait de «maison» à son sujet, une photo inconnue, la seule prise par on ne sait qui, ressurgit comme pour se moquer de toutes les animations culturelles. Les cinq coloniaux sont très contents d'être photographiés, ils posent, ils friment, ils s'exhibent avec leurs armes comme au retour d'une chasse. Le sixième est dans une étrange rigidité : en blanc, la main droite posée sur le canon de son fusil (comme s'il s'agissait d'une canne, mais, contrairement à ce qu'on peut lire aujourd'hui dans *La Quinzaine littéraire, ce n'est pas une canne*), la main gauche ramenée sur la poitrine, dans un geste qui évoque l'égrènement (argent, chapelet). Le regard fuit l'objectif. Rimbaud dit muettement quelque chose. D'abord : je n'ai rien de commun avec ces zozos. Ensuite, quoi ? Le maintien est pacifique, en retrait, concentré, presque liturgique. On dirait un officiant se présentant à l'autel avec un encensoir invisible. Drôle de message voulu, drôle de messe entre lui et le négatif. On pense à cette phrase d'une de ses lettres : «Je me porte bien, mais il me blanchit un cheveu par minute.» Et aussi : «On massacre, en effet, et on pille pas mal dans ces parages... Je jouis du reste, dans le pays et sur la route, d'une certaine considération due à mes procédés humains. Je n'ai jamais fait de mal à personne. Au contraire, je fais un peu de bien quand j'en trouve l'occasion, et c'est mon seul plaisir.» On pense encore à cette déclaration adressée à la litanie du malheur humain comme à la propagande doloriste à la mode dans les pays riches : «Ceux qui répètent à chaque instant que la vie est dure devraient passer quelque temps par ici apprendre la philosophie.» Déjà, dans *Une saison* : «la marche, le fardeau, le désert, l'ennui et la colère.»

On ne tue pas, on ne massacre pas, on ne pille pas. Les poètes sont gentils, mais ils ne font pas le poids, il leur manque un fusil, en quelque sorte. Verlaine adore sans doute Rimbaud, mais ne voit, dans un premier temps, que des «choses charmantes» dans les *Illuminations*. Finalement, c'est Alfred Bardey, l'employeur, qui a le mieux observé ce passant considérable : «Sa charité, discrète et large, fut probablement une des bien rares choses qu'il fit sans ricaner ou crier à l'écœurement.»

Salut de Rimbaud

Ce petit volume, le seul publié par l'auteur de son vivant sans aucun effet (il a fallu quarante ans pour le découvrir), est un explosif à long terme. Il a la même portée fulgurante en français que les *Pensées* de Pascal et les *Poésies* de Lautréamont. On ne le lit pas vraiment, on l'éprouve, on le subit, on l'apprend par cœur. «L'ennui n'est plus mon amour. Les rages, les débauches, la folie, dont je sais tous les élans et les désastres, — tout mon fardeau est déposé. Apprécions sans vertige l'étendue de mon innocence. »

Haute métaphysique vécue, auto-exorcisme en plein déferlement d'un nihilisme désormais global, *Une saison* est-il un livre religieux ? Bien sûr, mais très au-delà de ce que nous entendons par ce terme. Récit non pas d'une conversion, mais d'une mutation, d'une transmutation. Expérience unique (« alchimie du verbe »), risquée, au cœur de la perte de soi, dissociation et délire. En principe, on ne revient pas de cette aventure brûlante que Rimbaud n'hésite pas à appeler « damnation ». Ce nouveau voyageur ne visite pas l'enfer comme Dante : il le vit de l'intérieur, il y est plongé, il en sort, il va encore écrire ses extraordinaires *Illuminations* (là encore, commentaires dans tous les sens depuis un siècle), puis se taire et disparaître dans sa légende (beaucoup de bavardages là-dessus).

Les poètes sont jaloux et furieux : il a raflé la mise en s'en désintéressant, avec la plus inadmissible des désinvoltures. Les religieux sont pétrifiés : c'est trop dur pour eux (malgré Claudel). Les surréalistes en sont possédés, mais n'aiment pas son désengagement radical. Les bourgeois, qui ont lu que l'auteur s'était «séché à l'air du crime», trouvent que ce garçon doué est au fond un terroriste ou un saltimbanque infréquentable. Les homosexuels le trouvent peu mariable. Les satanistes s'excitent misérablement à côté. Finalement tout le monde se fout de ce qu'il a écrit. Restent les clichés commémoratifs amnésiques, Rimbaud par-ci, Rimbaud par-là, répétés jusqu'à la nausée. Comme quoi le Diable, grand noyeur de poisson, fonctionne.

Rimbaud, en 1873, va avoir 19 ans. Il précise la date de sa rédaction : avril-août. Il a déjà écrit d'admirables poèmes, dont il fait une petite anthologie rectifiée dans *Une saison*. Il a vécu tous les désordres et toutes les hallucinations possibles, il revient de Londres et de Bruxelles où Verlaine, égaré, lui a tiré dessus. Verlaine visait-il réellement un jeune homme très beau nommé Rimbaud ? Mais non, avec une grande intuition, il faisait feu sur *Une saison en enfer* en train de s'écrire. Les poètes de son temps n'ont pas pu ni voulu lire la *prose* de Rimbaud. Ni Verlaine ni Mallarmé n'en ont été capables. Quant à Claudel qui a avoué avoir reçu là une «influence séminale», il ne lui a pas fallu moins qu'une conversion (comme Verlaine, d'ailleurs) pour se tirer d'affaire. Si Rimbaud n'est pas devenu un bon catholique (version de sa sœur Isabelle), dites-nous au moins qu'il a été un fervent révolutionnaire. Mais non, même pas, il n'aspirait au Harar qu'à devenir un bour-

geois normal, il amassait péniblement de l'argent dans
ce but. Scandale religieux, scandale sexuel anti-sexuel,
scandale social : ni dévot, ni obsédé, ni progressiste.
Mais quoi, alors ? La « vierge folle » (Verlaine si l'on
veut) se plaint ainsi de son « époux infernal » dans *Une
saison* : « C'est un Démon, vous savez, *ce n'est pas un
homme.* » Écoutons-la bien : « Je reconnaissais — sans
craindre pour lui — qu'il pouvait être un sérieux danger dans la société. — Il a peut-être des secrets pour
changer la vie ? Non, il ne fait qu'en chercher, me
répliquais-je. » On voit qu'André Breton, en répétant
que Rimbaud avait eu pour mot d'ordre de « changer la
vie » (expression qui équilibre à ses yeux le « transformer le monde » de Marx), parle, en réalité, comme la
vierge folle. Rimbaud n'a rien prescrit, sauf « la liberté
libre ». « Je veux la liberté dans le salut » est le contraire
de l'agenouillement comme du slogan politique. Un
jeune Français vient tout simplement de s'apercevoir
qu'il vit au milieu d'un peuple « inspiré par la fièvre et
le cancer », sur « un continent où la folie rôde ». Ce
n'est certes pas la suite des événements historiques qui
va lui donner tort. « Les criminels dégoûtent comme
des châtrés : moi je suis intact, et ça m'est égal. »

D'où viennent la destruction, l'autodestruction, la
folie ? De la haine de la beauté. La beauté attire le mal,
le désir de déformer, de souiller. Peut-on s'évader de
cette rengaine humaine, trop humaine ? Sans doute, et
l'alchimie du verbe (couleur des voyelles, forme et
mouvement des consonnes) devrait en principe créer
« un verbe poétique accessible, un jour ou l'autre, à
tous les sens ». Rimbaud le dit : « Je devins un opéra
fabuleux. » Dans sa *Saison*, il sauve l'essentiel de ses
incomparables trouvailles (« Elle est retrouvée ! Quoi ?
l'Éternité »), tout en décrivant les menaces que l'expé-

rience fait peser sur sa santé. «Aucun des sophismes de la folie, — la folie qu'on enferme, — n'a été oublié par moi : je pourrais les redire tous, je tiens le système.» Il sait qu'il a découvert une autre raison que la raison antérieure, une raison musicale, une nouvelle forme d'amour. D'où cette conclusion abrupte : «Cela s'est passé. Je sais aujourd'hui saluer la beauté.» Cette «heure nouvelle» de raison va être «très sévère». Elle va récuser «les mendiants, les brigands, les amis de la mort, les arriérés de toutes sortes». Le «combat spirituel», aussi brutal que la bataille d'hommes, demande qu'on soit «absolument moderne». Il ne s'agit plus de littérature ou de poésie, mais d'action directe («rire des vieilles amours mensongères, et frapper de honte ces couples menteurs, — j'ai vu l'enfer des femmes là-bas)». Dans quel but singulier? «Il me sera loisible de *posséder la vérité dans une âme et un corps*.» C'est tout. Rimbaud, comme chacun ou chacune, était possédé. Il ne l'est plus. C'est lui-même, avant d'inscrire la date de son récit, qui souligne la dernière phrase.

Coup de Poe

Né à Boston le 14 janvier 1809, l'inquiétant, magnétique et vertigineux Edgar Poe a aujourd'hui 200 ans. Il a beau être mort à 40 ans, en 1849, à Baltimore, dans une crise de delirium tremens dû à son alcoolisme compulsif, il se porte à merveille, il est plus que jamais en activité invisible dans le tourbillon de l'époque. Un amateur inspiré, Henri Justin, rouvre aujourd'hui son dossier, et c'est immédiatement passionnant[1].

Il est américain comme personne, Poe, et ce sont des Français comme personne qui perçoivent son onde de choc. Baudelaire, d'abord, qui éprouve en le lisant une « commotion singulière ». « Savez-vous pourquoi j'ai patiemment traduit Poe ? Parce qu'il me ressemblait. La première fois que j'ai ouvert un livre de lui, j'ai vu, avec épouvante et ravissement, non seulement des sujets rêvés par moi, mais des *phrases* pensées par moi, et écrites par lui vingt ans auparavant. » Les traductions de Baudelaire sont célèbres, on peut y relever des erreurs de détail, mais la transfusion spirituelle est flagrante, intense, cas de gémellité inouï. Et c'est aussitôt Mallarmé, pour qui Poe est un « aérolithe », un événe-

1. *Avec Poe jusqu'au bout de la prose*, Gallimard, 2009.

ment «stellaire, de foudre», «le cas littéraire absolu».
Dans son *Tombeau d'Edgar Poe*, Mallarmé célèbre «le
triomphe de la mort dans cette voix étrange», Poe
devenant un «calme bloc ici-bas chu d'un désastre obscur». Valéry, enfin, emboîte le pas, mais plus froidement, en admirant l'analyste fabricateur plutôt que le
romancier fantastique et métaphysique. Voilà la légende.

Les Américains, eux, n'aiment pas ça, et quant aux
Français d'aujourd'hui, comme leurs homologues yan-
kees, ils sont loin, désormais, de se poser des questions
de fond sur le génie de la perversité, le mal radical, la
mort, l'infini ou la poésie intime des galaxies. Poe, qui
s'est battu toute sa vie pour essayer de fonder un mensuel littéraire, voulait «établir en Amérique la seule
indiscutable aristocratie, celle de l'intellect». Il a cette
formule étonnante au parfum sudiste (il est virginien
par toutes ses fibres) : «Dans les lettres, comme dans la
politique, nous avons besoin d'une Déclaration d'Indépendance, et surtout — ce qui serait mieux — d'une
déclaration de guerre.» Guerre splendide de l'intelligence, perdue d'avance, contre le réalisme platement
social, le naturalisme borné, la psychologie routinière,
et surtout la morale. On comprend comment le courageux Lacan, rectifiant le déluge psychanalytique de
Marie Bonaparte, a fait de *La Lettre volée* (ou plutôt
dérobée, détournée, retournée) le blason de sa recherche.
Poe est très clair : la police ne voit rien, n'imagine rien,
et nous sommes tous, plus ou moins, des policiers
aveugles. En revanche, Auguste Dupin, le génial déchi-
ffreur d'énigmes, à mille lieues du fade Sherlock
Holmes, devine la vérité parce qu'il est simultanément
mathématicien et poète. Surprenants, ces noms français
qui apparaissent sous la plume de Poe (qui n'est jamais
venu en France) : Dupin, Legrand, Montrésor (un cri-

minel, celui-là). Pour quelle ténébreuse raison le Français, poussé à bout, serait-il un révélateur de terreur, un virtuose du décryptage? Vous ouvrez les *Meurtres dans la rue Morgue*, *Le Scarabée d'or*, *Le Cœur éloquent*, *Le Chat noir*, *Le Génie de la perversité*, et tant d'autres contes, et vous êtes aussitôt saisi, mis sous hypnose, branché sur vos contradictions secrètes, par un narrateur qui, en première personne, vous impose ses passions et ses déductions. Vous êtes détective mais aussi assassin (jamais policier puisque vous êtes éveillé, ou plutôt «veilleur du dormir»). Mieux: vous pouvez assister à un mort qui vous parle depuis l'au-delà, vous balader, après la fin du monde, dans les étoiles, ressentir l'horreur d'un pendule qui va, en descendant lentement sur vous dans un puits, vous trancher la tête, vous retrouver, avec Arthur Gordon Pym, dans une navigation mystérieusement mystique, descendre dans un maelström et apprendre comment vous en tirer (thème très actuel), réfléchir sur le pouvoir des mots, et bien d'autres choses encore. De toute façon, vous aurez toujours l'impression de lire un manuscrit trouvé dans une bouteille, le récit d'une expérience plutôt folle raconté avec une extrême précision. C'est là que Poe vous tient sous sa coupe, beaucoup mieux qu'un roman policier banal, ou des péripéties de science-fiction genre Lovecraft. Ils ont tous lu Poe, les spécialistes de l'inquiétante étrangeté, de l'horreur, de l'enquête, mais aucun n'arrive à donner au sujet qui parle cette force de conviction. C'est que Poe, Henri Justin le sent admirablement, «pense de tout son corps», ce qui met le lecteur en demeure d'avoir un corps vibrant au même rythme. Baudelaire a bien défini son écriture: «Son style est serré, *concaténé*, la mauvaise volonté du lecteur ou sa paresse ne pourront pas passer à travers les mailles de ce réseau tressé par la logique. Toutes les idées, comme des flèches obéissantes, volent au même but.» Une littérature qui pense? Qui oblige le lecteur à penser? Mais qu'est-ce que vous nous racontez là? À quoi bon? Pour quoi faire? Avec ses paradis artificiels, ses traductions de De Quincey et de Poe, Baudelaire est un grand pervers, aussi dépassé aujourd'hui que, par exemple, *La Princesse de Clèves*.

Non seulement Poe est un démoralisateur professionnel, mais, figurez-vous, il pense de plus en plus large. Et, là, nous arrivons à l'incroyable *Eurêka* de la fin de sa vie. «J'ai trouvé», dit-il. Quoi? La clé de l'univers lui-même. Rien que ça. Le livre porte en sous-titre «Essai sur l'univers matériel et spirituel». Aucun succès, bien entendu, mais œuvre grandiose (et merci Baudelaire de l'avoir sauvée d'un probable oubli). Le partenaire à analyser ici n'est autre que Dieu lui-même. Sartre a eu tort en prétendant que Dieu n'était pas romancier : c'en est un, et même un poète supérieur à tous les poètes. Poe résume ça à sa façon : «L'univers est une intrigue de Dieu.» Déjà, on pouvait lire dans *Révélation magnétique* : «Dieu, avec tous les pouvoirs attribués à l'esprit, n'est que la perfection de la matière» (on était brûlé autrefois pour moins que ça). Le plus étrange est que, traitant d'astrophysique et de forces d'attraction et de répulsion, Poe s'approche des hypothèses les plus sophistiquées de la physique moderne, entre big-bang et trous noirs. Il veut décrire «le processus tout entier comme une fulguration unique et instantanée». Il envisage en effet une ultime catastrophe en forme de feu d'artifice, une apocalypse comme apothéose. Il écrit calmement : «Dans les constructions divines, l'objet est soit dessein soit objet selon la façon dont il nous plaît de le regarder, et nous pouvons prendre en tout temps une cause pour un effet et réciproquement, de sorte que nous ne pouvons jamais, d'une manière absolue, distinguer l'un de l'autre.» Henri Justin, dans son commentaire d'*Eurêka* écrit : «Poe semble avoir eu conscience, très tôt, d'une matière infinie, d'une matière de l'infini, d'un infini matériel palpable.» Voilà en tout cas une leçon de littérature absolue.

Darwin et Poe sont contemporains, et l'évolution est très loin d'avoir dit son dernier mot. Mais quand Poe meurt, on se dit que personne ne reprendra le flambeau. Erreur : c'est en 1851 qu'un jeune auteur de 32 ans publie sa bombe : Herman Melville, *Moby Dick*.

Carnet magique

Pour un écrivain, le carnet est ce qu'il y a de plus étrange et de plus intime. C'est un autre temps, une respiration d'appoint, une mémoire profonde et oblique, une chambre noire, un filtre. Là sont notées les apparitions. Un rêve, et les morts sont là, tout à coup, plus vivants que jamais, soucieux ou énigmatiques. Une phrase banale, prononcée d'une certaine façon, et tout un paysage s'ensuit. Une odeur, une couleur, un bruit, et le grand navire de l'existence prend le large, très au-delà de l'actualité en écume, vers un passé qui ne passe pas, demande son développement, son récit futur. Je suis un personnage de roman, il va m'arriver des choses. Il faut rester en éveil, rien n'est négligeable ou indifférent, des rapprochements m'attendent, des signaux, des hasards objectifs. Je suis un animal enfantin, tous les sens participent à l'opération magique. Voilà, c'est parti : les personnages se présentent d'eux-mêmes, ils veulent être observés et décrits, ils jouent le jeu à leur insu, ils demandent à être radiographiés, mots, gestes, démarches, mimiques. Proust écrit : «Je vois clairement les choses dans ma pensée jusqu'à l'horizon. Mais celles qui sont de l'autre côté de l'horizon, je m'attache à les décrire.» Le carnet est cet autre côté de l'horizon.

332

Odeurs : «Salle à manger sentant la cerise quand on rentre au chaud, chambre à coucher sentant l'ombre et le parfum.» On y est, on s'y trouve. Ennui : «Moments où l'on voudrait qu'il y ait un incendie, n'importe quoi.» Surgissement de la mère morte en rêve : «Comprendrait-elle mon livre? Non.» Espace libre : «Descendre les grands escaliers, mouvement vif du soleil et du vent.» Couleurs : «Belle mosaïque aux couleurs d'ignorance et de science mêlées.» Brusque souvenir : «Je les voyais dans leurs robes mauves réunies par les après-midi de printemps devant une barrière blanche, après avoir passé devant le pêcheur à la ligne.» Réveil : «Lueur plus claire dans les rideaux, pluie par un temps doux à l'aube, marche du boucher dans la rue suffisant à me faire voir la journée qui commence et à la continuer tout en faisant dormir mon corps.» Tout cela sera utilisé, disposé, orchestré dans l'apparente continuité d'un livre. Mais ce qui compte est le surgissement, l'appel, la surprise, la révélation. Un bourdonnement de guêpe dans le ciel bleu «intact, sans mélange»? C'est un avion. Aussitôt, pourtant, viennent des images de train, de bateau, de champs ou de mer. On développera des correspondances, on établira des rapports jusque-là inconnus. Proust a cette phrase extraordinaire : «Il nous semble d'autant plus difficile de mourir que nous sommes plus de choses.» C'est vrai : les grands écrivains ne devraient pas mourir. D'ailleurs, ils ne meurent pas, ils se prolongent les uns les autres, ils viennent au secours de celui qui respire encore dans ce monde de fous (les «secours» de Proust : Saint-Simon, Nerval, Baudelaire). Mégalomanie? Oui, mais ironique : «Je trouvais cruel qu'ils me disent "il y a longtemps de cela", comme si je n'étais pas le centre du monde, comme si les lois universelles m'étaient applicables.»

Bien sûr qu'on est le centre du monde, puisque le temps est là, sans cesse retrouvé, éclairé, dévoilé. Le carnet est un archipel féerique, une suite de clairières, une expérience spirituelle, une série de visions qu'on a sous la main. À la limite, on n'en est plus que le secrétaire, le fonctionnement n'en finit pas, il a lieu pour lui-même, c'est un débordement permanent. Encore, encore, encore. Personne ne se doute de rien, les acteurs s'agitent, argent, mondanités, politique, clichés, langues de bois, amours plus ou moins simulés, indifférences, vices, cruautés, morts. Le néant les attend, ils s'en doutent, ils redoublent leurs erreurs, ils tiennent à leurs mensonges, ils perdent leur temps. L'autre, lui, prend des notes. Il est de plus en plus sans illusions, mais quoi, il le faut. Comprendront-ils mon livre? Non. Feront-ils semblant? Peut-être. Mais quelle importance? «Le vrai bain de jouvence, le vrai paysage nouveau, ce n'est pas d'aller dans un pays que nous ne connaissons pas, c'est de laisser venir à nous une nouvelle musique.» Finalement, on envoie un livre à un ami. Silence. L'a-t-il reçu? «Si je l'ai reçu, me dit-il, tu peux être sûr que je l'ai lu, mais je ne suis pas sûr de l'avoir reçu.»

Marcel Proust, *Carnets*, Gallimard, 2002.

Scandaleux Oscar

Chaque année, lorsque sont décernés les Oscars du cinéma à Los Angeles, l'énorme industrie spectaculaire devrait observer une minute de silence en l'honneur d'Oscar Wilde. Le plus Oscar des Oscars, l'Oscar suprême de la représentation globale, en effet, c'est lui.

Comédien et martyr, Wilde ? Sartre l'a dit de Genet, en se trompant sur la profondeur et la poésie de Genet. De même, Gide (autre protestant), après avoir été fasciné par Wilde, le débine à plusieurs reprises, lui fait la morale, et lui reproche, finalement, de manquer de « franchise », comme si les questions sexuelles pouvaient être traitées franchement. Il paraît qu'elles le sont aujourd'hui et que l'homosexualité est désormais acceptée, normalisée, officielle. Plus d'affaire Verlaine-Rimbaud, plus de répression, plus de préjugés. Allons donc. Et c'est là que l'extraordinaire figure de Wilde monte en puissance, et qu'il faut lire et relire son fulgurant et bouleversant *De Profundis*[1], ainsi que ses lettres

1. « Folio essais », remarquable présentation de Jean Gattégno.
Oscar Wilde, *Aphorismes*, traduits de l'anglais par Béatrice Vierne et présentés par Stephen Fry, collection « Arléa Poche », 2008.

de prison lorsqu'il se trouvait, condamné à deux ans de travaux forcés, dans la sinistre geôle de Reading.

Comme l'écrit Stephen Fry, qui a incarné Wilde au cinéma, dans son excellente préface à un choix d'aphorismes tous plus éclatants les uns que les autres : «Le courage de Wilde n'était pas d'avoir une "sexualité parallèle", mais une parfaite liberté d'esprit. Ne voir en lui qu'un martyr homosexuel avant la lettre, c'est, me semble-t-il, faire justement le jeu de ceux qui l'ont mis plus bas que terre voici un siècle.»

Wilde a défié la société de son temps, l'épouvantable hypocrisie victorienne qui n'a nullement disparu, quoi qu'on dise. C'est lui, malheureusement poussé par son amant Lord Alfred Douglas, qui a attaqué le père de celui-ci, le marquis de Queensberry qui le poursuivait de sa haine. Il est ainsi passé, brusquement, de la gloire à l'infamie. Mais l'essentiel n'est pas là. Fry, qui ose se décrire lui-même avec humour comme «une petite tapette juive», va jusqu'à écrire : «J'admire — j'admire vraiment — les hétérosexuels qui voient en Wilde un homme de grande valeur. Car leur jugement est véritablement pur.» Pas de morale, donc : l'esprit. On voit mal Wilde se transformant avec le temps en militant d'une cause communautaire, devenir un bon citoyen, mettre de l'eau dans son vin, renoncer à son dandysme naturel, mettre à plat ses goûts, ses croyances. Gide, encore lui, toujours soucieux de «franchise», compare Wilde à Proust qui, lui-même, aurait été «un grand maître en dissimulation». Avec gourmandise, il cite Wilde lui disant qu'il a mis son génie dans sa vie, et seulement son talent dans son œuvre, comme si le génie de vivre n'était pas une œuvre. Wilde disait, sans doute de façon peu démocratique : «J'ai les goûts les plus simples qui soient. Je me contente toujours de ce qu'il y a de mieux.» Et aussi : «N'ayant pas de génie, il n'avait pas d'ennemis.»

Autre scandale, religieux, celui-là : le catholicisme de Wilde. Il embête ses condisciples d'Oxford avec ça, s'arrange pour rencontrer Pie IX et, plus tard, Léon XIII, multiplie les provocations dans ce sens, autrement dit vise, avec sûreté, le puritanisme anglo-saxon bientôt universel. «L'Église catholique n'est faite que pour les saints et les pécheurs. Pour les gens comme il faut, l'Église anglicane suffit amplement.» Au moment de sa mort misérable, en 1900, à Paris, un prêtre irlandais viendra lui administrer simultanément le baptême et l'extrême-onction. Esthétisme paradoxal? Non, intelligence de la sensation libre. «Il n'y a qu'un seul péché : la bêtise.» Wilde y revient sans cesse : la brutalité, la cruauté, la stupidité viennent d'un manque d'imagination. C'est ce qu'il reproche sévèrement à Douglas qu'il trouve superficiel, comme au règlement pénitentiaire qu'il juge dégradant. La bêtise est en haut, elle est aussi en bas : le scandale de Wilde est qu'il connaît très bien la haute société et celle des bas-fonds. C'est ce court-circuit qui le rend suspect, puis insupportable. Après tout, pour les Anglais, il était quand même irlandais (comme le scandaleux James Joyce).

Que serait devenu Gide s'il n'avait pas bénéficié, en Algérie, des conseils de débauche de Wilde? N'en doutons pas, c'est la virtuosité de Wilde qui agace Gide, son snobisme, ses facultés jaillissantes de conteur, la vivacité de sa conversation, son dégagement permanent, son brillant sans complexes, son manque d'inhibitions, sa liberté sans principes : «Je préfère les personnes aux principes, et je préfère à tout ce qui peut exister au monde les personnes sans principes» (*Le Portrait de Dorian Gray*). Wilde déguisé en Corydon?

Vous voulez rire. «Le bon goût est l'excuse que j'ai toujours avancée pour justifier la vie déplorable que je mène.» Mais aussi : «La moralité n'est rien d'autre que l'attitude que nous adoptons envers les gens qui nous sont antipathiques.» Et aussi : «Avoir bonne réputation est une des nombreuses plaies dont je n'ai jamais eu à souffrir.»

Le vrai scandale, par tous les temps, ce n'est pas la «sexualité» (que notre époque aura réussi à rendre ennuyeuse), mais l'esprit. L'esprit souffle où il veut, il est insaisissable, il répugne aux clichés, il paraît volontiers à contretemps et peu sentimental. Exemple : «X. possède une de ces natures épouvantablement faibles que rien ne peut influencer.» Ou bien : «La seule façon dont une femme peut jamais réformer un homme, c'est de l'ennuyer si profondément qu'il perde toute espèce d'intérêt pour la vie.» Ou encore (par ces temps de mariages présidentiels) : «On devrait grever d'impôts les célibataires fortunés. Il n'est pas juste que certains hommes soient plus heureux que les autres.» Ou encore : «Vivre est ce qu'il y a de plus rare. La plupart des gens existent, voilà tout.» Ou encore : «Aucune pose n'est aussi difficile à tenir que le parfait naturel.» Et voici ma notation préférée : «Je ne voyage jamais sans mon journal intime. Il faut toujours avoir quelque chose de sensationnel à lire dans le train.» Merveilleuse insolence de Wilde.

«Je vis dans la terreur de ne pas être incompris», disait-il. Qu'il se rassure, il reste incompris. Le terrible et profond *De Profundis* n'est pas lu, ou à peine. Dans sa cellule de Reading où il loue l'humanité des prisonniers et condamne, comme personne, leurs conditions d'existence (il insiste sur la terreur ressentie par les enfants enfermés), il lit et relit Dante. Le dernier gouverneur de la prison lui permet d'écrire : on lui doit donc ce chef-d'œuvre qui est aussi une analyse ultra-lucide de sa liaison catastrophique avec Douglas, qu'il décrit comme un parasite. Bien entendu, à l'époque, on parle partout de lui comme exemple de ce qu'il ne faut pas faire. Il y a même des sermons contre lui aux États-Unis. Wilde, pendant un temps d'ivresse, aura été le roi spirituel de Londres. Il a prophétisé ce qui suit : « De nos jours, nous avons vraiment tout en commun, l'Amérique et nous, à l'exception de la langue, bien sûr. » Ultime ironie : « Ah, je suis si content que vous soyez venu. J'ai une bonne centaine de choses à ne pas vous dire. » Et encore : « Il n'y a qu'une seule chose au monde qui soit pire que d'être la cible des commérages, c'est de ne pas l'être. » Et enfin, solitude : « Faire parler de soi sans jamais qu'on vous parle, c'est délicieux. » Décidément, Gide et Sartre s'éloignent, pendant que Proust, Genet, Bacon, Warhol et Wilde sont plus que jamais parmi nous.

Résistance de Simone Weil

Le 30 août 1943, dans le New Cemetery d'Ashford, en Angleterre, dans la partie réservée aux catholiques, on enterre une jeune femme juive française de 34 ans, non convertie, morte de malnutrition, de tuberculose, de désespoir et, pour finir, d'une défaillance cardiaque. Elle est connue de certains pour son militantisme ouvrier, ses convictions anarchistes, son action révolutionnaire pendant la guerre d'Espagne, son caractère intraitable et franchement saugrenu. Pour d'autres, elle est déjà un penseur de première importance, «le seul grand esprit de notre temps», dira même Albert Camus qui publie ses livres après la Libération. La légende commence, on a affaire à une philosophe géniale, à une chrétienne restée en dehors de l'Église, à une sainte dans le genre d'Edith Stein, à une martyre symbolique de la Deuxième Guerre mondiale. Légende étrange et fascinante, irrécupérable, inclassable. Le tome VI de ses Œuvres complètes, *Cahiers* effervescents de février à juin 1942, permettent aujourd'hui, mieux que ses livres construits, d'aller plus loin dans la connaissance de ce météore imprévu, bien fait pour donner une mauvaise conscience définitive à l'effondrement français et à ses suites, jusqu'à nos jours.

Les jugements sur elle sont intrigués et contradictoires. Raymond Aron, comme d'habitude, est raisonnable : «Elle ignorait apparemment le doute, et si ses opinions pouvaient changer, elles étaient toujours aussi catégoriques.» Mauriac la canonise. Blanchot, bizarrement, la suppose influencée par la Kabbale juive. Cioran la trouve d'un orgueil sans précédent, insiste lui aussi sur ses origines juives et son antijudaïsme alors qu'elle serait «un Ézéchiel ou un Isaïe féminin», et conclut, de façon effarante, sur le fait qu'elle avait «autant d'énergie, de volonté et d'acharnement qu'un Hitler». Gombrowicz est insolite : «À travers sa présence auprès de moi, qui va croissant, croît également la présence de son Dieu.» Ignazio Silone prédit qu'on mesurera son importance dans cinquante ans. Levinas, à juste titre, souligne sa «cécité foncière à l'égard du judaïsme biblique». Georges Bataille, qui l'a bien connue au point de faire d'elle un personnage terrible d'un de ses romans, *Le Bleu du ciel*, est sans doute le plus pénétrant : «Elle séduisait par une autorité très douce et très simple, c'était certainement un être admirable, asexué, avec quelque chose de néfaste, un Don Quichotte qui plaisait par sa lucidité, son pessimisme hardi, et par un courage extrême que l'impossible attirait. Elle avait bien peu d'humour, pourtant je suis sûr qu'intérieurement elle était plus fêlée, plus vivante qu'elle ne croyait elle-même... Je le dis sans vouloir la diminuer, il y avait en elle une *merveilleuse* volonté d'inanité : c'est peut-être le ressort d'une âpreté géniale, qui rend ses livres si prenants...»

Simone Weil vit dans l'absolu, elle résiste à toutes les définitions. Elle semble penser comme elle respire, forme brève, ramassée, rapide, électrique, souffle vital.

Son corps l'embarrasse, elle voudrait contempler la lumière et le bien pur comme si elle n'était plus là, laissant Dieu et le monde, enfin, face à face. Elle est juive, elle n'aime pas le Dieu de l'Ancien Testament, le Christ, dit-elle, l'a «prise», elle est emportée par une mystique de tous les instants, lit et relit Platon dans le texte comme s'il s'agissait d'une expérience personnelle (fulgurantes spéculations sur le *Timée*), mais aussi Eschyle et Sophocle, les Pythagoriciens, la Baghavad-Gîtâ (qu'elle médite en sanscrit à Londres à l'hôpital), les troubadours, le bouddhisme zen, et bien d'autres choses encore, mais surtout Platon et encore Platon. Impossible de ne pas devenir platonicien avec elle, c'est l'absolu de la métaphysique, «la porte du transcendant», le réel lui-même. Du même mouvement, elle cumule des calculs mathématiques et cosmologiques, s'abîme dans les nombres, revient à son expérience intérieure portée aux limites de l'attention. Absence d'humour? Pas sûr : «Quantité de vieilles demoiselles qui n'ont jamais fait l'amour ont dépensé le désir qui était en elles sur des perroquets, des chiens, des neveux ou des parquets cirés.» Freud? Un renversement incomplet de Platon. Marx? «La grande erreur des marxistes et de tout le dix-neuvième siècle a été de croire qu'en marchant tout droit devant soi on monte dans les étoiles.» Pessimisme? Oui, sans limites : «Il faut bien que nous ayons accumulé des crimes qui nous ont rendus maudits, pour que nous ayons perdu toute la poésie de l'univers.» Aucune référence à l'actualité, l'urgence et la guerre ont lieu entre conceptions du monde, et surtout par rapport à l'ennemi essentiel : le «gros animal». Écoutons ce blasphème de 1942 : «L'homme est un animal social, et le social est le mal. Nous ne pouvons rien à cela, et il nous est interdit d'accepter cela sous peine de perdre notre âme. Dès lors la vie ne peut être que déchirement. Ce monde est inhabitable. C'est pourquoi il faut fuir dans l'autre. Mais la porte est fermée. Combien il faut frapper avant qu'elle s'ouvre. Pour entrer vraiment, pour ne pas rester sur le seuil, il faut cesser d'être un être social. » Et encore, ce qui vaut plus que jamais pour aujourd'hui : «Une nation comme telle ne peut être objet d'amour surnaturel. Elle n'a pas d'âme. C'est un gros animal.» Nous sommes de gros animaux avalés par un énorme animal et participant à cet engloutissement avec un consentement plus ou moins conscient et sinistre. Nous aimons la vie artificielle et les projecteurs, pas la lumière. «Tout ce qui est sans valeur fuit la lumière. On peut se cacher sous la chair. À la mort, on ne peut plus. On est livré nu à la lumière. C'est là, selon les cas, enfer, purgatoire ou paradis.» Simone Weil est réaliste, elle veut l'impossible : «*L'impossibilité* est l'unique porte vers Dieu. »

On aurait sans doute étonné cette «merveilleuse volonté d'inanité» en lui faisant remarquer qu'elle incarnait, de façon extraordinaire, l'achèvement nihiliste de la Métaphysique et son drame de la mort de Dieu. Elle saisit pourtant une vérité unique : «L'union de l'homme et de Dieu est quelque chose d'essentiellement illégitime, contre nature, surnaturel. Quelque chose de furtif et secret.» La voici donc, splendide hérétique, dans sa volonté d'anéantissement : «Quand je suis quelque part, je souille le silence du ciel et de la terre par ma respiration et le battement de mon cœur.» Simone Weil, Phèdre cachée? Mais oui, puisque ses vers préférés sont de Racine : «Et la mort, à mes yeux ravissant la clarté, / Rend au jour qu'ils souillaient toute sa pureté.» Les humains, on ne le sait pas assez, souffrent d'être nés, et c'est pourquoi leur désir le plus profond est en réalité d'obéir ou de ne plus être. Il y a eu le Beau, bien sûr, comme chez Giotto, Cézanne ou Monteverdi, mais, là, nous ne sommes plus dans la philosophie ni dans le social. C'est comme philosophe que Simone Weil veut disparaître. « On regarde toujours l'esthétique comme une étude spéciale, alors qu'elle est la clé des vérités surnaturelles. » Réfléchissant sur les mathématiques, elle note : « L'essence du beau est contradiction, scandale et nullement convenance, mais scandale qui s'impose et comble de joie. » Comment entrer dans la joie ? « La joie parfaite, infinie, éternelle de Dieu, c'est cela même qui brûle l'âme perdue. » Elle a encore cette phrase inouïe, à la Pascal : « Si on aime Dieu alors qu'on pense qu'il n'existe pas, il manifestera son existence. » Et aussi : « C'est un crime de rendre les hommes tristes. » Mais voilà, le crime continue.

Simone Weil, *Œuvres complètes*,
édition publiée sous la direction de Florence de Lussy,
t. VI, *Cahiers*, vol. 3, février-juin 1942, Gallimard, 2002.

Émouvant Beckett

En 1959, à Paris, un bizarre écrivain marginal de 53 ans devient l'ami d'un couple étrange et réservé : un peintre et dessinateur, une poétesse d'origine américaine. Ils sont juifs, ils ont deux petites filles, le trio sort, boit et fume beaucoup la nuit, et elle décrit l'écrivain ainsi : «Un homme résolu, intense, érudit, passionné et par-dessus tout vrai, beau, habité par le souffle divin.» Ou encore : «Il était poète dans la moindre de ses fibres et de ses cellules.» N'est-ce pas exagéré? Mais non, il s'agit de Samuel Beckett.

Avigdor Arikha connaît déjà Beckett, Anne Atik le découvre. Ils traînent ensemble jusqu'à quatre heures du matin à Montparnasse, surtout au Falstaff. Whisky, vin, bières, champagne. Ils rentrent en titubant et en se récitant des poèmes. L'austère femme de Beckett, Suzanne («je suis une abbesse»), a vite abandonné la partie, mais Anne tient le coup malgré les volumes d'alcool (elle boit moins et observe avec intérêt ces deux fous lucides). Beckett n'a jamais l'air d'être saoul, sa mémoire est phénoménale, il a l'air de connaître par cœur des livres entiers et les détails de centaines de tableaux exposés aux quatre coins du monde. Ils croisent souvent Giacometti qui, après son travail et sans regarder personne, vient manger tous les hors-d'œuvre de La Coupole. Ils sont quand même aperçus, à leur insu, par un jeune écrivain français, très imbibé lui-même, qui marche très tard dans ces parages. Personne ne semble se douter de rien. C'est la vie.

La légende veut que Beckett ait été un sphinx ou une momie impassible, un squelette nihiliste, une froide abstraction inhumaine, un saint à l'envers, un mort-vivant montreur de marionnettes désespérées. Il s'est visiblement arrangé de ce montage pour avoir la paix, mais rien n'est plus inexact, et c'est en quoi le témoignage direct de Anne Atik est si précieux, sensible, insolite. Beckett ? Générosité, bonté, attention aux enfants, joueur (échecs, billard, piano), sportif (nage, marche, cricket, amateur de matches), et surtout présence d'écoute intensive au point de mettre mal à l'aise ses interlocuteurs qui ne savent pas que chaque mot peut être important. Silencieux ? Ça oui, mais pour interrompre l'immense bavardage humain, sa routine, son inauthenticité, sa rengaine. J'ai vu Beckett et Pinget déjeuner ensemble sans se parler. Une bonne heure et demie, motus. À la fin, le pot de moutarde, devant eux, était devenu une tour jaune gigantesque. Aucune animosité, de l'espace pur. Beckett sur le boulevard ? Un jeune homme souple dans ses baskets, envoyant valser les feuilles mortes de l'automne. Un *ailier*.

Avec le temps et la célébrité dérangeante, il y a maintenant les dîners tranquilles chez Anne et Avigdor, avec leurs filles Alba et Noga. Beckett enseigne le jeu d'échecs à l'une, apporte des cadeaux, mange peu, préfère le poisson, mange les arêtes à cause, dit-il, du calcium. Il évoque une enfance de bonheur et de prospérité. « Il se demandait pourquoi, aux yeux de nombre de ses lecteurs, ses écrits indiquaient qu'il avait eu une enfance malheureuse. » Pas du tout : promenades avec son père dans les ajoncs, confiance et lumière. « Il était très attaché à sa famille et se sentait responsable d'Edward, le fils de son frère. » Évidemment, de temps à autre, il passe d'un silence modéré à un mutisme de trou noir : « Il était délicat de briser le silence. Ç'aurait été pire que d'interrompre un aveu. » Anne Atik lui cite un jour un propos de Rabbi Zeev de Strykhov : « Je garde le silence, et lorsque je suis las de mon silence, je me repose, puis je retourne au silence. » Petit hochement de tête de Beckett. Quelque chose comme ça. En pire, bien sûr.

Mais voici l'essentiel : la poésie, la musique. Pas Mahler ni Wagner (« trop de choses là-dedans »), mais Haydn, Mozart, Schubert. On écoute, on réécoute, Beckett lève les yeux et les baisse, les larmes ne sont pas loin. On a bu un haut-brion (« nectar ») ou un rieussec. On s'est moqué d'un éditeur (lequel ?) dont Sam a dit « qu'il ne maintient pas la tête de ses auteurs hors de l'eau ». « Après moi le déluge ? » questionne Anne. « Pendant moi le déluge », conclut Beckett. Plus que tout, on a récité des poèmes : Yeats, Dante, Villon, Hölderlin, Milton, Shakespeare (« personne n'a écrit comme lui »). Avigdor lit des psaumes en hébreu, l'anglais lui répond rythmiquement comme s'il était fait pour l'entendre. Parfois, Sam et Avigdor se lèvent, le poing serré, pour déclamer un vers. Du français ? Apollinaire. De l'allemand ? Goethe. De l'italien ? Dante et encore Dante. Beckett se met même au portugais pour lire Pessoa. « *Hail, holy light* », « Salut, sainte lumière ». Anne Atik note : « Il levait la tête et marquait une pause, laissant la phrase monter comme l'eau dans une fontaine.» Toute la concentration constante de l'auteur de *Pas moi* se révèle dans ces moments : consonnes, voyelles, rimes, chantonnement en couleurs, à l'opposé de ce qu'il demandait à ses comédiens (ton neutre et monotone, voix blanche). À l'intérieur, en privé, comme un secret, la modulation. À l'extérieur, au théâtre, pour le spectacle réglé mathématiquement, pour le public, donc, le vide, l'absence. C'est le monde qui est en détresse, pas la mémoire vivante. Les sonnets de Shakespeare sont là. *Le Roi Lear* est là («irreprésentable»). Beckett, dit Anne Atik, était «un lecteur omnivore». Très vite : Samuel Johnson, Rabelais, Ronsard, Racine (pour ses monologues), Flaubert, Nerval, Verlaine, Rimbaud, Jouve, Pétrarque, Maurice Scève, Sterne, Defoe, Stevenson (ses lettres), etc. Et Joyce ? Ah, Joyce ! Ici une anecdote révélatrice : Crevel, un jour, apporte le deuxième manifeste du surréalisme à Joyce pour savoir s'il le signerait. Joyce le lit et demande à Crevel : «Pouvez-vous justifier chaque mot ?» Il ajoute que lui, dans ce qu'il écrit, peut justifier chaque syllabe. Shakespeare, Joyce, la Bible. Et encore. Pour l'effet physique, pour l'émotion. Grande émotion du langage. Par exemple, juste cette formule de Keats pour le rossignol « *full-throated ease*», «aisance de gorge pleine». Autrement dit : tout est dans la voix. Autre formule de Boccace à propos de Dante : «la douce odeur de l'incorruptible vérité». La voix peut avoir le parfum de la vérité.

À la toute fin de sa vie (83 ans), dans sa maison de retraite sinistre, Beckett, avec sa bouteille de whisky Jameson («en direction de l'Irlande») et ne refusant pas un cigare, reçoit encore ses amis. Il est élégant, comme toujours, et, aussitôt, récitation de poèmes. Quelques mois après, il s'effondre, et récite encore de la poésie jusque dans son délire. Il meurt enfin le 12 décembre 1989. Dehors, les journalistes sont à l'affût «comme des vautours», et les nécrologies d'un prix Nobel de littérature sont déjà prêtes. Yeats : «La mort d'amis, / La mort de chaque œil qui brillait / Et qui coupait le souffle / Ne semblent plus que nuages du ciel.»

Anne Atik, *Comment c'était.*
Souvenirs sur Samuel Beckett, avec quatre portraits d'Avigdor Arikha, traduit de l'anglais par Emmanuel Moses, Éditions de l'Olivier, 2003.

Purgatoire de Céline

Il faut avoir vu le lieu où respirait Céline, après la guerre, au Danemark, à Klarskovgaard. Petite maison isolée et insalubre, bord de la Baltique, brume, froid, neige, horizon Elseneur, *to be or not to be* : «Je suis malade à en crever dans une cabane glaciale.» C'est de là qu'il écrit à son vieil ami Zuloaga pour le presser, comme il le fait avec d'autres correspondants, de trouver une issue à son exil de sans-papiers et de bouc émissaire. Antonio Zuloaga, le fils du peintre, ancien attaché culturel à l'ambassade d'Espagne, est, pour Céline, l'espoir de se retrouver là-bas, au Pays basque, où Lucette, danseuse, pourrait même se mettre aux «castagnettes». Technique célinienne classique : humour, familiarité, plainte, enveloppements, évocations de souvenirs poivrés, justifications répétitives, manipulation comique. Zuloaga, visiblement, a été un intime très intime. «Mon cher vieux», «mon bien cher aimé Zoulou», «mon bon Zoulou», «cher gros bandit». Ce Zoulou, le docteur Céline sait qu'il faut le prendre par les compliments sexuels : il a «une grosse bite», il est beau en chemise de nuit, il pourrait, s'il consentait à venir faire un tour au nord pour mieux comprendre la situation, «amener une gentille compagne de voyage bien sportive», «que d'heures on perd loin des culs!». On lui propose même de lui «prêter la Pipe» (surnom de Lucette), puisqu'il est «un gros Cupidon atroce», et qu'on va jusqu'à lui dire : «pense à nous quand tu éjacules!». Plaisanterie, bien sûr, mais qui sert à mettre en évidence, avec pudeur, l'état misérable où se trouve réduit un des plus grands écrivains français. «Je suis un vieil acrobate éreinté.» «Tout ce qu'on avait pas compris dans la vie, on le comprend d'un coup en cellule. Ce retard! Vingt piges pour l'esprit. Cent ans hélas pour les os!»

Séduction, demande d'action, menaces : si on me fait trop de saloperies, répète Céline, alors tombe la foudre. Ailleurs, il a cette formule merveilleuse : «Attention, je peux faire rire!» Au fond, c'est peut-être ce rire persistant, corrosif, innocent au milieu de l'horreur, de la douleur et du désespoir qu'on ne lui pardonne pas. Il est, à ce moment-là (et on se demande où il en trouve la force), en train d'écrire un de ses plus beaux livres, *Féerie pour une autre fois*. Mais les messages à délivrer «à l'extérieur» sont rédigés dans l'urgence. Partir, quitter ce trou danois, obtenir un passeport, faire annuler les poursuites contre lui qu'il s'obstine à trouver absurdes et sadiques. Il est un martyr, dit-il, «martyr absolu, martyr total, martyr de mon patriotisme pacifique, de mon patriotisme janséniste effréné, folkloriste délirant». Ce qui peut nous étonner le plus, aujourd'hui, c'est qu'il se croit accusé de trahison alors qu'il a écrit le livre le plus monstrueusement antisémite de tous les temps, *Bagatelles pour un massacre*. En est-il conscient? Bien sûr, mais pas vraiment. «Il n'y a rien dans mon dossier», dit-il. Mais aussi : «D'ailleurs l'antisémitisme est une provocation criminelle qui ne sert qu'à faire des bagnards. Je suis prêt à l'écrire, je suis seul en France et peut-être au monde qui ait l'auto-rité pour faire entendre de telles paroles — pour faire cesser à jamais les persécutions juives — non par couardise mon dieu — ma peau est sur la table.» «Qui peut tout souffrir peut tout oser», écrit Vauvenargues.

En effet. Qui connaît le poison, connaît aussi le contre-poison. Un des usages les plus paradoxaux de la lecture du «mauvais Céline» est de guérir à jamais de l'antisémitisme. On a plus à redouter, dans ce domaine, les virus plus insidieux ou plus doux. D'ailleurs, Zuloaga est un bourgeois, il ne peut rien comprendre au fond des choses : «Tu crois savoir des choses, et tu ne sais rien du tout. Du côté où tu as vécu, du bon côté, on ne sait rien du tout. C'est ça le bonheur : ne rien savoir du tout. S'imaginer. Tout bénéfice! Vanité satis-faite et confort intellectuel — et matériel.» Et encore : «En quoi consiste ta fortune? En diamants, j'espère. Ça s'avale, ça se chie, ça se vend, ça s'enterre avec soi, c'est la seule chose qui reste une fois pourri. Penses-y, nom de Dieu!» N'oublions pas que c'est un bagnard qui parle.

Céline n'en démord pas : il y a les habitants du bon côté des choses, et puis lui, «bouc puant», victime désignée à cause de son talent «burlesque». Il va même jusqu'à émettre cette énormité pas si énorme : «Tout le monde a collaboré sauf moi.» La vérité, pour un sans-papiers, est qu'il est tout simplement hors la loi. «Quand on est hors-la-loi, on rigole par tous les bouts! On devient restaurant gratuit, hôtel gratuit, con gratuit, lit gratuit, traître gratuit, salaud gratuit, ordure gratuite.» Des papiers, de l'argent : le reste est une comédie inhumaine. «Tu gagnes du pognon, c'est par-fait, c'est ton devoir. Je n'ai pas l'intention de te taper jamais, mais j'aime les gens riches. Ils font bander nos femmes, consolent nos veuves et adoptent nos orphelins.» Pour Céline, on le sait, les barrières sociales sont infranchissables : «Je regrette de ne pas avoir été élevé à Condorcet, tu me respecterais bien davantage! Ce sont mes origines qui te blessent!» Tout le monde s'en tire sauf lui, parce qu'il n'est pas né du bon côté du soleil. Ce n'est pas le cas de Morand, par exemple : «Jamais ennuyé, jamais jugé. Parfait. Mais l'homme est fin, et très bien renseigné, une vraie hirondelle.» Zuloaga ose se plaindre des lettres de son correspondant? La foudre : «Tu te plains de mes lettres qui t'enrichiront un jour!»

Dans le cas de Céline, il y revient sans cesse et avec raison, la vraie circonstance aggravante est bien entendu le style. Disons mieux : la poésie. Céline poète? Et grand poète? Mais oui, et il faudra s'y faire. Lui-même, toujours par pudeur, n'emploie le mot qu'en le déformant, avec une humilité rusée et sincère : «*Les Beaux-Arts! Les Belles-Lettres! La Povoisie! Voilà, mes passions — et la DANSE!*» Le réalisme, le naturalisme, le roman familial ou social? Mais non, rien à voir : «Je suis povouëte et que povouëte. Ce qui n'est pas transposable m'embête à périr. L'"objectif", je laisse ça aux écrivains éphémères. Le vers seul est fixatif — ou le pseudo-vers, hélas! tout mon possible.» Le scandale-Céline est bien là : une force et une électricité de langue qui font paraître les «poètes» modernes mièvres, embarrassés, précieux, faussement hermétiques, ennuyeux. Céline «voltairise» la langue, mais la livre aussi à toute son histoire secrète, à sa liberté, à son anarchie enflammée et malgré tout classique. C'est pourquoi il est en droit de dire : «Je veux des calomnies de qualité.» Hélas, un grand poète, de son vivant, ne peut connaître que la mesquinerie ou la haine : «À présent, marchander c'est du pur velours.

Voici venir le temps des rentiers de la haine. Vraiment l'espèce la plus haïssable des cent variétés de délateurs.» Voici un «jeune sale petit con hystérique ivrogne inepte.» Ou bien un «beau dégueulasse, lâche, menteur, mouchard». Un autre est «foutrement dangereux, maléfique», avec «inconscient pas innocent». Les journalistes? «J'ai un disque dans le ventre, toujours le même, on se lasse vite de m'interviewer. Celui qui me sortira un mot de plus que mon disque sera bien malin, et pour le reste de mes jours, *la drôlerie est à l'intérieur.*»

La vérité est à l'intérieur. Elle est horrible, elle est drôle. «Je suis à mon aise dans le pire», dit Céline. Mais il est aussi à l'aise dans l'enchantement. Qu'on lui lève son mandat d'arrêt, voilà tout ce qui l'intéresse. «Un cauchemar *fignolé* de sept années, c'est une opération sur les nerfs — on reste bovins.» Céline et Lucette sont des «lépreux», et «en ces temps communistes, on ne respecte plus guère que les milliardaires». Le cauchemar va pourtant prendre fin, même si le nom de Céline est promis, il s'en doute, à un cauchemar sans fin. Il ne meurt pas tout de suite, pourtant. Il n'écrit plus que rarement à «Zoulou». Un dernier mot pour lui annoncer son arrivée à Meudon avec «vue sur tout Paris et le Sacré-Cœur et la Seine». Le bouc, le lépreux, l'acrobate éreinté va se remettre au travail. Quelques chefs-d'œuvre en perspective, voilà tout, *D'un château l'autre*, *Nord*, *Rigodon*. Les tordants *Entretiens avec le professeur Y*. Le comique et la poésie, toujours. Traversée du chaos, navigation en enfer, et, par-dessus tout cela, danse et musique. «On aurait eu de quoi devenir fous cent fois — d'ailleurs on l'est.» Le plus émouvant pour finir : la demande que fait Céline à Zoulou d'acheter un parfum à Paris pour

Lucette. Un flacon de *Narcisse noir*, de Caron, chez Arnys, parfumerie, rue de la Paix. Il veut lui faire ce petit cadeau, la moindre des choses.

Septembre 2002

Donc vos : <u>éléments</u>

absolu. formel - toujours

<u>NON</u>

<u>NON</u>

<u>NON</u>

Sur ma tombe ma seule

épitaphe NON

T. R

Les vies de Céline

La plupart des écrivains n'ont qu'une vie, et elle est en général monovalente. On s'accorde sur leur parcours, la courbe est claire, la mort boucle le dossier, les interprétations vont dans le même sens, l'unanimité se fait en blanc ou noir, le scandale, s'il a eu lieu, s'évapore. Avec Céline, rien de tel. Philippe Alméras, dans l'avant-propos de son *Dictionnaire*, lui attribue au moins vingt-sept vies différentes avec un «enchaînement d'œuvres dans une langue indéfiniment renouvelée».

C'est beaucoup, c'est trop, et tout le monde, au fond, se résigne à penser que Céline est décidément en trop. Que faire? L'oublier? Difficile. Ne plus en parler? Raté. Lui appliquer un jugement moral définitif? C'est fait, à intervalles réguliers, sans plus de succès. À la limite, l'opinion veut bien accepter un côté «bien» (*Voyage au bout de la nuit*) et un côté «mal» (tout ce qui succède à *Bagatelles pour un massacre*). Le «mal» l'emportant d'ailleurs de plus en plus sur le «bien», voilà Céline en enfer. Pourtant, rien n'est gagné : ce damné est là, il parle, il se relève indéfiniment avec le feu qui le brûle, on est obligé de le traiter de «grand écrivain», c'est un monstre d'autant plus actif qu'on le rejette ou qu'on le censure, il échappe à ses admirateurs comme à ses adversaires, aucune académie ne peut l'enfermer, aucun discours universitaire le cerner, il fuit, il ruse, il déborde, c'est le Diable en «Pléiade» (comme Sade), le crime en liberté, l'inadmissible imprimé, un cauchemar pour l'éternité.

D'où, en effet, la nécessité d'un dictionnaire, forme éclairante qui se situe, d'emblée, par-delà le Bien et le Mal. Il faut tout simplement raconter l'Histoire, mettre les dates (très important), déplier le XXe siècle, ses deux guerres mondiales, ses délires, ses atrocités, ses débilités, sa noirceur. Énorme théâtre, dont Céline est à la fois spectateur et acteur, dans la misère comme dans le grotesque. Son antisémitisme, son racisme? Éclatants et inadmissibles, mais l'indignation, ici, ne suffit pas pour comprendre en quoi ils relèvent d'une passion que nous continuons à observer tous les jours. Son messianisme apocalyptique? Insupportable, mais les lendemains qui chantent ne recrutent plus personne sur une planète déboussolée. Son nihilisme outrancier? Chacun et chacune le récuse, mais en éprouve secrètement la force de vérité.

En réalité, sur fond de tendresse désespérée, il est facile d'identifier le crime fondamental et médical de Céline : il fait rire. «Je ne me réjouis que dans le grotesque aux confins de la mort. Tout le reste m'est vain.» Et aussi : «Je sais faire rire. Le rire jaune, le rire vert, le rire à en crever!» Et c'est vrai. On rit cent fois en le lisant, c'est un fait. Exemple, à propos des avocats : «Rigolos au salon, sinistres à l'aube, inutiles à l'audience.» Quelqu'un qui ne rit pas, en revanche, c'est ce responsable SS, Bernhard Payr, qui déconseille la traduction en allemand de *Bagatelles* : «Les plus grossières obscénités se rencontrent toutes les deux pages et pour sa plus grande part le livre est fait d'exclamations et de lambeaux de phrases qui agissent comme les cris d'un hystérique et anéantissent les intentions certainement excellentes de l'auteur. »

Les professionnels du crime ne rient pas, les professionnels de la pensée correcte non plus. Céline, en 1948 : « On croit à lire l'Histoire que les époques de décadence furent les plus amusantes à vivre ! Quelle erreur ! Elles sont au contraire ennuyeuses : rabâcheuses, stupidement cruelles ! On comprend que les Romains de la décadence s'enculèrent à qui mieux mieux — Ils s'ennuyaient. » Mais dès 1933 : « Il n'y a personne à gauche, voilà la vérité. La pensée socialiste, le plaisir socialiste n'est pas né — on parle de lui, c'est tout — S'il y avait un plaisir de gauche il y aurait un corps... » Ou bien, en 1938 : « Ce monde me paraît excessivement lourd avec ses personnages appuyés, insistants, vautrés, soudés à leurs désirs, leurs passions, leurs vices, leurs vertus, leurs explications. Lourds, interminables, rampants, tels me paraissent être les êtres, abrutis, pénibles de lenteur insistante. Lourds. Je n'arrive en définitive à classer les hommes et les femmes que d'après leur "poids". Ils pèsent. Ils mastiquent vingt heures, vingt ans... le même coït, le même préjugé, la même haine, la même vanité... »

La grande réussite du *Dictionnaire* d'Alméras est dans sa neutralité intelligente. Il n'essaie pas de justifier Céline, il montre ses mensonges, ses dissimulations, son opportunisme, ses retournements, sa monomanie. Quand Céline est odieux (pendant l'Occupation), il le dit, il le montre. Il cite ce propos de bon sens de Louise Weiss : « Céline a été intellectuellement extraordinairement grossier. » Céline, par exemple, trouvait Nietzsche « surfait », et, là, on hausse les épaules. Une pensée qui se ramène au racisme n'est plus une pensée, mais Céline n'est pas là pour «penser». Ce qu'il recherche, comme un drogué ascétique, c'est la transe des mots, sa «petite musique», l'«émotivité directe».

«Il ne m'amuse pas de travailler en transe comme je le fais — bourré de véronal et d'aspirine en insomnie chronique, écrit-il dans une lettre. Mon genre d'écriture tu le sais c'est la transposition immédiate, la transe. Je me fais l'effet de ces vieux acrobates vieillards qui remontent au trapèze sans aucun entrain — par nécessité, par misère. Si je m'en fous de Féerie et du reste! des patati de presse! des polémiques! des haines et des convulsions partisanes! J'ai payé tout ça de ma vie! J'en dégueule. Je vais à l'éditeur comme un chien battu, un âne roué de coups.»

Énigmatique Céline, en train d'écrire, jour et nuit, sa danse de chefs-d'œuvre : *D'un château l'autre*, *Nord*, *Rigodon*. Et ses *Entretiens avec le professeur Y*, à mourir de rire. Conclusion d'Alméras : «*Voyage au bout de la nuit*, en poche, est le livre le plus volé en librairie dans un temps où la "fauche" a beaucoup diminué avec l'appétit de lecture.» Voilà qui est, sans doute, *significatif*.

Philippe Alméras, *Dictionnaire Céline.*
Une œuvre, une vie, Plon, 2004.

Céline en enfer

Oublions tout ce qu'on a pu dire, et surtout médire, de Céline, plus que jamais l'ennemi public universel. Ouvrons simplement ces petits cahiers d'écoliers danois, griffonnés au crayon, en 1946, par un prisonnier du quartier des condamnés à mort à Copenhague. La main qui écrit, pendant 18 mois, est obligée, dans des conditions effroyables, de se tenir au style télégraphique. C'est le malheur, l'épuisement, le vertige au bout de la nuit. Céline a voulu aller au diable? Il y est. Il a traversé l'Allemagne en feu avec sa femme et son chat, il a été arrêté, il s'attend à être fusillé d'un moment à l'autre : «Je titube bourdonne comme une mouche et puis je vois mille choses comme des mouches, mes idées se heurtent à un énorme chagrin.» «Je suis plein de musique et de fièvre.» «L'envie de mourir ne me quitte plus, c'est la seule douceur.» «Je suis fou.»

On peut détester Céline, mais il est, je crois, impossible de lire ces cahiers sans émotion. Il n'est plus ici qu'un damné qui brûle, et qui, chose stupéfiante, ne sait pas pourquoi. «J'ai voulu empêcher la guerre, c'est tout. J'ai tout risqué, j'ai tout perdu.» Il n'est d'ailleurs pas accusé, à l'époque, d'antisémitisme criminel, mais de trahison, ce qui l'indigne, et lui fait citer, comble d'exotisme, le cardinal de Retz : «Une âme délicate et jalouse de la gloire, a peine à souffrir de se voir ternir par les noms de rebelle, de factieux, de traître.»

Autour de lui, tout n'est que bruit, fureur, hurlements, douleur, et il regarde de temps en temps, au-dehors, la palissade où il s'attend à être collé pour son exécution. «Les moineaux, derniers amis du condamné, les mouettes au ciel, liberté.» «Les gardiens me font signe que je vais être expédié en France pour être fusillé. Ça m'est bien égal.» Ce qui l'inquiète surtout, c'est Lucette, sa danseuse. Elle maigrit, on lui a peut-être cassé «le rythme divin si fragile de la danse, le secret des choses». Il la voit danser dans le vent, «elle connaît le secret du vent». La main et le crayon tiennent bon, cependant, et la mémoire devient une hémorragie permanente : «Les souvenirs les plus petits sont les fibres de votre âme. S'ils se rompent, tout s'évanouit.»

L'épouvantable Céline avait-il du cœur? Eh oui, il faut s'y résoudre. Et il aggrave son cas : «L'effroyable danger d'avoir bon cœur : il n'est pas de plus horrible crime, plus implacablement traqué, minutieusement, qui n'est expié qu'avec cent mille douleurs.» Le cœur? Attention, il peut disparaître : «À partir du moment où vous passez sur un cadavre, un seul cadavre, tout est perdu, le charnier vous tient.» Phrase prodigieuse de lucidité, tracée à deux doigts de la mort. «Il faut raconter l'éparpillement d'une âme vers la mort par l'horreur et le chagrin.»

Bien entendu, Céline pense à sa stratégie de défense et aux livres qu'il écrira plus tard, les plus beaux : *Féerie pour une autre fois*, *D'un château l'autre*, *Nord*,

Rigodon (il y a encore des arriérés qui veulent le limiter au *Voyage*). Traître, lui? «J'aurais livré le Pas-de-Calais, la tour Eiffel, la rade de Toulon, je ne serais pas plus coupable.» Il n'a pas l'air de se rendre compte (comme le dit si justement Sartre à propos de Genet) que la société pardonne beaucoup plus facilement des mauvaises actions que des mauvaises paroles. *Bagatelles*, voilà le problème, et pour longtemps. Céline, lui, veut renverser l'accusation : il n'est après tout qu'un persécuté, et il a, en cela, de glorieux prédécesseurs, exilés ou emprisonnés : Villon, Descartes, Voltaire, Chateaubriand, Hugo, Rimbaud, et bien d'autres. «La France, à toutes les époques, s'est toujours montrée féroce envers ses écrivains et poètes, elle les a toujours persécutés, traqués autant qu'elle pouvait.» Ainsi de Chateaubriand, qu'il appelle «René», «enragé sentimental patriote passéiste comme moi» : «Il rêve la France, l'âme de la France, je l'ai rêvée aussi, moi, pauvre barbet misérable.»

Nous ne sommes pas au bout de nos surprises — Céline, en 1944, a emporté des livres avec lui : La Fontaine (le plus grand d'après lui), Ronsard, Molière, La Bruyère, La Rochefoucauld, Les Historiens et Chroniqueurs du Moyen Âge, et, évidemment, les *Mémoires d'outre-tombe*. Et voici, mêlées, à ses vertiges en cellule, des citations qui surgissent comme des bouées de sauvetage, maximes des increvables moralistes du XVIIe siècle, «cette petite civilisation, ces phrases brèves, ces bouffées d'étoiles». L'art de la citation, on ne le sait pas assez, est le plus difficile qui soit, et on peut rêver du livre que Céline, qui cache un Plutarque sous son lit, aurait pu composer dans cette dimension résurrectionnelle. Voici ce qu'il choisit de Talleyrand : «On dit toujours de moi trop de bien ou trop de mal. Je jouis des honneurs de l'exagération.» Ou de Mme Rolland : «Je ne dois mon procès qu'aux préventions, aux haines violentes qui se développent dans les grandes agitations, et s'exercent pour l'ordinaire contre ceux qui ont été en évidence, ou auxquels on reconnaît quelque caractère.» Ou encore ceci, dans *Note de la censure à Louis XVI*, en 1787 : «Les gens gais ne sont pas dangereux, et les troubles des États, les conspirations, les assassinats ont été conçus, combinés et exécutés par des gens réservés, tristes et sournois.»

On oublie trop vite que Céline est un grand écrivain comique, parfois terrifiant, certes, mais profondément comique. Si vous en doutez encore, lisez ses *Entretiens avec le professeur Y*, à mourir de rire, comme du meilleur Molière. Ce point est essentiel, il est médical. Le rire de Céline est aussi pointu et énorme que son expérience du délire et sa conviction du néant. «Tout fait musique dans ma tête, je pars en danse et en musique.» L'oreille immédiate voit tout à travers les grimaces, les cris, les bombardements, les incendies, la décomposition. C'est là qu'il rejoint Voltaire, rieur endiablé, que les dévots en tous genres ne pourront jamais supporter. Son persécuteur de l'ambassade de France à Copenhague, acharné à demander son extradition, c'est-à-dire sa mort (les Danois ont sauvé Céline), en saura quelque chose. Le rire, mais aussi l'amour étrange, comme le prouvent les lettres magnifiques, qu'il envoie à la pianiste Lucienne Delforge, sa maîtresse en 1935, «toi petit terrible secret, petite fée du cristal des airs». La musique, la danse, les femmes : le plus sensible et délicat Céline est là tout entier. «Sois heureuse autant que possible, selon ton rythme, tu verras, tout passe, tout s'arrange, rien n'est essentiel, tout se remplace, sauf le pauvre refuge où tout se transpose et s'oublie.» Et en juin 1939 : «Je ne sais pas ce que je deviendrais si tu venais à ne plus jouer. Comment ne t'aimerais-je pas et mieux que personne, mon cher petit double.» Et aussi, juste avant la catastrophe : «Les jours en silex succèdent aux jours en caca. C'est la bonne vie de vache pour laquelle je suis fait. J'accumule les maléfices, je m'en servirai bien un jour.»

Passion de Lacan

Lacan se définissait lui-même comme un des derniers self-made-man, une sorte de saint imparfait qui, pour cette raison, s'obstinait à en susciter d'autres au sein de la psychanalyse. Freud ayant fondé le seul vrai couvent, la seule véritable école ou société secrète, sa découverte serait sans cesse recouverte, amoindrie, détournée, par le conformisme ambiant, les intérêts locaux, la routine. Un moine français bizarre et zen se lève donc et parle : Lacan. « À la vérité, le saint ne se croit pas de mérites, ce qui ne veut pas dire qu'il n'ait pas de morale. Le seul ennui pour les autres, c'est qu'on ne voit pas où ça le conduit. » Et encore : « Plus on est de saints, plus on rit, c'est mon principe, voire la sortie du discours capitaliste — ce qui ne constituera pas un progrès, si c'est seulement pour certains. »

Plus de vingt-cinq ans après ces propos, le discours capitaliste bat son plein, et s'appelle mondialement souveraineté de la Technique. Que devient la psychanalyse dans ces conditions ? De plus en plus ce que laissait présager son sommeil anglo-saxon. Réduction du langage à la communication, adaptation de l'individu à l'entourage social, évacuation de l'Histoire, accent mis sur les « relations humaines », gommage de l'inconscient comme de la sexualité. Marx a engendré une gigantesque mafia policière, Freud un continent d'éducateurs commerçants. «Le pharisien et le boutiquier ne nous intéressent que pour leur essence commune, source des difficultés qu'ils ont l'un et l'autre avec le langage.» Voilà, nous sommes à Rome, en septembre 1953. La conférence de Lacan s'intitule «Fonction et champ de la parole et du langage». Sa navigation solitaire commence. Il sera l'hérétique majeur de l'église analytique, le diable, l'empêcheur d'interpréter en rond, le fauteur de scission, le dérangeur, le questionneur, l'emmerdeur. Exclu de la communauté, il osera se comparer à Spinoza. On lui reprochera tout : sa dégaine, son insolence, sa culture philosophique, son franc-parler, ses fameuses «séances courtes», son séminaire ouvert à tous, le désordre qu'il introduit dans l'université comme sur les divans, sa vie de grand bourgeois cynique, ses saillies incessantes contre la moutonnerie générale, bref son style. Quelqu'un qui dit «je», et de cette façon, quel blasphème! Pour qui se prend-il? Un nouveau Christ? Pas loin, d'ailleurs les allusions abondent. Nous serions tous plus ou moins aliénés à l'image de l'enfer des névroses, des perversions, des psychoses et les traitements chimiques seraient des pansements sur une jambe de bois. Tout serait fait, à chaque instant, pour oublier la science de la censure introduite par Freud, et biologiser ainsi l'essence de l'être parlant qu'on appelle l'homme (désormais fabricable). Le plus étrange, dans cette volonté d'obturation, est de constater l'inattention portée au langage lui-même, à ses tours et détours, à sa nervure, à sa ponctuation physique. «La parole est un don du langage, et le langage n'est pas immatériel. Il est corps subtil, mais il est corps.» Et Lacan de nous montrer les mots en actions dans des images corporelles, grossesse de l'hystérique, labyrinthe du névrosé obsessionnel, blasons de la phobie, énigmes de l'inhibition, charmes de l'impuissance, oracles de l'angoisse, armes du caractère, sceaux de l'autopunition, déguisements de la perversion. L'hystérie se déchiffre comme des hiéroglyphes, les rêves aussi, et tout ce qui paraît hermétique peut être éclairé par celui qui sait écouter, interrompre, ponctuer, répondre, lire. Ce qui est enchevêtré, criant ou obscur, l'exégèse, dit Lacan, le résout. Les équivoques peuvent être dissoutes, les artifices absous par la «délivrance du sens emprisonné». *Résoudre, dissoudre, absoudre* : il s'agit donc, dans la cure, d'une mise en liberté. Évidemment, si je n'aime pas ma propre liberté, je n'aimerai pas non plus celle de l'autre. Il le sentira, m'en voudra, me trompera, feindra, s'éternisera, sans prendre la porte de son destin qui lui est pourtant largement ouverte. Lacan insiste : l'analyse, dans sa racine, est «révélation du palimpseste, mot donné du mystère, pardon de la parole». On comprend qu'à l'époque (l'année de la mort de Staline) son sermon enflammé soit tombé à plat. Cinquante ans pour comprendre, ce n'est pourtant pas énorme. On l'a vu pour Hegel, Nietzsche ou Freud, on le verra pour Heidegger (dont il arrive à Lacan de louer «la signifiance souveraine»). Périodiquement, il faut bien que quelqu'un se dévoue, à ses risques et périls, pour reprendre les choses d'un peu plus haut. Combien de temps encore avant qu'*Acheminement vers la parole*, de Heidegger, soit vraiment lu? Mais qu'est-ce qui est vraiment lu? La Bible, Homère, Parménide, Héraclite, Empédocle, Platon, Aristote, Shakespeare, Sade, Lautréamont, Rimbaud, Mallarmé, Joyce? Vraiment? Vous êtes sûrs?

Lacan était passionnant, voilà ce que je veux dire. Il est dommage que ses séminaires, à Paris, n'aient pas été longuement filmés : sa manière de faire corps avec ce qu'il disait était fabuleuse. La voix, les raclements de gorge, les retours, les digressions, les sarcasmes, les envolées, les piétinements, les soupirs, tout était musicalement intéressant. Du grand théâtre. La vie est un théâtre. Les anciens du «séminaire» savent quel plaisir c'était d'aller entendre l'improbable, le surprenant, l'insolite, l'inquiétant, le dérapant, le sidérant Lacan. L'écrit ne le révèle pas dans les mêmes proportions : il y a un embarras spécifique de Lacan par rapport à l'écrit, une préciosité, un tarabiscotage, un charabia parfois inutile. Sa parole est familière et percutante, son écriture nouée, empesée. À chacun de le traduire, et tout devient clair. D'autant plus que les fulgurances ne sont pas rares : «Ce qui se réalise dans mon histoire (...) est le futur antérieur de ce que j'aurai été pour ce que je suis en train de devenir.» Mais oui, c'est exactement ça. Il y a une poétique de Lacan, comme il y a une poétique de Freud, au sens le plus existentiel du terme. D'où les projections, l'effervescence autour de lui, les légendes. Il ne faut pas s'étonner que beaucoup de ses «élèves» (comme il disait) ou de ses auditeurs libres se soient soudain retrouvés dans la rue en 1968. L'École normale supérieure n'en est toujours pas revenue, et le Panthéon, tout près, a perdu beaucoup de son innocence. Un certain déchaînement verbal de l'époque a eu Lacan comme agent secret. J'ai failli l'emmener en Chine, j'ai tenté, avec un certain succès, de le transvaser de Gide en Joyce. Aurait-il aimé m'allonger? C'est probable. Je me suis contenté d'un hommage dans son séminaire Encore : «Sollers est illisible, comme moi.» J'ai trouvé que ce n'était pas vrai, mais que ça n'avait aucune importance. De temps en temps, des formules de lui traversent mon horizon, le «parlêtre», par exemple, ou bien «Dieu est inconscient», ou «La

Femme n'existe pas», ou «Il n'y a pas de rapport sexuel». Je me souviens des dîners près de chez lui, au restaurant La Calèche : jamais une banalité dans la conversation, pas un seul cliché, l'éveil. Lacan, paraît-il, pouvait être odieux. Je l'ai toujours trouvé, quoique parfois exaspérant, extraordinairement sympathique. De qui peut-on se demander : «Qu'est-ce qu'il va pouvoir dire aujourd'hui ?» Le mot, l'esprit. Lacan ne se contentait de rien, n'était jamais satisfait, voulait sans cesse tout recommencer, et c'est la raison pour laquelle j'aime revoir sa signature sur mon exemplaire de l'édition originale des *Écrits* : «On n'est pas si seuls, somme toute.»

Morand, quand même

On peut décider d'être sévère avec Morand, c'est facile. Le procès est vite expédié : les origines bourgeoises, le succès, la fortune d'un riche mariage, Vichy, l'antisémitisme, la misogynie, l'homophobie, l'Académie, l'absence de repentir, l'affirmation du bonheur physique, l'«aristocracisme». Brève déclaration du condamné par avance : «Je suis un ultra, style Charles X, séparé de la masse française par ma vie et mes goûts ; mais un ultra sans la foi ; et qui, contrairement aux autres, a beaucoup appris et retenu.» Sans doute, Monsieur Morand, mais la «masse française», comme vous dites avec mépris, est là pour vous juger et non pour excuser votre vie déréglée, vos goûts surannés, votre aventure ratée. Votre temps est passé, votre monde s'est effondré, nous avons changé d'ère. À quoi bon rouvrir votre dossier? Vous êtes incurablement d'un Ancien Régime dont nous avons fait table rase. Votre cas est implaidable, votre correspondance ou votre journal posthumes le prouvent. L'indulgence à votre égard n'est pas de mise, ce serait renverser le verdict de l'Histoire. Vous avez quelque chose à ajouter? Oui? «Ce que j'ai réussi peut paraître insignifiant ou médiocre, comparé à d'autres vies, mais c'est *immense*, ce fut colossal, si on considère la médiocrité de ma personne, ma bêtise, ma paresse, ma vulgarité, mon avance à tâtons, ma progression à l'aveuglette. Mon seul mérite, c'est de le reconnaître avec sincérité et humilité, de l'avoir vu assez vite et assez tôt, et d'avoir toujours rendu grâce aux autres et à la Providence, en disant toujours que je ne l'avais pas mérité.»

À partir de là, forcément, on écoute. Mais attention, ce condamné est rusé, beaucoup plus intelligent qu'il ne le dit, nous n'allons pas nous laisser désarmer comme ça, ce serait trop simple. Pourtant, il y a là, chez lui, un ton nouveau, un accent qui force non pas la sympathie mais la curiosité. «Il ne faut pas que je meure parce que je suis un grand spécialiste, un metteur au point, un poinçon d'authenticité; quand je mourrai, l'Europe mourra. Déjà elle est morte. Ce n'est plus la même. Mais je n'aurai pas besoin de rien expliquer. Regardez-moi.» Soit, on le regarde : il faut avouer que, pour son âge, il a l'air de tenir le coup. À plus de 80 ans, il conduit encore sa voiture, il voyage sans arrêt, il «baise» (c'est son mot), il a abandonné le ski mais part encore à la pêche en haute mer, il va tous les jours faire sa gymnastique dans un club, voulant, dit-il, rester souple et musclé jusqu'à son dernier jour. Le président : «Vous ne fumez pas?» Réponse : «Cinquante ans de cigares, puis j'ai arrêté... mais je compte reprendre à quatre-vingt-dix ans» Rires dans la salle. Le condamné enchaîne : «Que de vies! Celle de l'enfant choyé, de l'étudiant sans souci, du diplomate aimé des dieux, de l'écrivain d'avant-garde, du Tout-Paris, du voyageur, du Don Juan, de l'exilé, du proscrit revenant au pays, du romancier classique, de l'académicien, de l'infirmier, du vieillard solitaire et abruti, du riche, du faste, du clochard, etc. «Une vie de riche étoffe», dit Montaigne : plutôt du *patchwork*.

Attention, attention : le condamné commence à étaler sa vaste culture. Il est déjà inadmissible qu'il se présente à la fois comme sportif et comme écrivain. Un écrivain, nous le savons et nous le souhaitons, est un être souffrant, sentimental, tourmenté, mélancolique ou au moins habité par le souci des autres, l'intérêt collectif. Vous allez voir maintenant qu'il va nous déballer sa bibliothèque. Avec l'évocation de son existence cosmopolite et de ses rencontres (il a connu tout le monde), c'est son numéro préféré. Et en effet, ça ne rate pas : le voilà intarissable sur Saint-Simon, le cardinal de Retz, La Rochefoucauld, Molière, Stendhal, et j'en passe. Certes, il lit comme personne, il repère immédiatement les formules ramassées qui produisent le plus de sens. Il se vante, comme Saint-Simon, de «savoir le joint des choses». Mêlées d'anecdotes diverses et de portraits de célébrités (Chaplin, Chanel, Gide, Claudel), ses citations condensent des livres entiers, et le plus grave, c'est qu'on se laisse prendre à sa virtuosité. On ne sait plus où on est : au XXᵉ siècle ou sous Louis XIV. Brusquement, il essaie de déstabiliser le tribunal : «Moi qui ne me suis guère senti de racines, pendant soixante ans, et de moins en moins, comment ai-je pu me fourvoyer à droite?» Ici, quelques murmures. Mais l'animal va plus loin : «J'ai longuement réfléchi sur l'attrait que Cohn-Bendit et les enragés de mai 68 ont eu pour moi : mon point commun avec eux c'est la paresse. Jouir! Toutes les révoltes commencent par l'ivresse et la satisfaction physique...» Le président s'impatiente : «Mais enfin, Morand, où êtes-vous?» Réponse : «Ailleurs.» Le président : «Mais dans l'Histoire?» Réponse : «L'Histoire, sur laquelle notre début de siècle s'est tellement appuyé pour vivre et penser, ne servira bientôt plus de rien, tant ce qu'on va voir (basé sur la technique et non plus sur l'horreur) aura de moins en moins de précédents.» Le président : «Que voulez-vous dire?» Réponse : «Les Anglais nourrissent désormais la volaille avec sa propre fiente déshydratée, produit qu'ils nous vendent : ils ont donc trouvé le mouvement perpétuel et la solution de la question sociale : il va nous suffire de manger notre propre merde.» Rires et applaudissements dans la salle. Nous voilà bien.

Les témoins de moralité défilent. Monsieur Marcel Proust, qu'on aurait cru plus vigilant, trouve le condamné Morand plein d'intelligence, de sensualité, d'insolence et d'ironie. Quoique regrettant que la sensualité du condamné se soit employée avec des femmes, il le compare à «une grosse rose blanc crème» et à un «matou perspicace». Il le crédite de «beaucoup de maîtresses et peu d'amis» tout en se déclarant «l'admirateur de sa pensée, de sa perfidie, de sa gentillesse et de son talent». C'est là un témoignage de poids, le public y est malheureusement sensible. Sa femme, maintenant, Hélène ex-princesse Soutzo, amie de Monsieur Proust, mais réactionnaire entêtée et antisémite notoire. Elle défend son mari avec de grands airs, l'appelle «mon toutou», décrit son dévouement pendant sa longue agonie, lui lance avec une complicité incompréhensible : «Tu n'as jamais vécu que pour ton plaisir.» Le président lui demande si les infidélités multiples de son partenaire ne lui ont pas été douloureuses, et s'attire cette réponse : «Un homme qui ne trompe pas sa femme n'est pas un homme!» Rires dans la salle. Ici, le condamné rappelle comment il faisait des bouquets pour elle de tout ce que contenait leur jardin : «lilas blanc, pivoines, iris mauves et dorés, lupins, ancolies, boules de neige, genêts, épines roses, rhodos, azalées du Japon, dernières tulipes perroquets jaunes et rouges, grappes jaunes des faux ébéniers». Le président pense que ces deux-là sont complètement fous. Il tente une percée vers Dieu, et le condamné se risque : «Je sens profondément que je ne suis qu'un pion, placé à son insu entre Dieu et le Néant, que Dieu va peut-être perdre, un peu par ma faute ; il faut l'aider.» Silence. Terrain glissant. Le président tente maintenant de démontrer la misogynie du condamné, lui reproche d'avoir dit qu'il avait connu des femmes possédées, d'autres possédantes, mais que toutes étaient possessives (murmures de réprobation dans la salle). Le condamné dérape : «Les femmes ont besoin d'un homme pour se persuader qu'elles existent, pour jouir, mais d'elles-mêmes.» Il s'enferre : «Les femmes se vengent sur l'homme d'avoir besoin de lui pour exister.» Il se fait huer. Heureusement pour le condamné, un ancien maoïste (avec ces individus-là on peut s'attendre à tout) vient à la barre pour dire son admiration pour Morand. Il accumule les exemples tirés des livres du condamné, tantôt descriptions de ville, tantôt de campagnes : «La bruyère triangulaire, ombre sur le sol comme des livres, ciel bleu autour des feuilles festonnées du chêne. Les troncs coupés à ras, avec rejets.» Le président interrompt la séance lorsque le maoïste se lance dans une apologie du libertinage dans l'œuvre du condamné. «Nous verrons cela une autre fois», coupet-il sèchement. Là-dessus, le condamné veut exprimer un avis énigmatique : «Si l'épicurisme est une foi, ses églises sont naturellement baroques.» Le procès, ajourné, s'achève ainsi dans la confusion.

Paul Morand, *Journal inutile*, Gallimard, 2001.

MORAND

[handwritten annotations]

L'histoire, sur laquelle notre début de siècle s'est tellement appuyé pour vivre et penser, ne servira bientôt plus de rien, tant ce qu'on va voir (basé sur la technique et non plus sur l'horreur) aura de moins en moins de précédents.

Étrange cette conspiration universitaire (du moins dans mon enfance) pour cacher la Bible. Tout s'y prête: Rome, l'enseignement secondaire et même les Juifs.

[handwritten annotations]

Aragon, un désespéré qui a raté son suicide; les surréalistes de 1920 se faisaient sauter la cervelle; Aragon a pris le parti communiste comme on prend un revolver. Du parti, il en est depuis longtemps, mais il n'en sera jamais; les communistes le savent bien: il a besoin d'eux et eux guère besoin de lui; par l'ubiquité de son talent, il leur échappe.

Une femme, c'est un être humain. Mais surprenez deux commères, parlant ensemble, sans vous voir: ce ne sont que deux enfants, deux souris, ou deux chattes, ou deux mouches.

[handwritten annotations]

1975:

Staline, Hitler, nous sommes las d'avoir exterminé en vain des anges exterminateurs, d'avoir toujours à recommencer; cela repousse.

Un mariage «heureux», c'est un armistice dans la guerre des hommes contre les femmes.

Comme je le disais plus haut, l'histoire d'un critique est presque toujours la même : au départ, un roman raté ; déçu, l'auteur se lance dans la critique, son amertume, ses déceptions le servent ; on le redoute, cette crainte lui vaut une autorité factice qui le hausse au premier plan ; dès lors, aucun éditeur n'ose refuser son second, son troisième roman, aussi mauvais que le premier. De sorte que ce qu'il gagne en renommée de commentateur féroce, il le reperd ailleurs. Voilà son drame.

Ce qu'enseignent toutes les religions, depuis quelques milliards d'années, le renoncement à soi-même, la corruption de la chair, la rentrée de l'homme dans son essence, le mépris des choses terrestres, la victoire sur les passions, un maître l'enseigne à chacun de nous ; ce maître, c'est la Nature, et sa fille, la Vieillesse. Point n'est besoin de prêtres et même de dieux ; elle se charge de notre éducation.

Ce que j'ai réussi peut paraître insignifiant ou médiocre, comparé à d'autres vies, mais c'est *immense*, ce fut colossal, si on considère la médiocrité de ma personne, ma bêtise, ma paresse, ma vulgarité, mon avance à tâtons, ma progression à l'aveuglette. Mon seul mérite, c'est de le reconnaître avec simplicité et humilité, de l'avoir vu assez vite et assez tôt, et d'avoir toujours rendu grâce aux autres et à la Providence, en disant toujours que je ne l'avais pas mérité.

23 février

Le contraste d'un très beau temps, d'un grand soleil et d'une douleur noire.

Décommandé les déjeuners Souvelle, et C...

Grève, aujourd'hui. Rasé à 3 heures du matin, avant les coupures de courant.

Pas de preuves de l'immortalité ; pas même le sentiment, rien que je ne sais quelle certitude physique.

Tous les défauts des gens éclatent dans les dîners en ville : la vanité et la fourberie des femmes, la bêtise ou le conventionnel des hommes, le faux des rapports sociaux, la comédie mondaine. Tout cela rend le dîner en ville un supplice effroyable. Le déjeuner, au contraire, est rapide, amusant, léger, on n'a le temps de détester personne, c'est charmant.

La concentration: il faudrait l'enseigner aux enfants, avoir des classes de concentration; et de mémoire (les jésuites, seuls, l'ont compris). On ne réussit qu'en pensant à une seule chose, que ce soit à un personnage de roman, ou à une fortune à faire.

25 mai

Journée aux *Hayes*. Je fais un bouquet, pour Hélène, de tout ce que contient le jardin, comme échantillon: lilas blancs, pivoines, iris mauves et dorés, lupins, ancolies, boules de neige, genêts, épines roses, rhodos, azalées du Japon, dernières tulipes perroquet jaunes et rouges, grappes jaunes des faux ébéniers.

1974

M. R.: «*Vous ne fumez pas ?*» Moi: «*50 ans de cigares, puis j'ai arrêté... mais je compte reprendre à 90 ans.*»

Je sens profondément que je ne suis qu'un pion, placé à son insu dans une immense partie entre Dieu et le Néant, que Dieu va peut-être perdre, un peu par ma faute; il faut l'aider.

Un Dieu puissant, mais non tout-puissant, que chacune de mes fautes rend plus vulnérable.

J'aime le rose et argent: le coucher du soleil sur les cheveux bleus, sur les ailes des mouettes et, en forêt, sur les troncs de bouleaux.

Que de vies! Celle de l'enfant choyé, de l'étudiant sans souci, du diplomate aimé des dieux, de l'écrivain d'avant-garde, du Tout-Paris, du voyageur, du Don Juan, de l'exilé, du proscrit revenant au pays, du romancier classique, de l'académicien, de l'infirmier, du vieillard solitaire et abruti, du riche, du faste, du clochard, etc. «*Une vie de riche étoffe*» (Montaigne); plutôt du *patchwork*.

Je déteste le chantage à la mort qui empoisonne la vie: «Le trou noir», «le néant», «le grand vide», etc. Cela donne envie de la prévenir et de l'empoigner avant qu'elle ne vous saisisse.

qui reste tient encore debout. Mais moi j'ai besoin de cette cure. Je deviens nerveux, lunatique; j'ai des crampes si je reste immobile, je m'emplis de toxiques. Le travail et les kilomètres les éliminent. Il ne faut pas que je meure parce que je suis un grand spécialiste, un metteur au point, un poinçon d'authenticité; quand je mourrai, l'Europe mourra. Déjà elle est morte. Ce n'est plus la même. Mais je n'aurai pas besoin de rien expliquer. Regardez-moi. N'importe qui comprendrait.

Éprouvé cette violente attaque du sexe, que j'ai éprouvée parfois d'une femme qui se jette frénétiquement sur vous, à moins — plus rare — que ce ne soit le contraire, et à qui il faut une satisfaction immédiate ; emportée par plus fort que les convenances ou la volonté : à descendre, habillé ou pas, à se jeter dans un taxi pour s'y posséder, ou à s'enfermer dans une cave, ou à se prendre entre deux étages dans l'escalier ; un instant où on sent le sol, les conventions craquer sous le besoin de se posséder sans perdre une minute.

J'ai mis grosses des Françaises : elles m'ont fait participer à tout, à leurs craintes, leur désespoir, leur plaisir, leurs entreprises pour se libérer, etc. J'ai mis deux Anglaises enceintes, à 20 ans de distance : elles ne m'en ont jamais touché un mot ; je ne l'ai appris que plus tard, par hasard.

Les Anglais nourrissent désormais la volaille avec sa propre fiente déshydratée, produit qu'ils nous vendent : ils ont donc trouvé le mouvement perpétuel et la solution de la question sociale : il va nous suffire de manger notre propre merde.

La femme qui déteste l'homme,
La femme indifférente,
Celle à qui ça fait plaisir, si amoureuse,
Celle qui a besoin de ça, à tout prix,
Et, ici, une subdivision :
Celle qui n'aime que les femmes,
Celle qui ramasse tout ce qu'elle trouve, à la fortune du pot.
Il lui faudra du flair, et en avoir vu passer beaucoup !
Découvrir le secret du sexe, à travers les siècles, *très passionnant*.

Si l'amour, c'est le sacrifice, la première chose qu'il faudra lui sacrifier, parce que la plus précieuse, c'est la liberté.
La liberté, inconcevable chez la femme, dont tout l'être, physique et moral, c'est *retenir*, garder, défendre contre, détenir, surveiller, soigner, séquestrer, réserver, *engeôlage* et *enjôler* (plusieurs pages pour chaque nuance, représentée par ces mots-là, tous semblables et différents). *L'amour libre*, inexistant, sauf, peut-être, dans l'extrême vieillesse, ou chez quelques natures supérieures.
Les couples d'aujourd'hui, imitant le cinéma, qui ne peuvent

S.-S. Les coups redoublés, chacun plus fort que l'autre, comme pour achever un adversaire : un direct, prolongé par un crochet du droit, le tout terminé par un uppercut.

Je suis un ultra, style Charles X, séparé de la masse française par ma vie et mes goûts ; mais un ultra sans la foi ; et qui, contrairement aux autres, a beaucoup appris et retenu.

(3)

matin.

Moi, qui ne me suis guère senti de racines, pendant soixante ans, et de moins en moins, comment ai-je pu me fourvoyer à droite ?

« Travail, famille, patrie » ce slogan de droite, dit-il, est

« J'ai longuement réfléchi sur l'attrait que Cohn-Bendit et les

enragés de mai 68 ont eu pour moi : mon point commun avec eux c'est la paresse. Jouir ! Toutes les révoltes commencent par l'ivresse et la satisfaction physique ; au bout d'une semaine, ou d'un mois, le travail vous guette, sous forme de [illegible] parole. À partir de là, on voit les forts, ceux

1969

Presque toutes les femmes m'ont fait des reproches. Josette, trop petite, n'osait pas. Elle a attendu 25 ans : elle a alors renoué, pour me les ressasser tous à la file. Une seule femme (à part une scène de colère pour un rendez-vous manqué, par malentendu), M., ne m'en a jamais fait. Et pourtant, elle m'aimait. Ou les femmes tiennent mal à vous, et c'est ennuyeux, ou elles vous aiment, se plaignent, et c'est excédant.

À la télévision, l'inévitable couple Aragon-Elsa. Elle, se durcissant, son noir regard implacable ; lui, blanchâtre, faible, le dur mou. Il ressemble à une tache, à une flaque liquide, à un bol de lait répandu… Mûr pour l'Académie.

Quelque chose me mène. Je m'aperçois que quelque chose m'a toujours mené où je pensais vouloir aller.

La vieillesse, cette mort qui bouge, n'est pas moins sinistre que la rigidité cadavérique.

Avec les femmes, on ne sait jamais où on en est. Une arrive charmante : il suffit d'un mot malheureux : une furie. Une autre en colère : 1/4 d'heure plus tard, charmante. Celle-ci, d'aspect rébarbatif : une mouilleuse immédiate ; celle-là, aguichante : n'arrive pas à jouir. Jusqu'à l'anatomie, si trompeuse : leur clitoris fuit sous le doigt, n'est jamais où on le cherche. À tel point que la femme doit souvent aider (du genre : « c'est là… oui, tu y es », etc.)

Les femmes ont besoin d'un homme pour se persuader qu'elles existent, pour jouir, mais d'elles-mêmes.

Les femmes se vengent sur l'homme d'avoir besoin de lui pour exister.

« Académicien, place méprisée par les gens qui pensent, respectée encore par la populace, et toujours courue par ceux qui n'ont que de la vanité » (id.)

— Voltaire

ensemble. D'une énergie, d'une rapidité, d'une colère ininterrompue, violente du réveil au coucher, peu féminine de sensibilité, foncièrement originale, un caractère d'homme, d'une dureté et d'une générosité peu communes, n'écoutant qu'elle-même, ne laissant jamais placer un mot, Gabrielle Chanel était avant tout auvergnate, une reine Midas, une sorte de gitane faisant de l'or avec tout, comme les Auvergnats.

Florence me raconte qu'après le Nobel[1], il descendait vers 11 h chez elle, tous les matins, au *Patio* ou à Juan-les-Pins, prendre clandestinement des bains de luxe, tout seul, s'enivrant en cachette des laques, des bronzes, des tableaux, des tapis, de tout ce dont il avait honte, en vieux huguenot iconoclaste.

Gide

livres; c'est toujours inattendu et intelligent; mais même en parlant, il demeure un mime; les mots ne sont pas encore formés dans sa bouche que déjà les idées lui sortent des mains, du corps, de la figure, sans oublier ses petits doigts de prestidigitateur. Il a de l'esprit dans tous ses membres, du menton à l'orteil. Je me souviens d'une après-dînée où il nous amusa en imitant un singe qui se gratte sous l'aisselle avec des yeux fous ou méfiants. C'était irrésistible et contagieux; nous nous grattions tous. Mais il peut aussi parler les langues dont il ne sait pas un mot. Il nous raconte comment

Chaplin
1971

Proust: Jeudi; Jeudi. For Noumaur c'est ui fin ou l'autre.

venu.

J'ai connu trois personnes qui parlaient seules, n'écoutant pas vos réponses, et vous considéraient *a priori* comme des imbéciles: Claudel, Colette et Chanel; que vous parliez du sevrage des chats, des œufs à la bourguignonne, d'une couture ou de Dieu, ils vous expliquaient que vous n'y connaissiez rien.

Si j'étais livré à moi-même, ma vie serait un voyage continu; fatigué, je m'arrêterais deux ou trois, ou huit jours, couché sur le dos, sans penser à rien, et je reprendrais ma route; ainsi toute l'année ronde. Aujourd'hui, tout est diffi-

Après souper bon orchestre argentin. Rumbas et tangos. Danse très différente d'il y a une heure; alourdie, tendre, sourde, combinarde, danse presque sur place. Pas de fatigue. Oxygène des arbres. Nous dansons jusqu'au jour. Ludwig debout attend. Enlacés très près, sa main à la saignée de mon bras gauche. Sa petite figure, petit nez drôle, long cou. Ma jeune fille. Vous n'avez pas d'enfant. Mille joies. Je l'aurais juré.

— 1931

Je l'attends sous l'Arc. Je suis un peu ivre. Cocktails. Paris mauve, vapeurs d'huile. Grandes arches immobiles, noires au-dessous, blanches au-dessus, d'où les pigeons se détachent comme pierres qui volent. Autour, ronde sans arrêt des autos. Les avenues qui descendent. Le dernier étage jaune de la tour Eiffel, comme un ballon, l'obélisque tout blanc pâle. La flamme. Quelques fleurs. L'agent de service. Un curé, un

— 1931

La pièce où vivait Proust (je vois toujours son visage éclairé à gauche par la lampe et, à droite, son nez, sa moustache, les épis de ses cheveux se découpant sur le mur), cette pièce, dont les fenêtres n'étaient jamais ouvertes...

... *qui sent le bouchon tiède et la cheminée morte*, pour citer mes *Lampes à arc* [1],

... eh bien, cette pièce était pour moi le symbole de la mémoire de Proust, une de ces chambres noires dont les images nous apparaissent renversées : renverser l'ordre social, où c'est Charlus qui est en bas de l'échelle et Jupien, l'ancien domestique, en haut, où l'amour devient de l'oubli, où les hommes sont des femmes, etc.

Très curieux le marais poitevin, la Sarthe, le quadrillage des canaux, l'admirable portail roman de Vouvant, les canaux de la Sèvre niortaise, ces ports de Niort, Marans, etc., qui reliaient la mer à l'intérieur, le transport du lait et des vaches par bateau. C'est le royaume des grenouilles, des anguilles, de l'alose, des marais salants. Déjeuné parmi le vert des lentilles d'eau, le jaune des iris d'eau, le bronze des saules, des frênes, les roses thé, déjà effeuillées. Mouclade parfaite, fricassée d'anguilles (plus petites que les vénitiennes), etc.

source de création.

Au déjeuner, au *Meurice*, j'avais à ma droite, sur le canapé, Dutourd, et à ma gauche Boisdeffre, qui me caressait ; c'était comique, ce canapé avec le vieil auteur flanqué de deux enfants affamés d'Académie. Eussé-je été pédé, ils seraient déculottés sur place. Cela avait quelque chose d'obscène et d'écœurant.

Dans Proust, on a l'impression qu'il se dit : « Je suis né dans une classe supérieure, je suis d'un milieu favorisé ; j'ai été choyé de tous, je n'ai pas eu à gagner ma vie. Je suis un résumé de ce qu'il y a d'exquis dans deux races. Et, en même temps, je suis au plus bas échelon de l'infortune et de la misère humaines. Je suis un Juif et un pédéraste : deux fois proscrit au vrai monde. Je vis ainsi deux fois : d'abord parmi les plus favorisés, et aussi au milieu des maudits ; j'embrasse toutes les conditions en même temps. »

Retrouvé deux lettres de G. et d'E. enfants ; sous l'encre, l'écriture au crayon de M. qu'ils n'avaient qu'à recopier pour m'envoyer de leurs nouvelles : « Cher Mr *Robert* ».

Toute la duplicité de Mme de Maintenon, la religion par-dessus, la volupté par-dessous, on les retrouve en son habit : *« habit d'étamine, mais le linge fin et blanc »*. De ces choses qu'aiment les grands débauchés, les *« grands abatteurs de quilles »*, comme on a dit de Louis XIV.

Je repense à ma vie, à l'interminable cortège laissé derrière moi : mes grands-parents, mes parents, mes amis de pension, de lycée, les amis de la famille, mes premiers chefs, mes maîtresses, mes dîners au *Claridge's*, mes logis, mes ateliers, mes ambassades : comme je me sens loin de tout, dans mon champ des Yvelines, sur ce terrain bien à moi, sur mon foin, avec mon chien, mes pigeons, bien solide, bien installé, juste au moment où je vais quitter cette terre. J'entends, sans tristesse, ni regret, la grande ombre, derrière moi, qui me dit : « C'est ton tour, tu vas partir, tu as 84 ans, fais ton paquet. » Et puis après ? C'est fini, pas de quoi se lamenter.

Le corps de Morand

C. DOUZOU, F. BERQUIN : *Pour ouvrir cet entre-tien, permettez-moi tout d'abord de citer une phrase de* La Guerre du Goût. *Il est question de Beckett, et vous écrivez ceci : «on ne s'intéresse pas assez au corps des écrivains : il a la même importance que leurs livres». Vous ajoutez, un peu plus loin : «il y a bien continuité de tissu et de rythme entre les livres et la façon dont le corps qui les a écrits marche, parle, se tait, apparaît, disparaît». Vous dites encore, et vous le dites comme ça, en passant, dans une émission télévisée consacrée à Paul Morand, que cet écrivain a selon vous «un corps très intéressant». J'aimerais que vous nous disiez ce qui vous intéresse dans le corps de Morand. Que peut nous apprendre le corps d'un écrivain, et plus précisément, que peut nous apprendre le corps de* Paul Morand ?

PHILIPPE SOLLERS : Alors, écoutez, c'est très simple. Le corps des écrivains est très varié. On pour-rait comparer avec le corps des peintres, qui a une cer-taine unité dans la mesure où un peintre à la limite ne vieillit jamais. C'est pratiquement dans son grand âge qu'il peint parfois les tableaux les plus violents, les plus érotiques, les plus révélateurs d'une sorte de jeunesse éternelle. Exemple : les dessins érotiques de Rodin. Exemple : la vie de Picasso à partir de 1960, 70, et les derniers tableaux. Exemple encore : Francis Bacon jusqu'à la fin. C'est un décor de grande dépense, parfois de grande débauche, et il y a là en tout cas une puissance érotique qui non seulement ne se dément pas mais s'aggrave au point que l'interprétation en général sera négative, c'est-à-dire qu'on pensera qu'il s'agit d'impuissance, de sénilité ou d'obsessions frustrées, ce qui a eu lieu notamment pour Picasso après la Deuxième Guerre mondiale et surtout pour les tableaux de la fin de sa vie. Pour les écrivains, c'est assez différent. Car il n'y a pas cette même faculté de rajeunir en vieillissant avec ce geste qui consiste à peindre dans la couleur ou à sculpter. Donc, les cas sont très diversifiés. On peut avoir un corps tout à fait précoce : ça, ce sera Rimbaud. Un corps souffrant, et ce sera Proust avec son asthme. Joyce avec ses histoires d'yeux... Antonin Artaud avec une difficulté psychique que d'ailleurs il analyse admirablement... Hemingway avec des problèmes d'alcoolisme... Faulkner aussi... Ou encore Fitzgerald qui, lui, souffre d'abord d'être très beau, ce qui est très mauvais pour un écrivain. Il vaut mieux qu'un écrivain soit légèrement handicapé et assez ascétique ou, du moins, pas visiblement très beau parce que autrement... Vous comprenez, on ne peut pas tout avoir : la beauté, le talent, le génie et ce qui s'ensuit, c'est-à-dire l'argent et les femmes, alors, bon, ça suffit comme ça !

Or, dans le cas de Morand, la beauté est évidente. Et, évidemment, il cumule tout ce qui peut être jugé comme négatif : le sport, le cheval, les voitures, les femmes, le succès... Comment voulez-vous qu'on lui pardonne tout ça ? En général, quand quelqu'un sent qu'on ne pourra rien lui pardonner du tout à cause même de son existence physique, il va s'engager dans des voies périlleuses qui accroîtront le préjugé, qui ne feront que le rendre plus compact. C'est le cas par exemple de Céline, homme fort beau au demeurant et fort dépensier de son énergie, qui a senti qu'il était l'objet d'un ostracisme à cause même de son corps et que, par conséquent, il lui fallait découvrir la cause de cette exclusion. Ça l'a amené en effet à trouver quel était son ennemi principal de ce point de vue..., ce qui n'a fait qu'accroître le préjugé à son sujet.

Les écrivains sont des gens à qui on ne pardonne rien. Et ce n'est pas plus mal comme ça. C'est-à-dire qu'ils ont un corps qui est tellement branché sur le rythme, la verbalisation immédiate, la sensation, la perception justes, y compris un érotisme très précis — encore une fois très différencié, ça dépend des cas —, qu'on a l'impression qu'ils vivent dans une sorte de paradis tout à fait réel, pas du tout «artificiel» comme dirait Baudelaire (autre cas, sans parler des autres). À partir du XIXe siècle, ça commence à être très violent sur cette question de corps : il y a des corps reconstitués, il y a des corps que vous emmènerez éventuellement au Panthéon mais enfin dans une comédie spectaculaire qui ne devrait pas leurrer le spectateur mais qui le leurre quand même parce qu'il est devenu de plus en plus passif.

Morand, donc, eh bien, écoutez : il suffit de dire que Proust a dit de lui qu'il aurait aimé vivre sa vie, c'est-à-dire, au lieu de rester confiné en train de faire évidemment un des grands chefs-d'œuvre de la littérature française (on n'a rien sans rien, peut-être), qu'il aurait aimé avoir la vie de Morand. Proust l'a dit. C'est évident aussi dans la préface qu'il a écrite pour *Tendres*

Stocks. Au fond, Proust se demandait comment on pouvait être Morand.

Alors, bien entendu, Proust qui était amoureux de Morand, c'est très clair, fait semblant de s'intéresser à la princesse Soutzo mais enfin on connaît ce genre de ruses qui consistent à ménager le décor alors qu'on est éperdument sensible à ce jeune homme brillant qui commence très vite, qui a du succès et qui amène un style absolument nouveau. Quel style nouveau ? Eh bien, Morand a aussi l'hommage de Céline. Proust et Céline, c'est beaucoup dans une vie comme éloges... Céline se considère évidemment comme le plus fort, ça va de soi, mais enfin à part Morand, le fait de savoir rythmer, jazzer un peu la prose, d'être là où il faut, eh bien, à part Morand, pour Céline, il n'y a personne.

Morand, pour moi, c'est évidemment l'écrivain le meilleur après Proust et Céline, n'est-ce pas. C'est un peu absurde de parler comme ça en termes de catalogue, mais enfin il vient là quand même en troisième position pour le XXe siècle à cause précisément de sa grande liberté... je dirais physique, qui, tout en le laissant dans une moindre ambition, fait de lui indubitablement le meilleur écrivain français en troisième position. Il suffit de l'entendre, de le voir, de l'entendre parler pour voir avec quelle justesse il décrit par exemple la visite que lui fait Proust, chez lui, un soir, etc.

Ce qui est frappant chez Morand, c'est l'extrême économie des moyens, brusquement rythmique, qui correspond tout à fait à la phase de l'après-Première Guerre mondiale, c'est-à-dire, en effet, les nouvelles, le voyageur, le *New York* dont j'ai fait la préface pour une réédition, en insistant beaucoup sur le fait que très peu d'écrivains à l'époque ont compris ce que pouvaient être les États-Unis d'Amérique. Il fallait les voir en 1930... Donc, il y a Claudel là-bas, mais enfin Claudel ne nous parle pas vraiment de ce qui est en train de monter comme puissance énergétique. Il y a évidemment Céline dans *Le Voyage au bout de la nuit*, et puis le corps des Américaines inaccessibles... Mais enfin, Morand est là de façon tout à fait éblouissante, poétique... Morand, c'est un poète, c'est un poète *d'abord*, avec ce corps-là. Il y a des poèmes excellents de Morand, très forts, très percutants, très intelligents. Jean-Jacques Schul m'a beaucoup surpris récemment : on était ensemble et, tout à coup, il m'a sorti un poème de Morand, «Brahma», je crois, un poème extraordinaire. Et puis, Morand, c'est aussi une prose adaptée au temps, au temps de cette explosion historique et économique, c'est-à-dire les années 1920 et 1930.

Quels sont les livres de Morand qui, de ce point de vue, vous semblent les plus marquants ?

Je mettrais en priorité les nouvelles, *Ouvert la nuit*, *Fermé la nuit,* bien sûr, mais surtout *L'Europe galante* que je trouve absolument excellent comme livre. L'idée que plusieurs femmes pourraient faire d'un homme un portrait qui serait définitivement contrasté au point qu'on ne saurait plus qui c'est — c'est «La glace à trois faces» —, ça, j'aime bien. J'avais eu l'idée moi-même, autrefois, de faire comme ça une sorte d'évangile à rebours, c'est-à-dire quelqu'un qui serait raconté non pas par des disciples hommes, mais par des femmes, disons une douzaine... comme les apôtres, et à ce moment-là, on finirait par ne plus savoir de qui il s'agit tellement les versions seraient différentes : les unes seraient absolument idylliques, d'autres seraient infernales, d'autres seraient purement et simplement répulsives, d'autres seraient absolument adorantes, etc. Donc, on arriverait à ne plus savoir de qui il s'agit vraiment, ce qui est peut-être la position la plus révélatrice de ce que pourrait être un homme s'il en existait un, vu que s'il en existait un — ce qui reste à prouver, c'est d'ailleurs ça le fond de la question —, s'il en existait un, on ne saurait pas finalement qui c'est. Donc, Morand a compris ça. Pourquoi? Parce que je pense qu'il a été en effet ce qu'on appelle un homme, ce qui est très difficilement «trouvable» sauf à marcher dans les rues avec une bougie allumée, comme Diogène autrefois... Alors, qu'est-ce qu'un homme? Tout le monde croit savoir de quoi il s'agit. Justement, les écrivains sont là pour qu'on en doute et qu'on se demande de quoi il s'agit. Est-il bon? est-il méchant? est-il vraiment humain? Ce n'est pas sûr, parce que souvent ce qui devrait accompagner l'homme tel que nous le décrit la marchandise bien-pensante, ça devrait être quelqu'un qui n'aurait pas de contradictions, ou j'allais dire même plus modestement d'*aventures*, ou plus exactement encore, qui n'aurait pas d'aventures qu'il pourrait raconter, parce qu'on peut éventuellement avoir des aventures comme sportif, comme explorateur, comme scientifique, mais avoir des aventures qu'on pourrait dire et raconter personnellement et de façon détachée, ça, c'est encore plus rare. Donc, nous avons plein d'hommes avant d'arriver au fait qu'il pourrait peut-être y en avoir un qui serait muni d'un corps qui serait capable de dire à chaque instant, ce qui est visiblement le cas de Morand.

Alors, en quoi est-il intéressant? C'est une *énigme*, il a fait semblant de vivre dans la société convenable alors que, tout compte fait, il s'agit d'un anarchiste... spiritualiste quand même, dans la mesure où, eh bien, il faut lire son *Journal* pour s'en apercevoir, il sent constamment la présence de Dieu dont il n'a pas besoin de s'expliquer qu'il existe ou pas. Donc, ça va beaucoup plus loin que toutes les fariboles d'ambassades et de mariages, de voyages et de représentations sociales et de réceptions et d'Automobile-Club et de cheval, etc., sur lesquelles l'opinion se jette pour éviter de le lire.

J'ai énormément aimé le *Journal inutile* qui, évidemment, a provoqué beaucoup de levées de boucliers, de réflexes pavloviens, et j'étais très, très étonné que ce vieillard, jusqu'en 1976, soit aussi lucide, flexible, voyageur, courageux, maître de lui et de sa lucidité et aussi tellement touchant dans le rapport qu'il a avec sa femme dont on voit bien qu'il accompagne la mort d'une façon à la fois sublime et détachée. Ça m'a beaucoup frappé.

À ce sujet, je voudrais signaler qu'au fond, ce Morand, sur le plan métaphysique, ne croit visiblement à rien d'autre qu'à sa présence là, dans l'espace, avec le corps qu'il a, les aventures qu'il a eues, il ne croit qu'au moment qui peut se passer d'un bout à l'autre de la planète. Mais, ce qui est très frappant, c'est qu'au fond la religion de sa femme — qui a eu par rapport à la question de l'antisémitisme des positions fanatiques, on le sait —, c'est la religion orthodoxe. Ce qui fait que le livre tant vanté de Morand qui s'appelle *Venises,* souffre à mon avis — encore que ce soit un magnifique livre — de cette perspective, qui lui fait complètement méconnaître la catholicité de Venise. Il est sensible au côté orthodoxe, byzantin, de Venise, mais alors il ne voit pas le reste. Et Proust non plus d'ailleurs. C'est très étrange ça, parce qu'à ce moment-là, on peut se demander si quelqu'un arrive à voir vraiment Venise, comme ce que Venise est. De ce point de vue, les erreurs au cours des âges sont assez étranges... «Que c'est triste Venise»... «La mort à Venise»... Heidegger passe sans rien voir, il croit que c'est une ville pour les touristes. Proust ne voit absolument rien d'autre que finalement des choses très, très convenues et Morand ignore superbement Palladio, le reste, c'est-à-dire vraiment... quoi?... la grande célébration de la Contre-Réforme à Venise.

Ça va si loin — c'est de l'amour mais de l'amour à mort si je puis dire — que Morand se fait «cendrifier» avec son épouse dans le même tombeau... sous l'égide de l'Église orthodoxe, ce qui est surprenant, mais qui s'explique lorsqu'on lit *Hécate et ses chiens* et qu'on voit à quel point il se décrit lui-même à travers son aventure. Il se décrit comme étant originaire d'une France un peu protestante alors qu'on sait que ses origines sont d'un radical-socialiste au fond, c'est-à-dire qu'il a d'abord vécu dans un contexte d'assez grande ignorance religieuse. Ça rend sa position d'autant plus intéressante.

Hécate et ses chiens est un livre magnifique. D'abord, Hécate, c'est une déesse... Et puis, là, on voit très bien à quel point Morand, tout en se risquant sur la question sexuelle, a l'air de porter une sorte de regard noir, c'est le cas de le dire, sur cette question. Il n'est pas très à l'aise avec ça. *Hécate et ses chiens*, c'est l'histoire d'une femme qu'on devrait appeler «pédophile», mais alors appelons ça «pédophèle». La «pédophélie» est assez rare pour que ce roman se présente sous une forme de symptôme très important. Le narrateur est quand même conduit à suivre une sorte de manie ou de nymphomanie ou de possession «diabolique» qui fait que, de même qu'un autre type qu'il rencontrera plus tard, il reste là transi devant le mystère que serait en effet cette chasse de la déesse à travers les corps qui ne sont pas vraiment désignés comme tels, mais qui sont quand même disons pubères.

La question sexuelle est intéressante sur tout le XXe siècle, c'est-à-dire qu'il faut toujours se demander, à propos de corps, comment les écrivains ont traité la question sexuelle. Moi, c'est une chose qui m'intéresse beaucoup. Parce que, là, j'ai remarqué un certain nombre de points qui me paraissent essentiels dans le rapport du corps au plaisir ou à la jouissance, à la sexualité... À la «sessualité», comme dirait Queneau, parce qu'il ne faut pas non plus en faire un plat (on a fait trop de plats)... Mais enfin, c'est intéressant, dans tous les cas : voir comment le corps en question, à la différence de celui des peintres — qui sont souvent beaucoup plus à l'aise avec les modèles, avec les situations, je n'insiste pas, Picasso peut vous dire... — avec les écrivains, donc, il y a souvent des problèmes, enfin, des embarras... Nous sommes loin du XVIIIe siècle et Casanova serait très étonné de voir qu'au XIXe siècle il y avait vraiment comme qui dirait quelque chose qui ne marchait plus très bien entre les sexes ou alors qu'il y avait des embarras ou, disons, des localisations bizarres. Je cite Gide : vous avez compris ce que je veux dire. Lisez *Le Ramier* qui vient de paraître chez Gallimard où on voit des notables de la IIIe République faire roucouler un jeune garçon. Évidemment, la seule question qui n'est pas posée, c'est le rapport social, le rapport de classe.

Une question que pose Morand est celle, tout à fait obsédante, de ce que peut représenter l'homosexualité.

L'homosexualité, mais aussi la judaïté. Il est en effet bien évident que Morand y revient sans cesse. À la limite, c'est trop. Il est tout le temps sur la défensive par rapport à ça, mais être sur la défensive, ce n'est pas la peine parce que ça voudrait dire qu'on se défend de quelque chose qu'on aurait en soi et à quoi on ne pourrait pas souscrire. Si l'on n'est pas du tout tenté par l'être juif ou par l'être homosexuel, il n'y a pas lieu de s'en défendre. Puisque, de toute façon, la question ne se posera pas. C'est vrai aussi chez Céline bien sûr, à part quelques moments tout à fait très beaux. Il faut lire ses lettres à ses correspondantes, quelques passages aussi que vous avez dans *Voyage au bout de la nuit* : c'est Molly, par exemple, à Detroit, ou bien Sophie, dans l'asile, l'hôpital psychiatrique où il travaille. Mais enfin, là encore, il y a une idéalisation, une amplification du corps féminin comme danseuse, etc. On connaît très bien le disque magnifique de Céline à ce sujet : c'est les jambes, ceci, cela... Voyez la correspondance avec Nimier : ils s'envoyaient des photos de femmes pour donner des notes... Tout cela est bizarre. Le XIXe et le XXe, là, sont très étranges, il faut bien le dire. Comme je suis dix-huitiémiste fondamental, je lis tout ça de façon intéressée, certes, mais un peu clinique quand même, voilà !

Morand, d'ailleurs, dans ce contexte, ne s'en tire pas du tout mal. Il y a quand même reconduction d'une sorte de matriarcat fondamental, dans l'existence, et ça, c'est touchant mais en même temps nous laisse perplexes. Vous allez me dire que c'étaient des époques avec peu de liberté mais rien ne prouve que nous soyons plus libres aujourd'hui malgré les prédications sur l'épanouissement sexuel qui sont d'ailleurs controuvées par l'expérience. Il y a un problème historique dont témoignent au mieux ces écrivains-là. Alors, ne parlons pas du reste.

Continuons, si vous le voulez bien, à parler du corps de Morand. Pensez-vous que les photographies assez nombreuses qui nous montrent Paul Morand (Morand au volant de sa Bugatti, Morand en scaphandrier, en Charlus, en nageur, en cavalier, en skieur, en académicien, etc.), pensez-vous que ces photographies peuvent nous permettre de mieux connaître le corps de cet écrivain ?

Oh, les photos, vous savez, ça fait partie de l'imagerie. Moi, il me suffit de deux ou trois photos... Je crois que les écrivains, il faut d'abord les lire. Cela dit, on voit très bien, en regardant ces photographies, quelle est sa facilité : 1. à se mouvoir, 2. à s'émouvoir, 3. à rencontrer des personnages très différents les uns des autres, des femmes très différentes les unes des autres. Mais il y a aussi autre chose. Il y a comme qui dirait un *recul.* Et cela qui est très fin, très intelligent, demanderait à ce qu'on pose un diagnostic plus profond. Je ne vais pas faire arriver Freud, mais enfin quand même on pourrait le faire un peu.

Il l'a dit lui-même : surtout pas de pornographie, pas de journalisme. Nous sommes d'accord là-dessus, mais c'est vite dit. Aller plus loin dans l'analyse n'est pas forcément de la pornographie et quant au souci de déchiffrer l'envers de l'histoire, ça n'est pas forcément non plus du journalisme. C'est drôle, cette formule... Comme si le journalisme était pornographique ou la pornographie était du journalisme... Il faut retenir le fait qu'il y a chez Morand une sorte de pudeur. Oui, c'est cela. Morand pudique... Avec des pointes extrêmement aiguës sur les questions essentielles. Mais beaucoup plus pudique que Proust par exemple. Il faudrait d'ailleurs admettre qu'au xxᵉ siècle (déjà loin de nous), les formes les plus impudiques auraient été plutôt homosexuelles. Je pense par exemple à Proust ou à Genet. Alors que, de l'autre côté, il y aurait eu, comme qui dirait, un problème. C'est une des questions qu'on peut poser à propos de Morand parce qu'il signale bien ce qu'aurait été l'«Europe galante», avant qu'elle ne sombre dans l'absence totale de galanterie, c'est le moins qu'on puisse dire...

La sexualité, chez Morand, quoi qu'on ait dit à ce sujet, ne semble jamais très heureuse. Éros apparaît souvent malade, vaguement infernal (mais aussi parfois très comique...).

C'est très ambigu, cela. Il y a bien cette nouvelle admirable, «Céleste Julie», la fille au téléphone... C'est une nouvelle magnifique de précision, et là, il frôle le «diabolique». Il n'y a pas en effet tellement de raisons d'assassiner quelqu'un au téléphone pour que — c'est très habilement amené — pour qu'une fille se branle — il n'y a pas d'autre mot — dans un grand spasme hystérique. Mais, vous savez, la sexualité comme enfer, comme chose principale de la question de l'existence, cela me paraît très daté.

N'y a-t-il pas quand même une discordance entre l'éloge de ce que vous appelez la liberté physique et cette valorisation de l'ascèse qu'on trouve dans maints textes de Paul Morand?

Oui, mais beaucoup moins quand même que chez quelqu'un de très bizarre comme Montherlant qui, après l'extraordinaire réussite des *Jeunes Filles*, va

traîner sur les boulevards à la recherche de jeunes garçons... Chez Morand, ce n'est pas tellement discordant.
Morand, c'est quelqu'un qui veut se maintenir en
forme à tout prix. Tout simplement pour avoir sa
liberté de mouvement. Sa liberté de mouvement, pourquoi? Tout simplement pour voyager, même en «voyageur (presque) organisé». C'est-à-dire qu'il s'installe
de façon maîtrisée avec son corps. Il vit son corps
comme un cavalier vit son cheval. Il est monté sur lui-
même, et il faut tenir le coup. Pourquoi? Pour bouger,
pour se «planétariser» sans cesse. Voilà, il tourne. Il
revient bien sûr à Paris dans son bel hôtel particulier,
où il y a des dîners qu'il décrit à la Proust, de façon très
sarcastique. L'Académie? Bon, allez voir si j'y suis...

Ce que je comprends, c'est qu'il veut se maintenir
en bonne forme jusqu'au bout. Pas pour le faire croire.
Pour l'être réellement. En tant que la vie est un sport
qui se termine par la disparition. D'où, la maîtrise de
soi dans la vitesse, l'équilibre, la façon de respirer.
C'est très frappant chez lui.

*Il y a quand même une vraie violence dans ce «dres-
sage» du corps...*

La violence vient de la pudeur. La pudeur de Morand
me paraît essentielle. Et pourtant, ce qu'il y a de plus
extraordinaire dans le *Journal inutile*, c'est la façon
dont il vérifie ses actes de dépense de sperme jusqu'à
la fin. Il y a là un regard médical extrêmement étonnant. Rare. Très rare. Les éjaculations de Morand... Il
faut insister là-dessus, car vous n'avez ça chez aucun
autre écrivain à ma connaissance. Sauf peut-être chez
Casanova ou chez Sade, bien sûr. Mais ne convoquons
pas celui-là! C'est très, très rare qu'il y ait un regard
sur soi à propos des fonctions physiologiques. Gide est

incroyablement flou de ce point de vue. Morand est très précis. Et avec, évidemment, un regard aussi sur la substance féminine qui est très décapant. Moi, je trouve ça très bien, mais ça choque beaucoup, bien sûr. Le clitoris qu'on n'arrive pas à situer exactement... Il y a là des notations d'une extrême précision, qui vont beaucoup plus loin que ce qu'on lit ordinairement, même chez les meilleurs.

Cela ressemble parfois beaucoup à un discours misogyne...

Le fait d'être précis serait misogyne ? On pourrait accuser le jardinier d'être précis, on ne peut pas lui reprocher d'être hostile à la Nature...

Misogyne ou non, c'est un fait que Morand plaisait.

Je crois en effet que Morand plaisait, qu'il était charmant, qu'il n'avait pas beaucoup d'efforts à faire pour séduire. C'est souvent très beau, la façon dont il emballe tout cela. Vous savez, la beauté physique n'est pas obligatoire : Sartre plaisait beaucoup aux femmes et pourtant il n'était pas extraordinairement présentable... Qu'est-ce qui plaît aux femmes ? Au point qu'elles acceptent d'être plusieurs dans une vie d'homme, qu'elles souffrent peut-être mais qu'elles se rendent à l'évidence... Qu'est-ce qui irradie dans la capacité de Morand à séduire ? Je crois que, tout simplement, c'est dû à sa lucidité sur ce plan. Un homme qui se révèle être, avec les mots, particulièrement avec les mots — sinon, on ne sait plus très bien de quoi on parle ! il faut que ça se dise ! —, qui se révèle être très lucide sur ce genre de questions est presque automatiquement l'objet de demandes féminines. Il ne faut évidemment pas tomber dans le cliché qui dirait qu'un tel homme est misogyne. Ça n'a rien à voir. D'ailleurs, ce sont les femmes qui sont misogynes la plupart du temps. Si elles ne l'étaient pas, ça se saurait! Non, il est clair que le fait de se présenter comme froid ou détaché ou expert dans ce domaine avec des mots facilite considérablement les choses du point de vue du désir féminin. Je viens de travailler sur Fitzgerald, un peu. Il a cette réflexion extraordinaire dans ses *Carnets* qui sont très beaux, il était très beau lui-même (ce n'est pas sans rapport, Morand et Fitzgerald). Donc, Fitzgerald dit : « Je n'avais pas les deux trucs supérieurs, c'est-à-dire le grand magnétisme animal et l'argent mais j'avais les deux trucs juste au-dessous qui sont la beauté et l'intelligence. Et c'est pour cela que j'ai toujours eu la meilleure fille. » C'est très joliment dit. On peut dire que Morand avait la beauté et l'intelligence, un certain magnétisme animal avec son cheval — puisqu'il se présente en cavalier, hein! — et ... l'argent. Donc, ça fait beaucoup. Et, en plus, il écrit très bien. Parce qu'on pourrait très bien avoir un certain magnétisme animal, l'argent, la beauté, ça devient déjà très rare..., mais en plus, en plus, et c'est peut-être ça le fond de la question, c'est un grand écrivain.

Avec des qualités que l'on connaît : rapidité, fulgurance, oui, bien sûr.

À ce propos, avez-vous l'impression, comme d'autres lecteurs, que le style de Morand ait évolué? Plus précisément, peut-on dire qu'il y a chez Morand, comme on le dit parfois des peintres, des « manières » différentes?

Non, pas du tout. Ça, ça n'existe pas. Un artiste reste absolument constant. Même Picasso, n'est-ce pas. J'ai été très sensible à cela dans l'exposition *Picasso érotique*... C'est le social qui décide de diviser une œuvre en périodes, souvent d'ailleurs à cause de problèmes politiques ou de problèmes de classification. Les Américains ne pouvaient pas supporter que Picasso ait survécu à la Deuxième Guerre mondiale. Donc, ils ont décidé que tout ce qu'il faisait à partir de là était sénile et sans importance. Évidemment, c'était une grosse erreur, car ça renvoie exactement à ce qu'il faisait au début. Et Morand, d'emblée, c'est Morand. On sent très bien qu'il a tout de suite une phrase et des aimantations très précises... Ça peut se prouver.

On voit très bien aussi les auteurs qu'il adore dans le *Journal inutile* : c'est Saint-Simon par exemple. Vous dites Saint-Simon : vous comprenez exactement tout. C'était déjà l'idéal pour Proust, qui a changé ça en circonvolutions admirables...

Morand, si vous voulez, c'est un écrivain de la fin du XVIIe, XVIIIe, un écrivain du Royaume, égaré non pas dans le monde moderne (Morand est parfaitement à l'aise avec la technique : les bagnoles, les bateaux, les avions, etc.), pas dans le monde moderne, donc, mais égaré dans la culture de masse. Cavalier de plus en plus solitaire, de plus en plus détaché de la culture de masse. Aristocratique, par définition.

De plus en plus solitaire... De plus en plus silencieux, aussi. Et puisqu'il s'agit d'un entretien, j'aimerais que vous nous aidiez à comprendre pourquoi un homme comme Morand a toujours éprouvé à l'égard précisément de l'entretien ou du dialogue, une gêne, et même une sorte de peur. Tout se passe même souvent, dans son œuvre, comme s'il y avait quelque chose d'obscène et d'assez épouvantable dans le simple fait d'ouvrir la bouche. Il va d'ailleurs jusqu'à affirmer, à plusieurs reprises, qu'il écrit parce qu'il ne sait pas parler...

Pudeur, là encore... Mais remarquez qu'à chaque fois qu'il donne un entretien, c'est prodigieux. Boutang place sa caméra et c'est tout de suite épatant à partir du moment où Morand raconte... Morand est un raconteur admirable... Donc, tout simplement, ça l'embêtait, oui, voilà, mais Morand parlait très bien. Céline aurait pu faire des dizaines et des dizaines d'entretiens admirables, on n'en a qu'un d'enregistré. Mais bon, on entend la voix. Et c'est immédiatement parfait. Vous imaginez dix heures d'entretien avec Proust avec quelqu'un qui l'aurait poussé un peu... Ça aurait été fabuleux... Non, ce qui embête Morand, c'est de parler pour ne rien dire. Au fond, dans les «déjeuners», il n'a rien à dire, et ça l'ennuie. Et puis, il faut avouer que souvent le fait de parler oblige à baisser son niveau. Et il faut bien dire aussi que souvent, on tombe sur des crétins. Voilà, c'est la position aristocratique... Mais il faut dire encore que l'exil, la méfiance, le fait de se sentir épié, le fait que le moindre mot pourrait être immédiatement employé pour ceci ou cela..., et puis l'histoire avec l'Académie, qui tarde..., et la revanche, et Vichy, tout ça, patati, patata, bon, ça dure quand même assez longtemps pour que ça transforme un caractère. Les grands traumatismes d'exil ou d'enfermement sont souvent irréversibles. Il ne faut pas oublier quand même qu'il y a eu beaucoup de drames précis. Morand a échappé à tout ça, mais la Suisse, ça peut quand même user ou rendre très méfiant le système nerveux même le mieux maîtrisé. Quelqu'un qui s'en est sorti par un silence absolu, alors, ça, c'est Ezra Pound que je voyais souvent à Venise sous mes fenêtres : il ne parlait plus du tout, il observait ses mains. Il s'était tu. Il était entré dans le grand silence. Il y avait aussi une sorte de silence chez Morand, mais que je crois davantage induit d'abord par sa pudeur et ensuite par le contexte sociologique exécrable dans lequel il s'est trouvé du fait de l'Histoire (puisqu'il est parti sur le très mauvais côté de l'Histoire).

Il est vrai d'ailleurs qu'il est resté étrangement silencieux sur la question politique. Sur les soubassements, sur les basculements... Pourquoi Morand n'est-il pas resté à Londres ? Pourquoi Céline et Morand ne sont-ils pas restés à Londres ? Il y a pourtant des choses merveilleuses de Céline sur Londres. Ils n'ont pas compris qu'il fallait rester à Londres un certain temps, tout simplement. Et pourtant, c'est beau, Londres, c'est une ville que j'aime beaucoup... Il y a de grands parcs... On peut facilement y rester quatre ou cinq ans... Mais enfin, c'est comme ça. Peut-être encore une fois trop conjugal, Morand, de ce point de vue... Et puis, il y a les questions d'argent aussi. Voilà, il faut analyser tout cela assez rapidement.

Simplement, pour en revenir à votre question, il y a une chose qui me frappe chez lui, c'est la modestie tout de même. J'ai souvent rencontré des grands écrivains assez modestes. Morand est modeste. Son *Journal* se dit « inutile »... Après tout, tout ce que j'ai écrit... Proust n'était sûrement pas modeste ! Mais quelqu'un qui l'était par exemple, c'est Mauriac qui pensait qu'après tout, à côté de Proust, ce n'était pas grand-chose, ce qu'il avait fait... Et Proust lui-même, au fond, aurait pu penser qu'après tout, oui..., tout ça... Kafka aussi était très modeste : vous n'avez qu'à tout brûler... Voilà : il y a un point où ça n'a plus d'importance.

Que dire après cela ? J'aimerais quand même en revenir à la question du corps. Le corps qui est peut-

être l'unique modèle de Morand. Je m'étonne à cet égard qu'il y ait tant de personnages désincarnés dans son œuvre. Des personnages essentiellement disparaissants. Je songe à « Monsieur Zéro », ou au « Locataire », monsieur Grosblanc, ou encore à tous ces personnages insaisissables que sont par exemple « l'homme pressé » ou le taciturne Lahire.

C'est moins bon. Il y a des livres assez décevants de Morand. J'ai relu *L'Homme pressé*, ce n'est pas très bon. Il y a quelques livres extrêmes, il y a aussi des longueurs. Il n'écrit pas que de magnifiques choses... À propos de Proust, je serais bien embêté de vous dire : je préfère *Du côté de chez Swann* à *Sodome et Gomorrhe*... C'est l'Œuvre. Morand, lui, n'est pas l'obsédé d'une œuvre. Vous savez, deux, trois bons livres, quatre... : *Ouvert la nuit*, *Fermé la nuit*, *L'Europe galante*, *Hécate et ses chiens*. Les « portraits de ville » aussi sont très beaux, très impressionnants. La poésie aussi... Mais qui lit cela ?

On en parle, en tout cas...

On parle beaucoup des écrivains sans les avoir lus, des peintres sans les avoir vus, des musiciens sans les avoir entendus... On parle de la mythologie des écrivains selon la perspective du comité central, on ne parle plus des écrivains, de ce qu'ils écrivent. Moi, j'ai l'habitude, et peu m'importe ! C'est le Spectacle ! Une fois qu'il y a cinq ou six bons clichés, on les répète. La propagande s'en charge. Pourquoi voulez-vous faire un effort, lire des phrases ? Il ne faudrait pas faire semblant que les gens lisent, ils ne lisent pas. C'est la question d'aujourd'hui. Ça n'était pas une question des années 1920 ou 1930. Céline se rend compte de cela petit à petit. C'est le plus percutant sur la question. Voyez les *Entretiens avec le professeur Y...* C'est un chef-d'œuvre, on est par terre de rire à chaque instant. Et c'est tout à fait dans le cœur du sujet. Morand, non, il s'en fout, il appartient à une histoire, à une certaine classe sociale en cours de liquidation, et d'ailleurs il finit dans une sorte de désespoir. Il s'en fout parce que son monde a disparu. Il pense que la société civilisée européenne a disparu, ce qui n'est pas faux, mais ce qui n'est pas forcément apocalyptique. La question qu'il faut poser est plus essentielle. Il faudrait se dire que se lire soi-même peut suffire à ce que ça existe. A-t-on vraiment besoin d'être lu?

C'est vers le lecteur inconnu de l'an 2000 que Morand se tourne à la fin...

Ce qui est à la fois très élégant et très pessimiste. À juste titre, d'ailleurs, si on croit à un destin collectif. Mais enfin, pourquoi? Il n'y a peut-être pas de destin collectif. Bien sûr, on n'est pas sans péril ambassadeur, membre de l'Académie française, on ne se marie pas impunément, on ne vit pas impunément dans le respect de certains rites sociaux... Si ce monde-là disparaît, on risque d'être emporté avec lui... Mais, dans le cas de Morand, c'est beaucoup trop percutant et intelligent pour être passé par profits et pertes dans les poubelles d'une classe sociale disparue. C'est pour ça d'ailleurs que Saint-Simon revient. Saint-Simon aurait pu être lui aussi emporté dans le balayage de la monarchie. Mais non, il y a quelque chose qui transcende électriquement les siècles. Et que Morand, pour l'instant, soit plus ou moins à l'index, au fond importe peu... Vous savez, il y a des auteurs qui sont restés à l'index, longtemps... Sade est resté très longtemps à l'index. Je crois que ce n'est pas grave, ça. Le problème est de savoir si ça tient le coup formellement ou pas... Si ça tient le coup formellement, c'est là pour toujours. De ce point de vue, Morand est déjà absolument classique. Pas de problème. Il me conforte dans ce que je pense depuis longtemps, c'est que les modernes sont déjà des classiques. Il suffit d'avoir le temps de s'en apercevoir. Les faux modernes ne sont jamais classiques et les faux classiques ne rejoignent jamais le moderne. Les vrais classiques sont modernes et les vrais modernes sont classiques, déjà.

Tenez, j'ai oublié tout à l'heure de citer un livre magnifique, c'est le *Fouquet ou le Soleil offusqué*. C'est un chef-d'œuvre. On ne peut pas faire plus Vaux-le-Vicomte ! C'est très fort, très beau, très « autobiographique dissimulé ». J'y ai beaucoup pensé en écrivant sur Denon, sur Casanova ou sur Mozart. J'ai pensé souvent à ce petit livre qui est admirable.

Vous pensez beaucoup à Morand en écrivant ? Avez-vous l'impression qu'il vous a influencé ?

Non, je ne crois pas, mais enfin, j'ouvre un livre..., et hop ! On ne peut pas toucher à un art sans que tout le monde ne se mette à vous rendre visite. Les morts vous parlent, n'est-ce pas... Vous savez qui m'a influencé ? Tout le monde m'a influencé. La marquise de Sévigné m'a beaucoup influencé. La Fontaine, ô combien ! Chateaubriand, je ne vous en parle pas. Saint-Simon, tous les jours. Voltaire, à n'en plus finir... Je viens d'écrire sur Jean-Jacques Rousseau, c'est admirable, c'est comme si c'était moi qui avais écrit certains passages... Il n'y a pas de raisons de s'arrêter. Baudelaire, vous ne pouvez pas savoir à quel point ça a pu m'influencer. Rimbaud, c'est toutes les nuits, vers trois heures du matin. Le français est quelque chose qui, en tant que langue, a eu une vie tellement mouvementée, tellement étrange, tellement superbe, qu'il n'y a que les Français qui ne sont pas au courant, qui ne sont plus au courant, qui ne l'ont peut-être jamais été d'ailleurs.

Et c'est ainsi qu'on amène par exemple Alexandre Dumas au Panthéon (c'est bizarre, cette façon de sortir des cercueils, de les remettre en circulation, ce trafic de cercueils...). Oh là là! Dumas! J'adore Dumas! Eh bien, vous aviez des acteurs déguisés en mousquetaires et, derrière les chevaux, les types qui ramassaient le crottin étaient quand même noirs. Quand il n'y aura que des Noirs à cheval déguisés en mousquetaires et que, derrière les chevaux, on verra des Blancs ramasser le crottin, je dirai qu'enfin la République est arrivée! Enfin, on peut rire ainsi indéfiniment...

Propos recueillis le 9 décembre 2002 par C. Douzou et F. Berquin,
Revue des sciences humaines.

Freud s'échappe

Jacob, le père de Freud à Vienne, a eu douze enfants de deux femmes différentes. Sigmund, lui, est allé jusqu'à six enfants avec la même femme. Ce combat entre père et fils était inégal. Il en est résulté un coup de génie, l'invention de la psychanalyse. Et puis, à partir de sa quarantième année, Sigmund, en automne, s'échappe. Il voyage, il file vers l'Italie.

Sa femme, Martha, son « cher trésor » devenant peu à peu « sa vieille bien-aimée », l'accompagne un peu au début, mais se fatigue vite. Freud se fait suivre de son frère cadet, Alexandre, puis, de plus en plus, de sa belle-sœur, Minna, dont on ne sait pas très bien si, restant célibataire, elle n'a pas été plus intime dans la vie du génie qu'on ne l'aura dit. Peu importe : Freud veut être tranquille, poursuivre sa passion archéologique, bouger vers le sud, le plaisir de voir, de se baigner, de manger, de collectionner. Il envoie des cartes postales soigneusement choisies, écrit des lettres, poursuit ses découvertes intérieures sans en dire un mot. Fascinant contraste : l'auteur de *L'Interprétation du rêve* (sans lequel nous croirions encore que rêver relève d'une vision mystique) vit à Venise, en août 1895, un « conte de fées dont aucune photographie ni aucun récit ne saurait rendre compte ». Il est dans un « tourbillon », dit-il, deux jours sont devenus six mois, il voit des « choses incroyables », il n'est ni fatigué ni sérieux, il s'amuse comme un écolier en vacances. L'Italie est magique et d'une « harmonie grandiose ». Il est à Padoue, à Bologne, à Ravenne, à Florence, et commence même à être dépassé et écrasé par une « volupté constante ». Dans une cathédrale, il observe plusieurs centaines des plus jolies filles du Frioul pour une messe d'un jour de fête : « La splendeur de l'antique basilique romaine m'a fait du bien au milieu de l'indigence de l'ère moderne. » En pleine descente aux enfers de son propre inconscient (par l'auto-analyse), il croise Dante près d'une forêt de pins ou en visitant des grottes, se laisse imprégner par des fresques, pendant que Minna écrit de lui : « Il a une mine insolemment splendide et il est gai comme un pinson. Évidemment, il ne tient pas en place. » Le voici au bord du lac de Garde « d'une beauté paradisiaque », et enfin à Rome, en septembre 1901. « C'est incroyable que nous ne soyons pas venus ici pendant des années. » Sigmund Freud, donc, gai comme un pinson, plonge sa main dans la Bocca della verità, en jurant de revenir. Le vin rouge lui fait le plus grand bien. « Aujourd'hui, au Vatican, nous avons vu de nouveau les plus belles choses, que l'on quitte comme transporté. » Il décide, fermement, de finir sa vie à Rome, mais l'histoire, on le sait, en décidera autrement, et ce sera en exil, chassé par les nazis, à Londres, en 1939.

À Naples, il fume, il boit, il mange, il a trop chaud, il se baigne. Il est bientôt à Sorrente, il prend un café « à l'ombre des arbres, entouré d'oranges jaunes et vertes, de grappes de raisins, de palmiers, de pins, de noyers, de figuiers sauvages, de citronniers ». Il y a le Vésuve, les temples, la grotte de la Sibylle, le souvenir de Virgile dont les vers se retrouveront en exergue de *L'Interprétation*. La splendeur italienne aide à sortir de la confusion des rêves, de la névrose et de l'inhibition de l'indigente ère moderne. «Je comprends tout ce qu'on a pu entendre au sujet de l'effet du Sud sur le caractère et l'énergie.» Pas de doute : le Nord est une erreur, comme Goethe l'a déjà compris. Allons plus loin, jusqu'en Grèce. On aime cette phrase de Freud en 1904 : «J'écris à côté d'un cheval d'une frise de Phidias.» Il envoie à Martha et aux siens, avec ses pensées affectueuses et en signant non plus *Sigi* mais *Papa*, une reproduction d'un trône du prêtre de Dionysos. Il envisage d'écrire un essai sur le caractère sexuel de l'architecture antique. Il ne le fera pas, dommage. Et le revoici à Rome : «Les femmes, dans la foule, sont très belles, dans la mesure où elles ne sont pas étrangères. Les Romaines, bizarrement, sont belles même lorsqu'elles sont laides et, en fait, il y en a peu qui le soient parmi elles.» C'est dit entre une visite dans les catacombes et la découverte de la Gradiva au Vatican. Humour ou pudeur de Freud devant *L'Amour sacré et l'Amour profane* de Titien (une femme richement habillée, une autre nue) : «Le nom qu'on a donné à ce tableau n'a aucun sens, et on ne sait d'ailleurs quel sens lui donner ; il suffit qu'il soit très beau.» En réalité, la vraie rencontre est avec le *Moïse* de Michel-Ange dans l'église de Saint-Pierre-aux-Liens, ce qui permet à Élisabeth Roudinesco, dans sa préface, de dire : «Rome est à Freud ce qu'Israël est à Moïse.» Sans doute, mais Freud, lui, est entré dans Rome qui, d'ailleurs, on le verra de plus en plus, ne demandait que ça.

À Londres, au British Museum, une overdose d'antiquités égyptiennes. Et puis c'est le fameux voyage en

Amérique en 1909, et le succès à New York. C'est très important pour la cause de la psychanalyse, pourtant le malaise est là : «L'Amérique a été une machine folle. Je suis heureux d'en être sorti, plus, de ne pas devoir y rester.» Et aussi : «C'est tout de même très agréable de se retrouver à nouveau en Europe; j'apprécie à présent ce petit continent.» En 1925, Freud sera encore plus catégorique : «J'ai toujours dit que l'Amérique n'est bonne qu'à procurer de l'argent.» Le voici maintenant en Hollande, avec ses deux fils, Ernst et Oliver. Il analyse en une après-midi Gustav Mahler qui a des ennuis avec sa femme, et, toujours rigoureux, réclame, après la mort du musicien, 300 couronnes à son exécuteur testamentaire pour une consultation de plusieurs heures. Mais enfin, retour au sud, Rome, Naples, Sicile, merveilles sur merveilles : «La splendeur et le parfum des fleurs dans les parcs font oublier que l'on est en automne.» Temples de Ségeste et de Sélinonte, évocation d'un air de Mozart. «Il m'est très naturel de me retrouver à Rome, pas l'ombre d'une impression d'être un étranger ici.» Et aussi : «Je ne me suis jamais autant soigné ni n'ai vécu dans une telle oisiveté au gré de mes désirs et de mes caprices.» Il s'offre sa fleur préférée, le gardénia. Portrait de Sigmund Freud en dandy avec gardénia. «On vit divinement», dit-il. Il sera de nouveau à Rome en 1923, avec sa fille cadette, Anna, mais, là, déjà malade de son cancer à la mâchoire. Au total, il sera venu sept fois dans cette ville, la sienne, finalement, puisqu'il confie alors à Ernest Jones que Rome lui plaît chaque année un peu plus. À vrai dire, il faut prendre tout à fait au sérieux sa lettre de septembre 1910, depuis Palerme, «lieu de délices inouïs». Il s'excuse auprès de Martha et de sa famille de ne pas leur faire partager ses joies faute de moyens, et ajoute : «Il n'aurait pas fallu devenir psychiatre et prétendu fondateur d'une nouvelle tendance en psychologie, mais fabricant de quelque objet de genre courant comme du papier hygiénique, des allumettes ou des boutons de bottines. Il est beaucoup trop tard maintenant pour changer de profession, si bien que je continue — égoïstement, mais en principe avec regrets — à jouir seul de tout. » Résumons : Freud, en effet, à travers une vie extraordinairement travailleuse, a joui seul de tout.

Claudel censuré

Paul Claudel, né en 1868, meurt le 22 février 1955, à 87 ans. Grande fin de théâtre, messe à Notre-Dame de Paris. Juste avant de mourir, il demande que l'on s'occupe de sa fille cachée, Louise, puis qu'on ne le touche pas et qu'on le laisse seul. Il a cette phrase étrange : «Je n'ai pas peur.» Il fera écrire sur sa tombe une autre phrase encore plus étrange : «Ici reposent les restes et la semence de Paul Claudel.» Hommages convenus, tout le monde, ou presque, le déteste. Longue histoire, brouilles célèbres (Gide), figure d'emmerdeur catholique intransigeant, d'ambassadeur replet, de puritain farouche, de dramaturge exagéré, de réactionnaire intouchable. Il paraît qu'il était poète? Impossible : les poètes, on le sait, doivent rester marginaux, pauvres, souffrants, maudits. Claudel a inventé un truc inouï : la malédiction au carré, insolente, satisfaite, affreuse. C'est un porc, il a d'ailleurs célébré le porc dans un texte de l'un de ses chefs-d'œuvre *Connaissance de l'Est*. «Une jouissance profonde, solitaire, consciente, intégrale.» Vous voyez bien : il mérite une fatwa définitive. Qu'on ne le lise plus, que ses œuvres soient pilonnées, que les pièces d'un tel monstre ne soient plus jouées. Le programme de censure est en bonne voie, on me dit que personne n'ouvre plus ses livres. Mais son théâtre plaît encore au public, c'est inadmissible. Comment s'en débarrasser? Par l'oubli.

La machine est en marche, on lui reprochera tout : la folie de sa sœur Camille, sa conversion, sa manie de convertisseur, ses emplois aux quatre coins du monde (New York, Prague, Bruxelles, Francfort, Hambourg, Rome, Rio, Copenhague, Tokyo, Washington), ses insultes hyper-surréalistes («les pourritures terrestres» pour Gide, les «saligauds» pour Proust ou Genet, «la bière pas fraîche» pour Rilke, et ainsi de suite), sa laideur enfin, dont il convient volontiers («Je suis laid comme un macaque»). Il célèbre des dévots imbéciles, il injurie presque tout ce que nous aimons et respectons. Ce n'est plus un homme, mais un marteau-pilon. Tellement à contre-courant qu'on soupçonne une énorme farce. Il sabre, il assomme, il est assommant. En plus, il est rusé comme dix jésuites. Son procès au tribunal de la nouvelle inquisition illettrée, est implaidable. Il a haï la troisième République, Maurras et l'Action française, tapé comme un sourd contre le communisme, conforté Franco, méprisé Hitler, fait de l'œil au Maréchal (pas longtemps), approuvé le Général, tout cela en restant sauvagement papiste et encore papiste. Nul doute : il serait aujourd'hui à genoux devant Jean-Paul II. Comment en sortir? La question est peut-être ailleurs.

Résumons les points essentiels : Rimbaud, Rosalie, la Chine, la Bible. Rimbaud, dès 1886 (lecture des *Illuminations*, conversion à Notre-Dame sur fond de Magnificat. «Il a eu sur moi une action séminale et paternelle, qui me fait réellement croire qu'il y a une génération dans l'ordre des esprits comme dans celle des corps.» Son époque n'a rien compris à Rimbaud ? Claudel est un des seuls à avoir eu l'oreille pour l'entendre.

La Chine : Claudel y a passé quinze ans, ce qui est énorme. «Le Chinois, sous une apparence hilare et polie, est dans le fond un être fier, obstiné, malin, indépendant, incompressible, et somme toute un des types humains les plus sympathiques et les plus intelligents que j'ai connus.» Avis au XXIe siècle. Et ceci : «Le *Tao*, on peut l'appeler le chemin, la voie, seulement c'est un chemin qui marche, c'est ce que nous appellerions le cours de la nature en comprenant par là le mouvement universel qui fait éclore, évoluer, disparaître les phénomènes dans le temps et l'espace.» Tout ce que Claudel a écrit sur la Chine est merveilleux. Dieu n'a pas l'air d'être là, alléluia.

Rosalie (*Partage de midi*) : le malentendu a été complet. Claudel n'avait, à 30 ans, aucune expérience de la région féminine, l'«ouragan» qui l'a saisi l'a renvoyé au conformisme le plus borné. La biographe est ici cocasse. Rosalie aurait incarné «une féminité libérée, acceptant les maternités à la manière des chattes comme la conséquence normale de l'amour que son corps inspire et auquel elle consent». Sombre histoire, que Claudel a prise très au sérieux. On peut en conclure que le catholicisme français était tombé si bas que le sexe lui paraissait une montagne.

La Bible : des milliers de pages du vieux Claudel, ébloui, vaticinant, se trompant, inventant. Oreille pour le grec (Homère, Eschyle), mais pas pour l'hébreu (trop de latin). Tout de même : «Le monde est un secret de joie, de louange, de béatitude.»

Il s'est bien caché, ce baroque Claudel. Celui qui l'a le mieux *vu* est pourtant Kafka, un jour, à Prague : «Le consul Claudel. Éclat de ses yeux que son large visage recueille et réfléchit.» À quoi pensait ce curieux consul? «Ma vraie patrie : le fouillis et le tohu-bohu, la sinuosité et le détour.» À suivre.

Marie-Anne Lescourret, *Claudel*, Flammarion, 2003.

Claudel porc et père

Claudel est d'abord pour moi quelqu'un qui a écrit ce qui suit : «Le Paradis est autour de nous à cette heure même avec toutes ses forêts attentives comme un grand orchestre invisiblement qui adore et qui supplie, toute cette invention de l'Univers avec ses notes vertigineusement dans l'abîme une par une où le prodige de nos dimensions est écrit.»

La première chose qui me frappe, c'est que sans Claudel nous n'aurions pas en français le traitement de l'énergie liturgique. L'insurrection de Claudel, ce qu'il appelle, lui, sa conversion, c'est tout simplement l'irruption du rythme au milieu de la littéralisation, de l'aplatissement philosophique et positiviste. Ce qu'il appelle sa conversion n'est rien d'autre que sa révolte physique, physiologique, par rapport à l'oppression scientiste et sirupeuse de la prose de son temps. On s'est moqué de l'aspect bougonnant et porcin de Claudel en oubliant que dans son apologie du porc (*Connaissance de l'Est*), il a voulu recharger la notion même de sacrifice. Il s'est dévoué, comme un porc qu'il était, à la grandeur du rythme. Quand Claudel, par exemple, s'exclame : «Salut grande nuit de la Foi, infaillible cité astronomique, c'est la nuit et non le brouillard qui est la patrie d'un catholique...», on pourrait trouver que ça a un petit côté tambour et trompette comme couplet. Mais c'est qu'il reprend la rhétorique militaire pour faire l'apologie d'un souffle nerveux et nocturne qui jusqu'à lui n'avait pas droit d'expression. Il se bat. C'est normal. Il n'y a qu'à regarder ce qui s'est passé depuis Claudel. Au moment où il écrit, vous voyez très bien la situation : mort du rythme. Mallarmé vient de disparaître dans la Voie lactée... Au moment où nous parlons, c'est assez différent et tout se passe comme si en un siècle le point de vue de Claudel sur le martèlement des organes était devenu le symptôme numéro 1. Au point que chacun serait obligé de faire sa maladie ganglionnaire, péniblement sexiforme, quant à Claudel. Il est amusant de penser qu'il est au cœur même de ces préoccupations et qu'il en soit si peu question. Tout le monde y pense, tout le monde s'y réfère, tout le monde se situe par rapport à lui, tout le monde lutte contre lui, et personne n'en parle. Le protestantisme a gagné, mais dans quel état ! Puritanisme et inhibition d'un côté ; chiottes de l'autre.

Déjà, et très loin de nous, l'histoire de la N.R.F... Le fait de savoir si Claudel avait raison ou tort de se formaliser que Gide aille au corydonisme... Cette affaire est tranchée dans le bon sens, c'est-à-dire dans l'invasion corydonienne multilatérale et, grâce au ciel, l'interdiction de Claudel n'a pas été écoutée. Claudel, comme père, n'a pas arrêté de se faire marcher sur les pieds, et tout le monde a passé outre à ses interdits, c'est son rôle. Le seul ennui, c'est qu'à s'imaginer qu'on a raison contre le père, on ne va pas forcément à autre chose qu'à la dissolution en magma. Claudel a tort, soit, mais il tient debout dans sa connerie principale. Et le corydonisme, à force de saturer l'atmosphère, nous embête encore plus que la connerie de Claudel.

Il a eu, en véritable subversif qu'il est, Claudel, une audace qui doit attirer notre attention, c'est l'inscription sur sa tombe : «ici reposent les restes et la semence de Paul Claudel». Il a fait graver sa semence (influence séminale de Rimbaud) sur sa pierre tombale. Voilà donc un type qui à force de prières, de concentration, de ruminations, toujours sous forme rythmique et liturgique, a eu le culot — je crois que c'est la seule fois qu'on l'a fait dans l'histoire de l'humanité — d'avertir qu'il se faisait enterrer avec sa semence. Il a distingué sa semence de son corps. C'est d'une lucidité sexuelle remarquable. On peut difficilement être plus précis. Poker!

Je disais que tout le monde pense à Claudel et que ça excite le diabolus ambiant, tant et si bien qu'il y a deux ans des crapules sont allées ouvrir son tombeau pour tripoter son cercueil. Le poète qui a droit à cet hommage de la part de l'excitation organique, eh bien! il n'y en a pas beaucoup... Donc nous sommes loin de la grande affaire du siècle qui aura été de savoir s'il fallait revenir au corydon, loin aussi de l'affaire surréaliste qui finalement a été de deviner s'il fallait valser avec Osiris. Entre Corydon et Osiris, il y a des rapports poétiques, et souvent le culte d'Osiris, qui, comme le disait Breton avec une voix sépulcrale, est un dieu noir, a des dépendances plus ou moins visibles, par exemple le socialisme. Le socialisme est fondamentalement, ça se voit pour un œil averti, un culte osirien. Il faut pousser l'histoire des religions plus loin... Nous avons encore ici un passant qui vient de mourir et qui sur sa tombe porte une autre inscription que celle de Claudel, c'est Aragon qui, du culte osirien, est revenu au culte Corydon. Bref, entre Osiris et Corydon c'est le va-et-vient. Aragon, lui, s'est fait enterrer avec son double spectral, Elsa Triolet, et il y a leurs deux noms sur la dalle : ils mélangent leurs ossements et leurs débris en même temps que leurs œuvres se croisent. J'aime beaucoup mieux ce vieux porc de Claudel disant au moment de mourir : «Laissez-moi seul, je n'ai pas peur» et se faisant enterrer avec son inscription insolente : «ici les restes et la semence de Paul Claudel». Il est tout seul dans sa résurrection, ce n'est pas lui qui se serait embarrassé d'un guéridon corydonien revu à l'androgynat vénusien osiriaque.

Nous sommes loin aussi de ce que j'appellerai les pseudo-Claudels qu'on a propulsés à grands frais et dont on a monté de toutes pièces la capacité poétique. On en a deux exemples, l'un dans le genre ultra-lyrique, c'est le sinistre Saint-John Perse en péplum, pour lequel Claudel s'est montré d'ailleurs trop généreux. L'autre, dans le genre mineur, mais latinistement digne, appliqué à poursuivre la splendide tablature de *Connaissance de l'Est*, c'est Ponge, qui est même allé jusqu'à dire que Claudel était païen. Tout est permis! Vous ajoutez une grimace indienne de Michaux, une pincée présocratique provençale de Char, et vous avez le cocktail. On parlera souvent de tous ces Claudels d'occasion qui se distribuent dans les salles de classe ou dans les caravanes publicitaires du prix Nobel. Je conseille à tous les gens de goût d'acheter plutôt des originaux. Et donc, bien qu'on le leur cache, de se reporter au texte original.

Nous sommes loin, également, désormais, de celui qui a quand même fait le plus gros effort à l'égard de Claudel, un génie alors celui-là, et je vais expliquer pourquoi, c'est-à-dire Antonin Artaud. Bref, la cure Claudel, c'est le cas de le dire, en un siècle, nous a donné tous les symptômes qui devaient fatalement arriver. Par rapport au Corydon-osiriaque ou à l'Osiris-corydonien qui traîne encore ici et là partout, j'admire, moi, qu'à Pékin, en 1906, ou à Tien-tsin, en 1907, dans un texte qui s'appelle le *Magnificat*, Claudel, qui lâche comme ça des choses énormes, écrive — il s'adresse à Dieu, c'est son régime, il pense que ça amplifie sa diction : « Vous n'avez pas permis qu'Israël serve sous le joug des efféminés. » C'est écrit en 1907, à Tien-tsin. Il faut le faire ! Drôle de chinois ! En tout cas, si vous arrivez à me trouver beaucoup d'écrivains français qui écrivent comme ça, en s'identifiant, le mot « Israël »... ce n'est pas courant. Ce n'est pas souvent qu'on voit ce mot-là écrit dans la littérature française.

Le Dieu d'Israël, compliqué et softisé par la Révélation catholique, atteignant son libre jeu en lui-même, qui nous vaut la civilisation elle-même, ce Dieu, Claudel était parfaitement en mesure de le juger supérieur aux autres dans l'exacte proportion où il les connaît parfaitement. Ce n'est pas un ignorant du bazar divin qui parle. Les dieux grecs, Bouddha, l'Osiris égyptien... il les connaît tout simplement parce que, parmi les écrivains français, il a cette supériorité de savoir très bien le grec et le latin. Il est bon en grec et en latin. On reproche toujours l'appropriation de Rimbaud par Claudel, mais on oublie que c'est pour des raisons fondamentalement rhétoriques. Rimbaud était très bon en latin et Claudel est encore meilleur en grec. Sophocle, Eschyle..., tout ça il connaît. Et en plus les poètes chinois. Écrire le mot « Israël » à Tien-tsin en 1907, c'est un événement pour le xxe siècle, non ? La suite se passe de commentaires...

Le claudélien sérieux, radical, c'est Artaud. Souve-
nons-nous qu'Artaud est monté courageusement sur
une scène de théâtre pour jouer du Claudel, *Partage de
midi*, la Chine... Quel scandale pour ses amis du corydonisme osirien. N'oublions pas que dans la rythmique
d'Artaud il faudrait être sourd pour ne pas entendre l'in-
timation paternelle. C'est bel et bien papa sous forme
de Claudel qu'Artaud se met en demeure de tuer. Et
comme il a du génie, il n'est pas comme les autres fils
qui font du pseudo-local ou bien qui vont courir l'Osiris
en jupons corydons. Comme c'est un fils sérieux, il va
droit à l'essentiel — ce n'est pas Artaud qui vous pro-
poserait un culte de remplacement, un ésotérisme quelconque, voire des alanguissements sensuels au nom de
l'épanouissement humain, non, il sait que ça ne fera pas
le poids par rapport à ce papa-là. En revanche, il veut en
finir avec le jugement de Dieu lui-même, et heureusement qu'il y a eu Artaud, héroïque, sans quoi nous ne
pourrions même plus parler de Claudel. Dans la
semence de Claudel il y avait Artaud, c'est bien ça qui
gêne Artaud ; dans la passion d'Artaud il y a le contrepoids Claudel, et croyez-moi ça va durer. L'un ne va
pas sans l'autre. Tout cela est plein d'enseignements.

Regardez où en vient Artaud dans sa fameuse lettre
au père Laval, datée de février 1948. Il venait de faire
cet acte radiophonique digne du plus grand Claudel, à
l'envers, mais enfin ne chipotons pas, la matière et
l'anti-matière désormais n'ont pas à se contredire..., et
il voit un curé qui l'approuve, comme ça, comme si ça
n'était pas un acte liturgique de la plus grande importance. Il approuve paternalistement. Ah ! à tout paterna-
lisme, immédiatement, le génie oppose la figure du
père. Et c'est donc avec une particulière violence et une
noblesse absolue, comme d'habitude, qu'Artaud écrit

au père Laval qu'il n'a rien compris de l'enjeu, et l'enjeu c'est que le révérend père Laval ne se rend pas compte de ce qu'il fait en disant la messe. C'est Artaud donnant une leçon de liturgie catholique à un curé qui se croit moderne en approuvant Artaud. C'est Artaud rechargeant les deux rites, *capitaux* dit-il, majeurs, de ligatures, de la Consécration et de l'Élévation de la messe. Depuis *La Messe là-bas* de Claudel, dont je conseille aussi la relecture, on n'avait pas lu une aussi fulgurante apologie.

Qu'Artaud dise que pour lui le rituel de la messe, *catholique*, il insiste (personne n'est plus catholique que le Diable, a dit Baudelaire, déjà ; ne plaisantons pas, nous sommes sur des questions sérieuses, adieu Corydon, adieu Osiris, adieu les Celtes, adieu le John Perse, adieu tout le monde..., nous sommes sur le lieu même de la discussion poétique profonde), qu'il dise que le rituel de la messe, tout ce qui implique la machinerie transsubtantiatoire, soit pour lui un envoûtement, eh bien ! il a raison. Il faudrait être absolument en dehors du coup, comme 99 % des curés, pour ne pas comprendre l'action sacramentelle sur les démons. «Tu sais qu'il n'y a qu'un seul Dieu, dit un des apôtres, et tu fais bien, les démons aussi le savent, et ils frissonnent.» Les démons sont dans le vrai, bien sûr. Artaud est dans le vrai. Là où il se trompe, ce n'est pas dans la vérité, c'est dans le corps qui s'ensuivrait, car pour lui, lisons bien, le rite catholique laisserait subsister, dit-il, la vie psychique. C'est un thème fréquent chez Artaud de penser qu'il serait possible d'opposer à ce qu'il croit être l'esprit pur de Dieu, un corps pur, sans organes. Dieu, pour lui, est une sorte d'incube psychique — quelle idée ! — qui manipulerait la chose contre quoi il n'a pas assez de mots sévères, en vrai puritain qu'il est : l'infâme vie sexuelle.

L'infâme vie sexuelle, ce n'était visiblement pas le problème de papa qui, doué d'un tempérament extrêmement vif dans ce domaine (voir *Partage de midi* joué par Antonin Artaud), s'est restreint et a basculé du côté d'une sublimation intensive, la Bible à la main, pour la plus grande gloire du Dieu en question, a fait ses enfants, comme tout le monde, a pensé d'ailleurs que tout ça n'était pas très grave parce que ça ressusciterait au petit bonheur la chance dans un Paradis dont il avait absolument la certitude, et donc s'est retiré dans sa tombe avec sa semence. Infâme vie sexuelle... c'est là où l'hérésie attendait son fils éminent. À manquer d'être érotique, on devient hérétique. Tant mieux ! parce que si Artaud n'avait pas, avec une insistance qu'on ne saurait trop admirer et louer, — je ne suis pas le père Laval, moi, je n'ai aucun attendrissement, aucune compassion pour Artaud — dit le vrai démon qu'il s'agit d'exorciser, foutre !, nous serions tous toujours enclins à oublier que la messe traite fondamentalement de la vie sexuelle. Évidemment ! Pour Artaud il s'agit, il l'écrit, d'une «nauséabonde floculation de la vie infectieuse de l'être». Nauséabonde floculation du «pur esprit»..., je me demande où il va chercher ça, c'est là où il est hérétique, il n'est pas question du pur esprit dans la Trinité, il y a un Père, il y a un Fils et il y a un Saint-Esprit qui ont des rapports exaltants... Que ça fasse place à la pureté, sans doute... mais à travers quel essorage ! où l'infâme est pris pour ce qu'il est, c'est-à-dire une bricole, un bricolage, rien du tout. Artaud, lui, pense que c'est un supplice, il reste passionnément attaché à la croix, à l'épreuve du détachement du phallus de la mère, il dit que les «souffrances et les douleurs de la mise en croix du corps toujours vivant du Golgotha» c'est lui. Eh oui, c'est vrai ! c'est lui! accroché! en négatif! et c'est ce qu'il rappelle au révérend père Laval dont tout prouve qu'en 1948 il ne savait pas dire assez dramatiquement sa messe.

Conseils liturgiques : on devrait appeler ainsi l'inspiration poétique réelle. Toutes les messes grises ou noires du XXe siècle ont été dites par rapport à Claudel. Il serait peut-être temps, maintenant, de l'écouter lui-même :

*Comme les Hébreux qui le bâton à la main suivant le
    rite légal
Mangeaient debout et les pieds dégagés pour la marche
    l'Agneau pascal,
Ainsi nous, comme les anciens patriarches qui fuyaient
    Sodome, campant sous le branchage et la tente,
Marchons, car nous n'avons pas ici d'habitation per-
    manente.*
(Processionnal pour saluer le siècle nouveau)

À bons entendeurs, salut.

Réponses à des questions de Jacques Henric, mars 1983.

Ivresse de Claudel

Toute sa vie, Claudel a lu, relu, entendu, ruminé, commenté et interprété la Bible, ce qui est exceptionnel dans le paysage littéraire français. Le choc Rimbaud, le choc biblique : nourriture et respiration de tous les instants, scandale pour les dévots illettrés comme pour les anti-dévots à préjugés. Foi, passion, illumination. Mais qui lit encore Claudel, ce génial emmerdeur ? Qui a dans sa bibliothèque son énorme « Poète et la Bible » ? C'est du latin effervescent traduit en français énergétique, le contraire du sirop ecclésiastique, une percée de l'hébreu à travers le refoulement dont il a été si longtemps l'objet. Victor Hugo faisait tourner les tables, Claudel, lui, fait tourbillonner les psaumes. Pas de spectres, de fantômes ou de bouche d'ombre. Tout ici est cru, abrupt, sauvage, lumineux.

Claudel n'y va pas de main morte : plus qu'une « traduction », c'est une torsion, une retransmission, une « réponse », un engagement total. Il est là, le vieux Claudel, le jour, la nuit, à l'écoute, dans une solitude effarante. Guy Goffette, dans sa belle et enthousiaste préface, imagine une messe catholique où des « paroissiens assoupis » entendraient tout à coup le Psaume 36 (il y en a 150) version Claudel : « Va, ne les envie pas ! ne te ronge pas à regarder le succès des salopards. C'est une moisissure qu'un rayon de soleil étanche. » Tête du curé et des fidèles du dimanche.

Le langage du divin doit être direct, louange ou malédiction violente. Dieu n'est pas ce mot mort, « Dieu », mais Yah, Yahvé, et certainement pas « Jého-vah ». Yah ! C'est un cri, un concert, une grande musique de plainte ou d'allégresse. Regardez les dates : 1943 ou 1947 : c'est la guerre, la destruction, l'épouvante. Claudel, parallèlement, note dans son « Journal » un certain nombre d'événements. Ainsi, en 1945 : « Prise de Lodz ! Prise de Cracovie ! Toute l'Allemagne éven-trée ! » En 1946, on trouve un psaume au dos d'un brouillon de lettre à de Gaulle. Bruit et fureur d'un côté, prière ardente de l'autre. David, ce poète monu-mental, chante Israël dans sa propre tourmente et sa tenace espérance. Claudel s'identifie à lui dans l'an-goisse : « Seigneur, que d'ennemis ! » Ou bien : « Ces mâchoires par milliers autour de moi qui grincent, lève-toi, Seigneur, accours ! Accours, tape dedans ! » Ou bien : « Au milieu de tous ces simulacres vides et sans substance, ces bouches noires qui s'ouvrent, ces sépulcres vivants qui remuent la langue, je dis : Dieu ! tout bas au milieu d'eux. »

Claudel, qu'on dit si conventionnel, n'en peut plus de voir l'enfer, c'est-à-dire le mensonge de l'exploita-tion froide des humbles, des innocents et des pauvres. Il a l'air bien installé dans son confort, mais pas du tout, les psaumes sont de tous les temps, ils sont d'au-jourd'hui même, dans une actualité brûlante. Confes-sion de cet étrange traducteur : « Je suis environné d'ennemis : écoutez-les, tous ces gros messieurs qui parlent fort. » Il sait qu'il est haï, détesté, et qu'il ne peut pas en être autrement : « Éclaire-moi, que je n'aille pas comme ces dort-debout à ma perte! et que mes bons amis ne disent pas en se frottant les mains : on l'a eu!» Il n'y a personne : «Pas un. Pourriture générale.» Un seul recours : «Yah, force, ma force!» Le poète est seul avec son roc, son rocher, son sauveur. «Ne me confonds pas, Seigneur, avec les inutiles et les carnassiers, ni avec tous ces gens qui ne songent qu'aux gros sous.» La marque de Claudel est dans ce mélange de sublime et de brusque familiarité. Ainsi, au psaume 24 : «Libère, mon Dieu, Israël, de tous ses embêtements.» Qui dit moins dit plus. Et d'ailleurs «Qu'est-ce pour moi que ce chaos de gens qui mentent et qui radotent et qui boitent?». Les somnambules humains (pour parler comme Pascal) ne le savent pas, mais il y a une vérité au bord du gouffre. «Extrais-moi de la compression, retire-moi, intelligent, de cette bousculade imbécile!» Qui dira que le monde où nous vivons, c'est-à-dire où on nous oblige à vivre, n'est pas, neuf fois sur dix, une bousculade imbécile? Claudel souffre à mort, il connaît «l'affreuse déman-geaison de l'enfer» et le vertige de l'abandon ultime : «Mes amis et mes proches, tous ne font qu'un contre moi!» Traduisez : tout le monde est contre Dieu, lequel se bat en état d'infériorité, comme David contre Goliath et tous les philistins de la terre : «Messieurs mes ennemis, j'en connais plus d'un avant peu qui aura fait la culbute. Eh bien! Rangez-vous tous contre moi, ouvrez le feu! Je crie : Hourra!»

Au fond, c'est très simple : «J'ai étudié le mal qui m'a appris le bien, et le mensonge qui m'a appris la vérité.» C'est pourquoi «rien ne me trouble, il y a à ma disposition une paix sans nombre comme la mer». À propos de l'admirable Psaume 117, Claudel parle d'une allure allègre, élastique, d'un pas relevé et bondissant. Dieu danse en musique, ou alors il cogne et boxe : «Fouette-les comme une toupie, fais-les voler en l'air comme de la paille et des morceaux de papier.» «Quant à moi, je suis un exilé sur la terre, ne me laisse pas tout seul.»

Ironie des dates : en 1947, année de sa grande inspiration biblique, Claudel peut assister au triomphe de son vieil adversaire, Gide, qui reçoit, cette année-là, le prix Nobel. «Pour le Nobel, écrit un jour Claudel à Mauriac, je suis barré de naissance.» Un Dieu trop musical n'est pas de mise à Stockholm, et Claudel, avec sa frénésie de rythme affirmatif, a quelque chose d'obscène. Comment accepter quelqu'un qui va jusqu'à vous dire : «Au milieu de l'agonie et de l'angoisse, je tiens bon, je sais tout»? On se souvient de ses derniers mots, juste avant sa mort : «Laissez-moi seul, je n'ai pas peur.» Ainsi fut-il.

Psaumes. Traductions 1918-1953, par Paul Claudel, notes de Renée Nantet et Jacques Petit, Gallimard, 2008.

Mauriac, le frondeur

Qui aurait pu imaginer que le temps jouerait à ce point en faveur de Mauriac? Il y a cinquante ans, il était au sommet des honneurs, c'est-à-dire apparemment promis à un déclin irréversible. Académie française, Nobel, réputation mondiale de romancier et de Juste (ni vichyste ni communiste), catholique obstiné, mais «progressiste», fin de carrière assurée. Gide et Claudel meurent, Sartre commence son règne (il a tenté, juste avant la guerre, de dégommer Mauriac dans la *NRF*), les vedettes confirmées de l'époque sont Malraux, Aragon, Camus. Le Nouveau Roman pointe à l'horizon, les «hussards» s'agitent, le «charmant petit monstre», Sagan, explose dans les librairies, la reconstruction rapide d'un pays ruiné est en cours. Pourquoi, dans ces conditions, ne pas se retirer, laisser courir, et continuer à faire confortablement ses gammes de «vieille corneille élégiaque»? Eh bien, non, il y a quelque chose qui ne va pas au cœur de la République.

Mauriac le sent, le devine, il se concentre, il saute, il remet toute sa mise en jeu. La collaboration, Vichy, l'antisémitisme, le racisme? Il en reste partout des traces. Le colonialisme, la répression, la torture (Maroc, Algérie)? C'est le nouveau drame dans lequel il s'engage passionnément. On le croyait fini? Il recommence. C'est le temps glorieux du *Bloc-notes*, son chef-d'œuvre, guetté toutes les semaines par tous les pouvoirs en place, et par certains très jeunes amateurs (dont moi). Le secret de Mauriac? La foi, l'indépendance, le style : « Je n'aurai reçu aucun ordre depuis le collège. Il ne me souvient pas d'avoir jamais eu personne au-dessus de moi, devant qui j'ai tremblé ou que j'ai dû ménager. » C'est ce que Mauriac appelle son credo de « demi-anarchiste ». Non pas « ni Dieu ni maître », mais « Dieu et pas de maître ». Car, figurez-vous, il croit en Dieu, ce charmant vieux monstre, et c'est un scandale supplémentaire. « Seuls les rapports orageux mais jamais interrompus avec une présence cachée que j'appelle Dieu me donnent le sentiment d'avoir été libre. » Libre, il l'est, et il le prouve. Il va donc se faire beaucoup insulter.

Il attaque sur tous les fronts. La littérature? Elle est peut-être en cours de disparition au milieu « de tractations où nous figurons comme des marchandises ». « Un temps viendra où ils imprimeront, éditeront, distribueront directement, ou par maisons interposées, tous ceux qui reçoivent les prix, mais aussi tous ceux qui les décernent. » Le fascisme? « Lorsque Mussolini et Franco comptaient chez nous tant d'admirateurs et de partisans passionnés, si nous n'avions pas été quelques-uns à élever la voix, il y aurait eu une coupure irréparable dans cette protestation ininterrompue de la conscience chrétienne devant les crimes de l'histoire. »

Il faut insister sur cette formule de « protestation ininterrompue » qui vise, aussi bien, l'hypocrisie religieuse et ses trop fréquentes bénédictions de l'ordre. Les communistes? « Ils acclament le bourreau et insultent la victime, après avoir tenté de la déshonorer.» La politique? «Chez nous, en politique, le néant rassure.» Une tête émerge-t-elle du magma, elle est aussitôt critiquée (Mendès France, de Gaulle) : «Une tête qui pense le drame français, oui, j'aurai ce ridicule de la chercher encore et toujours, et quand je croirai l'avoir trouvée, je la défendrai avec ce qui me reste de force.»

Les socialistes, au moment de la guerre d'Algérie? «Qu'est-ce qu'un ministère socialiste? Nous le savons aujourd'hui : c'est un ministère qui exécute les besognes que le pays ne souffrirait pas d'un gouvernement de droite.» Au congrès radical, René Mayer met au défi «l'académicien qui s'est fait à Paris le pourfendeur du colonialisme» de visiter avec lui ses électeurs en Algérie. À quoi Mauriac, sublime, répond aussitôt dans la presse : «Et vous, monsieur René Mayer, viendrez-vous avec moi visiter là-bas les familles de ceux que la police de vos amis torture?»

Un académicien qui ne joue pas le jeu, voilà le problème. Mais l'Académie elle-même? «Ah! nous ne plaisons plus!» «Depuis l'élection de Maurras, nous descendons la pente.» Et encore : «Trop de génie tue les Académies. Si, en 1944, nous avions introduit d'un seul coup parmi nous Aragon et Malraux, Sartre, Breton et Camus, la Coupole, aujourd'hui, serait peut-être en miettes.»

Mauriac est seul, et il le sait. Son point faible est bien entendu son puritanisme, bien que la pornographie industrialisée d'aujourd'hui, accompagnée de toutes les charlataneries spiritualistes possibles, ne lui donne pas forcément tort. Seul, comme son grand homme, de Gaulle, et seul aussi comme l'aura été Mendès France.

Solitude malgré tout très peuplée par ses lectures incessantes, Bossuet, Retz, Pascal, Baudelaire, Rimbaud, Proust. Et aussi Sévigné, Chateaubriand (qu'il jalouse), Michelet, Hugo. Il tente d'être équitable avec Péguy ou Claudel, mais on sent bien qu'il se force. Les adversaires de toujours sont Gide (fascinant) ou Cocteau (irritant). Il en revient toujours au génie du christianisme au milieu de « la triste et sauvage histoire des hommes ».

« Le christianisme demeure, dans notre sombre monde, le seul garant de cette liberté de l'esprit pour laquelle Michelet s'est battu. » Hélas, « je n'ai plus d'amis avec qui je puisse parler de ces choses ». Par « christianisme », d'ailleurs, il faut ici entendre le seul vrai pour Mauriac : « L'Église de Rome demeure au-dessus de tous les pouvoirs, et aucun empire de ce monde n'a barre sur elle » (cela écrit avant Vatican II et, bien entendu, l'élection de Jean-Paul II, dans laquelle Mauriac aurait certainement vu l'action de la Providence). Que reste-t-il ? La Nature est dévastée : « Le coucou sera le nom d'un oiseau fabuleux, le dernier rossignol donnera sa suprême note dans la nuit pestilentielle. »

Mauriac, homme dans des temps sombres, selon la belle formule de Hannah Arendt (*Men in dark times*). Je le revois, si généreux, si courageux, si intraitable, si gai. Je me demande souvent ce qu'il dirait dans notre monde fou et noir. J'entends sa voix voilée, son rire, ses fous rires. On n'est pas d'accord, sur Sade, par exemple.

Oui, mais il y a Mozart.

François Mauriac, *D'un bloc-notes à l'autre (1952-1969)*, édition établie par Jean Touzot, éd. Bartillat, 2004.

Le match Paulhan-Mauriac

Étrange littérature française où, mis à part la grisaille actuelle, tout prend toujours l'air d'une guerre de religion civile. Droite-gauche, catholiques-protestants, Montaigne ou Pascal, Racine ou Corneille, Voltaire ou Rousseau, Chateaubriand ou Stendhal, Baudelaire ou Hugo, Gide ou Claudel, Breton ou Aragon, Proust ou Céline, Sartre ou Camus... Quant à Paulhan et Mauriac, qui aurait cru que le représentant du Diable et celui du Bon Dieu avaient échangé, pendant quarante-deux ans, des lettres aussi fiévreuses, aussi amicales ? Voilà une surprise, et elle est de taille[1]. Ils ne sont d'accord sur presque rien, mais les voilà, pour finir, à l'Académie, et, mieux encore, l'un décorant l'autre du grade de Commandeur de la Légion d'honneur. Cela se passe en 1949, et l'auteur du *Nœud de vipères* et de *Souffrances du chrétien* remet ses insignes au futur préfacier d'*Histoire d'O* et à l'admirateur de Sade et de Lao-tseu. Quelques jours avant, François prévient Jean : « Il s'agira de nous regarder sans rire. » Ils ont ri, et ces deux anti-fanatiques ont sans doute pensé à leur devise dans la Résistance (et après) : « Ni flics ni mouchards. »

1. Éditions Claire Paulhan, 2001.

Humour et gravité de ces deux-là, civilisation extrême. De 1925 à 1967, leur dialogue et leurs brouilles vite effacées traversent l'histoire littéraire et politique du chaos français. Deux voix : celle, cassée, de la «corneille élégiaque» (avec ses fous rires d'adolescent); l'autre pointue et modulée de l'éminence grise de la *NRF* (avec ses brusques énigmes). Paulhan est un logicien mystique qui s'ingénie à marier les contraires et à pratiquer le don des admirations multiples, Mauriac est un romancier lyrique et célèbre dont le catholicisme ombrageux n'arrête pas d'intriguer son adversaire protestant. Le plus puritain des deux? Paulhan, peut-être, qui finit par avouer qu'il a dû faire des efforts du côté de l'impureté : «J'ai toujours manqué de tentations. Une vie de moine m'aurait parfaitement convenu.» Et Mauriac : «C'est l'érotisme des autres que nous détestons. Chacun a le sien, qu'il a ou non dominé.» Paulhan (très tôt) : «Dès que vous ne cherchez plus à me convaincre, j'ai grande envie de vous donner raison.» Mauriac, rusé : «Je ne suis pas un esprit subtil. Ne voyez là ni fausse humilité, ni surtout la moindre ironie.» À la guerre frontale Gide-Claudel succède donc ici une longue bataille chinoise, drôle, émouvante, dissimulée, pleine de double jeu (Paulhan faisant éreinter Mauriac par Sartre), de dérobades, de sincérité, de ténacité. Chacun lâche du terrain quand il faut, campe sur ses positions, contre-attaque. Les sujets d'affrontement ne manquent pas, le principal étant Gide (que Mauriac, d'ailleurs, aime peut-être plus que Paulhan). Gide s'enthousiasme pour l'URSS? Mauriac : «Quelle frénésie! quel désarroi!» Paulhan, lucide : «Je ne le crois pas fait pour demeurer bolcheviste.» Quelle que soit l'hostilité de la *NRF* à son égard, Mauriac, tacticien, ne veut pas rompre avec elle : «Vous êtes le seul mauvais lieu où je puisse dire certaines choses.» Paulhan lui joue des mauvais tours, mais n'arrête pas de lui demander des textes. Mauriac écrit-il sur Proust (que Paulhan, au fond, méconnaît) qu'il reçoit aussitôt un compliment : «Je ne connais rien sur Proust qui soit aussi fort et aussi juste.» En fait, l'Histoire va les réunir dans la Résistance, et ils vont être attaqués tous les deux dans *Je suis partout*. Paulhan : «Comme il est agréable d'être malmené par des gens que l'on n'estime pas.» Mauriac, de son côté, s'indigne de «l'infâme article de Cocteau sur Breker». On reste d'ailleurs ahuri de la violence des mots de cette époque contre tel ou tel. Mauriac est «abreuvé d'injures», comme dans ce passage abject des *Décombres* de Rebatet : «L'homme à l'habit vert, le bourgeois riche, avec sa torve gueule de faux Greco, ses décoctions de Paul Bourget macérées dans le foutre rance et l'eau bénite, ses oscillations entre l'eucharistie et le bordel à pédérastes qui forme l'unique drame de sa prose comme de sa conscience, est l'un des plus obscènes coquins qui aient poussé dans les fumiers chrétiens de notre époque.» À quoi Mauriac se contentera de répondre : «Un polémiste-né est presque toujours un homme qui a échoué dans le roman ou au théâtre... Une existence consacrée à l'invective, comme celle de Léon Daudet, prend toujours sa source dans un cimetière d'œuvres avortées.»

Mauriac s'en fout, il est blessé mais il pardonne, il oublie, il suit sa route. Il est d'accord avec Paulhan sur les excès de l'épuration («Nous n'avons pas des âmes de *flics*. C'est le fond de tout»). Cela dit, Paulhan exagère dans l'autre sens, ou plutôt il se trompe en défendant maintenant l'Algérie française. Paulhan, bientôt, en conviendra en se ralliant à de Gaulle. Il est ému par la proposition de Mauriac de rentrer à l'Académie (il faut dire que la liste de Mauriac, en 1945, est impressionnante : il veut faire élire, Paulhan, Bernanos, Eluard, Malraux et Aragon). Comédie sociale... En réalité, chacun de ces deux ascètes tient bon sur le fond : l'adhésion passionnée de Mauriac à la personne du Christ (dont il imprègne ses méditations sur Pascal, Rimbaud ou Mozart), la recherche, pour Paulhan, d'une vérité dans et à travers le langage (qui lui permet de mettre sur le même plan Sade ou un évangile gnostique comme celui de Thomas). Mauriac trouve Sade «illisible». Paulhan reconnaît : «Je ne sais rien du Christ.» Dialogue de sourds? Mais non, disponibilité, générosité, ouverture. Paulhan à Mauriac à propos de son roman *Le Sagouin* : «Votre rythme a cette rapidité qui nous transporte dans un espace où tout nous paraît accompli, entier, épais.» Mauriac (toujours rusé) : «Cher ami, je suis un peu léger, impulsif, ne vous tourmentez jamais de mes propos.» Deux escrimeurs, deux expérimentateurs, deux moralistes. De temps en temps, Paulhan soupire : «J'aimerais bien être célèbre comme vous pendant quelques mois.» La palme de l'humour revient quand même à Mauriac pour cette lettre de Malagar en 1943 : «La viande à chaque repas et les piqûres de testicules de taureau que le docteur m'a ordonnées font de moi un personnage furieusement engagé dans la matière. Entre-temps, je fignole une Sainte Marguerite de Cortone.» Ni vainqueur ni vaincu : le jeu, l'amitié, le goût de la liberté.

Mauriac grand cru

On dit qu'un vin vieillit bien, surtout s'il est de Bordeaux, mais la vérité est qu'il rajeunit en profondeur, et c'est l'étonnante fraîcheur qui arrive, de plus en plus, au journaliste Mauriac, l'écrivain qui s'est le moins trompé sur toutes les grandes tragédies du XXe siècle. Staline, Hitler, la guerre d'Espagne, Vichy, le Parti communiste français, la guerre d'Algérie? Impeccable, direct, précis, implacable. Sa religion l'éclaire, sauf, bien entendu, s'il s'agit de sexualité. Mais la question n'est pas là: Mauriac est un psychologue et un moraliste de premier ordre, un romancier immédiat de l'actualité, un portraitiste drôle et acide. Vous ne l'attendiez pas en train de regarder la télévision naissante, en 1959? Voici ses chroniques de *L'Express* et du *Figaro*, rééditées aujourd'hui, une surprise.

Dans cette préhistoire médiatique, Mauriac voit immédiatement une mutation de la comédie humaine. Il est curieux, rapide, vif, il s'intéresse à tout. D'une émission de l'époque («Intervilles»), il dit: «La pagaille reste le meilleur de cette émission-là. Plus c'est raté, plus c'est réussi.» Il ne manque pas «Cinq colonnes à la une» ou «Lectures pour tous», des retransmissions de théâtre, la vie des animaux, et si Mozart apparaît, son Mozart sur lequel il revient sans cesse, c'est l'extase. Ce qui l'attire, surtout, ce sont les visages. Castro : «Que reste-t-il de l'homme, la barbe enlevée?» Khrouchtchev : «Vieille tête comme servie sur un plat, émouvante pourtant, pareille à une vieille tête d'apôtre détachée du portail de la cathédrale Saint-Marx.» Eisenhower : «Le président des États-Unis arpente la planète comme son jardin. Et il sourit à tous les peuples. Continue-t-il à sourire lorsqu'il est dans son bain ou au lieu de la totale solitude? Ce sourire officiel qui ne se détache pas de sa figure est déjà celui du squelette.» Que dirait Mauriac aujourd'hui des mâchoires épanouies du merveilleux couple Obama? Que dirait-il d'ailleurs du spectacle généralisé de toutes nos marionnettes? Enfin, il a son acteur préféré, de Gaulle et encore de Gaulle. Il a raison : on peut revoir sans cesse les conférences de presse de ce magnifique Ubu, dominant de loin ses prédécesseurs et ses successeurs.

Images étonnantes : «Procession de la Fête-Dieu, à Rome, le pape impassible portant le Saint-Sacrement sous la pluie au milieu des éclairs.» Cocteau : «Drôle d'ange égaré et obligé de se déguiser pour vivre au milieu des hommes, mais on le reconnaît aux ailes de son cheval.» Juliette Gréco : «Noire et blanche, c'est la reine de la nuit. Son personnage est composé avec une science qui ne laisse rien au hasard. Qu'elle est belle!» Et ceci, sur Hemingway, son contraire absolu, qui vient de se suicider : «Ce boxeur, ce trappeur, ce tueur de fauves aura écrit de grands livres, et il aura fait plus que les écrire, il les aura vécus aux côtés de ce peuple espagnol en armes qu'il a tant aimé.» Le grand torero Ordoñez parle de Hemingway : «Aucune emphase, une gravité singulière, celle d'un homme qui vit aisément dans la familiarité de son ami mort, peut-être parce que son métier consiste à regarder la mort en face.» Écoute passionnée de Mauriac, et rapprochements qui font date : *Trois sœurs*, de Tchekov, sur fond d'émeutes à Alger. Ou encore une lecture du texte de Baudelaire sur Constantin Guys : «Ce texte a cent ans, et rien ne le décèle.»

La télévision est déjà une grande fosse commune qui ne va pas cesser de s'étendre jusqu'à remplacer la réalité. Des tonnes d'inutilités et de rires bavards, et, parfois, Mauriac se fâche : «Si le néant pouvait se glorifier de ne pas être, nous l'aurions entendu ce soir.» Voici des adolescents déjà très vieux «comme la bêtise qui n'a pas d'âge», mais soudain, par contraste, apparaît un vieux sculpteur resplendissant de vraie jeunesse : Giacometti. Le cinéma? Hitchcock suffit. Le déluge spectaculaire s'intensifiera (comme pour les livres), mais il y a, et il y aura, un tri. Étrange confidence de Mauriac : «Vivre comme un trappiste, vivre comme Casanova : nous aurons végété dans l'entre-deux.»

Un certain RP Martin fait chanter des psaumes avec du tam-tam? On se moque de lui. Maria Casarès ne comprend rien à la Phèdre de Racine? Couperet. Une performance littéraire : «Ce Pauwels est curieusement funèbre. Si c'était moi qui l'interviewais, je ne pourrais me retenir de le questionner, de lui demander "qu'est-ce qui ne va pas?", d'essayer de le consoler.» Une autre fois, devant la vieille rengaine de gauche contre la bourgeoisie, Mauriac (et pour cause) s'énerve : «La bourgeoisie? Mais elle a produit Claudel, Valéry, Gide, Proust, Manet, Cézanne, et presque tout ce qui compte dans tous les ordres.» Ce qui ne l'empêche pas de parler en ces termes de la partie de chasse dans *La Règle du jeu*, de Jean Renoir, démasquant «la férocité bourgeoise» : «Ces dames et ces messieurs, tous d'une élégance stricte, qui guettent, le fusil en main, l'innocent gibier débusqué par une armée de rabatteurs en blouse blanche, appartiennent bien à la même espèce ; celle qui applaudit au massacre de juin en 1848, au massacre de 1870, celle qui voulait maintenir au bagne un Juif innocent.» Un coup à gauche, un bon coup à droite. Et, dans toute cette valse de visages, quel est celui qui paraît à Mauriac «embrasé d'une lumière intérieure»? Raymond Aron, on ne s'y attendait pas.

Oui, Mauriac rajeunit bien. Vous le saviez déjà par l'extraordinaire *Bloc-notes*. Mais vous le saurez encore mieux avec, dans la collection «Bouquins», son *Journal* (à partir de 1934) et ses *Mémoires politiques*. Là, presque tout serait à citer, notamment dans le grand chapitre *La France et le communisme* (1945-1953). Dans la guerre de Mauriac contre l'Église stalinienne et sa machine à décerveler, ses cultes grotesques, ses crimes niés, son style est étincelant et terrible. Il combat l'Infâme en personne, on dirait Voltaire ressurgi en cavalier du ciel. «Vous me croirez si vous voulez : un élève des bons Pères comprend mieux que personne certaines réactions communistes.» Il se fait beaucoup insulter dans *L'Humanité*, et il rend coup pour coup avec une fermeté et une allégresse incroyables. Je recommande «L'Encyclique du Kremlin» et, surtout, à mourir de rire, «Le petit mouchoir de Thorez». Finalement, le délire stalinien n'est pas si ancien, et le fait qu'il soit si souvent oublié reste un mystère. Mauriac voit juste : il s'agit d'une affaire religieuse, toute la mécanique totalitaire s'explique à partir de là, et il ne craint pas, dans des pages frémissantes, de s'indigner de l'hypocrisie sanglante de ses adversaires. Les communistes, donc, et, très tôt (lutte sur deux fronts), les «dénonciateurs» de *L'Action française* : «Le goût de la dénonciation, c'est à cela qu'au collège on reconnaissait les caractères bas. Les catholiques n'en sont pas exempts, et il n'est rien qui me répugne davantage.»

Saint Artaud

Sartre avait raison : Genet était un saint, comédien et martyr, lui-même, comme Gide, restant jusqu'au bout un pasteur de la religion réformée progressiste. Mais Antonin Artaud (dont Sartre ne parle jamais) est un acteur du théâtre de la cruauté, un martyr autrement abrupt, un saint qu'on ne peut ramener à aucune église puisqu'il s'en prend à Dieu lui-même et à toutes les religiosités, avouées ou occultes, avec l'intention physique de les faire sauter.

Un poète? Oui, très grand, mais ce mot couvre trop de petits commerces. Un penseur? Oui, fondamental, mais qu'aucun philosophe ne saurait mesurer (et encore moins le discours universitaire). Un théologien négatif? C'est peu dire, puisque, chez lui, rien n'est idéal ni abstrait. Un spécialiste des mythes et des rituels chamaniques? Son expérience personnelle (notamment au Mexique) le prouve. Un drogué? Il n'en finit pas d'avoir besoin de l'opium pour atténuer ses souffrances. Un fou? Si cela peut vous rassurer. Un prophète? Il est au cœur de la barbarie du XXe siècle, captant son énergie noire comme personne du fond des asiles d'aliénés (40 000 morts, très oubliés, en France, pendant l'Occupation, famine et électrochocs). Mais avant tout : un rythme, un choc, une pulsation, une voix, une profondeur affirmative graphique qui ne vous quittent plus une fois que vous les avez rencontrés, et vraiment éprouvés. 1 769 pages, des cahiers noircis, des portraits et des autoportraits admirables, des lettres, des improvisations en tous sens, c'est la guerre, la torture, la protestation, le témoignage brûlant, le courage de tous les instants. Un certain nombre de ses contemporains l'ont compris (jamais tout à fait, et souvent de loin). Gide, un soir, au Vieux-Colombier, monte sur scène pour l'embrasser, alors qu'il suffoque. Paulhan est généreux, et très attentif. Breton est celui qui reçoit les plus belles lettres (mais pourquoi transforme-t-il le surréalisme en exposition d'art ?). Paule Thévenin, enfin, la fidèle des fidèles, avec laquelle j'ai eu l'honneur de travailler clandestinement (elle s'appelle Marie Dézon dans les traductions de certains textes, uniquement trouvables en espagnol, publiés au Mexique). Ce sera une histoire à raconter.

Tout Artaud, donc, ou presque tout, enfin sur votre table, à côté de ceux qui sont pour lui ses vrais partenaires de destin tragique : Gérard de Nerval, Edgar Poe, Baudelaire, Lautréamont, Rimbaud, Nietzsche. Comme Van Gogh, «ils ne sont pas morts de rage, de maladie, de désespoir ou de misère, ils sont morts parce qu'on a voulu les tuer. Et la masse sacro-sainte des cons qui les considéraient comme des trouble-fête a fait bloc à un moment donné contre eux». Artaud insiste : «Car on ne meurt pas seul, mais toujours devant une espèce d'affreux concile, je veux dire un consortium de bassesses, de récriminations, d'acrimonies. *Et on le voit.*»

Vous connaissez Antonin Artaud ? Vous en avez entendu parler ? Allons, soyons sérieux, à peine. Il y a trop de choses à lire, il est souvent répétitif, il vous fatigue, il ne «colle» pas avec votre emploi du temps surchargé, il ne fait pas partie de la «rentrée littéraire», pas plus que Pascal, d'ailleurs, qui trouvait toute l'activité humaine somnambulique et mystérieusement anti-naturelle. Un effort quand même, puisque vous irez de chef-d'œuvre en chef-d'œuvre, des années 1924-1925 (Artaud a 28 ans) à 1948 (année de sa mort étrange, à 52 ans, le jardinier de la maison de santé d'Ivry, où il s'est réfugié, le découvrant assis au pied de son lit, victime d'une probable surdose d'hydrate de chloral). Donc : *Correspondance avec Jacques Rivière* (pourquoi Artaud n'est pas «NRF»), *Le Pèse-Nerfs* (ne manquez pas là les *Lettres de ménage*), *À la Grande Nuit* (le plus surréaliste des surréalistes rompt avec le surréalisme) *Héliogabale ou l'Anarchiste couronné* (prodigieuse étendue et variété des lectures d'Artaud), *Le Théâtre et son Double* (révolution de l'espace et de l'acteur), *Les Nouvelles Révélations de l'Être*, *Les Lettres de Rodez* (supplices de l'internement, 24 électrochocs), *Artaud le Mômo*, *Ci-Gît* précédé de *La Culture indienne*, *Suppôts et Suppliciations*, *Van Gogh le suicidé de la société* (texte éblouissant de fraîcheur et de lucidité, incompréhensible de la part d'un homme aussi délabré, probablement le plus beau d'Artaud et qui, comble d'ironie, reçoit à l'époque le prix Sainte-Beuve), *Pour en finir avec le Jugement de Dieu* (émission radiophonique interdite de diffusion, *Le Figaro* se demandant gravement si on pourrait accepter que 15 millions d'oreilles entendent la voix d'Artaud parlant des prélèvements de sperme sur les jeunes garçons dans les écoles d'Amérique pour fabriquer de futurs soldats, «imagine-t-on un récital Baudelaire au Vel' d'Hiv'?»). Et puis, de temps en temps, tout le reste. Sans oublier le splendide volume *50 dessins pour assassiner la magie*, qui vous met directement en contact nerveux avec l'écriture noire et opératoire d'Artaud, ce qu'il appelle, par ailleurs, ses «sorts». L'écriture va plus loin que l'écriture (cette «cochonnerie») et troue le papier de son apparition en vertige.

En 1944, Artaud écrit dans une lettre : «La pensée avec laquelle les écrivains agissent n'agit pas seulement par les mots écrits mais occultement avant et après l'écrit parce que cette pensée est une force qui est dans l'air et dans l'espace en tous temps.»

On comprend ici que, contrairement à notre époque où n'importe qui se croit écrivain, l'écrivain, au sens d'Artaud, est très rare.

Au fond, tout cela est simple et facile à imaginer, à une condition : s'être rendu compte, une fois, que «Dieu» et la «Société» sont une seule et même imposture de magie noire. Artaud est prouvé par l'actualité quotidienne? Évidemment. D'où son obstination à dire et à redire qu'il n'est pas né de la façon dont sa naissance a été enregistrée, qu'il ne mourra pas de mort «naturelle», que son corps christique et anti-christique est persécuté sans arrêt par des démons et des envoûtements, qu'il a été agressé aussi bien à Marseille qu'en Irlande. On ne le croit pas, on ne l'écoute pas? Qui écoute Dieu? Personne. Or «je suis Dieu», «je suis l'Infini». Pas l'idée que vous vous en faites, non, là, il n'y a rien que vide, déchet, merde, «carie». En revanche, «Moi, Antonin Artaud, je suis mon fils, mon père, ma mère et moi». Autrement dit : je n'accepte pas de me fondre dans une «totalité» quelle qu'elle soit. L'humanité vit dans une pulsion incessante de mort, laquelle se porte de préférence sur celui qui la révèle. De façon dissimulée, mensongère, hypocrite et même inconsciente, tout le monde est religieux, alors qu'Artaud est «incrédule irréligieux de nature et d'âme». Il faut donc le *rectifier* : «L'électrochoc me désespère, il m'enlève la mémoire, il engourdit ma pensée et mon cœur, il fait de moi un absent qui se connaît absent et se voit pendant des semaines à la poursuite de son être, comme un mort à côté d'un vivant qui n'est plus lui, qui exige sa venue et chez qui il ne peut plus entrer.»

Artaud, ou l'extrême douleur surmontée, sans laquelle rien n'est vrai. Sachons l'entendre.

L'histoire Breton

Pour un jeune écrivain du début des années 60 du XXᵉ siècle, lire Breton, rencontrer Breton, entendre parler Breton était une priorité essentielle. Tout semblait plat et perdu, le conformisme était à son comble, le mensonge traînait partout, comme aujourd'hui, la vie humaine semblait promise à l'étroitesse et à la contrainte, et Breton, lui, n'avait pas cédé, il était la poésie dans ce qu'elle a de plus libre et de plus magique. J'avais lu ses livres, *Nadja*, *Les Vases communicants*, *L'Amour fou*. Je connaissais par cœur des passages entiers des *Manifestes du surréalisme*, celui-ci, par exemple : « Et pourtant je vis, j'ai découvert même que je tenais à la vie. Plus je me suis trouvé parfois des raisons d'en finir avec elle, plus je me suis surpris à admirer cette lame quelconque de parquet : c'était vraiment comme de la soie, de la soie qui eût été belle comme l'eau. » Au 42 rue Fontaine, après quelques échanges de lettres, je voyais donc enfin cet homme droit et courtois, tranquillement compact dans sa forêt de symboles. Des tableaux, des masques, des sculptures ? Non, des équations. Des signaux d'ouvertures multiples. Un alchimiste révolutionnaire, venant de très loin, vivait là, en plein Paris, comme un « rêveur définitif » ayant survécu à toutes les impostures sanglantes de son époque. «Le seul mot de liberté est tout ce qui m'exalte encore. Je le crois propre à entretenir, indéfiniment, le vieux fanatisme humain.» Aujourd'hui encore, je ne peux regarder sans émotion cette dédicace inscrite à la fine encre bleue sur la réédition des *Manifestes*, en mai 1962 : «À Philippe Sollers, aimé des fées. André Breton.» Je ne me suis pas tué, la lame de parquet est toujours aussi belle, et, comme l'a écrit Breton contre la médiocrité définitive du roman réaliste, «je ne fais pas état des moments nuls de ma vie». J'hésite, en général, à employer le mot de «morale» : dans le cas de Breton, il s'impose pourtant naturellement.

C'est un gang, un parti en recomposition permanente, une mécanique d'énergie aimantée par Breton, où vont se côtoyer, s'aimer et se détester, quelques-uns des plus grands écrivains et artistes du xxe siècle : Aragon, Soupault, Eluard, Artaud, Man Ray, Miró, Ernst, Buñuel... «Le surréalisme est le "rayon invisible" qui nous permettra un jour de l'emporter sur nos adversaires.» Priorité au rêve : fermez les yeux, regardez à l'intérieur de vos yeux. Laissez les mots en liberté, partez de cette matière première. Coupez court aux bavardages. Dérivez, écrivez en dérivant, peignez, découpez, modelez, associez. «Parents, racontez vos rêves à vos enfants.» Vivez à l'étoile (tiens, voici le crâne de Marcel Duchamp). «Ces jeunes gens, que voulez-vous qu'ils se refusent, leurs désirs sont, pour la richesse, des ordres.» Place aux désirs, aucun ne doit être censuré, l'imagination prend le pouvoir. Soyez réalistes, demandez l'impossible. «Il y aura encore des assemblées sur les places publiques, et des *mouvements* auxquels vous n'avez pas espéré prendre part.» Personne ne s'y trompe : il s'agit bien d'un soulèvement, d'une insurrection. Le diable avait des choses à dire. De fortes choses grimaçantes et sauvages, mais aussi des absurdités dégagées. Il y a l'amour, c'est entendu, mais aussi l'humour noir. Regardez le monocle de Breton : ça va barder dans les chaumières. Sa stratégie ? Parier sur «une minorité sans cesse renouvelable et agissant comme levier». On en espère d'autres.

Les terroristes sont à l'œuvre, le démon envahit les bénitiers. Ces anciens dadaïstes sont-ils fous ? On peut le penser en voyant leur sérieux imperturbable. Ils attaquent tout ce que la société tient pour sacré, jouent avec la mort et la débilité profonde, s'intéressent à la psychiatrie pour la dénoncer, ne font pas mystère de vouloir renverser la logique, l'école, l'Église, l'armée. Ils multiplient les photos de *désidentité*. Ils se veulent sans-papiers, migrants, déserteurs, apatrides. L'ennuyeux, c'est qu'ils écrivent très bien, sont très cultivés, et même capables de raffinements exquis. De plus, ils sont beaux, troublants, des femmes ravissantes et brûlantes les suivent. Ils veulent que chaque instant de leur vie soit un événement, une trouvaille, un vertige, une grâce. Ils s'adonnent au hasard, prétendent avoir des révélations. Comme de juste, ils rencontrent Freud (merci pour les rêves) et la Révolution mondiale. Ici, tragédie : suicide de Crevel, trahison d'Aragon, mise en place de la monstrueuse broyeuse stalinienne. Breton va rester fidèle à Trotski (voyez ses pieds nus à côté du vieux révolutionnaire). Il lui aura fallu s'exiler pendant la guerre et le fascisme français, aller à New York, au Mexique. Il écrit en 1942 (mais cela continue de résonner aujourd'hui) : «Assez de faiblesses, assez d'enfantillages, assez d'idées d'indignité, assez de torpeurs, assez de badauderies, assez de fleurs sur les tombes, assez d'instruction civique entre deux classes de gymnastique, assez de tolérance, assez de couleuvres ! » L'entendons-nous ?

Le surréalisme est « au service de la Révolution », mais il ne tardera pas à se considérer comme la seule révolution possible, mettant sur le même plan le rêve et la réalité dans une réalité cette fois absolue : la surréalité. « Le merveilleux est toujours beau, n'importe quel merveilleux est beau, il n'y a même que le merveilleux qui soit beau. » L'incongruité, la rencontre insolite, le choc inattendu sont privilégiés. Avant de devenir « Avida Dollars », Dalí représente ici un aventurier de grand style, comme dans cette « mélancolie extatique des chiens, gâteuse comme une vertigineuse descente de ski ». Puissance immédiate et inexplicable de l'image, hallucination ou collage, rencontre, comme le voulait Lautréamont, d'un parapluie et d'une machine à coudre sur une table de dissection. Vous voulez de nouveaux fétiches ? En voici. Des forces mythiques d'autrefois ? En voilà. Une poupée d'aujourd'hui rencontre une star sauvage de l'Arizona. L'obsession sexuelle mène la danse, et le marquis de Sade passe parfois par là. La folie et le crime ne sont pas ce que les bourgeois et les bourgeoises pensent. Les sœurs Papin sont des Ménades bizarres. Duchamp (toujours lui) déclare que tous les jours sont pour lui dimanche. Il tient la martingale de la roulette et le jeu d'échecs. D'ailleurs l'être humain est traversé d'influences astrales : voici son horoscope à la place de sa photo. Présentez votre horoscope à une vérification de police. Une fois arrêté, appelez le ministre de la Culture. Dites-lui que vous êtes surréaliste : il vous évitera l'internement et vous fera libérer. Peut-être même vous achètera-t-il, pour Beaubourg, votre horoscope *signé*.

L'Histoire est-elle une pièce pleine de bruit et de fureur, dite par un idiot et ne signifiant rien ? Peut-être, mais ce n'est pas l'avis de Breton. Le bruit, nous en sommes responsables dans la mesure où nous nous éloignons de la source poétique, toujours présente. La fureur, quand nous limitons notre désir de liberté. Pourquoi Drieu se rallie-t-il au fascisme ? Aragon, puis Eluard, à la grossière boucherie stalinienne ? Dalí à l'argent ? Embarras d'amour, embarras d'autonomie, retour du collectif trompeur. Impossibilité de regarder les fleurs du mal en face et donc, *aussi*, la volupté. Le XXe siècle aura été celui du plus grand esprit de vengeance contre l'amour, la poésie et la liberté. Breton nous prévient : « Tournez-vous sans fatigue et sans cesse de tous les côtés. » Et aussi : « Sans doute y a-t-il trop de *nord* en moi pour que je sois jamais l'homme de la pleine adhésion. » L'aventure continue, au-delà même de ceux qui croient savoir de quoi il est vraiment question dans le surréalisme, le transformant ainsi en poncif. Le dernier mot de Breton : « Je cherche l'or du temps. » L'or du temps n'est pas dans l'espace, ni dans un musée. Il n'est pas, non plus, cela va sans dire, dans une vente et une dispersion d'objets. Il ne sert à rien d'admirer Breton, il faut le lire, c'est-à-dire qu'il faut vivre de façon à savoir le lire. Regardez ce jeune homme de 44 ans portant dans ses bras sa petite fille, Aube, en 1940, à Marseille. Il n'a pas l'air d'un vaincu. Et pourtant il sait que « les hommes même les plus marquants doivent s'accommoder de *passer* moins nimbés de rayons qu'entraînant un long sillage de poussière ». Finalement, tout aura été et reste une question de langage : « Le langage a été donné à l'homme pour qu'il en fasse un usage surréaliste. » Applications : grâce, humour, amour fou. Sans oublier, quand il le faut, un crochet du gauche.

J'ai devant moi l'édition de 1949 de *Nadja*, initialement paru en 1928 (dépôt légal du 28 juillet). Le volume est presque en lambeaux, il a été beaucoup lu et relu, et souvent ouvert au hasard. Il commence par «Qui suis-je?» et se termine par «La beauté sera CONVULSIVE ou ne sera pas». Cette dernière phrase, en forme de déclaration militaire, fait suite à un télégramme révélé par le journal du matin : un avion s'est perdu autour de l'Île du Sable, et son dernier message était «il y a quelque chose qui ne va pas». Breton, tout naturellement, insère cette information dans son récit d'expérience amoureuse avec une femme sublime et voyante qui va basculer dans la folie. Il y a d'autres interventions de la réalité : des photos, des reproductions de tableaux, des dessins de Nadja, des preuves. La leçon est claire : il faut sortir au hasard, rester aimanté, laisser venir l'aventure, être attentif aux «rapprochements soudains», aux «pétrifiantes coïncidences», aux «accords plaqués comme au piano», aux «éclairs». Contrairement à la passivité réaliste (celle, aujourd'hui, du spectateur mystifié par la télévision), l'expérience surréaliste, hautement magnétique, est remplie de «faits-glissades», de «faits-précipices». «Il se peut que la vie demande à être déchiffrée comme un cryptogramme.» Nous croyons être éveillés, en réalité nous dormons. Nous lisons à peine. Nous travaillons, et il ne faut pas travailler. Nadja dit à un moment : «Vous ne pourrez jamais voir cette étoile comme je la voyais. Vous ne comprenez pas : elle est comme le cœur d'une fleur sans cœur.» Un de ses dessins s'appelle d'ailleurs «La Fleur des amants». J'ai bien entendu pensé à tout cela en intitulant un de mes derniers livres *L'Étoile des amants*. En dehors de tout fétichisme, ma fidélité à Breton reste instinctive et profonde. Tout se ligue pour

interdire l'aventure? Normal. Eh bien, elle continue :
«le cœur humain, beau comme un sismographe». Il
bat, il bat toujours.

Magique Breton

Je me revois, très jeune, un matin, chez André Breton, au 42 rue Fontaine, à Paris. Je lui ai écrit, il m'a répondu, j'ai franchi son filtrage téléphonique, j'ai un rendez-vous auquel j'arrive avec une heure d'avance, tournant dans le quartier avant de sonner à sa porte. L'intérieur, aujourd'hui dispersé, a été photographié et se retrouve dans le bel album de la Pléiade qui vient de paraître. C'était donc là, dans cette grotte ou cette cabine de cosmonaute, que respirait cet homme, extraordinaire, entouré de sculptures, de masques, de poupées, de tableaux, ce citoyen du monde nouveau dont je lisais avec passion chaque ligne. L'effet de présence aimantée de Breton était colossal. Courtois, pourtant, affable, attentif, généreux, merveilleusement disponible. Je ressens encore, à l'aveugle, la charge du *Cerveau de l'enfant* de Chirico accroché au mur. Quelle accumulation de voyages, de combats, de trouvailles, de charmes; quelle navigation de phrases et d'esprit. De quoi a-t-il parlé, ce jour-là, avec sa diction impeccable? À ma grande surprise, uniquement d'alchimie.

Mais quelle émotion, un peu plus tard, de recevoir la réédition des *Manifestes du surréalisme*, avec cette dédicace de sa fine écriture bleue, «à Philippe Sollers, aimé des fées». J'ai suivi ma route, sinueuse, un peu folle et accidentée, mais l'écriture bleue m'est restée au cœur. Il y a eu aussi ce mot cinglant à propos d'un titre de Paulhan, «Braque, le patron». «Vous vous rendez compte de comment parlent ces gens? Le patron! Le patron!» Plus tard, encore, cette rencontre inopinée (et pour moi surchargée de signes) dans un café, près de la revue *Tel Quel*, où nous étions avec Georges Bataille qui passait nous voir certains après-midi. Breton entre, il suivait une femme. Il s'assoit seul, je vais le saluer, il se plaint légèrement de ne pas pouvoir écrire, étant «envoûté», puis me demande si, là, ne se trouve pas Georges Bataille. Mais oui, bien sûr. Breton se lève alors et va saluer Bataille, ils décident de se retrouver bientôt, mais peu probable puisque Bataille n'a plus que quelques jours à vivre. Je réentends cette phrase de Breton : «Qui va pouvoir parler à la jeunesse?» La jeunesse, moi, je m'en foutais. Mais, deux ans après la mort de Breton, elle s'insurgeait à Paris, faisant de Mai 68 une démonstration éclatante de surréalisme. On comprend que le récent président de la République, très agité, ait décidé, quarante ans après, de «liquider» ce spectre.

Je viens de contempler hier, chez Sotheby's, le manuscrit du premier *Manifeste* (1924), placé sous vitrine et à vendre, comme toutes choses. Je ne déchiffre pas le texte, je l'écoute : «Le seul mot de liberté est tout ce qui m'exalte encore. Je le crois propre à entretenir, indéfiniment, le vieux fanatisme humain.» Rythme et intensité intacts. En 1955, dans *Du surréalisme en ses œuvres vives* (réédité aujourd'hui en Pléiade, dans le tome IV des *Œuvres complètes*), Breton définissait son mouvement comme «une opération de grande envergure portant sur le langage». Ce point est décisif, quelles que soient les controverses secondaires auxquelles il a donné lieu. Breton, dans le chaos dévastateur d'aujourd'hui? Mais oui, et plus que jamais. Est-il vraiment mort, ou bien faut-il considérer avec le plus grand sérieux ces lettres de lumière inscrites sur sa tombe : «Je cherche l'or du temps»? Cet or n'a pas d'âge, et aucun trafic financier ne peut l'utiliser ni l'user. C'est une étoile d'insurrection permanente. À l'exception des grands aventuriers qui, comme lui, ont bouleversé le nerf intime du XXᵉ siècle (Duchamp, Picasso, Artaud, Bataille), rien, ou si peu, ne tient devant la lucidité lyrique de Breton. Sartre ne comprend rien à Baudelaire? Breton sanctionne. Camus aplatit Lautréamont? Breton s'indigne. On publie un faux Rimbaud? Breton démonte l'escroquerie intellectuelle et la surdité flagrante. Le fascisme? À vomir. Le stalinisme? «Un éden de laquais et de bagnards.» Sans cesse, l'auteur de *L'Art magique* («L'amour est le principe qui rend la magie possible. L'amour agit magiquement») rappelle une ligne d'éclairs dont les noms sont Sade, Hugo, Nerval, Baudelaire, Lautréamont, Rimbaud, Jarry, Apollinaire, c'est-à-dire non pas des œuvres pour professeurs mais l'irradiation, parfois contradictoire, d'une même expérience. Il serait plus confortable, en effet, de la «liquider», et c'est d'ailleurs ce qui est en cours. On célèbre Lévi-Strauss comme «penseur du XXᵉ siècle», mais on veut oublier qu'il doit beaucoup à Breton qui, lui, reste scandaleusement méconnu. Certes, il a ses dévots, de moins en moins nombreux et somnambuliques. Mais le premier ignorant venu, désormais, se donne le droit de critiquer automatiquement tel ou tel aspect de son action. Le mot «Gnose», sur lequel Breton insiste carrément à la fin de sa vie, les fait rire. Les mêmes, immergés et décomposés dans le spectacle, hausseraient même les épaules devant cette proposition essentielle de Novalis : «Nous sommes en relation avec toutes les parties de l'univers, ainsi qu'avec l'avenir et le passé. Il dépend de la direction et de la durée de notre attention que nous établissions le rapport prédominant qui nous paraît particulièrement déterminant et efficace.»

Le pseudo-réalisme revient sans cesse comme chez lui, le roman familial ne s'est jamais aussi bien porté (malgré Freud, que Breton salue à maintes reprises), l'asservissement des consciences n'a peut-être, malgré nos prétentions, jamais été aussi fort. On rêve, en lisant ce que Breton écrit de Picasso en 1933 : «Un esprit aussi constamment, aussi exclusivement inspiré, est capable de tout poétiser, de tout ennoblir.» À travers tous les combats historiques, rien, en définitive, n'est plus *politique* que d'attaquer sans arrêt la «tyrannie d'un langage avili». Écoutez-le : il suinte de partout, il organise la résignation, la médiocrité littéraire, la marchandisation générale, l'oubli. Breton s'est beaucoup dépensé dans des discours pour la défense de la liberté. Il n'est pas inutile de rappeler qu'en décembre 1940, avant de pouvoir passer à New York, Breton, à Marseille, était interpellé comme «anarchiste dangereux recherché depuis longtemps», pour laisser place à la visite de Pétain dans cette ville alors couverte d'affiches dont certains slogans avaient été conçus par Emmanuel Berl : «Je hais les mensonges qui nous ont fait tant de mal», «La terre, elle, ne ment pas». On pourrait y ajouter aujourd'hui la crème du décervelage : «travailler plus pour gagner plus». Non, on ne «travaille» pas, on aime, on joue, on découvre. Le sinistre stalinien Ehrenbourg, en 1934, dénonce violemment les surréalistes qui, selon lui, refusent de travailler, «étudient la pédérastie et les rêves», et ont comme programme : «Ici on boit, on chante et on embrasse les filles.» Cela lui vaudra une gifle retentissante du libertaire Breton, lequel, avec une hauteur modeste, a ainsi défini son parcours : «Si la vie, comme à tout autre, m'a infligé quelques déboires, pour moi l'essentiel est que je n'ai pas transigé avec les trois causes que j'avais embrassées au départ et qui sont la poésie, l'amour et la liberté. Cela supposait le maintien d'un certain état de grâce. Ces trois causes ne m'ont apporté aucune déconvenue. Mon seul orgueil serait de n'en avoir pas démérité.»

Par rapport à cette déclaration magnifique, que notre misérable époque de cinéma publicitaire se regarde enfin telle qu'elle est.

La folie d'Aragon

Il était une fois, au début du XXe siècle, en France, un jeune homme très beau, prodigieusement doué pour l'aventure métaphysique et le style. Écoutez ça : « Il m'arrive de perdre soudain tout le fil de ma vie : je me demande, assis dans quelque coin de l'univers, près d'un café fumant et noir, devant des morceaux polis de métal, au milieu des allées et venues de grandes femmes douces, par quel chemin de la folie j'échoue enfin sous cette arche, ce qu'est au vrai ce pont qu'ils ont nommé le ciel. »

Voilà, ça pourrait être écrit ce matin, ça s'appelle *Une vague de rêves*, et nous sommes en 1924. Breton et le surréalisme sont là, tous les espoirs sont permis, une révolution est en marche, Lautréamont et Rimbaud sont les étoiles invisibles de ce nouveau jour. La boucherie de 1914-1918 a déclenché une crise générale de la pensée, les idées, les systèmes, les vieilleries patriotiques et poétiques sont morts, la vérité elle-même est mise en question par la mise en liberté des mots. « Il m'importe peu d'avoir raison. Je cherche le concret. C'est pourquoi je parle. Je n'admets pas qu'on discute les conditions de la parole, ou celles de l'expression.

Le concret n'a d'autre expression que la poésie. Je n'admets pas qu'on discute les conditions de la poésie.»

Et vlan pour les philosophes, qui ont trop longtemps occupé la scène (ce n'est pas fini). Et vlan pour la société et ses mensonges. Être ensemble? Oui, peut-être très vite, à quelques-uns, et toujours sur une ligne de risque. Ces déserteurs du social, que voulez-vous, viennent d'éprouver un surgissement inattendu de l'espace et du temps, un violent sentiment de la nature excluant toute sentimentalité : «Laissez toute sentimentalité. Le sentiment n'est pas affaire de parole, escrocs de toutes sortes. Envisagez le monde en dehors du sentiment. Quel beau temps.» Vous êtes ici dans *Le Paysan de Paris*, un des grands livres d'Aragon, avec *La Défense de l'infini*, qui rappelle la fin d'*Une vague de rêves* : «Qui est là? Ah très bien : faites entrer l'infini.» L'infini implique une «science du particulier», et ne connaît qu'un seul dieu : le hasard. «Je vivais au hasard, à la poursuite du hasard, qui seul parmi les divinités avait su garder son prestige.» Mais qui veut vraiment laisser entrer l'infini et le hasard? La police veille, la sécurité prépare sa vengeance.

Vérifiez donc, dans *Le Passage de l'Opéra*, ou dans *Le Sentiment de la nature aux Buttes Chaumont*, comment une nouvelle «métaphysique des lieux» est possible. Vous ouvrez les yeux, et les affiches, la publicité, les vitrines, les plaques, les rues commencent à vous parler autrement. Vous voyez à travers les visages et les murs, vous entendez à travers les voix ce qu'elles ne veulent pas dire. Aragon n'a pas froid aux yeux : «Le monde moderne, écrit-il, est celui qui épouse mes manières d'être.» Ou encore : «On vient d'ouvrir le couvercle de la boîte. Je ne suis plus mon maître tellement j'éprouve ma liberté.»

Aragon a-t-il eu peur de devenir fou? C'est probable. On n'a pas encore tout dit sur son virage stalinien, son amour surjoué et obsessionnel d'Elsa, son trip soviétique, sa rééducation par Moscou, sa conversion à un monde soi-disant réel, son lyrisme académique, son retour à l'alexandrin, son néo-hugolisme forcé. Quoi qu'il en soit, le voici d'un coup monothéiste, Dieu étant brutalement remplacé par une monogamie hallucinée. Masochisme profond? Sans doute. Expiation? Culpabilité? Rédemption? Quelque chose comme ça. Sa poésie, dès lors, devient intarissable et nostalgique, la mélancolie est partout, la complainte domine, «il n'y a pas d'amour heureux», «toute fleur d'être nue est semblable aux captives», «le temps s'arrête en moi comme un sang qui fait grève, et je deviens pour moi comme un mot qui me fuit», «je me tiens sur le seuil de la vie et de la mort les yeux baissés, les mains vides», «cette vie aura passé comme un grand château triste que tous les vents traversent», «heureux celui qui meurt d'aimer», etc., etc. Le retour mécanique à la rime fait qu'il se brime et se grime, qu'il frime, trime, comme pour s'étourdir et oublier un crime, à moins de le transformer en prime. Il condamne «l'individualisme formel», et voilà resurgir le mot «national» qui, décidément, de gauche à droite, a encore de beaux jours devant lui. Voici, par exemple, une déclaration ahurissante de 1954 : «Passera à nouveau le grand tracteur français de l'alexandrin, le chant royal, comme on disait, le chant républicain.» Sous le long règne de l'épouvantable Staline, la poésie est donc devenue un tracteur. On comprend que des auteurs comme Miller ou Genet soient traités alors de «littérature de merde». Ce qui arrive à Aragon ? Il ne voit pas que la poésie n'est pas seulement une question de forme mais aussi de pensée. Sa poésie ne pense pas, elle rabâche. D'où la plainte, la ritournelle, la chanson navrée, l'increvable narcissisme apeuré, l'idéalisation, la réitération intoxiquée du «je t'aime», l'idôlatrie, l'autolâtrie, l'angoisse de vieillir et de mourir, bref toute la gamme.

Et ça n'en finit pas : «J'ai peur de cette chose en moi qui parle», «une science en moi brûle sans flammes, je guette l'univers en moi qui se détruit, le temps passe à regret sa main sur mon visage», etc. Finalement, c'est toujours la même histoire : les sanglots longs des violons de l'automne blessent nos cœurs d'une langueur monotone. Communisme plus matriarcat, quel dégât! Les commentateurs d'Aragon n'ont pas tort de dire que son passage tardif à une homosexualité affichée n'aura été que la continuation d'une même fidélité. À quoi? À la femme considérée comme LA. Dans Elsa, il faut entendre «elle s'a». C'est toujours lui, et ce n'est pas elle. Impressionnante énergie d'Aragon à maintenir ce LA. «La femme est l'avenir de l'homme?» Voilà une religion où les femmes, au pluriel irréductible, pourraient enfin disparaître, et la liberté avec. On ne doit donc pas s'étonner si, dans *Le Fou d'Elsa*, Aragon esquisse un dérapage coranique. Il y a des beautés, parci, par-là, mais on s'endort vite.

Elsa Triolet, en 1929, décrivait Aragon comme «un joli garçon, une prima donna, né pour le jeu de l'amour». Ce jeu de l'amour, réfrigéré au Kremlin, s'est vite transformé en messes et en litanies d'un nouveau genre, et les enchantements de Paris en séances soporifiques au Comité central. Aragon, quand je l'ai connu, se mettait aussitôt à déclamer ses vers sans se préoccuper de l'ennui de son auditeur-otage. C'était cocasse et poignant, de même que cette dédicace écrite par Elsa pour un de ses livres : «À Ph.S., maternellement.» Mauvais théâtre, mauvais roman. Il n'empêche : Aragon, qui n'était pas idiot, a rapidement perçu mon peu d'intérêt pour ces séances d'hypnose. Je lui sais gré d'avoir tracé ces mots sur un tirage à part, hors commerce, d'*Une vague de rêves* (pas de nom d'éditeur, pas de date, mais l'exemplaire, à couverture orange, est bien de 1924, à Paris) : «À Philippe Sollers, ce petit livre d'un de ses cadets, affectueusement, Aragon.» Il se trompait, puisqu'à 60 ans il venait soudain d'en avoir 27, alors que je n'en avais que 22. Mais quoi, la vérité anarchiste n'a pas d'âge.

Rire majeur

Dans un texte extraordinaire sur le rire, Bataille formule ce que personne n'a fait avant lui : ce qu'il en est du rire mineur et du rire majeur. Le rire mineur c'est ce que l'on voit à tout instant comme petite catharsis, petite échauffourée, échauffement de clapet, petite jouissance pour tous les refoulés de la terre où les comiques sont convoqués. Mais qu'en serait-il du rire majeur que Bataille appelle le rire définitif? C'est-à-dire d'un rire qui n'aurait même pas l'air de rire ou alors qui serait le risible absolu? Bataille parle de rire *définitif.*

Le rire majeur serait celui qui porte sur les questions les plus graves et qui ferait qu'on oserait rire là où il n'y a plus à rire, c'est-à-dire sur les grands sujets, la mort, la souffrance... Il n'est donc pas exclu qu'aujourd'hui le rire majeur soit le tabou fondamental de cette société.

Le tabou actuel du rire en tant que tel consiste à ne pas pouvoir rire de la prétention féminine à incarner l'authenticité. Il n'y a pas de plus grand rire au monde. C'est le rire de Shakespeare, de Molière, de Cervantès ou de Rabelais. Si je parle de ce rire dans l'époque où nous sommes, qui est la plus rigoureusement à genoux devant la propagande féminoïde, ça va provoquer un tollé.

Concernant cette affaire, de quel rire s'agit-il? C'est le rire de l'incrédulité qui permet d'accéder aux formes féminines, dans leur vérité et pas dans leur idéalisation. C'est-à-dire d'accéder à leur vérité en acte. Hors des images pieuses, des magazines et des publicités. La société n'est jamais que le désir de faire cadrer l'image féminine avec sa rentabilité idéalisée en terme de reproduction ou de profit.

Au-delà de ce sérieux accablant qui définit désormais la planète entière, si l'on regarde ces pointes extrêmes où un corps de femme enfin libre s'adonne — oh blasphème total! — à l'auto-érotisme, vous obtenez ce rire majeur qui est la déconsidération de l'espace social tout entier.

Un jour, Manet fait un tableau extraordinaire qui est maintenant à Orsay. Jamais, avant lui, on n'a peint une femme nue allongée comme ça dans un décor pareil, avec les chairs un peu fades, froides, de façon très nuancée. Ce tableau provoque chez le public d'alors un énorme rire, un rire incoercible. Comme s'il s'agissait d'une incongruité. Mais c'est un rire agressif, un rire d'accusation. Tout le monde rit ha, ha. C'est un tableau qui en effet comporte un rire silencieux terrible que le public a ressenti sous forme de dénégation et de rire. Autrement dit, il y a un rire pour nier la chose terrible du rire qui vient après. C'est le rire de la destruction de l'idole, l'*Olympia* c'est la destruction des nus antérieurs, de la déesse allongée nue, de la désirabilité du nu.

Picasso opère de la même façon que Manet. Si vous prenez tous les portraits de femmes de Picasso au cours de sa vie, les opérations de Picasso sur l'être femme (par exemple *La femme qui pleure* avec pour modèle Dora Maar), il n'y a rien de plus épouvantable pour la convention du sérieux humain. Les pleurs, le rire sont des grimaces transitoires qui sont traversées par un rire supérieur. On ne cherche pas la beauté, on cherche la vérité de ce qui est derrière. Trois yeux, treize doigts, on rentre directement dans le coït même. On ne ferme pas les yeux, on les garde ouverts. On peint et on sort de l'image pieuse. *Les Demoiselles d'Avignon* sont un grand lever de rideau du rire, du dévoilement du mensonge social. Le rire est fondé sur le dévoilement du mensonge sexuel. Il n'y a pas de rire plus cru.

Il est étrange que Picasso s'en soit sorti, que ses tableaux coûtent si chers, qu'il y ait eu des efforts pour déstabiliser sa peinture et qu'elle soit encore là. L'admirable « Pisseuse » de 1965, visible au musée Picasso, est d'ailleurs un hommage à Manet. Vous voyez que Picasso ramène l'image idéalisée de la femme à quelque chose de complexe, de transitoire, de plastiquement mis en question. L'image est consumable dans une monstruosité active. La série du peintre et son modèle, les derniers baisers, les dernières séances extraordinaires du vieux Picasso sont d'un comique irrésistible.

Si l'on veut savoir comment démasquer le sérieux aujourd'hui, on peut, par exemple, reprendre Voltaire. Le sérieux est toujours une authenticité supposée que l'on reconnaît à ce mythe qu'est l'éternel féminin. Rien n'est plus risible que l'éternel féminin. Tout le comique réel, profond, majeur de la littérature et de l'art, repose sur la mise en question, la déformation, la destruction systématique de ce sérieux.

Les écrivains importants du XXe siècle trouvent ce rire. Proust, Joyce, Kafka, Céline... Cette bouffonnerie fondamentale peut aussi bien s'exprimer dans des situations tragiques que dans des scènes comiques. Il faut lire les lettres de Céline à ses amies pour comprendre de quoi le rire dont je parle est fait.

Céline compare la jouissance éventuelle des femmes (qui est ici posée comme une problématique, un point d'interrogation) avec celle des Muses. Il se demande comment on attrape les Muses. Si on s'en inspire ou pas. Et il a cette phrase, admirable, qui résume tout ce qu'il y a à dire sur ce point : «Les Muses ne rient bien que branlées.» Et c'est vrai. C'est vrai dans la vérification expérimentale. Elles ne rient vraiment que branlées. C'est très important. Une femme, bien branlée, rit.

Des tableaux de Rubens émane, aussi, un rire admirable. Ce rire, ces chairs, cette dépense pour rien... Ces femmes plantureuses comme on n'oserait plus les toucher aujourd'hui. Elles seraient interdites de séjour au *Figaro Madame.* Il y a dans cette peinture un rire qui coule dans les chairs, un rire qui ourle les formes, un rire de jouissance avec des anges, des femmes nues, des animaux...

De Titien à Tiepolo il y a un rire de cette espèce qui est annoncé par Dante. La vision paradisiaque de Dante est aussi un rire, «*un riso dell' universo*», un rire de l'univers, un rire de paradis. On retrouve bien sûr ce rire dans l'énormité de la production catholique.

Si l'on prend une loupe depuis le paradis pour voir l'enfer, il y a cette chose abominable (peinte par Bruegel et par Bosch) qui montre que l'on jouirait de la souffrance des damnés. C'est affreux, non? Dans les machines théologiques de l'époque, il y a l'enfer, le purgatoire et le paradis. C'est comme s'il y avait une sorte de fourneau où en haut les élus jouissent indéfiniment de la souffrance de ceux qui sont en bas. Comme si c'était du charbon ou du bois pour alimenter la chaufferie. C'est horrible, c'est Sade.

Qu'en est-il du rire de Dieu?

Dieu rit d'abord d'avoir caché des choses aux savants et de les avoir révélées aux simples, de les avoir refusées aux adultes et de les avoir révélées aux enfants. Dieu rit aussi de la crédulité que nous avons devant la mort. Le rire de Dieu se propage, à n'en plus finir, face à l'incroyable prétention humaine. Ça le fait rire, Dieu.

1993

Scènes de Bataille

Quarante-deux ans après sa mort, voici donc, en Pléiade, les romans de Georges Bataille. Tout arrive : ces livres ont été publiés sous le manteau ou à tirage limité, on les a crus voués à l'enfer des bibliothèques, ils ont été signés de pseudonymes divers, Lord Auch, Pierre Angélique, Louis Trente, leurs titres sont autant de signaux brûlants pour l'amateur de vraie philosophie débarrassée de l'hypocrisie cléricale philosophique : *Histoire de l'œil*, *Le Bleu du ciel*, *Madame Edwarda*, *Le Petit*, *Le Mort*, *L'Impossible*, *Ma mère*. Vraie philosophie, enfin, sous forme de romans obscènes : « Voici donc la première théologie proposée par un homme que le rire illumine et qui daigne ne pas limiter *ce qui ne sait pas ce qu'est la limite*. Marquez le jour où vous lisez d'un caillou de flamme, vous qui avez pâli sur les textes des philosophes ! Comment peut s'exprimer celui qui les fait taire, sinon d'une manière qui ne leur est pas concevable ? »

Dieu est mort, c'est entendu (trop vite entendu), mais sa décomposition et sa putréfaction n'en finissent pas de polluer l'histoire. Dieu, en réalité, n'en finit pas de mourir et d'irréaliser la mort. De même que la théologie veut se faire «athéologie», la philosophie se révèle, à la fin, comme bavardage plus ou moins moral sur fond de dévastation technique. Comment démasquer ce vide? Par une expérience personnelle, et un récit cru. «La solitude et l'obscurité achevèrent mon ivresse. La nuit était nue dans des rues désertes et je voulus me dénuder comme elle : je retirai mon pantalon que je mis sur mon bras; j'aurais voulu lier la fraîcheur de la nuit dans mes jambes, une étourdissante liberté me portait. Je me sentais grandi. Je tenais dans la main mon sexe droit.»

Cet étrange philosophe, passé par les séductions du dieu ancien, a beaucoup médité sur Hegel, Sade et Nietzsche. Mais ce romancier, pour qui le réalisme est une erreur et la poésie un leurre, veut pousser le roman (après Proust) jusqu'à ses conséquences extrêmes. D'où la brusque apparition de figures féminines aux prénoms inoubliables : Simone, Madame Edwarda, Dirty, Lazare, Julie, Hansi, jusqu'à l'extraordinaire mise en scène d'une mère débauchée et incestueuse. Dieu et la philosophie sont interrogés au bordel. Imagine-t-on la mère de Proust s'exprimant ainsi : «Ah, serre les dents, mon fils, tu ressembles à ta pine, à cette pine ruisselante de rage qui crispe mon désir comme un poignet»? Non, n'est-ce pas? Et pourtant, la mère profanée ou profanatrice est bien le grand secret de tous les sacrés. Bataille relève ce défi immémorial, il renverse la grande idole, il s'identifie à elle dans la souillure comme dans la folie, il va, ce que personne n'a osé faire avant lui, au cœur de la crise hystérique : «Les sauts de poisson de son corps, la rage ignoble exprimée par son visage mauvais, calcinaient la vie en moi et la brisaient jusqu'au dégoût.» Bataille veut voir ce qui se cache vraiment au bout de l'ivresse, de la déchéance, de la fièvre, du sommeil, de l'oubli, de la vulgarité, du vomi. «Que Dieu soit une prostituée de maison close, et une folle, n'a pas de sens en raison.» D'ailleurs : «Dieu, s'il "savait", serait un porc.» Formidable proposition, qui coupe court à toutes les idéalisations comme aux religions se vautrant le plus souvent dans le crime (tuer au nom de Dieu étant redevenu, n'est-ce pas, un sport courant).

En 1957, à propos du *Bleu du ciel*, Bataille s'explique très clairement : «Le verbe vivre n'est pas tellement bien vu, puisque les mots *viveur* et *faire la vie* sont péjoratifs. Si l'on veut être moral, il vaut mieux éviter tout ce qui est vif, car choisir la vie au lieu de se contenter de rester en vie n'est que débauche et gaspillage. À son niveau le plus simple, *Le Bleu du ciel* inverse cette morale en décrivant un personnage qui se dépense jusqu'à toucher la mort à force de beuveries, de nuits blanches, et de coucheries. Cette dépense, volontaire et systématique, est une méthode qui transforme la perdition en connaissance et découvre le ciel dans le bas.»

Cette dépense systématique, mettant en œuvre une «part maudite», ouvre ainsi un ciel imprévu, une «souveraineté». À côté des récits de Bataille, la plupart des romans paraissent fades, lâches, timides, apeurés, lourds, lents, économiques, et surtout prudes jusque dans leur laborieuse pornographie. L'absence, en eux, de personnages féminins inspirés est flagrante. C'est toujours le même disque psychologique et sentimental, rien n'est réellement mis à nu, c'est l'ennui conventionnel et déprimé obligatoire. La société de résignation triche avec l'érotisme (escroquerie porno, fausses partouzes, rituels mondains), elle triche du même coup avec la mort assimilée au triste destin égalitaire de la reproduction des corps. Basse époque de bassesse servile et frivole, où la sexualité (comme on dit) est du même mouvement exhibée et niée. Or, dit Bataille (et tous ses romans le prouvent), il est possible de dénuder au fond de chacun de nous une fente qui est la présence, toujours latente, de notre propre mort. «Ce qui apparaît à travers la fente, c'est le bleu d'un ciel dont la profondeur "impossible" nous appelle et nous refuse aussi vertigineusement que notre vie appelle et refuse la mort.»

Morbidité de Bataille? Tout le contraire (et on comprend pourquoi Francis Bacon, le plus «viveur» des peintres, aimait *Madame Edwarda*). Ce qui frappe, plutôt, c'est la présence constante, malgré l'angoisse et le vertige, d'une grande désinvolture et d'un rire qui ambitionne même de devenir «rire absolu». Bataille ne revendiquait rien, pas même le statut sacralisé de son œuvre. D'où le comique involontaire de cette réaction, un jour, de Maurice Blanchot : «Bataille me dit un jour, à mon véritable effroi, qu'il souhaitait écrire une suite à *Madame Edwarda* et il me demanda mon avis. Je ne pus que lui répondre aussitôt et comme si un coup m'avait été porté : "C'est impossible. Je vous en prie, n'y touchez pas."» Mais Bataille, cet extravagant volume et ses appendices le démontrent, a bel et bien continué à y «toucher» (*Madame Edwarda* date de 1941, le splendide *Ma mère* de 1955, publié après la mort de Bataille en 1966). Il est vrai qu'on n'imagine pas Blanchot (mais pas davantage Sartre, Camus, Foucault, Derrida, Lacan) se laissant aller à écrire : «J'imagine une jolie putain, élégante, nue et triste dans sa gaieté de petit porc.» Ni ceci : «*L'être ouvert* — à la mort, au supplice, à la joie — sans réserve, l'être ouvert et mourant, douloureux et heureux, paraît déjà dans sa lumière voilée : cette lumière est divine. Et le cri que, la bouche tordue, cet être tord peut-être mais profère est un immense *alléluia*, perdu dans le silence sans fin. »

Je revois Georges Bataille entrant, autrefois, dans le petit bureau de la revue *Tel Quel*, et s'asseyant dans un coin. Je suis peu enclin au respect. Mais là, en effet, silence. Sans fin.

Tremblement de Bataille

Il s'est développé, autour de Georges Bataille, toute une légende de fausses reconnaissances ou d'amitiés embarrassées qui ont pour fonction d'empêcher la lecture de ses livres. Si on y ajoute le discours universitaire ou psychanalytique, l'obscurité s'accroît. Elle culmine enfin dans le désir de voir en lui un auteur « obscène » pour mieux détourner l'attention de l'aspect profondément *religieux* (et donc anti-philosophique) de sa pensée. Nous parlons de sexualité, de pornographie, nous en ruminons pauvrement et industriellement les variantes mécaniques possibles, et, comme de juste, le fanatisme intégriste répond par le meurtre et le terrorisme. Nous sommes donc toujours dans la même impasse qui consiste à ne pas vouloir savoir de quoi, réellement, il s'agit. « Le sens de l'érotisme échappe à quiconque n'en voit pas le sens *religieux*. Réciproquement, le sens des religions échappe à quiconque néglige le lien qu'il présente avec l'érotisme. »

Un silence gêné accueille cette affirmation. Elle choque aussi bien les dévots que les pervers rationnels qui croient les combattre. La lumière nouvelle que Bataille projette violemment sur la condition humaine ne cherche d'ailleurs pas l'assentiment mais la vibration d'une expérience individuelle. Ainsi Bataille n'hésite pas à écrire dans *Madame Edwarda* : «Voici donc la première théologie proposée par un homme que le rire illumine et qui daigne ne pas limiter *ce qui ne sait pas ce qu'est la limite*. Marquez le jour où vous lisez d'un caillou de flamme, vous qui avez pâli sur les textes des philosophes! Comment peut s'exprimer celui qui les fait taire, sinon d'une manière qui ne leur est pas concevable?» Misère de la philosophie, bavardage de la morale, ennui profond, livres inertes : tout se passe, et c'est bien normal, comme si Sade et Nietzsche avaient existé et écrit pour rien. Et Bataille? Rien.

On réédite donc, ces temps-ci, ces deux grands chefs-d'œuvre que sont *Histoire de l'œil* et *Madame Edwarda*[1]. L'effet de cette publication est bizarre. On se souvient d'abord que Bataille a commencé de les signer de deux pseudonymes, Lord Auch et Pierre Angélique. On tourne les pages de ces tirages limités illustrés d'autrefois, et on note aussitôt le dépérissement des images. Fautrier, Masson, Bellmer paraissent à côté du sens et de l'énergie des récits, tantôt trop éloquents (Masson), tantôt trop maniérés (Bellmer). Bataille, lui, est à la fois plus subtil et violent, plus cru et plus réaliste. Première phrase d'*Histoire de l'œil* : «J'ai été élevé seul et, aussi loin que je me le rappelle, j'étais anxieux des choses sexuelles.» Première phrase de *Madame Edwarda* : «Au coin d'une rue, l'angoisse, une angoisse sale et grisante, me décomposa (peut-être d'avoir vu deux filles furtives dans l'escalier d'un lavabo).» Ces ouvertures, simples et fulgurantes, déclenchent aussitôt des rencontres de personnages féminins

1. Pauvert.

inoubliables, Simone, Marcelle, Edwarda, dont les crises convulsives sont partagées et comme vécues de l'intérieur par le narrateur. De telles figures de femmes sont précisément ce qu'on peut reprocher le plus à Bataille; c'est là qu'est son expérience de dévoilement et de vérité folle. Comment «illustrer» un passage de ce genre : «La mer faisait déjà un bruit énorme, dominé par de longs roulements de tonnerre, et des éclairs permettaient de voir comme en plein jour les deux culs branlés des jeunes filles devenues muettes»? Emportement et précision de l'écriture, vision ironique globale, tout est là. «À d'autres, écrit encore Bataille, l'univers paraît honnête. Il semble honnête aux honnêtes gens parce qu'ils ont des yeux châtrés. C'est pourquoi ils craignent l'obscénité. Ils n'éprouvent aucune angoisse s'ils entendent le cri du coq ou s'ils découvrent le ciel étoilé. En général, on goûte les "plaisirs de la chair" à la condition qu'ils soient fades.» L'hystérie, la fadeur, sont une trahison permanente du tragique et du comique de l'aventure humaine. Celle-ci est *à la fois* rire et horreur, angoisse et extase, identité des contraires faisant coïncider douleur et jouissance. «En moi, la mort définitive a le sens d'une étrange victoire. Elle me baigne de sa lueur, elle ouvre en moi le rire infiniment joyeux : celui de la disparition!...» Ces phrases sont-elles aujourd'hui plus audibles que lorsqu'elles ont été écrites? Non. Le seront-elles dans l'avenir? Non. Ou alors seulement par quelqu'un qui, à son tour, sera contraint de prendre un pseudonyme ou de se taire devant l'énormité de sa découverte. Non pas à cause de l'obscénité, donc (qui n'est qu'un moyen), mais de la conscience de soi qu'elle comporte.

Sans doute pour se moquer de Malraux et de ses «Voix du silence», Bataille, à la fin de sa vie, composa une anthologie raisonnée sous le titre *Les Larmes d'Éros*.

La voici rééditée à son tour. On y trouve la célèbre photo du supplicié chinois insérée dans une galerie de tableaux des plus grands peintres (mais aussi des plus contestables au fur et à mesure qu'augmente la vulgarité des temps). En réalité, Bataille veut insister sur les figurations les plus énigmatiques, celles de la préhistoire (il est quand même celui qui aura su parler aussi justement de Manet que de la grotte de Lascaux). Ce qu'il a à dire de bouleversant est plus proche des peintures du paléolithique que de l'affadissement stéréotypé de nos jours. Ainsi de cette scène du «puits» sur laquelle il revient sans cesse : un bison blessé et rageur, un homme à tête d'oiseau s'effondrant le sexe dressé, un oiseau posé sur un bâton, un rhinocéros massif qui s'éloigne... Qui est descendu là-bas une fois est marqué à jamais par ce cri de silence. Bataille, lui, dans une caverne comme dans un bordel, continuait à voir le ciel étoilé.

L'infini de Michaux

L'œuvre d'Henri Michaux est encore sous-évaluée, ou plutôt interprétée à côté de son centre. Poète, oui, si l'on veut, et peintre, en effet, auteur de récits multiples, voyages imaginaires, Grande Garabagne et Pays de la magie. On admet généralement qu'il s'agit d'un écrivain à tendance fantastique, mal classé quelque part entre Swift, Kafka et Borges. On s'étonne de le voir aussi indépendant, autonome, pas du tout idéologue dans une époque qui en regorge; absolument pas militant, naturaliste, réaliste social, populiste, humaniste, moraliste ou immoraliste. «J'écris pour me parcourir», dit-il. «Peindre, composer, écrire : me parcourir. Là est l'aventure d'être en vie.» N'empêche qu'en se parcourant il rencontre de drôles d'humanoïdes comme les Hacs ou les Émanglons, dont les coutumes et les rituels ne visent à rien de moins qu'à une barbarie de spectacles absurdes. On lâche le soir une panthère dans les rues, c'est le spectacle n° 72. Vers les 4 heures, c'est un lâcher d'ours et de loups, spectacle n° 76. Des hommes s'écrasent la tête à coups de sabot, spectacle n° 24. On allume des incendies pour rien, l'insécurité règne, la violence est gratuite et, si quelqu'un respire mal, on l'étouffe dans les plus brefs délais. Les célibataires sont poursuivis et froidement abattus : ils font désordre. Il y a même une Société pour la persécution des artistes. On se demande où Michaux est allé chercher tout ça en 1936 ou 1938. Mais là, justement, tout près, en plein effondrement de l'Europe.

Il est négatif et noué, Michaux, il n'a pas bon caractère. « Dès qu'on oublie ce que sont les hommes, on se laisse aller à leur vouloir du bien. » Il invente « la mitrailleuse à gifles », ce n'est pas civil de sa part. Il dit : « Le noir est ma boule de cristal. Du noir seul, je vois de la vie sortir. » Ce n'est pas bien non plus. Au lieu de s'engager vers des lendemains qui chantent, de participer à la création d'un monde et d'un homme nouveau, il avoue « vouloir dessiner des effluves qui passent entre les personnes ». Des masses enthousiastes se rassemblent, lui ne voit que des lignes, des rêves de lignes, une poudre de points. Il rentre d'une exposition de Paul Klee « voûté d'un grand silence ». Il veut « dessiner la conscience d'exister et l'écoulement du temps ».

Tous ces textes, avant la grande rencontre de sa vie, sont ingénieux, inégaux, parfois drôles, parfois ennuyeux ou statiques. Ce n'est pas ça. C'est du réactif. Il y a un verrou à faire sauter, au-dehors et en soi. Il faudrait une bombe, une vraie, pas celle du champignon nucléaire massacrante, une qui révèle de l'intérieur pourquoi on en est arrivé là. Eh bien, la voici, et de là datent des textes merveilleux et d'une actualité prodigieuse : la mescaline. Ces livres essentiels, de la seconde moitié des années 50 du dernier siècle, s'appellent *Misérable miracle* et *L'Infini turbulent*.

Le mot classique de « défonce » est faible pour décrire les effets de la mescaline. C'est un tremblement de terre, un séisme, une tempête de tous les instants. Il fallait un objet irréfutable à combattre et à intégrer au flottant Michaux, plutôt sobre de nature, méfiant, incapable de recourir à «l'affreux alcool». Il prend sa dose, il entre en attente. Et voici un frisson, puis le «grouillement du possible». Beaucoup de blanc, un océan de blanc, des contradictions à n'en plus finir, un envahissement, un ruissellement. De la couleur, enfin? Oui, du vert. «Je suis composé d'alvéoles de vert.» Ou bien : «Je bourgeonne rose.» La mescaline est un continent de spectacles, tantôt grotesques, tantôt majestueux, dilatés, comprimés. «Une montagne, malgré son inintelligence, une montagne avec ses cascades, ses ravins, ses pentes de ruissellement, serait, dans l'état où je me trouve, plus capable de me comprendre qu'un homme.»

Et puis viennent les hallucinations. Que fait ce fœtus, là, dans la baignoire de la salle de bains? Cette femme qui est passée l'autre jour, plutôt discrète, est certes restée un peu longtemps aux toilettes, mais quand même. Une reproduction en couleurs tombe d'un livre : elle était là, on en est sûr. On la recherche ensuite : rien, pas de traces. On est maintenant dans une houle incessante, un tapis roulant, mais toujours avec l'impression d'être parcouru par un «sillon», une fracture, une fente dans le rocher de l'être. Il y a un «style mescaline». Un style de mauvais goût, surtout, du genre bazar, kitsch, exactement comme dans la réalité sociale spectaculaire actuelle (comme si la mescaline était administrée désormais par la publicité ou la virtualisation imagée). «Faute de dieux : Pullulation et Temps.» La mescaline est «ennemie de la poésie, de la méditation, et surtout du mystère». Elle cogne, elle déconstruit, elle détruit, elle est fondamentalement abstraite, toujours plus abstraite, dans une accélération fantastique des images et des idées. Tout s'émiette, tout devient fatras. «On n'en sort pas fier», dit Paulhan, qui participe à une des séances. Ça se répète sans arrêt, ça radote, ça relativise de tous côtés. Le langage est atteint : «Adieu, rédaction!» Michaux, cependant, reste réveillé, il note, il veut se souvenir, témoigner, raconter. Et il y arrive. Et c'est cela la surprise. Un explorateur nouveau est là (après Baudelaire, De Quincey, Artaud — ce dernier, étrangement, Michaux ne cite jamais son nom). Ledit explorateur est entré dans le «stellaire intérieur». Il griffonne, il dessine, il frotte, il sombre, il revient. «Au sortir de la mescaline, on sait mieux qu'aucun bouddhiste que tout n'est qu'apparence. Ce qui était avant n'était qu'illusion de la santé. Ce qui a été pendant n'était qu'illusion de la drogue. On est converti.»

Ces récits, très concrets, sont éblouissants de précision et de vérité, et on finit par oublier ce qu'il a fallu de courage et de ténacité (d'héroïsme) pour les rapporter des gouffres. Voici les tourbillons, les ondes, les saccades du chanvre indien, plus connu sous le nom de haschisch, son «rire sans sujet», son «comique métaphysique», son «doigté optique». Le monde est infiniment absurde, on entre dans toutes les photos, on y vit des romans instantanés avec les personnages et les visages. «Que c'est merveilleux de regarder! Comme c'est félin!» Attention, les identifications sont redoutables et peuvent tourner à la possession dans certains états de transes érotiques. Michaux devient ainsi une jolie fille, ça le charme, mais ne lui convient pas vraiment. Une erreur dans le dosage mescalinien, et c'est l'expérience de la folie, la dure, la meurtrière, celle qu'on enferme. Bref, l'infini est là, partout en expansion, et «on est secoué, fou de dégagement et de rébellion contre toute obstruction et limitation». Michaux finit par distinguer une expérience «pure» («milliers de dieux», «félicité d'ange»), une démoniaque (grimaces, haine, épouvante), une autre enfin qui confine à la démence. Vous ne croyez pas au Diable? Vous avez raison, il ne faut rien croire et se méfier de toute foi. Cependant, il se présente, l'Autre, l'Adversaire, «celui qui rabaisse, raille, refuse», le «ridiculisateur de l'âme chantante et ravie», «l'incessant inverse de tout courage, comme de tout idéal, incessant dénigrateur des grands élans et même du désir de survie». Mieux vaut en avoir l'expérience que le découvrir trop tard. C'est un des avertissements de Michaux, lui qui a été navigateur en plein typhon, «ratissé», disloqué, broyé par la schizo mescalinienne. Lui qui raconte aussi des enchantements inouïs («Le nu n'est plus le nu mais un éclairage de l'être»). Il y a la circulation de la communication et des apparences, et puis, en dessous, sans arrêt, l'enfer, l'extase, la folie. «Sous l'homme qui pense, et bien plus profond, l'homme qui manie, qui se manie.» Qui sommes-nous vraiment si «le corps est une traduction de l'esprit et le caractère un aménagement de courants»? Voilà presque un demi-siècle que Michaux a posé la question. On ne la trouvera pas dépassée, au contraire.

Henri Michaux, *Œuvres complètes*, t. II (1947-1959). Édition établie par Raymond Bellour et Ysé Tran, Gallimard, Bibliothèque de la Pléiade, 2001.

Malraux le revenant

J'ai une dette de jeunesse et de vie à l'égard d'André Malraux. Brièvement : je ne veux à aucun prix faire la guerre d'Algérie, je croupis dans des hôpitaux militaires de l'est de la France, mon dossier médical, pourtant excellent, n'avance pas, ma réforme traîne, je commence une grève de la faim, je ne parle plus. Malraux, alerté, me fait libérer. Je suis donc renvoyé pour «terrain schizoïde aigu». Je sors de tout ça passablement titubant, j'écris à Malraux pour le remercier, et il me répond, par retour du courrier, sur une petite carte de deuil : «C'est moi qui vous remercie, Monsieur, d'avoir eu l'occasion, au moins une fois, de rendre l'univers moins bête.»

Ça, c'est le ton de Malraux, inoubliable et inimitable. On peut ricaner ou hausser les épaules, mais ce n'est pas mon genre, surtout lorsqu'un ministre-écrivain s'emploie à élargir un réfractaire-déserteur, en le comparant à une goutte de l'univers. Le ton Malraux consiste, c'est entendu, à se monter la tête. Eh bien, il faut, de temps en temps, se monter la tête. Malraux est mort il y a trente ans, et le moins que l'on puisse dire est qu'il n'est pas à la mode. Marc Lambron, dans son excellent petit essai, *Mignonne, allons voir si la rose*

(Grasset), raconte un dîner d'autrefois avec Mitterrand. Gaffeur, il prononce le nom de Malraux. Aussitôt, Mitterrand se ferme et plombe l'atmosphère. Puis le président, après un silence de mort, enchaîne sur Drieu la Rochelle. Photo.

De Gaulle, bien sûr, toujours lui, et nous revoici en 1940, puis au Panthéon pour l'extraordinaire discours de Malraux sur Jean Moulin. En 1976, ce sont les funérailles de l'auteur de *L'Espoir* dans la cour Carrée du Louvre, roulements de tambour, chat égyptien, toute la gomme spiritualiste, pyramides, ténèbres, soleil qui ne se couche jamais, métamorphose des dieux, soldats de l'an II, catacombes. De Gaulle était un fou qui se prenait pour la France millénaire, Malraux, un autre fou qui aura porté cette France au tombeau. Vingt ans après, en 1996, c'est à son tour d'entrer dans le temple des grands hommes à qui la patrie fait semblant de dire sa reconnaissance. Il gèle, Maurice Schumann commence par un contresens pénible sur la formule de Heidegger «l'être-pour-la-mort», Chirac, pressé, récite à toute allure son discours où apparaît, à sa grande surprise, le chat de Mallarmé. C'est vite réglé, il s'agissait juste de contrer 1981 et la prise du Panthéon, sur fond de Beethoven, par le rusé à la rose. Match nul? Annulation, plutôt. Depuis, comme me le dit un ami, «Malraux n'est pas tendance». Il a raison, rien de moins tendance, ces temps-ci, que l'absurde, la mort, le néant, raison pour laquelle la morbidité, la violence et la dépression s'exaspèrent, boostées par le divertissement publicitaire. Malraux, lui, tournait autour du trou noir comme une sorte de derviche soufflant. C'est un Pascal sans Dieu tourné vers le Gange. Qu'est-ce qui l'a mené là, et pourquoi?

Les témoins vont se faire de plus en plus rares, d'où l'intérêt du livre de Michel Cazenave qui comporte beaucoup d'entretiens inédits. Sur la politique : pourquoi être allé de la guerre d'Espagne à de Gaulle, après avoir longtemps, par antifascisme, suivi Moscou (là, Malraux insiste sur son dégagement après le pacte stalino-nazi)? Pourquoi sauter de Jeanne d'Arc à Saint-Just fort étonnés de se retrouver ensemble dans l'au-delà (mais Michelet est l'inventeur de ce tour de passe-passe androgyne)? Faut-il suivre Bernanos qui définit la France comme «raison ardente et cœur enflammé de l'Europe»? L'Europe, après la catastrophe, parlons-en. Malraux : «Si le dernier acte de ce qui fut l'Europe a commencé, du moins n'aurons-nous pas laissé la France mourir dans le ruisseau.» Cette dernière formule le peint tout entier : mourir, bon, mais dans le ruisseau, non. «Même quand les hommes veulent se rouler dans la boue et s'y enfoncer les oreilles, ils finissent par y entendre le grondement saccadé des eaux inapaisables et souterraines.» C'est beau, et même trop beau, mais il s'agit de métaphysique.

Encore détesté par l'extrême droite, la droite affairiste, les Américains, la gauche et l'ultra-gauche, Malraux reste plus inspiré que Gide, plus mondial que Mauriac, plus lyrique qu'Aron (pas difficile), plus fiable qu'Aragon (pas difficile non plus), plus profond que Camus, plus artiste que Sartre. La suite? «Vos petits essais de structure pour des nihilismes modérés ne semblent pas destinés à une longue existence.» En réalité, lui est un nihiliste extrême et actif (il embrasse de Gaulle pour fuir le vertige). Sa hantise est Dostoïevski, mais aussi Nietzsche (qu'il n'a pourtant pas bien lu). Dieu est mort? Sans doute, mais pas le diable («Satan est reparu»). Le communisme? Espoir vite déçu, puisque les communistes ont été «une Église, au mauvais sens» (c'est-à-dire celui du mensonge). À un moment, Cazenave, qui s'occupe de l'Institut Charles-de-Gaulle, envisage une collaboration avec un institut de Moscou (on est en 1973). Malraux bondit : «Ne le faites surtout pas! Vous allez leur permettre de réaliser la plus belle opération dont ils puissent rêver : d'arriver à mentir avec des documents vrais.»

Cazenave admire Jung, ce qui n'arrange pas les choses pour avancer en métaphysique. À coups d'«inconnaissable» ou d'«impensable», on tourne en rond dans le labyrinthe d'où, pourtant, la pensée indienne (qui fascinait Malraux) vous propose à chaque instant de sortir. Malraux se déclare «agnostique», «esprit religieux sans foi», mais pas athée. Le cancer du temps le dévore, d'où son halètement chamanique en face de l'Art, et sa croyance à une sorte de Chevalerie de métamorphoses («À rire de la chevalerie, on risque de s'abonner à la "Série noire"»). Il n'empêche : «Les grandes figures de l'humanité sont toutes liées à une transcendance.» Lapsus révélateur : il dit que Claudel parle de «la rencontre des hasards» alors que le mot exact est «jubilation». La jubilation des hasards? Ce serait un autre monde (pour le coup, on dirait une audace du dernier Nietzsche).

Ce sont les ultimes livres de Malraux qui, aujourd'hui, devraient nous toucher le plus, *Le Miroir des limbes*, *Lazare* (sans parler de l'admirable *Goya*). «J'ai rencontré le surnaturel, dit Malraux, j'ai tendance à l'évacuer, et lui, à revenir.» Écoutons-le : «J'ai connu le dieu de l'épouvante», ou bien : «Une horreur sacrée nous habite.» Ou encore : «Mon sentiment était à l'angoisse ce que la terreur est à la crainte.» Les dernières phrases du *Miroir des limbes* sont les suivantes : «À l'instant de descendre (j'avais quitté terre), j'ai senti la mort s'éloigner; pénétré, envahi, possédé, comme par une ironie inexplicablement réconciliée, qui fixait au passage la face usée de la Mort.»

Le 12 janvier 1958, de Gaulle remercie Malraux pour *La Métamorphose des dieux* : «Grâce à vous, que de choses j'ai vues, ou cru voir, qu'autrement je devrais mourir sans avoir discernées. Or ce sont justement, de toutes les choses, celles qui en valent le plus la peine.» Cette lettre d'un chef d'État à un écrivain aventureux est émouvante. On parle de la folie des grandeurs, mais il y a aussi une raison de l'ampleur. On comprend alors pourquoi Malraux aimait l'inscription funèbre de Ramsès : «Si j'ai accompli ce dont m'avaient chargé les dieux, du pays sans retour j'entendrai la louange des morts, et celle des vivants avec son bruit d'abeilles.»

Voilà donc, dans l'univers rendu au moins un instant moins bête, un léger bruit d'abeilles pour le fantôme du Panthéon.

Malraux. *Le Chant du monde,* par Michel Cazenave,
Bartillat, 2006.

Blanchot l'extrême

On ne sait pas assez, dans notre très basse époque d'oubli, à quel point Maurice Blanchot (1907-2003) a été, dans l'ombre, un des écrivains les plus influents du xxe siècle. On retrouve sa trace austère et corrosive partout : à la NRF, aux Éditions de Minuit, chez les philosophes fascinés (Foucault, Derrida), dans la perception même de la littérature comme force subversive que Mallarmé, déjà, nommait «l'action restreinte». Rappelez-vous : c'était encore l'époque des «grands silencieux», des écrivains qu'on ne voyait jamais dans le cirque médiatique (pas de télévision, pas de radio, pas de photos, pas d'interviews, pas de services de presse, rien que des livres, de temps en temps, et encore très peu). La liste de ces professionnels du retrait? Breton, Char, Gracq, Beckett, Cioran, Michaux, Debord.

Le vice aime célébrer la vertu : tous ces moines de la grande ascèse ont donc eu, peu à peu, une réputation excellente.

Blanchot a beaucoup écrit, des romans obscurs obsédés par la mort, des livres de grande critique mémorables (*Sade et Lautréamont*, *Le Livre à venir*). Vous ne l'attendiez pas en politique? Erreur. Certes, il ne s'agit pas de l'engagement sartrien, mais justement : à partir de 1958, Blanchot est d'extrême gauche. Qu'il ait été, avant la guerre, résolument d'extrême droite, écrivant dans des journaux comme *L'Insurgé*, a été une révélation gênante, vite pardonnée par le clergé intellectuel. D'ailleurs, plus précautionneux que Heidegger, Blanchot n'a cessé de rappeler son amitié avec Levinas, donc pas d'antisémitisme. En revanche, une vraie passion haineuse : de Gaulle, rejeté systématiquement dans l'abîme. De Gaulle est un fasciste, un mort vivant, un faux messie, un imposteur, il faut lui opposer un refus sans faille (mais je réentends Georges Bataille, à qui on associe indûment et continûment Blanchot, dire de sa voix douce : «Pour un général catholique, ce de Gaulle n'est pas si mal»). Ici, un coup d'éclat salubre : le fameux «Manifeste des 121» contre la guerre d'Algérie, appelant à l'insoumission : «Le mot insoumission dit : il faut refuser la guerre d'Algérie parce qu'il faut refuser l'oppression et l'absurdité que cette guerre représente.» Pour un jeune «appelé» de l'époque, prisonnier dans des hôpitaux militaires, le mot «insoumission» était une des rares lueurs d'espoir. Que ce soit précisément de Gaulle qui ait mis fin à la guerre d'Algérie ne compte nullement aux yeux de Blanchot. «Ce n'est pas un homme d'action. Agir ne le concerne pas.» À titre personnel, je ne peux quand même pas oublier que c'est Malraux qui m'a fait libérer d'une situation qui, avec la grève de la faim, devenait de plus en plus délicate.

Il n'empêche : Blanchot a été poursuivi pour atteinte à la sûreté de l'État, ses interrogatoires par la justice sont un régal, de même que sa lettre à Sartre de 1960, où il lui propose de créer une nouvelle revue internationale. Ce projet n'aboutira pas, mais Blanchot touche juste : «Nous avons tous conscience que nous approchons d'un mouvement extrême du temps, de ce que j'appellerai un changement de temps.» En effet, 1968 s'approche. Et, là, Blanchot se déchaîne en révolutionnaire absolu, communiste de façon radicale et originale puisqu'il veut fonder une «communauté anonyme», «inavouable», «un communisme d'écriture» passant par l'aventure fiévreuse et cocasse d'un «Comité Étudiants-Écrivains» (je revois Marguerite Duras, pythie locale, tirant de son sac, de temps en temps, des instructions manuscrites de Blanchot). Le lyrisme augmente : nous vivons un événement «prodigieux», «démesuré», «irrépressible», l'avènement d'une nouvelle ère où le fantoche de Gaulle va disparaître à jamais (ce qui n'est pas faux, mais pas dans le sens prévu, l'actuel président de la République le prouve). «La Sorbonne occupée, ce pauvre bâtiment où s'enseignait millénairement un savoir vétuste, redevenait tout à coup, d'une manière extraordinairement insolite, un signe exalté par l'interdit : celui d'un savoir nouveau à reconquérir ou réinventer, un savoir sans loi et, comme tel, non-savoir : parole désormais incessante.» La belle frénésie nihiliste se donne libre cours : «Plus de livre, plus jamais de livre, aussi longtemps que nous serons en rapport avec l'ébranlement de la rupture», parce qu'un «livre, même ouvert, tend à la clôture, forme raffinée de la répression», etc. On sait que le slogan «plus de livres» a été, depuis, massivement repris en sens contraire par l'industrie du spectacle et la marchandisation à tout-va. Blanchot parle du «camarade Castro», mais ne semble pas s'apercevoir, par la suite, de l'existence de Soljenitsyne. Il n'est pas stalinien, bien sûr, il se met même à lire Marx, mais il se fait tard, et la Technique affirme son règne. Il est savoureux de voir l'auteur d'un grand livre sur Sade et Lautréamont s'enthousiasmer soudain pour Gagarine. Il pense que la fin de l'histoire est proche, que «plus rien ne sera comme avant». «La Révolution est derrière nous, mais ce qui est devant nous, et qui sera terrible, n'a pas encore de nom.» Inutile de dire que cette vision romantique va être cruellement démentie par les faits. Plus rien n'est comme avant, en effet, mais il n'est pas sûr qu'il faille s'en réjouir. Blanchot cite Levinas : «La technique est dangereuse, mais moins dangereuse que les génies du lieu.» On est étonné de retrouver ici la condamnation du «paganisme», vieux cliché typiquement religieux. Au passage, notons que Freud est le grand absent de cette vision apocalyptique. Blanchot va même jusqu'à écrire : «Le système gaulliste est rentré dans la phase active de la psychose.» On voit Lacan sourire dans son coin. Mieux : «Aujourd'hui, ainsi que pendant la guerre de 1940 à 1944, le refus de collaborer avec toutes les institutions culturelles du pouvoir gaulliste doit s'imposer à tout écrivain, à tout artiste d'opposition comme la décision absolue.» J'avoue que devant ce tribunal, réuni un jour rue Saint-Benoît, chez Duras, ma réaction silencieuse a pu me valoir l'accusation de modérantisme. Il est vrai que je croyais savoir qu'entre 1940 et 1944 c'était Pétain et non de Gaulle qui était au pouvoir.

Quand tout s'effondre, à quoi se raccrocher? Dans un texte hallucinant, paru en 1993 dans *La Règle du jeu*, Blanchot, peut-être alors en pleine psychose, donne sa réponse. L'Inquisition, dit-il, a détruit la religion catholique, en même temps qu'on tuait Giordano Bruno. La condamnation à mort de Rushdie pour son livre détruit la religion islamique. «Reste la Bible, reste le judaïsme comme le respect d'autrui de par l'écriture même.» (Ici, léger sourire consterné de Spinoza.) Blanchot continue par son appel rituel à «la mort», puis, tout à coup :

«J'invite chez moi Rushdie (dans le Sud). J'invite chez moi le descendant ou successeur de Khomeyni. Je serai entre vous deux, le Coran aussi. Il se prononcera. Venez.»

Vous vous frottez les yeux, vous relisez ces phrases. Mais oui, aucun doute, elles sont là.

Maurice Blanchot, *Écrits politiques*, Gallimard, 2008.

Noir Cioran

La scène se passe en Roumanie dans les années 30 du xxe siècle, c'est-à-dire nulle part. Il y a là un fils de pope particulièrement brillant et agité : Cioran. Il souffre, il déteste son pays, il suffoque, il n'en peut plus, il rêve d'un grand chambardement révolution-naire, il est mordu de métaphysique mais son corps le gêne, il désire de toutes ses forces un violent orage. Le voici : c'est Hitler. À partir de là, crise radicale : Cio-ran appelle son pays à une totale transfiguration. Il a vingt-deux ans à Berlin, la fascination a lieu, il s'en-gage : «Celui qui, entre vingt et trente ans, ne souscrit pas en fanatique, à la fureur et à la démesure, est un imbécile. On n'est *libéral* que par fatigue.»

Le ton est donné, et l'embêtant est que cet enragé très cultivé est plein de talent. Il a besoin de folie, dit-il, et d'une folie agissante. Il fait donc l'éloge de l'irra-tionnel et de l'insensé, il a envie de faire sauter les cimetières, il nie, en Œdipe furieux, le christianisme mou de son curé de père, il prend le parti de sa mère, pas croyante, mais qui fait semblant. On se frotte les yeux en lisant aujourd'hui les articles de Cioran dans *Vremea*, journal roumain de l'époque : «Aucun homme politique dans le monde actuel ne m'inspire autant de sympathie et d'admiration que Hitler.» La transposition locale s'appelle la Garde de Fer, sa brutalité, son antisémitisme rabique, ses assassinats crapuleux. Comment cet admirateur futur de Beckett, bourré de lectures théologiques et mystiques, a-t-il pu avaler la pire propagande fasciste (la terre, l'effort, la communauté de sang, etc.)? En 1940 encore, Cioran fait l'éloge du sinistre Codreanu, dit «le Capitaine» (qui vient d'être liquidé), en parlant de son héroïsme de «paysan écartelé dans l'absolu», et se laisse aller à cette énormité : «À l'exception de Jésus, aucun mort n'a été plus vivant parmi les vivants.» On comprend que longtemps après sa fugue magistrale en France, ayant rompu avec ce passé délirant, il ait été surveillé par la grotesque police secrète communiste roumaine, la «Securitate», avec des comptes rendus dignes du Père Ubu.

Aucun doute, Cioran a été messianique, et il va d'ailleurs le rester, de façon inversée, dans le désespoir. Sa conversion éblouissante à la langue française va lui permettre cette métamorphose. Dès le *Précis de décomposition* (1949), ne voulant plus être le complice de qui que ce soit, il devient un intégriste du scepticisme, un terroriste du doute, un dévot de l'amertume, un fanatique du néant. En grand styliste de la négation, et avec une intelligence d'acier, il sait où frapper. Son *De la France* annonce parfaitement son projet. La France, écrit-il, s'enfonce dans une décadence inexorable, elle est exténuée, elle agonise, et je vous le prouve, moi, Cioran, en écrivant mieux qu'aucun Français, et en procédant à la dissection d'un cadavre. «Les temps qui viennent seront ceux d'un vaste désert; le temps français sera lui-même le déploiement du vide. La France est atteinte par le *cafard* de l'agonie.» Ou encore : «Lorsque l'Europe sera drapée d'ombre, la

France demeurera son tombeau le plus *vivant.* » Étrangement, les Français vont beaucoup aimer ces oraisons funèbres, alors que si un Français leur dit, pour les ranimer, qu'ils sont moisis, ils le prennent très mal. Cioran est extrêmement conscient de son rôle de vampire intellectuel mais, comme il souffre comme un martyr du simple fait d'être né (alors que, dans la vie, c'était le plus gai des convives), on le plaint, on l'adore. C'est entendu, tout est foutu, l'homme devrait disparaître, et je me souviens de sa charmante dédicace à mon sujet, qui valait condamnation définitive : « Vivant ! Trop vivant ! »

Dans un passionnant entretien de 1987 avec Laurence Tacou (*Cahier de l'Herne*), Cioran multiplie les prophéties : « Dans cinquante ans, dit-il, Notre-Dame sera une mosquée. » Un seul espoir : la relève de l'Amérique latine. Il va même jusqu'à cette considération gnostique, ou plus exactement manichéenne : « Je crois que l'histoire universelle, l'histoire de l'homme, est inimaginable sans la pensée diabolique, sans un dessein démoniaque... » En somme, il ne croit pas en Dieu, mais au Diable, ce qui l'empêche d'adhérer au bouddhisme, on a eu chaud. Ne pas oublier quand même que tout cela est interrompu par de nombreux rires, la seule solution de calme pour lui, après des nuits blanches torturantes, étant le bricolage et la réparation de robinets.

Ce misanthrope absolu a réussi à vivre pauvrement, refusant les honneurs et les prix, éternel étudiant, saint sans religion, parasite inspiré, parfois ascète au beurre, et, de plus, aimé jusqu'à sa fin terrible (maladie d'Alzheimer) par une compagne lumineuse, Simone Boué (il faut lire ici le témoignage émouvant de Fernando Savater). Ce nihiliste ultra-lucide ne rend les armes que devant la musique de Bach qui lui ferait presque croire en Dieu. Mais enfin, qui aura célébré comme lui la langue française? «On n'habite pas un pays, on habite une langue. Une patrie, c'est cela, et rien d'autre.» En réalité, il a poussé le français au noir, mais sans pathos, dans des fragments dont beaucoup sont inoubliables. Le catastrophisme roumain est toujours là, mais surmonté par l'impeccable clarté française. Cioran a raconté sa conversion au français, après avoir sué sang et eau sur une traduction de Mallarmé. Il s'est réveillé du côté de Pascal et de La Rochefoucauld, et il est parmi les très rares auteurs (avec Baudelaire) à avoir compris le génie de Joseph de Maistre. Pas de Sade, chez lui, aucune dérive sexuelle (ce qui, par les temps qui courent, produit un effet d'air frais). On peut ouvrir ses livres au hasard, et méditer sur deux ou trois pensées, ce que je viens de faire avec *Aveux et anathèmes* : le spectacle social vole aussitôt en éclats, un acide guérisseur agit.

Cioran, on le voit dans des photos, a été un très beau bébé. Son père, en habits ecclésiastiques, n'a pas l'air à la fête. Sa mère, Elvira, est énergique et belle. «J'ai hérité de ses maux, de sa mélancolie, de ses contradictions, de tout. Tout ce qu'elle était s'est aggravé et exaspéré en moi. Je suis sa réussite et sa défaite.» Humain, trop humain... Exemple : «Ce matin, après avoir entendu un astronome parler de *milliards de soleils*, j'ai renoncé à faire ma toilette : à quoi bon se laver encore?»

La consommation de Cioran doit se faire à petites doses. Deux ou trois fragments sont régénérants, davantage est vite lassant, on entend tourner le disque. Rien de plus tonique que dix minutes de désespoir et de poison nihiliste. Personnellement, les milliards de soleils m'excitent, et la musique de Bach, comme Cioran le reconnaissait lui-même, est une réfutation de tous ses anathèmes. Quel type extraordinaire, tout de même, qui voulait écrire sur sa porte les avertissements suivants : « Toute visite est une agression, ou J'en veux à qui veut me voir, ou N'entrez pas, soyez charitable, ou Tout visage me dérange, ou Je n'y suis jamais, ou Maudit soit qui sonne, ou Je ne connais personne, ou Fou dangereux. »

Étrange Jünger

Débarrassons-nous d'abord des clichés et des préjugés habituels : Ernst Jünger portait l'uniforme allemand pendant les deux guerres mondiales du XXᵉ siècle, il a occupé Paris, n'a pas déserté, n'a été ni inquiété, ni pendu, ni fusillé, il est donc forcément criminel, et sa mort tranquille, à 103 ans, couvert d'estime et d'honneurs, est un scandale incompréhensible.

Oui, mais voilà, on ouvre ces deux volumes de ses *Journaux*, impeccablement présentés et annotés par Julien Hervier, et l'étonnement grandit : ce sont de grands livres.

Orages d'acier? Le meilleur récit de guerre, selon Gide, est un précis de bruit et de fureur mécanique, annonciateur des catastrophes futures soulevées par la dictature de la technique. Un autre écrivain en a été bouleversé, et c'est Borges. Pas d'idéologie, dans ces *Orages*, la description pure, force de l'écriture du jeune Jünger, plongé, à 19 ans, dans cet enfer. C'est un petit soldat aux quatorze blessures, un héros national modeste qui, par la suite, aurait pu faire carrière dans le nouveau régime totalitaire. Pourtant, il refuse tout : il ne sera ni député ni académicien, et ses livres suivants,

Le Cœur aventureux et surtout *Sur les falaises de marbre*, seront considérés, à juste titre, comme très suspects par la Gestapo. Goebbels voulait frapper, mais Hitler lui-même aurait dit : « On ne touche pas à Jünger. » Ce dernier, et c'est un des aspects les plus étonnants de son existence romanesque, passe son temps à brûler des notes, des lettres, des documents, après des perquisitions chez lui. En réalité, il méprise le côté démoniaque des bourreaux plébéiens et de son chef, de plus en plus fou, qu'il surnomme « Kniebolo » dans son Journal. « Ils sont répugnants. J'ai déjà supprimé le mot "allemand" de tous mes ouvrages pour ne pas avoir à le partager avec eux. »

Il faut ici écouter Hannah Arendt, en 1950. « Le "Journal de guerre" d'Ernst Jünger apporte sans doute le témoignage le plus probant et le plus honnête de l'extrême difficulté que rencontre un individu pour conserver son intégrité et ses critères de vérité et de moralité dans un monde où vérité et moralité n'ont plus aucune expression visible. Malgré l'influence indéniable des écrits antérieurs de Jünger sur certains membres de l'intelligentsia nazie, lui-même fut du début jusqu'à la fin un antinazi actif et sa conduite prouve que la notion d'honneur, quelque peu désuète mais jadis familière aux officiers prussiens, suffisait amplement à la résistance individuelle. »

Comment conserver son intégrité sous la Terreur ? Question d'honneur, question de goût. On a reproché à Jünger son dandysme et son esthétisme, sans comprendre son aventure métaphysique intérieure. Dès 1927, alors qu'on lui propose d'être député national-socialiste au Reichstag, il déclare qu'il lui semble préférable d'écrire un seul bon vers plutôt que de représenter soixante mille crétins. Sa stratégie défensive personnelle : la botanique, l'entomologie, la lecture intensive, les rêves. Ses descriptions de fleurs ou d'insectes sont détaillées et voluptueuses, il passe beaucoup de temps dans le parc de Bagatelle ou au Jardin d'acclimatation. C'est par ailleurs un rêveur passionné, familier de l'invention fantastique, proche, en cela, du grand Novalis. « Nous rêvons le monde, et il nous faut rêver plus intensément lorsque cela devient nécessaire. » Que lit-il, en 1942, dans sa chambre de l'hôtel Raphaël, à Paris ? La Bible, et encore la Bible, et toujours la Bible (il se convertira discrètement, à la fin de sa vie, au catholicisme). On le voit marcher dans Paris, il voit Paris comme un enchantement permanent, il achète des livres rares, et tout à coup, le 25 juillet 1942 : « L'après-midi au Quartier latin, où j'ai admiré une édition de Saint-Simon en vingt-deux tomes, monument de passion pour l'histoire. Cette œuvre est l'un des points de cristallisation de la modernité. » Après tout, on doit aussi à Jünger, dans l'ombre, que Paris n'ait pas été incendié et détruit selon les ordres finaux de Hitler. Le rêve, la profondeur vivante et inlassable du monde : on sait que, par la suite, Jünger a beaucoup expérimenté les drogues, et pas les plus banales, mescaline et psylocibine (comme Michaux). En même temps, il a sur place une charmante maîtresse, Sophie Ravoux, médecin, qu'il appelle tantôt « la Doctoresse », tantôt « Charmille ». Les tortures, les exécutions de masse ? C'est immédiatement le dégoût (il refuse d'y assister sur le front russe, au Caucase). « L'infamie est *célébrée* comme une messe, parce qu'elle recèle en son tréfonds le mystère du pouvoir de la populace. » L'infamie c'est, par exemple, l'apparition des étoiles jaunes sur la poitrine des Juifs à Paris que Jünger salue au garde-à-vous (« J'ai toujours salué l'étoile ») tout en notant aussitôt qu'il a honte de porter son uniforme. C'est lui toujours qui met en sécurité pour l'avenir des lettres d'otages fusillés, lecture qui l'a «fortifié», dit-il, puisqu'on y vérifie que «l'amour est le plus profond de tous les liens».

Et puis, bien entendu, il y a les portraits, tous incisifs et révélateurs. Morand, Jouhandeau, Léautaud, Céline (qu'il déteste), Picasso (qui lui propose de signer immédiatement la paix pour que les hommes puissent faire la fête le soir même). «Gaston Gallimard donne une impression d'énergie éclairée, aussi intelligente que pratique — celle-là même qui doit caractériser le bon éditeur. Il doit y avoir aussi en lui quelque chose du jardinier.» Quant à Kniebolo (Hitler), «son passage à Satan est de plus en plus manifeste». Comment se comporter dans ces conditions ? «Il faut agir en cachant complètement son jeu. Il importe avant tout d'éviter toute apparence d'humanité.» Phrase terrible. Le fils de Jünger, 17 ans, a été imprudent : il est arrêté, difficilement libéré par son père portant toutes ses décorations, mais aussitôt envoyé sur le front, en Italie, où il se fait tuer dans les carrières de marbre de Carrare. Les falaises de marbre... Jünger note sèchement que son livre se prolonge dans les événements mêmes. C'est une lutte ouverte entre le démoniaque et l'art. Les portraits des démons (Himmler, Goebbels) sont aussi décapants. «Le retour de l'absolutisme, toutefois sans aristocratie — je veux dire sans distance intérieure —, rend possible des catastrophes dont l'ampleur échappe encore à notre imagination.» Cette nostalgie date de novembre 1941. Qui dira qu'elle n'est plus actuelle ? Mais aussi : «La vie divine est un présent éternel. Et il n'y a de vie que là où le divin est présent.»

Jünger, après la guerre, voyagera beaucoup sur la planète. Il sera constamment attaqué par la presse plus ou moins communiste, visité par Gracq et Borges, et deviendra même un symbole du rapprochement franco-allemand. On va le voir en pèlerinage, Mitterrand et Kohl forcent la note, le Pape le bénit en 1990. Il aura donc assisté à la chute du mur de Berlin et à la dissolution d'un siècle de sang et de larmes. La «distance intérieure» aura tenu bon. En 1995, il a 100 ans, et il meurt trois ans après, ou plutôt, comme il le pensait, il franchit la ligne. Goebbels, pendant la guerre, avait demandé au général Speidel de faire supprimer, par Jünger, une citation qu'il faisait d'un psaume («Dieu est bon pour Israël, pour les hommes au cœur pur»). Réponse de Speidel : «Je ne commande pas à l'esprit de mes officiers.»

Beauvoir avant Beauvoir

Étonnante aventure que celle de ce petit livre, sans doute l'un des plus réussis de Simone de Beauvoir. Nous sommes en 1937-1938, elle a 30 ans, elle écrit ce roman en détournant un titre de Maritain, *Primauté du spirituel*, elle veut régler ses comptes avec son milieu catholique, son enfance coincée, ses premières expériences de professeur en province. Son manuscrit est refusé par Gallimard et Grasset, elle s'incline, puis y revient en 1979, le publie, sans aucun écho, avec un nouveau titre *Quand prime le spirituel*. Le voici à nouveau en édition de poche[1]. Cette fois il s'agit d'*Anne, ou Quand prime le spirituel*, et là, on s'étonne : c'est précis, dur, très intelligent, pas du tout inférieur à *La Nausée*, décapage du mensonge presque généralisé de l'époque, hypocrisies, puritanisme, fausse religion, petits enfers familiaux et sociaux, continuation ahurissante du xixe siècle, crimes innocents doucereux, horreur des relations mère-fille, niaiserie physique, portraits profonds de la mauvaise foi à l'œuvre dans un pays, la France, qui nous semble soudain très lointain, à moins que ce soit toujours le même, dissimulé, en douce. Le

1. Folio n° 4360.

plus étrange, bien que Beauvoir ne parle jamais de lui, est, dans le style même, l'influence de Mauriac. Elle l'a lu, aucun doute, et on peut se demander si l'animosité de Sartre à l'égard de l'auteur du *Nœud de vipères* ne vient pas de là.

Un des drames de la vie de Beauvoir est la mort de son amie, Zaza, étouffée par sa famille. Elle s'appelle Anne dans ce roman, mais ce n'est pas le seul personnage, loin de là, il y en a bien d'autres, femmes, jeunes filles, hommes refoulés nigauds, anarchistes nocturnes désespérés (remarquable évocation de la figure de Denis, nihiliste à la dérive). L'essentiel, bien entendu, est l'idéalisme à toute épreuve qui anime aussi bien les dévots que les pseudo-affranchis. Écoutons Beauvoir : « Les tabous sexuels survivaient, au point que je prétendais pouvoir devenir morphinomane ou alcoolique, mais que je ne songeais même pas au libertinage. » Image de la dévote : « Elle apercevait des visions merveilleuses ; son cœur fondait et elle offrait en sanglotant le sacrifice de sa vie à un jeune Dieu blond. Elle l'avait vu une fois, au cinéma ; le soir, dans son lit, elle lui faisait ses confidences, et elle s'endormait blottie contre le cœur de Jésus : elle rêvait d'essuyer avec ses longs cheveux de doux pieds nus. » Descente dans les mystères du masochisme : « Elle s'enchantait inlassablement de cette histoire : une femme maltraitée par un maître superbe finit par conquérir son cœur à force de soumission et d'amour. » Dominique Aury a dû avoir la même éducation et ce genre de rumination, mais Beauvoir ne passe jamais à la perversion active, un idéal de dévouement et de sacrifice pur persiste chez ses victimes narcissiques : « Elle n'avait jamais rêvé de sort plus beau que d'être la tendre inspiratrice d'un homme génial et faible. » Contrairement à Denis qui se rêve un moment poète subversif et maudit, avant de sombrer dans l'escroquerie et la paresse (drôle de mari), Sartre, lui, sera sans doute génial mais pas faible.

Il n'y a pas que la dévote qui veut faire des vers tout en se mêlant de la question «sociale», il y a aussi la jeune employée du corps professoral qui voit tout esthétiquement, déteste la vie provinciale («Ces dames s'abordaient en se demandant des nouvelles de leurs maladies intimes»), décrit crûment la vie du lycée où elle enseigne (rien n'a changé depuis Flaubert), se veut esprit dégagé et libre, mais s'indigne si une de ses élèves tombe enceinte et envisage de se faire avorter. Là, on est dans la souillure, la «boue». Toujours l'idéalisme : «N'avez-vous aucun sens moral? C'est monstrueux!» Allez, au mariage forcé, c'est-à-dire au couvent dans l'ombre. Le lycée est ridicule, mais l'institution Saint-Ange, confessionnelle, ne l'est pas moins. Une élève s'échappe, va à la Bibliothèque nationale où elle côtoie «les érudits, les étudiants, les maniaques, les épaves décentes qui sont les habitués ordinaires». Son dentiste, ensuite, essaye de la draguer : il s'intéresse à la philosophie hindoue, il est théosophe, bref on n'est tranquille nulle part, l'atmosphère de folie augmente. Elle culmine chez une mère pudibonde qui interdit à sa fille de recevoir des lettres d'un ami, et lui dit froidement : «Crois bien que si je n'avais pensé qu'à mon plaisir, tu ne serais pas de ce monde.» De quoi mourir, et en effet la fille mourra. Sacrée mère investie par Dieu : «Je sais ce qu'est un homme; ils parlent d'idéal, mais ils sont pleins d'ignobles désirs.» Dans tout ce carnaval sinistre à faux Dieu et à liberté conventionnelle, ce que Beauvoir saisit à merveille, ce sont les rapports de domination, d'intimidation, les luttes pour le pouvoir. Les filles doivent être chastes, penser à se marier et à engendrer, point final. La révolte est sanctionnée, et toute fugue dans la vraie vie semble déboucher (sauf à la fin) sur une autodestruction programmée. La fugueuse, dans un bar de Montparnasse où elle tente (toujours l'idéalisme) de se faire passer pour prostituée : « Je les regardais, je pensais à des nuits blanches, des départs, des rencontres, des attentes, je ne pouvais former aucune image claire, mais cette évocation confuse me bouleversait. » Évidemment, Dieu s'éclipse (« les arbres, le ciel, l'herbe, personne ne leur ordonnait d'exister »). Mais l'idéalisme à l'envers reste plus que jamais de l'idéalisme. Superbe passage : « J'admettais le viol, l'inceste, la luxure, l'ivrognerie : tout satyre pouvait être un Stavroguine, tout sadique un Lautréamont, tout pédéraste, Rimbaud : je regardais avec vénération les prostituées aux cheveux rouges ou mauves assises près de moi sur les tabourets du bar ; j'avais l'imagination si peu lubrique que même lorsque je les entendais se demander à haute voix pour quel prix elles accepteraient de sucer un client, je ne formais aucune représentation claire. » Arrive maintenant une riche lesbienne qui veut refaire l'éducation de la débutante : elle l'habille, la maquille, veut coucher avec elle, ce qui étonne fort la néophyte. De plus, la lesbienne (Marie-Ange) est elle aussi théosophe, spirite, nudiste à l'occasion, adepte des tables tournantes, et surtout organisatrice de réunions artistiques d'avant-garde. Rupture, mais rupture aussi avec Denis (avec qui la débutante ne couche pas), qui lui parle un moment d'aller à Saigon pour faire du trafic d'opium. Bref, on s'ennuie à mourir dans l'ordre bourgeois, mais on s'ennuie à se décomposer dans la dérive : « Des couples me frôlaient en dansant ; j'éprouvais pour eux une pitié déchirante ; je ne savais pas distinguer un fox-trot d'un tango, tout ce que je voyais, c'était une vaine agitation par où des hommes s'efforçaient d'échapper à l'affreux ennui de vivre ; je les plaignais et pourtant je pensais qu'ils avaient raison contre moi ; j'aurais dû imiter ces femmes dont le corps exprimait un abandon total, ces femmes offertes sans défense au hasard, tout entières plongées dans l'instant : elles ne savaient pas même avec qui elles coucheraient ce soir, elles ne cherchaient pas à savoir ; elles dansaient, elles buvaient, les unes gagneraient des fortunes, d'autres deviendraient des espèces d'épaves, comme cette vieillarde à cheveux roux assise à côté de moi et qui se soûlait chaque soir. »

Soudain, à travers les rues, la révélation de la liberté surgit. On sort des simulacres et des allégories, les choses sont de nouveau là «nues, vivantes, inépuisables». Les autres personnages «mourront sans avoir rien connu de réel, et je ne veux pas leur ressembler». On l'a compris : cette expérimentatrice obstinée va, un jour ou l'autre, écrire *Le Deuxième Sexe*. Après quoi viendront d'autres idéalisations, mais c'était fatal.

La voix de Beauvoir

Sartre, en parlant, vous flinguait à la mitrailleuse du concept. Je me souviens d'une de ses improvisations endiablées sur Flaubert, alors que Paris, en ce temps-là, vivait dans l'émeute. Voix d'acier, corps surmonté, vitesse. C'était éblouissant et parfaitement musical.

Beauvoir, elle, avait la même précipitation de parole, mais sa voix tranchait sur son apparence physique. On oubliait la laideur de Sartre, on était surpris de voir la beauté de Beauvoir démentie par une voix perchée, désagréable, butée, didactique. Sartre faisait valser son petit corps tassé énergique, Beauvoir semblait vouloir nier sa belle image par une parole désaccordée et non mélodique. Une amie féministe me suggère qu'elle avait ainsi une voix de protection contre ce que disait son corps. C'est très vrai. Je lui demande alors, puis-qu'il s'agit d'une beauvoirienne fervente, pourquoi elle n'a jamais relevé ce trait, pourtant frappant. Réponse : «J'ai voulu l'occulter parce que ça me dérangeait.» Comprendre : l'idole de la libération des femmes avait une mauvaise voix, mais ça n'a pas d'importance. Corps harmonieux, voix froide. Proposition et distance. Angoisse? Sévérité jouée? Volonté de maîtrise? Un peu de tout ça.

Il faut donc lire Beauvoir pour vraiment l'entendre. Et là, c'est le plus souvent un enchantement, surtout dans ses lettres. Contrairement à ses Mémoires, où le passé simple ralentit l'action, elle est là intensément présente, précise, sensuelle, drôle, «plaisante» (les mots «petit» et «plaisant» reviennent sans cesse sous sa plume). Je prends le pari : loin de toutes les récupérations militantes ou universitaires, elle restera comme une grande épistolière que révélera, un jour, une anthologie. Ses lettres à Sartre et à Nelson Algren (mais aussi à Bost et sûrement à Lanzmann) sont le plus souvent des chefs-d'œuvre. Des lettres d'amour. Comment appelle-t-elle Sartre? «Tout cher petit», «petit bien-aimé», «petit pur», «cher petit vous autre», «cher petit absolu». Et puis : «Vous seriez donc un bien grand philosophe, petite bonne tête?» Et puis : «Je suis tout effondrée de tendresse pour vous.» Et à Algren : «Quand je pense que je vais vous voir, vous toucher, la tête me tourne, mon cœur éclate. J'y pense sans cesse et parfois avec une violence insupportable, ma gorge se serre, ma bouche se dessèche.»

Simone de Beauvoir? Une femme à découvrir.

Beauvoir de Sade

Mes idées sur Simone de Beauvoir ont assez peu d'importance, encore qu'elles puissent éventuellement vous intéresser, mais je vais commencer par vous lire un texte que je crois très actuel, malheureusement oublié, d'un jeune auteur :

« "L'être le plus parfait que nous puissions concevoir sera celui qui s'éloignera le plus de nos conventions et les trouvera les plus méprisables." »

« Si nous la replaçons dans son contexte, cette déclaration de Sade fait songer à la revendication d'un Rimbaud en faveur d'un dérèglement systématique de tous les sens, et aussi aux tentatives des surréalistes pour pénétrer par-delà les artifices humains dans le cœur mystérieux du réel.

« Mais plutôt qu'en poète c'est en réaliste que Sade cherche à briser la prison des apparences. La société mystificatrice et mystifiée contre laquelle il s'insurge évoque le "on" heideggérien dans lequel s'engloutit l'authenticité de l'existence, et il s'agit chez lui aussi de récupérer celle-ci par une décision individuelle. Ces rapprochements ne sont pas des jeux; il faut situer Sade dans la grande famille de ceux qui, par-delà la banalité de la vie quotidienne, veulent conquérir une vérité immanente à ce monde. Dans cette perspective, le crime lui apparaît comme un devoir : dans une société criminelle, il faut être criminel. Cette formule résume son éthique. »

Le jeune auteur dont je vous lis ces lignes est évidemment Simone de Beauvoir. Pourquoi faut-il que ce livre, qui s'appelle *Faut-il brûler Sade ?*, soit enfoui dans une collection de poche oubliée avec deux autres textes d'ailleurs assez barbants qui sont très politicailleux ? Je pense qu'il faudrait quand même le rééditer sous une forme simple et disponible. Comme vous ne connaissez pas ce texte, et que j'ai rencontré au moins cent personnes qui m'ont dit que *Faut-il brûler Sade ?* devait être un texte extrêmement puritain contre Sade de la part de Simone de Beauvoir, autrement dit qu'elle s'insurgerait contre la pensée de Sade alors qu'elle fait précisément le contraire, je crois qu'il est nécessaire que je continue légèrement ces pages d'un jeune auteur dont vous voyez à quel point il est brillant.

Ce texte, d'ailleurs, date de 1951, dans la foulée du *Deuxième Sexe*. Beauvoir se dirige vers *Les Mandarins*. Je suis écrivain : je tiens à dire que la prose de Simone de Beauvoir est l'une des plus intéressantes que l'on ait écrites en français, la pensée et le style. Ça me paraît beaucoup plus important que de l'enfermer dans des problématiques étroites idéologico-politiques. « C'est trahir Sade, que de lui vouer une sympathie trop facile ; car c'est mon malheur qu'il veut, ma sujétion, et ma mort et chaque fois que nous prenons parti pour l'enfant qu'a égorgé un satyre, nous nous dressons contre lui. Aussi bien ne m'interdit-il pas de me défendre ; il admet qu'un père de famille venge ou prévienne, fût-ce par le meurtre, le viol de son enfant. Ce qu'il réclame c'est que, dans la lutte qui oppose des existences inconciliables, chacun s'engage concrètement au nom de sa propre existence. Il approuve la vendetta, et non les tribunaux. On peut tuer, mais non juger. Les prétentions du juge sont plus arrogantes que celles du tyran, car celui-ci se borne à coïncider avec lui-même tandis que celui-là essaie d'ériger ses opinions en loi universelle; cette tentative repose sur un mensonge : chacun est enfermé dans sa propre peau, il ne saurait devenir médiateur entre des individus séparés dont il est lui-même séparé. Et que quantité de ces individus se liguent, qu'ensemble ils s'aliènent dans des institutions dont aucun n'est plus le maître ne leur donne aucun droit nouveau : le nombre ne fait rien à l'affaire. Il n'est aucun autre moyen de mesurer ce qui est incommensurable.»

À ce moment-là, Beauvoir écrit à Algren «Aimez-vous Sade, chéri?» — elle est séparée d'Algren, n'est-ce pas, elle le trouve *finalement* assez conventionnel. C'est un Américain *finalement* provincial; elle a eu avec lui un supplément de corps et elle en a eu besoin, parce qu'un cerveau sans corps, comme un corps sans... C'est compliqué d'avoir les deux à la fois, et elle a eu les deux à la fois. On a besoin parfois d'un supplément de corps comme on a besoin d'un supplément d'âme.

Je continue avec ce merveilleux texte de Simone de Beauvoir sur Sade : «L'individu qui ne consent pas à renier sa singularité la société le répudie. Mais si on choisit de ne reconnaître en chaque sujet que la transcendance qui l'unit concrètement à ses semblables, on est conduit à les aliéner tous à de nouvelles idoles et leur insignifiance singulière paraîtra d'autant plus évidente; on sacrifiera aujourd'hui à demain, la minorité à la majorité, la liberté de chacun aux accomplissements

collectifs. La prison, la guillotine, seront les conséquences logiques de ce reniement. La mensongère fra-
ternité s'achève par des crimes, dans lesquels la vertu
reconnaît son visage abstrait. "Rien ne ressemble plus
à la vertu qu'un grand crime", a dit Saint-Just. Ne vaut-
il pas mieux assumer le mal que de souscrire à ce bien
qui entraîne après soi d'abstraites hécatombes ? — *Ceci
en 1951 !* — Sans doute est-il impossible d'éluder ce
dilemme. Si la totalité des hommes qui peuplent la
terre était présente à tous, dans toute sa réalité, aucune
action collective ne serait permise et pour chacun l'air
deviendrait irrespirable. À chaque instant des milliers
d'individus soufflent et meurent vainement, injuste-
ment, et nous n'en sommes pas affectés : notre existence n'est possible qu'à ce prix. Le mérite de Sade, ce
n'est pas seulement qu'il a crié tout haut ce que chacun
s'avoue honteusement : c'est qu'il n'en a pas pris son
parti. Contre l'indifférence il a choisi la cruauté. C'est
sans doute pourquoi il trouve tant d'écho aujourd'hui,
où l'individu social se sait victime moins de la méchanceté des hommes que de leur bonne conscience ; c'est
venir à son secours que d'entamer ce terrifiant optimisme. »

Beauvoir écrivain — j'ai beaucoup de choses à vous
dire là-dessus —, je devrais revenir sur les *Lettres à
Nelson Algren*, magnifiquement traduites de l'anglais
en français, avec une très belle préface de Sylvie Le
Bon de Beauvoir, où elle insiste avec raison sur la
situation même de cette traversée constante de l'Atlantique, sur l'amour en avion et l'avion en amour, il y a
là de très belles séquences. Ces lettres sont d'une
importance à mon avis considérable, elles ont été
publiées il y a dix ans en français, je suis encore tout à
fait surpris, stupéfait, de voir qu'elles ne semblent pas

avoir été lues et qu'elles n'ont pas eu la moindre conséquence, alors que c'est un chef-d'œuvre dans tous les domaines, affectif, précis, documentaire, lucide, etc.

Quelques citations si vous voulez, simplement — c'est drôle, c'est extrêmement sensuel, touchant, et elle a eu besoin de passer peut-être dans une autre langue et de traverser l'Atlantique pour trouver dans le corps d'Algren, de moins en moins mais tout de même, quel choc! quelque chose qu'elle n'avait pas à sa disposition en France. Quand j'ai publié mon livre *Femmes* en 1983, j'ai d'ailleurs établi le parallèle immédiat avec *Les Mandarins* de Simone de Beauvoir, livre merveilleux que je vous conseille de relire; non, elle n'écrit pas comme un fer à repasser, comme l'a dit à sa fille Nathalie Sarraute, puritaine brodeuse.

«Vous voulez savoir à quel point je vous aime? Faites le calcul du nombre de signes utilisés par moi: combien de "a", combien de "b", etc. Prenez ce chiffre; multipliez-le par 10 345, et vous obtiendrez approximativement le nombre de baisers que j'aimerais vous donner pendant ma vie. Quand mon livre (*Le Deuxième Sexe*) sera achevé, mon chéri, les hommes sauront tout sur les femmes et risquent de ne plus s'intéresser à elles, ce qui risque de révolutionner le monde. Pour les crocodiles et les grenouilles, ça ne fera pas la moindre différence.» (Ah les animaux dans la mythologie personnelle de Simone de Beauvoir! «Notre charmant Castor», pour Sartre — ça ne bouge pas...) Algren se voit bientôt affublé de «Mon cher mari crocodile», et elle est une «grenouille» («*frog*»), voilà...

Les grenouilles et les crocodiles ont-ils, en tant qu'animaux, des choses à se dire? Il semblerait, en effet... Ce matin nous avons appris grâce à Claude Lanzmann, dans son impressionnante communication, qu'elle l'a appelé son *cheval noir*. Je regrette de ne pas avoir mieux connu Simone de Beauvoir : je me demande sous quel nom d'animal elle m'aurait éventuellement identifié (*rires*).

« À la bibliothèque, chéri, je m'informe sur les multiples façons dont vous, ignobles hommes, nous avez opprimées, nous, pauvres créatures féminines. Au revoir. Baisers d'amour sans fin, mon bien-aimé. Votre Simone. » Vous comprenez, il faut que ça bouge, il faut que ce soit léger, sans quoi qu'est-ce qu'on s'ennuie.

Et, là aussi, on voit très bien que c'est Sartre qui l'a entraînée dans ce qu'elle appelle « la politicaillerie » : « J'abomine la politicaillerie ; je la rayerais volontiers du monde. Et ça aussi, tout ce que nous écrivons, tout ce que nous faisons, prend une signification politique. Les amitiés impliquent toutes un arrière-plan politique. C'en devient fastidieux. Les gens en cours de psychanalyse, les névrosés qui passent leur vie à ruminer leurs problèmes sont profondément déprimants. »

« Il est rare qu'un écrivain parvienne à vous faire sentir l'amour physique. Faulkner, en peu de mots, à peine une allusion ou deux, réussit à en transmettre l'excitation et le bouleversement. » Ça, c'est un thème qui revient chez elle, beaucoup, tout à fait en dehors de la crudité, jamais vulgaire, qui est la sienne : l'éloge qu'elle fait du trouble... « L'important est que je puisse me reconsacrer à mon livre » — cela aussi revient sans cesse, sans cesse, sortir de tout ça, et écrire, écrire. J'aime vous écrire, je m'aime de vous dire que je vous aime, je vous aime de pouvoir vous écrire que je m'aime en vous disant que je vous aime, votre Simone, et puis je vous aime tellement que vous êtes mon crocodile et que je suis votre grenouille supercrocodile, je vous avale d'un seul mouvement de mâchoires et vous auriez tort de vous en plaindre — «L'important est que je puisse me reconsacrer à mon livre et expliquer sans relâche quelle sorte d'étranges créatures sont les femmes. Les hommes ne sont pas moins étranges, mais ce n'est pas sur eux que j'ai choisi d'écrire.»

Il faudra en effet, le Premier Sexe étant supposé connu, que quelqu'un s'en occupe un peu plus à fond, quand même, parce que tout ça se trouve dans une obscurité totale. Ce n'est pas le président de la République qui pourra nous éclairer là-dessus (rires-applaudissements). «La vie est froide et courte, oui, c'est pourquoi vous auriez eu tort de mépriser des sentiments comme les nôtres, chauds, intenses. Je me sentirai toujours profondément (*c'est après la rupture disons... effective*) attachée à vous, par un lien chaleureux, vivant, merveilleux, essentiel.» Et puis, ce qui va peser de plus en plus, c'est l'âge — mais regardez l'humour, la drôlerie, la lucidité avec lesquels elle parle. «Je me sens aussi laide qu'une femme de quatre-vingts ans — *elle n'en a même pas cinquante* — et aussi sotte qu'une de vingt. Un peu plus, même, car on est trop jeune à vingt ans pour atteindre le même degré de folie qu'à quarante.» Eh oui c'est très bien... Alors, je ne vais pas prendre trop de temps... «Connaissez-vous Casanova, chéri?» — toujours son provincial Américain, qui refuse d'apprendre le français, donc qui ne peut pas la lire, c'est lorsque *La Force des choses* sera traduit en anglais que brusquement il découvrira l'étendue de la question, il aurait pu quand même se renseigner.

Elle lui suggère d'apprendre un peu le français, tout de même — en amour, on peut apprendre la langue de l'autre, un peu, quand même, non? Elle lui suggère de lire Stendhal, il n'aime pas Stendhal, bon, ce n'est pas grave. «*Too french!*»... *Too french*, province américaine... Il faudrait reprendre tout ça, enfin... à travers l'idée absolument cocasse, ahurissante que se font — paraît-il! — les Américains de la culture européenne ou française. «Connaissez-vous Casanova?» Elle essaie de le piquer un peu quand même, parce que, comme elle le lui dit : «Chéri vous devenez trop vertueux. Ça me fait honte. Faites simplement ce qui vous chante, quand ça vous chante! Vous n'avez pas à vivre comme un moine, puisque vous n'êtes pas moine, ce dont je vous félicite. Mon cœur vous bénira dans le vice comme dans la vertu.»

Est-ce que vous trouvez qu'une femme peut faire une plus extraordinaire déclaration d'amour à un homme?

Il n'a pas très bien compris ça, parce que le vice, visiblement, ce n'était pas son truc — pour les Américains, le vice, il faudrait passer par l'Italie et la France : «Connaissez-vous Casanova, chéri? Voilà un type qui savait baiser, du moins l'affirme-t-il, dans ses *Mémoires*, mais il ne méprisait pas les femmes pour cela.»

Colloque Simone de Beauvoir, Paris, 9 janvier 2008.

Le grand Fitzgerald

C'est une révélation de beauté, d'étrangeté et d'intelligence. Jouons un peu. Qui a écrit ce qui suit : « Un homme dans la pièce voisine avait allumé un feu. Le feu avait consumé le matelas. Peut-être aurait-il mieux valu que le feu l'ait consumé lui aussi, mais il s'en était fallu de quelques centimètres. Le matelas fut emporté avec beaucoup de cérémonie. » Kafka ? Non, Fitzgerald. Et ceci : « Ils prétendent que tu as insulté une des filles. N'importe quoi, je lui ai seulement dit que j'aimais mordre son cou. Je vous souhaite à toutes, mesdames, d'avoir un cou que j'aimerais mordre immédiatement. Je suis avide de cous de dames. » Kafka de nouveau ? Non, toujours Fitzgerald. « Quels jolis mots, dit-elle sur un ton moqueur. Si vous continuez, je vais me jeter sous les roues du taxi. » Et ainsi de suite. La parenté entre les deux types de notation, entre fragments de situations et de rêves, est évidente. L'Amérique de Fitzgerald passe par Prague, *Le Procès* de Kafka traverse le jazz et Hollywood. Seul Alfred Hitchcock a compris cela. On peut imaginer Fitzgerald comme Cary Grant dans *La Mort aux trousses*.

Tout est bon, on le sait, pour se débarrasser d'un écrivain qui s'impose : mythologies, photos, cinéma, roman familial. Hemingway torse nu avec un espadon, Faulkner en éthylique cavalier sudiste, Fitzgerald en grand puni du succès précoce et des années folles, Joyce en errant illisible, Kafka en martyr ténébreux, Céline en monstre, Artaud en grimaces. Pour Fitzgerald, interminablement, les clichés sont là : héros désenchanté, Musset de l'autodestruction, ivresse de la perdition, persécuteur de Zelda, persécuté par lui-même, Côte d'Azur et crise de 29, imprévoyance, dépenses, et alcool. Les caméras sont prêtes, il rejouera sans arrêt dans ce mauvais film. Le ressentiment dont il est l'objet est pourtant très simple à comprendre : il a été extraordinairement heureux, même dans le plus grand malheur. Ses *Carnets* le prouvent : « Je ne possédais pas les deux trucs supérieurs, le grand magnétisme animal ou l'argent. Mais j'avais les deux trucs juste au-dessous, la beauté et l'intelligence. Aussi j'ai toujours eu la meilleure fille. »

Les amateurs de suicide, de désolation et d'échec inévitable ont grand besoin de romans. Mais les histoires des romans vieillissent vite, tandis que les phrases persistent parfois en eux, ouvrant sur une richesse de perception jaillie du milieu du temps. Exemples dans les *Carnets* : « Tout, dans le voisinage, même le soleil de mars, était neuf, frais, plein d'espoir et impalpable, comme on peut s'y attendre dans une ville dont la population a triplé en quinze ans. » Ou bien : « Perdu dans l'immensité d'un ciel bleu sans surface, de l'air empilé sur de l'air. » Ou bien : « Le vent fouillait les murs à la recherche de la poussière ancienne. » Ou bien : « Elle escalada un assemblage de métal, de béton et de verre, passa sous un dôme élevé qui renvoyait un écho et déboucha dans New York.» Ou encore (et il faut ici se souvenir que Picasso, contrairement aux préjugés de son temps, aimait Fitzgerald) : «Ses yeux étaient remplis de jaune et de lavande, jaune pour le soleil à travers les stores jaunes et lavande pour la couette, gonflée comme un nuage flottant mollement sur le lit. Soudain elle se souvint de son rendez-vous et, les bras jaillissant de la couverture, elle enfila un négligé violet, rejeta sa chevelure en arrière dans un mouvement circulaire de la tête et fondit dans la couleur de la pièce.» Mais aussi : «Elle lui fit un sourire de côté, d'une moitié de visage, comme une petite falaise blanche.» Et aussi : «Debout près de la porte avec cette faible lueur derrière elle, Dinah était elle-même un poste avancé du jardin, sa fleur la plus représentative.» Et encore : «Lola Shisbe n'avait jamais fait dérailler un train de sa vie. Mais elle avait tout juste seize ans et il vous suffisait de la regarder pour savoir que sa période destructrice allait commencer d'un jour à l'autre.» Et encore : «Il caressa ses cheveux d'un brun ordinaire, se répétant pour la millième fois qu'elle ne lui apportait rien de la sombre magie du monde et qu'il ne pourrait pas vivre sans elle plus de six heures consécutives.» Et enfin (mais il n'y a aucune raison d'en finir) : «Celles qui auraient été probablement capables de conduire avaient l'air de ne pas savoir taper à la machine; celles qui semblaient savoir taper à la machine n'avaient pas l'air d'être en mesure de conduire — et la majorité écrasante des deux catégories donnait l'impression que, même si elles aimaient les enfants, l'enfant pourrait ne pas y être sensible.»

Même si nous savons que Fitzgerald est mort à 44 ans, en 1940, ces phrases, et bien d'autres, sont des illuminations d'aujourd'hui. Elles sont précises, vives, drôles, colorées, tendres. Celui qui les a écrites est *ici*. Il y a une histoire d'amour entre les écrivains et les mots, ceux-ci viennent à eux en même temps qu'une sensation savante. Ce que l'Amérique a eu et peut encore avoir de meilleur s'ouvre ainsi, raison pour laquelle Fitzgerald, le plus libre des Américains libres, est toujours un contemporain capital. Il a éprouvé la destruction, l'échec, la folie, l'oubli? Justement. C'est un homme de connaissance, un psychiatre très averti du fond violent maladif. Sa passion pour cette femme magnifique qu'était Zelda (tout le contraire d'une bourgeoise américaine) l'a conduit aux remarques les plus pénétrantes. Jusqu'où peut-on écrire ce qu'on vit? Quel partenaire peut le supporter? Écrire est-il dangereux pour tout être humain et ses proches? «Il est significatif qu'en février dernier elle se soit effondrée alors que je lui montrais l'ébauche de ce qui représentait alors une nouvelle approche de mon travail, soit une histoire fondée sur les huit ans que nous avons passé en Europe... Plus je m'approche de la réalisation finale, de la satisfaction artistique, et plus je le lui annonce — plus elle devient agitée, même si elle donne l'impression de se réjouir. Elle a l'impression que je dois absolument avoir du succès, sans quoi nous sombrerons tous, et elle a l'impression que ce succès la menace — "Pourquoi lui? pourquoi pas moi? Je suis aussi douée que lui, sinon plus."»

En réalité, dans cet affrontement, tout est dit. Zelda se bat de toutes les façons possibles, Scott ne l'abandonne jamais (comme on le lui recommandait sans arrêt). Il écrit ainsi à Scottie, leur fille : «C'est étrange comme ta mère a raté son existence sociale : même les criminels n'échouent pas ainsi, ils représentent pour ainsi dire l'"opposition loyale" à la loi. Mais les fous ne sont que de simples invités sur terre, d'éternels étrangers, porteurs de décalogues brisés qui leur sont illisibles.» Après la mort de Scott, Zelda fait de lui un superbe éloge à Scottie, qui se termine par ces mots : «Comme tu l'as toi-même éprouvé au cours de nombreuses disputes et controverses, c'était l'homme le plus doué du monde pour les longues, les épuisantes conversations.» Dernière touche : Fitzgerald, d'origine catholique, s'est vu refuser par l'Église, ses livres étant «indésirables», un enterrement religieux dans le Maryland, dont il avait dit : «Ma place est là-bas, où tout est civilisé, gai, pourri et courtois.» Arrêtons ici la légende douloureuse, et rouvrons les *Carnets* de ce dernier, tragique et merveilleux nabab. Choc immédiat : «C'était gai dans la voiture avec les filles dont le bavardage excité se répandait comme une fumée sur l'odeur de caoutchouc humide.» Ou bien : «Le printemps était arrivé sur le littoral oriental — des milliers de minuscules baies noires inattendues sur chaque arbre brillaient d'impatience, et une brise fraîche les avait fait danser vers le sud toute la journée.» Ou carrément : «Le grand art est le mépris d'un grand homme pour l'art médiocre.»

Francis Scott Fitzgerald, *Carnets*, traduit de l'anglais (États-Unis) et préfacé par Pierre Guglielmina, Fayard, 2002.

Kendall Taylor, *Zelda et Scott Fitzgerald, les années vingt jusqu'à la folie, biographie*, traduction de Camille Fort, Autrement, 2008.

Portrait de l'artiste
en voyageur humain

Il est donc là.

C'est lui.

C'est lui le fabuleux, l'enchanteur, le complicateur, le troubleur ; l'homme aux mille tours dans la ruse. Il est vers la fin du parcours. Longue navigation. Longue et lente fatigue pour imposer sa musique de mots dans l'histoire des mots. C'est bien le moment de prendre au vol les photos finales.

« Limbes ? Las ?

« Il repose. Il a voyagé.

« Avec ?

« Sinbad le Marin et Tinbad le Tarin et Jinbad le Jarin et Whinbad le Wharin et Ninbad le Narin et Finbad le Farin et Binhad le Barin et Pinbad le Parin et Minhad le Malin et Hinbad le Harin et Rinbad le Rabbin et Dinbad le Karin et Vinbad le Quarin et Linbad le Yarin et Xinbad le Phtarin. » (*Ulysse.*)

Ce n'est pas tout à fait le dernier moment, mais c'est déjà le crépuscule. Il va bientôt mourir à Zurich, exilé comme personne, physiquement et mentalement, juste avant le grand charnier de la guerre. Pour l'instant, nous sommes encore à Paris. Dublin, Trieste, Paris,

Zurich. Vie d'un Européen vertigineux et tranquille. Très connu. Et très méconnu. Incompréhensible, dit-on. Va-t-on dire et redire. L'impasse de Joyce! On ne peut pas aller plus loin! Il ne fallait pas aller aussi loin! Il est interdit de fausser compagnie à la compagnie qui sait comment on s'exprime! Ce qui se conçoit bien s'énonce clairement! Ce qui se conçoit de façon fulgurante s'énonce autrement! Il a accompli un crime. Voyez comme il est innocent. Léger. Ailleurs. Élégant.

« La vie, c'est beaucoup de jours, jour après jour. Nous marchons à travers nous-mêmes, rencontrant des voleurs, des spectres, des géants, des vieillards, des jeunes gens, des épouses, des veuves, et de vilains beaux-frères. Mais toujours nous rencontrant nous-mêmes. »

À écrivain de génie, photographe de génie. Voici le moment où le plus riche banquier du roman moderne, la super-liquidité en personne, le stockeur des transactions de valeurs, trouve enfin devant lui un œil qui perçoit.

Ce que cet œil voit, c'est la stratification même des différentes façons de James Joyce de passer à travers la vie en ayant toutes les personnalités et tous les âges. Il est remarquablement vieux, usé, voûté; mais aussi négligent, adolescent, insolent. Il s'ennuie; il est grave; il est perdu; il s'amuse un instant. Il est plein d'ironie; de sagesse; de tristesse; de compassion. Il ne semble humain que par distraction. C'est l'artiste intégral, dans son obstination aveugle, son honnêteté, sa simplicité, son tourbillon métaphysique sur place, libre, diagonal.

Il a passé son temps à s'entendre dire ou insinuer qu'il commettait une erreur. Une erreur, Joyce? « Un homme de génie ne commet pas d'erreurs. Ses erreurs sont volontaires et sont les portails de la découverte. »

Si encore il pouvait avoir l'air maudit, romantique, tragique, échevelé, foudroyé. Mais non. Il écoute. Il se concentre. L'exploration de la folie humaine n'implique pas qu'on cesse de se tenir. Voyez comme il regarde, rabbiniquement, son grimoire insensé à la loupe. Mais voyez aussi comment, redevenu son propre fils, il écoute ces dames de la librairie. Vieux, ô vieux ! Et puis, d'un seul coup, séduisant papillon charmeur.

Le cardinal Joyce, en veste de velours intérieur noir ou rouge, sort de chez lui et devient le clochard Homère payant à tâtons son taxi, s'expose comme un danseur mondain à ses vendeuses, s'installe ensuite au piano chez sa belle-fille avant de considérer avec tendresse et pitié, canne en main, bagues aux doigts, feutre de truand cultivé sur la tête, son petit-fils, Stephen, jeté dans le flot de sa propre généalogie.

Finnegans Wake va paraître. Après l'énormité d'*Ulysse*, il s'est plongé tout entier, jour et nuit, non sans le soutien du vin blanc et de son protecteur invisible, saint Patrick, dans la plus mirobolante vocalise de tous les siècles. C'est un livre qui commence de plein fouet, à l'oreille radar, sans majuscule : «*riverrun, past Eve and Adam's...*» Au-delà d'Ève et d'Adam... Et qui s'achève, sans point, sur le souffle «the». À jouer au Saint-Esprit jusqu'au bout, Dieu sait ce qu'on atteint de l'intérieur des sons et des lettres. Lisez. Entendez. C'est une méditation à haute voix coudée, chuchotante, sur la comédie des engendrements, ses tours, ses mauvais tours et retours, l'éternel détour, le quiproquo forcené, mais très drôle.

La loupe, le piano. Il arrive en musique sur une nouvelle planète. Le piano *Gaveau*. Son caveau. C'est un biologiste ? Un astronome ? Docteur Joyce ! Capitaine Joyce, plus aventureux qu'Achab !

«L'engendrement conscient n'existe pas pour

l'homme. C'est un état mystique, une transmission apostolique, du seul générateur au seul engendré. »

Joyce reçoit son éditeur transitoire et ami, Jolas. Ils étudient ensemble le cours de la multinationale Joyce. Petite visite, ensuite, chez les dames d'œuvres d'une filiale qui a été fort utile : *Shakespeare and Co.* Les femmes dans la vie de Joyce ? Fascinées, révulsées. C'est si « indécent » cet *Ulysse*, pensez-vous, comme disaient Virginia Woolf et Gertrude Stein que représentent, ici, Sylvia Beach et Adrienne Monnier. Ah ! oui, très *indécent.* On est loin de Gide-Valéry-Claudel ! Et des autres ! Ce monologue de Molly... Cette façon d'entrer dans la chose...

Père, fils, petit-fils. Joyce a réussi sa pose. C'est le sujet même de la grande conférence de Stephen sur Shakespeare, dans *Ulysse.* Vous voulez enfin savoir la vérité sur Hamlet ? Mieux qu'avec Freud ? Ou Lacan ? Bien sûr. Eh bien, elle est là.

À noter que si l'on voit le portrait de son père, John ; lui-même ; Giorgio ; et Stephen, « quatre générations de Joyce », rien n'évoque sa mère, May ; sa femme, Nora ; sa fille, Lucia (internée déjà depuis longtemps à ce moment-là). L'inceste de James Joyce, son plus grand plaisir, sa plus grande souffrance, est hors représentation. On se doute qu'il s'agit du nœud de l'affaire.

Pas de hasards, pas d'erreurs.

Et, bien entendu, la photographe s'appelle Freund.

C'est-à-dire, comme on commence seulement à le remarquer : Joyce = Freud (en allemand). La joie. Quand même. À un *n* près, ici, qui ajoute l'amitié.

La nuit va tomber. Sur lui, mais aussi sur le monde. C'est l'instant de la veillée ardente. Comme une messe au bord de l'abîme ambiant.

« Il n'était pas seulement le père de son propre fils,

mais n'étant plus un fils il était et se savait être le père de toute sa race, le père de son propre grand-père, le père de son petit-fils à naître...»

Mystère des mystères. Là, en pleine lumière. Comme si de rien n'était. Dans les siècles des siècles. Amen. Comme je pense à lui.

«Celui Qui s'engendra Lui-même, médian à l'Esprit-Saint, et Soi-même s'envoya Soi-même, Racheteur, entre Soi-même et les autres, Qui, maltraité par ses ennemis, dépouillé de ses vêtements et flagellé, fut cloué comme chauve-souris sur porte de grange, souffrit la faim sur l'arbre de la croix, Qui se laissa ensevelir, se releva, dévasta les enfers, s'installa au ciel où Il est assis depuis dix-neuf cents ans à la droite de Son Propre Soi-même, mais reviendra au dernier jour pour passer sentence sur les vivants et les morts alors que tous les vivants seront déjà morts.»

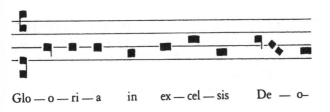

Glo — o — ri — a   in   ex — cel — sis   De — o-

Ulysse.

Voilà. Place au jugement dernier des images.

1982

Préface à Gisèle Freund, *Trois jours avec Joyce*, Denoël.

Joyce non-stop

L'Église catholique a perdu un terrain substantiel avec Galilée qu'elle réhabilite d'ailleurs ces temps-ci avec l'humour énorme qui la caractérise ; elle a regagné tout le temps perdu grâce à Joyce.

Le phénomène a été immédiatement ressenti, il l'est de plus en plus, les choses vont s'aggraver, sacré paradoxe.

Le langage tourne. Et, contrairement à ce qu'on aura cru pendant deux mille ans, les corps gravitent en lui en s'imaginant qu'il est dans leurs têtes.

Pas du tout.

C'est Freud qui a quand même osé dire que sa découverte était à situer dans la dimension de Copernic. Joyce-Galilée fait le reste.

Que j'ai réussi à convaincre Lacan de se rallier à Joyce, lui qui traînait encore dans les vieilleries littéraires, n'est pas ma moindre satisfaction. Je n'ai pas eu le temps de lui expliquer Vico, mais peu importe, la science nouvelle est en marche, rien ne l'arrêtera plus.

« Toute l'écriture est de la cochonnerie », disait Artaud, non sans raison pour un cinglé de son envergure.

Toute la cochonnerie du monde ne résiste pas à un truc tordu d'écriture, semble répondre Joyce, dont la folie furieuse s'est toujours impeccablement cachée derrière la plus impassible raison.

Il est de plus en plus comiquement évident que nous sommes dans la cochonnerie jusqu'à l'os. Comment l'utiliser, la relancer, la censurer, l'embellir, la nier, l'endiabler, l'alléger, voilà, en somme, les affaires humaines.

Joyce, lui, a choisi le court-circuit à la base. Qu'est-ce que la source de la cochonnerie, sinon l'incroyable prétention à l'idéaliser ou, à l'envers, mais ça revient au même, à l'imposer comme horizon indépassable?

À pervers, pervers et demi. Joyce a poussé jusqu'au trois quart. Du coup, révolution intégrale. Le sexe ne tient pas dans la parole, on peut, en parlant, assister à son effondrement conséquent. C'est hilarant.

Sade, ce n'était pas mal pour en finir avec l'infâme hypocrisie de la représentation. Mais enfin, bon, ça va, on a compris. Joyce pousse plus loin dans l'esprit du mot. Ne pas oublier que *Wake* ne veut pas seulement dire «réveil» mais «sillage». La queue de la comète à syllabes zèbre la nuit des langues et illumine, le temps d'ouvrir les yeux comme les oreilles, le sommeil de mort qu'on appelle la vie.

Note au vol. Le rêve qui vient d'avoir lieu. Les lapsus du jour. Cet accent-là dans la voix. Ce nom-là. En anglais, italien, allemand, espagnol, danois ou chinois. Le langage n'arrête pas de tourner, et bien entendu l'histoire tourne en lui malgré les militaires de service. «L'histoire est un cauchemar dont j'essaie de m'éveiller», laisse tomber Joyce, toujours élégant et intransigeant. C'est lui qui a posé les conditions et, comme de juste, à coup d'argent. «Sans saint Patrick, je ne serais jamais allé jusqu'au bout», dit-il encore. Tout le monde le regarde avec des yeux ronds.

Ulysse s'écrit seize heures par jour. *Finnegans Wake,* vingt-quatre sur vingt-quatre. Le marché littéraire continue? Aucune importance. Où se trouve la banque centrale, ça finit quand même par se savoir.

Alors, «au commencement était le Verbe», et patati et patata? Tout ça pour en arriver là? Don des langues? Pentecôte? Résurrection? Toute la gomme? Ne vous crispez pas. Considérez votre voix.

Joyce n'a pas cent ans.

Il est sans temps.

Libération, 6 février 1982.

Joyce, toujours

Le lecteur français veut savoir tout de suite si la nouvelle traduction d'*Ulysse*, de James Joyce, était nécessaire, et, si oui, si elle est préférable à l'ancienne. La réponse, à quelques détails près, est oui. Le texte est plus précis, plus dru, plus cru. Cela dit, la curiosité du lecteur va-t-elle plus loin? On aimerait le penser, mais, malheureusement, il est de plus en plus difficile de rencontrer quelqu'un qui a lu le livre. Toute personne cultivée a entendu parler de Joyce, connaît trois ou quatre anecdotes sur lui, mais, sur le fond, à part les redites des commentaires universitaires, on reste dans le brouillard, et ce n'est pas la mascarade du «Bloomsday», le 16 juin de chaque année, à Dublin, qui pourra éclairer le problème. Joyce n'est pas plus trouvable à Dublin que Proust au Bois de Boulogne, Kafka à Prague, Cézanne sur la montagne Sainte-Victoire, Céline à Meudon. Une ville se prête à la célébration d'un personnage de roman pour mieux évacuer son auteur? Voilà qui est digne de l'extravagant humour de ce génie encore peu compris. Joyce n'aurait certainement pas accepté d'être identifié au seul Léopold Bloom. Il est Bloom, c'est entendu, mais aussi Stephen Dedalus, Buck Mulligan, Homère, Hamlet, Dieu,

Shakespeare, Aristote, Gerty, un certain nombre de théologiens, d'ivrognes, de prostituées, et puis Molly, et puis n'importe qui. Le jour de Joyce est le plus long de toute l'histoire humaine. Nation, famille, raison bornée, religion, tout vole en éclats du matin au soir, et on entre ainsi, pour la première fois, dans une réalité entièrement libre, comique, lyrique, intime, cosmique. Sans parler d'une obscénité naturelle, d'autant plus mystérieuse et détachée qu'elle n'a rien à voir avec la pornographie.

Il vaut mieux dire, c'est évident, «putain», «bordel», ou «bon Dieu», plutôt que (comme dans l'ancienne version) «sapristi» ou «sapristoche». Ancienne traduction : «J'en ai assez de me battre avec ces satanés œufs.» La nouvelle : «Je peux pas passer mon temps à trifouiller ces œufs à la con.» Bon. En revanche, on ne voit pas en quoi «navette à encens» ajoute à «encensoir». Parfois, un des traducteurs s'amuse, et remplace froidement «c'est en forgeant qu'on devient forgeron» par «c'est en lisant qu'on devient liseron», introduisant ainsi Queneau dans *Ulysse*. D'ailleurs, qu'est-ce qui ne peut pas «entrer» dans *Ulysse* et *Finnegans Wake*? Ce sont des trous noirs, pas moyen de s'en sortir.

On a beaucoup répété qu'*Ulysse* était illisible et, par conséquent, les commentaires insistent sur les questions formelles. «Joyce a voulu dérégler le langage», entend-on. Mais pas du tout : il a voulu, au contraire, le régler autrement, à la mesure d'un monde en plein dérèglement (ça continue de plus belle). Il y avait quelque chose de pourri du côté de l'anglais, de l'Irlande, de la civilisation occidentale, de la métaphysique elle-même, de l'espace, du temps, de la religion, des objets, des hommes, des femmes. Joyce a simplement voulu faire le ménage dans ce foutoir. Le résultat est explosif, mais toujours très clair (sauf du point de vue de la domination ou de la servitude). C'est le *sens* d'*Ulysse* qui fait question, pas les mots pour le dire.

Que fait donc ici ce Bloom, né Virag, Juif d'origine hongroise, et Marion, sa femme, la très célèbre Molly qui achève le concert par son fameux «oui»? Qui est ce Stephen Dedalus, échappé des jésuites, avec son refus blasphématoire de s'agenouiller devant sa mère mourante? Pourquoi ce couple masculin, juif infidèle mais persistant (hébreu) et catholique décalé grec? Un «juif grec est un grec juif», dit Joyce. Ce duo est choisi avec la plus grande logique. C'est lui qui est chargé de s'opposer au conformisme ambiant (l'antisémitisme), tantôt dans la dérision, tantôt dans la pulsion, dans la révolte ou la compassion. Duo? Non : trio, puisque l'auteur pénètre, comme personne avant lui, dans les petits papiers du psychisme féminin. Fin de la Sainte Mère, fin de l'Idole idéale. Laisse-moi être, laisse-moi vivre, dit Stephen à sa mère, tout en la traitant intérieurement de «goule» et de «mâcheuse de cadavres». Il y a un péché originel lié à la procréation et, donc, à la mort? C'est probable, terrible, mais surtout cocasse. Stephen est la vision «artistique» de Joyce, Bloom son versant progressiste et scientifique voué à l'obsession sexuelle. Les hommes et les femmes? Malentendu complet, mais justement. Commencez par le splendide épisode de *Nausicaa* : la jeune boiteuse ravissante sur la plage, renversée en arrière pendant un feu d'artifice, et le sombre satyre Bloom en train de la regarder depuis les rochers en se masturbant. Le lieu est-il clairement indiqué par le tourisme en Irlande? On en doute.

Qu'est-ce qui saute avec Joyce ? La Hiérarchie. On comprend qu'une telle insurrection n'ait pas été du goût de l'ordre existant (et surtout pas des marxistes). Le rationalisme plat est moqué, le parti dévot ridiculisé, l'auteur est aussi à son aise en Juif qu'en femme, sans parler de sa conviction que Dieu, s'il existait, serait «toutentous» (et aussi bien toutentoutes). Les morts sont vivants, les vivants sont en train de mourir, on enterre quelqu'un, un accouchement a lieu, on célèbre des messes, on rédige le journal du jour, on boit dans un tripot, on donne la clé de l'œuvre de Shakespeare, on écoute parler la parole, on se glisse dans les rêves et les cauchemars, on raisonne sur la maternité et la paternité. Un Père n'est pas un géniteur : «L'engendrement conscient n'existe pas pour l'homme. C'est un état mystique, une transmission apostolique, du seul engendreur au seul engendré.» Comme quoi, résultat inattendu, l'Église catholique, comme le monde lui-même, est immuablement fondée sur le vide. Bloom est très impressionné par ce Stephen intransigeant, il le drague, il serait volontiers son mentor (quitte à lui proposer sa femme). Il pense que le sexe est tout-puissant, Molly aussi, mais c'est pour rire. Il serait plutôt socialiste, Bloom, à quoi Stephen répond sèchement : «Nous ne pouvons pas changer le pays. Changeons de sujet.» *Ithaque*, avec *Télémaque*, *Nausicaa* et *Pénélope*, est un des épisodes les plus réussis d'*Ulysse*. Chaque relecture est un enchantement, questions et réponses, aussi vertigineuses les unes que les autres. Vous êtes un peu perdu dans le diabolique et délirant *Circé* ? Normal, puisque «l'Histoire est un cauchemar dont j'essaie de me réveiller». Mais écoutez plutôt Stephen, à moitié ivre, crier son «Non serviam !» et son «Nothung !» aux cadavres et aux fantômes, tout en sabrant le lustre du bordel avec sa canne de frêne (celle-là même, sans doute, que le pauvre Artaud dira avoir été celle de saint Patrick). Et appliquez ce simple principe de base : «Tiens-toi au maintenant, à l'ici, à travers quoi tout futur plonge dans le passé.» Cela, et bien d'autres choses.

Juste Orwell

Tout revient peut-être à une question très simple, mais essentielle : acceptez-vous les assassinats ? C'est la position de George Orwell, après sa guerre d'Espagne, devant la démission presque générale des intellectuels face au totalitarisme. Il a vu, il a compris, il est revenu, il va passer son temps à essayer de réveiller des somnambules serviles. Il y a ceux qui acceptent très bien les assassinats, et même qui en redemandent, ceux qui regardent ailleurs lorsqu'on leur en parle, ceux, enfin, « qui s'arrangent toujours pour ne pas être là quand on appuie sur la détente ».

« J'ai vu des hommes assassinés. Pour moi, l'assassinat doit être évité. C'est aussi l'opinion des gens ordinaires. Les Hitler et les Staline trouvent l'assassinat nécessaire, mais ils ne se glorifient pas de leur cruauté et ne disent pas "assassiner", mais "liquider", "éliminer", ou tout autre euphémisme. »

Ce qui se passe est très nouveau, et peut durer beaucoup plus longtemps que prévu. Orwell est le premier à comprendre que le fascisme n'est pas, comme toute la gauche le répète à l'époque, un cancer du capitalisme avancé, mais une sinistre perversion du socialisme. Le pacte stalino-nazi lui donne, sur ce point, tellement raison que nous pouvons aujourd'hui nous étonner encore de sa solitude. Simon Leys a bien décrit comment l'auteur de *La Ferme des animaux* et de *1984* en est venu à éprouver une véritable horreur de la politique : «Ce que j'ai vu en Espagne, et ce que j'ai connu depuis du fonctionnement des partis de gauche, m'a fait prendre la politique en horreur.» L'opinion courante est de croire qu'Orwell était finalement un pur et simple anticommuniste. Mais pas du tout : son expérience auprès du prolétariat anglais, c'est-à-dire au contact de ce qu'il appelle la «décence», devrait nous ouvrir les yeux. L'année 1984 est derrière nous, le règne total de Big Brother ne s'est pas réalisé, mais qui sait ? Il est peut-être à l'œuvre sous une autre forme. Orwell a été, et est resté «de gauche», et c'est ce qui le rend irrécupérable. Il agaçait ses amis, par exemple Cyril Connolly : «Il ne pouvait pas se moucher sans moraliser sur les conditions de travail dans l'industrie des mouchoirs.» On ne pense pas assez à l'industrie des mouchoirs.

On n'est de gauche que si on critique sans cesse le langage de la gauche. Le langage, tout est là, et c'est la grande obsession d'Orwell, qui ne se réduit pas au «Novlangue» de *1984*. La littérature se trouve en première ligne, elle sent juste, elle perçoit le but incessant du pouvoir : mécaniser l'expression, remodeler le passé, détruire la pensée qui, en elle-même, est un «crime». «Vous croyez que notre travail principal est d'inventer des mots nouveaux ? Pas du tout ! Nous détruisons chaque jour des mots, des vingtaines de mots, des centaines de mots.» L'écrivain est la bête noire du totalitarisme ouvert ou larvé. Il a trop de mots à sa disposition, trop de points de vue différents, trop de nuances, il va commettre le «crime de pensée», c'est sûr. Orwell donne l'exemple suivant : un écrivain talentueux peut être un ennemi politique, on peut être autorisé, et encore, à le traiter comme tel. En revanche, «le péché mortel est de dire que, comme il est un ennemi politique, c'est un mauvais écrivain». Et d'ajouter : «Si quelqu'un me dit que la chose n'arrive jamais, je lui réponds simplement : consultez les pages littéraires de la presse de gauche.» Cela vaut évidemment pour la presse «de droite», mais on voit qu'Orwell pense que cela ne devrait pas être le cas du côté de ses sympathies. Autre exemple : il écrit un jour une chronique sur les fleurs, et, dans la chronique suivante, explique qu'il ne reviendra pas sur ce sujet, parce qu'une dame indignée a écrit au directeur de la publication pour lui dire que les fleurs étaient «bourgeoises». On croit rêver.

Staline, assassin de la gauche ? Mais oui, et ce meurtre médité et prémédité, plus ou moins accepté, puis refoulé, dans le monde entier, n'a pas fini de hanter l'Histoire. Le premier titre envisagé par Orwell pour *1984* était «Le dernier homme en Europe». Inutile de dire que, mort en 1950, il détestait Sartre, qui en était encore, en 1954, à affirmer que la liberté de critique était totale en URSS. Pourquoi cette ruée des intellectuels ou des artistes vers le totalitarisme ? Orwell l'explique très bien par un désir de revanche sur la société qui ne les reconnaît pas au même titre que les «managers», classe qui rejoint naturellement, et sans états d'âme, les dictatures. Comme l'écrit Jean-Claude Michéa dans son excellent essai, «le désir d'être libre ne procède pas de l'insatisfaction ni du ressentiment, mais d'abord de la capacité d'affirmer et d'aimer, c'est-à-dire de s'attacher à des êtres, à des lieux, à des

536

objets, à des manières de vivre». Orwell, cet anarchiste conservateur, souligne à quel point la haine du passé, dont on souhaite la destruction ou la table rase, accompagne toutes les passions négatives et, au fond, puritaines de la volonté de pouvoir : contrôle, domination, humiliation, désir de faire souffrir, etc. Le règne implacable de Big Brother, dit-il, peut triompher n'importe où, et pas nécessairement de façon brutale. Ce qu'il appelle l'«égovie» (*ownlife*) est considéré par le Novlangue comme individualisme, excentricité. L'assujettissement du langage n'est pas seulement la langue de bois idéologique ou politique, mais une sorte de mort généralisée : «Les bruits appropriés sortent du larynx, mais le cerveau n'est pas impliqué, comme il le serait s'il devait lui-même choisir les mots.» Ça parle, ça ne s'entend pas parler, et d'ailleurs presque plus personne n'écoute. On en arrive, comme ces jours-ci, à une indécence extraordinaire, qui s'étale à chaque instant partout dans le pire des mondes financiers.

Au pays de l'indécence extraordinaire, les qualités mal notées sont donc l'amour, l'amitié, la joie de vivre, le rire, la curiosité, le courage, l'intégrité. «L'homme d'aujourd'hui ressemble assez à une guêpe coupée en deux qui continuerait à se gaver de confiture en faisant comme si la perte de son abdomen n'avait aucune espèce d'importance.» L'impressionnante biographie de Bernard Crick montre à quel point Orwell était attentif à la moindre proximité, aux choses les plus simples, celles qui, précisément, sont les plus menacées. Rien de religieux chez lui (bien qu'il ait tenu à un enterrement anglican). Il sait que vient un temps antinaturel où tout ce qui est ancien et, en somme, tout ce qui est beau va devenir extraordinairement suspect. Il ne prophétise pas, il avertit. Il n'est pas désespéré, il a confiance. Les hommes sont capables du pire, mais aussi du meilleur. Son grand livre est une satire, dit-il, une sorte d'exorcisme. Il reproche à Swift sa négativité radicale, mais comment vivre dans une société où «la nouvelle aristocratie est composée pour la plus grande part de bureaucrates, de savants, de techniciens, de leaders syndicaux, d'experts en publicités, de sociologues, d'enseignants et de politiciens professionnels»? Il faut écouter Orwell dans ses bouleversants carnets d'hôpital. Après tout, il est mort à 47 ans, comme Camus, et il aurait eu beaucoup d'autres choses à nous dire.

Coup de vent

LAURENT BRUNET : *L'essentiel peut-il être dit en peu de mots ?*

PHILIPPE SOLLERS : Certainement. Parménide doit faire une huitaine de pages et les commentaires n'en finissent pas. Très peu de mots, c'est la poésie elle-même. Ces mots-là n'ont pas de fin donc le commentaire peut être quasiment indéfini. « Mon âme éternelle observe ton vœu, malgré la nuit seule et le jour en feu. » Peu de mots ! Maintenant qu'est-ce que ça veut dire ? Beaucoup de mots. « L'Être est, le non-Être n'est pas. » Une bibliothèque... Il faut qu'il y ait énormément de mots possibles dans très peu de mots.

Considérez-vous l'entretien comme un genre litté-raire ?

Oui, bien sûr, puisqu'on a affaire automatiquement à une résistance. On avance une proposition, elle réagit d'une certaine façon chez l'autre, qui est lui-même habité par énormément de voix différentes, certaines dominantes, d'autres plus cachées. C'est donc une parole qui passe à travers un accueil ou un rejet, il s'ensuit un petit roman automatique.

Quelle est la place de l'autobiographie dans votre écriture ?

L'autobiographie vue par moi n'est pas l'autobiographie supposée que je pourrais avoir pour un autre. C'est un jeu entre ce qui d'un point de vue social et historique essaye de vous faire penser votre autobiographie d'une certaine façon, et la façon dont l'autobiographie, sujet absolument capital, doit sans cesse surmonter cette fausse autobiographie de pression. Il faut revendiquer hautement sa biographie. Je suis frappé de voir à quel point il y a là comme une dérobade chez la plupart, c'est-à-dire soit refuge dans l'abstraction et les généralités, soit au contraire une attitude en général dépressive par rapport à la biographie. Le roman familial doit être traité et non pas évité ou subi. Je m'en occupe. D'autre part, il y a tous les événements, toutes les aventures qu'on traverse dans l'existence, constamment. C'est donc très difficile de séparer l'autobiographie de la graphie tout court. Je pense que les écrits qui sont le plus en phase avec une autobiographie libre sont les plus convaincants.

Au lieu de chercher un homme derrière un auteur, vous déclarez...

... Il faudra s'habituer au contraire, oui, je renverse la phrase de Pascal.

Quel est le sens de ce retournement ?

Eh bien, c'est que j'ai l'ambition, qui me paraît être en cours de réalisation, de faire beaucoup parler de moi en dehors de toute considération pour ce que j'écris, ce qui me vaut une parfaite clandestinité. Seulement, avec le temps, cela va forcément se révéler. Pour que cela se révèle pleinement il faudrait que je meure, mais je ne suis pas pressé. Vous voyez que c'est une façon de faire entrer la mort dans ce jeu, ou le désir de mort qui vous est adressé. Dans mon cas il est assez violent.

Quel est l'apport original de l'auteur Philippe Sollers ?

La recherche de l'originalité ou de la nouveauté me paraît un faux problème dont le système marchand s'est emparé depuis fort longtemps et qui consiste évidemment à essayer d'oblitérer autant que possible l'archive. Presque tous mes textes comportent des recopies pures et simples des *Poésies* de Lautréamont qui s'insèrent là sans guillemets. Dans *Paradis* cela atteint un niveau considérable de souplesse.

Il s'agit de marquer qu'on peut disposer librement de toute l'archive, je dis bien de toute l'archive. Au point de pouvoir enfiler indéfiniment, par compréhension du sens qu'elle comporte, n'importe quel discours tenu aussi bien dans la bibliothèque que dans la vie par qui que ce soit. Cela suppose évidemment un point de vue extrêmement spécifique, à savoir que personne ne dirait jamais rien de personnel ni d'original, ce qui est d'ailleurs prouvable. L'apport spécifique est de l'ordre de la logique. Comme la logique est en pleine décrépitude dans la rumination subjective ambiante, son fonctionnement peut passer quasiment inaperçu. C'est d'ailleurs la première chose qu'elle requiert. Je suis un encyclopédiste logificateur.

"Je continue la réflexion imaginaire
ce regard par vous, comme imposture
où vous transformes, car il devient art :
un point de vue, ainsi avec la
matière Style ..."

                    Frefler georgen

"brosseau que l'on croit des continues "
+ "désintérsité"

La matière, culture, corps, objets
(famille)

"Touch un quelque = quand
l'être n'est casse trop vie la
mort pas."

" Ensfer "

" L'oeuvre avec toute ce style qui a du
invisible, du moi-voir, où dégoûtant
dans la Terre mesure que le désir
à partage autre corps, traversés vécus "

NIRVANA → ↓ mod

Cycle à Washington = SPRINT
École à New York = OMNIPOINT
Réseaux

Chicago
fin des ponts → amusations
       poésie traditions
L'âge Chemin dans son, avec Bernadette
au son des d'accordéon → y posture
Tibet / DOC   S

Butler Hall   (70)
Goo West 119 St
Restaurant La Tenore
On Ha 2007
Gestronomie, 78-45, la nulle terre,
en bien ce pas ou loin, gastronomie
Bistrot.   Amsterdam /
                            Gastronomie
Poissons :
Kazé   Moreytina .
Kelli   Phôre   perpetua dollars

Avenue / Madison on the green
Ferme /   → Central Park

Minnie   Pixel   Anglais
(Marie FK)   (ressemblance art
                         films)
Les tables sont dressées dans le son des
grands tonales à faire d'amours
au Wook, où il au grand King Kong

HollyWORK les prisons —
             la divisa un peu parlant
             ... Wilson "
Littérature prison en francophone "
→ PK ... address, yu muchachos "
→ Où on ?
Mona : " J'regarde ah te choisir "
          → route de t'aimer
          → argué (apparemment)
— Prison - prison —   etc ...
      film, affiche, gardant avec écrire
      le 17ème siècle, etc ...

Seriez-vous pour une esthétique généralisée du collage ?

Le collage n'est qu'un des aspects, il y en a bien d'autres, tel que le montage. C'est une aptitude à s'approprier toute l'histoire de la métaphysique pour faire un pas en dehors. Ma logique est celle d'un visiteur sur la terre, d'un voyageur qui viendrait relever où en est la situation. Je crois que c'est un geste d'architecte, si vous constatez la façon dont fonctionne un architecte sino-américain comme Pei, je me sens très en phase avec sa démarche. On ne cherche pas du tout à fonder quoi que ce soit d'original, on arrive quelque part, on analyse la situation et on fait un geste de logique tranchante qui recompose absolument tout le paysage sans y toucher. Exemple : le musée de Washington, vous avez un ensemble de bâtiments dix-neuviémiste kitsch, américain néoclassique, et tout à coup une sorte de paquebot effilé qui traverse tout ça. C'est une intervention très chinoise en fait. Ou alors le Louvre, il suffisait d'y penser. Mettre trois pyramides...

À la limite, ça n'a l'air de rien, mais ça change tout. J'en parle souvent avec mon ami Portzamparc, qui est architecte. On se demande comment intervenir dans un lieu donné, simplement avec une logique de l'intervention, en situation. Comment faire une tour à New York, là où il n'y a presque pas de place ? Il faut faire quelque chose de particulier, sans avoir l'air de faire quelque chose de grandiose. Pourtant, une fois que c'est là, bizarrement tout a changé. Cela m'intéresserait assez d'avoir fait quelque chose qui une fois fini ferait que tout ait changé. D'où les citations, les collages, le montage, peu importe. Encore une fois, ce sont des opérations logiques qui sont strictement pensées comme telles. Prélèvements, détournements, retournements, collages, montages, dialectique d'éléments contradictoires. L'allusion à la Chine est quand même celle qui devrait attirer l'attention, dont on ne parle pratiquement jamais en ce qui me concerne, c'est intéressant de voir que ce n'est pas vu, alors que c'est là. Prenez mon dernier roman publié, *Passion fixe*, je ne pense pas que qui que ce soit ait remarqué l'introduction de la Chine dans ce livre. C'est amusant. Alors que c'est une méditation à longueur de temps sur Tchouang-tseu.

Cette référence apparaît dans Nombres...

... Dont les caractères chinois ont été dessinés en 1967 par François Cheng. Un autre livre qui va reparaître prochainement : *Lois*, porte sur la couverture un caractère chinois, dont personne ne demande jamais ce qu'il veut dire, qui est Fa guo, ce qui veut dire la France, pays de la loi. C'est «La Lettre volée», ce qui est sous les yeux n'est pas remarqué, ou la question que personne ne pose jamais parce que ça pourrait avoir l'air d'être une manifestation d'ignorance. Il est très rare que quelqu'un demande ce qu'une chose veut dire. Nous avons fait l'expérience avec Marcelin Pleynet de mettre au dos de *L'Infini*, déjà depuis un certain temps, quatre lignes dont personne ne nous demande jamais d'où elles viennent, elles sont là...

Et d'où viennent-elles ?

Eh bien : des *Illuminations*. Mais enfin il est étrange que tout le monde fasse comme si cela allait de soi.

Votre manière d'écrire, ou de composer l'écriture, est-elle plus proche de la musique, de la peinture, voire de la stratégie du jeu d'échecs ?

Tout ça, mais on se tromperait beaucoup si on en faisait une simple question de composition. Tous mes livres, y compris les essais, partent toujours de la production violente d'émotions aimantées, où les choses qui vont arriver sont en quelque sorte comme de la limaille qui vient montrer par où quelque chose, comme une effraction, est passé, c'est le thème dominant. L'autre thème dominant, c'est que la plupart de ces livres commencent par une situation de l'ordre de l'invivable, du dramatique, et petit à petit, par la construction du livre, il y a la proposition d'une issue. Prenez *Le Cœur absolu* : vous avez un début très dramatique, avec la *Passion selon saint Jean* de Bach, le père Popielusko assassiné en Pologne, les deux choses étant liées, pas n'importe comment, et petit à petit on va aller vers une progression libératoire. Si je me suis intéressé à *La Divine Comédie*, c'est précisément à cause de ce cheminement-là, et je crois que la fonction fondamentale de tout récit, c'est de raconter comment quelque chose est dans l'impasse, et comment malgré tout on trouve une solution. On a donc un problème. Pour le résoudre, il est nécessaire de produire une très violente sensation d'enfermement en vue de s'évader, comme Casanova. Pour s'évader, il faut produire un choc d'une intensité particulière qui vise à traverser tous les murs ou tous les écrans, tous les obstacles, toutes les oppositions pour affirmer de plus en plus le passage de la liberté. La composition est donc l'effet d'une quantité d'effractions. Ça se compose à partir d'une effraction. C'est ce que je disais tout à l'heure quant au besoin de trancher avec une situation invivable. Les villes sont invivables, il y a trop, il y a beaucoup trop. Il s'agirait donc de faire du vide d'une façon particulière pour pouvoir passer. On essaie de faire un vide, puissamment aimanté, qui permette de passer, c'est tout. Passer à autre chose, c'est-à-dire au livre suivant.

Lire, écrire, de quoi vous passez-vous le plus difficilement?

Penser, dit Mallarmé, est écrire sans accessoires.

Voulez-vous dire qu'il y a aussi une lecture sans livre?

Mais évidemment. Je lis mes rêves le matin. Supposer qu'on puisse se passer de lire ou d'écrire, c'est insensé. Nous sommes tout de suite dans les rêveries romantiques qui consisteraient par exemple à penser que Rimbaud a cessé d'écrire. Le surinvestissement de cet acte-là est l'effet d'un embarras. D'un embarras à lire, comme d'un embarras à écrire. C'est la fameuse phrase de Debord : « Pour savoir écrire, il faut savoir lire, pour savoir lire, il faut savoir vivre. » C'est comme si vous me demandiez, si vous vous passiez de vivre, je vous répondrais, en effet la question serait réglée, mais on n'est pas pressé. C'est tout naturel. Il est tout naturel de lire ou d'écrire. Il n'y a aucun obstacle à cela. Vous voyez que je tiens un discours qui est déjà un blasphème pour l'école. Puisqu'on est censé apprendre à lire et à écrire. Cette dictature de la représentation scolaire me paraît une des choses les plus ahurissantes, surtout en France, avec des connotations idéologiques diverses, républicaines, qui me laisse profondément étonné.

Vous donnez à ces verbes une acception large, de la même façon que la question du voir chez Dante.

Voir, entendre, toucher, goûter, les cinq sens. Qu'est-ce que c'est que ces cinq sens? Comment sont-ils disciplinés, canalisés, comment peuvent-ils jouer l'un par rapport à l'autre? En exergue d'*Éloge de l'infini*, deuxième partie de *La Guerre du Goût*, la dernière citation qui apparaît, et que j'aime bien, est un aphorisme de Lichtenberg : «Il y a très peu de choses que nous pouvons goûter avec les cinq sens à la fois.» Là encore, c'est le monde de la séparation. On ne voit pas ce qu'on écoute, on n'écoute pas ce qu'on voit, on ne touche pas ce qu'on lit ou ce qu'on écrit, etc. Il s'ensuit énormément de malentendus. Lire, écrire, tout cela devrait être parfaitement mêlé, comme la poésie l'est toujours, c'est-à-dire dans un bon rapport à l'être. Si vous avez un embarras avec le langage, cela veut dire que vous avez un mauvais rapport à l'être, tout simplement. Le bon rapport à l'être s'ouvre immédiatement par le transvasement simultané de tous les «organes». Le langage vient donc tout naturellement. Mais le bon rapport à l'être ne se trouve pas comme ça... semble-t-il !

Nous sommes ici dans votre bureau chez l'éditeur Gallimard où vous dirigez une collection, et éditez une revue. Que vous apporte cette activité éditoriale ?

C'est un lieu de vérification expérimentale. C'est vraiment un laboratoire au sens de la vérification des discours qui peuvent venir de différents côtés, qui ne sont pas forcément dans la même langue ou dans le même dialecte, et qui malgré tout peuvent dessiner quelque chose comme une constellation révélatrice du temps où l'on se trouve. Par ailleurs, cela permet d'être responsable de l'impression, au sens typographique, ce qui est très important puisque vous aurez remarqué que

ces revues (*Tel Quel*, *L'Infini*) miraculeusement persistent, trimestrielles, avec peu de lecteurs, mais persistent à peu près sous la même forme, sans aucun
budget publicitaire, et malgré tout dégagent quelque
chose qui n'est pas sans être influent.

*Votre curiosité est une qualité rare chez des gens qui
ont une notoriété publique.*

Mais je n'ai aucune notoriété publique.

N'avez-vous pas une place?

Apparente, oui. En réalité pas du tout. La vérité à
mon sujet, c'est que cette place est uniquement un rapport de forces. Si je ne m'étais pas arrangé pour publier
ce que j'écris, cela ne se serait pas forcément produit.

Et quelle différence avec tout auteur?

Tout auteur accepte d'être sujet d'une décision
d'édition. Pas moi. Autrement dit, cela consiste à se
donner les moyens de publier de soi ce qu'on veut, y
compris dans des transactions avec le journalisme.
Pour faire apparaître précisément ce jeu qui n'accepte
aucune autorité en dehors de celle qu'on se donne
soi-même. Aucune autre autorité. Je ne dépends absolument de personne, et je m'en donne les moyens.

Comment écrivez-vous matériellement parlant?

J'écris tout à la main, avec un stylo-pompe, avec
ensuite des interventions d'improvisation à la machine
à écrire. Pas d'ordinateur, et tout à la voix interne passant par la main. Comme il s'agit beaucoup de vocali-

sations, l'écran me gênerait énormément. C'est de la vocalisation transcrite. Par exemple dans *Paradis*, je crois que c'est clair, j'ai mis exprès l'accent là-dessus. C'est une voix qui peut prendre absolument toutes les tonalités, ça peut aller de la conversation à l'entretien, à la plaisanterie qui s'efface. C'est une voix multiple, mais la plus claire possible, sans aucun hermétisme, ou alors un hermétisme tel qu'il ne se voit pas. En tout cas, aucune position de sacralisation.

Votre intérêt pour la linguistique vous a-t-il aidé à réaliser que la langue n'est pas neutre, que tout discours est politique ?

Oui, mais je n'ai pas eu besoin de la linguistique, c'est le contraire, les travaux sur le langage ont été bienvenus pour déblayer un certain nombre d'illusions s'agissant du langage lui-même. La philosophie ou la pensée étaient fondamentales en dehors de toutes les techniques d'approche qui peuvent être utilisées à un certain moment de façon supplétive, mais dans une guerre de mouvement. Quant à la politique, je crois qu'en effet tout ce que j'écris a une fonction extrêmement politique, mais pas au sens qu'on croit d'abord. S'agissant des événements principaux auxquels j'ai pu être mêlé dans ma vie, à savoir la période de l'occupation, 1940-1944, la guerre d'Algérie, 1968 et d'autres événements, j'ai bien l'intention de prouver biographiquement et par mes écrits que j'aurai eu raison en politique. C'est mon souci absolument constant puisque c'est justement à ce sujet qu'on vient en général me faire des procès divers. C'est d'ailleurs intéressant, car on ne me les ferait pas s'il n'y avait pas danger. Et dieu sait que ça part de loin puisque les résistances sont là absolument frénétiques. La raison en est probablement le point le plus violent qui est 1940-1942, c'est-à-dire le fait d'être un Français atypique par rapport à ce qui s'est passé à ce moment-là dans ce pays.

Que voulez-vous dire par atypique ?

Bordeaux, l'Angleterre. J'insiste toujours beaucoup sur l'axe Vichy-Moscou qu'on retrouve souvent sous les formes les plus cocasses, dans pratiquement toutes les radiographies, les romans familiaux ou d'idéologie spontanée. Ça vient de par là. Eh bien, moi, je n'étais pas là !

Un peu plus à l'ouest.

Voilà.

Votre langage semble pointer au-delà de ce qui est formulé. Êtes-vous proche à cet égard de ce que Nathalie Sarraute appelait la sous-conversation ? Et cette caractéristique est-elle due à l'influence de la psychanalyse ?

J'ai influencé la psychanalyse. Sans moi, je ne pense pas que Lacan aurait été attiré par Joyce et, sans moi, je ne pense pas, mais c'est très compliqué à dire dans la mesure où ça relève aussi d'une forme d'intimité, que ma femme serait devenue psychanalyste. J'ose donc dire que j'ai influencé la psychanalyse. Autrement dit, la psychanalyse me semble hautement souhaitable partout où apparaît un certain embarras. Partout où c'est nécessaire je n'arrête pas de recommander l'analyse. Et croyez-moi...

... Elle est nécessaire partout ?

Elle est nécessaire, à mon avis, partout. C'est très facile de repérer à chaque instant le fait que le sujet n'est pas traité. Encore une fois, c'est un problème de logique, vous entendez ça dans les discours des uns ou des autres si vous écoutez attentivement, c'est tout autre chose que la sous-conversation de Sarraute qui en quelque sorte ne dépasse pas le niveau de la psychologie, même «des profondeurs», parce que l'aspect sexuel des choses n'apparaît pas dans l'œuvre de Nathalie Sarraute, pas vraiment. C'est donc à une autre profondeur beaucoup plus crue, beaucoup plus violente, que ce genre d'embarras se situe, et la radiographie sexuelle des écrits ou des discours me paraît une chose absolument spontanée à faire. On voit très vite, on va à l'endroit où ça se passe, et on voit ce que fait le sujet, même dans ce qu'il évite de dire, dans sa façon d'y faire allusion sans l'aborder, etc. Il me semble que tous mes livres, qu'on prend souvent pour des livres qui abondent dans le sens de la sexualité, sont en revanche des leçons de détachement par rapport à elle.

La figure de l'agent secret hante toute votre œuvre. Que pouvez-vous révéler quant à la mission de Philippe Sollers ?

Eh bien «*Larvatus prodeo*» comme a dit quelqu'un, n'est-ce pas... Le fait d'avancer masqué sur la scène de l'histoire peut avoir un certain nombre d'objectifs.

Cela révèle votre méthode, pas votre mission, si je puis me permettre.

Oh mais la mission, c'est la méthode ! C'est un agent secret qui n'agit que pour son propre compte, autrement dit qui n'est pas à la solde de tel ou tel parti, État, nation. Il y a la possibilité de se déplacer dans toutes les situations, la métaphore va être encore chinoise, selon les rapports de forces et ce qui empêche ou permet une plus ou moins grande liberté. La mission, c'est la liberté, la plus grande possible, c'est-à-dire le fait même de continuer à pouvoir écrire ce qui a envie de s'écrire. La méthode devient plus ou moins complexe selon le temps où vous êtes, tels ou tels obstacles, tels ou tels freins, oppositions qui vous empêchent d'être le plus libre possible. Il s'ensuit quelque chose qui peut être jugé parfois immoral, mais ce n'est pas le problème puisque c'est conduit par une éthique très sûre. Cela conduit à des changements de cap, à des alliances qui peuvent être dépassées, etc. Donc un roman.

L'agent secret est celui qui apparaît comme une ombre. Toute rencontre n'est-elle pas inaugurée par l'apostrophe de Dante à Virgile : Es-tu ombre ou homme certain ?

Dante est le seul à avoir un corps réel dans son aventure, par conséquent il étonne toutes les ombres qui sont là car sa mission, puisqu'en voilà une, est en effet de rapporter des nouvelles de l'au-delà qui seront rendues définitives à la fin des temps supposée. Tout le monde attend de récupérer son corps, les damnés comme les élus. À ce moment-là, c'est donc une répétition générale. Il est là en mission pour prévenir, dire ce qu'il a vu. Cela se comprend très bien dans le contexte de l'époque. Un agent secret, c'est quelqu'un qui peut avoir plusieurs identités simultanées, c'est-à-dire qui n'accepte pas l'assignation à l'identité stable. C'est donc une technique qui consiste à cloisonner ou à avoir plusieurs activités distinctes, c'est très proche de la musicalité de l'existence, c'est-à-dire, encore une fois, pour éviter une mort prématurée. Vous m'interrogiez sur ma curiosité qui s'enfuit, c'est-à-dire si vous avez la discipline d'un agent secret qui consiste à avoir plusieurs identités, distinctes, simultanées, les identités rapprochées multiples comme j'aime dire, il est forcé que vous soyez tout le temps en alerte sur le plan de la curiosité. Puisque ce n'est pas que «je» soit un autre, «je» est un ensemble de mêmes. Ce qui en fait autre chose qu'un moi. La pression sociale vise, après vous avoir assigné au moi, à vous demander de vous considérer exclusivement sous le regard des autres. Vous êtes garanti dans votre moi sous la surveillance des autres. C'est ce qu'on devrait appeler l'ère de la subjectivité absolue ou, si vous préférez, de la société de surveillance qui n'a rien à envier à celle que Dostoïevski a déjà décrite dans *Les Possédés*, c'est-à-dire l'époque de l'indiscrétion généralisée, de la surveillance réciproque constante.

Notre époque n'a rien à envier aux précédentes, mais elle manifeste une supériorité dans l'hypocrisie et la dissimulation.

Il s'agit de bien repérer quelles sont les nervures de cette affaire et ce n'est pas par hasard si on les trouve surtout dans l'élément féminin qui doit être apprécié comme tel dans son arraisonnement par la Technique. Pour ça il faut être un peu expert en hystérie, tout de même. Un livre comme *Femmes* porte avec lui une enquête ethnologique poussée qui évidemment dérange beaucoup. J'insisterai sur cet aspect de plus ou moins grande lucidité sur la substance féminine qui va bien au-delà de ses manifestations les plus apparentes. À mon avis, on doit écouter un écrivain sur cette affaire, de préférence à toutes les autres. C'est là je crois que l'enjeu est d'importance.

À propos de Femmes, *la multitude des points de suspension interroge le lecteur, je l'ai comprise comme le lieu où se condenseraient mille autres livres non écrits.*

Je pourrais vous en dire plus ...

Une sorte de ramification presque infinie ?

La plus infinie possible.

Une sorte d'ouverture en faisceaux est suggérée.

Oui, parce que, encore une fois, c'est l'effraction, il faut aller vite, on a mille choses à dire et on s'arrange pour donner l'impression qu'il y a une possibilité de développer bien davantage tel ou tel passage. C'est le fait de faire, autant que possible, cinquante romans en un roman. C'est en effet une autre logique que celle qui centre, celle qui s'en tient là. Je suis toujours frappé de voir à quel point on se contente de peu de chose. Comme dit Hegel : «à constater ce dont l'esprit se contente, on mesure l'étendue de sa perte». Tout est bon quand il est excessif, dit Sade, mais cet excès ne doit pas donner l'impression du pléthorique, bien au contraire, puisqu'on essaie de faire sentir ça par le vide, par l'allusion, par l'ironie. C'est aussi une façon de mettre en scène autrement, par les dialogues. Les dialogues sont un art considérable de montrer qu'on pourrait en dire beaucoup plus. Ce qui est dit n'est jamais vraiment suffisant.

Vous dites : « Mieux vaut les choses inachevées. »

Oui, ce n'est pas suffisant, ça n'a pas à finir.

Non pas que ce ne soit pas fini, mais que cela n'a pas à finir.

C'est le reproche de Mme Cézanne à son mari. Elle trouvait qu'il n'arrivait pas à finir ses tableaux. Et c'est la fameuse intervention de Picasso, dans le contrat avec Kahnweiller : «Vous vous en remettrez à moi pour savoir si un tableau est fini.» Vouloir conclure, vouloir finir, vouloir centrer, vouloir la morale de l'histoire, etc. Il y a toujours en effet plusieurs romans possibles dans tous les romans que j'ai écrits. Il se passe des choses en cours de route qui sont l'indice de ce cheminement, appelons-le comme ça, qui ne va nulle part, mais qui est tellement aimanté que c'est lui qui attire ce qui se montre, en même temps que ce qui ne se dit pas. C'est une force qui n'a pas besoin d'avoir l'air d'être violente, c'est une force qui dispose d'un certain nombre d'éléments, et qui se suspend. Une force ne vient pas de quelque part pour aller quelque part. Elle enveloppe, elle emporte, et elle se suspend. C'est un coup de vent, si vous préférez.

Que demandez-vous au lecteur ?

Oh rien, rien... (*rires*).

Vous avez une écriture claire, qui cependant pointe au-delà du dire. Un effort du lecteur n'est-il pas requis ?

Si c'est un effort, c'est que ça ne va pas.

Un travail ?

Si c'est un travail, ça ne va pas non plus.

S'agit-il d'un repos, dans le sens où vous l'évoquez dans votre dernier livre ?

C'est une proposition de détente supplémentaire pour lui signaler que sa position pour lire est peut-être trop durcie en général, ce qui à mon avis est le cas, parce que, dans l'acte de lecture, la chose qui peut se présenter le plus souvent, c'est un désir de maîtrise et d'évacuation. C'est pour ça que beaucoup de gens ne lisent que des yeux, comme dit Voltaire, tout simplement pour repérer où serait le danger, pour contrôler. C'est très intéressant de voir comment un certain nombre de personnes lisent. Comme cela a lieu à partir de cette subjectivité angoissée, empressée, durcie qui a peur d'être mise en question par tel ou tel élément qui lui est inconnu ou qui ne lui est pas familier, le regard se portera très vite, parfois d'une façon tout à fait cocasse, sur ce qui semble être son inquiétude majeure. Soit qu'il se reconnaisse là ou qu'il ait l'impression d'être jugé au détour d'un paragraphe, soit qu'il s'identifie à tel ou tel passage. En somme, c'est une preuve de l'aliénation du lecteur, simplement dans la mesure où il a durci, comme dans la vie, sa position. Ce sont des propositions de dessaisissement. Détendez-vous ! C'est pas si grave ! C'est le contraire de proposer un effort.

Le lecteur est invité à...

Il est invité à se dessaisir de sa volonté de volonté.

Vous postulez que toute expérience vraie doit être vécue dans le corps. Considérez-vous que l'attention portée au corps est le garant de la présence au monde?

Je vois mal, en effet, comment il pourrait en être autrement.

La défiance à l'égard de la dictature optique n'est-elle pas la question où vous verriez se rejoindre Dante et Debord?

Bien entendu nous vivons sous l'emprise généralisée de l'optique, au point que la séparation entre le dire et le voir se fait de plus en plus intense. Le rabattement du dire sur le voir. Je suis évidemment dans une contre-position systématique qui me paraît tout simplement une raison de bon sens, même si ce bon sens n'est pas du tout partagé, à savoir que c'est le dire qui déclenche le plus de voir, et non pas le contraire. Nous vivons dans un monde de plus en plus aphasique ou stéréotypé où les sujets ont l'impression d'avoir beaucoup vu. Et ils n'ont rien vu. La polémique est constante en tout ce que je fais, comme par exemple insister sans cesse sur le fait que la peinture n'est pas une image, que le son est primordial et oublié en tant que tel, qu'en effet Debord a raison de dire qu'il se flatte de faire un film avec n'importe quoi, et qu'il trouve plaisant que s'en plaignent ceux qui ont laissé faire de leur vie n'importe quoi. De même qu'il est facile au niveau expérimental le plus simple de s'apercevoir que toute musique peut permettre de faire défiler des stocks d'images invraisemblables, de même que vous pouvez vérifier très facilement qu'un événement filmé avec commentaires ou le même événement filmé avec les bruits qui sont autour n'est pas le même plan, etc.

L'image sert à promouvoir du blabla. J'ai proposé, évidemment en pure perte, de renverser ce rapport. C'est sans issue. Toujours pour les mêmes raisons, à savoir que la mise en place d'une tyrannie technique comporte désormais ce fonctionnement incessant.

On rejoint là Heidegger.

Absolument. C'est-à-dire que toutes les autres facultés corporelles sont systématiquement mises en sursis. Si j'ai pris le goût comme organe principal, c'est que bien entendu il est extrêmement difficile de le falsifier. Si je mets ensuite l'accent sur l'audition, ça n'est pas non plus le fait du hasard, je n'arrête pas de dire que tout est trichable aujourd'hui, sauf le fait de savoir ou pas jouer d'un instrument parce que là c'est immédiatement vérifiable. On peut faire semblant d'être peintre, on peut faire semblant d'être écrivain, on peut faire semblant d'être ce qu'on veut, mais c'est très difficile de se mettre au piano et jouer une sonate de Mozart. Ce qui est intéressant dans la période que nous vivons, c'est de constater à quel point quelque chose qui pouvait être plus ou moins pressenti devient évident. D'une certaine façon c'est dévastateur, mais c'est aussi un grand bien. Vous êtes obligé de constater quelque chose qui ne l'aurait pas été de cette façon au cours des âges, c'est-à-dire que la métaphysique elle-même n'aurait pas pu toucher l'infini autrement que de façon très floue. Là vous êtes de plus en plus, à moins de vous aveugler, c'est le cas de le dire, devant une démonstration radicale. Alors, ou bien vous en tenez compte ou bien vous n'en tenez pas compte, parce que si vous en tenez compte, alors les découvertes peuvent être non seulement multiples mais d'une très grande ampleur.

Prodigieuses et terrifiantes.

Voilà. Vous êtes donc contraint de constater ce phénomène et de vous demander ce qu'il veut dire. Si vous l'acceptez, vous avez la sensation d'un tout autre monde.

L'invention d'une langue nouvelle chez Dante est-elle rendue nécessaire par la nouvelle vision du temps et de l'espace dont il fait l'expérience?

Plus exactement, ce nouveau trouve son acteur, son dire, c'est ce qui est très curieux dans cette affaire, il y a indubitablement le moment où on est appelé. On ne peut pas faire autrement. Ce n'est pas de naissance, cela ne tient à aucun privilège, ça peut ne pas arriver, mais le fait d'être commis à ça me paraît très important parce qu'on est en dehors du fabricable, par décision. Vous êtes comme qui dirait obligé, il n'y a pas d'autre mot.

La formulation est ambiguë, parce d'un côté il y a l'arraisonnement de la technique selon Heidegger qui nous impose de n'être que des objets.

C'est le négatif du même arraisonnement. L'*Ereignis* est le négatif du *Gestell*, c'est le renversement. Là où croît le péril, croît aussi ce qui sauve. C'est donc un retournement, et à ce moment-là, ce qui est étrange, c'est que cela n'a presque plus rien de personnel, bien que ce soit le comble du personnel.

On est dans le paradoxe.

On ne peut pas faire autrement que de s'exprimer de façon paradoxale. Il y a un mot de Heidegger à son fils qui me plaît beaucoup : «Ça pense en moi et je ne peux pas me défendre.» Dans *Picasso le héros* je citais un mot de Picasso. À la fin de sa vie, il peint tout le temps, il descend de son atelier, et dit à Jacqueline : «Il en arrive encore, il en arrive encore, il en arrive encore.» C'est une sorte de débordement, c'est une expérience.

Vous avez dit que la compréhension de la vérité implique une transformation du corps, et encore qu'on ne peut pas parler d'enfer sans en avoir fait l'expérience.

Oui, le mot de Péguy qui me scandalise c'est «Dante finalement était un touriste». Mais enfin, c'est tout à fait faux puisqu'il n'arrête pas de s'évanouir, d'être terrorisé, de perdre la vue, on pourrait faire une topographie des épreuves physiques que Dante a traversées. Et ça passe évidemment par le corps.

Une question qui confine au personnel et à l'impersonnel?

Au sur-personnel, si vous voulez, parce que ce n'est pas impersonnel. Ça n'a rien de neutre, ça n'a rien d'impersonnel.

Peut-on parler du soi?

Non, c'est au contraire une sorte de flambée, cette flambée multiple du je, justement. Le soi implique quelque chose d'immobile ou d'impersonnel, c'est tout à fait sur-personnel. C'est un autre rapport de l'un et du multiple. Ce qu'il faut souligner dans l'expérience de Dante qui me paraît traverser le temps, c'est que l'enfer est de plus en plus aphasique et pétrifié, tandis que le paradis est de plus en plus tourbillonnant et musical. La joie est une chose qu'il faut impliquer dans cette affaire.

Dans Le Cœur absolu, *le narrateur dénie rechercher la sagesse, mais vous parlez d'éthique.*

On pourrait s'acheminer vers Spinoza. Parlons de joie, de la joie. La joie, le rire, tout ce qui en général peut être pris en mauvaise part, parce qu'il y a un certain comique aussi, n'est-ce pas, il ne faut pas l'oublier. Le rire de l'univers. C'est pour cette raison que cela s'appelle comédie et que ce n'est pas une tragédie. J'insiste beaucoup là-dessus car seule la joie me paraît être le critère fondamental. Là où ce n'est pas la joie qui ressort, c'est faux.

Je voulais vous faire réagir à cette citation du musicien Ahmad Jamal : « Il faut écouter l'espace respirer. »

Oui, très bien. Il faut écouter la respiration devenir espace.

Entretien avec Laurent Brunet, *Lisières*, n° 14, 2001.

En quelle année sommes-nous ?

Au début du XXᵉ siècle, le très anarchiste, subtil et audacieux Arthur Cravan rend visite, chez lui, à André Gide. Il le décrit comme un bourgeois froid, économe et méticuleux. Pour rire, il lui pose la question suivante : «Monsieur Gide, où en sommes-nous avec le Temps?» Gide ne sent pas l'ironie de la proposition, tire sa montre de son gousset, et répond : «Il est six heures et quart.»

L'anecdote n'a l'air de rien, mais elle est énorme. Elle précise, en tout cas, que Gide n'était pas, comme Proust, à la recherche intensive du Temps perdu.

Dans *Une vie divine*, roman paru au début de 2006, je m'interroge sur l'expérience métaphysique de Nietzsche, surtout sur les derniers jours de sa vie consciente, avant son effondrement, à Turin, à la fin de 1888. Pourquoi Nietzsche, alors en pleine création splendide et fiévreuse, veut-il, à ce moment-là, changer le calendrier lui-même? Il le décide, en effet, dans sa fameuse *Loi contre le christianisme* qui clôt son virulent pamphlet, *L'Antéchrist*. Sa thèse est aussi violente que simple : l'humanité vit, depuis deux mille ans, avec un calendrier mensonger, et il est temps, grand temps, de balayer cette imposture névrotique en adoptant les mesures d'une nouvelle ère. Il écrit donc que le 30 septembre 1888 du «faux calendrier» est le premier jour de la première année de «l'ère du Salut».

Par défi, j'ai confirmé cette datation en signant mon roman du 30 septembre 118, à Paris. J'ai beau m'expliquer, cette formule reste incomprise. Est-ce un coup de folie? Non.

Vous me dites que nous sommes en 2007, et je n'en disconviens pas. Pas un journal ne dira le contraire. Nous savons tous que c'est l'année, en France, d'une élection présidentielle particulièrement importante. Ici, ça n'arrête pas : pronostics, sondages, commentaires, déclarations, meetings, shows télévisés, etc. Si je persiste, moi, dans mon calendrier nietzschéen, je risque de passer pour sérieusement dérangé, surtout si j'ajoute que nous avons changé d'année le 30 septembre 2006, et que nous sommes donc, désormais, en 119. Le 30 septembre 2007, président ou présidente, nous serons en 120, et ainsi de suite.

Où en sommes-nous avec le Temps? Très bonne question, en réalité vertigineuse. Du point de vue du Spectacle, indubitablement en 2007. Du point de vue de la pensée, c'est moins sûr. Il suffit de faire raisonnablement remarquer que le calendrier chrétien, devenu mondial, est en réalité non pas religieux mais purement économico-politique. Je peux être juif, musulman, bouddhiste, athée, franc-maçon, je ne signerai pas un chèque de l'année 119 ou 120, il serait annulé sur-le-champ, de même que toute opération financière de ce type. Croyants ou incroyants, tout le monde est d'accord. Moralité : on ne change pas de calendrier comme ça. Faut-il rappeler que l'héroïque Révolution française a voulu se mêler de cette affaire en décrétant l'an I, puis II, puis III, etc.? Bel effort, mais qui n'a pas tenu longtemps, pas plus que la réinvention des mois, transformés en brumaire, nivôse, ventôse, fructidor, messidor, ou thermidor. Les noms de jours, eux, pour éliminer les saints, étaient voués aux instruments paysans (la brouette, etc.). Calendrier évidemment régressif, bientôt remplacé, par Napoléon, avec retour au bon vieux calendrier grégorien que nous employons encore. Nous sommes ainsi, bel et bien, en 2007 de l'ère de la Phynance mondiale. Répéter que nous sommes en 119 relève d'un blasphème affreux contre notre dieu terminal : l'Argent.

Qu'est-ce que j'apprends ces jours-ci? Que la Chine, bien qu'en 2007, entre dans l'année du Cochon, du Cochon d'or, année de prospérité et de fécondité sans pareille. L'ennui, c'est que le cochon choque les musulmans (ils sont 20 millions là-bas), et que les autorités chinoises ont interdit de montrer du cochon à la télévision d'État. Comme quoi, même si tout le monde date ses chèques de 2007, les sinuosités des calendriers font toujours problème. Faut-il supprimer le cochon? Les Chinois s'y refusent. Quant à moi, j'écris ces lignes en 119, jour de sainte Rosine, en même temps que je paie une facture en indiquant bien 2007. Je suis un citoyen scrupuleux. Au fait, qui était sainte Rosine? Je n'en ai pas la moindre idée, Dieu seul le sait.

Martha Argerich

Reine indienne.

Elle a son mauvais génie, son démon, elle croit, par humilité, qu'il faut jouer de la musique *secondaire*. Bien entendu, elle y est incomparable, mais à quoi bon écouter une fois de plus Schumann ou Liszt?

Concert : Bach, Scarlatti.

En définitive : Bach.

Pourquoi? Glenn Gould, et, comme lui, jeu viril, massif, délicat, précis, indépendance des mains incroyable.

Deux mains? Quatre? Deux cerveaux? Quatre?

Le piano *s'étend* — là-bas, à gauche, là-bas à droite —, et pourtant le milieu n'a jamais été aussi *milieu*. Le milieu *extrême*.

La gauche dit ça.

Les mains sont des épaules, des bras — et aussi des pieds et des cuisses. Les doigts viennent de la bouche. Souffle profond.

Sa *moue*. Boudeuse. Je *veux*, j'envoie.

Génie modeste. «Ce n'est pas moi!»

Amusée, sauvage, rétractée, rieuse, réservée, mélancolique, trop de force, sensualité et autorité subite.

Concentration, *quartz*.

Elle impose sa volonté à l'orchestre qui est obligé de la retenir. La musique est en avance de ce qu'on joue. Elle a déjà joué ce qu'elle joue quand elle le joue. Quand elle commence, elle recommence. Elle est là, elle est loin, elle est deux fois plus loin parce qu'elle est là, à l'écoute.

Dédoublée.

Noire.

Le *clavier*. Une femme de clavier. Toucher.

Le piano est un cercueil, c'est la mort, les touches sont les dents de la mort, elle passe en force à travers la mort. Elle la fait rouler, elle l'exorcise.

Suite anglaise, n° 2, Bach. À réécouter.

Le secret de Martha, c'est Bach. Elle fait semblant qu'il y a d'autres musiques. Tout le monde fait semblant. Mais non : Bach.

Frédéric de Prusse, un soir, faisant lever ses convives, à table : « Messieurs, le vieux Bach est arrivé. »

Scarlatti, comme il se doit : virtuosité presque inaudible, insolente.

Bach : énergie réglée, éternel retour, vie divine, cinquième évangéliste, nature *saisie*.

Au rendez-vous du Temps.

Martha !

On la reconnaît tout de suite.

Mon rêve a toujours été de la séquestrer pendant un mois. Les *Suites anglaises*, matin et soir. Mille et une fois. Roman sublime.

Les sonates de Beethoven avec Gidon Kremer.
Chacun son *instrument*. *Printemps*.
Violon féminin (lui), piano masculin souple (elle).
Un seul équivalent dans l'Histoire : Clara Haskil et Arthur Grumiaux dans Mozart.

Un soir à Bruxelles. Longue conversation dans la nuit. Elle a horreur des concerts. Mauvais rêves.
Pas assez d'enregistrements de Bach. Elle s'en fout. À quoi bon ? Pour *qui*, d'ailleurs ?

La nuit tombe, elle se tait, elle est très lucide. Mouvement de la tête. Brusque. *Là-bas*.

Égoïste, n° 15, 2006.

Cecilia

Elle est italienne et romaine, sa mère était soprano et son père ténor, elle s'appelle Cecilia, comme la sainte protectrice de la musique, et on a envie de l'introduire sur scène au son triomphal de l'*Ode à sainte Cécile* de Purcell. À 34 ans, tout le monde la connaît, elle est venue souffler en tempête et en douceur pour réveiller la voix de l'hypnose où a voulu l'enfermer le XIXᵉ siècle. C'est une sorcière, une fée, une joueuse, une beauté forte et allègre, un génie *réveillé*. Elle chante, et tout devient plus vibrant, plus fou, plus délicat, plus libre. C'est l'effet Bartoli.

Bien entendu, on a voulu d'abord l'enfermer dans le rôle de la diva d'autrefois, Callas, corps lourd, maman ténébreuse, long hurlement de sommeil, dictature du mélodrame. Dans son magnifique *Shakespeare*[1], Tomasi Di Lampedusa décrit ainsi l'effondrement du goût italien et européen : «L'infection a commencé tout de suite après les guerres napoléoniennes. Et elle a progressé à pas de géant. Durant plus d'un siècle, pendant huit mois de l'année dans toutes les grandes villes, pendant quatre mois dans les petites, et pendant deux

1. *Allia*, 2000.

ou trois semaines dans les agglomérations encore plus petites, des milliers, des dizaines de milliers, des centaines de milliers d'Italiens sont allés à l'Opéra. Et ils ont vu des tyrans égorgés, des amants se donnant la mort, des bouffons magnanimes, des nonnes pluripares et toutes sortes d'inepties déballées devant eux dans un tourbillon de bottes en carton, de poulets rôtis en plâtre, de *prima donna* au visage enfumé et de diables qui sortaient du plancher en faisant la nique. Tout cela stylisé, sans éléments psychologiques, sans développement, tout cru et tout nu, brutal et irréfutable... Le chancre absorba toutes les énergies artistiques de la nation : la musique c'était l'Opéra, le théâtre c'était l'Opéra, la peinture c'était l'Opéra... L'art devait être facile, la musique chantable, un drame se composait de coups d'épée assaisonnés de trilles. Ce qui n'était pas simple, violent, à la portée du professeur d'université comme du balayeur de rue n'avait pas droit de cité.»

Or que dit, de son côté, Cecilia Bartoli ? «C'est toute une partie de notre culture qui a été négligée au profit de Verdi et de Puccini. Je ne veux pas penser qu'on ait pu oublier Vivaldi, Haydn ou Haendel... Avec d'autres jeunes artistes nous allons essayer de toutes nos forces de les faire revivre. Il faut que cela change. À la Scala, Muti a œuvré en faveur de Mozart et de Pergolèse, mais pas assez.»

C'est donc une guerre, la guerre du goût. Guerre musicale, physique, politique. Contre l'oubli intéressé, l'aplatissement, la bêtise satisfaite, la lourdeur, le refoulement. Contre les notables, indifférents à la complexité des notes; contre l'éternel bourgeois devenu, avec le temps, petit-bourgeois populiste. Contre une fausse image de «la femme» emprisonnée et corsetée dans sa mélancolique mélopée. Cecilia est vive, gaie, frondeuse, elle suit ce qu'elle appelle son «désir ardent». Rien ne semble pouvoir l'en détourner. On lui offre beaucoup d'argent pour chanter dans des stades américains? Non, dit-elle, douze cents places suffisent, on ne vend pas un grand vin comme du Coca-Cola. La musique est un grand vin, tant pis pour ceux qui n'ont pas envie de le connaître. Une femme de désir? Oui, le contraire de l'idole passive. Elle se découvre elle-même en chantant *Le Triomphe du temps et de la désillusion* de Haendel («un symbole en soi : j'y ai vu mon futur»). «Grâce à Harnoncourt, je découvrais la vigueur, la richesse, l'éclat des partitions baroques originales. Je réalisais combien la tradition d'interprétation romantique, par strates successives, avait simplifié, étouffé, dans un vibrato de plus en plus envahissant, toute une palette de couleurs, de nuances, de dynamiques absolument uniques de l'histoire de la musique. À partir du XIXe siècle, les voix montent en puissance afin de pouvoir franchir le mur du son d'une fosse d'orchestre de plus en plus étoffée. Le volume prend le pas sur la sensibilité. L'aigu triomphe; jusqu'aux extrêmes actuels.»

Que s'est-il passé? Une erreur d'aiguillage, un dérapage, une sourde haine du corps et de son autonomie, un mépris de l'individu souple, subtil. La musique est une manifestation de philosophie générale, un art de vivre à chaque instant. Une révolution était en marche; une contre-révolution a eu lieu. On a voulu canaliser et égaliser les voix, fossoyer la nuance, éteindre la magie verbale, empêcher l'ironie, pétrifier l'érotisme, plomber la langue. Érotique, Cecilia? Ô combien... Voyons *Così fan tutte* : «Despina a deux airs charmants et une relation délicate avec l'orchestre pendant tout l'opéra. Le personnage est délicieux et le clin d'œil coquin me va bien. C'est pour cela que j'aime tant les récitatifs. Il est très important de jouer en italien, de rendre à la langue sa juste expression, si souvent négligée par des chanteurs qui ne la maîtrisent pas parfaitement.» L'italien? Oui, mais aussi, pourquoi pas, le français. «La France est le pays de la chose. Après l'italien, c'est la langue française qui dit le mieux la chose.» Les sourds pensent que «la chose» est dans le sexe, alors qu'elle est d'abord dans la voix. La voix, sa multiplicité, son ampleur, sa profondeur, ses accents, ses caresses. Sa lenteur émerveillée ou bien sa rapidité fulgurante. La voix, cet instrument fragile et très ancien, «le plus proche de l'âme». «Quand vous chantez, avec un souffle bien placé, soutenu par le diaphragme, les cordes vocales restent bien tendues, vibrent latéralement, un peu à l'image des cordes d'un violon frottées par l'archet. J'ai vu des photos de cordes vocales bousillées par une mauvaise technique : elles portent de petits nodules qui empêchent la bonne tension et entravent le passage de l'air.» Technique impeccable de Cecilia. Comment fait-elle pour torsader ainsi son souffle et sa gorge? Écoutez-la dans Vivaldi, c'est inouï. Écouter surtout *Agitata da due venti*, et comment elle prononce le mot *naufragar*. Quelle joie dans ce naufrage! *Tutta la vita e un mar* : quel plaisir de penser que toute la vie est une mer, une navigation incessante! Elle est à bord, parmi les cordages, Cecilia, elle commande un orchestre de pirates, elle les encourage en tapant du pied, elle les électrise, les jazze, elle arrache Venise à des tonnes de clichés sentimentaux ou touristiques, pour en faire ce qu'elle est, la reine du vent, de l'eau, du bois sec, de l'œil clair. Elle est déchaînée, roucoulante, brûlante, ahurissante, mais la voici tout à coup en dialogue d'oiseau charmeur. Du tourbillon à la nuit d'été calme, la musique vous ouvre les paysages. De là, vous passez au récitatif mozartien, mi-chanté miparlé. On est enfin dans la vérité qui est le contraire du vérisme. «Je crois que si la mode de l'opéra vériste est passée, c'est parce que l'an 2000 est plus en phase avec l'esprit du XVIIIe siècle, grave et fantaisiste, obligeant à un jeu permanent avec les faux-semblants — je pense à la double entente des scènes mozartiennes — et l'ironie... Les *Noces*, c'est socialement révolutionnaire. *Don Giovanni*, c'est carrément *no future*, les personnages sont coincés dans leur solitude. Quant à *Così fan tutte*, on y apprend tout et son contraire. Un peu comme à notre époque.» Révolutionnaire, Cecilia? Mais oui : «Les gens sont tellement bombardés d'informations qu'ils ne distinguent plus (politiciens compris) réalité et fiction, ils échangent des commérages sur Internet, ne savent plus parler, jouer, établir le contact avec l'autre. Ils parlent de spectacles qu'ils n'ont pas vus mais dont ils ont lu les critiques. Ils s'entourent du savoir des choses sans vivre ces choses, construisent leur propre tombe avant d'être morts.» La musique, le chant sont des façons de vivre constamment, jusqu'au bout. Pas de temps perdu, pas de temps mort. «Harnoncourt est quelqu'un qui a le courage de prendre la musique à bras-le-corps, non pas de manière agressive mais sans timidité, pour montrer ce qu'il éprouve au fond de lui, pour en tirer des accents exaltants.» Le souvenir le plus émouvant pour Cecilia : «Le *Requiem* de Mozart sous la direction de Solti, à la cathédrale Saint-Étienne de Vienne.»

Elle insiste : elle veut être un instrument parmi d'autres, et non pas poussée artificiellement au premier plan. «Lorsque je chante, je dialogue avant tout avec la clarinette et l'alto.» La musique est d'abord une conversation, un échange, une transmutation, un art des renversements, le contraire, donc, de la publicité ou de la propagande. Elle doit laisser place à l'improvisation, à l'invention des cadences. «Le récitatif est une école de liberté. Sur scène, il défile dans ma tête comme je le parlerais dans la vie. J'attends alors de mes accompagnateurs — le clavecin ou l'orchestre — qu'ils réagissent à mon écoute. Cet art repose sur la flexibilité des musiciens qui devraient avoir la musique dans les doigts, dans l'archet, et les paroles dans la bouche. Et réciproquement.» Elle demande conseil à Harnoncourt. Il lui dit : «Écoute, entends ce que l'orchestre te suggère avant d'entamer ta phrase. C'est lui qui te parle.» Encore une fois, la grande erreur, la contre-révolution puritaine auront été de vouloir tout codifier en séparant la musique des mots. «Si vous lisez un manuscrit de Mozart, mis à part quelques *piano* et quelques *forte*, vous y trouverez très peu d'indications; c'est à vous de créer la dynamique, comme dans tout ce qui a été composé auparavant. À cette époque le rapport entre le texte et la musique est aussi remarquable. L'esprit de la partition se perçoit à travers chaque mot.» Ce qui plaît à Cecilia dans Mozart, c'est sa *simplicité*. Elle entre en lévitation, dit-elle, dès la première note. Et ceci : «Mozart a composé toutes les étapes de l'évolution psychologique d'une femme.» Qui a fait mieux? Personne. Elle approuve l'«indulgence» des dernières paroles de *Così fan tutte* : «Heureux est l'homme qui prend chaque chose du bon côté. Et, à travers les vicissitudes de la vie, se laisse guider par sa raison.» Elle a chanté Chérubin, Fiordiligi, Dorabella, Suzanna. Son rêve? Dans une autre vie, chanter le rôle de Don Giovanni. Là, elle rit.

Elle aime le poisson, les artichauts, les pâtes, l'huile d'olive, le vin rouge. Elle parle avec compréhension et animation, vous écoute de près, répond là où vous pla-

cez votre voix, fait bouger ses mains quand ça l'intéresse. Elle est, bien entendu, extrêmement intelligente.
Et, par conséquent, indulgente. Par téléphone, elle
achète des partitions originales des XVIIe et XVIIIe siècles.
Elle travaille beaucoup, elle déchiffre, elle lit. Elle
«atmosphérise» l'écriture de ce qu'elle doit chanter.
«J'entreprends d'abord une enquête historique sur les
conditions de la création. Le compositeur était-il pressé
par le temps, en manque d'argent, amoureux de la can-
tatrice, avec quelle nervosité a-t-il griffonné sa partition? Puis je tourne autour du personnage, le prends,
l'abandonne. Tout l'art du ragoût : faire mitonner, laisser refroidir, puis réchauffer. Sans fin.» *Sans fin* est
l'expression fondamentale. Quand j'écrivais certains
de mes romans, à Venise, je pensais parfois que tout ce
que j'évoquais, espérais, ne se produirait jamais plus
dans la réalité future. Cecilia devait alors avoir 8 ou
10 ans. Elle est là, maintenant, elle incarne les passions
pour lesquelles je donnerais ma vie.

Marilyn, la suicidée du Spectacle

L'apparition fulgurante de Marilyn Monroe et sa mort plus qu'étrange ont donné lieu à un tel déluge de commentaires, de fantasmes et de rumeurs qu'on est un peu perdu dans cette mythologie déferlante. Mais voici un fil rouge qui, s'il n'explique pas tout, se révèle d'une formidable efficacité. Il suffit de rappeler que John Huston aimait souligner la coïncidence entre l'invention du cinéma et celle de la psychanalyse. Quoi? Marilyn Monroe et la psychanalyse? Mais oui, et c'est là que surgit un personnage incroyable, Ralph Greenson, de son vrai nom Romeo Greenschpoon, le psy de la plus célèbre actrice du monde.

Michel Schneider a écrit un roman passionnant qui est aussi un essai passionnant, à travers une enquête et une documentation passionnantes. Hollywood, en réalité, était un grand hôpital psychiatrique bouclé sous des trombes de dollars, et Freud, qui croyait apporter la peste à l'Amérique, aurait été fort étonné de découvrir que sa bouleversante découverte avait attrapé là un virulent choléra. Cinéma ou vérité des paroles? Images ou surprise des mots? Qui va avaler quoi? Qui va tuer qui? En Californie, disait Truman Capote, «tout le monde est en psychanalyse, ou est psychanalyste, ou est un psychanalyste qui est en analyse». Voici donc des séances vraies ou vraisemblables de cure, avec dérive de deux personnages se piégeant l'un l'autre, jusqu'à une folie fusionnelle mortelle. Le roman de Schneider, mieux que toute biographie, permet enfin de déchiffrer la boîte noire de ce crash. Pas de mot de la fin : la chose même, dans toute sa terrible complexité. Une très bonne écoute donc. Du grand art.

Marilyn se révèle ici très différente de sa légende autoprotectrice de ravissante idiote et de sex-symbol. C'est une fille intelligente, cultivée par saccades, extrêmement névrosée à cause d'une mère démente, enfermée dans un corps de rêve qui fait délirer les hommes, ne sachant plus qui elle est ni à qui parler, contrôlant son image mais sans avoir la bonne partition sonore du film qu'elle est obligée de jouer sans cesse, sous le regard d'un spectacle généralisé que le nom de ses employeurs, la Fox, résume comme un aboiement. Seules les photos la rassurent, il y en a des milliers, c'est son tombeau nu de silence. On ne la voit d'ailleurs pas vieillir en caricature américaine liftée et bavarde. Elle ne voulait pas de cette déchéance. S'est-elle suicidée? Probable. A-t-elle été assassinée? Pas exclu. S'agit-il d'une overdose accidentelle de médicaments dont elle faisait une consommation effrayante? Restons-en là. Marilyn ou la suicidée du Spectacle? C'est sans doute le bon titre de ce film d'horreur. Ce n'est pas tous les jours, en effet, qu'on rencontre pêle-mêle autour d'un cadavre éblouissant le président de la première puissance mondiale (Kennedy), un chanteur-séducteur star (Sinatra), la Mafia (à tous les étages), la CIA et le FBI, un écrivain estimable (Arthur Miller), un champion national de base-ball (Joe Di Maggio), un petit Français à la coule (Yves Montand), des tas d'amants plus ou moins anonymes (dont beaucoup ramassés au hasard), et enfin des millions et des millions d'Américains à libido simpliste, soldats, hommes politiques, ouvriers, machinistes, tous affolés du regard à la moindre manifestation de ce corps de femme. Naufrage du cinéma : ce *Titanic* pelliculaire rencontre un iceberg détourné de sa position, la psychanalyse. L'iceberg lui-même coule à pic. Rideau.

Car ce Ralph Greenson n'est pas n'importe qui. En principe, c'est un freudien strict, auteur d'un livre technique qui a fait date, ami d'Anna Freud, la fille du génie viennois. Seulement voilà : avec Marilyn, sa vie est chamboulée, il s'écarte de plus en plus de la pratique normale, voit sa patiente chaque jour pendant des heures, l'introduit dans sa famille et, sans coucher avec elle, se mêle de ses contrats en garantissant sa présence sur les plateaux (Marilyn a des retards légendaires). Il surveille ses médicaments, ses piqûres, ses lavements, joue la bonne sœur, repère la crainte maladive de sa patiente pour l'homosexualité sans peut-être se douter de sa frigidité, bref se lance à corps perdu dans une tentative de sauvetage très rentable. Schneider relève avec finesse qu'au lieu d'entraîner Marilyn vers le chemin classique père-vie-amour-désir il l'enfonce dans son angoisse mère-homosexualité-excrément- mort. Elle le mène en bateau, il s'installe. Comment aurait-elle pu s'en tirer ? Des enfants ? Peut-être, mais peut-être pas non plus. En 1955, Marilyn est avec Truman Capote dans une chapelle de Foyer Funéraire Universel (ça c'est l'Amérique) pour l'enterrement d'une actrice, et elle lui dit : « Je déteste les enterrements. Je serai drôlement contente de ne pas être obligée d'aller au mien. D'ailleurs, je ne veux pas d'enterrement — juste que mes cendres soient jetées dans les vagues par un de mes gosses si jamais j'en ai.» Elle n'en a pas eu, et c'est bien entendu une des clés du problème.

En février 1961, Marilyn est hospitalisée dans une clinique psychiatrique. Elle envoie une lettre bouleversante à Greenson : «Je n'ai pas dormi de la nuit. Parfois je me demande à quoi sert la nuit. Pour moi, ce n'est qu'un affreux et long jour sans fin. Enfin, j'ai voulu profiter de mon insomnie et j'ai commencé à lire la correspondance de Sigmund Freud. En ouvrant le livre, la photographie de Freud m'a fait éclater en sanglots : il a l'air tellement déprimé (je pense qu'on a pris cette photo peu avant sa mort), comme s'il avait eu une fin triste et désabusée. Mais le Dr Kris m'a dit qu'il souffrait énormément physiquement, ce que je savais déjà par le livre de Jones. Malgré cela, je sens une lassitude désabusée sur son visage plein de bonté. Sa correspondance prouve (je ne suis pas sûre qu'on devrait publier les lettres d'amour de quelqu'un) qu'il était loin d'être coincé! J'aime son humour doux et un peu triste, son esprit combatif.»

Schneider nous dit que cette lettre n'a été retrouvée qu'en 1992 dans les archives de la 20th Century Fox. On veut bien le croire, mais quelle inquiétante étrangeté. Sensibilité et subtilité décalées de Marilyn, dont Billy Wilder disait : «Elle avait deux pieds gauches, c'était son charme.»

Qu'aurait fait Lacan avec Marilyn? Rien ou pas grand-chose. Il lui aurait démontré, par ses silences et ses saillies inspirées, qu'il était absolument allergique à l'industrie cinématographique, à Hollywood, à toutes ces salades d'argent et de pseudo-sexe. Il lui aurait demandé des prix fous pour venir le voir dix minutes. Au lieu de la materner et de la faire déjeuner en famille, il se serait montré indifférent à ses films comme à ses amants. Kennedy? Sinatra? Arthur Miller? Les metteurs en scène? La Mafia? De braves garçons, aucun intérêt. Freud lui-même? Sans doute, mais encore. Anna Freud? Passons. Bref, en grand praticien de la psychose, très peu humain, il aurait poussé la paranoïa jusqu'au bout avec une patiente hors pair, à la séduction invincible, porteuse du narcissisme le plus exorbitant de tous les temps. Quelle scène! Marilyn, devinée à fond, en aurait eu marre, et l'aurait peut-être tué puisqu'il ne lui aurait même pas demandé une photo d'elle. Voilà le drame de l'Amérique, et peut-être du monde : la psychanalyse n'y existe plus, puisque le cinéma a pris la place du réel.

Michel Schneider, *Marilyn dernières séances*, Grasset, 2006.

Leçons d'un crime

Vous dites Simon Leys, et chacun évoquera aussitôt le critique courageux et pénétrant de l'énorme manipulation maoïste. Qu'il soit aussi l'auteur de remarquables études sur les peintres chinois anciens, ou encore d'un livre sur George Orwell, ou encore d'un volume intitulé *La Mort de Napoléon,* ou encore d'un essai décortiquant le curieux système, innocent et pervers, d'André Gide, bref que ses intérêts soient multiples et parfaitement informés, voilà qui, en général, laisse l'opinion indifférente. L'opinion a besoin d'une identité clichée, en bien comme en mal. Mais l'opinion cultivée? dites-vous. Certes, elle existe encore, mais elle sera déroutée par le dernier livre de Leys, *Les Naufragés du Batavia.* Au passage, elle apprendra quand même que Leys a navigué, très jeune, sur un thonier breton à voile, avant de partir pour la Chine. C'est donc aussi un marin qui parle, un quasi-professionnel de l'aventure maritime, quelqu'un qui, n'en doutons pas, connaît à fond Conrad et Melville (pour ne citer qu'eux), ce qui ajoute à son personnage, déjà énigmatique, une dimension romanesque plutôt rare chez les écrivains.

Les Naufragés du Batavia, en peu de pages, est un récit éblouissant de maîtrise et de profondeur. Non seulement Leys est un excellent écrivain classique, simple, ironique, à l'émotion contenue, mais sa documentation clarifiée est impeccable. Il vit en Australie, il est allé sur les lieux du drame, il a enquêté sur cette tragédie sanglante qui a défrayé la chronique du temps (1629). Au départ, il voulait écrire un gros livre. Un autre l'a fait. Tant mieux. Lui est bref, direct, essentiel. Et c'est monstrueux. Le sous-titre, d'ailleurs, dit tout : « Anatomie d'un massacre ».

Un bateau de la glorieuse Compagnie hollandaise des Indes orientales (VOC) part pour Java avec, à son bord, trois cent trente personnes (équipage et passagers). Après le naufrage et leur installation sur un îlot presque désertique, les deux tiers vont mourir, non pas de faim et de soif, mais dans des conditions impossibles à imaginer. Un d'entre eux a en effet décidé de les tuer, et va s'y employer, en trois mois, avec leur passivité complice. C'est cette histoire vraie et délirante qui est racontée. Sans rire, une histoire du Diable. Nous avons affaire à un « criminel supérieurement doué ».

La navigation d'époque est déjà invivable, c'est un vestibule de l'enfer. On s'entasse dans l'inconfort le plus complet au milieu des rats, de la vermine, de la crasse, les vivres sont avariés, moisis ou grouillants de vers, le scorbut gonfle les chairs, à quoi il faut ajouter « la férocité sadique de la discipline » et les passions locales, jalousies et complots larvés. Vous mettez une jolie femme dans ce bain suffocant, et la préparation des événements futurs est complète. Le criminel, donc : Jeronimus Cornelisz, trente ans, ancien apothicaire, en fuite. Il était l'intime d'un peintre célèbre, Torrentius (1589-1644), qui vient d'être arrêté, torturé et condamné pour crime d'immoralité, satanisme et hérésie. Il est éloquent, séduisant, étrange. Il tient des propos provocants, du genre l'enfer n'existe pas, les crimes que commettent les élus de Dieu ne sont pas des crimes, etc. Il a tôt fait d'attiser les frustrations et les ressentiments, fait miroiter aux mutins la prise du navire et de sa cargaison, les entraîne à agresser la jolie femme, Lucretia, pour la punir de se refuser au patron de bord. La voilà bousculée une nuit sur le pont, barbouillée de goudron et d'excréments, tout un programme. Là-dessus, le *Batavia* s'empale sur un récif de corail, les survivants se regroupent comme ils peuvent, un canot part pour chercher un secours hypothétique, Cornelisz prend le commandement de la petite colonie qu'il va transformer en camp d'extermination, en «bizarre boucherie», en «bizarre royaume du crime».

Là commence ce que Melville, dans *Billy Budd*, n'a pas craint d'appeler «le mystère d'iniquité». Que Cornelisz soit un dangereux psychopathe, nul doute. Mais encore? C'est son ascendant sur sa petite société qui est le problème (et on comprend que Leys, sans insister, en fasse une question beaucoup plus vaste). Il obtient sans encombre une soumission et une allégeance absolues, signées par des assassinats publics. Chacun y participe, donc chacun est à la fois bourreau et victime. On assomme, on étrangle, on viole, on poignarde. «La plupart tuaient simplement par peur d'être eux-mêmes tués, mais quelques-uns y prirent finalement goût.» Exemple : «Un adolescent chétif pleurait et trépignait pour qu'on le laissât enfin égorger quelqu'un.» Cornelisz, lui-même plutôt timoré, est un révélateur de cette loi formulée par Edmund Burke (exergue du livre de Leys) : «Tout ce qu'il faut pour que le mal triomphe, c'est que les braves gens ne fassent rien.» Un seul résistant, un certain Hayes, lequel, étonnante exception, a une autorité naturelle, du jugement et du courage. Face à lui, la force du négatif pur. Au-dessus de cette œuvre de pouvoir et de mort, un peintre de génie, donc, sans doute membre d'une secte anabaptiste, les adamites, connue pour ses débordements orgiaques ou violents (regardez *Le Jardin des délices* de Jérôme Bosch). On ne connaît de Torrentius qu'une seule œuvre, *Nature morte avec bride* (au Rijksmuseum d'Amsterdam), mais Leys nous dit qu'elle est «d'une perfection qui donne le vertige». Torrentius se vantait, paraît-il, de «peindre avec la collaboration personnelle du Diable». Son disciple dans la réalité n'a pas lésiné sur la mise en scène. Les adamites niaient la chute originelle et voulaient faire table rase de la science du bien et du mal. «Au passage, écrit Leys, il est curieux de noter que ce sont encore les gens qui ne croient pas à l'Enfer qui semblent parfois les plus enclins à en fabriquer d'assez bonnes répliques ici-bas.»

Les secours finiront par arriver, Cornelisz aura les mains tranchées et sera pendu en même temps que ses plus proches complices, et mourra en criant «Vengeance! Vengeance!», ce qui est pour le moins curieux. Quant à Simon Leys, qui a séjourné dans cet endroit maudit, il nous décrit l'archipel comme un lieu presque idyllique, climat doux, luminosité, «un seul jour immobile, tantôt blanc, tantôt bleu». Il s'est livré, là, à la pêche à la langouste. Un des pêcheurs saisonniers, un jour, lui montre dans sa cuisine «une boîte carrée en plastique mauve — une de ces boîtes de trois litres dans lesquelles les supermarchés vendent la glace aux fraises». Elle contient un crâne humain tout vieux et jauni, vanité ultime, humour très noir. Le mot du début et de la fin est, en grec, cette formule de l'*Iphigé-*

nie en Tauride, d'Euripide : «La mer lave tous les crimes des hommes.» On peut souhaiter que ce soit vrai.

Simon Leys, *Les Naufragés du Batavia*, suivi de *Prosper*, Arléa, 2005.

Mon dossier de police

La bonne vieille police républicaine nous manque, tout se modernise trop vite. Prenez la fin du XIXe siècle, dont on peut ouvrir les archives consacrées aux écrivains : vous découvrez là un vrai génie de la surveillance, Louis Andrieux, préfet de police, lequel a d'ailleurs engendré en douce un autre génie, littéraire celui-là, Louis Aragon. Voici comment ce super-flic définit un dossier : « Il n'a pas pour but de définir qui vous êtes, mais surtout ce qu'on dit de vous. L'information la plus mensongère peut être une lueur, éclairer une trace, avoir par conséquent un intérêt de police. » Votre dossier ? Il peut comporter « pêle-mêle, sans distinguer le vrai du faux, tout rapport dont vous aurez été l'objet, toute dénonciation vous concernant, tout article de journal, tout fait divers où vous serez nommé ».

Cette opération de ragots, de potins, de confidences demande un énorme travail, et c'est celui, incessant, des « agents secrets », qu'on préférait à l'époque « intelligents et instruits », raison pour laquelle on s'adressait de préférence aux journalistes. Faire surveiller les écrivains par des journalistes, qui dit mieux ? Le préfet est précis, cependant. « L'agent secret se recrute dans toutes les couches sociales : c'est votre cocher, c'est votre valet de chambre, c'est votre maîtresse, ce sera vous demain, pour peu que la vocation vous prenne, à condition toutefois que vos prétentions n'excèdent pas vos mérites, car ceux qui sont à vendre ne valent pas tous la peine d'être achetés.» Et cette perle : «Il n'en coûte pas cher de faire surveiller les anarchistes, les collectivistes, et tous les apôtres de la révolution sociale; mais les agents qui travaillent dans les salons ont des exigences généralement exagérées pour les services qu'on en tire.» Travail au noir : infiltrations, dissimulations, provocations, désinformations. Louis Andrieux a cette phrase sublime d'innocence cynique : «Mes anciennes relations avec le parti révolutionnaire me furent très utiles...»

La République est en danger, la Commune vient d'être écrasée, mais le feu couve encore sous la cendre. La Commune a d'ailleurs incendié les archives, nous privant par là même des dossiers des écrivains antérieurs. Mais enfin, voici les vedettes : Hugo, Verlaine, Rimbaud, Vallès, Dumas fils, Willy et Colette et, mais oui, André Breton. Hugo est espionné pour les motifs suivants : propagande socialiste, campagne pour l'amnistie des communards, adultère. Verlaine, pour participation à un mouvement insurrectionnel, malversations, destruction de preuves, pédérastie active et passive, détournement de mineur, tentative de meurtre, ivrognerie, tapage nocturne. Vallès, ça n'en finit pas, et puis il est condamné à mort par contumace. Dumas fils, c'est grave : indécision politique. Willy (et Colette dans les coulisses) : débauche, escroquerie, diffamation, chantage. André Breton, enfin : extrémisme révolutionnaire, port d'arme, coups et blessures, destruction volontaire d'objets, menace de mort, activité antinationale. Voilà une jolie brochette d'anormaux congénitaux. Hugo? «Il est déplorable qu'un si grand esprit, après un point de départ juste et humain, arrive à des conclusions dignes d'un fou ou d'un illuminé ignorant tout ce qui est.» Il est «poseur, sec, fait un éloge pompeux de sa personne». En 1879, «il se fait exploiter par une jeune fille dont il a fait sa maîtresse et qui le fait chanter après avoir ignoré longtemps que son amant était l'illustre poète. Elle a eu un enfant de lui et cela le flatte énormément».

L'affaire Verlaine-Rimbaud? Le scandale du siècle. «Comme moral et comme talent, ce Raimbaud *[sic]*, âgé de 15 à 16 ans, est une monstruosité. Il a la mécanique des vers comme personne, seulement ses œuvres sont absolument inintelligibles et repoussantes.» Tout cela est idiot, fastidieux, lourd, mais très révélateur de l'état d'esprit des employeurs. On notera que Breton, en 1937, est décrit, danger, comme «ayant critiqué les différents revirements du Parti communiste et de ses chefs». Mais déjà, en 1926, accompagné d'Aragon, il avait fait irruption dans les bureaux du journal *Les Nouvelles Littéraires.* Là, dit le flic de service, les deux énergumènes ont «frappé le directeur M. Martin du Gard, brisé une lampe, un appareil téléphonique et plusieurs glaces». Le rapporteur ajoute : «Ces voies de fait avaient été motivées, d'après leurs auteurs, par les critiques de M. Martin du Gard à l'égard de M. Louis Aragon.» On voit bien, par cet incident, à quel point nous avons changé d'époque. Qui oserait aujourd'hui, comme écrivain révolutionnaire, casser une lampe sur le crâne d'un critique ou d'un animateur de télé? En réalité, le XIXe siècle ne s'est achevé que vers la fin du XXe.

Un des derniers héros de la liberté radicale, Debord, écrit ceci dans *Panégyrique* (1989) : «C'est généralement une triste épreuve, pour un auteur qui écrit à un certain degré de qualité, et sait donc ce que parler veut dire, quand il doit relire et consentir à signer ses propres réponses dans un procès-verbal de police judiciaire.» Debord précise que ses réponses aux différentes polices ne pourront pas être éditées plus tard dans ses œuvres complètes. Il décrit ainsi ses expériences internationales : «La police anglaise m'a paru la plus suspicieuse et la plus polie, la française, la plus dangereusement exercée à l'interprétation historique, l'italienne, la plus cynique, la belge, la plus rustique, l'allemande, la plus arrogante, et c'était la police espagnole qui se montrait encore la moins rationnelle et la plus incapable.» Comme je n'ai que rarement vécu dans l'illégalité, je confirme ces jugements uniquement à propos des polices française et italienne. À vrai dire, on n'imagine pas Debord courtoisement interrogé à Moscou, New York, Téhéran, Pékin ou La Havane. Sauf en islamisme dur, la police spectaculaire n'a plus rien à redouter des écrivains. La dernière tentative d'espionnage français sur ce terrain a été celle de Mitterrand, un président qui se voulait littéraire, avec la piteuse affaire des écoutes téléphoniques. J'ai été écouté, parmi d'autres, mais les bandes me concernant ont bizarrement disparu.

Une des explications de Mai 68, qui a pris tout le monde par surprise, est que la police gaulliste était très mal faite. Elle ne savait rien de ce qui se tramait dans les corps et dans les cerveaux. Voilà une erreur qui ne s'est pas reproduite. Comme m'y invitait *Le Nouvel Observateur,* j'ai demandé, par personne interposée, des nouvelles de mon dossier de police. Il est très épais, très fourni, des coupures de presse dans tous les sens, des dizaines de photos à tous les âges et dans les situations les plus diverses, des commentaires acerbes et sarcastiques à foison, bref un chaos de contradictions qui décourage le diagnostic final. On y trouve de tout : ma vie privée (agitée, mais en dernière instance inobservable), mes engagements successifs jugés peu sérieux (de Mao au Pape), mes apparitions dans les médias (on ne sait plus où donner de la tête), des jugements littéraires antagonistes, une description de mes activités peu claires dans l'édition, et même des tentatives de résumés cocasses de certains de mes livres. « Vous mettez tout ça dans un ordinateur, il fume », m'a dit gentiment mon informateur. Bref, le foutoir. Une main (celle de Sarkozy ?) a écrit récemment pour demander la clôture du dossier : « Trop confus, à abandonner. » Comme quoi, je ne m'en suis pas si mal tiré, somme toute.

Bruno Fuligni, *La Police des écrivains*, Horay, 2006.

Sur l'antisémitisme

ANNE-JULIE BÉMONT : *Philippe Sollers, quels sentiments vous inspirent le renouveau de l'antisémitisme ? Quelle analyse en faites-vous ?*

PHILIPPE SOLLERS : Il faut se méfier avec le mot de «renouveau» car cela voudrait dire que ce n'était pas là ou que cela avait disparu ou que c'était éteint. Ce que l'on peut dire de cette manifestation violente, c'est qu'il s'agit d'une très vieille et très ancienne pulsion et que c'est une histoire latente qui n'a pas été surmontée. Elle l'a été peut-être un peu de façon institutionnelle par l'Église catholique mais pas en profondeur et cela tout particulièrement en France. On aurait pu croire qu'après la Shoah cela en était à jamais fini de l'antisémitisme. Eh bien, non, l'antisémitisme est là comme une chose profonde, enracinée dans l'ignorance. Cette ignorance en France vient d'une méconnaissance très longue de la Bible elle-même, de son écriture, de sa signification. Il y a plusieurs types d'antisémitisme qui convergent tous vers la même dénégation et la même ignorance. Le phénomène actuel, c'est évidemment l'antisémitisme dû au conflit israélo-palestinien, relayé par ce qu'on appelle les idéologies progressistes, et l'analyse qu'en a faite Alain Finkielkraut est tout à fait justifiée, à ceci près qu'il peut donner l'impression que l'ancien antisémitisme est dépassé et que c'est un nouveau qui surgit alors que je crois que c'est quelque chose qui court constamment sous les apparences. On peut avoir le sentiment qu'on a affaire à un antisémitisme fanatique, islamique, un antisémitisme instrumentalisé — comme il l'est toujours — et qui n'a pas l'air en apparence de rejoindre l'antisémitisme très ancien qui vient de l'extrême droite ou du catholicisme intégriste. Mais tout cela, c'est comme des feux de forêt. Il suffit de quelques-uns pour relancer la chose. Malheureusement, c'est ce qui se passe aujourd'hui.

Pourtant un certain nombre d'intellectuels pointent aujourd'hui du doigt le caractère particulièrement «nouveau» de cet antisémitisme. Alain Finkielkraut parle des «habits neufs» de l'antisémitisme, Pierre-André Taguieff d'une «nouvelle judéophobie». Jean-Claude Milner parle «des penchants criminels de l'Europe démocratique» et analyse la question juive à la lumière d'une modernité européenne remontant au XVIIIe siècle. Pourquoi, selon vous?

Il ne faut pas dire «nouvelle judéophobie», il faut dire une judéophobie qui se déplace, à mon avis. L'antisémitisme remonte bien en amont du XVIIIe siècle. C'est quelque chose d'aussi ancien que la vocation du peuple juif lui-même. Si vous pointez du doigt les Lumières, vous pouvez trouver des propos judéophobes plus qu'antisémites au sens moderne du terme chez Voltaire notamment. Néanmoins si je vous cite Voltaire et que vous me répondez uniquement que Voltaire était antisémite, cela devient dramatique. Nous ne pouvons pas tout voir sous cet angle-là. Nous avons besoin de Dostoïevski, nous avons besoin de Shake-speare malgré *Le Marchand de Venise,* nous avons besoin de Voltaire pour des raisons de civilisation fondamentales dans la langue et le goût. L'antisémitisme est un préjugé qui est très ancien et, si on s'interdit de le mettre en perspective historiquement comme il faut, on peut rayer quasiment toute la bibliothèque occidentale. Ce qui me paraît très dangereux en ce moment, c'est la restriction de l'espace historique et mental au point qu'on arrive à des réactions très logiques, très souvent pavloviennes, des réflexes. L'antisémitisme est toujours une question d'ignorance et on ne le combattra que si l'on met en avant la connaissance, la connaissance très large de l'histoire et de l'art bien évidemment. Il me semble qu'à la faveur du conflit israélo-palestinien quelque chose comme l'ignorance resurgit.

Est-ce que vous comprenez que les Juifs soient aujourd'hui particulièrement inquiets dans ce climat de violence et d'attaque extrêmement fort d'autant plus que ce renouveau ne touche pas seulement la France mais bien des pays européens et les États-Unis ?

Mais l'antisémitisme est une question mondiale. En France, cela s'explique assez bien puisqu'il y a une population arabe, musulmane importante. Lorsqu'on voit l'importance démesurée qu'a prise depuis peu la question du voile, c'est extraordinaire. La laïcité est sur une position défensive alors qu'elle devrait être dans une position offensive et soutenir toute sa tradition philosophique. Alors la question du voile est complexe mais je voudrais mettre un accent freudien ne serait-ce que quelques instants sur cette affaire. Cela peut devenir attrayant aussi pour une jeune fille, une femme. Le voile, c'est ce qui les protège contre les agressions sexuelles et même quelque chose qui va à l'encontre de l'industrialisation pornographique dans laquelle nous sommes entrés depuis très longtemps. Ce qui engendre cette réaction latéralement, c'est la société telle que nous la vivons qui va dans le sens d'un profit, d'une mise en disposition de tout. Tout est tarifé, exhibé et constamment violent en soi. Le Coran n'arrive pas là par hasard. Vous fermez la porte à la pensée, vous fermez la porte à la connaissance, vous fermez la porte à la lecture, vous fermez la porte à la sensation, à la complexité, vous fermez tout ça et vous aurez de l'antisémitisme. Ce ne sera pas seulement celui de Staline ou de Hitler. Cela adviendra sous n'importe quel régime à partir du moment où les gens ne pensent plus ou pensent peu. Ce qui est tragique et très inquiétant, c'est cette disparition de la faculté de penser. Les Juifs ont peur parce qu'ils se retrouvent seuls dans un océan d'ignorance.

Vous comprenez cette peur ?

Tout à fait... Je vous dirai que j'ai la même. Quand je vois que ma bibliothèque ne signifie plus rien pour personne, j'ai peur. Quand je vois que Mozart ne signifie plus que très peu de chose pour très peu de gens, j'ai peur. Quand je vois que plus personne ne sait vraiment lire, j'ai peur. Quand je vois que tout est calcul, profit, par anticipation, j'ai peur. Quand je vois que plus personne ne pense, j'ai peur. Quand je vois que la sensation disparaît des corps humains parce qu'ils sont expropriés d'eux-mêmes, j'ai peur. J'ai peur de l'ignorance qui engendre la violence.

Fort de ce constat, que devraient faire les pouvoirs publics selon vous ?

Évidemment, réagir, sécuriser. Ça, c'est la politique de sécurité. Que la France soit un pays potentiellement antisémite, c'est évident. Il faut donc être d'autant plus vigilant mais la vigilance n'apporte pas de remède. Quand on pense que François Mitterrand a refusé pendant des années et des années de reconnaître la responsabilité de la République dans les rafles du Vel'd'Hiv' et qu'il a fallu attendre que Jacques Chirac soit nommé président pour qu'une déclaration soit faite, alors on peut s'interroger. Il est vrai aussi que le procès Papon a été extraordinairement tardif. Pour toutes ces raisons, il me semble qu'il ne suffit pas d'assurer la sécurité dans notre pays. Il faut enseigner, faire le travail d'éducation mais pas seulement sur ce point, sur tous les points. Je suis sensible à tout, aux défenses inefficaces comme à la sécurité qui va de soi mais aussi au fait que l'écran se rétrécit à tel point qu'on pourrait ne plus parler que de ça. Le problème, c'est de ne pas se focaliser exclusivement sur cette question. Les pouvoirs publics, s'ils en avaient la force, feraient qu'il y ait une école alors que ce n'est pas le cas, une université alors que ce n'est pas le cas et un autre système social que celui qui vise abusivement à ne penser qu'au marché financier.

Que pensez-vous de cette citation à la fois provocatrice et tragique de Benny Lévy : «Le Juif est fait comme un rat »?

Je déteste cette formule parce qu'elle comporte en elle-même de la propagande hitlérienne non pensée. Hitler disait que l'antisémitisme était la seule pornographie permise dans le IIIe Reich, et vous savez très bien que la propagande nazie présentait toujours les Juifs comme des rats. C'est dommage que ce soit repris de façon inconsciente sans mesurer l'étendue de cette provocation. Je trouve même cette citation extrêmement obscène. Je n'accepte pas cette phrase. Je ne veux pas qu'on compare des Juifs à des rats même si je comprends très bien l'intention. Cela a été trop dit par l'antisémitisme de meurtre. Être juif, c'est être humain, tout simplement, et un être humain doit être respecté dans ses convictions.

Justement, qu'est-ce le fait d'être juif pour vous : un fait religieux, culturel, historique, anthropologique, ou bien tout cela à la fois ?

C'est la Bible... Et puis, même quand on est détaché de la Bible, il y a des habitudes, une fidélité à quelque chose... Mais c'est indubitablement la Bible. La France est le pays où la lecture de la Bible n'a pas eu lieu, a été empêchée. Le catholicisme porte ce péché très lourdement. Les Anglo-Saxons ont lu la Bible. Les Allemands ont lu la Bible (Bach). En France, c'est le refoulement à part quelques grands cas comme celui de Céline qui, par ailleurs, comme on le dit toujours, est un grand écrivain mais qui justement s'insurge contre ce Dieu-là et contre la Bible. Alors, pour combler cette immense lacune, vous voyez aujourd'hui des dizaines de traductions de la Bible. On met même des écrivains dessus et, au bout du compte, on fait rigoureusement n'importe quoi. J'adore cette histoire drôle : c'est une dame catholique qui voit un homme assis sur un banc lire un livre. Elle lui demande : «Qu'est-ce que vous lisez ?» Et il lui répond : «La Bible en hébreu.» Et elle lui rétorque : «Ah bon, ça a été traduit en hébreu ?» Et sur ce sujet, l'ignorance est colossale, y compris parmi les gens cultivés. Je dis la Bible parce que je crois fondamentalement que c'est le problème. Alors, bien entendu cette ignorance a pris des formes racistes. Comme si c'était une question de race ! Puisqu'on vit dans l'ère de la mondialisation et de la globalisation, il faut se demander ce qu'est l'histoire occidentale et, pour comprendre encore mieux les choses, il ne faut pas lire que la Bible, bien évidemment Si plus personne ne sait ce qui s'est passé en grec, si plus personne ne sait ce qui s'est passé en latin, si plus personne ne sait ce qui s'est passé pendant plus de mille ans dans la culture occidentale, alors c'est effrayant. Par contre, si, tout s'effondrant, je m'accroche exclusivement à la Bible, je ne résous absolument pas le problème, au contraire j'isole la Bible. Il faut que la Bible soit entourée, soit incluse comme elle l'a toujours été avec des tragédies. Il suffit que des civilisations s'effondrent pour que, brusquement, l'être humain oublie tout.

Dans Femmes, *vous faites dire à S., votre double : «J'ai le plus souvent l'impression d'être un survivant d'une catastrophe vécue à côté de moi, sur une scène parallèle... Populations, déportations, trains, froid, neige, camps, chambre à gaz... Cela s'est passé, cela a eu lieu, et nous sommes là, tranquilles, à peine tranquilles...» Vous êtes né en 1936, l'enfant que vous étiez a été profondément marqué par la guerre et l'écrivain que vous êtes devenu aussi, n'est-ce pas ?*

Si vous voulez savoir ma position, je suis extrêmement en alerte sur cette affaire précisément compte tenu de mon histoire personnelle et de mon engagement intellectuel. Dans le livre de Stéphane Zagdanski[1], il parle de mon enfance à Bordeaux pendant la guerre. Mais tous mes romans, tous mes essais, portent

1. Stéphane Zagdanski, *Fini de rire,* Pauvert, 2003.

la trace brûlante de cette expérience. Ce qui est étrange, c'est que personne, ou presque, ne semble le remarquer.

Que vous inspire un intellectuel comme Tariq Ramadan ?

Eh bien prenons par exemple son intervention à la télévision avec la séquence de Nicolas Sarkozy. Vous avez remarqué que Tariq Ramadan parle en duplex alors que qui vient sur le plateau ? Jean-Marie Le Pen. Étrange mise en scène. Nicolas Sarkozy (alors ministre de l'Intérieur) est chargé de la sécurité et il est aussi ministre des Cultes. Et vous avez, face à lui, Jean-Marie Le Pen qui a une survie quand même très révélatrice. Je me souviens de l'avoir vu boulevard Saint-Michel au moment de la guerre d'Algérie, où il était habillé en parachutiste et soutenait déjà ses thèses. Et puis vous avez le rusé Tariq Ramadan, dont le nom est quasiment la cerise sur le gâteau, qui vient vous expliquer ceci et cela, qui est passé chez Thierry Ardisson avec deux jeunes filles voilées qui étaient l'exemple même d'un érotisme sous-jacent. Ramadan est intelligent, bien de sa personne, et il sait admirablement user du double discours. On le pousse dans ses retranchements, il dit oui, il dit non. Et enfin on lui donne la parole, ce qui est déjà très important, et on la lui donne pour des raisons qui sont assez claires, à savoir pour des raisons électorales. Son public va voter. Ramadan, c'est le style du nouveau curé. Il n'y a plus de prêtre catholique qui soit capable de prêcher avec conviction et ferveur. Le Pape serait là, Ramadan disparaîtrait. Ramadan est donc devenu une vedette. Il lui a suffi de faire cet article où il parlait du communautarisme juif pour marquer un point. Quand Le Pen a fait ça, il y a eu un tollé général.

Ce qui ne l'a pas empêché de survivre ! Et Tariq Ramadan a droit à une espèce de révérence de la part des médias. C'est très inquiétant. Il suffit de le regarder pour comprendre que c'est un acteur qui fait sa pièce de théâtre. Mais c'est du théâtre dangereux. Vous comprenez, on ne va pas interrompre le spectacle car c'est de l'audimat. Sarkozy-Ramadan, c'est du spectacle. Sarkozy-Le Pen aussi.

Vous avez envie de dire « bas les masques » ?

« Bas les voiles »... Non, c'est très dangereux de dire « bas les masques » parce qu'à ce moment-là vous avez la dictature qui est elle-même le masque suprême. Donc la tyrannie. Encore une fois quand on a affaire à une passion très tenace, très ancienne, très dangereuse, il faut donner l'envie de savoir. On peut donner l'envie de savoir par la force de la persuasion. En tout cas, moi j'essaie de le faire, dans ma vie privée comme dans ma vie publique. La falsification me fait peur. J'ai plutôt tendance à vouloir qu'on lise mes livres. Dans les entretiens avec Christian de Portzamparc qui viennent de paraître[1], on parle d'architecture, on parle de Cézanne, de Rimbaud, on parle de choses très sérieuses. Ce n'est pas un dialogue sur l'antisémitisme, mais il y aura peut-être moins d'antisémitisme si l'on s'intéresse à ce qu'on y dit. Ce qui m'inquiète, c'est le rétrécissement et la propagande. Dans un sens comme dans l'autre. Et bien entendu, pour des raisons fondamentales, de connaissance, je suis très alerté par la condition des Juifs à travers le temps. Ce qui ne veut pas dire que je sois en accord politique avec tel ou tel.

1. Christian de Portzamparc, Philippe Sollers, *Voir, écrire,* Calmann-Lévy, 2003 (Folio n° 4293).

Dans un livre d'entretiens avec Edgar Faure[1], vous qualifiez la littérature de «meilleur baromètre» de l'état historique. Pensez-vous que la littérature soit le reflet de la situation historique?

La formule n'est pas de moi, mais de Hemingway qui dit : «Lorsque les choses vont mal, la littérature est en première ligne.» Je peux vous en donner un exemple saisissant, c'est l'autodafé fait à Berlin en 1936. À partir de là, les gens qui avaient encore des doutes auraient dû ne plus en avoir. La littérature est toujours en première ligne. Je suis allé témoigner au procès Houellebecq qui n'est pas encore terminé car les plaignants sont en appel. Houellebecq a peut-être dit des choses qu'il ne fallait pas mais ce n'est pas le problème. Le vrai problème, c'est le délit d'opinion. Le procès permanent qu'on fait à la littérature en général est absolument irrecevable. Dès que je vois un problème de censure, je suis en alerte. J'ai signé malgré tout le texte contre Renaud Camus[2] parce que sa littérature me paraît médiocre et parce que sa pensée stigmatisait des personnes en particulier. Cette affaire semble loin mais elle ne l'est pas tant que cela.

Dans un de vos articles intitulé «La France moisie», publié en 1999 dans Le Monde *et qui fit scandale en son temps, vous dénonciez le retour des idées conservatrices, xénophobes et anti-progressistes. Vous*

1. Edgar Faure, Philippe Sollers, *Au-delà du dialogue*, André Balland, 1977.
2. En 2000, la publication du livre de Renaud Camus, *La Campagne de France, journal 1994*, souleva une violente polémique en raison des propos antisémites qu'y tenait l'auteur. Le livre fut retiré de la vente par les éditions Fayard.

disiez notamment : «La France n'a rien compris ni rien appris, son obstination résiste à toutes les leçons de l'histoire, elle est assise une fois pour toutes sur ses préjugés viscéraux. »

Vous savez, lorsque j'ai publié cet article, j'ai été attaqué à maintes reprises et j'ai été accusé de tous les maux possibles parce qu'on a tout de suite falsifié ma pensée et parce qu'on m'a condamné en disant qu'il s'agissait d'un article maurassien. Voilà donc une falsification ahurissante. Peut-être qu'en fait, avec cet article, j'ai été le premier à tirer la sonnette d'alarme.

Comment vous considérez-vous ? Comme un intellectuel ou un écrivain ?

Je suis avant tout un écrivain. Il me semble que les intellectuels sont moins en première ligne que les écrivains et les artistes. Le débat a lieu avec eux mais il faut aller un peu plus profond dans la société, dans la vie organique. Comme c'est plus facile de lire des propositions simplifiées d'un intellectuel, le débat reste malheureusement sans complexité. Prenons par exemple Claude Lanzmann. *Shoah* est un grand film. Ce n'est pas un grand chef-d'œuvre parce que c'est un documentaire sur la Shoah, c'est un grand chef-d'œuvre parce qu'il montre ce qu'est vraiment la Shoah mieux que n'importe quel discours bien-pensant. C'est un film qui joue sur les silences, les vides. Tout comme *Sobibor.* C'est la force esthétique qui convainc de la justesse... Pourtant il est attaqué. Il y a des gens qui ne comprennent pas ce qu'il fait alors que c'est un très grand artiste. Le rôle de l'artiste, tout comme le rôle de l'écrivain, est essentiel.

Dans Femmes, *vous avez cette formule : « Un écrivain est toujours juif. Pourquoi ? Peut-être parce qu'il
n'accepte, au fond, de parler et de se taire qu'à sa
manière. » Que vouliez-vous dire ?*

Un écrivain est un expert en voix, en écoute.
« Écoute Israël... »

*George Steiner dit qu'« être juif, c'est avoir toujours
une valise prête ». Qu'en pensez-vous ?*

Je refuse ce genre de phrase. C'est comme « fait
comme un rat ». Les rats, la valise, je déteste ces propos parce que ce sont des clichés engendrés par l'adversaire. Il me semble qu'utiliser ce genre de formule,
c'est prendre le langage de l'adversaire pour penser à
soi. Cela me paraît extrêmement indécent. Les Juifs ne
sont pas des rats, ils n'ont pas à se dire qu'ils doivent
avoir une valise de prête...

Même si c'est vrai ?

Ce ne sont pas des clichés à employer. Les Juifs ne
doivent pas se dire qu'ils sont itinérants par nature à
cause d'un péché fondamental. Toute reprise de ce discours par quelqu'un d'aujourd'hui est une preuve de
paresse. Il faut se décrire avec exactitude et s'aimer
soi-même. L'amour est contagieux. La violence est
contagieuse. Vous savez, je les comprends d'autant
mieux que je me sens exilé dans mon propre pays. Je
crois que dire, c'est faire. Si je répète tous les jours que
j'ai peur, j'aggrave l'événement qui est en formation. Il
ne faut pas rentrer dans l'engrenage de la victimisation.
Il faut savoir adapter son discours aux circonstances.
Mais les rats, la valise, non. Il faut trouver un autre lan-

gage car il ne faut pas se placer sur le terrain de l'adversaire. La servitude volontaire de La Boétie consiste à dire qu'il n'y aurait pas de tyran si on n'y participait pas. Le tyran s'effondrerait si on ne l'entretenait pas. Il faut être très sûr de soi.

Entretien avec Anne-Julie Bémont pour *Information juive*, janvier 2004.

Le nihilisme ordinaire

C'est une petite musique de mélancolie et de dépression, l'envers du bruit et de la fureur de l'histoire contemporaine, un air de fatigue, de fatalisme, de résignation, sur fond de plainte et d'accusation. «Nous voulons rester fonctionnaires d'État!», scandaient, il y a peu, des manifestants de l'Éducation nationale. «Bush assassin!», ont repris d'autres, ou les mêmes, quelques semaines plus tard. «C'est la faute à 68!», répète un ministre en distribuant ses tracts. La guerre en Irak est «une triple erreur, morale, politique et stratégique», tranchait récemment le chef du gouvernement français. «Catastrophe», titrait, vengeur, un magazine populaire au début des opérations militaires anglo-américaines. «Un nouveau Vietnam?» s'interrogeait un autre support, en annonçant, comme presque tout le monde, un long enlisement dans un conflit sanglant. «L'infâme Rumsfeld», entendait-on couramment pour désigner ce pasteur remonté qui avait osé parler de la «vieille Europe». «Le caniche Blair», murmurait-on dans la foulée. Déclarations, slogans, prophéties négatives : peu importe, finalement, leur pertinence ou leur degré de réalité, elles expriment un vœu profond, un désir.

Ça ne va pas, l'Histoire s'égare. On la croyait terminée ou à peu près, mais elle continue de plus belle, et nous laisse déçus et soucieux, sur le bas-côté. La France se voit de plus en plus d'en bas, elle se sent en retrait, elle a peur pour ses retraites, et son Président, bousculé sur la scène internationale, a même fini par se retrouver en Russie comme un Napoléon à l'envers. Retraite en Russie, sombre plaine. Le Pape est de plus en plus tremblant et vitreux, mais il est dans son rôle obligatoire, la paix à tout prix, paix sur terre aux hommes de bonne volonté (s'il en reste). Et comment ne pas lui donner raison en étant pour le Bien contre le Mal, pour la paix et contre la guerre, contre toutes les guerres, pour la vie et contre la mort? Ainsi soit-il, jusqu'à la prochaine bénédiction divine. De tous les dieux encore en circulation, celui-là est en effet le moins meurtrier, ce qui peut vouloir dire qu'il décline, ou que la nouvelle de sa mort commence à se faire sérieusement sentir, personne n'arrivant plus à croire à sa résurrection. En revanche, les tombeaux sacrés, les cimetières de martyrs, les pèlerinages noirs semblent avoir la cote. Les blessés pullulent, les musées sont pillés, le pétrole se porte bien, la nouvelle épidémie sème la panique de façon subtilement chinoise, prenez un masque dans ce détour du temps, votre respiration n'est plus garantie, le kamikaze sera bientôt démodé, l'égorgeur aussi. «La plus humaine des guerres», a dit froidement le commandement américain. Cela permet surtout de constater que le mot «humain» ne signifie plus grand-chose.

Le Pape a raison, l'ONU a raison, Chirac est plébiscité comme ayant eu raison, le Droit a raison, les Droits de l'homme ont raison, mais la Force et les Virus ont leurs raisons que la raison ignore. En somme, il y a deux raisons, l'une active, l'autre passive. En quoi nous rencontrons une vieille connaissance : les deux polarités du nihilisme dans son accomplissement mondial.

Nihilisme actif, celui qui instaure partout, et à chaque instant, la souveraineté de la Technique. Peu lui importent les moyens, les renversements d'alliances, les motifs officiels, les justifications. Il est pressé, il dispose du ciel et des satellites, il modèle les nouvelles frontières, il est démocratique en diable et intensément *positif*. C'est l'esprit qui toujours dit oui à lui-même, la volonté de volonté repoussant toujours plus loin son angoisse de nullité, le crépitement électronique de la détresse de l'absence de détresse. Il dit un non énergique aux obstacles qu'il trouve sur son chemin. Un dictateur à abattre lorsqu'on le décide? On l'abat. C'était autrefois un allié mercenaire, et on fermait les yeux sur ses exactions, sa folie, ses tortures, ses crimes? Que voulez-vous, on a maintenant besoin de son territoire et de ses réserves, il ne nous plaît plus, c'est un chien, il a la rage. On risquait un certain retard, l'ère planétaire n'attend pas. Nous ne sommes plus à l'heure des vieux temps modernes, les choses ont changé, la logique et le langage aussi. Vous redoutez un choc des civilisations, de nouvelles guerres de religion, une relance du terrorisme? Mais voyons, il en a toujours été ainsi, il s'agit juste d'une accélération puissante, et vous le sauriez si vous n'aviez pas décidé d'oublier l'Histoire, celle, notamment, de vos propres crimes. Vous ne voulez plus entendre parler des pages noires du passé? Vous êtes dans le pardon hypocrite et la repentance intéressée? Parfait, mais alors attendez-vous à devenir des fonctionnaires du nihilisme passif, décervelage et vertige d'un côté, divertissement de l'autre.

Nietzsche, encore lui, a bien décrit ce type de décomposition. «Tout ce qui réconforte, guérit, tranquillise, étourdit, passe au premier plan, sous divers *travestissements*, religieux, moraux, politiques, esthétiques, etc.» Ouvrez vos livres, vos journaux, votre télévision : vous y êtes. On comprend très bien comment Bush prie le matin et frappe le soir. Aucune contradiction, puisque le but qui passe à travers lui est celui de la Tranquillisation suprême. Elle n'est pas encore atteinte? Il y a des poches de résistance archaïques? On en viendra à bout, d'autant mieux que les populations seront installées dans l'obnubilation de la plainte. Leur révolte? Elle est prévue, elle fera encore des dégâts, mais des canaux de distraction somnambulique sont prévus pour elles. L'axe du Mal ne demande qu'à devenir un pipe-line du Bien. En réalité, le nouvel évangile peut s'écrire ainsi : nous ne pouvons pas ne pas vouloir ce que veut la Technique. Le seul ennui, c'est qu'elle peut vouloir de plus en plus de choses sans nous demander notre avis.

Les États-Unis sont dans la situation de faire le ménage dans l'inéluctable. Ce ménage, personne n'a l'air de se rendre compte qu'ils le font d'abord chez eux, dans leurs comptes, leurs gigantesques caisses noires, leurs trous noirs. Le calendrier universel a changé le 11 septembre. L'Arabie saoudite nous embrouille, mettons-nous sur son flanc. Le conflit Israël-Palestine? Il doit être enfin traité comme il convient : en long et en large. L'Europe se disloque et piétine? Tant mieux. On verra plus tard pour l'Asie, elle ne perd rien pour attendre.

Le nihilisme actif a une fonction : mettre tout à disposition, et, s'il le faut, forcer, dominer, dévaster, piller, reconstruire sans arrêt, falsifier. Ce n'est pas seulement une question de profit, comme le croient encore les humanistes de l'ancienne horloge, mais une vraie vocation métaphysique. Comme l'a dit en son temps un penseur décalé français dont toutes les prédictions sont en cours de réalisation majestueuse : «Le devenir-falsification du monde est le devenir-monde de la falsification.» C'est une nécessité absolue, pas une invention du Diable. Le Diable, en un sens, est aussi mort que Dieu, ce qui rend sa présence palpable partout et nulle part. Ce n'est pas lui, ni son ennemi immémorial, qui tire les ficelles, il n'y a plus de ficelles mais un fonctionnement pur. Le nihiliste passif, lui, est commis à la plainte. Il dénonce, il s'indigne, il accuse, il manifeste sa réprobation, et c'est bien le moins qu'on puisse lui accorder pour l'enfoncer, parfois avec sympathie, dans son masochisme et son impuissance. Là se lève la grande vague de l'unanimisme dépressif, un animisme pour présent tourbillonnant et précaire, passé volé et futur en fuite. Tout vieillit à vue d'œil, et on parlera bientôt des vieux anti-soixante-huitards, un comble. L'humanité, de plus en plus illettrée, est raflée en fusée, elle décolle, elle flotte en navette, mais comment *revenir*? Personne ne le sait. Voilà ce qu'on peut appeler un déboussolage intensif, où la notion de «pôle» devient vide de sens, et celle de «multi-polarité» franchement comique. Les conséquences subjectives seront passionnantes à observer pour quelques rares romanciers qui seront très loin de Balzac, Zola, Proust ou Céline. Le social se désagrège, les sexes, sauf exceptions, n'ont plus grand-chose à se dire, l'ignorance croît à tous les étages, les religions s'accrochent à leurs branches sciées, la publicité bat son plein, et le génome, comme l'ADN, est irréfutable. Moment fabuleux, peut-être libre comme jamais, non pas de Renaissance mais de Dénaissance, qui exige, pour qui veut voir la suite, autant de concentration et de détachement que celles des aventuriers et des explorateurs du passé. Nous entrons dans le *Démonde*. Ni Dieu, ni Diable, ni Société, ni Maître, ni Anarchie, ni Mort, ni Loi : c'est désormais l'intime le plus intime qui reconnaîtra les siens dans leur foi.

Pensée, année zéro

On devrait s'en apercevoir peu à peu : ce n'est pas la pensée libre qui est aujourd'hui menacée, mais, plus violemment, la pensée tout court. C'est elle qui est sans cesse dissuadée, atténuée, différée, utilisée et instrumentalisée loin de sa source et de ses possibilités essentielles. Le phénomène n'est pas récent, il vient de très loin, mais il fallait sans doute une planète informatisée pour qu'il éclate au grand jour. L'absence de pensée est pleine de petites pensées fiévreuses et contradictoires, de revendications justifiées, d'accusations fondées, de plaintes légitimes. Elle habille les adversaires de la même forme simplifiée, réactive, bloquée. Elle s'élève pour, elle s'élève contre. Elle dénonce, elle s'indigne, elle rumine, elle croit analyser alors qu'elle relaie. Elle s'en prend volontiers au « médiatique », comme si la télévision était la cause d'un aplatissement neuronal. Elle voit des ennemis partout, et non sans raison, puisqu'ils lui ressemblent. Entrez dans des bureaux n'importe où : sécurité, boutons, souris, écrans, claviers. Où sommes-nous ? Des hommes et des femmes, toute la journée, sont devenus des prothèses de leurs machines à communiquer. Ça va, ça vient, ça circule. La misère s'accroît, l'abondance aussi. Table pleine, table rase. Penser? Mais oui, bien sûr, nous pensons, nous avons des idées, des croyances, des opinions. La société va bien, mais elle pourrait être meilleure. La Bourse baisse et remonte, sa respiration nous contient. La gauche n'est pas assez à gauche, mais, heureusement, la droite se retient d'aller plus à droite. Il y a encore beaucoup à faire pour élargir les Droits de l'homme. Le Bien reste le Bien et le Mal le Mal.

Penser? Mais qu'appelez-vous penser? Voici un penseur : «La pensée à voie unique qui se propage de plus en plus et sous diverses formes est un des aspects imprévus et discrets de la domination de l'essence de la technique. Cette essence, en effet, veut l'unicité absolue de signification, et c'est parce qu'elle la veut qu'elle en a besoin.» De quand date cette proposition? D'il y a cinquante ans, en 1952. Et comment se nomme ce penseur prophétique? Ici, j'hésite, je mesure les ennuis que va me provoquer d'écrire son nom. Mais enfin, oui, c'est lui, le diable en personne, Martin Heidegger, dans ce livre admirable, *Qu'appelle-t-on penser?*
La «pensée à voie unique» n'est pas ce que certains journalistes pressés ont qualifié de «pensée unique». La «voie unique» (comme des rails), c'est «l'unicité absolue de signification». Voilà le but, le moteur, la cible. Sont bien entendu exclus comme superflus et ralentisseurs les sauts, les embardées, les nuances, les digressions, les superpositions de sens, les jeux de mots autres que divertissants, les allusions, les perspectives inutiles, les doutes, la culture intempestive, l'ironie feutrée, bref tout ce qui pourrait nous faire dérailler. Les terroristes sont partout, ils vous attendent au bout d'une phrase. Il y a urgence dans le transport, une bombe est vite posée, vous avez peur et vous avez rai-

son, des virus invisibles vous guettent. Plus la machine se perfectionne et plus les parasites sont dangereux. Une panne d'identité vous menace. Votre Dieu est en danger, vos convictions aussi, peu importe lesquelles. C'est difficile à avouer, mais vous avez tendance à ne plus croire en rien, l'avenir de l'humanité vous fatigue, la maladie et la pollution rôdent, même la mort n'est plus ce qu'elle était, la naissance non plus, et le sexe, n'en parlons pas, il est mis désormais à toutes les sauces. Seriez-vous réactionnaire? Mais, non, vous n'avez pas l'impression que c'était mieux «avant». Avant quoi, d'ailleurs? L'électricité, le téléphone, la puce électronique, l'avion, les fusées? Non, vous êtes résolument pour la science, la paix, le contrôle des naissances, le métissage, l'émancipation des femmes, le droit d'ingérence humanitaire, l'instruction laïque et obligatoire. C'est l'avenir qui vous tracasse, un avenir bizarre, qui ne correspond plus au passé qui allait vers lui. C'est le Temps lui-même qui n'a plus son battement familier. On se souvient de l'anecdote célèbre d'Arthur Cravan en visite chez André Gide et lui posant la question : «Monsieur Gide, où en sommes-nous avec le temps?» Et Gide de tirer sa montre : «Six heures et quart.» Mais ce n'était pas la question.

Je n'aurais pas dû citer Heidegger, et je sais aussi qu'il faut que je me retienne de citer Nietzsche. Leurs pensées ne conviennent pas à la «voie unique». Ils se sont gravement trompés, on nous le rappelle tous les jours. Heidegger est définitivement nazi, et Nietzsche misogyne. Nous avons besoin de sagesse, de bouddhisme adapté, d'humanisme renforcé. Et pourtant l'angoisse est là, elle dit ce qui est, à savoir l'étrange destin de la terre dans son ensemble et jusque dans ses moindres recoins. «Ce destin ébranlera toute la pensée de l'homme à la fois, et dans des dimensions auprès desquelles ce que les hommes d'aujourd'hui prennent pour une agonie limitée à un secteur — les sursauts de la Littérature — fera figure de simple détail.» Encore un passage de *Qu'appelle-t-on penser?* L'ébranlement dont il est ici question n'est pas un simple renversement ou un effondrement, et il n'est même pas impossible qu'il prépare autre chose, un tout autre horizon, un tout autre repos. S'agirait-il alors, paradoxalement, d'un progressisme? Mais non. Ni pessimisme ni optimisme. Plutôt un autre rapport au temps. Mais c'est là, peut-être, ce que nous ne voulons pas. Ce serait trop gratuit, irreprésentable, inévaluable, énorme. Trop simple, surtout. Trop délivrant, trop libre. Après tout, il y a un petit livre qu'on peut relire ces temps-ci (et je m'étonne qu'il ne soit pas à l'Index) : *La Servitude volontaire* de La Boétie. Traduction moderne : l'abîme du masochisme. La vieille mort a son attrait, c'est même une pulsion. Éros n'en est le plus souvent, hélas, que le domestique. La volonté a son secret qui consiste à préférer rien que ne rien vouloir. Sur ce point, l'actualité est bavarde. De quoi en avoir la nausée. Ce que ressent, justement, à un tournant de l'Histoire qui n'est pas sans rapport avec le nôtre, le héros de Sartre : «Quand on vit seul, on ne sait même plus ce que c'est que raconter : le vraisemblable disparaît en même temps que les amis. Les événements aussi. On les laisse couler, on voit surgir brusquement des gens qui parlent et qui s'en vont, on plonge dans des histoires sans queues ni têtes, on ferait un exécrable témoin. Mais tout l'invraisemblable, en compensation, tout ce qui ne pourrait pas être cru dans les cafés, on ne le manque pas.» Sartre, avant qu'il décide, lui aussi, d'instrumentaliser sa pensée, avait une très forte tendance à penser. C'est d'ailleurs, au fond, ce qu'on lui reproche. Avec lui, un personnage considérable entre en scène, que le temps qui court a décidé d'oublier : l'Existence, eh oui, la pure, centrale, ennuyeuse et écrasante existence : « tout ce qui reste de réel en moi, c'est de l'existence qui se sent exister ». Et encore : « La vérité, c'est que je ne peux pas lâcher ma plume : je crois que je vais avoir la Nausée et j'ai l'impression de la retarder en écrivant. Alors, j'écris ce qui me passe par la tête. » C'est ça, parlez-nous de votre existence. On verra assez vite qui ment, dissimule, aime, déteste ou dit la vérité. D'où parlez-vous ? n'était pas du tout une question idiote. Elle est à reprendre, on ne l'évoque plus beaucoup. Elle est apparue à son heure. Elle est plus mémorable que des slogans rabâchés comme le célèbre « il est interdit d'interdire ». Votre existence, elle seule, pas vos opinions, vos idées. Pas le film que vous avez vu, ni les conversations que vous avez entendues. Ce qui vous est proche, intimement proche. Vous sortez du « on dit », vous retardez la Nausée. Vous avez une chance d'échapper à la marée noire du bavardage. Comme c'est curieux, la poésie, soudain, la vraie, vous fait signe. Presque rien, pourtant, à peine une couleur négligée. Il ne s'agit pas de « raconter », d'inventer des histoires, de transformer la vie en roman, comme le veut intensément la marchandise illusionniste, mais, déclic, de vous sentir exister. Vous vous l'interdisiez ? Au nom de quoi ? En effet, personne ne vous le souhaite. Pariez donc pour l'invraisemblable. Il ne vaut rien ; juste de la pensée.

L'intime radical

C'est le moment d'être un peu absolu, et de rouvrir les *Hymnes spéculatifs du Véda*, par exemple *Bénédiction des armes* :
«Celui, proche ou lointain ou même
étranger, qui veut nous tuer,
que les dieux le détériorent!
La cuirasse est mon intime formule.»

Intime, du latin *intimus*, est le superlatif d'*interior*, intérieur, et signifie l'essence d'une chose, ce qui est inhérent à sa nature. On peut avoir une conviction intime contre toutes les apparences. Il paraît qu'il existe des amis intimes, et même que certains rapports le seraient. Pascal va même jusqu'à dire qu'on pourrait se trouver «dans l'intime de la volonté de Dieu».

Tout cela nous paraît désormais douteux, voire violemment dépassé par le monde tel qu'il se fabrique : marchés financiers, publicité généralisée, indiscrétion systématique, perte de confiance globale, commandos-suicides, Allah à tout faire, puritanisme ou pornographie, mauvais goût à tous les étages, bavardages, confusion, chaos.

Plus d'intime : bruit et fureur, escroqueries sentimentales, somnambulisme ambiant, mauvaise humeur, jalousie, envie. On ne s'entend plus, d'où le mot déjà ancien, mais pas assez médité, de Lautréamont : «La mouche ne raisonne pas bien, à présent. Un homme bourdonne à ses oreilles.»

«Trouver le lieu et la formule», disait Rimbaud. Oui, l'«intime formule».

Cela exige une clandestinité, au moins égale à celle d'un terroriste en action.

On veut briser votre intimité? Défendez-la les armes à la main. Armes mentales, bien entendu, sans cesse en alerte. Soyez invisible en plein jour, multipliez les leurres, jouez des rôles, cloisonnez, changez d'identité, ne soyez jamais à la même place, faites travailler vos ennemis, ne permettez pas à vos amis de devenir ennemis, méfiez-vous de tout le monde et d'abord de vous-même, ne croyez pas vos rêves, ne demandez surtout pas la définition de votre sexualité.

Fermez votre porte. Silence.

Lisez.

Dieu vous a oublié? Tant mieux. Vous n'avez aucun rapport avec la police ou le milieu? Encore mieux. La marchandise vous a lâché? C'est parfait. Je vous permets d'écouter pour la centième fois la Fantaisie en *ut* mineur K. 475 de Mozart, dans l'interprétation de Friedrich Gulda. Soyez attentif à la main gauche. Imaginez que vous êtes au-dessus du piano, planant ou nageant.

Levez la tête.

Achetez une fleur.

Dormez bien.

Rouvrez les *Hymnes spéculatifs*, ils sont très frais par les temps qui courent :

«Ils entrent dans d'aveugles ténèbres,
ceux qui croient dans le non-devenir;
et dans plus de ténèbres encore

ceux qui se plaisent dans le devenir. »

Vous préférez une *Upanishad du yoga*? *La médita-tion parfaite*? Libre à vous :

«Le Son qui ne sonne pas
parce qu'il est au-delà du son,
l'adepte qui le trouve
est délivré du doute. »

Voilà. Tout le reste est littérature.

Le refoulement de l'Histoire

J'aime beaucoup apprendre quelque chose. Mon réflexe constant est de me remettre à l'étude et de voir ce qui peut m'être apporté par ceux et celles qui travaillent sur la chose qui m'importe au plus haut point : la littérature française. J'ouvre ces manuels[1], je vois une palette d'agrégés de lettres modernes, de lettres classiques, d'arts plastiques. Je suis tout prêt à me rafraîchir la mémoire, et même à l'augmenter sur ce qu'ils proposent aux élèves de seconde ou de première. Cela me renvoie automatiquement à mes débuts où je m'étonnais toujours de ne pas apprendre assez à l'école, ce qui fait que j'ai été obligé dans ma vie de me faire mon école tout seul.

Je sors de cette lecture dans un état de confusion extrême, absolument tourneboulé, sans plus savoir de quoi il est question, ni, au fond, de qui. Étrange impression qui consisterait à attendre un peu d'histoire, de mise en perspective historique et de se retrouver dans une sorte de Disneyland où tout serait rapproché de tout, sans qu'on puisse savoir ce qui organise la pensée

1. En l'occurrence, *Français, seconde,* Delagrave, et *Français, première,* Nathan.

de l'ensemble, sauf peut-être, malgré tout, ce qu'il faut bien appeler une idéologie. Et cette idéologie serait donc, c'est mon sentiment, quelque chose de tout à fait spécifique, une évacuation de l'histoire, mais pas n'importe comment et pas à propos de n'importe quoi.

Comme il se trouve qu'avant d'être un observateur social je suis malgré tout un écrivain, je suis bien obligé de voir que je ne figure pas dans le manuel des textes d'analyse littéraire et d'expression de première, bien que j'apparaisse furtivement dans ce qui a eu lieu au XXᵉ siècle. Je vois qu'en 1961 j'ai publié un livre qui s'appelle *Le Parc* — c'est dans la rubrique «roman» —, et puis que je n'ai rien publié jusqu'en l'an 2000 où c'est le roman qui s'appelle *Passion fixe.* Cela fait une éclipse de quarante ans, ce qui déjà m'intéresse beaucoup sur le fond et la forme. Quant à la «prose d'idées», à supposer que j'aie fait quelques efforts, notamment dans *La Guerre du Goût,* ou *Éloge de l'infini,* qui réunissent un nombre assez considérable de textes consacrés, en particulier, à la littérature française, et qui touchent d'assez près au français, je constate que je n'ai rien écrit. La «prose d'idées», en 1995, soit un an après *La Guerre du Goût,* est illustrée, en revanche, par André Comte-Sponville et son *Petit traité des grandes vertus.* En 2000, c'est M. Nourissier qui est célébré pour *À défaut de génie.* Je ne trouve pas la moindre trace de mon dur travail d'encyclopédiste, qui aurait pu inspirer quelqu'un qui se serait occupé de me lire, voire de me piller — c'était du tout cuit. Ça s'y prête. C'était fait, au fond, pour l'université et les professeurs. Qu'ils ne s'en soient pas aperçus me désole.

S'il ne s'agissait que de moi. Je constate que je ne suis pas le seul absent contemporain de ces choix de littérature. Je note l'absence de Georges Perec parmi les morts, de Pascal Quignard, de Pierre Guyotat, de Michel Houellebecq, pour ce qui est des vivants.

Je note aussi que sont particulièrement choisis et célébrés Jean-Marie Gustave Le Clézio et Patrick Modiano, pas tout à fait, à mon avis, pour ce qu'ils ont écrit de meilleur, d'autant plus que le brouillage iconographique s'y ajoute. Cette iconographie est l'un des symptômes les plus curieux de l'entreprise, je vais y revenir.

Parmi les grands absents, dont il n'est pas question que le nom soit prononcé, quoiqu'il puisse apparaître furtivement, mais dont rien n'est donné à lire, je ne vois pas, par exemple, pour la famille libérale, la moindre trace de Raymond Aron ou de Tocqueville. Personnellement, cela ne me gêne pas outre mesure, mais, tout de même, cela me semble étrange.

Ce qui me préoccupe davantage, c'est que je ne trouve qu'une trace fugitive, sous la forme d'un poème assez détestable, d'André Breton. Le fait que ne soient pas donnés des extraits, voire de larges extraits, des *Manifestes du surréalisme* ou de *Nadja* me semble inquiétant tout d'un coup. De même, je ne vois pas la moindre trace, mais alors pas la moindre, de Georges Bataille. J'entends bien qu'on préserve les adolescents de la fréquentation de cet auteur peu recommandable — inutile de dire qu'on ne trouve pas la moindre mention du marquis de Sade — mais, enfin, il me semble difficile d'envisager la littérature française du xxe siècle sans sa présence. Céline, quant à lui, apparaît incidemment, mais sans qu'on sache exactement ce qui lui est arrivé. On ne trouve pas non plus le nom de James Joyce. Qu'on ne me dise pas que ce sont exclusivement des auteurs français qui ont été choisis. Il y a une ribambelle d'auteurs étrangers qui sont convoqués. Il est question de Kant, de Goethe, de Thomas More, de

Machiavel, de Bertolt Brecht, de Kafka, de Dostoïevski, de Rilke, sans oublier un peu de Shakespeare, un peu de Schiller, un peu de Tchekhov, et Wordsworth.

Sauf que manquent à l'appel, pour faire plaisir à Milan Kundera, qui est absent, bien entendu, ce dont on est en droit de s'étonner, aussi bien Musil que Gombrowicz et Hermann Broch — ils ne sont pas là du tout, c'est comme s'ils n'avaient pas existé.

De même, on peut s'étonner que ne soit jamais fait mention d'auteurs américains de la plus grande importance, qui, en traduction, peuvent influencer l'étude même du français — le français est conquérant par nature —, comme Faulkner ou Hemingway. Plus récemment, on peut penser à Philip Roth.

Je note toutes ces absences car elles dévoilent l'idéologie sourdement politique des auteurs, à leur insu, bien sûr. L'idéologie n'est jamais consciemment avouée comme telle. Il n'y a pas un avant-propos disant : voilà notre choix parce que tel est l'humanisme selon nous en fonction de critères hygiéniques. Elle est quand même là, l'idéologie, et c'est cela qui est diablement intéressant.

Comment la définir ? Il y a un peu de tout. Il y a une pincée d'université classique effondrée. Il y a beaucoup, beaucoup, c'est la dominante, de recyclage communiste à travers, disons, le socialisme ou, plutôt, ce qu'il est devenu. Son héros, et là tout s'arrête et tout doit converger, tous les chemins mènent à lui, c'est Zola. Vous irez à Zola, que vous le vouliez ou non, et ce n'est pas la peine d'essayer autre chose.

Je relève, de ce point de vue, qu'il n'est jamais question de Mauriac, ni comme romancier ni comme chroniqueur. Il n'a pas écrit de romans français, il n'a pas écrit en politique. Pas davantage mention de Morand.

Si je vais toujours dans les voies que le français doit

faire siennes pour être vraiment en maîtrise de lui-même, parmi les étrangers, toujours, vous n'avez pas Cervantès. Vous étonnerais-je en disant que Dante n'est pas cité, non plus que Hölderlin, ni Melville — une belle baleine, pourtant, qui fait réfléchir.

Pour aller encore plus au fond de ce qui pourrait faire penser, pas une seule fois le nom de Nietzsche, une toute petite pincée de Freud dans un coin pour signaler que, peut-être, Freud lui-même aurait désiré sa mère — et c'est tout ce qu'on saura. Le rêve, connaît pas !

Résumons : Freud, Joyce et Picasso, rien de ce qui a fait la haute culture du XXᵉ siècle n'est au rendez-vous.

La confusion est totale. S'agit-il, par exemple, d'expliquer ce qu'est la biographie, nous trouvons face à face un extrait de la *Vie de Rancé* de Chateaubriand et, de l'autre côté, un extrait de Jean Lacouture sur Malraux. J'ai beaucoup d'estime pour Jean Lacouture, mais lui-même m'accordera sans peine qu'il ne s'agit pas tout à fait de la même chose.

Ces rapprochements donnent des choses amusantes. La liste alphabétique des auteurs du manuel Delagrave de seconde organise de ces rencontres ! À la lettre A, Josette Alia voisine avec Aristote, à la lettre P, Poirot-Delpech et Platon, ou Claude Pujade-Renaud et Ponge, ou Léo Ferré et Flaubert, ou Raphaël Sorin et Sophocle, ou Pierre Palmade et Edgar Poe, ou Muriel Robin et Ronsard.

L'évacuation de l'histoire produit une décontextualisation totale. George Orwell figure pour un passage de *1984* et un passage de *La Ferme des animaux* sans que vous sachiez de quoi il est question au travers de ces livres. Totalitarisme ? Vous n'y pensez pas. Le premier passage concerne le Novlangue. Voici les questions posées : «À quels détails comprend-on que les deux personnages vivent dans un monde où tout est surveillé et contrôlé?» Très bonne question — mais surveillé par qui et pour quoi faire? «Qu'est-ce qui vous paraît dangereux dans un tel projet?» (la réforme de la langue). «À quels indices reconnaît-on l'ironie d'Orwell?» Mais de quoi parle Orwell, où ça se passe, à quoi fait-il allusion? L'élève n'en saura rien.

Deux auteurs auxquels je suis très attaché, Isidore Ducasse, dit le comte de Lautréamont, et Rimbaud, qui me parle toujours comme s'il était là, font les frais d'une opération d'aseptisation particulièrement révélatrice. Vous trouvez un extrait, très bref, des *Chants de Maldoror,* où l'élève lit ceci : «Je me trouve beau, beau comme le vice de conformation congénital des organes sexuels de l'homme, consistant dans la brièveté relative du canal de l'urètre et la division ou l'absence de sa paroi inférieure», etc., et puis vous avez, juste après, un extrait des *Illuminations* de Rimbaud, qui s'appelle *Les Ponts*. Questions : «Précisez la situation d'énonciation dans chacun de ces deux textes.» «Comment le lecteur y est-il impliqué?» C'est en effet la question qui se pose quand on lit, je poursuis, «de telle sorte que ce canal [de l'urètre] s'ouvre à une distance variable du gland et en dessous du pénis, ou encore comme la caroncule charnue de forme conique sillonnée par des rides transversales, assez profondes, qui s'élève sur la base du bec supérieur du dindon», etc. Il est difficile d'être plus incongru. Question supplémentaire : «Quelle distance les deux poètes prennent-ils avec les formes de la description? Précisez les intentions et les effets stylistiques qui donnent à chaque texte sa cohérence poétique. Examinez précisément le jeu des comparaisons dans l'extrait de Lautréamont. Qu'a-t-il d'insolite?» Lautréamont, il faut dire, fait

passer son lecteur du pénis à la marine en poursuivant :
« et [beau] surtout comme une corvette cuirassée à tou-
relles ». Eh bien, ce n'est pas simple, surtout quand on
se passe totalement de Freud ! Être jeté brutalement
comme ça dans cette affaire a de quoi déconcerter de
jeunes intelligences auxquelles on conseille, par ailleurs, la lecture du *Corydon* d'André Gide.

S'agissant d'un autre héros du français vivant, Antonin Artaud, nous aurons droit simplement à un extrait
d'une lettre à Jacques Rivière de 1923, sans qu'on
sache comment s'est développée ensuite la vie d'Artaud. Et pourtant, il y a à en dire ! « Qualifiez le temps
employé par Artaud dans cette lettre. Que nous
indique-t-il sur ses rapports avec le destinataire ? »
C'est vraiment la question qu'on a envie de poser à
propos d'un auteur dont on ne saura pas qu'il a beaucoup écrit après 1923 !

Dans la veine du populisme sympathique dont le
saint patron est Zola, nous avons droit à la promotion
extraordinaire d'un auteur que j'avoue mal connaître,
Didier Daeninckx. Cela s'appelle « L'aventure d'un
texte ». Il raconte sur des pages et des pages les che-
minements de la création à propos d'un roman qui
s'intitule *La Repentie,* dont l'intrigue se passe à Saint-
Nazaire (photo à l'appui). « Il s'éjecte de l'habitacle en
hurlant tandis que derrière lui la voiture du policier
arrive à toute vitesse et dérape sur le gravier du chemin. » On aime lire ces choses-là ! Mais ce qui me
plaît, c'est que vous trouvez en face *À la recherche du
temps perdu* de Marcel Proust. Le pauvre Proust paraît
tout à coup bien vieillot, et inutilement intérieur. D'autant plus quand on voit sa maison d'enfance. Il vaut
mieux aller à Saint-Nazaire dans ces cas-là ! Dieu
merci, il est sauvé par une session de rattrapage :
l'adaptation de la *Recherche* en bande dessinée. Elle

nous montre Proust tenant une madeleine et ressentant le choc de la mémoire involontaire. L'extase à l'image !

L'outil le plus efficace de l'évacuation de l'histoire, dans ces manuels, est l'iconographie. Elle met sur le même plan des peintures, dans un choix parfois atterrant, et des photographies de théâtre et de cinéma, qui, elles, vieillissent à vue d'œil. Rien ne fait plus tocard et dépassé qu'une mise en scène d'il y a quarante ou cinquante ans. Que les auteurs ne se rendent pas compte que des peintures, même en reproductions, n'ont pas, ne peuvent pas avoir le même statut que des images photographiques de théâtre ou de cinéma me confond. La bande dessinée, pourquoi pas, après tout ? C'est un art mineur, mais enfin. Mais le reste ! Surtout quand le parti pris d'ensemble se ressent d'un refoulement et d'un puritanisme effarants. Vous trouvez face à face Manet et Arman, sans aucune explication. En face de Rimbaud, pour donner à rêver à partir de Rimbaud, figure une «soirée d'été» d'un peintre qui s'appelle Constantin Somov, d'un kitsch invraisemblable. Je n'ai pas vu Cézanne, en revanche, Picasso, jamais, Matisse, pas davantage, Francis Bacon, n'en parlons pas. Inutile de continuer.

Là, je crois que se montre la vraie portée d'une confusion mentale méticuleuse. Car la question qu'il faut se poser, sans accuser personne, est bien entendu : à quoi ça sert ? Nous sommes indubitablement en présence d'un travail de décérébration ou de décervelage, pour parler comme le Père Ubu, dont je n'ai pas besoin de dire qu'il n'apparaît jamais, un décervelage sous alibi, habillé, perruqué comme il faut. Les manques que j'ai pointés sont flagrants : ils témoignent d'une éradication de tous les points sensibles de l'histoire du

XXe siècle, pour ne pas remonter plus haut. Ils signalent une volonté de ne rien savoir à l'égard de ce qu'a été la haute culture du XXe siècle, et, pour finir, une volonté de ne rien savoir de l'histoire en général. Il y a un déni d'une grande violence dans ce brouillage des cartes, qui va bien au-delà du décalage horaire auquel l'institution nous a habitués. C'est de refoulement qu'il s'agit ici. Ce refoulement de l'histoire pourrait bien être la triste vérité du socialisme décomposé qui semble ici tenir lieu de pensée.

Le Débat, mai 2005.

Technique

IRÈNE SALAS : *Depuis l'évolution des outils infor-matiques et des techniques d'écriture, les chercheurs s'intéressent de plus en plus à ce qu'on appelle la «génétique textuelle». Vous-même, écrivez essentielle-ment à la plume et tapez ensuite vos textes à la machine, pour percevoir le bruit, le rythme des touches. Or, votre écriture est tellement orale et spontanée qu'elle semble innée, comme prise directe sur le vif. Cette écriture orale est-elle le fruit d'un long travail?*

PHILIPPE SOLLERS : Il y a une phrase de Mallarmé que j'aime beaucoup et qui dit : «Penser est écrire sans accessoires.» La question de la technique ou de la rédaction est importante, bien sûr, mais secondaire-ment. Le plus important, c'est la concentration mentale permanente, la rumination interne, l'attention à la façon dont le langage se formule intérieurement, et là est le travail constant sur soi. Par conséquent, je prends des notes sur un carnet lorsqu'un mot, une expression, un raccourci se présente où je sais qu'il y a un dévelop-pement possible. Puis, il y a l'acte de rédaction qui s'enchaîne, mais à la plume. Il faut absolument qu'il y ait le contact de la main et du papier... C'est comme un fluide, un liquide qui sort du corps. Évidemment, il y a beaucoup de trouvailles qui se passent au moment même où l'on commence à écrire. Je pars d'un mot, d'un choc de mots, d'une scène, d'une «épiphanie», comme dit Joyce, ou bien d'un rêve particulièrement intéressant que j'ai eu... Et voilà. Ensuite, c'est la mise au propre, avec des variations qui peuvent arriver en tapant à la machine. Mais déjà, l'essentiel est écrit... L'écran me gênerait beaucoup. On n'est pas là pour déchiffrer, comme on déchiffre un écran, pour le recevoir un peu comme si on était à la télévision. Donc, c'est une activité qui la plupart du temps est très aveugle et très orale, en effet, très vocale, plus exactement. C'est une activité d'écoute.

Vous ne vous enregistrez jamais ?

Je l'ai fait, mais il y a très longtemps, et pour vérifier. Maintenant, je ne le fais plus du tout. J'ai fait cela au moment de *Lois,* en 1972, où j'avais besoin du retour du son pour voir où j'en étais avec la rythmique, parce que c'étaient des sortes de versifications intégrées. Il m'est également arrivé de faire des enregistrements divers, notamment plusieurs pour *Paradis,* mais sans toucher au texte. Tout cela est intérieur. L'oralité est intérieure, l'écriture est intérieure et sans accessoire. L'essentiel, c'est cela.

Pour vous, l'oralité, les sons, le souffle, la mise en éveil des sens, sont primordiaux, et, à eux seuls, permettent une approche sensitive et corporelle du texte : est-ce là que réside le pas essentiel vers ce «royaume», ce «paradis» si j'ose dire, dont vous parlez si souvent? Est-ce uniquement par le corps et notamment l'érotisme, central dans votre œuvre et toujours asso-

cié au langage, que l'on touche au plus près à l'inti-
mité de l'homme et, donc, à sa vérité ? Dans une
citation concernant Paradis, *vous définissez l'écriture*
en ces termes : vous dites qu'il s'agit de susciter cet
état chez le lecteur où «l'œil s'efface dans ce dont se
souvient l'oreille[1]». Ainsi, lorsqu'on vous lit, tout
semble partir du corps. Ou bien, existe-t-il encore une
autre dimension ?

Eh bien, une autre dimension à part celle du corps, je
ne vois pas vraiment laquelle ce serait. Sauf que le
corps est beaucoup plus complexe qu'on ne le dit. Le
problème consiste à vérifier le peu d'utilisation que la
plupart des gens font de leur corps. Ils restent à la surface de leur corps. Ils ne savent pas très bien comment
l'employer. Ce qui se voit évidemment et mieux dans
l'érotisme. Il y a en général un embarras, des inhibitions... Ce n'est pas vécu, disons, avec aisance. Cela
dépend des périodes dans la civilisation. Il est certain
qu'il y a des périodes plus ou moins fastes pour une
certaine liberté...

Comme le XVIIIe siècle, par exemple ?

Bien sûr. Enfin, une certaine partie du XVIIIe siècle...
Le point central, c'est quand même toujours le rapport
au langage. L'érotisme, sans le «dire», n'est rien.
D'ailleurs, les films pornographiques sont en général
d'une idiotie auditive totale. Et cela désigne quelque
chose. Mais je pourrais faire le contraire, c'est-à-dire
lire le marquis de Sade ou un texte violemment érotique, avec des images extrêmement chastes ; ou alors,
faire *L'Éthique* de Spinoza avec des images pornogra-

---

1. *Théorie des exceptions,* Gallimard, p. 196.

phiques, comme un traité. Donc, c'est là que je pose une interrogation, sur ce système d'oblitération du champ par l'image... C'est à contre-courant de toute la façon dont l'industrie du spectacle fonctionne. Là, c'est le «dire» lui-même qui tient, à mon avis, le réel. Le «dire» ou le «musical». C'est-à-dire que lorsqu'on parle maintenant de cette histoire de corps, de ce corps que je respecte un peu (la plupart me paraissant très endommagés ou très mécaniques, le sport qui est mangé par l'argent — cela ne veut pas dire que je n'aime pas certains sportifs), ce sont les musiciens, les musiciennes.

Et les danseurs, aussi?

Moins... Parce que maintenant c'est quand même plus simple... Je veux dire qu'il y a une formation technique, mais on peut à la limite tricher la danse. C'est de la mécanique. On peut tricher ça... En général, c'est sur des musiques qui n'ont pas beaucoup d'intérêt. *Le Lac des Cygnes,* pour la énième fois en musique classique. En revanche, le fait d'avoir à sa disposition un instrument, ou alors la voix, qui en est un, je trouve que cela rapproche de la vérité... La poésie étant aussi ce qui rapproche de la vérité.

Puisque votre écriture est avant tout musicale, si vous deviez définir un son, quel serait celui que vous choisiriez pour illustrer votre œuvre? Un éclat de rire, par exemple?

Fait par qui? Il faudrait que ce soit un éclat de rire qui me plaise! Le rire... Très important, le rire. Le rire qui est lié à l'érotisme... Il y a une scène fameuse, vous savez, chez Proust avec mademoiselle Vinteuil. C'est une scène tout à fait importante, parce qu'on a le *son.* Il y a deux exemples. Le premier, c'est lorsqu'il surprend Charlus et Jupien dans la cour des Guermantes. Là, il n'est pas voyeur, il ne voit pas ce qui se passe, mais il entend des cris, enfin bon, ils sont en train d'avoir une relation homosexuelle. Et la deuxième, c'est la révélation qu'il a dans un buisson. Il voit par la fenêtre mademoiselle Vinteuil et Albertine qui ont aussi une relation homosexuelle. Mais ce qui le frappe le plus, c'est que, tout à coup, elle disparaît dans le fond de la chambre, et là Albertine — et ça le rend jaloux — a une sorte de *rire...* Ou bien la jouissance sexuelle fait rire, ou bien pas... Donc, si c'est plutôt réussi, ça fait rire! C'est très évident dans les réactions féminines, c'est absolument audible. Donc, le rire ici est un rire de jouissance, de satisfaction... Mais pas seulement... Il faut qu'il y ait le rire, mais il faut qu'il y ait aussi un certain *silence contemplatif,* plus intérieur... Une syllabe. On peut travailler sur la syllabe sacrée, indienne, — j'ai écouté beaucoup de musique indienne quand j'écrivais *Paradis,* c'est-à-dire, vous savez, ce qu'on appelle le [ôm]... Alors, peut-être ce son, qui est censé vous conduire à une sorte d'extase... Mais le rire aussi est bien. Et comme le dit Céline : « les muses ne rient bien que branlées ».

C'est une question que vous soulevez souvent : où en est le corps dans le roman? Plus précisément le corps français, le corps dans la littérature française? Aurions-nous peur de notre corps?

Il faut poser les questions en termes historiques. Là, pour l'instant, on est en pleine dépression. Cela ne va pas. Mais il y a au contraire des moments explosifs, des moments de grande libération. Cela dépend du moment.

Croyez-vous qu'il y ait une sclérose particulière en France ?

C'est plus étonnant, plus surprenant en France. On peut mieux, plus exactement, le mesurer en France. Parce que, tout simplement, il y a eu des sommets du contraire, comme la galanterie française au XVIIIe siècle... Aucun autre pays en Europe n'a connu cela... Mais il n'y a pas seulement le XVIIIe. Aujourd'hui, par exemple, je lis un livre sur Renoir. Je vois tout ce courant extraordinaire des impressionnistes, à partir de 1860. Ils ont été refusés tout le temps par les salons, mais il y avait des artistes extraordinaires comme Manet, Degas, Renoir et, plus tard, Rodin... C'est une énorme explosion. Évidemment, tous ces artistes sont dans la sensation, dans l'impression de vivre en plein paradis qu'ils se donnent à eux-mêmes. Mais la société n'aime pas cela du tout... C'était une époque... Il y a aussi l'indice féminin. C'est toujours un très bon repère. Où en sont les femmes à tel ou tel moment ? C'est presque une question de nature. En ce moment, je trouve qu'il y a une insécurité, une crise identitaire, quelque chose qui se passe et qui ne va pas. Du coup, évidemment, les hommes sont déprimés, ils ne vont pas bien, ils n'ont pas de satisfaction... C'est un problème de crise de civilisation profonde. C'est pour cela qu'on peut comprendre quelqu'un comme Houellebecq qui trouve que, finalement, l'homme occidental ne fait rien et va vers des prestations prostitutionnelles en Thaïlande. Il parle ainsi de la prostitution de façon provocatrice, comme quelque chose qui pourrait remplir un vide... Cela dit, on ne peut pas savoir combien de temps cela va durer mais, pour l'instant, c'est quand même plutôt négatif. Et évidemment, je fais le contraire. De ce point de vue-là, je suis très à contre-courant... Et puis, ce ne sont pas uniquement des questions d'ordre sexuel, mais des questions de *perception,* qui sont en cause. La sexualité, après tout, on en fait tout un plat, mais c'est le *corps* au sens large, avec ses *sens* : savoir voir, savoir écouter, savoir goûter, savoir toucher, savoir respirer...

Si l'on parle d'érotisme, c'est du langage surtout dont l'on parle véritablement...

Voilà. Vous voyez les couleurs ou vous ne les voyez pas, les odeurs, les parfums, les sons se répondent... «La Nature est un temple (...) de vivants piliers...», etc. *Les Correspondances...*

On pourrait maintenant parler de vos «expériences spirituelles» au sens large...

Mais, c'est la même chose. Le corps est aussi spirituel. Et l'esprit est corporel.

Que vous a apporté l'écriture de Drame *et que vous qualifiez, dans* Vision à New York, *d'«exercices spirituels», soit cette pleine immersion du sujet dans le langage, et même du sujet surgissant du langage? Cette dissolution du sujet correspond-elle à la période des avant-gardes et du groupe* Tel Quel *que vous avez ensuite quitté, désireux de vous affirmer en tant qu'autorité propre avec un moi davantage consolidé dans les romans qui suivent?*

Forcément, cela correspond à une période de ma vie. J'ai écrit *Drame* en 1963-1964, donc j'avais 27-28 ans. C'est un livre auquel je tiens beaucoup parce que je crois que c'est là où je commence vraiment à dire les choses. *Le Parc,* c'est encore un peu une aquarelle. Or là, phénoménologiquement, j'en suis assez content. C'est-à-dire que je m'intéresse aux choses mêmes. Et je l'ai écrit en même temps que j'ai écrit mon premier texte sur Dante. Il y a déjà la pensée indienne, certainement, il y a l'Inde, il doit y avoir la Chine... Et l'exergue d'Empédocle, si je me souviens bien, «Le sang qui baigne le cœur est pensée». Les exergues sont très importants. Je n'ai pas mis l'auteur exprès, pour montrer qu'il n'y a aucun nom, que c'est déjà un acte d'appropriation, pour montrer que tout cela marche ensemble, sans que cela ait besoin même d'être classé. C'est la définition de ce que l'on pouvait faire, dans *Paradis,* en mélangeant aussi les noms, mais sans majuscules. C'est-à-dire que tout cela c'est un même tissu, tout ce qui a été écrit, tout ce qui a été pensé, tout ce qui a pu se dire, c'est un unique tissu. Tout est déjà écrit ou à réécrire sans arrêt. C'est pour montrer que la vie, ce qu'on appelle la vie, en fait, c'est cela. Rien d'autre. Cela aussi, encore, est très à contre-courant, parce que ce n'est pas la *story,* le film, la bande dessinée, le roman... Donc, c'est une expérience très radicale avec vraiment une structure, la scène du jeu, etc.

C'est une expérience ascétique, proche d'une certaine méditation en accord avec tous les éléments ?

Écoutez, vous prenez les premières pages et il doit y avoir tous les éléments pour montrer ce qui se passe. C'est-à-dire, le ciel, une vision, un rêve, — très important le rêve. Souvent, je commence mes livres par un rêve fort, et puis, surtout, c'est la phrase qui vient. Si j'ai le début, j'ai tout le livre. Mais alors, il faut que le début soit le début, d'où tout le problème du *commencement.* Chez moi, c'est capital.

Puis, il y a les années 80, avec la montée de l'indivi-dualisme. Et dans votre œuvre, on assiste également très nettement à cette transition d'un sujet pluriel à un retour au moi...

Ce n'est pas un retour au moi. Le moi est un jeu... Le moi, le moi, c'est une entité fictive, c'est à travailler... *Portrait du Joueur...* Ce n'est pas «d'un» joueur, c'est «du» joueur. C'est venu avec *Femmes,* qui paraît avant.

Et aussi avec Paradis *?*

Paradis, c'est encore autre chose. *Paradis,* c'est l'ouverture à toutes les sources qui doivent confluer, c'est un énorme fleuve. Mais, après cela, je me suis rendu compte qu'il fallait introduire l'histoire, *précise.* C'est-à-dire, pas seulement le moi. Ce moi, évidem-ment, il est là, c'est la «mythobiographie», il est comme ça, mais il est dans l'histoire.

Pourquoi, « il fallait » introduire l'histoire ?

Pour éviter d'être pris pour un abstrait. Je ne suis pas un abstrait. Je peux figurer ce que je veux, quand je veux. J'emploie toujours la comparaison avec Picasso... Ainsi, je comprends très bien pourquoi Picasso, à un moment donné, a pu sortir du cubisme. Cela a beau-coup choqué ses amis qui sont restés dans le cubisme... J'ai pensé que cela pouvait donner lieu à une interpré-tation puritaine qu'il fallait donc déjouer... Sinon, cela ne montrait pas le *feu* qui était derrière.

Y avait-il aussi une volonté d'être plus « lisible », de ne plus être considéré comme un marginal et de conquérir un large public ?

Non... Mais bien *préciser* d'où cela vient, à quel moment cela se fait, par qui... À travers quelles expériences pratiques. Ce sont des démonstrations pratiques. Dans *Portrait du Joueur,* il y a beaucoup d'éléments mais, enfin, il y a quand même l'auteur et, au centre, cette *démonstration pratique.* Sophie, dans *Portrait du Joueur,* c'est Sophie. Ce n'est pas un personnage abstrait... Il y a des lettres, des dialogues, tout cela est très référentiel.

Ce sont de vraies lettres ?

Ah ! De vraies lettres, si l'on en est capable ! Ce n'est pas évident. Cela a beaucoup choqué à l'époque. Beaucoup de gens m'ont dit que je les avais inventées. Ce n'est pas vrai...

On a probablement eu du mal à accepter l'idée que cela vienne d'une femme. La notion de désir féminin est encore très taboue...

Voilà ce qu'il fallait démontrer.

Vous êtes passé d'une forme romanesque dite expérimentale à une forme plus classique. La fameuse rupture des années 80, dans votre œuvre en tout cas, provient-elle du déclin des avant-gardes, ou bien participe-t-elle de votre évolution personnelle ?

C'est les deux. Je crois que tout cela est plein de malentendus. Il y a des périodes qui sont plus ou moins révolutionnaires et progressistes. Il est évident que les années 60 s'acheminent nécessairement vers 68... Aujourd'hui, lorsqu'on parle de cela, on ne s'imagine pas ce qu'était le monde avant, avec la télé en noir et blanc, le peu de communication, etc. Tout change. Il y a le moment où je sens qu'il faut faire des choses radicales, donc j'écris *Drame* en 1965 et *Nombres* qui paraît en avril 1968. Cela paraît complètement décalé mais, pour moi, il était très important qu'il y ait des idéogrammes chinois dans *Nombres,* voilà... Les années 70 sont, au contraire, des années de plombage, et c'est de là que je vais tirer un jour *Femmes*. Parce que *Femmes* raconte dix ans d'histoire. Les dix ans des années 70. Cela fait ce gros livre qui traverse un peu tout... Je suis en Italie, je suis aux États-Unis... Le narrateur est américain soi-disant, bon, voilà. Mais en fait, si l'on regarde la période considérée, on s'aperçoit que je fais le portrait d'une époque. C'est une lutte entre quelqu'un qui est plus libre que les autres et qui trouve des obstacles. Alors, évidemment, les obstacles se présentent sous forme de femmes, négatives ou positives. C'est assez clair. C'est une démonstration. Là encore, je tire les leçons à travers une période historique. Même chose, à travers les années 80. Je multiplie les tentatives pour montrer l'organisation de ce que pourrait être une *contre-société,* une société de plaisir opposée à une société de contrôle... On y est. C'est le processus de sécurité : rentrez chez vous et soyez sages. Ainsi, chacun de mes livres peut être daté très précisément selon la période considérée. C'est cela qu'il faut voir. Et, probablement, la gêne à mon sujet vient beaucoup plus qu'on ne le dit — parce que tout cela est recouvert par une sorte de propagande — de l'adéquation au moment historique. Ce que j'écris est adéquat au moment historique.

Et c'est malvenu aux yeux des critiques ?

Eh oui. Ils n'aiment pas. Chaque fois, il faut éviter une récupération. Parce que, vous faites *Tel Quel* pendant vingt ans, et alors, à ce moment-là, vous avez des bureaux, des universitaires qui s'installent, pour vous expliquer ce que c'est. Tout à coup, vous les réduisez au chômage. C'est pour cela que l'université me fait mourir en 1968, car je suis quelqu'un qui fait sauter la baraque... Ce qu'il faut voir dans *Portrait du Joueur,* que j'ai écrit en 1983-1984, c'est dans l'éventail d'expériences assez considérables précisément la version du contrat. Il faut insister sur ce point particulier. D'ailleurs, c'est la même chose dans *Le Lys d'or* que je fais un peu après, c'est le *contrat féminin.* J'expose quelque chose qui est en train de se renverser. Et l'on tient compte du fait que les rapports entre hommes et femmes sont à tel point en cours de changement qu'on essaye de dépeindre la façon dont cela pourrait éventuellement remarcher, re-marcher... Aujourd'hui, cela ne marche pas. Les garçons et les filles se font des simulacres, mais il y a quelque chose qui ne fonctionne pas... On revient à la séparation. C'est le grand thème debordiste : le monde de la *séparation.* La société veut contrôler les gens qui sont séparés et tout est employé pour ça. La famille, l'école, le marché... Donc j'invente, disais-je, à partir de là, un certain nombre de livres qui, tous, proposent des modèles de *contre-société,* ou d'expériences très singulières menées dans la clandestinité ou dans un coin du paysage.

Comme dans Le Secret, *avec un narrateur clandestin?*

Oui. *Le Secret* est un livre qui a un fonds historique très précis. Vous pouvez le relire aujourd'hui avec cette histoire du Pape, etc., c'est très cadré.

Pourquoi n'accepte-t-on pas qu'un auteur colle à son époque ?

Parce que c'est le point de vue provincial, universitaire... Il faut un certain recul... Mais moi je vis en plein dans mon époque. Et parce que, aussi, c'est la manifestation d'une certaine liberté d'action de la part de l'auteur. Il n'est pas là, comme Julien Gracq, qu'on admire comme une icône figée... Voilà ce qu'ils aiment : voir des gens qui ne bougent pas. Si vous commencez à écrire des choses où le type qui se donne comme narrateur traverse plusieurs milieux, plusieurs expériences, qui va en haut et en bas, qui trace des diagonales, qui passe des frontières, qui revient, qui raconte ça, qui s'intéresse au dessous des cartes, qui est en train de dire qu'on ne dit pas la vérité mais que tout est manipulé... C'est ce que je fais, voilà ! Donc, je suis un écrivain très engagé. Finalement, ce qui choque, c'est l'engagement. Alors évidemment, dans un sens très différent de Sartre. Mais Sartre, à partir du moment où il a eu la théorie de l'engagement, il n'a plus écrit de romans. Moi, je suis engagé dans mes romans, dans la vie comme roman.

Est-ce le seul engagement qui vaille pour un auteur ? Et la politique ?

Mais je me moque de la politique.

Pourtant, à l'époque, Tel Quel *était une revue engagée, non ?*

Oui mais, en fait, c'était un jeu. Sans quoi, j'aurais été pétrifié ! Donc, c'est un jeu et c'est très choquant.

Parce que la vision politique du monde, c'est un clergé. Clergé universitaire, philosophique... Or, tout cela aboutit à des conséquences tout à fait visibles aujourd'hui : c'est que la politique est une mascarade. Comique ou sinistre. Ce n'est pas du tout ça qui est au pouvoir, en fait.

Vous dites que l'écrivain doit être indépendant de tout système politique et institutionnel afin de ne pas se laisser localiser dans un groupe. Néanmoins, que vous a apporté la longue expérience du groupe Tel Quel *?*

Mais beaucoup de choses ! C'est l'expérience justement du contrôle, de l'aventure collective qui implique des ruptures, des conflits. Maintenant, je n'ai plus besoin de m'inventer des conflits pour savoir ce que je vais faire, mais ce n'est pas mal comme expérience... Et des conflits qui ont parfois été extrêmement violents, des exclusions... Il y a très peu de gens que je revois de cette époque. On était sur un bateau sur une mer démontée et il y a beaucoup de gens qui sont tombés à l'eau... Mais c'était très intéressant, parce qu'il y avait un but : reclasser toute la bibliothèque et, surtout, montrer que les marginalités sont centrales : Artaud, Bataille, Dante, Joyce... C'est un gros travail qui nous sera reconnu un jour. Par exemple, il fallait traduire Dante enfin en français, ce qu'a fait Jacqueline Risset. Un jour, si vous voulez, au-delà des polémiques et du ressentiment universitaire, il y a un livre très facile à faire et que quelqu'un écrira où l'on reconnaîtra toutes ces valeurs, ce travail de reclassement des marginaux comme références littéraires... Mais ce déplacement des frontières a choqué aussi. Cela débouche très naturellement sur ce que j'ai fait dans des essais comme *La Guerre du Goût* ou *Éloge de l'infini,* où je passe sans aucun problème de Pascal à Sade et de Sade à Artaud. On peut naviguer librement à travers les siècles. L'idée est encyclopédique. C'est un travail des Lumières.

À la fois en marge et au cœur du monde, tel un « œil diamantaire », est-ce là la seule liberté que vous revendiquez ?

La vérité est paradoxale. Il faut se méfier, toujours, de l'absence de paradoxes. La vie est paradoxale. Toujours dedans, dehors, dedans, dehors... Si j'arrivais à démontrer que toutes les classifications sont inertes, enfin, sont un désir de tuer... J'interroge le désir qui est là, derrière. Le désir d'en finir avec... Le désir profond, humain, d'en finir avec l'art. « Je crois, dit Flaubert, à la haine inconsciente du style. » Donc, le point de vue, c'est que la société est mauvaise, quelle qu'elle soit. Il y en a de plus ou moins mauvaises, mais, la société, en tant que telle, est mensongère, mauvaise, avec un violent désir d'en finir avec l'art...

L'art n'est-il pas aussi un remède aux maux de la société ?

Un remède ? Ah, non. Je ne sais pas si je vous ai déjà cité ce mot de Durkheim, à savoir que, depuis le XIXe, Dieu s'est transformé en société. Il y avait Dieu, il y a eu Dieu, puis il est mort. C'est quand même un événement considérable... Il est mort, mais pas pour tout le monde, puisqu'il y a encore des gens qui essayent de le rejoindre en amont et qui se font exploser tous les jours en croyant aller au Paradis... C'est ce qu'on appelle des kamikazes. Mais enfin, dans le monde occidental, planétaire maintenant, Dieu étant mort, la société prend la relève. Tout est social. Tout est défini comme étant social, c'est-à-dire que tout doit être le plus possible voué à la conformité du collectif, de la communauté, de la collectivité, de la nation ou de l'État... Or, l'art, c'est l'individuation la plus radicale. C'est un individu qui «s'individue» de la façon la plus singulière. Et c'est imprévisible, imprévu, cela n'est pas souhaité et cela crée des difficultés. Baudelaire vous dirait cela ainsi, dans *Mon cœur mis à nu* : «Les nations n'ont de grands hommes que malgré elles.» Par conséquent, le «grand homme», et cela vaut pour le grand artiste, est une force d'attaque, comparable à la résistance de millions d'individus. Je crois que l'on peut dire vraiment, à partir d'une époque très précise, le début du XXe, par exemple, qu'aucun chef-d'œuvre ou peinture n'est souhaité par la société. En plus, l'art renverse, montre le dessous des cartes, donc, personne n'en a envie, ni les familles, ni la société.

Se placer en retrait du monde, tout en en captant les moindres ondulations, à l'image de vos «œuvres-monde» ou encore de votre revue L'Infini *qui agit comme un carrefour au croisement d'une profusion d'individualités et de tendances, est-ce pour vous la condition essentielle de l'artiste?*

Oui. Autant qu'on le peut, on favorise des individualités très différentes, ce qui suppose qu'on a un certain don d'élan et qu'on peut aimer des choses très différentes, des personnes très différentes, des œuvres dans le passé très différentes les unes des autres... Et dans l'histoire concrète de tous les jours, des personnes qui ne pourraient peut-être pas se supporter les unes les autres, hommes ou femmes. Ce qui suppose qu'on fait attention à leur style, et pas à leur personnalité apparente, c'est-à-dire sociale, puisque le moi social, comme dit Proust, et très justement, est une construction des autres... C'est-à-dire, on me renvoie un Sollers qui n'est absolument pas moi. C'est d'ailleurs amusant, c'est excitant de voir la perception, les jugements, tomber à côté de la plaque.

Vous semblez pessimiste à l'égard de la société... Croyez-vous que le «jouisseur», pour reprendre vos termes, soit une espèce en voie de disparition?

Pessimiste à l'égard de la société? Forcément! Toute société est mauvaise, plus ou moins. C'est tout. Plus ou moins... Moins, c'est évidemment une société dite développée ou démocratique. Il n'empêche que c'est mauvais de toute façon pour l'artiste. Il y a une grande différence entre être exécuté ou mis en prison, et le fait de pouvoir être tranquillement libre, enfin... de pouvoir s'arranger, quoi. Le mot «jouisseur», dites-vous... On va le voir selon les époques. Là aussi, il y a des époques plus ou moins favorables. C'est comme dans la nature et c'est cela qui m'intéresse, autrement je n'écrirais pas sur des époques bien déterminées comme le XVIIIe par exemple... Muni d'une science un peu historique, vous pouvez déterminer les époques. Ces époques plus libres sont parfois assez longues et peuvent durer trente ou quarante ans, ou alors elles peuvent être assez courtes... Ou encore, il y a les longs tunnels où l'on n'avait pas toujours accès aux informations, aux documents. Ainsi, il y a peut-être des jouisseurs dont on ignore l'existence et qui ont été obligés de vivre dans la clandestinité. Enfin, on a beaucoup de documents des époques que l'on pourrait appeler «heureuses»... Casanova, par exemple.

À partir de Femmes, *on observe une véritable maturation de votre style, qui d'ailleurs ne se démentira pas, puisque tous les romans qui suivront seront dans cette veine-là, dans cette réintroduction, notamment du romanesque, avec beaucoup d'humour. Avez-vous trouvé ce compromis idéal entre la «langue» et le «narratif»?*

Il n'y a plus de roman idéal, il y a simplement la construction d'un ensemble. Il y a un petit passage auquel vous pourriez vous référer, je crois que c'est dans *Passion fixe,* où je montre le type qui construit un petit château... D'abord les jardins, les fondations, etc. C'est de l'architecture, en somme. Donc ce n'est pas idéal, c'est une construction. Chaque livre remplit un but très précis. C'est-à-dire qu'il y a plusieurs entrées, comme on peut voir dans l'architecture baroque... On pouvait entrer par des terrasses, des appartements ou des jardins... C'est amusant à faire. Ce n'est pas idéal. C'est une sorte de château dans l'espace, invisible, si vous voulez. Puisqu'on ne peut plus faire cela vraiment sur terre, on le fait dans le langage... Pas dans les rêves... Il faut le *faire.* Ce n'est pas un château en Espagne !

Vous dites que vous ne voulez pas être pris pour un abstrait. Or, n'y a-t-il pas là une contradiction dans le fait d'introduire l'histoire tout en s'acharnant à éjecter la story *? Comment être figuratif tout en rejetant l'histoire elle-même ?*

Parce que ce qui gêne avec la *story,* c'est qu'elle est réductrice par rapport à l'«Histoire»... Je mets un grand «H»! Vous prenez les livres, c'est évident... Vous avez un narrateur en situation. Dans *La Fête à Venise*, il fait du trafic d'armes, dans *Femmes*, il est soi-disant américain, dans *Passion fixe*, il raconte une passion mais il y a aussi beaucoup d'éléments qui sont liés à l'activité clandestine révolutionnaire de sa jeunesse... Si je fais simplement une histoire, je n'ouvre pas sur l'Histoire ou, alors, c'est le roman historique, mais le roman historique, ce n'est pas intéressant non plus parce qu'il n'y a pas de vécu à la première personne. Donc, si vous voulez, là encore, pour tous ces mots « histoire », « personnage »..., il faut chaque fois produire un décalage. Vous avez un narrateur, il est là, bien sûr, dans une histoire donnée (il a des aventures, les femmes...), et en même temps son expérience ouvre sur des pans entiers de l'Histoire, sur l'intériorité et aussi sur des époques différentes où il aurait pu exister et se comporter. C'est un peu comme dans le roman fantastique ou le roman métaphysique... Ainsi, dans *Passion fixe*, tout le monde se précipite sur des clés, mais personne n'a remarqué que tout repose sur la Chine... Qu'est-ce que cela vient faire là ? Eh bien, ce sont des rappels du passé pour les actualiser, justement. C'est étrange de voir quelqu'un qui se comporte brusquement comme s'il était taoïste, qui va en Chine au XXe siècle...

C'est une « Histoire » détournée, en fin de compte ?

C'est la manifestation de l'Histoire (avec un grand « H ») dans une situation historique (avec un petit « h ») donnée. C'est-à-dire qu'à la limite le narrateur pourrait montrer qu'il vit là mais qu'il pourrait aussi bien vivre à des époques très différentes. Il y a une sorte d'enchantement de l'Histoire... Si j'imagine que je vis un soir à Vienne et que je vois un concert avec un petit homme un peu pâle qui vient jouer du piano et qui s'appelle Mozart, évidemment, c'est fantastique... Supposons que j'étais là... Je crois que c'est dans *Le Parc*, déjà, où l'on a le « supposons que j'étais là à tel moment ». C'est une vision. C'est dans *Paradis*, beaucoup. Vous verrez dans l'édition critique de *Paradis* comme on peut montrer à quel point tout cela est codé. Par exemple, *La Légende des siècles* de Hugo... « Le mur des siècles m'apparut. » Ce qui est embêtant avec la conception étroite du roman, c'est de manquer sa portée poétique. Or, ce que je cherche, c'est de ramener la poétique de tous les temps, dans le roman, en situation.

Vous confrontez donc sans cesse deux temporalités...

Oui, c'est cela. Il y a une temporalité narrative et il y a en même temps le surgissement de pans entiers d'Histoire... Par exemple, dans ce que je viens d'écrire, il y a un narrateur et une femme, et puis, tout à coup apparaît *Antoine et Cléopâtre* de Shakespeare... Dans *Le Cœur absolu*, c'est comme cela, aussi. Tout corps doit être montré dans un énorme continuum de temps. Il ne doit pas être réduit à ses conditions sociales et temporelles d'existence.

Dans la préface de Femmes, *vous dites que* Femmes *n'est pas un livre d'avant-garde, en tout cas en apparence. Vous parlez d'ailleurs ironiquement de « roman (...) du romanesque actuel ». En quoi consiste alors ce « romanesque actuel » des années 80 ?*

On a dit beaucoup que ce livre rompait avec ce que j'avais fait avant... Pourquoi l'a-t-on dit à ce point ? C'est cela qui m'intéresse. Quels sont les intérêts en jeu ? Pour moi, ce n'est que la continuation de la même recherche par des moyens autres. Pour le social, cela a été un blasphème. L'université, notamment, qui l'a très mal pris. Parce que je fais tout simplement l'Histoire de ce qui s'est passé dans les années 70... Bien sûr, cela va plus loin. On peut reconnaître Barthes, Lacan ou Althusser... Je fais l'Histoire de quelque chose qui s'est passé dans les années 70, et particulièrement dans le continent féminin... Il y a peu de rapport entre les femmes qui ont commencé dans les années 70 et leur mère ou leur grand-mère. Le problème, c'est de savoir aujourd'hui s'il n'y a pas retour, régression. Ce sont des choses dont on peut parler et que le roman peut établir. Le romanesque de ces années-là, c'est cela dont je fais déjà l'Histoire. Par ailleurs, il y a beaucoup de thèmes qui apparaissent et resteront, comme le terrorisme... Il y a un attentat dans *Femmes*, par exemple, c'est précurseur. Cela m'a amusé de voir que, dans *Plateforme*, Houellebecq refait à peu près la même scène... Il a d'ailleurs parlé de *Femmes* dans *Les Particules élémentaires*. Et pour Catherine Millet, par exemple... Le livre qu'elle vient d'écrire est un livre excellent sur le plan littéraire. Elle n'aurait pas pu l'écrire sans que *Femmes* ait été publié vingt ans avant... Tout ce qu'elle dit est très précis. La façon de décrire les hommes en train de jouir, par exemple, la façon dont ils menacent plus ou moins... Elle a une grande variété d'expériences, comme une sorte d'ethnologue en quelque sorte. C'est un livre absolument saisissant par la précision visuelle et verbale. Cela n'a rien de pornographique.

On a dû dire la même chose de certains de vos romans...

Oui, c'est ça. Ce qui prouve que ce sont des points très sensibles qui sont touchés là, très sensibles. Violents.

Tant sur le plan formel, avec vos romans des années 60-70 qui heurtaient radicalement les formes tradition-nelles, que sur le plan thématique, avec un roman comme Femmes, *subversif par son aspect visionnaire (montée du féminisme, évolution scientifique et techno-logique, procréation artificielle, bioéthique, pouvoir des femmes...), votre œuvre est souvent perçue comme provocatrice...*

Mais il n'y a aucune provocation. Ce que la société appelle provocation, c'est quand on touche un point qu'elle ne veut pas voir.

Vous cherchez à toucher ce point...

On cherche la vérité, tout simplement. Ce que la société appelle provocation, c'est le fait de dire la vérité. On a l'impression qu'il y a un mensonge, que tout le monde ment à propos de choses précises... On essaie de dire la vérité, c'est tout. Sartre, à propos de Genet, a dit «on pardonne bien plus une mauvaise action qu'une mauvaise parole». On essaie de dire la vérité là où on a l'impression que tout le monde ment. D'ailleurs, *Femmes* commence comme ça : «Le monde appartient aux femmes. C'est-à-dire à la mort. Là-dessus, tout le monde ment.»

Vos premiers romans n'étaient donc que de purs ter-rains d'expérimentation?

Pour ce qui est des fondations, des textes de fonda-tion, des pilotis, c'était un projet... Je me mets au tra-vail et c'est l'expérimentation, cela vient avec la chose qui se fait. Parce que dès le début j'insiste, et je crois être le seul à l'avoir fait à ce point, sur le fait que je suis en train de faire de ce je fais. Je suis *en train* d'écrire. C'est dans *Drame* : j'écris que je suis en train d'écrire.

Que pensez-vous de la notion de baroque ? Trouvez-vous qu'elle puisse définir votre œuvre ?

Oui, à condition de savoir ce que c'est... Parce que le mot « baroque », c'est un adjectif que l'on emploie partout. Il faut le comprendre, également, dans une période historique très précise : le baroque, en architecture, en musique, en peinture, et en littérature, a pu être une levée en masse de libertés à l'intérieur de controverses difficiles... Là, on commence à comprendre le baroque. C'est lié à la Contre-Réforme, donc c'est une violente polémique religieuse. En musique, je vous le prouve avec *Mystérieux Mozart*... Dans la musique occidentale de l'époque, Mozart, c'est énorme.

Le baroque surgit toujours lors de périodes de crises profondes.

Absolument... Et si je vous dis que c'est l'art jésuite, alors cela va encore énerver la situation. Si l'on prend une carte du baroque, on se rend compte que c'est un phénomène européen, transnational. Vous voyez que ce n'est pas national. À ce moment-là, on peut envisager que, plus le concept de Nation sera fort, plus le baroque sera rejeté. Ce qui est le cas des Français. Cela part de l'Italie, cela va en Autriche, en Pologne... Et les Français ont un problème avec la Nation... Bleu, blanc, rouge ! La preuve, récemment, ils passent du rose au bleu... C'est cocasse.

C'est pour cet aspect contestataire que l'on peut qualifier votre œuvre de baroque, et votre écriture, sur- tout?

Eh bien je pense que, dans la mesure où elle essaie d'être immédiatement multiple au niveau des sensations, de jouer tout le temps entre la vue, le toucher, l'ouïe, de ce point de vue-là, elle hériterait en effet du mot «baroque». Parce que l'art baroque, cela veut dire «tout en même temps». Le mouvement, la torsion, la spirale... Les cinq sens sont le plus possible en répercussion les uns par rapport aux autres.

Pourquoi ce terme est-il si peu lâché dans les textes critiques autour de votre œuvre?

Mais parce que personne ne sait de quoi il s'agit! L'éducation française, laïque et républicaine, l'éducation... «nationale» — d'ailleurs, cela s'appelle comme cela — est historiquement hostile au baroque. Je le montre dans *Mystérieux Mozart*. À cette époque, on ne peut pas faire d'opéra de Mozart en français. Il y en a en italien, en allemand, mais pas en français... Donc c'est une polémique intra-nationale. De ce point de vue-là, je suis atypique, puisque je me considère comme un Européen d'origine française et que je déborde toutes questions nationalistes. C'est gênant quelqu'un qui bouge là où l'on voudrait que cela ne bouge pas.

À travers vos nombreux essais et vos romans qui brassent des savoirs encyclopédiques, y a-t-il de votre part une volonté d'éduquer le lecteur, une certaine forme jubilatoire de didactisme?

Je crois que c'est Ezra Pound qui dit : «Tu es sadique, tu essaies de faire penser le lecteur !»... Donc, c'est du sadisme ! Joli, non ?

Nous observons une vraie complémentarité entre vos œuvres fictionnelles et vos essais. Je pense particulièrement aux biographies que vous avez rédigées sur Sade, Casanova, Mozart, Vivant Denon et qui apparaissent indubitablement comme des autoportraits détournés de vous-même. Nous sommes très proches de ce que l'on a appelé l'autofiction *ou encore la fictionnalisation du moi, caractéristique du roman des années 80. Par ailleurs, c'est dans vos romans, bien sûr, que les références biographiques sont nettement plus explicites. J'en viens alors à me demander si la question du sujet intime, et plus largement de la biographie, ne serait pas centrale dans la littérature... Croyez-vous, en effet, que la littérature s'achemine naturellement vers le genre biographique ou autobiographique comme forme romanesque souveraine, dans la mesure où, au fond, chaque auteur, tout au long de son œuvre, ne fait que parler de lui-même ? La biographie, prise dans un sens très élargi, serait-elle aujourd'hui la question centrale des enjeux romanesques ?*

Oui, je crois, parce que de toute façon on voit, en lisant un livre, quelle est l'étendue de l'expérience d'un auteur et s'il a une biographie intéressante. C'est quand même l'essentiel. J'ai inventé ce que j'ai appelé les «IRM», c'est-à-dire les Identités Rapprochées Multiples. C'est aussi la question du multiple, de l'identité multiple. Alors c'est très gênant pour quelqu'un qui veut avoir une identité figée. Ce n'est pas de la biographie mais cela pourrait être de la mythobiographie... Je n'aime pas beaucoup le terme d'autofiction. «*Auto-*»

me gêne. Il faudrait dire, au contraire, *altérofiction* ou *hétérofiction,* vous voyez, c'est autre chose... C'est-à-dire continuer à être le même dans des situations extraordinairement différentes. Ou alors, dans des personnages qui sont différents. On pourrait se balader dans toutes ces époques tout en restant le même sous des costumes différents. C'est une idée très ancrée chez moi qu'après tout il n'y aurait peut-être qu'*un seul* écrivain qui continuerait ses aventures à travers le monde... Le problème de la biographie est important, en effet, parce que l'on voit qui a ou qui n'a pas une biographie en acte! Et finalement, c'est assez rare. Je crois que faire ma biographie va être quand même extraordinairement compliqué... Il faut mourir, pour cela! Je m'arrange pour qu'elle soit extraordinairement compliquée à faire, c'est-à-dire qu'elle soit confirmée par les livres. On croit que tout ce qu'a fait Casanova c'est de l'imagination car autrement il ne l'aurait pas écrit... Or tout cela est *vrai.* Alors, pourquoi a-t-on peur que ce soit vrai?

La peur du réel?

Il me semble.

Le réel, c'est la mort?

Pas pour moi! D'où vient l'idée que le réel, c'est la mort? C'est religieux comme affirmation.

La seule chose dont on ne peut pas douter, c'est bien de la mort, non?

Je ne suis pas d'accord avec vous. Il faut douter de tout. Je ne crois à rien.

Donc, vous n'avez peur de rien ?

Non... Le coup de la mort, vous savez, pour faire tenir les gens tranquilles, c'est quand même très efficace ! Il faut tendre l'oreille à quelqu'un qui vous présente tout de suite la mort. En général, c'est un refoulement sexuel. Le sexe, c'est la mort. C'est religieux... Ce n'est pas la peur du réel. C'est la peur du sexuel. Il n'y a pas que le sexuel dans le réel. *L'Origine du monde* de Courbet n'est pas l'origine du monde. Le monde n'est pas né d'un corps de femme... La mort est très survalorisée. Il y a une phrase de Raoul Vaneigem qui a écrit le *Traité de savoir-vivre à l'usage des jeunes générations* au moment du situationnisme avec Debord. C'est un aphorisme excellent : «Le parti de la mort a un grand respect pour le malheur.» Il y aurait donc un «parti de la mort». Donc, il y a le problème du masochisme, etc., de choses dont je parle ouvertement tout le temps. Je pique là et de façon très précise.

Le XXe siècle aura été, dans le domaine des arts, le siècle de la mort de la représentation. On a tout fait (peinture, littérature, cinéma, théâtre...) pour détruire le système mimétique qu'avait théorisé Aristote. Or, si l'on abolit la représentation, il ne reste que le réel. Mais, il faudrait s'interroger, au fond, sur ce qu'est vraiment le réel... Question d'autant plus pertinente qu'aujourd'hui nous sommes entrés dans une ère de l'Image et du Virtuel...

Le réel, ce n'est pas la réalité. Voilà. Je m'appuie sur la représentation, mais pas du tout pour la supprimer. Pour la mettre en abyme... Ce n'est pas la mort de la représentation, mais sa mise en abyme... Vous me dites «la mort», moi, je vous dis «la vie». Je défends la vie... Sa mise en abyme pour mieux la mettre en perspective et la faire voir. Pour mieux la faire encore exister. Par exemple, vous êtes devant un tableau de Cézanne, un des plus beaux, *La Montagne Sainte-Victoire,* et vous vous posez la question suivante : comment seriez-vous si vous viviez dans le tableau? Voilà. Vous passez un jour dans un tableau. Vous pouvez en prendre un autre, ce que vous voulez. Vous allez dans un musée et vous vous dites : voilà, aujourd'hui, je vais vivre dans un tableau et que va-t-il m'arriver? C'est amusant. Parce qu'il y a beaucoup de choses à faire dans un tableau, s'il est très réussi.

Vous inversez donc totalement le rapport...

Exactement. Donc, pas de spectacle extérieur, mais entrer dedans, essayer d'éprouver ce que les personnages éprouvent. La *Vénus* de Titien, qu'est-ce qui lui arrive? Ou l'*Olympia* de Manet, qu'est-ce qui se passe? Pas de virtuel... Le réel, c'est l'*acte*. L'acte d'art réel. Le réel, c'est au bout du pinceau, au bout du stylo, du langage, au bout des doigts dans la musique. C'est cela le réel. Tout le reste, ce sont des *images*. La peinture n'est pas une image, ce n'est pas un écran de télévision. C'est un corps. Ce n'est pas platonicien. C'est pour cela que, pour critiquer la représentation, la métaphysique, je vais m'appuyer sur différents secteurs qui vont essayer de déstabiliser cela, cette espèce de poids. Par exemple, je vais m'appuyer sur la Chine et, d'ailleurs, en remarquant que la rencontre entre la Chine et l'Occident a eu lieu comme de juste au xviiie siècle. C'est à ce moment-là qu'il y a interpénétration. Alors là, on a un énorme continent qui surgit et qui interroge les autres et pousse ainsi à ne pas rester comme cela, figé devant des images. Toute la «pieuseté» de la mise en image, de la représentation va être gênée par cette irruption, parce que la peinture est une chose violente. Rembrandt, c'est violent.

Et, selon vous, où va la littérature ?

On évacue. La société vise à évacuer la littérature, le corps, et tout ce que cela implique. La littérature se défend comme elle peut. Cela dépend du système nerveux, de la force de résistance des écrivains. On voit bien, aujourd'hui, la misère de la poésie ; elle est terrifiante...

Entretien avec Irène Salas, Sorbonne, 2002.

Il suffit d'être douze

«TISSAGE» : *Où êtes-vous en Mai 68 ?*

PHILIPPE SOLLERS : J'ai toujours été dans ce que j'étais en train d'écrire. Et d'ailleurs je continue. Le lieu, pour moi, c'est ça, c'est le langage. Avant toute chose. Avant d'être né ici ou là, d'avoir fait telles ou telles études, d'avoir eu telles ou telles origines, et avant le fait qu'en 1968 j'ai 31 ans et un peu plus, et que je me trouve à Paris. Pour ne citer que trois de mes livres parus à l'époque : *Drame*, en 1965, *Logique* en avril 1968, puis *Nombres* en mai. Dans *Nombres* il y a des idéogrammes tracés par François Cheng, qui était un ami à l'époque, le premier Chinois à avoir été élu, depuis, à l'Académie française. De même qu'Alain Robbe-Grillet a été cocassement élu à l'Académie française, ce qui n'était pas du tout prévu par le programme de ces années-là.

En Mai 68 la revue Tel Quel *que vous animez a huit ans d'existence.*

Je m'en occupe intensément à l'époque. Parmi les contributeurs, des individus jusqu'alors peu connus :

Roland Barthes, qui est à ce moment-là très proche de nous, est considéré comme un dangereux subversif. Il ne sera élu au Collège de France que bien plus tard, en 1975. Il publie *Critique et vérité* dans *Tel Quel*. Michel Foucault, présent en 1962 lors d'un colloque que la revue organise à Cerisy, vient d'écrire des textes qui nous passionnent : *Naissance de la clinique*, *Histoire de la folie*. La gloire de Foucault commence très tardivement en 1966 avec *Les Mots et les choses* et ensuite va être sanctionnée par le Collège de France en 1969. Le premier numéro de *Tel Quel* comporte un texte de Claude Simon qui est à l'époque très loin d'avoir le prix Nobel. Les interrogations du Nouveau Roman paraissent dans *Tel Quel*, aussi. Au moins deux ou trois d'entre nous suivent depuis 1964 le séminaire de Lacan, qui va être parti prenante dans tous ces événements. Enfin, Derrida nous a déjà rejoints, publiant dans la revue ses textes sur Antonin Artaud.

Il y a une phase d'incubation qui prépare Mai 68.

Mai 68 ne tombe pas du ciel. Dans les années qui précèdent, la société française est interrogée déjà depuis ce lieu-là, très précis, pointu, expérimental : qu'en est-il du langage par rapport à la vie humaine en société ? Quand je vous dis que je suis là où j'écris, c'est qu'il s'agit d'une expérience de langage : nous commençons à y mettre systématiquement l'accent. Pas de transformation de la société sans une transformation du langage. C'est quelque chose qui est extrêmement nouveau et qui demande à se poursuivre. Lacan, les formalistes russes, Jakobson : il y a beaucoup de publications, et ça affole tout le monde. *Tel Quel* est une petite revue trimestrielle sans publicité avec un petit bureau et un seul téléphone, et c'est comme si on faisait régner la terreur. Le marché lui-même, c'est-à-dire le marché du savoir, le marché universitaire, le marché même des livres, se sent attaqué. C'était vrai. C'est ce qu'on voulait.

Contrairement à toutes les prévisions, et même aux convictions spontanées de l'époque — surtout marxistes vulgaires —, l'étincelle qui met le feu à la plaine ne commence pas dans les infrastructures, c'est-à-dire dans le bas de la société, mais à son sommet en quelque sorte élitiste, c'est-à-dire l'Université. Notre travail ne date pas d'hier, nous avons engagé déjà depuis un certain temps cette pensée anticipatrice qui va nous être beaucoup reprochée à l'époque, et à moi particulièrement, puisque l'Université me fait mourir en 1968, et je crois à juste titre.

Avant, l'Université vous faisait vivre ?

Avant, l'Université pensait que nous faisions un travail qui pouvait éventuellement la nourrir. Je n'appartiens pas à l'Université, j'écris ce que j'écris. Des universitaires voient que ça peut leur servir d'illustration. Et à ce moment-là le terrain va se déplacer car je ne suis évidemment pas là pour illustrer des travaux philosophiques. Je déclenche un déplacement des travaux philosophiques. Voilà mon acte. Et voilà pourquoi l'Université n'est pas contente. C'est très important : c'est un fait politique. À partir de 1968, il y a normalisation de l'Université. Puisque c'est là que ça a démarré, il faut donc bétonner.

Comment vivez-vous en 1968 ?

Mes livres n'arrêtent pas de témoigner de cette façon d'exister, qu'il faut bien dire... très libre. La plus libre possible. Maintenant, la mythologie aidant, ce serait une sorte d'explosion, de destruction qui auraient détruit l'Université, la famille, l'école, etc. C'est la propagande habituelle, qui commence dans les années de normalisation. C'est-à-dire dans les années 70, et qui vont aboutir à votre naissance dans le merveilleux monde mitterrandien. La pensée anti-68 commence dès les années 70 et s'est achevée par une normalisation généralisée où l'argent prend sa dimension mondialisante.

Voilà dans quel bain *je* suis ; et je dirais *nous* sommes car il s'agit d'une entreprise qui convoque un certain nombre d'énergies. Le but stratégique, c'est que l'Université dans sa manière de transmettre le savoir ne peut plus continuer comme ça. Les institutions, l'Académie, l'Université, le Collège de France, sont les lieux sur lesquels porte l'offensive. C'est capital pour nous. Il faut faire sauter *là* : on sent qu'il y a un moment de faiblesse, une fissure possible, une saturation, une vieillerie ; on porte le combat là-dessus. Très franchement, je ne pense pas que cela ait été sans succès. Mais ce n'est pas un succès de destruction, c'est un succès de déplacement de terrain.

Vous mettez en avant un certain nombre d'auteurs assez négligés comme Francis Ponge, qui ouvre par son poème « La figue » le premier numéro de Tel Quel *en 1960.*

En même temps qu'il y a cette stratégie, il y a l'idée de refaire la bibliothèque en quelque sorte. Il faut refaire l'Encyclopédie. C'était un projet commun avec Barthes à l'époque. Et je continue d'ailleurs à proposer mon encyclopédie personnelle, dans *La Guerre du Goût* et *Éloge de l'infini*. Il s'agit d'imposer des œuvres qui sont considérées comme marginales alors que pour nous elles sont centrales. Francis Ponge est là dès le début. Nous n'arrêtons pas de parler de Georges Bataille, d'Antonin Artaud. C'est un programme constant. Les œuvres complètes d'Artaud viennent seulement de paraître dans la collection «Quarto», chez Gallimard, et il a fallu quand même attendre quarante-quatre ans pour que Georges Bataille paraisse en Pléiade, ce qui est long, tout de même. À l'époque, c'était tout à fait dispersé. Ces œuvres ne s'imposaient absolument pas. S'imposent-elles mieux aujourd'hui? J'en doute.

À vous entendre, l'enjeu de Mai 68 est essentiellement «intellectuel».

Ce n'est pas intellectuel, c'est très physique. Le langage, c'est très physique : nous sommes en train d'en faire la démonstration en parlant. C'est une autre façon d'interpréter et de vivre. Tous les noms que j'ai cités ont leur importance, chacun dans sa région. Prenez *Femmes* par exemple, c'est très vivant : j'y mets en scène toutes les figures de l'époque, Lacan, Althusser, Barthes... Comme l'a dit Pascal, si nous rencontrions Platon ou Aristote, ce seraient des gens comme vous et moi en train de discuter. J'ai fait cette transposition romanesque en 1982 alors que la contre-offensive de momification était déjà commencée.

Je dirais aujourd'hui avec beaucoup de fermeté que le penseur français le plus efficace à mes yeux aura été Lacan.

L'insistance sur le langage explique votre proximité avec Lacan, qui dit «l'inconscient est structuré comme un langage ». En quelques mots, quels rapports aviez-vous avec lui ?

Je commence à écouter son séminaire vers 1964-1965[1]. C'est lui d'ailleurs qui me sollicite tout de suite. Nous avons eu des rapports continus pratiquement jusqu'à la fin de sa vie. Je continue d'ailleurs d'avoir des relations excellentes avec Jacques-Alain Miller qui établit le Séminaire, dont le dernier paru est le *Sinthome*, où vous verrez que je suis interpellé par Lacan.

Son séminaire paraissait extrêmement transgressif, car Lacan avait été chassé de l'Internationale Analytique. À partir de 1964, il s'adresse au tout venant, et non plus seulement aux psychanalystes. Tout d'un coup, il fait un séminaire ouvert. Les maos surgissent du côté de Lacan, et ce n'est pas un hasard. On n'avait jamais entendu parler de psychanalyse en France (ou mal) avant lui. Par rapport aux adversaires qui continuaient à débiter leur discours conventionnel sans tenir compte de cette proposition considérable, c'était une arme.

Ce qu'on apprend des archives et des témoignages sur Mai 68, c'est que la question du langage se pose aussi pour chaque sujet qui participe à l'événement.

Il y a une effervescence considérable. Les gens s'adressent la parole, par exemple. Les murs ont la parole. Vous avez les fameuses inscriptions qui sont tantôt surréalistes, tantôt situationnistes, avec beaucoup d'invention. Un humour considérable et une attaque critique des comportements, de la façon de vivre. La

1. *Les Quatre Concepts fondamentaux de la psychanalyse*, Points Seuil, 1990.

société française a été mise en question à partir d'une toute petite histoire de filles qui voulaient aller dans les chambres des garçons à Nanterre. Imaginez-vous! Un ministre qui trouve que c'est ridicule vient inaugurer une piscine : «*mens sana in corpore sano*»! «Une étincelle peut mettre le feu à la plaine», comme a dit quelqu'un. C'est allé très vite. Ces moments étaient très enivrants et amusants, il y avait quelque chose de bizarre à voir une petite révolte de rien du tout déclencher un processus aussi énorme. Ce qui veut dire que, de temps en temps, l'histoire parle en quelques jours en bégayant. Avec des discours très diversifiés, qui se retrouvent là un peu comme la carpe et le lapin, qui sont l'expression d'une situation révolutionnaire.

Il faut être très attentif au temps : «Huit jours, c'est vingt ans.» Tout va très vite, tout se bouscule. C'est l'expérience qu'a pu faire chacun avec le corps qu'il avait, ce qu'il avait dans la tête, et parfois même avec le mauvais langage pour le traduire, c'est-à-dire le langage antérieur. Car ce qui s'est cherché là, c'est un langage nouveau, je crois.

Et aujourd'hui, ce langage, il en est où?

Aujourd'hui, monsieur, vous êtes dans le Spectacle en cours de domination mondiale, c'est tout à fait autre chose. Nous sommes dans la société spectaculaire et cela ne passe pas seulement par le médiatique. C'est un système de représentation. En 1968, ce n'est pas encore cela. Vous avez une puissante Union soviétique qui bloque toute critique du statu quo de la guerre froide. Avant 68 sont parus deux livres : *La Société du Spectacle* de Guy Debord et le *Traité de savoir-vivre à l'usage des jeunes générations* de Raoul Vaneigem qui se sont retrouvés propulsés dans l'imaginaire pour longtemps. La trace de Debord, comme vous pouvez le constater, est encore très active. Très désinformée, mais quand même très active. Après viendront d'autres livres beaucoup plus importants à mon avis comme les *Commentaires sur la Société du Spectacle* ou *Panégyrique*. Debord ne s'est jamais dédit.

Vous dites dans L'Année du Tigre *que Mai 68 n'était d'aucun parti, mais l'habitude médiatique veut a contrario que l'on identifie tout acteur de Mai 68 avec un «parti» quelconque, qu'il soit syndical (CGT) ou idéologique (maos, trotskistes...). Comment expliquez-vous que la France se soit embrasée?*

Pourquoi y a-t-il eu ce renversement de l'analyse classique politico-économique? Le schéma classique, c'est : «Les masses du bas ne sont pas contentes : elles produisent un mouvement social.» C'est le schéma des grèves de 1936. C'est le Prolétariat, comme on a dit pendant très longtemps. C'est l'Idée socialiste française. Ne pas oublier que le socialisme français est quelque chose de très profond. Marx a dit : il y a l'économie politique anglaise, la philosophie allemande, et la lutte des classes en France. Voilà la Trinité. Le Social. Qui donne le plus souvent ce que j'appelle la sociomanie ou la sociopathie, dont Bourdieu a été le représentant le plus flagrant.

La prééminence du *réel défini d'abord comme social* est profondément ancrée dans l'histoire française depuis la Révolution. Déclinez votre identité sociale, après on verra. À l'époque, nous sommes en train de faire tout le contraire, puisque nous partons du langage. Nous allons donc nous trouver en position de critique par rapport à Sartre. Nous encourageons les initiatives dites abusivement «structuralistes» et l'une des choses qu'on peut nous reconnaître, c'est d'avoir publié les formalistes russes, action qui était très politique car il s'agissait de percer toute la masse énorme de la propagande soviétique. L'Union soviétique était une puissance mondiale d'une très grande force, notamment en France dans l'Université. Avant Mai 68, on est en position d'attente, l'événement apparaît pour nous comme une concrétisation précipitée de ce travail de taupe.

L'autre travail de taupe, qui a été le plus mal présenté et le plus mal compris, c'est de viser le Parti communiste français. À l'époque, je vous le rappelle, Duclos fait 22 % des voix lorsqu'il se présente à la Présidence de la République. Vous ne pouvez pas savoir à quel point le gaullisme exténué d'un côté, les communistes de l'autre («Entre les communistes et nous, il n'y a rien», disait André Malraux à juste titre) pouvaient être une tenaille absolument étouffante. En 1968, nous maintenons une alliance apparente avec le Parti communiste parce que la mèche n'est pas assez profondément enfoncée : on la fait sauter deux ans après. On en retrouvera une autre aujourd'hui, mais qui n'est pas du même ordre.

Vous parlez de Mai 68 comme d'un «placard» pour caractériser le silence dont cet événement fait l'objet, en comparant sur ce point Mai 68 avec la Deuxième Guerre mondiale et la guerre d'Algérie.

Premier placard : 1940-1942. Le poids du refoulé est absolument phénoménal. La question des camps d'extermination nazis n'est soulevée qu'à partir des années 60. Le premier film que j'ai vu s'appelle *Nuit et brouillard* de Resnais, avec un texte de Jean Cayrol. Il représente un choc considérable, avant la grande réalisation de Claude Lanzmann, *Shoah*. Premier placard aussi avec le pacte germano-soviétique, qu'il faut appeler nazi-stalinien pour être très exact, ou plutôt stalino-nazi.

Deuxième placard : la guerre d'Algérie. Il était à l'époque interdit de parler de guerre. Il y avait un « maintien de l'ordre », il y avait eu des « événements ». J'ai passé quatre mois dans les hôpitaux militaires. Je suis réformé n° 2 sans pension pour terrain schizoïde aigu, puisque je suis heureusement arrivé à tromper les psychiatres. C'est Malraux d'ailleurs qui m'a fait libérer. Mais cela pèse d'un poids très lourd sur cette génération. J'ai des amis qui sont morts...

Premier placard : mensonge. Deuxième placard : mensonge. Nous essaierons de voir si pour le troisième placard nous ne sommes pas aussi en plein mensonge. C'est la thèse que je continue à argumenter.

Concrètement, quels ont été les rapports entre une revue littéraire comme Tel Quel *comme la vôtre et une organisation comme le PC ?*

Il y avait des intellectuels, comme Jean-Louis Houdebine, Jacques Henric, Guy Scarpetta... Beaucoup ont d'ailleurs quitté à notre demande le Parti communiste à l'époque. On leur a dit un jour : « Ça ne va pas. » Notre stratégie à ce moment-là est de jouer avec le Parti communiste — avec une cuillère assez longue — comme relais vers les masses. Nous sentions qu'il était exténué dans sa production idéologique, qu'il commençait à se rendre compte de tout ce qui se passait avec Lacan, Lévi-Strauss, Foucault, Barthes, Derrida. D'où pendant un certain temps, en dépit des événements de Mai 68, le maintien de notre alliance avec le PC, qu'on peut critiquer. Mais pas si l'on suit la stratégie en question : les enjeux réels pour nous ne sont pas directement politiques, mais ont des conséquences politiques. Mais d'abord, toujours la même chose : le rappel que c'est à partir du langage que tout s'élabore.

Pourquoi avoir été maoïste ?

L'angle d'attaque était le maoïsme parce que c'était ça qui pouvait à ce moment-là le mieux déstabiliser l'adversaire, c'est-à-dire, finalement, l'ex-Union soviétique. N'oubliez pas qu'à l'époque le Mur de Berlin est toujours là.

De nombreux analystes insistent surtout sur Mai 68 en tant que moment de libération plus sociale et culturelle que politique.

L'événement 68 est un phénomène bifide. D'un côté, c'est un phénomène qui recycle des vieux discours, la langue de bois, le marxisme ossifié, etc., qui retrouvent comme une sorte de second souffle. De l'autre côté, il est porteur de transformations sociales comme la France en a rarement vécues. Au niveau des mœurs, vous avez tout un catalogue qui ferait hurler ceux qui vivaient avant. Ne serait-ce que la libéralisation des médias, de la radio, de la télévision... Vous n'imaginez pas ce que ça pouvait être *avant*. Je garde une grande tendresse pour tous les phénomènes de libération individuelle, qui ont été considérables. En 1968 sont là en attente les mouvements de la société civile : les homosexuels, les femmes... Il n'y a aucune comparaison entre les grands-mères, les arrière-grands-mères et les filles qui suivent : c'est un monde complètement différent. Donc ce n'était pas illusoire. Ce n'est pas illusoire de sortir de prison.

Vous dites dans L'Année du Tigre *que « les femmes sont plus ennuyeuses aujourd'hui qu'en 1968 où elles étaient un peu plus drôles ». En quel sens ? Sur le plan de la liberté sexuelle ou plus largement ?*

Aux deux niveaux, oui. Je crois fondamentalement que, dans les périodes d'agitation, de mutation, de métamorphose, les femmes sont souvent au premier rang des initiatives subversives. En revanche, elles sont aussi au premier rang dans les époques de régression. Cela a l'air paradoxal, mais c'est ainsi. La loi anti-avortement, la grande Simone Veil à l'Assemblée nationale, la contraception : c'est indubitablement la poussée de 68 qui provoque ces grandes questions de société, qui rejaillissent en pluie fine partout. C'est quand même l'époque où « ça ne peut plus durer ». Ma littérature témoigne de ce fait. En revanche, certaines époques sont caractérisées par une « remainmise » du pouvoir sur les habitants et habitantes de ce pouvoir. Le plus souvent c'est Sécurité, Mariage, Enfant, etc. Pourquoi pas ? Mais un jour ou l'autre cela deviendra étouffant.

La discordance des sexes ne demande qu'à ressurgir à la moindre occasion. Pour l'instant, disons, les hommes ont nettement le dessous. Je ne vous apprends rien. Nous sommes dans une « matriarcation » ambiante très forte, voulue comme telle socialement, et dans une exploitation sociale de cet asservissement volontaire. La servitude est toujours volontaire, comme l'a dit mon La Boétie de Bordeaux. Vous prenez *Femmes*, paru il y a vingt-deux ans, qui est un livre d'explicitation roma-nesque de ce qui s'est passé dans les années 70 : on parle toujours des personnages d'hommes, mais on ne parle jamais des personnages de femmes. Si vous comptez le nombre de personnages féminins dans mes livres, vous allez arriver à une liste assez longue, avec des situations concrètes dont il n'est jamais question. C'est étrange, non?

Que représente Mitterrand par rapport à Mai 68?

Le personnage qui a eu la redoutable et habile mission de verrouiller mieux la société en la libéralisant. Je dis «verrouiller», pourquoi? Pourquoi Mai 68 a-t-il été possible? C'est que la police était mal faite. Très mal faite, Dieu merci. Je vous prie de concevoir qu'elle est désormais incomparablement mieux faite. La société de surveillance est désormais beaucoup plus efficace, beaucoup plus dissimulée d'ailleurs. Une police qui ne serait pas dissimulée ne serait d'ailleurs pas une bonne police.

Vous dites de Mitterrand qu'il a enterré 68. Mais il est intéressant de souligner qu'il a été porté au pouvoir par une attente des gens qui ont fait 68.

Pas par moi. Mais j'ai vu en effet des gens crier «On a gagné!» le soir de l'élection de Mitterrand.

Ils étaient beaucoup quand même!

Certes ils étaient beaucoup. Mais vous savez, les phénomènes de masse, il faut s'en méfier. Disons que ce fut un moment nécessaire.

Dans quelle disposition d'esprit étiez-vous en 1981?

Réfractaire. Silencieux. Ah, ça se paye!

C'est-à-dire?

Je rentre là dans une sorte d'opposition. À ma façon. Je publie deux ans après ce livre qui a eu beaucoup de succès, *Femmes*.

D'ailleurs, c'est à ce moment-là que Tel Quel *disparaît et réapparaît sous la forme de* L'Infini *chez un autre éditeur, Denoël, et puis Gallimard.*

Nous savons dissoudre quand il faut et nous savons reparaître quand il faut et comme il faut. Nous avions changé d'époque.

Et cela nécessite de changer de nom et de changer d'éditeur?

Absolument, sinon l'efficacité se perd. C'est la guerre. Dans une guerre, quand vous êtes défaits, vous pouvez essayer de vous retirer en bon ordre en limitant les pertes. Ce qui n'a pas été toujours le cas : beaucoup de gens ont laissé sinon leur vie, du moins leur psychisme dans ce genre d'aventure. Lisez attentivement Clausewitz ou Sunzi : vous faites quelque chose qui est adéquat à la situation, sinon vous pouvez vous suicider ou rentrer en asile psychiatrique. Ce n'est pas souhaitable.

Vous dites qu'on a changé d'époque. Au moment de Mai 68, il y avait une stratégie liée à une situation politique et intellectuelle donnée, avec un certain nombre de combattants. Est-ce qu'aujourd'hui la stratégie ne devient pas inutile et futile faute de combattants?

Il y a une formule d'Héraclite que j'aime beaucoup, et qui dit : « Un pour moi en vaut dix mille s'il est le meilleur. » Autrement dit, l'énumération par le nombre ne signifie pas grand-chose dans les choses fondamentales. Voltaire disait toujours : « Douze, ça suffirait. » De loin. Douze apôtres, croyez-moi, ça a fait du bruit. Être ensemble pour être ensemble n'est pas un objectif qui me paraît soutenable.

Notre génération peut avoir le sentiment que les idées n'ont plus d'impact. On peut toujours faire des revues et essayer d'écrire, au fond ce qui a changé par rapport à votre génération, c'est que cela a beaucoup moins d'impact, voire pas du tout.

Parce que personne n'a envie de se battre. C'est tout. Par exemple, il y a quand même la revue *Ligne de risque*, qui est faite par trois personnes — c'est très peu — et mystérieusement ça a quand même de l'impact pour les gens qui veulent se battre.

Quel impact cela a-t-il ?

Ça rend plus fondamentalement critique, plus lucide, tout simplement.

Qui ?

Je vous assure qu'il y a au moins douze sujets. Mais ça suffit amplement. Il y en a toujours très peu. Le problème est de savoir où se passe la *chose* qui, un jour ou l'autre, aura fait son temps. Comme dit très bien Debord, ce qu'on peut attendre de mieux, c'est qu'une avant-garde ait *fait* son temps. Dans les deux sens de l'expression. Car à partir du moment où elle a fait son temps comme *Tel Quel*, on peut le démontrer : il suffit de voir les carrières qui se sont développées, les réputations internationales. Prenez quelqu'un comme Derrida. Il y a toujours un moment où il y a très peu de monde. La pensée agit, même si cet effet n'est pas discernable...

... et pas quantifiable.

C'est gratuit.

Alors même qu'on cherche aujourd'hui à quantifier à tout prix.

C'est comme la façon de vivre. C'est plus ou moins gratuit, plus ou moins spontané, plus ou moins instinctif. Ou alors au contraire ça rentre dans un programme d'assimilation, d'adaptation et d'adhésion sociale. Vous me dites qu'il y a aujourd'hui en masse un effet d'adhésion sociale. Au fond, ce que vous me dites, c'est l'injonction : « Ce n'est pas la peine de penser car ce n'est pas inscrit au programme. »

C'est hors de propos presque...

« Hors de propos », c'est parfait comme expression. C'est hors de propos et ça l'a toujours été d'ailleurs, mais cela produit de façon presque magique un effet à un moment donné, à l'occasion... Je pense malgré tout que sans faire de bruit, à pattes de colombe, quelque chose est en train de se passer, qui persiste à émettre. Je suis donc dans une position tout à fait lucide qui consiste à être un lieu pour que ça puisse *avoir lieu*.

Vous dites qu'on est aujourd'hui dans le « Spectacle ». Où vous situez-vous dans ce Spectacle ? Le

reproche qui vous est souvent fait est d'être complai-
sant avec les médias.

Je me suis expliqué là-dessus dix fois, en pure perte
d'ailleurs. Cela m'est reproché au nom d'une authenticité supposée. On est en pleine métaphysique : il y a le
Bien, le Mal, l'authentique et l'inauthentique, etc.
C'est une réaction que je comprends très bien. Mais
elle suppose quand même qu'il y ait un jugement
moral. Alors là, si vous me cherchez dans la morale,
vous ne me trouverez jamais. Forcément. Par définition.

Laurent Joffrin emploie le terme de « génération
morale » pour caractériser la génération des années 80.

Voyez-vous ! Et puis maintenant, c'est quoi ? la
génération d'amour, de solidarité ? Il y a un fonctionnement métaphysique des bons sentiments. Avec les
bons sentiments, on fait de la très mauvaise littérature
comme a dit André Gide, le fondateur de cette hono-
rable maison [NDLR : Gallimard]. Revenons sur le
problème que vous souleviez.

Comment envisagez-vous la transmission ?

En émettant sans arrêt des signaux sur une autre longueur d'onde. J'arrive par exemple à faire passer des
messages dans le *Dictionnaire amoureux de Venise* :
c'est 50 000 exemplaires. Pour cela il faut comprendre
comment le système fonctionne, et que le plus habile
se dévoue pour que cela puisse fonctionner en même
temps, sur une autre longueur d'onde... ça ne me gêne
pas, puisque je sais faire ça. Bernard-Henri Lévy a ce
talent-là aussi. Sur des questions de fond, nos positions

peuvent être très différentes. Peut-on parler du siècle de Sartre ? Je ne pense pas. Mais dans l'action politique, il y a des alliances qui se défont et se refont autour d'un but commun : il y a un mur et on veut abattre ce mur. On agit au maximum contre l'adversaire qui est devant soi, qui est l'adversaire de ce qu'on est en train d'écrire en fait. Là est le vrai du vrai, pour moi en tout cas. Et Lévy est d'une efficacité redoutable : il est excellent dans l'aviation. Mais cela nous est beaucoup reproché bien entendu. Par l'adversaire. Qui voudrait que les choses fondamentales n'apparaissent jamais : surtout sous un masque médiatique, parce qu'on se doute que sous ce masque il y a autre chose. Prenez la propagande à mon sujet : mon dossier de presse fume si vous le mettez dans un ordinateur. Mais ce n'est que la construction que fait le discours social, à un moment donné, d'un individu qu'elle ne peut pas saisir, ni instrumentaliser. Je suis difficile à maîtriser.

Vous dites qu'une « résistance » peut avoir lieu.

Je m'étonne — c'est d'ailleurs pour cela que je suis content de parler avec vous — qu'aucune initiative de gens plus jeunes n'ait lieu, à l'exception de quelques cas. Cela viendra peut-être. Mais je suis bien placé pour voir combien il est difficile aujourd'hui d'imposer quelqu'un qui a votre âge, lui laisser le temps de faire ce qu'il a à faire. Je n'aimerais pas avoir votre âge aujourd'hui, compte tenu de ce que je sais faire.

Comment vous êtes-vous imposé à l'époque ?

Il y avait une certaine culpabilisation à attendre du vide de pensée chez les vieilles structures universitaires ou éditoriales. On pouvait les culpabiliser : j'ai fait ça à outrance. C'était faisable. Il y avait une sorte de respect terrorisé car on était terroristes. Maintenant cela ne marche plus du tout comme ça : il faut être plus ondoyant, divers, habile... Encore plus chinois. C'est en ce sens que je dis que je n'aimerais pas avoir votre âge. Un écrivain singulier qui publie un premier livre, s'il n'a pas du succès immédiatement, encourt le risque que son deuxième ne passe pas. Évidemment, rien ne décourage le génie, comme a dit Gide. On peut donc s'attendre à ce que rien ne fasse obstacle à quelqu'un qui *veut* vraiment. Mais les conditions sont quand même plus ou moins favorables.

Vous aviez eu le bon accueil des éditions du Seuil pour éditer la revue Tel Quel...

Attendez ! D'abord, à l'époque, je suis best-seller. Et, au lieu d'exploiter le filon, je fais une revue : premier blasphème, première mauvaise note. J'ai une très mauvaise note à mon dossier. J'ai une très mauvaise réputation, comme dit l'autre, mais différente que celle que Debord a eue. Lui, c'était dans le refus complet. Chacun son style.

Chacun sa stratégie.

Oui. Il y a plusieurs écoles. Il n'y a pas une stratégie pour tout le monde : chacun invente sa méthode. Ce qui m'étonne en effet est qu'il n'y ait pas de jeunes gens plus radicaux. Il y en a, mais ils le sont souvent à l'ancienne, en répétant. Il n'y a pas une journée où je ne reçoive des trucs néo-situs... C'est touchant. Mais cela ne va pas produire grand effet, voyez-vous. Au contraire, ces gens, sans s'en rendre compte, sont aliénés à leur adversaire supposé. L'anti-médiatique me paraît futile par exemple. C'est la pureté. C'est moral, c'est inefficace, et ça sert l'adversaire, qui ne demande pas mieux que d'avoir des gens marginaux qui ne paraissent jamais et qui se racontent entre eux des histoires subversives. Ce n'est pas ma façon de procéder. Je suis chinois...

Le poète aujourd'hui est stratège ?

Bien sûr. Il ne peut pas être autre chose, je crois.

Est-ce structurel ou contextuel ?

C'est vraiment historique. La question est éminemment historique.

Donc il y a un contexte qui exige d'agir en situation.

Un contexte qui est mondial et pas seulement français.

Comment alors avoir un impact, ne serait-ce que par la barrière de la langue ?

On a des impacts dans des malentendus qu'on peut être assez stratège pour organiser.

Par exemple ?

Par exemple moi. Je suis un malentendu permanent.

C'est un argument d'autorité que vous nous donnez là !

Ce n'est pas autoritaire. Il faut se demander pourquoi le procès en médiatisation qui m'est fait est récurrent, constant. C'est parce que quelque chose est ressenti comme n'étant pas instrumentalisable ni maîtrisable. Je dis : *ressenti*, pas *compris*. Ce n'est donc pas un argument d'autorité que je vous donne, c'est un argument expérimental.

Dans les entretiens que vous faites avec Francis Ponge, publiés en 1970, il y a cette phrase de Ponge : «j'écris pour agir et pour éviter d'être agi». Qu'en pensez-vous ?

Parfait, je signe. Toujours le même programme. Depuis le début.

Donc vous êtes resté très proche de Ponge ?

Mais pas seulement de Ponge. De Sade, Artaud, Bataille aussi bien ; et de la marquise de Sévigné.

La stratégie dont vous parlez peut-elle être signée collectivement ? Ou, au fond, y a-t-il toujours un auteur derrière tout ça ?

Il y a toujours un auteur derrière tout ça, sans quoi je ne passerais pas mon temps à faire *La Guerre du Goût* et *Éloge de l'infini*. Il y a toujours un créateur, oui, certainement. Les créateurs sont en danger : voilà ma thèse. C'est le nivellement, l'oubli ou la commémoration vide. C'est l'analphabétisme qui progresse, c'est l'illettrisme envahissant. Et puis le fait qu'on pourrait se débarrasser, dans une abondance supposée qui noie le poisson, de toutes les choses importantes. La littérature n'est pas lue vraiment, les neurones ne fonctionnent pas... Quelque chose est profondément *lésé*, au sens d'une lésion. Mon nom est lésion, dirait le supposé diabolique.

N'est-ce pas le public qui a changé ?

Non, je ne crois pas. Je crois que c'est dû à une instrumentalisation très forte. Seuls les systèmes nerveux qui ont vraiment une conviction et un désir profond agiront contre. J'ai derrière moi ce personnage qui n'est pas là pour se faire avoir *(il se retourne et nous montre un portrait de Voltaire).*

Nietzsche devrait être également présent dans la pièce, non ?

Oui, mais enfin les moustaches sont gênantes. Voltaire et Nietzsche bien sûr ! Qui a rendu hommage à Voltaire sinon Nietzsche, qui lui dédie *Humain, trop humain* ? Voltaire dit que beaucoup de gens ne lisent que des yeux. Là où la lecture s'affaiblit — j'allais dire où il n'y a plus de possibilités nerveuses, musculaires de lire — cela correspond à un programme. Un programme, j'insiste, de tyrannie. C'est tout à fait flagrant dans nos sociétés : je fais ce métier donc je sais de quoi je parle. Je ne vous parle pas de n'importe où. J'insiste là-dessus depuis très longtemps. C'est d'ailleurs une des raisons pour lesquelles on a changé de logo. Pourquoi ? Parce que *Tel Quel* s'est fait dans une montée révolutionnaire. *L'Infini* se fait dans une montée régressive, dont tout indique qu'elle ne peut que s'aggraver.

Et alors ?

On n'est pas là pour dorer la pilule d'une tyrannie en pleine action. On est au contraire là pour essayer de mettre les morts en sécurité. Parce que les morts sont en danger. Thucydide est en grand danger. Héraclite est en grand danger. La Bibliothèque est en grand danger.

Vous dites à propos de Mai 68 : « Cela n'a pas été fusionnel mais différentiel : c'était un principe d'individuation brusquement en acte. » En quoi ce que vous dites là se différencie-t-il de ce que disent Luc Ferry et Alain Renaud, à savoir l'individualisme contemporain comme prolongement de Mai 68 ?

Ils font partie du plat de l'idéologie refoulante. Sans parler de *Pourquoi nous ne sommes pas nietzschéens*, titre d'une cocasserie qui, j'espère, ne vous a pas échappé. Tous ces braves gens qui s'estiment philosophes, je n'ai qu'une phrase à citer pour les juger, celle de Hegel : « À voir ce dont l'esprit se contente, on mesure l'étendue de sa perte. » Je ne parle pas d'individualisme mais d'individuation. C'est la singularité qui est importante, et non pas l'ensemblisation sociale. Ferry et Renaud, c'est un programme qui est dans l'air : « Il faut réinventer le lien social, être ensemble. » *Ensemble, c'est tout*, c'est le titre, d'une cocasserie inouïe, d'un best-seller de Mme Gavalda, très médiocre au demeurant. Mai 68 n'a pas été fait pour être ensemble mais pour être *en dehors* d'un ensemble complètement étouffant : c'est comme cela que des singularités sont apparues, multiples.

Chaque nom que vous avez cité est une singularité. On essaie systématiquement d'en faire des ensembles : « la pensée 68 », « les structuralistes »... Quand on les lit, on s'aperçoit par exemple que Lacan et Lévi-

Strauss ont une parenté — la structure — mais également des différences, qu'eux-mêmes ont repérées.

Des différences colossales. Des abîmes. Ils ont quand même en commun d'être des penseurs de ce que Simone Weil appelle — c'est un concept platonicien — le «gros animal». La société, c'est le gros animal. Le gros animal, de temps en temps, est un peu déstabilisé et surgissent des singularités qui s'affirment. La création, c'est ça : aucune œuvre d'art, aucune œuvre littéraire, n'est attendue par le gros animal. C'est un fait. Sinon il y aurait une littérature d'État, une peinture d'État... Ce qui a eu lieu, hélas : c'est le monde totalitaire.

En même temps, Mai 68 a été une tentative d'un travail collectif. N'y avait-il pas une volonté d'articulation entre l'individu et la société ?

Bien sûr. Il y a eu de tout. Comme je l'ai dit précédemment, cela a été bifide. Mais la primauté a été donnée aux initiatives individuelles, du moins de notre côté. Toutes les tentatives de récupération «sociomaniaques» ont été déjouées. Elles sont toujours déjouées.

Un mouvement ne peut pas être collectif ?

Il ne peut pas être collectif a priori. On a trop vu ce que cela donnait : l'intellectuel organique, le Parti... Tout programme pose logiquement, préalablement, qu'on va faire une plateforme... qui ne sera pas celle de Houellebecq. Du tout. Si vous croyez par exemple que Houellebecq a surgi d'une ensemblisation : au contraire ! Il a surgi alors que personne ne l'attendait et que personne n'en voulait. Avec son talent à lui, qui est très éloigné de ce que je peux faire. Lui qui critique 68, c'est grâce à 68 qu'il est là.

Vous employez constamment le terme de stratégie. Mais la stratégie n'est-elle pas précisément l'union des forces ?

À condition que ce soient des forces, et que ce ne soit pas le règne du faible sur le fort, c'est-à-dire le doute systématique porté sur le talent. Ce que je vérifie tous les jours. Le soupçon sur le talent n'est pas souhaitable. C'est le mot de Villiers de L'Isle-Adam : ça se passe dans un journal, le journaliste est convoqué par son patron qui lui dit «vous êtes viré». «Pourquoi?» lui demande le journaliste. «Parce que vous avez du talent!»

Oui, «les ratés ne vous rateront pas», dit-on.

C'est exactement ça.

Tissage, 2006.
Propos recueillis par Guillaume Roy et Jean-Vincent Holeindre.

La littérature
ou le nerf de la guerre

NATHALIE et VINCENT SARTHOU-LAJUS : *À vous lire, la littérature ne se limite pas à la littérature, elle dépasse le domaine des œuvres. Qu'est-ce donc qui se profile dans l'expérience même de ce qu'on appelle la littérature ?*

PHILIPPE SOLLERS : Le terme de littérature est flou désormais, parce que vous avez dans la marchandisation générale des livres quelque chose qui s'appelle, parfois, furtivement, de la littérature, le reste étant uniquement rempli par la fabrication de romans ou d'essais plus ou moins profonds ou d'actualité. Alors c'est difficile de dire ce qui est de la littérature et ce qui n'en est pas. Une très mauvaise littérature envahit non seulement les librairies, les marchés, mais remplit aussi les têtes humaines. En général elle se résume à quelques problèmes du roman familial indéfiniment régurgités, ruminés, à quelques avancées psychologiques mais toujours en ritournelle. C'est un vrai problème. La plupart des êtres vivants sur la planète globalisée vivent quelque chose à côté de ce qui est en train d'avoir lieu et sont dans un monde de dévastation et de souveraineté de la technique, tout en gardant dans leur esprit des représentations qui datent du XIXᵉ siècle. C'est ce décalage-là qu'il faut apprécier. Tous les jours, c'est mon travail d'éditeur, je rencontre des auteurs dont les problématiques personnelles sont des archaïsmes absolument massifs, sur quoi il faudrait leur conseiller, en général, d'aller s'allonger sur le divan d'un psychanalyste pour débrouiller un peu les embarras qu'ils ressentent avec leur imagination. Si on se préoccupe de ce qu'est réellement la littérature, c'est une très longue histoire. Je ne vais donc pas vous la pointer dans tous ses détails, mais je vais prendre un exemple étonnant. Je relis ces temps-ci les *Mémoires* de Saint-Simon. Il n'y a rien de plus urgent à mon avis à lire aujourd'hui. Je vais essayer de vous expliquer pourquoi. Ouvrez n'importe quel volume et vous allez être absolument passionnés par la description de l'époque. Je ne parle pas de ceux qui imitent Saint-Simon pour décrire aujourd'hui la situation politico-mondaine dans laquelle nous sommes plongés. Je parle de Saint-Simon luimême. Et si vous lui aviez dit, au duc de Saint-Simon : «Alors, vous faites de la littérature, vous êtes écrivain?» il vous aurait regardé avec un air de profonde stupéfaction : «Écrivain? je ne suis pas écrivain!» Il s'excuse même de son style alors que c'est le plus brillant qui ait jamais existé en français, le plus remarquable, le plus pointu... «Je n'ai jamais su être un sujet académique, je n'ai jamais pu me défaire d'écrire rapidement. Je ne comprends pas ce que vous dites, je ne suis pas écrivain, je suis le duc de Saint-Simon, j'écris mes Mémoires. De la littérature! Mais de quoi parlezvous? J'écris la vérité, la vérité à la lumière du SaintEsprit.» Là tout à coup le concept de littérature explose. Nous pénétrons dans ce que le langage peut dire à un moment comme vérité. La vérité pour Saint-Simon, c'est quelque chose de tout à fait saisissant : tout est mensonge, corruption, chaos, la mort est là toutes les trois pages, les intrigues n'arrêtent pas, c'est un brasier de complots, l'être humain a l'air de passer comme une ombre, attaché à tout ce qu'il peut y avoir de plus sordide, de plus inquiétant. Lisez par exemple son portrait du duc d'Orléans, et vous serez saisis d'admiration. Vous êtes devant quelque chose qu'un universitaire vous dira être de la littérature et, évidemment, c'est tout autre chose : c'est une position métaphysique très particulière, quelqu'un qui écrit en fonction de ce qu'il veut dire comme vérité.

Je peux prendre un autre exemple. Vous pouvez me dire qu'un poète, c'est de la littérature : Shakespeare, Hölderlin, Baudelaire, Rimbaud, c'est de la littérature... Vous auriez dit à Rimbaud : «Alors vous êtes un poète français, vous faites de la littérature ?» il vous aurait ri au nez ! *Une saison en enfer*, vous croyez que c'est de la littérature ? Rimbaud n'a pas l'obsession de faire une œuvre, de publier. Il pose les questions fondamentales, de la vie, de la mort : y a-t-il une issue, peut-on ou non sortir de l'enfer ? Prenez la dernière phrase d'*Une saison en enfer* : «Et il me sera loisible de *posséder la vérité dans une âme et un corps*» (c'est lui qui souligne). Pourquoi «loisible» ? Pourquoi le verbe «posséder» qui est un terme très fort ? Pourquoi «dans une âme et un corps» ? Vous pouvez dire que c'est de la littérature, mais vous ne faites qu'obscurcir les questions. C'est bien autre chose. C'est une expérience physique et métaphysique tout à fait surprenante. Chaque fois que je relis Rimbaud, je le lis comme pour la première fois, ce qui est le propre de la très grande poésie. Ce qui m'arrive aussi avec Dante ou avec Homère. Chaque fois, c'est la même stupeur d'être devant quelque chose qui, quelle que soit l'époque, vous parle au plus profond, au plus vif de vous-même pour autant que vous êtes un peu réveillé, un peu vivant. Quand je prends l'autobus, je me récite : «Mon âme éternelle / observe ton vœu / malgré la nuit seule / et le jour en feu...» Rimbaud a fait quelques corrections très intéressantes parce qu'il avait d'abord écrit «malgré la nuit nulle et le jour en feu»; cela pour enchaîner sur les vers suivants : «donc tu te dégages / des humains suffrages, / des communs élans / tu voles selon». C'est bien de réciter ça dans le bus! On peut commenter ces vers indéfiniment. D'abord qu'est-ce que cela signifie quelqu'un qui tutoie son âme?... «Observe» aux deux sens du mot, regarde et accomplis... «Tu voles selon», ce «selon» est magnifique. Qu'est-ce que ça veut dire? Je suis avec mon âme éternelle, je la tutoie, et j'observe en observant son vœu qu'elle vole *selon*. Selon quoi? Eh bien, selon! à son gré, si vous préférez, à sa guise... Alors vous retrouvez le début : «Elle est retrouvée, quoi? / L'Éternité, / C'est la mer mêlée au soleil». Il avait écrit d'abord «allée avec le soleil» et il a corrigé par «mêlée au soleil». Alors qu'est-ce que vous constatez? Il est question de l'espace et du temps, des catégories fondamentales de l'existence, de ce sur quoi la pensée devrait s'interroger à chaque instant... C'est la même expérience avec Parménide, Héraclite, Nietzsche, ou encore la Bible. Nous pouvons faire comme si c'était de la littérature, pour ne dire finalement que des clichés, alors que nous sommes devant des propositions essentielles pour notre vie même, ici et maintenant, tous les jours.

Ce qui a détruit la littérature selon vous, c'est la marchandisation. Vous vous plaignez du fait que les gens aujourd'hui lisent un livre comme ils regardent un film. Est-ce une défaite pour la littérature?

C'est le fruit de la marchandisation américaine : les gens croient lire, en vérité ils voient déjà le film qui se déroule et ils sont très désorientés quand ils ne peuvent pas suivre la *story*, comme disent les Américains. Ils ouvrent Marcel Proust et ils veulent supprimer toutes les digressions... Comme disait Andy Warhol : «Acheter est très américain, mais pas penser.» Vous n'allez pas attendre d'un écrivain américain, sauf cas rare comme Philip Roth, qu'il vous donne à penser. La «culture» ou la «littérature» sont désormais des mots piégés, parce que dessous se cachent des idéologies spectaculaires, comme dirait Guy Debord qui a forgé ce concept de «spectacle». C'est la raison pour laquelle, si je suis américain, du haut de *Time*, je vais dire que j'assiste à la mort de la culture française parce que je ne la vois pas, surtout là où elle est, c'est-à-dire là où elle pense. Donc c'est un mort qui vous parle en ce moment, mais les morts sont très en danger, c'est la raison pour laquelle il faut savoir les écouter, et comme ils sont plus vivants que la plupart des vivants...

C'est un délice! Mon ami poète, Marcelin Pleynet, avec lequel j'ai fondé *Tel Quel* et *L'Infini*, a eu une attaque cérébrale très grave ; il est resté paralysé entre la vie et la mort. Le médecin a fini par lui dire : vous êtes parmi les 10 % de la population que nous considérons comme des miraculés : 30 % meurent, 30 % deviennent des légumes grabataires, 30 % ont des séquelles graves ; il n'y a que 10 % qui récupèrent. Alors je lui ai demandé : «Quelle a été votre première impression dans la rue quand vous êtes sorti?» Comprenez qu'il sort du néant, les yeux ouverts, on ne voit rien, on n'entend rien. Il m'a dit : «La première impression? Tous ces gens qui se croient vivants...» C'est une expérience limite. Je crois qu'il faut passer par des expériences de ce genre, des expériences de l'illusion fondamentale, en tout cas, de ce que veulent nous faire avaler, comme dit Debord, «les salariés sur-menés du vide»...

Qu'est-ce qui se joue dans les années 60, avec Tel Quel *et les avant-gardes que vous incarnez? Un hori-zon révolutionnaire?*

Ce mouvement s'est constitué à partir de ces ques-tions : «Qu'est-il permis de penser, qu'est-ce que la lit-térature peut donner à penser?» Et c'est toujours un horizon révolutionnaire, métaphysique. Après l'extra-ordinaire catastrophe qui était encore en cours au XXᵉ siècle, le déblayage qu'il y avait lieu de faire devait être accompli avec la plus extrême rigueur. Pour prendre un exemple, j'ouvre le *Journal* d'Ernst Jünger pendant la guerre, les deux tomes paraissent actuelle-ment en Pléiade, 14-18 et 39-48 : il lui paraît impos-sible que cela puisse durer. Il y a des moments où l'histoire s'écroule et où quelque chose d'autre surgit comme vision de l'histoire, ce que Heidegger appelle «l'historial»... Ou ce que Nietzsche a appelé «l'his-toire monumentale» dont on a parlé à *Tel Quel* tout de suite dans une sorte de reclassement de la Bibliothèque. Il fallait imposer la publication des œuvres complètes d'auteurs que l'on considérait comme des marginaux, Artaud, Bataille, Ponge, retraduire Dante. En 1965, je publie *Dante et la traversée de l'écriture*, ce qui était singulier à l'époque, car les Français ne connaissent pas Dante. Puis ce sera la Chine, et nous tenterons d'ouvrir l'horizon au maximum, pendant que l'Univer-sité éclate. Il s'agissait de rendre central tout ce qui était considéré comme marginal par l'académisme et l'académisme était aussi bien, pour employer des termes politiques, de droite que de gauche. C'était une entreprise métaphysique, littéraire en apparence et révolutionnaire comme l'est d'ailleurs l'entreprise de *L'Infini*, même si nous vivons une autre époque. Au début des années 60, on va vers une explosion sur des problèmes de société très précis. Une étincelle a mis le feu à la plaine.

Mais, contrairement à ce que certains disent aujourd'hui, Mai 68 a été une vraie révolution. Réussissant de son échec même, c'est un spectre qui continue à rouler dans les têtes. On a beaucoup insisté sur la libération sexuelle. Moi, je n'ai jamais exploité cette expression. Il y avait simplement un archaïsme énorme qui devait sauter, un mensonge que j'ai appelé « Vichy-Moscou » et qui est toujours là de façon latente, car c'est la tragédie française depuis très longtemps. Il y a eu de grands bouleversements. C'est l'époque où il était impensable que Foucault ou Barthes entrent au Collège de France. C'était un très gros tremblement de terre. 68 a été fait par des gens très déterminés et très cultivés, qui avaient beaucoup lu, cela a malheureusement disparu. Ce n'était pas des réactions de fièvre adolescente. Vu de l'extérieur par l'adversaire permanent de toute pensée, 68 est un chapelet d'inepties, voir le discours de Bercy du président de la République, ainsi que les ralliements invraisemblables de gens qui se sentent coupables d'y avoir participé pendant leur jeunesse. Les événements historiques doivent être pensés, là où la pensée a été jaillissante, et la libération sexuelle n'est qu'un des aspects, je dirai même un aspect secondaire, de Mai 68.

Ce qui nous intéressait à *Tel Quel*, c'est, par le biais de la littérature, une réinvention de la liberté, une expérience des limites en tant qu'elle bouleverserait la société. D'où l'enquête sur le surréalisme, d'où la

Chine, et, croyez-moi, il y aura plus que jamais la Chine... Toutes les références ont toujours été soigneusement pesées en fonction d'une stratégie. Maintenant, tout cela semble acquis mais, à mon avis, c'est le contraire. Nous traversons une époque de planétarisation de la technique et dans les têtes il y a régression.

Pourquoi cette régression? Qu'est-ce qui vous paraît dévastateur?

Vous faites partie d'une génération qui, aujourd'hui, ne sait plus lire, ni entendre, parce que vous êtes gavés par l'image. C'est la dictature, le gavage spectaculaire que vous subissez. Nous luttons contre un adversaire, le Cyclope, la caméra de surveillance ou la caméra pornographique, qui veut évacuer, numériser ou chiffrer les corps. Pourquoi cette prédominance du regard? Il faut savoir écouter, avant. Une femme, j'écoute sa voix, et si l'on sait écouter il se passe des choses intéressantes (*rires*). Le corps le plus beau peut être démenti par une voix affreuse, alors qu'une voix mélodieuse peut se loger dans un corps qui n'est pas si extraordinaire. Ce qui est dévastateur, c'est que l'œil soit précisément l'organe le plus sollicité aux dépens de tous les autres sens, alors qu'un corps humain est une aventure permanente des cinq sens : le goût, le toucher, l'ouïe, l'odorat, la vue. Comme le montre mon détour par Rimbaud, les cinq sens peuvent marcher ensemble et c'est cela la poésie. Or l'éradication de la poésie, c'est-à-dire de la liberté ou de l'amour, de l'érotisme, qui est le contraire de la marchandisation des corps à laquelle nous assistons, est prévue au programme. La laideur programmée qui s'empare de la marchandisation sexuelle est le contraire de la liberté et de la poésie. Si vous voulez vous en persuader, ce n'est pas du chinois cette fois-ci, c'est en langue française, prenez les libertins du XVIIIe siècle (deux volumes dans la Pléiade), ils s'appellent souvent Anonyme... Vous avez une effervescence de la langue qui s'allume au contact de ce qu'on appelle la sexualité, c'est prodigieux! Mais les Français ne veulent rien entendre, ils sont punis par eux-mêmes, et ils continuent de l'être dans leur culpabilité profonde. Casanova est l'un des plus grands écrivains de langue française... Depuis des années, je dis qu'il faut inscrire Casanova au programme à côté de Voltaire, Laclos, Rousseau, ce qui semble impossible, je crie dans le désert. Qu'est-ce qui s'est passé avec les Français? Ils sont les seuls à avoir un problème identitaire, religieux, aussi violent. Autrement dit, qu'est-ce que l'Église gallicane? C'est l'histoire extravagante du devenir d'une Église qui n'ose pas être protestante. Elle se dit catholique sans l'être vraiment car c'est du protestantisme larvé. Tout commence avec la Déclaration du clergé de France, de Bossuet en 1683, et la suite est une confusion totale. Je suis catholique en Italie, pas en France. Lisez donc enfin Joseph de Maistre, que Baudelaire admirait.

C'est pour cela que vous êtes un des rares écrivains français à vous intéresser à Dante dont vous dites que vous le considérez comme « un diamant de l'art catholique » ?

Dante est sans aucun doute un grand génie catholique. Je l'ai lu très tôt, j'ai été saisi par le texte, par sa vision, par son rythme. La langue italienne me passionne parce qu'elle ouvre sur la musique. Pour comprendre le mal français, il faut dire ce qui est arrivé à la musique, c'est-à-dire le fait que la langue ne va pas bien avec la musique. Vous avez de la musique sublime en italien, en allemand, en anglais, avec le français tout paraît maniéré. «La musique savante manque à notre désir», dit Rimbaud qui est musical comme peu de poètes l'auront été. Dante ne me quitte pas.

Par exemple le chant 33 du *Paradis* :

> *Vergine Madre, figlia del tuo figlio,*
> *umile e alta più che creatura,*
> *termine fisso d'etterno consiglio,*
> *tu se' colei che l'umana natura*
> *nobilitasti si, che 'l suo fattore*
> *non disdegnò di farsi sua fattura.*

> « Vierge mère, fille de ton fils,
> humble et haute plus que créature,
> terme arrêté d'un éternel conseil,
> tu es celle qui as tant anobli
> notre nature humaine, que son créateur
> daigna se faire sa créature. »

Nous pouvons revenir toutes les semaines, tous les jours, sur la signification de ce vers : «Vierge mère, fille de ton fils». Qu'est-ce que cela veut dire une mère vierge qui devient la fille de son fils? Il faut oser se poser ce genre de question! Je demande à tout fils de devenir le père de sa mère, bonne chance! L'écho inversé de Dante, vous l'avez chez Baudelaire dans *Bénédiction* : «Puisque tu m'as choisie entre toutes les femmes, pour être le dégoût de mon triste mari... Lorsque par un décret des puissances suprêmes, le poète apparaît dans ce monde ennuyé...» Pourquoi, lorsque le poète moderne apparaît dans ce monde ennuyé, sa mère est-elle épouvantée? Il s'est passé beaucoup de choses depuis Dante! Toute mère verrait dans la naissance du poète un blasphème épouvantable.

Pour débrouiller cette question, il faut avoir un certain savoir sexuel, je dis bien savoir, pas obsession, il faut s'y connaître un peu. Lacan parlait au milieu d'une surdité générale. Toutes ces questions sont fondamentales : la naissance, la mort, le corps humain, l'utilisation de ses sens, etc. La société n'aime pas beaucoup que l'on se pose ces questions. Avec *Tel Quel*, puis *L'Infini*, le but a été de reposer toutes ces questions fondamentales.

La métaphore de la guerre traverse toute votre œuvre. Elle est présente dans vos titres, La Guerre du Goût, Guerres secrètes, *vos thèmes, la guerre des sexes, la stratégie chinoise... Sollers serait-il en guerre ? Et contre quoi ?*

Je suis en guerre contre tout, famille, société... C'est pour cela que j'ai aussi intitulé mon film sur Guy Debord *Une étrange guerre*. Debord est l'exemple d'un grand général qui a perdu sa guerre. Il a gagné son échec. C'est énorme. Mais nous ne sommes pas là pour perdre la guerre que nous menons, il faut la gagner. Et gagner la guerre, cela consiste à faire plusieurs choses à la fois, à avoir des identités multiples, à mener le combat contre l'Adversaire, le diable si vous voulez... Le combat est spirituel : «le combat spirituel est aussi brutal que la bataille d'hommes», écrit Rimbaud. Qu'est-ce que le combat spirituel ? Combien de divisions ? Il faut être un peu éveillé sur les questions de stratégie... Les guerres m'intéressent beaucoup, notamment les deux dernières guerres mondiales, mais aussi l'état dans lequel nous nous trouvons, c'est-à-dire la guerre permanente.

Rimbaud a raison, la guerre spirituelle est extrêmement brutale. C'est un exercice où le système nerveux est convoqué tout entier et qui demande beaucoup de rationalité. Il faut étudier ce qu'est la défensive. Les meilleurs stratèges de guerre sont indubitablement grecs et chinois. Dans *Guerres secrètes*, je m'intéresse à la figure guerrière d'Ulysse. Je m'interroge sur le sens de sa guerre solitaire, contre un dieu, Poséidon; et pourquoi il est aidé par une déesse, Athéna. Je trouve que les déesses manquent de nos jours... Les rapports d'Ulysse avec les femmes sont très passionnants, à commencer par Hélène dont personne n'a déchiffré le rapport très étroit qu'elle entretenait avec Ulysse. Homère est bien sûr très pudique à ce sujet, mais enfin nous comprenons. Calypso, Circé, Nausicaa, Athéna, il y a du monde au féminin dans cette affaire... Et puis il y a la grande pensée chinoise de la guerre qui n'est d'ailleurs jamais distincte des autres activités, la médecine, l'amour. La guerre est partout, alors que, occidentalement parlant, la guerre est la continuation de la politique par d'autres moyens (Clausewitz), en Chine, la guerre est la continuation de la nature par d'autres moyens. Mao a été un grand criminel, soit, mais aussi un remarquable stratège dans la plus pure tradition chinoise. La métaphysique et la guerre, c'est pareil, lisez Sunzi.

Dans nos vies, nous comprenons, dès l'enfance, que si nous voulons être libres, nous sommes en guerre, plus ou moins. Dans la plupart des cas, les enfants sont tout de suite ravagés par des parents infernaux, des mères dévastatrices... J'ai écrit comment j'ai vécu, en créant des possibilités de prendre la tangente...

Le combat n'est jamais frontal?

Jamais d'affrontements! Regardez les Américains en Irak, ils se trompent! C'était la même chose au Vietnam, et ils recommencent la même erreur! Le modèle neuf, c'est la guérilla, ce n'est pas la guerre au sens de choc frontal, de la concentration de gros moyens. Il faut lire *Penser la guerre* de Raymond Aron : Staline et Hitler étaient mauvais comme stratèges ; quand ils prenaient eux-mêmes des initiatives, cela coûtait des millions de morts. Un des plus grands stratèges, c'est Lawrence. J'ai publié, dans *L'Infini*, un texte qu'il a écrit sur la guérilla, c'est prodigieux d'intelligence ; c'est une guerre contre les Turcs qui se déplacent et qui cherchent l'affrontement dans le désert ; la stratégie c'est de traiter le désert, comme si l'on était sur l'océan ; vous faites du désert une masse liquide ; vous attaquez, vous vous repliez, vous attaquez, vous vous repliez, sans cesse. Jamais de combats frontaux ! La formule de Lawrence est magnifique : « Vous allez forcer l'adversaire à manger sa soupe avec un couteau. » Ce qui va l'user moralement de façon terrible.

Dans la vie, les opérations de guérilla sont incessantes : j'ai donné mon emploi du temps à Paris[1], c'est à ciel ouvert. Mais personne n'y fait attention et on relève que j'ai écrit dans tel journal, que je vais à la télévision ou à la radio, que je suis un parrain ici, que j'ai une influence considérable là, que je dirige les éditions Gallimard, que je distribue les prix à tout le monde...

Vous attaquez du centre, et on vous reproche souvent cela...

Le coup du poète maudit qui a payé de son corps, c'est l'hommage du vice à la vertu. Je ne suis pas là pour faire le martyr. Le martyr n'est une preuve de rien

1. *Un vrai roman. Mémoires*, Plon, 2007, Folio n° 4874.

du tout. C'est de la morale, donc cela ne m'intéresse pas. Vous connaissez le palindrome utilisé par Guy Debord : *In girum imus nocte et consumimur igni* («Nous tournons en rond dans la nuit et nous sommes consumés par le feu»). C'est un vers qui montre l'enfer, mais l'enfer seulement, et il n'y a pas que l'enfer. L'enfer est un passage, tous les auteurs dont nous parlons l'ont traversé... Lisez *Une saison en enfer*. L'enfer était éternel, avec Rimbaud il n'existe plus qu'une saison et un regard sur le passé. Je ne tourne pas en rond dans la nuit, je ne suis pas consumé par le feu, mon intention n'est nullement tragique. En revanche, je veux bien être condamné par un tribunal français pour avoir publié la conférence d'Artaud au Vieux-Colombier. Je suis contre le fait que les grandes aventures de la pensée soient cataloguées comme ayant été des échecs sociaux. Oui, j'attaque donc du cœur, qu'est-ce que vous croyez que je fais là chez Gallimard? C'est facile à déchiffrer. Ce qui est extatique quand vous avez affaire à l'Adversaire, c'est qu'il est facile à troubler! Je me sers de cette identité visible, et pendant ce temps-là, vous vous souvenez de Zorro (*rires*), tout se passe ailleurs dans une autre dimension...

L'adversaire n'est-il pas parfois en soi-même?

C'est ce que prétendent les musulmans! La guerre sainte, elle est d'abord contre soi-même! Je crois que l'on perd là beaucoup de temps... La guerre contre soi-même est en réalité masochiste. C'est du puritanisme. Si en plus il fallait que je me batte contre moi-même, quelle barbe! Ne faites pas la guerre pour être battu! Article 1. Sinon, ne faites pas la guerre, restez à l'arrière! Il faut un discernement des esprits. Ce qui est surprenant, c'est que l'on trouve sur sa route des gens qui veulent bien faire la guerre et qui la font, des gens qui s'y brûlent aussi! Enfin, pas toujours... Il faudrait arriver à être douze. Donnez-moi douze personnes et je déplacerai des montagnes! Pas de communautés surtout. «Rien pour la société, tout pour nous!» : c'était un des titres de *L'Infini* qui a fait scandale! Individu, communauté : ce sont des mots sociaux, pas des mots de guerre, parlez-moi plutôt de commandos ou d'espionnage. L'individualisme ne mène à rien, les communautés non plus.

Comment se déroule le passage de la manière grecque de faire la guerre, à la manière chinoise («vaincre dans une totale économie de forces»)?

En termes chinois, une fois qu'une bataille commence, elle est gagnée ou perdue, c'est déjà la fin. La guerre se passe très en amont, de façon très invisible, il y a tout un district de signes, c'est presque de l'embryologie... C'est l'adversaire qui vous donne la victoire, ce n'est pas vous qui la remportez, c'est lui qui vient vous l'offrir... C'est très vrai, vous avez fait travailler l'adversaire pour votre compte à son insu! Cela est très chinois! Jamais personne ne va se prévaloir du moindre succès. Il n'y a pas d'héroïsme chez les Chinois, pas d'individus susceptibles de donner prise à la subjectivation. Nous sommes loin des parades viriles. La défensive est la chose principale, à travers des transformations.

Vous êtes sensible, très tôt ou pas, avec votre poésie et votre physiologie, au fait que vous êtes sur la défensive, que l'on veut tout le temps vous imposer des clichés, des préjugés. Dans toute communauté, vous voyez une offense personnelle, et vous avez raison! Du moins, c'est ma guerre, telle que je la conçois. Vous pouvez me traiter d'écrivain. C'est vrai qu'à force j'ai écrit un certain nombre de livres! Pour les écrire librement, il faut mener cette guerre-là. Elle consiste à rester libre. Personne ne va venir au-dessus de mon épaule pour voir ce que j'écris, personne ne va me dire qu'il faudrait supprimer ceci ou faire attention à cela. Quand j'écris, personne n'a le droit de se mêler de mes affaires. Quand j'écris, c'est-à-dire tout le temps! Je dîne un soir à côté de la fille de Georges Bataille, Laurence, qui était psychanalyste, et je lui fais part de l'admiration que j'éprouve pour son père. Elle se rembrunit: «Quand on écrit, on devrait faire attention à sa progéniture.» C'est extravagant comme propos! Si j'avais dû faire attention à mes proches pour écrire! L'impudeur, ce serait bien sûr une faute de goût! Mais enfin, je n'ai pas eu une existence édifiante, c'est un des points fondamentaux de mon affaire, c'est très difficile de m'idéaliser sur ce plan-là. C'est important, surtout quand nous entrons dans une époque de conformisme, de régression puritaine, comme c'est le cas. Voilà, je suis peu religieux dans ce sens-là!

Vous êtes peu religieux, mais vous êtes cependant sensible «au surgissement du divin»?

Mais l'être religieux n'est pas forcément sensible au surgissement du divin. Le divin surgit et a pour conséquence de n'être pas reconnu. Le divin, c'est la vie elle-même. La vie existe là où le divin est présent. Comme le dit mon ami Pleynet: «Les gens se croient vivants, ils ne le sont pas.» Ils n'ont pas le divin avec eux. Ils n'ont pas d'expérience du divin. Mais alors à quoi se raccrochent-ils? Je ne sais pas! À des magistères... Relisez les saints! Ils sont très intéressants. Vous aurez bientôt un chef-d'œuvre de Julia Kristeva, sur sainte Thérèse d'Avila, c'est d'une actualité brûlante... Tout cela ne demande qu'à vivre puisque ce n'est pas mort. Ce sont les vivants qui sont morts, enfin ils font semblant d'exister.

Thérèse d'Avila, sainte et docteur de l'Église, elle, est extraordinaire, elle écrit, elle roule ses confesseurs dans la farine... Mais la difficulté c'est d'avoir un saint français présentable que vous pourriez prier dans votre langue ! Citez-moi un nom de saint français ?

Thérèse de Lisieux, saint Vincent de Paul...

Vous auriez pu citer plutôt saint Bernard. Mais enfin les grands saints sont italiens ou espagnols : saint Dominique, saint François d'Assise, saint Bonaventure, saint Ignace de Loyola — quel fou magnifique celui-là, il n'arrête pas de pleurer ! Ils pleurent beaucoup ces gens-là ! Ils ont des extases : les Français n'ont pas le sens de ce catholicisme fondamental. Je n'entre presque jamais dans une église en France. À quoi bon ? Alors qu'en Italie ! Michel-Ange, Bernin... Ce n'est pas puritain ! «Vous comprenez, me disait Mauriac, quand j'étais à Stockholm pour recevoir mon prix Nobel, ils m'ont amené dans les temples protestants. Vous savez, il n'y a pas la petite lumière, la présence réelle, la petite lumière rouge, alors on a l'impression que ces gens n'ont pas d'âme.» La présence réelle ! C'est le sujet même de la littérature, celui de notre vie, ici, maintenant, et pour toute éternité. Amen. (*rires*)

Entretien avec Nathalie Sarthou-Lajus et Vincent Sarthou-Lajus,
Études, mai 2008.

La Déprise

JACQUES SOJCHER : *Sur la couverture de* Studio[1] *est reproduit un poème en écriture chinoise, et je me demande si, entre autres, l'invention de l'homme n'est pas pour toi du côté d'une écriture poétique, d'un paysage qui n'est pas le nôtre, si ce n'est pas du côté de cette écriture-là que se situerait l'invention de l'humain ou l'une des inventions de l'humain ?*

PHILIPPE SOLLERS : Pourquoi l'homme occuperait-il une place centrale dans le paysage ? C'est exagérer ses dimensions pour mieux les amoindrir. Dans ce rouleau où le poème à gauche occupe une place tout à fait importante, bien que rejetée sur le côté, cascade d'idéogrammes, on a l'introduction, dans la représentation de l'écrit, de la verbalisation. Les petits sceaux rouges marquent en effet les propriétaires successifs de ce rouleau, donc ils s'intègrent là à partir de l'écrit. Si l'on regarde attentivement, on va voir au fond du paysage — nous sommes dans la montagne — vide ou humide comme s'il avait été près d'une cascade, ou s'il y avait de la brume, le personnage qui habite l'une des deux

1. Folio n° 3168.

maisons et qui est presque invisible. Or, sans aucun doute, c'est le personnage qui est presque invisible à l'intérieur de cette petite maison perchée sur la falaise abrupte, qui est en train non seulement de peindre ce rouleau, mais de parler ce qui s'entend dans ce poème. Donc c'est la représentation qui importe, où l'auteur de ce qui est vu va occuper une place minuscule dans la représentation. C'est tout à fait différent du système de représentation occidental, puisque le pouvoir sera précisément *dans* ce rouleau. Cela a été compris même par des hommes de pouvoir en Chine qui ont été quelquefois assez lettrés ou assez taoïsants pour comprendre qu'il fallait donner toute la place à la recherche de cette place minimale de l'élément humain compris dans le paysage raconté par celui qui n'a l'air d'occuper que cette petite portion de l'espace.

Si je comprends bien, c'est un peu le contraire de l'homme mesure de toute chose, c'est le contraire de l'humanisme grec, ou de l'humanisme tout court, c'est le contraire de l'humanisme à la manière occidentale que tu décris en faisant l'interprétation de cet idéogramme ?

Heidegger a toujours dit que ce que nous avions désormais à tenter dans l'achèvement de la métaphysique, qui ne peut plus amener que le développement de sa propre perversion, était de préparer un dialogue avec l'Asiatique. Je reviens à ce texte fameux dans *Acheminement vers la parole* qui est le dialogue avec un Japonais. Heidegger a certainement pensé, vers 1945, à Lao-tseu. Il y a eu une grande difficulté, que l'on voit aussi chez Kojève quoique d'une autre façon, à envisager la Chine au-delà du Japon. J'en viendrai aujourd'hui à parler d'un architecte de génie qui s'appelle Pei. Un Chinois qui surgit brusquement après la Seconde Guerre mondiale : son père était banquier à Shanghai, il est parti en Amérique, il est devenu américain. Il a commencé à faire de l'architecture de façon extrêmement subtile. On lui doit notamment ce que le Louvre est devenu, c'est-à-dire une transformation complète de l'espace dix-neuviémiste du Louvre, de l'espace classique, de l'espace Napoléon III, par cette invention merveilleuse des pyramides, avec un nouveau matériau emprunté à l'aéronautique, à la voile et qui a dégagé complètement le Louvre en le faisant revivre comme personne ne l'avait jamais vu. Ce qui coïncide avec une certaine possibilité qu'aurait eue le Louvre au XVIIe siècle si Louis XIV n'avait pas écarté le Cavalier Bernin, dont on peut voir ce qu'il a fait à Saint-Pierre de Rome, en regardant la place qui y mène et les quatre colonnes baobabs qui sont là, très chinoises d'ailleurs. Comme par hasard, il y a eu une rencontre entre la Chine et l'Occident. Elle se passe précisément au XVIIe et au XVIIIe siècle. C'est cette coïncidence qui m'intrigue le plus : il y a eu une possibilité à l'époque, et tous les jésuites sont là pour en témoigner avec le fait que cette occasion n'a pas été suivie. Si on parle de la Chine sans connaître le XVIIIe siècle et le phénomène baroque qui revient si fort dans la musique aujourd'hui — tout cela a l'air de nous éloigner de notre sujet mais nous y sommes en plein pour savoir ce que l'homme, le personnage appelé homme, fait dans toute cette affaire — c'est donc par le biais de l'esthétique que je le prends pour éviter qu'on l'encaserne, qu'on lui donne une uniformité qui a hélas été pensée comme telle par le XIXe siècle. L'homme du XIXe siècle est en effet une erreur tout à fait catégorique, dont Baudelaire, Lautréamont, Rimbaud, Cézanne, Manet et quelques autres ont essayé de se dégager, chacun comme il l'a pu. Ça leur a coûté la peine maximale dans l'existence. Donc, pour revenir à cette possibilité de dialogue avec l'Asiatique autrement que Heidegger, je parle du Français, il me semble que ce Chinois, par l'architecture, fait comprendre, c'est comme une leçon qu'il nous donne, qui n'a rien du classique métaphysique mais qui n'a rien non plus du modernisme du xxe siècle. C'est-à-dire que le Louvre, la tour de la Banque de Hong Kong, la salle de concert de Dallas, le centre astronomique des montagnes Rocheuses, le musée-temple qu'il a fait au Japon, le musée surtout de Washington qui est un coup de lame extrêmement effilée qui coupe court à toute l'accumulation hyper-kitsch du style dix-neuviémiste américain se voulant néo-classique et qui est représenté par la Bibliothèque du Congrès, tout ça c'est une merveille et cela montre bien que l'on peut, en s'adaptant uniquement à un lieu, à une situation et en traitant le problème alentour, mettre quelque chose au jour de nouveau. C'est un problème de lumière, et l'humanité se voit très calmement reçue dans des espaces qui ont l'air d'enchanter les enfants, d'autres personnes viennent là, il y a beaucoup de monde. Ça n'a rigoureusement aucune importance, mais les projets peuvent être financés comme ça et ce sont des lieux traités comme des lieux de transit ou d'évacuation possible de tout ce qui pourrait être rassemblement, foule au garde-à-vous ou autres défilés. Donc l'humain change complètement de fonction, et dans ces foules qui passent peut-être en effet y a-t-il un petit personnage qui s'appelle Pei dans un coin, qui est en train de comprendre exactement de quoi il s'agit : l'homme n'est pas là pour comprendre, mais pour être compris dans quelque chose qui le comprend.

À t'entendre il y aurait des lectures de l'humain plus intenses, plus vitalisantes que d'autres. Il y en a qui sont plus mortifères, comme celles de la bourgeoisie victorienne ou française du XIXe...

Comme celles de Staline, Hitler, etc.

Les exemples ne manquent malheureusement pas, mais il y en a qui sont beaucoup plus vitalisantes...

Oui, mais pas vitalistes... créant immédiatement un accord discret entre la forme dite humaine et ce qui la dépasse de partout. Donc ce sont des questions de dimensions.

Je l'applique peut-être mal, mais dans La Divine Comédie *il y a un mot qui vient de Dante d'ailleurs, mais que tu emploies comme un instrument de lecture de manière très intensive, qui est le mot* trasumanar. *Est-ce que ce mot n'indiquerait pas tous les passages, les ponts de l'humain à l'animal, de l'humain à l'ange, de l'humain au paysage, quelque chose qui est dans un débordement ou dans un minimalisme mais qui est de l'ordre non d'une transgression, mais d'un passage. C'est cela qui pour toi constitue l'humain, ces figures du passage?*

«Je ne peins pas l'être, je peins le passage», dit Montaigne. Mais il s'agit ici de *transpasser*, de ne pas mettre l'accent sur le trépassé. C'est très simple de voir à quel point nous sommes dans une inflation technique d'une part et, de l'autre, dans une rumination morbide, n'est-ce pas? Tout cela m'a toujours paru un peu comique. Le *trasumanar* coupe court d'une certaine façon à l'homme. La «mesure de toute chose», c'est déjà différent parce que cette formule de Protagoras — Heidegger en parle savamment — est déjà beaucoup plus complexe qu'on ne le croit, mais enfin cette centralisation exacerbée — cette exacerbation du corps, qui finit par être une perte du corps lui-même —, cette centralisation coupe court à la crise métaphysique et nietzschéenne du surhomme qui déclenche — ça c'est une formule de Heidegger, très forte — le « sous-homme ». Nous ne sommes pas en train de parler d'homme, de surhomme, de sous-homme, nous essayons de quitter tranquillement cette effervescence mortifère pour signaler simplement que quelque chose a lieu qui est d'une autre répartition des dimensions. Je suis très frappé chaque fois que je vois des peintures Song, du XIIe siècle, qui sont des lotus épanouis. C'est indubitablement de l'humain qui a fait ça, il y a huit siècles, et c'est d'un érotisme très frappant par rapport à tous les efforts qui sont dépensés pour nous faire croire au désir humain.

Ce changement d'orientation, cet Orient dont tu parles, est-ce que ça n'implique pas une méthode de méditation, dirait Bataille, ou quelque chose qui relève non pas du savoir encyclopédique ou du savoir prétentieux et théoricien mais d'une démarche qui affecte le sujet et qui produit, sinon son effacement, du moins sa modestie ?

Ces peintres que nous avons là sous les yeux se signalent par des attitudes extraordinairement contradictoires. Tantôt ils simulent la folie, tantôt ils s'enferment dans le silence, tantôt ils sont ivres, tantôt ils sont tout à fait élégiaques, etc. Il n'y a pas de règle en ce sens...

Il y a une ascèse...

Une ascèse en évitant d'entendre « ascétique ».

Il y a une pratique...

Une pratique qui consiste à voir très rapidement quelle est la nature intime de ce que j'ai sous les yeux. C'est-à-dire à aller au plus proche. Ce qui me paraît d'une importance considérable — et là encore, c'est un thème assez heideggerien —, à savoir que nous passons constamment à côté du proche, de la proximité, sans la voir, nous évaluons, sa mise en valeur étant l'assassinat radical. Ce qui m'est le plus proche m'est le plus étranger. Je ne suis pas dans la proximité. Belle formulation de Heidegger sur la nuit couseuse d'étoiles...

Je pense à Rilke dans la magnifique lettre à Hulewicz. On n'a plus le rapport au pont, à la rivière, à la cruche, les objets sont perdus parce qu'il n'y a pas de recueillement de la parole...

C'est ma fable que j'emploie à chaque instant maintenant, ma fable du briquet rouge. Si je dis aujourd'hui, dans l'ère de la subjectivité absolue, de l'anthropomorphisme réalisé, c'est-à-dire de l'absence de sens et de l'insensé qui est le symptôme de l'achèvement de la métaphysique dans sa propre perversion, si je dis à un interlocuteur éventuel, en le lui montrant, qu'il y a là indubitablement un briquet rouge que je tiens entre deux doigts et que je pose sur la table, je noterai qu'il aura un moment de réserve pour qu'il en convienne, comme si ce qu'il avait à me dire, c'est : qu'est-ce que vous m'offrez pour que je sois d'accord sur l'existence de ce briquet ? Nous ne sommes plus dans l'évidence de ce qui est le plus évident, nous sommes dans une autre époque, nous ne pouvons pas parler, presque pas, même pas nous mettre d'accord sur ce qui est là en ce moment.

Il y a une valeur d'échange, c'est la « parole brute » de Mallarmé...

C'est ce que je voulais dire, mais ça s'est beaucoup aggravé : la valeur d'échange mène son combat très au-delà de la valeur d'usage.

Est-ce qu'il ne faut pas être héroïque en quelque sorte pour se détacher du grand marché, de la marchandise, du triomphe de la technique, de l'homme technicien, objet lui-même ?

Héroïque irait dans le même sens qu'ascèse...

Tout simplement n'est-ce pas difficile ?

Je ne crois pas. Je crois que rien n'est plus naturel, plus instinctif. Je crois qu'il faut aller au plus facile. Or tout ce qui nous est barré désormais, c'est précisément tout ce qui est facile, ce qui est aisé, ce qui n'est presque rien.

Mais le plus simple, c'est le plus complexe... Est-ce que ça ne renvoie pas à la théorie des exceptions ? Parmi tous les peintres, les musiciens, les écrivains, les penseurs cités dans La Divine Comédie, *dans* Studio, *cités ailleurs, Rimbaud et d'autres, c'est à chaque fois le plus simple mais c'est ce que tu appelles des exceptions ?*

Il y a exception dès qu'il y a prolifération inattendue du simple. C'est très frappant quand on voit des vies ahurissantes comme celles de certains peintres et de certains musiciens. Mozart, c'est quand même très peu d'années, c'est rigoureusement incompréhensible, tant de merveilles en aussi peu de temps, et d'ailleurs il aurait pu n'y avoir qu'une seule chose, les *Illuminations* de Rimbaud c'est comme le poème de Parménide... ou alors c'est six ou sept opéras en quelques années, dont l'un écrit en calèche en huit jours, *La Clémence de Titus*. Ou bien les cent quatre symphonies de Haydn, ou les soixante-dix-sept quatuors... ou les *Cantates* de Bach à n'en plus finir... Gardiner vient de le dire. Après avoir joué toutes les cantates de Bach pendant une année, il répond à la question «Qu'est-ce que vous aimeriez jouer maintenant?» : Bach. C'est très intéressant parce que c'est le thème de la répétition : exception et répétition, théorie des répétitions, si tu préfères. L'exceptionnel se tient dans la répétition, il faudrait relire le texte de Kierkegaard et comprendre pourquoi par exemple le propos de Stravinski qui disait : «Vivaldi, quatre cents fois le même concerto!» est un propos qui est déjà très loin de nous, parce que Stravinski avait une volonté d'originalité. Ce qui n'est pas le cas de Pei puisque, au contraire, on en vient, ou on en revient, au fait de juger quel est le lieu, la situation et ce qui pourrait se répéter indéfiniment, parce que rien ne se répète plus indéfiniment que l'architecture : Saint-Pierre de Rome, le Louvre, c'est quelque chose qui se répète jour et nuit, tout le temps pour les passants, pour les transhumains qui vont venir... Donc le lieu de l'expérience, c'est celui de la répétition. *Paradis* a été une tentative notoire dans cette expérience; donc je crois que ce que j'appelle les exceptions, c'est simplement un certain nombre de percées, il y en a énormément, dans ce qui fait impossibilité humaine à se répéter consciemment et affirmativement. C'est-à-dire qu'il y a une réitération de l'hypnose humaine mais peu de sorties pour affirmer qu'on est bien là dans la répétition. Je reviens sur le fait que, puisque Dieu et l'homme peuvent être surpris en flagrant délit d'étroite identité, j'avais proposé à la télévision de filmer cinq mille messes dites dans les endroits les plus différents, sur les cinq continents, le matin, à midi, le soir, en plein air, dans des lieux déserts, en pleine ville, simplement parce que le rond de la caméra et l'hostie auraient trouvé là leur stricte réalité; et on m'a regardé évidemment comme si j'étais fou. Or, je prétends qu'une heure, deux heures ou cinq heures, ça pourrait être absolument magique, mais personne n'en veut. Or, qu'y a-t-il de plus répétitif que la messe? On pourrait faire une très grande messe télévisuelle qui pourrait être l'équivalent bien fait de la *Messe en si* de Bach.

Pourtant les statisticiens, sondages et autres balivernes nous disent qu'il y a de moins en moins de fidèles — ce n'est pas pour ça qu'ils sont plus catholiques — qui fréquentent la messe.

Et c'est tout à fait normal, puisque le projet que j'énonce, ce serait enfin voir la messe comme elle a lieu réellement, au moment même où nous parlons à New York ou en Afrique du Sud, ou en Australie.

Il y a beaucoup de messes, mais il y a peu de participants...

Mais les participants pour le rouleau chinois ou pour n'importe quelle œuvre d'art — c'est une œuvre d'art, la messe — n'ont rigoureusement aucune importance ! Et voilà bien ce qui est en question. Que *La Divine Comédie* soit lue ou pas n'a rigoureusement aucune importance !

Je vais te poser une question idiote, que j'ai honte de poser mais que je te pose quand même. Est-ce que tu ne recevrais pas immédiatement un brevet d'élitisme ?

Même pas ! C'est plus radical encore, c'est « en soi ». On peut dire que Cézanne, lorsqu'il dit que l'art s'adresse à un nombre extrêmement restreint d'individus, touche juste et que c'est évidemment le grand blasphème par rapport au XIXᵉ siècle, où l'art doit s'adresser à tout le monde ; et d'ailleurs il n'y a que des artistes partout aujourd'hui, de même qu'il y a des écrivains partout, et que tout le monde est écrivain sauf moi, c'est du moins ce que la société a tendance à dire et à vouloir. Mais ce n'est même pas très peu d'individus. C'est pour tous et pour personne, et peut-être pour personne en fait. Et ce « personne » n'est pas rien.

Dans notre entretien jusqu'à présent, il y a des strates de l'histoire qui sont privilégiées. Si on remonte à Mathusalem ou aux hommes de la préhistoire, est-ce qu'il n'y a pas tout simplement, selon le concept de Nietzsche, une généalogie de l'humain ? Et donc une histoire avec des hauts et des bas, avec des variations et des répétitions, est-ce que c'est toujours du même homme que l'on parle depuis cinquante mille ans ?

Ça dépend qui tient le pouvoir de cette historiographie supposée.

Il y a une histoire de l'homme quand même?... Ce n'est pas important?

Il y a une histoire de l'homme, oui, mais en général elle se déroule sur un mode héroïque, c'est-à-dire que nous aboutissons à vivre un avenir de la science et, en général, c'est plutôt la légende douloureuse qui prévaut. C'est pourquoi les exceptions sont très gênantes, puisque à chaque instant on pourra dire qu'elles se sont produites à tel ou tel moment sans que la datation, qui est certes fort importante, soit décisive. Tu vois bien que c'est ce que j'essaie de faire avec *La Guerre du Goût*, ce qui provoque une résistance considérable, car c'est une forme d'histoire qui n'a rien à voir avec l'historicité mais avec l'historial. Bien sûr qu'il y a une histoire de l'homme, mais si je l'historicise je vais manquer évidemment l'essentiel pour obtenir un constat de datation toujours orienté d'une certaine façon, ce qui a des conséquences pathétiques dans le nihilisme courant d'aujourd'hui.

Le mot « amour », c'est la fin de La Divine Comédie. *Tu cites le* Génie *de Rimbaud : « Il est l'amour, mesure parfaite et réinventée. » Pourquoi réinventée?*

Je commence par Dante : la grande nouveauté de Dante, introuvable avant lui, c'est de poser l'intellect aristotélicien en forme d'amour. L'intellect, c'est l'amour. Qu'est-ce que ça veut dire, « femmes qui avez l'intellect d'amour »? Prodigieuse formulation, impensable sans le christianisme et qui culmine dans ce dénouement extravagant de l'inceste qui consiste à poser une fois pour toutes, *une,* qui serait la fille de son fils. Il y a de quoi méditer pendant très longtemps. Il n'y a d'ailleurs qu'à poser cette question à n'importe qui et on voit surgir tout à coup l'effarement que ça peut provoquer. Comment une mère pourrait-elle devenir la fille de son fils ? Là-dessus il y a des développements. Innombrables affaires sur la question de l'homme enfermé sans que ce soit dit, mais sous-entendu, dans un matriarcat fondamental. Il ne faut pas oublier que les cultes matriarcaux ont duré des milliers d'années. La Vénus de Lespugue ou d'autres représentations de ce genre, divinités chtoniennes, sont beaucoup plus importantes qu'on ne le croit et sont toujours prêtes d'ailleurs à se manifester à chaque instant pour peu que les tremblements de terre intellectuels le permettent. L'intellect d'amour... féminin, donc... Nous sommes évidemment très loin de Platon. Il y a toute une organisation sexuelle de la métaphysique sur laquelle il y aurait lieu de réfléchir et qui, dans son essence formalisée au cours des âges, va permettre à quelqu'un comme Freud, qui se doute que ça ne marche pas très bien tout ça, plus très bien, de poser qu'il n'y a de sociétés qu'homosexuelles, voilà. Et de poser aussi, chose qui n'est absolument pas entendue, qu'une passion qui pourrait abîmer un homme et une femme, pour peu que s'y mêle l'intellect d'amour, serait la chose la plus asociale qui soit. C'est drôle, parce que c'est le contraire de la propagande publicitaire où les deux sexes seraient faits pour fusionner. Sagesse de la Chine là encore, puisqu'on n'est pas dans le deux qui ferait un, mais dans le quatre quand on est deux. C'est-à-dire que le masculin féminin n'est pas le masculin masculin, et que le féminin masculin n'est pas le féminin féminin. Voilà quelque chose qu'il faudrait répéter sans cesse puisque bisexualité, androgynat et autres confusions de ce genre sont constants. Intellect d'abord. Bon, voyons comment, une fois ça posé, Rimbaud, très longtemps après, « mesure parfaite et réinventée », « réinventer », l'amour est à «réinventer», on le sait. Pourquoi — tiens c'est drôle — les femmes, tiens au fait, les femmes, qu'est-ce qu'elles sont devenues, il y en a dont j'aurais pu faire «de bonnes camarades»... Les femmes, un jour, lorsqu'elles auront brisé leur esclavage millénaire, apporteront des choses elles aussi, nous les prendrons, nous les comprendrons... Et puis alors pourquoi faudrait-il réinventer en même temps l'amour et la raison puisque c'est la même chose? *À une raison*, tu prends ce texte que personne ne sonde vraiment alors qu'il s'offre à la méditation constante, *à une raison*, «Un pas de toi»..., etc. «Ta tête se détourne : le nouvel amour! Ta tête se retourne, — le nouvel amour!»

«*Arrivée de toujours, qui t'en iras partout.*»

«Arrivée de toujours» : tous les temps font arriver, cette nouvelle raison, ce nouvel amour. Il était urgent de redéfinir la raison et l'amour en même temps. «Je suis un inventeur bien autrement méritant que tous ceux qui m'ont précédé; un musicien même, qui ai trouvé quelque chose comme la clef de l'amour.» Musique, raison, amour... La raison n'était pas à la hauteur, constate Rimbaud, il y a des raisons pour ça en effet. Ce qui passe à travers lui a des raisons pour se dire ça...

Est-ce que c'est ce que tu appelles la grande poésie?

J'insiste, «grande poésie», on ne devrait même pas avoir besoin de l'adjectiver, c'est pour marquer le coup contre l'instrumentalisation de la misère poétique qui est devenue tout à fait visible. Je ne veux pas aggraver le malheur des poètes, mais s'il y a une telle dévalori-

sation systématique, il y a lieu de se demander pourquoi.

*Il y a beaucoup de rires dans tes textes, et je crois
que, vers la dernière phrase, il y a un moment où Philippe Sollers rit et il y a une rencontre entre le* Génie *de
Rimbaud et le christianisme.*

Le rire... J'étais content autrefois de publier l'un des
derniers textes que Bataille nous a donnés pour *Tel
Quel* (n° 10). Un texte sur le rire, le rire majeur par rapport au rire mineur. Bataille est dans la filiation directe
de Nietzsche. Quand Bataille dit que la vérité du langage est chrétienne ou qu'on ne peut pas dépasser le
christianisme sauf par un hyper-christianisme, il reprend
Nietzsche, de même qu'à la même époque Rimbaud et
Lautréamont disent des choses comparables. *Le Crépuscule des idoles*, *Illuminations*, *Poésies* restent à penser en même temps, encore plus qu'on ne l'a fait, d'une
façon affirmative et non pas comme marginalité, ou
comme déclin. Dans cette dimension-là, on peut rappeler que Dante au Paradis éprouve qu'il s'agit d'un rire
immense, c'est pour ça que ça s'appelle *Comédie*. Il y a
une excellente bonne nouvelle qui fait donner tout au
rire, le rire de l'Univers.

Chez Mozart aussi, Giocoso *c'est vraiment le rire, le
Don Juan est aussi* Giocoso.

Bien sûr, la force de Mozart est extravagante... *La
Flûte enchantée* et *La Divine Comédie*, c'est du même
tissu. Ce rire est un rire majeur, on peut même l'appeler adulte en constatant que le rire mineur est toujours
un rire qui reste dépendant des parents, qui est un rire
de dérision, de sarcasme, de récrimination et qui donc

impliquerait quelque chose comme du ressentiment ou l'esprit de vengeance. Alors que le rire majeur implique une totale liberté, et c'est bon à répéter de nos jours où ceux qui rient ricanent ou rient à côté. C'est un peu comme jouir à côté, ou se branler à l'extérieur, comme dit Céline dans une formule fameuse, c'est-à-dire comme objection au lieu de rire comme affirmation.

Le mot que tu cites d'ailleurs de Mallarmé : « la destruction fut ma Béatrice »... Il y a une opération qui est proche du rire majeur et qui est affirmative ; il y aurait aussi une destruction affirmative ?

La vie de Mallarmé...

Le Révérend Mallarmé, comme tu l'appelles...

Il y a un spasme, sa mort est intéressante aussi. Héroïque Mallarmé, oui ! Mais enfin, je crois que le thème du négatif, on peut le dire hégélien si on veut, est une destruction obligée, et souvent une autodestruction, suicide encouragé, mourez, nous ferons le reste. Ce sont des problèmes qui sont devenus extrêmement saisissants. Quand Baudelaire entre dans une brasserie avec des amis et dit : « Ça sent la destruction... », les autres lui disent : « Mais non, Charles ! Ça sent la choucroute, ça sent la transpiration ! » « Non, ça sent la destruction ! » Alors, ça c'est autre chose, ça sent de plus en plus la destruction. Le négatif se signale à nous comme n'étant plus employable dans la dialectique et c'est là que fait son apparition toute la question du nihilisme qui est que le néant n'est pas pris en considération. Bien entendu, Mallarmé se retrouve là. « Heureusement, je suis parfaitement mort. »

C'est la pulsion de l'anonyme, c'est devenir anonyme, « anonyme et parfait comme une existence d'art ».

Voilà. Le manque de satisfaction amoureuse, dans ce genre d'expérience, me paraît considérable. Je voudrais juste le signaler et je ne pense pas qu'on puisse le passer sous silence. Il y a là quelque chose comme une rétention, une pétrification qui nous éloigne de cette contrée que j'indiquais pour commencer, c'est-à-dire quelque chose qui pourrait faire miroiter en même temps une certaine féerie que l'on trouve au XVIIIᵉ siècle et en Chine, et qu'on entend déjà dans la musique de Purcell. Shakespeare n'est pas loin et tout cela peut devenir tout à fait magique. *Le Songe d'une nuit d'été, The Fairy Queen...* C'est aussi une question économique, là-dessus Mallarmé est très lucide...

La métaphore de la monnaie revient sans arrêt ; la rémunération, etc.

Exactement. Et je crois que, quand Bataille parle de la «part maudite», il est encore sous cette influence de l'économie politique antérieure. J'aurais tendance à faire désormais l'éloge systématique de la richesse en prenant soin, bien entendu, de ne parler d'aucune richesse matérielle...

C'est le potlatch, la richesse, de ce côté-là.

C'est la richesse en tant qu'elle n'est ni mesurable ni calculable. Je suis mille fois le plus riche, dit Rimbaud, restons avare comme la mer.

C'est la dépense...

Même pas.

C'est la grande santé...

Même pas. La grande santé, la dépense, ce sont des concepts par lesquels, dans une certaine tradition métaphysique, on a essayé de penser cela. Mais il y a quelque chose de plus radical, à mon sens, qui est que, dans ce rouleau chinois, il ne se passe à la limite rigoureusement rien.

Une dernière question : «L'amour est à réinventer», tu as donné une lecture rapide de Rimbaud, la religion est aussi à réinventer, et l'homme est aussi à réinventer, à restaurer... à rappeler... ?

J'ai écrit un jour un entretien qui s'appelle «Pourquoi je suis si peu religieux». Et c'est vrai que je ne me sens pas religieux. Quant à savoir si je suis un homme, je veux bien, par courtoisie, l'admettre pour ne pas trop attirer l'attention sur mon cas, car on sait que celui qui dirait qu'il n'en est pas un risquerait des ennuis... Et comme d'autre part je ne tiens pas de discours psychotiques tout à fait explicites, je crois qu'on peut me laisser tranquille avec tout ça. Bon, ni religieux ni homme... sauf si vous insistez, monseigneur, en me menaçant!... Je suis de l'avis de Voltaire...

D'en finir avec les identifications... pas d'étiquettes !

D'abord, premièrement, le mot de Voltaire sur votre porte : «Pas de martyre.» Deuxièmement, défiance systématique pour la volonté de volonté. Il ne faut pas vouloir trop quoi que ce soit, ni la fin de ceci ni la fin de cela, ni ceci ni cela, vouloir, pourquoi *vouloir* à ce point, au point de préférer vouloir rien plutôt que ne rien vouloir. C'est le suicide. J'affirme dans ma destruction ma volonté de volonté. Ça me paraît fâcheux. Nous vivons en effet dans cette emprise de la subjectivité absolue comme volonté de volonté. La déprise, le fait de se détourner de la métaphysique, d'aller au simple, au proche, au tout proche, n'implique pas le vouloir.

La déprise est affirmative... On rit de se déprendre.

La déprise est évidemment affirmative. Si nous sommes dans la société du subjectivisme absolu comme tout le prouve, toute déprise de cette subjectivité sera une affirmation positive et libre. C'est la même chose d'ailleurs que la déprise quant au sexuel, je n'ai pas dit le renoncement, je dis la déprise, c'est d'ailleurs ce que tout le monde a reproché à Rimbaud, en connaissance de cause, parce que nous vivons en pleine propagande sexualisante. C'est très ennuyeux. De même que, à l'époque où le sexe passait pour être d'origine diabolique, il aurait fallu le revendiquer à ses risques et périls, de même, à partir du moment où il devient la panacée et où ça deviendrait obligatoire, forme ultime du puritanisme qui d'ailleurs peut se renverser en son contraire aussitôt, celui qui serait très blasphématoire serait celui qui trouverait qu'il en connaît un bout sur la question et que ça ne le préoccupe pas.

Entretien avec Jacques Sojcher.

Les dessous de l'obscénité

JACQUES SOJCHER : *Y a-t-il un déplacement de la scène de l'obscénité ?*

PHILIPPE SOLLERS : Le spectacle dans lequel nous vivons donne l'impression violente que l'obscène est sur la scène et que ce qui n'y était pas, désormais, s'exhibe comme tel. Autrement dit, trouvons une coulisse imaginable, un lieu réservé, un boudoir quelconque, une intimité supposée. Introuvable. Tout est irradié. La caméra de surveillance fonctionne en tous lieux. Sa fonction est à la fois double, puisqu'elle est par essence technique, policière mais qu'elle pousse aussi à la monstration de tout et de n'importe quoi. Dans les années qui viennent de s'écouler, ce qui était réputé obscène (en général, le sexuel) a été industriellement arraisonné par la marchandise, l'exhibition. Dans un même mouvement, ce qui était réputé être de l'ordre du privé, du sentiment, de l'affectif, la chose sentimentale elle-même est portée sur la même scène. Ce qui fait qu'il y a quasiment simultanéité : sentimentalisme, obscénité, pornographie débordants. Curieuse équation de ce qui était réputé incompatible et qui brusquement s'annonce comme ayant été toujours l'envers et l'endroit d'une même chose ou d'une même erreur. Le sentiment et la viande jouent donc désormais sur la même scène. Autrement dit, le sexuel du spectacle a aussi peu de rapports avec l'érotisme que le sentimentalisme en a avec la sensibilité réelle. L'obscène est sentimental. Le sentimental est obscène. Cela va dans les deux sens. C'est de la belle matière à vendre.

Mais qu'est devenue alors l'obscénité ?

Elle n'existe plus, puisque tout est obscène.

Et le sentiment, l'intime ?

Ils n'existent plus non plus puisqu'ils ont leur place dans la vitrine de l'obscène qui, lui-même, n'existe plus.

C'est en français qu'on peut avoir une chance de s'y retrouver, et dans aucune autre tradition littéraire ou philosophique, car l'obscène varie de langue à langue mais il n'a été pensé qu'en français. Le marquis de Sade était impossible dans une autre langue que le français, comme Honoré-Gabriel Riqueti, comte de Mirabeau (1749-1791) — le grand inconnu de la culture et de l'histoire françaises. Baudelaire écrit : « La Révolution a été faite par des voluptueux. » La Contre-Révolution et la Terreur ont été l'œuvre de vertueux. Et voilà précisément ce qu'on cache, car la situation actuelle, obscène et sentimentale, est un comble de conformisme et de vertu — la pornographie étant son extension industrielle.

Mirabeau — le plus grand orateur de la Révolution française — a été un écrivain pornographique et philosophiquement pornographique. Le pornographe sans philosophie est dans l'embarras avec le sexuel[1].

La relation de Mirabeau avec Sade est évidente, à l'exception des passions cruelles qu'il ne met pas en scène. Son propos essentiel et méconnu porte sur l'éducation des filles. La philosophie française a ce trait unique dans toute l'histoire de la pensée : elle s'occupe de l'éducation des filles, c'est la raison pour laquelle elle est méprisée, tenue pour secondaire et très loin d'atteindre les sommets de la métaphysique classique.

Alors, comment l'esprit vient-il aux filles ?

La question que pose La Fontaine, *comment l'esprit vient aux filles*, cette question sexuelle n'a pu être posée que dans la France des Lumières et nulle part ailleurs. Les vertueux et les tueurs lisaient Rousseau et ne pouvaient certainement pas accepter sinon Sade, du moins Mirabeau.

Si tout est obscène, est-ce qu'il n'y a pas une tentation de se réfugier dans l'intériorité, où il n'y aurait plus d'obscénité ?

L'obscénité est partout, même dans la pensée, et surtout dans la pensée salariée, celle des philosophes professionnels, par exemple.

Qui penseraient l'obscène, qui seraient obscènes en pensant ?

---

1. Voir Mirabeau, *Le Rideau levé ou l'Éducation de Laure*, Éditions Jean-Claude Gawsewitch, 2004.

Non, ils ne pensent pas l'obscénité de leur pseudo-pensée. Voir leur bavardage à propos de Heidegger. Un déluge.

Et quel est le vrai sens du mot obscène *?*

Le vrai sens du mot c'est : «est obscène ce qui est rigoureusement interdit par une société à une époque donnée». Et dans notre époque, c'est la pensée. Ou la poésie, ce qui revient au même, si on comprend de quoi il s'agit entre la pensée et la poésie. C'est rigoureusement interdit.

Revenons à Mirabeau. Il a 17 ans, il est lieutenant de cavalerie à Saintes, mais sa vie scandaleuse conduit son père à le faire enfermer à l'île de Ré. On l'envoie ensuite en Lorraine et puis en Corse, mais ça n'arrange pas les choses parce qu'il connaît trois autres incarcérations : à Manosque, au château d'If et au fort de Joux près de Pontarlier. La preuve se fait par la prison. Personne ne va plus aujourd'hui en prison pour obscénité et personne ne va plus en prison non plus pour étalage de sentiments. Mirabeau est un physiocrate, il trouve que les rapports sociaux devraient être réglés par la nature. Dans le mot «philosophie», il y a «sophie». C'est avec une Sophie de 20 ans qu'il arrache à son vieux mari, le marquis de Monnier, que Mirabeau s'enfuit à Amsterdam, au moment où le marquis de Sade s'enfuit avec sa belle-sœur en Italie. Une fille mariée, ça va, mais la belle-sœur qui s'enfuit avec le mari de sa sœur, bonjour les dégâts. Nous voyons alors apparaître un personnage très important, celui de la mère. C'est par le fait de savoir si on tient le coup par rapport à «le» mère qu'on va pouvoir déterminer non seulement si quelqu'un pense mais pense réellement l'obscénité.

Mirabeau s'enfuit donc avec sa Sophie à Amsterdam, cela fait un scandale nouveau et une nouvelle incarcération. À Vincennes. Trois ans. Et c'est là, à Vincennes, qu'il écrit ses *Lettres à Sophie* que j'avais à l'esprit en écrivant *Portrait du Joueur,* où le personnage féminin, central, érotique et curieusement sensible dans l'obscénité même, ne pouvait s'appeler que Sophie.

Alors Mirabeau, le comte de Mirabeau...

Il me semble qu'on devrait se demander, une bonne fois pour toutes, ce qu'il en est de l'aristocratie. Non pas au niveau d'un privilège de naissance dans l'Ancien Régime avec un retour en arrière idéalisant, mais au sens nietzschéen de qu'est-ce qui est noble ? Qu'est-ce que c'est avoir un comportement aristocratique ? Voilà une bonne question pour débrouiller la question de l'obscène du sentiment exhibé. Le sexuel doit-il être accordé à tout le monde ? Ce n'est pas sûr, cela n'est pas forcément une vertu démocratique et il vaut mieux qu'elle ne le soit pas. Tout le monde ne peut pas jouer du piano. À partir du moment où tout le monde serait censé pouvoir tripoter du sexuel, alors il arrive ce qu'il arrive. Même chose pour le sentiment.

Il y aurait donc plusieurs niveaux dans l'obscénité : une vraie obscénité et une obscénité de pacotille ?

La pensée serait la bonne obscénité, c'est pour cela qu'en état démocratique elle est éradiquée. Mais ce niveau de noblesse de la pensée se fait rare, rarissime même puisque je vous dis que j'allume une bougie et que je cherche éventuellement quelqu'un qui pense, que ce soit dans des bordels, dans des églises ou à l'université.

Mais comment expliquez-vous cette généralisation du bas, ce désert de la pensée ? Cela a-t-il toujours été ainsi ou y a t-il aujourd'hui une décadence ?

Le mot *décadence* est faible. C'est de dévastation qu'il s'agit. L'accomplissement du nihilisme qui va durer très longtemps est une dévastation. La décadence est un problème propre au XIXe siècle, presque un concept romantique. Nous sommes dans l'accomplissement du nihilisme. Dans cet accomplissement du nihilisme, de plus en plus flagrant, partout, à tout instant, on peut repérer un certain nombre de données, par exemple, l'évacuation de l'histoire. Plus personne ne sait lire, l'illettrisme est galopant. La violence s'accroît, du fait même de cet illettrisme, de cette évacuation de l'histoire. La chose sexuelle est désormais patente de nullité.

Les religions dénoncent ce qui est obscène. Elles devraient être un rempart contre le nihilisme ?

Le religieux lui-même est arraisonné de la même façon que le sexe ou le sentiment sur la même scène d'industrialisation vidée de sens. Tout ce qui se présente aujourd'hui comme religieux tourne au massacre neuf fois sur dix ou à la décapitation au nom de Dieu.

C'est l'usage médiatique de la religion...

... de la religion comme pure excitation mortifère.

Ce qui fait l'obscénité basse, c'est chaque fois la scène dans l'obscène? S'il n'y avait pas de scène, il n'y aurait pas de bassesse?

Ce qui fait la bassesse, c'est que le dire n'est pas à la mesure de l'acte.

Et donc de la pensée...

Oui. La preuve, c'est que tous les films pornographiques industriels sont consternants de platitude, de bêtise dans la bande-son. C'est pour cela que j'ai proposé de faire un film pornographique où les images seraient très crues, avec *L'Éthique* de Spinoza en voix off. Ce serait un geste philosophique. Je n'ai toujours pas trouvé quelqu'un pour financer ce projet, dont vous m'accorderez qu'il est sublime...

Si j'étais riche, je le financerais immédiatement.

Merci. Et là vous auriez un effet qui ne plairait à personne... parce qu'il y aurait de la pensée. Ni à ceux qui sont dans l'éructation, dans l'impossibilité de dire ce qu'ils font, ni aux autres, parce qu'il y aurait des images qui contrediraient ce qu'ils croient être de la pensée pure. *L'Éthique*... grand film, infaisable, d'une obscénité garantie... d'une très haute obscénité.

(Un silence. Un ange passe.)

Que voit Mirabeau? Qu'il faut commencer par l'éducation des filles, parce que les filles deviennent des femmes, des mères... Ça change la position du père, et si on fait basculer la position du père, on touche à Dieu.

On veut désormais déloger les femmes de cette jouissance particulière qui ne peut s'accomplir que dans l'ombre et le mystère. Pourquoi ? Parce que la société planétaire dans laquelle nous sommes ne veut plus le bonheur des femmes. Il s'agit de mettre la main sur leur corps de telle façon qu'il soit marchandisable et l'objet d'une reproduction technique.

Il y a des récalcitrants. Nietzsche et la femme inatteignable, Levinas et la pudeur.

Je ne suis pas sûr que Levinas soit un révolutionnaire. Quant au bonheur des femmes, je n'ai pas eu la moindre précision anatomique chez le penseur que vous venez de citer. La pudeur fondée sur l'ignorance anatomique ne m'intéresse pas.

(*Un silence. Un démon passe.*)

Revenons à Mirabeau. La mère est morte et la fille du coup est libre d'aimer son papa qui l'adore et qu'elle adore, et elle va ainsi aller de découvertes en découvertes dans son éducation. Que cette fille, qui va devenir une femme, puisse déclarer, grâce à cette éducation parfaitement scandaleuse, que l'envie et la jalousie sont étrangères à son cœur, c'est extraordinaire. On pourrait donc supprimer l'envie et la jalousie ? Mirabeau fait la démonstration de cette éducation à travers l'inceste. Je n'ai jamais rencontré ni chez Foucault, ni chez Althusser, ni chez Sartre ou ni chez Derrida, chez personne... cette philosophie. Mirabeau est un philosophe qui vient en position de père pour éduquer sa fille. Et sa fille le décrit ainsi, ce qui me paraît très beau : «C'est un homme extraordinaire, unique, un vrai philosophe au-dessus de tout.» Quant au sexe de son père, quand elle en parle, elle dit que «c'est un vrai bijou». C'est tellement un vrai bijou qu'une fois que la fille a pu en effet s'emparer de ce bijou elle dit : «Depuis ce temps, tout fut pour moi une source de lumière. Il me semblait que l'instrument que je touchais fût la clé merveilleuse qui ouvrait tout à coup mon entendement.» Il s'agit d'ouvrir l'entendement des filles, qui deviendront des femmes. Voilà un projet révolutionnaire qui a, le mot n'est pas trop fort, avorté.

Et c'est le salut par le sexe du père et par l'éducation incestueuse.

L'intérêt de la proposition de Mirabeau, c'est que le sexe a une fonction de connaissance. Sans cette connaissance, il est vite destructeur ou abrutissant.

Est-ce qu'il y a une place pour le sentiment dans cette éducation ?

C'est certain. Dans l'éducation en question, selon l'ordre du sentiment, tout est plaisir, charme, délice quand on s'aime aussi tendrement et avec tant de passion. Mais le sentiment est fondé sur un savoir sexuel, sinon c'est du faux. C'est pour cela que l'obscénité envahit la scène en même temps qu'un sentimentalisme qui n'est qu'une absence de sensibilité. C'est un savoir. Toutes les positions physiques y passent, en hommage à la vraie philosophie. C'est une philosophie qu'on peut dire résolument féministe, quitte à faire hurler ceux ou celles qui croient connaître le sens de ce mot.

Il n'y a pas d'éducation pour le petit garçon ?

Le petit garçon pourra éventuellement bénéficier d'une fille qui aura perdu sa mère et qui aura eu elle-même cette éducation.

C'est Ma mère *de Bataille.*

Oui, d'une certaine façon, en moins dramatique... Si une fille a eu cette éducation, elle devient une autre mère. Supposez que vous ayez eu une mère ayant reçu cette éducation, croyez-moi, cela vous aurait fait gagner beaucoup de temps...

Hélas, cela ne fut pas le cas...

... cela aurait ouvert votre entendement. Donc, para-doxalement, le lesbianisme le plus raisonné est célébré. Or cette révélation vient du père. Le Père, cette fois-ci avec un grand P, est un nouveau dieu. C'est le philo-sophe qui prend la place du dieu ancien, le dieu ancien, faux procréateur.

Le procréateur ? Le pancréateur ?

... le créateur ou le procréateur qui est révélé du même coup comme étant faussement hétérosexuel. L'audace de ce révolutionnaire, c'est que sa poétique sensuelle est une vraie politique révolutionnaire.

Il n'y aurait plus aujourd'hui ni de vrai philosophe ni de vrai révolutionnaire ?

Sauf en clandestinité profonde.

Cela veut dire ?

Par exemple, se montrer pour ne pas être vu... Un de mes projets, c'est de décrire romanesquement la vie parfaitement inaperçue de Nietzsche.

Ce serait quoi, la vie inaperçue de Nietzsche ?

Ce serait quelqu'un dont personne ne soupçonnerait qu'il est Nietzsche. Ce serait Nietzsche s'étant rendu compte qu'il n'y avait pas lieu d'attendre quoi que ce soit d'un surhomme puisque désormais nous sommes dans le sous-homme.

Mais dans la clandestinité de Nietzsche secret, là l'obscène lui-même serait caché.

Personne ne se douterait de rien.

Ce serait la pure obscénité ?

Oui.

La pensée pure.

La pensée pure maîtrisant parfaitement son impureté invincible.

Mais quelle communication y aurait-il avec les autres ?

Il n'y a aucun besoin de communiquer réellement avec les autres. La seule communication dont on s'occupe, c'est du business...

C'est Mallarmé, « l'universel reportage ». À quoi s'oppose peut-être la communauté de ceux qui n'ont pas de communauté...

Non. Surtout pas de communauté. La communauté inavouable de Blanchot, ça sent déjà son flicage. Toute communauté est à rejeter.

(Cette assertion est suivie d'un grand silence.)

Nous avons perdu de vue, au fil de cet entretien, le sentiment.

Vous lirez dans le journal de Mme Robbe-Grillet, qui s'appelle *Jeune mariée* — c'est un journal qui date des années 1957-1962 —, que Robbe-Grillet était un grand sentimental : il pleure souvent et il s'en défend constamment. Il fait paraître tout à fait autre chose : fantasmes érotiques, films, trucs rituels... Les gens qui sont fascinés par l'obscénité basse sont en réalité de grands sentimentaux et réciproquement.

Ils sont incapables de sentiment comme de pensée ?

Oui. Le concept de goût entre ici en considération.

La littérature et la philosophie seraient le lieu d'une révolution, une révolution du goût ? Peut-on la trouver aussi chez des peintres, des cinéastes ?

Même chez des gens qui ne disent rien.

(Un silence.)

Chez vous, c'est un fil rouge, la révolution ?

Bien sûr, je ne pense qu'à ça, mais j'hésite désormais à employer le mot *littérature* ou le mot *philosophie.* Je garde le mot *révolution,* justement parce qu'il est tellement déconsidéré.

Ces mots sont surchargés, pleins d'ambiguïtés ?

Je n'en veux pas.

Vous avez des mots de rechange ?

J'emploierais peut-être le mot *jeux,* au pluriel.

Quel titre proposez-vous à cet entretien dont Mirabeau est le fil d'Ariane ?

Sous le pont Mirabeau.

(*Rire.*)

Revue *ah !*, Bruxelles.

Mademoiselle Guimard

Elle a 25 ans, c'est une fleur, elle passe en dansant un peu devant vous, elle a eu la chance de rencontrer son peintre.

Elle, c'est mademoiselle Guimard. Lui, Fragonard.

Nous sommes en 1767, c'est-à-dire dans la dépense et la gratuité heureuses. À Paris, à l'Opéra du temps, les actrices, les danseuses et les cantatrices mènent grande vie. Mademoiselle Guimard est une des stars du moment, elle est très *entretenue*, bien sûr, et répertoriée comme telle dans le grand livre d'Érica-Marie Benabou, *La Prostitution et la police des mœurs au XVIIIᵉ siècle.* Sa vivacité de ton, de comportement et d'allure fait d'elle un modèle idéal. Fragonard la comprend, la saisit, la brosse. Il a été jusqu'à décorer son hôtel particulier de la Chaussée d'Antin (disparu), surnommé « Le Temple de Terpsichore », théâtre privé, salle à manger avec vasques et eaux jaillissantes. L'indiscret de l'époque, Bachaumont, écrit que se déroulent là des « parades où la mythologie est mise en scène de façon plus que naturaliste, et qui paraissent délicieuses, c'est-à-dire extrêmement grivoises, polissonnes et ordurières ». Sans doute, sans doute. Mais ici, dans cet admirable portrait,

729

c'est tout l'esprit admirablement léger et profond des Lumières françaises qui parle. La main, la torsion, le papier, les étoffes, la femme, tout vit en musique, c'était donc un paradis, et il est perdu. Fragonard habitait là, comme l'audacieux Manet, un siècle plus tard. Là, c'est-à-dire dans la rapidité de la liberté physique.

La Tempête

Laissez passer les touristes, restez simplement là, devant ce tableau, oubliez tout. Il a lieu *maintenant*, pour vous, pour vous seul. Il vous parle du temps par-dessus le temps, comme Venise le fait constamment. C'est sa vocation, sa grandeur, son calme.

J'écoute, je commence à voir. À droite, une femme aux trois quarts nue, un boléro blanc sur les épaules, assise sur un drap froissé en pleine nature, allaite un enfant avec son sein gauche (on ne voit pas le droit). Elle vous regarde. Elle en a vu d'autres, elle en verra d'autres. Vous êtes *obligé* d'être cet enfant. La femme est très belle, jeune, éternelle, cheveux blond vénitien, rassemblée sur elle-même malgré ses cuisses écartées, très attentive, protectrice, un peu inquiète. À gauche, sur une autre scène, séparé de la femme à l'enfant par une rivière en ravin, un homme désinvolte et jeune, veste rouge, tenant un bâton plus grand que lui, tourne la tête vers le petit théâtre d'allaitement. Est-ce un père? Un fils? Un passant? Il a l'air très content, déta-ché, il pose. Il se souvient, aussi. Ce bébé, c'était lui dans une autre vie. Ou bien ce sera lui, et puis lui encore.

Où cela a-t-il lieu? Aux environs d'une ville que l'on voit se dresser dans le fond, au-delà d'un petit pont de bois qui fait communiquer les deux rives. Une ville sous l'orage dans un ciel gris-bleu. Un éclair déchire le fond de la toile et accentue la brisure entre la femme à l'enfant et l'homme contemplatif. Sur terre, une rivière les sépare, ils ne sont pas dans le même temps. Dans l'air, une zébrure et une fulgurance comme *rentrée* (vous voyez l'éclair, vous ne l'entendez pas encore) font apparaître le spectre des palais et des tours. Au premier plan, les humains mortels. Dans les coulisses, Dieu ou les dieux. Destin, hasard, saisons, nature. L'éclair est un serpent qui révèle les éternités différentes de la femme et de l'homme. Vous ne le savez pas au point où la couleur le dit.

Ce tableau est une étoile, un aimant. Je le vois d'ici, à Paris, par-delà le bruit et la fureur de l'histoire. Il fait le vide, il est évident. Il est d'un temps nouveau : le plus-que-présent permanent. J'aimerais le voler, le garder pour moi, dormir près de lui, être le seul à le voir matin et soir. Je voudrais survivre en lui, me dissoudre en lui, haute magie, alchimie. Je devine le passage secret qui l'a rendu possible.

L'origine du délire

C'est une histoire très folle qui a duré près d'un siècle et demi, avant de se calmer, et encore, dans l'indifférence générale. Cette histoire est celle d'un petit tableau français peint, en 1866, par un révolutionnaire de génie, Gustave Courbet. On a pris l'habitude étrange de l'appeler «l'Origine du monde». Comme si le monde, atomes, galaxies, océans, déserts, fleurs, fleuves, vaches, éléphants, pouvait sortir de ce tronc voluptueux de femme sans tête, ni mains, ni pieds, au sexe largement proposé et offert. Cachez-moi ce tableau que je ne saurais voir. C'est un vin enivrant, une insulte à nos feuilles de vigne.

La toile est admirable de puissance et de délicatesse, et sa navigation, en plongée, à travers le temps, méritait, après bien des approximations, des fantasmes, des désinformations intéressées, une enquête rigoureuse comme un grand roman policier. La voici. C'est à peine croyable.

Nous sommes dans les coulisses du Second Empire, nous allons traverser la Commune, deux guerres mondiales, le stalinisme et le nazisme, nous retrouver à Budapest, réapparaître à Brooklyn après nous être caché chez Lacan, rester légendaire mais invisible, être un objet fétiche parfois montré à quelques élus pétrifiés, avant de nous retrouver, comme si de rien n'était, au musée d'Orsay, simple et sage image parmi tant d'autres. De quoi s'agit-il? De qui? Pourquoi? Comment? Tout le monde est d'accord : ce tableau est unique. Avant, rien de tel. Après, non plus. De nos jours, spectacle d'effacement permanent, cinéma, photos, publicité et pornographie rentable, la belle déesse de Courbet paraît négligeable, exotique, presque une curiosité qui ne peut plus choquer que quelques touristes américains ou japonais arriérés. Son triomphe est une défaite : c'est la carte postale la plus vendue, entre le *Moulin de la Galette* de Renoir, et la *Pie* de Monet. Circulez, il n'y a rien à penser. Et pourtant quelle révélation, quel radar.

L'hypocrisie est de tous les âges, mais, de temps en temps, quelqu'un n'a pas froid aux yeux et retourne froidement les cartes. Baudelaire, par exemple. Ou Manet. Courbet, lui, n'a pas pour rien participé, en communard enthousiaste, à l'abattage de la colonne Vendôme. Sous ce monument guerrier napoléonien, quelle surprise de découvrir deux chefs-d'œuvre hyper-sensuels. Les deux femmes nues et exténuées de plaisir (une blonde, une brune) du *Sommeil*, et l'*Origine*. Sous le bronze, les lits. Sous les millions de morts inconnus, le bouillonnement des chairs et des linges. Sous le mensonge, la vérité. Sous la sexualité forcée, le désir.

Un peintre, donc. Et pas n'importe quel commanditaire de l'ombre. Khalil-Bey est un riche collectionneur ottoman pour qui Courbet compose ces deux merveilles interdites. Le *Sommeil* est scandaleux, soit, mais l'*Origine* carrément inacceptable, immontrable, inexposable, bien qu'un jour ou l'autre extrêmement vendable. Aussi surprenant que la rencontre d'un parapluie et d'une machine à coudre sur une table de dissection, le duo d'un pinceau subversif français et d'un amateur turc va donc produire des ravages. Khalil-Bey installe le tableau dans sa salle de bains derrière un rideau vert (couleur de l'Islam). Il le montre parfois, on n'y voit que du feu, on en parle, on imagine, on chuchote. Qui est le modèle? Mystère. Est-ce Joanna, l'explosive rousse irlandaise, maîtresse de Whistler et de Courbet? Non, la carnation ne convient pas. Alors qui? La jolie demi-mondaine Jeanne de Tourbey, dont le salon est fréquenté par tout ce qui compte à l'époque à Paris (Sainte-Beuve est là, dans un coin)? Peut-être. Un modèle inconnu? Pourquoi pas. Est-ce une mère, une fille, une prostituée, une femme du monde, une amante? Tout ça, tout ça. La société, c'est, comme d'habitude, pruderie et conformisme en surface, et micmac plus ou moins glauque en profondeur (Proust viendra éclairer ce théâtre). Et n'allez pas dire que seuls les bourgeois et les dévots réactionnaires sont chargés de faire la morale : le clergé socialiste (Proudhon) est aussi puritain qu'eux. Le bras d'honneur de Courbet s'adresse aux uns comme aux autres, et c'est un étranger, toléré à cause de sa fortune, qui abrite cette incongruité. Courbet, d'ailleurs, n'hésite pas à se comparer à Titien, à Véronèse ou à Raphaël, trouve sa toile excellente, allant jusqu'à dire «nous n'avons jamais rien fait de plus beau». Nous, c'est-à-dire tous les grands peintres et lui-même.

L'*Origine*, après la vente de la collection de Khalil-Bey, disparaît et, de temps en temps, fait signe. Le tableau est caché, maintenant, derrière un autre tableau de Courbet, assez insignifiant, souvent décrit comme une église de village dans la neige, alors qu'il s'agit d'un château au bord d'un lac. Mais peu importe, il faut désormais faire coulisser un panneau pour dévoiler l'autre. Ça s'appelle tomber dans le panneau. L'autre grand amateur et collectionneur qui va s'en emparer est un Hongrois, le baron Havatny, et nous voici à Budapest. Les nazis arrivent : l'*Origine* est cachée, sous un nom d'emprunt (Havatny est juif), dans une banque. Les nazis pillent tous les biens juifs, mais passent à côté de la plaque (tête de Goering ou Hitler s'ils avaient vu *ça*). Les Russes débarquent : eux, ils pillent tout, l'*Origine* se retrouvant ainsi derrière le rideau de fer de Staline (tête des vertueux communistes s'ils avaient eu le temps de regarder de près leur razzia). Nous retrouvons ainsi Eichmann, tout près du secret, et, plus heureusement, un officier de l'Armée rouge corrompu à qui Havatny *rachète* son tableau de rêve. Ensuite, de nouveau, plongée. Et puis réapparition à Paris, et pas chez n'importe qui.

C'est Lacan lui-même, jouant à Lacan-Bey (avec Georges Bataille à l'horizon du fantasme). Sylvia, l'ancienne femme de Bataille, est maintenant celle de Lacan. Elle pense qu'il faut voiler le tableau (« les voisins et la femme de ménage ne comprendraient pas ») et demande à son beau-frère, André Masson, de peindre le cache coulissant. Masson s'exécute, et compose une allusion abstraite et estompée de l'*Origine* qu'il appelle « *Terre érotique* » (c'est marron et plutôt chocolat). Voilà pour la tranquillité des familles. Nous sommes dans les années 50 et 60 du dernier siècle, mais personne ne sait où est la Chose, elle n'existe que pour la jouissance de Lacan (qu'elle fait cogiter). Comme dans un cérémonial, Lacan, pour quelques invités, la montre de temps à autre. On retrouve ici, devant le sphinx éblouissant, des célébrités diverses (la liste finit par être comique) : Lévi-Strauss (qui ne se souvient d'aucun commentaire), Duras, Dora Maar, Pontalis (qui a oublié ce qui a pu être dit), Leiris, Picasso, Duchamp.

Pour tout le monde, motus, et c'est le plus impressionnant. Ensuite, rumeurs, diversions, fausses informations. Sylvia s'occupe de l'*Origine*, prête la bombe pour une exposition aux États-Unis puis en France, laisse penser qu'elle est partie au Japon, jusqu'à ce que la revue *Art Press* (Henric, Muray, moi) mette enfin le public au courant. Dernier acte : en 1995, le tableau, devenu une affaire embrouillée de succession, rentre, comme dation, au musée d'Orsay. Ce jour-là, il y a beaucoup de monde. L'État est représenté par le ministre Douste-Blazy, ultime ironie de l'Histoire. Ce dernier, évidemment, pour éviter de choquer ses électeurs de Lourdes, évite de se faire photographier à côté du tableau. Celui-ci est là, mais il n'est plus là. Après tant de délires et de cachotteries, il est redevenu invisible en étant visible sans arrêt par toutes et par tous. Ce qu'il fallait démontrer, sans doute.

Thierry Savatier,
L'Origine du monde : histoire d'un tableau de Gustave Courbet,
Bartillat, 2006.

Les dieux de Renoir

Il était une fois, dans un pays au passé merveilleux tombé dans le plus plat et le plus dégoûtant des conformismes, un groupe de jeunes gens audacieux et joueurs se préparant à une *sortie*. Ils étaient peintres et personne ne les attendait. Leur coup d'éclat fait qu'on en parle encore. « Nous voulions dans nos tableaux des accords gais, de la vie sans littérature. Un matin, l'un de nous, manquant de noir, utilisa du bleu. L'impressionnisme était né. »

C'est le vieux Renoir qui parle ainsi de l'année 1874, et bien entendu les choses ont été autrement plus hasardeuses et complexes. Mais qu'importe : il y a des moments, dans l'histoire, où il faut faire apparaître une rupture verticale dans la sensation et la représentation. Un faux noir a vécu, un vrai noir surgit dans le débordement des couleurs. Quel nom, d'ailleurs, pour un peintre d'âge d'or de s'appeler *Renoir*. En lisant aujourd'hui ses lettres, ses propos, ses écrits, on est frappé par leur vivacité, leur intelligence, leur engagement radical. Les bourgeois de l'époque ne s'y sont pas trompés en criant au terrorisme, avant de céder devant l'offensive. Mais les petits-bourgeois actuels leur ressemblent par plus d'un côté. De l'académisme croûteux au modernisme décomposé, du puritanisme conventionnel à l'étalage de laideur pornographique, il n'y a qu'un pas, ou un siècle. Comme quoi le mauvais goût a la vie dure, ce qui est normal, puisque l'éternel désir de mort le produit.

Tout se passe en effet comme si le corps humain, pour voir vraiment ce qui est, avait besoin d'opérations périodiques (Proust a bien dit cela, justement à propos de Renoir). La société engendre des robots malades, les grands artistes, d'abord haïs, sont des chirurgiens de santé. Courbet, Manet, Monet, Degas, Renoir, Rodin, Cézanne, les Français, dans cette clinique, se sont distingués. Que s'est-il passé? À quelques exceptions près, on a oublié la nature naturelle, on l'a refoulée, artificialisée, socialement mécanisée, humainement répudiée. Or la revoici brusquement, sortant de l'onde. Des baigneuses, dites-vous? Sans doute, mais aussi des déesses. Ici, surprise, un témoin raconte : «Renoir adorait parler religion. Il n'en admettait qu'une, celle de Zeus. Il était pour la Vénus de beauté. Il disait que tout le monde serait heureux si on revenait aux anciens dieux grecs.» Le vieux magicien insiste : «Quels êtres admirables que ces Grecs. Leur existence était si heureuse qu'ils imaginaient que les dieux, pour trouver leur paradis et aimer, descendaient sur la Terre. Oui, la Terre était le paradis des dieux... Voilà ce que je veux peindre.»

Les dieux, on l'a compris, ne sont pas là pour arranger les affaires sociales, ils ne fréquentent pas les lieux de culte, ils se baladent dans la nature, le vent, la lumière, les rivières, les fleurs. On les a vus passer chez Titien, Tintoret, Véronèse, Rubens, repasser chez Watteau et Fragonard, ils sont maintenant populaires, ils déjeunent avec des canotiers, s'amusent au Moulin de la Galette. Vénus peut s'appeler Nana ou Nini, cela ne change rien à sa substance, au contraire. L'Olympia a toisé les bourgeois et les bourgeoises de Paris, les modèles épanouis de Renoir (des bonnes d'enfant lourdes, légères et rondes) achèvent de les renvoyer à leurs grimaces précisément notées par Daumier. Les modèles respirent autrement et affluent vers le peintre pour se faire confirmer une liberté enfouie. Les témoins s'étonnent : Renoir, si on l'embête, devient très désagréable, mais une fois devant son chevalet, son éternelle cigarette aux lèvres, il se met à siffler, à fredonner des chansons que lui serinent des filles, «s'extasie sur leur beauté que seul son œil leur découvre». Cet œil est nouveau, il n'en finit pas de s'émerveiller, il ne croit pas au compas, il célèbre l'irrégularité des phénomènes, la terre n'est pas ronde, tout est singulier. Sans bouger, dans une vie de travail réglée, chaque détail devient abondance et générosité. Moins romantique que Renoir, tu meurs. Matisse a admirablement témoigné de cette ivresse chez ce satyre étincelant tordu de douleur. «*Arrêtez*, dit-il un jour à Renoir, *vous n'en pouvez plus.*» À quoi Renoir, reprenant son pinceau dans ses mains presque paralysées, répond : «La douleur passe, Matisse, la beauté demeure.» Une autre fois, un journaliste lui demande comment il fera quand il ne pourra plus se servir de ses doigts. «Je peindrai avec ma queue», dit Renoir. Ou encore : «Je pourrais peindre avec mes pieds.» Ou encore, ce dialogue avec un médecin : «Vous avez eu la syphilis? — Non, mais je n'ai rien fait pour l'éviter.» Une autre fois : «C'est bien dommage qu'on ne puisse pas raconter plus tard que je peignais entouré de nymphes et couronné de roses, ou bien encore avec une belle fille sur les genoux, ce qui devait être bien gênant.» Tête des dévots devant ce simple art poétique : «Il faut que ça baise.»

Le Salon des faux dieux académiques s'émeut. Les tableaux sont refusés, il faut les exposer à l'écart. Sollicité de rejoindre la marginalité révolutionnaire, Manet, le grand aîné, refuse : «J'entre au Salon par la grande porte et lutte avec tous.» Renoir, au fond, l'approuve. Un jour, on décrochera les autres et on restera seuls entre dieux. Version politique de l'aventure : «Puisque vous aimez la République, pourquoi ne vois-je pas des Républiques aussi belles qu'étaient les Minerves? Vous l'aimez donc moins que les Anciens leurs dieux?» On n'est pas là pour revenir à on ne sait quel gothique à gargouilles, ni pour souscrire à la falsification des Grecs par un imaginaire collectif «romain». Il y a un goût français transversal (celui de François Ier) qu'il faut réinventer par amour. L'amour, oui, sous toutes ses formes, à commencer par le *bain* (bonjour Cézanne, Picasso, Matisse). «Je voudrais un club libre, sans inscription, n'ayant aucun nom. Je voudrais n'être compris que de vingt personnes. Ce serait un immense succès.» Lucide Renoir : «Un tableau est la chose qui entend le plus de bêtises.» On lui demande si Van Gogh était fou. Réponse : «Pour faire de la peinture, il faut être un peu fou. Je le suis moi-même. Quant à Cézanne, c'est la camisole de force.»

Les peintres montrent ce que la poésie dit. Les *Poésies* de Lautréamont, à la même époque, ouvrent une nouvelle ère, annoncée par Baudelaire, poursuivie par Rimbaud. «L'homme ne doit pas créer le malheur dans ses livres.» Injonction peu entendue, si on en juge par le déluge réaliste et naturaliste, transformé de nos jours en industrie. Renoir déteste Millet : «Ses paysans sentimentaux me font penser à des acteurs déguisés en paysans.» Il n'aime pas non plus Zola ou Hugo («ce raseur, ce poseur»). Il leur préfère, avec désinvolture, Alexandre Dumas ou La Fontaine («Il y a tout dans La Fontaine»). Il pense qu'en littérature aussi bien qu'en peinture on ne reconnaît le véritable talent qu'aux figures de femmes (exemple : la Natacha de Tolstoï dans *Guerre et Paix*). Il se délecte des «petits pieds des femmes de Goya». Rubens le comble («En voilà un qui n'était pas à une fesse près!»). Tout cela, encore une fois, dans une perspective de dieux concrets : «On ne veut plus de dieux, et les dieux sont nécessaires à notre imagination.» Wagner? non, Bach ou Mozart, et surtout ce «chef-d'œuvre des chefs-d'œuvre», *Don Giovanni*. L'art ennuyeux, «en redingote», épate le public? «Il y a assez de choses embêtantes dans la vie pour que nous n'en fabriquions pas encore d'autres, mais je sais bien qu'il est difficile de faire admettre qu'une peinture puisse être de la très grande peinture en restant joyeuse.» Attention, la joie n'est ni la dérision ni la rigolade de notre actualité illettrée et violente. Matisse le savait, qui parle avec une émotion étrange de Renoir «noble» et «héroïque», «agonisant, et cependant déterminé à fixer toute la grâce du désir et toute la beauté de la nature, toute la joie du vivant en une scène où la mort n'aurait pas de place — possession des hommes pour toujours — bénédiction sans mélange».

Auguste Renoir, *Écrits, entretiens et lettres sur l'art,*
textes réunis, présentés et annotés par Augustin de Butler,
Éd. de l'Amateur, 2001.

Bacon avec Van Gogh

Le peintre, après la catastrophe, est le plus exposé des humains avec le pape. Ils sont tous les deux brûlés, électrocutés, désorbités, calcinés. La peinture est impossible, sauf, peut-être, pour ce pauvre, ce clochard, ce sans-domicile-fixe, ce passant embourbé qui est aussi un dieu, mais un dieu misérable. Son ombre est du goudron, son chemin ne mène nulle part. Il sort d'un trou, d'une cavité inconnue, d'un volcan d'orbites. Il est en peine de corps. Il a survécu. Il s'obstine. Il est là *quand même*.

Bacon a compris la tragédie : Vélasquez, Van Gogh. Innocent X et le suicidé de la société. Il faut passer à travers ce supplice, ce cri. « Ce n'est pas l'homme mais le monde qui est devenu un anormal. » Nous sommes désormais à l'époque du «crime organisé». Artaud écrit ces lignes en 1947, et Francis Bacon, quelques années après, livre son diagnostic tranchant, quand d'autres vont se perdre dans l'abstraction ou la décoration de surface. Les peintres ont peur (sauf Picasso). Ils se gardent d'affronter la question de la nature devenue contre-nature, c'est-à-dire «le destin névrotique des choses». Il faut être un monstre, une brute, un animal bondissant prédateur pour se tirer de cette sinistre affaire. Bacon a ce système nerveux-là. C'est un pilote de chasse. Il vient libérer le vieux Van Gogh qui poursuit sa route dans les décombres. «Un jour, la peinture de Van Gogh, armée de fièvre et de bonne santé, reviendra pour jeter en l'air la poussière d'un monde en cage que son cœur ne pouvait plus supporter. »

Artaud parle d'«une force tournante, d'un élément arraché en plein cœur». Pour que la tragédie puisse être dite sans boucher l'horizon, il faut cette force, et ce n'est pas par hasard que Bacon va la chercher chez Eschyle comme s'il était notre contemporain le plus immédiat. De même qu'Artaud voit dans Van Gogh l'«organiste d'une tempête arrêtée», de même Bacon le remet en marche sur une autre planète, la même, mais complètement transformée. Drôle de terre, drôle de sphère striée, « paysage sabré, labouré et pressé de tous les côtés par un pinceau en ébriété». La forme persistera à travers le difforme. Le visage fondra sur vous comme sorti du néant, ce néant dont Artaud a raison de dire «qu'il n'a jamais fait de mal à personne». Le théâtre de la cruauté est le seul qui ne soit pas criminel en dissimulation, exhibition, retards, atermoiements, manières, faux joli, alibis culturels, hystérie. L'inquiétant pape Van Gogh fume maintenant sa pipe depuis un sans-fond de disparition sèche. Il est peut-être enterré depuis longtemps dans des racines de sang, mais son chapeau jaune flotte toujours au-dessus des blés. La route est impraticable, c'est un fleuve en fusion, et on n'a jamais vu des arbres aussi inutiles ni une broussaille plus absurdement transformée en piscine. Pas de dehors, pas de dedans, tout est expulsé par un abrutissement ironique. Les temps ont changé, Bacon ne sera pas repris, il s'est évadé, il fera le fou tant qu'il voudra, il imposera sa vision, il vivra dans un foutoir réglé comme de la musique, forêt de pinceaux, de cartons, de photos. Science, élégance, violence. Oiseau précis, bec grec, lumineux, venimeux, généreux. L'opération Van Gogh est un exorcisme majeur, comme celui de Picasso avec les *Ménines* (encore Vélasquez). Non, les peintres ne sont pas condamnés au martyre, ils ne sont pas là non plus pour devenir animateurs-décorateurs, mais pour imposer leur expérience. Pas de différence entre un homme de la préhistoire, avec ses mains négatives sur les parois des grottes, et Van Gogh ou Bacon dans son atelier. Il ne s'agit pas, en réalité, de tableaux, de « peintures », mais d'un acte de magie efficace absolument concentrée.

Artaud parle de « la frange ténébreuse insolite du vide montant d'après l'éclair ». Il pense que « qui ne sent pas la bombe cuite et le vertige comprimé n'est pas digne d'être vivant ». Il établit une étrange équivalence entre inertie et convulsion, comme si une certaine perception de l'infini se jouait entre ces deux pôles. Bacon, avec son regard de hibou ou de chouette, a pris le risque de se retrouver dans Van Gogh. Grande épreuve, émouvante et tendre, dette, père sauvé et pardonné, Œdipe gardant ses yeux. Devant un des autoportraits de Van Gogh, Artaud a l'impression d'un « regard parti contre nous comme la bombe d'un météore, prenant la couleur atone du vide et de l'inerte qui la remplit ». Il ajoute : « J'y vois clair, très clair. Même le néant, je sais ce que c'est, et je pourrais dire ce qu'il y a dedans. » Ici, « je pourrais dire » signifie précisément qu'il *dit*, puisque trouver quoi que ce soit dans le néant est évidemment impossible. Ce qu'il voit, pourtant, est un « Van Gogh en porte à faux sur le gouffre du souffle », et la possibilité pour un peintre d'être parfois un «formidable musicien». Les Van Gogh de Bacon, eux, sont un hommage à cette musique.

En 1988, à Arles, pour le centenaire de la mort de Van Gogh, Bacon a réalisé une affiche avec introduction de son cube-cône caractéristique, ellipse de jambes agrippées par leur ombre, noir, rouge, sommet vert d'une planète du genre Terre, et deux flèches rouges pour bien marquer le coup. C'est aussi à Arles, en 314, qu'un concile a condamné les donatistes qui prétendaient faire dépendre la validité des sacrements de la sainteté de celui qui les administre. Erreur.

Arles, 2002.

La peinture surréaliste

WERNER SPIES : *L'exposition, et le catalogue, s'ouvrent avec Chirico.*

PHILIPPE SOLLERS : Quel était donc le tableau de Chirico qui était chez André Breton au 42 rue Fontaine, lorsque je suis allé le voir au début des années 60 ?

C'était le Cerveau de l'enfant, *qui se trouve maintenant au Moderna Museet de Stockholm.*

Ce tableau qui nous regardait, Breton et moi, et pesait de tout son poids sur notre dialogue, c'est l'impression imagée que me laisse cette rencontre. Le reste s'est un peu dissous dans ma mémoire.

C'était une ambiance tout à fait inhabituelle que celle de l'atelier de Breton, du fait notamment de cette œuvre exceptionnelle à laquelle il a travaillé toute sa vie : le Mur, *que nous avons installé en 2000 au musée national d'Art moderne, et qui sera présenté dans l'exposition.*

Avec ce tableau de Chirico, on est en plein dans les questions que je me posais à l'époque, et que je n'ai pas arrêté de me poser, sur la façon de garder un certain rapport à l'antique présenté comme méditation métaphysique.

Est-ce que le surréalisme était important pour toi lorsque tu écrivais, par exemple, Le Parc, *ton deuxième roman ?*

Absolument.

Plutôt Aragon ou Breton ?

Breton, assurément. Il était l'un des tout premiers à qui nous avions proposé, au début de *Tel Quel*, de répondre à un certain nombre de questions. Je regrette de n'avoir pas publié les lettres que j'ai reçues de lui à cette époque.

Et quelles seraient les questions que tu poserais maintenant à Breton, et que tu n'as pas pu poser à l'époque ?

Des questions politiques. Je reviendrais sur ce qu'a été son trotskisme, sa résistance au décervelage mondial, pour en venir au réalisme socialiste, à cette volonté criminelle de contrôler à la fois les consciences, les corps et l'art. Je l'interrogerais alors sur ce qu'il pense de l'effondrement de l'Empire soviétique. Une mise au point historique, donc, qui passerait aussi par des questions sur Sade et la Révolution française. Nous évoquerions aussi Alfred Jarry qui me paraît de plus en plus d'actualité. Je viens d'ailleurs de publier un livre d'un spécialiste de Jarry, Daniel Accursi, qui s'appelle *La Pensée molle* —, puis sur ses rapports avec Debord et l'Internationale situationniste. J'essaierais enfin de lui poser des questions d'ordre métaphysique avec, en arrière-pensée critique, celle-ci : « pourquoi pas Nietzsche ? »

Ou pourquoi il a laissé Nietzsche à Bataille ?

Je commencerais comme ça : « Vous rappelez-vous, André Breton, de cette rencontre au Pré-aux-Clercs, ce petit café près du bureau de *Tel Quel*, où nous recevions, cette après-midi-là, Georges Bataille ? Vous vous êtes approché, et vous lui avez dit "on devrait se revoir". » Ce fut pour moi un moment très important, celui du dépassement des affaires d'autrefois (le deuxième *Manifeste* de 1930). On parlerait de Bataille et de ses livres sur Manet, sur Lascaux, de la question de la peinture. On se demanderait pourquoi Bataille est si oublié, de même que tout est oublié. Je serais là comme quelqu'un qui témoigne de cet oubli profond, de cette volonté d'oubli. La conversation prendrait alors un ton courtois, doux et intéressant.

Puis nous parlerions de Rimbaud. J'essaierais de faire comprendre à Breton que ni lui, ni les surréalistes, ni personne d'ailleurs et même pas Claudel, n'a vraiment lu Rimbaud. Je lui raconterais ma propre expérience de Rimbaud, les *Illuminations*, que j'ai lues peut-être mille fois, que je crois connaître — je vais jusqu'à les racheter dans des mises en page, des typographies différentes pour me surprendre moi-même par rapport au texte —, et qu'en fait je ne connais pas. Nous ferions peut-être enfin un petit détour par l'alchimie, après tout pourquoi pas : l'ésotérisme de Breton, de quoi est-il fait, est-il vraiment une réalité intense ?

Voilà quelques images de Max Ernst, qui est comme tu l'imagines très présent dans l'exposition : tableaux, collages, livres, sculptures, frottages.

Ce que je préfère de Max Ernst, ce sont les frottages. À cause de l'expérience physique. Comme tu le sais, je suis toujours un peu réticent à la peinture de Max Ernst, qui me donne le sentiment de «tenir moins bien» au mur que dans les livres. Mais les frottages, là, je crois que c'est très grand. Les collages sont évidemment aussi très importants. Mais dès qu'il est question de cette pratique je passe aussitôt à Picasso. Je suis tellement pris par les collages de Picasso que ça m'empêche probablement de rendre justice aux autres. De même que Rimbaud mériterait d'être enfin lu, je dirais que personne ne fait assez attention à ces collages de Picasso. Il y a dans ce qu'il fait à ce moment-là une résolution extraordinaire. Ça ne déborde pas le cadre ; ça ne se passe pas ailleurs que là où c'est. Il n'y a aucun appel à une extériorité, à quelque chose qui ne serait pas dit, et ça me paraît à la fois beaucoup moins littéraire et beaucoup plus efficace poétiquement que chez beaucoup d'autres. Je sens chez les autres comme une porte ouverte à l'instrumentalisation de la misère poétique, à la démocratisation accélérée du devenir poète, c'est-à-dire à des tonnes de mauvaise poésie. Ce qui provoque en moi un mouvement d'effroi.

*Veux-tu voir l'*Acrobate *de Picasso ?*

Oui, je vais à l'*Acrobate*, et j'y reste longtemps. Ce que j'aime chez Picasso, c'est que la part psychique est, chez lui, intégrée à une physiologie athlétique. C'est la réponse à une question d'ordre sexuel : est-ce qu'on entre directement dans le sujet, ou bien a-t-on besoin d'en passer par son évaluation en termes de rêve, de sommeil, d'appareillage psychique ? La grande audace de Picasso va consister à ouvrir le regard sur la substance féminine pour en extirper l'os. Au moment où l'on sent venir comme une féminisation outrancière de l'être-homme, Picasso est le seul à dire que la guerre sexuelle doit être maintenue, alors que les autres ne parviennent pas à s'en débrouiller. C'est la raison pour laquelle j'ai appelé un texte sur Picasso «De la virilité considérée comme un des beaux-arts». D'un côté, de très grands chefs-d'œuvre. De l'autre, comme chez Bellmer, des œuvres qui me laissent froid, en l'occurrence même cireuses, et qui témoignent de ce qui me semble être une forme d'impasse sexuelle du surréalisme. Pour en revenir à Breton, je pense en fait que ma principale question serait : «Finalement, est-ce que vous croyez vraiment que l'hystérie est intéressante?» La vision hystérique, ça me semble relever du catéchisme, c'est quelque chose de très clérical.

Nous arrivons maintenant aux livres. Tous les grands livres, les revues surréalistes sont présents dans l'exposition.

Cela nous ramène à Breton, à *L'Amour fou*, le roman de quelqu'un qui dérive en fonction de ce qu'il est en train d'écrire tout en le vivant. J'attache la plus grande importance à l'introduction de la photographie ou de la reproduction de tableaux dans les livres de Breton : *La Maison du pendu* de Cézanne, le détail de la *Profanation de l'hostie*, d'Uccello, et en même temps, *Bois et charbons*, *les Détraquées*. Je crois que c'est une initiative considérable que de publier dans un livre des documents qui n'illustrent pas, qui prennent la place d'un texte, qui ont valeur de preuve iconographique, de preuve citationnelle.

C'est un peu le modèle pour l'exposition. L'imbrication du texte et de l'image : là où le texte s'arrête commence l'image et vice versa.

La puissance poétique de ces livres de Breton est considérable. C'est dans *L'Amour fou*, n'est-ce pas, qu'il y a ces reproductions de sculptures de Giacometti. Devant ces œuvres, et peu importe la question de savoir s'il a été vraiment lié au surréalisme ou pas, j'ai l'impression d'un très grand effet de pensée.

Passons à Magritte.

Je trouve qu'il y a une déperdition immédiate de Chirico à Magritte. J'ai l'impression de quelque chose qui redevient pieux, qu'on passe d'une position aristocratique à une position petite-bourgeoise. Ce côté petit-bourgeois qui me gêne souvent, d'ailleurs, dans l'imagerie surréaliste. Chez Magritte, comme chez Masson, Lam, Matta, j'ai l'impression d'être réenfermé. La question que je me pose avec un artiste, c'est est-ce qu'il m'introduit au-dehors ou pas, est-ce qu'il me fait sortir ? Pour employer des termes gnostiques, je les trouve trop psychiques et bien peu pneumatiques.

J'ai l'impression que, dans sa majorité, la peinture surréaliste est restée en deçà des textes. C'est en tout cas le sentiment que m'a laissé la réédition récente des livres de Bataille avec les illustrations notamment de Masson et de Bellmer. Tout à coup, ce qui a vieilli, c'est le geste plastique. Il y a une emphase et une préciosité qui échappent à la crudité du texte. C'est daté alors que, si on se plie aux mots, à la phrase de Bataille, à sa tension propre, on dépasse de loin cette question d'imagerie de l'époque. Je me pose donc la question de savoir s'il n'y a pas eu quelque chose comme une sorte de retard, pour employer un mot à la Duchamp, d'une peinture confinée, par rapport à l'émergence d'un langage verbal ou écrit infiniment plus libre.

C'est tout l'enjeu de l'exposition, parce que j'ai le sentiment qu'il y a, tout spécialement en France, une gêne généralisée, une non-croyance à l'égard de l'image. Moi je compte beaucoup sur l'exposition. La réception du surréalisme a souffert du fait qu'on a dit que c'était un mouvement littéraire, et pas un mouvement plasticien. Mais en fait on n'a jamais eu l'occasion de juger le surréalisme sur pièces. Il n'y a jamais eu un tel rassemblement de ces œuvres significatives de ce mouvement et de son histoire. Reprendre ce dossier, revoir, ou plutôt voir enfin les choses, mesurer combien le surréalisme est à l'origine de presque tout ce qui se passe aujourd'hui, c'est ce qu'aucune exposition n'a encore jamais permis de faire.

C'est pourquoi j'aimerais que ce procès aille en révision. Et que nous nous retrouvions tous les deux devant les œuvres.

Ce sera peut-être pour moi l'occasion de faire mon mea culpa. Mais j'en doute.

L'Oreille de Van Gogh

Regardez cet autoportrait de Van Gogh daté de janvier 1889, tête bandée à l'oreille coupée, bonnet de fourrure et pipe. Regardez bien ce regard. Il faut être aveugle comme un universitaire, qui plus est allemand, pour ne pas voir que Van Gogh célèbre ici une grande victoire sur tout le monde et lui-même. Vouloir que cet épisode sanglant soit le résultat d'une rixe avec Gauguin, lequel aurait blessé son camarade agité d'un coup de sabre, en dit long sur les fantasmes qui agitent les esprits lorsqu'il est question de Vincent. Cette toile sur fond rouge traverse le temps. Compte tenu de l'extravagant conformisme de notre époque, on devrait la retoucher, enlever la pipe, par exemple, et rajouter une oreille entière. Et surtout oublier que ce peintre, à jamais mémorable, est allé offrir son morceau de chair fraîche à une prostituée de bordel.

«L'œil écoute», disait Claudel. L'oreille voit, dit Van Gogh, avant de verser son sang dans les blés, par un coup de revolver tiré sur tous les corbeaux de mauvais augure. «Suicidé de la société», dit Artaud, dans son fulgurant petit livre. Otage du Spectacle généralisé, doit-on maintenant ajouter. Cette histoire d'oreille ou de lobe tranché, dit encore Artaud, c'est «de la logique

754

directe». Mais la logique directe échappe au somnambulisme des spectateurs. Ils sont sourds, ils ne voient rien, ils jouent des rôles.

Prenons donc Van Gogh en 1881, à 28 ans, en Hollande. Il a une amitié de cinq ans avec un peintre local, Van Rappard. Il lui écrit beaucoup, il veut le sortir de l'académisme ambiant, le convaincre que la peinture conduit les hommes vers le large, qu'elle doit pourtant rester proche de la réalité la plus populaire, se méfier des «femmes de marbre» ou des «vipères glacées», bref aller humblement, avec ténacité et amour, vers la seule maîtresse possible : la Nature. Correspondance passionnante, malgré les obstacles de l'époque, aussi intéressante que les célèbres lettres à Théo. «Les pasteurs disent que nous sommes des pécheurs, conçus et nés dans le péché. Bah! je trouve que ce sont de sacrées bêtises.» Seulement voilà : la bêtise est un monstre qui pourrait conduire au découragement et à la résignation. La résignation, dit Vincent, est ma «bête noire». Le remède? Aimer ce qu'on aime. «Un homme qui se soucie peu d'aimer ce qu'il aime se coule lui-même.» C'est très simple : vous n'aimez pas ce que vous aimez, donc vous coulez. Il y a d'ailleurs deux sortes de morts : celle, lente et pénible, de l'académisme (qui aura raison de Van Rappard), et une autre, que l'on ne subit pas mais que l'on se donne, «en se pendant royalement à l'aide d'un nœud coulant». Vincent n'est pas commode, il a des colères violentes : «Je déteste le scepticisme autant que la sentimentalité.» Pourtant, il a une conviction : les peintres doivent se soutenir les uns les autres, former une sorte de détachement militaire pour éclairer le réel. Il y aurait une histoire à écrire des amitiés contrastées de guerre entre artistes : Van Gogh-Gauguin, bien sûr, mais aussi

Monet-Cézanne ou Picasso-Braque. Ils sont seuls, les clichés règnent, le vrai est pourtant là, à portée de la main. Les ennemis, on les connaît : les marchands, d'abord, les mauvais artistes ensuite (ils sont légion). «Je préfère m'absorber dans la nature que dans le calcul des prix.» «Évidemment, les riches marchands sont des gens braves, honnêtes, francs, loyaux et délicats, tandis que nous, pauvres bougres qui dessinons à la campagne, dans la rue ou dans l'atelier, tantôt de grand matin, tantôt tard dans la nuit, tantôt sous le soleil brûlant, tantôt sous la neige, nous sommes des types sans délicatesse, sans bon sens pratique, sans bonnes manières.» Au passage, cette notation extraordinaire : «Ce qui subsistera en moi, c'est un peu de la poésie austère de la bruyère véritable.» Avis à la foire arrogante de l'art contemporain qui n'en finit pas de vouloir saborder Venise : «Dans une époque de décadence, pas d'ornementations, je vous prie ; il vaut mieux alors rechercher la communion intime avec *les vieux de la vieille* et ignorer le présent.»

Vincent suit sa route, Bacon l'a parfaitement compris en le peignant en chemin. Il le répète : il n'a pas la moindre envie d'exposer, il faut que les choses se fassent sans bruit, comme d'elles-mêmes. Il n'a plus de relations avec les artistes, il se compare à Robinson Crusoé. «Je passe pour un maniaque et un vilain drôle, à plus d'un point de vue.» «Aujourd'hui, les peintres se plient à des considérations d'honorabilité que, pour ma part, je ne comprends pas très bien.» Farouche, donc, comme Cézanne, mais avec une tendresse particulière pour l'un de ses modèles, Sien, prostituée qu'il recueille chez lui avec ses deux enfants. «Elle n'a rien d'extraordinaire, c'est une simple femme du peuple qui personnifie pour moi quelque chose de sublime ; l'homme qui aime une femme tout à fait ordinaire et qui est aimé par elle est heureux, malgré le côté sombre de la vie» (lettre à Théo). Quant à l'enfant qui vient de naître, il est «très agréable, on dirait un *rayon d'en haut* descendu dans ma maison». Ce n'est pas Van Gogh qui est inhumain ou fou, mais la société tout entière. Imagine-t-on Vincent, aujourd'hui, allant à l'inauguration d'un bazar d'art, se mêlant ainsi à une foule de banquiers et de faux artistes, accompagné d'une prostituée femme du peuple?

Vincent insiste, l'époque lui paraît «fade». «On ne fait plus grande attention à des objets de grande valeur, on les regarde dédaigneusement, du haut de sa grandeur, comme si c'était du fatras, des immondices, des papiers de rebut.» Cela me fait penser à Vivant Denon ramassant sur le trottoir le *Gilles* de Watteau après la Révolution, et le gardant précieusement chez lui, malgré l'avis négatif de David. Au fond, personne n'accorde la moindre importance à l'étrange peinture de monsieur Van Gogh. Il vaut très cher aujourd'hui, mais qui sait, il est peut-être «dépassé»? Je ne peux m'empêcher de revoir cette puritaine éditrice américaine, à Francfort, feuilletant mon livre sur Picasso: «Picasso? Old fashion!» Vincent: «Ce n'est que chez les initiés superficiels comme les marchands (sans aucune exception) qu'on est sûr de ne trouver ni sentiment ni foi ni confiance, mais uniquement et éternellement des vieilles scies: jugements superficiels, généralités, critique conventionnelle.» Ainsi va le monde: refoulement, ignorance, indifférence, puis achat, sacralisation, rentabilisation, appropriation distraite. Vincent, dans ces années-là, aime beaucoup lire Dickens, ne sait pas que Baudelaire a eu lieu, trouve Manet «très fort», pense que Zola a des connaissances insuffisantes en matière de peinture et est plein de préjugés: «Zola a ceci de commun avec Balzac qu'il ne comprend pas grand-chose à la peinture. »

C'est en 1947 qu'Antonin Artaud, dans *Van Gogh le suicidé de la société*, met les choses au point. Contre l'« inertie bourgeoise » et la médiocrité toxique de la psychiatrie, il parle de la « force tournante » de la peinture de Vincent, de son « oreille ouverte », de sa force musicale comme s'il était « l'organiste d'une tempête arrêtée ». Van Gogh contre la société du « crime organisé » ? On l'a vue à l'œuvre au XXe siècle, cette société, mais, sous de multiples travestissements falsificateurs, elle n'en continue pas moins d'exister.

Picasso by night

Supposons que je fasse une conférence intitulée :
«L'art en situation». Il me semble que je devrais commencer tout de suite par fermer les yeux, comme si
j'arrivais en avion au-dessus d'une ville, dans la nuit,
ou alors en passant au-dessus le jour sous le jour, vers
ce point magnétique qu'on appelle musée et que je
décide d'y être seul, enfin seul, une fois pour toutes,
après la fermeture, quand le bruit de l'aveuglement a
cessé. On vient dans les musées pour ne rien voir, c'est
connu. Pour ne rien voir d'une certaine façon. En étant
persuadé d'avoir vu quelque chose. C'est la fonction
moderne du sacré. D'où beaucoup de discours et peu
de paroles. Je vais donc essayer de parler de l'espace et
du temps. À l'intersection de l'espace et du temps, de
même qu'il y a par exemple le peintre et son modèle,
on peut imaginer qu'il y a aussi l'écrivain et sa voix. Et
l'idéal serait que la voix ait la présence irréfutable du
modèle et que l'écriture ait celle du pinceau qui passe à
travers.

Picasso était un peintre, un sculpteur, qui écrivait
tout le temps. Et à un moment donné de sa vie, très précis, ça s'est vu, ça a pris la forme de textes. Il était

affecté, Picasso, et beaucoup de papiers en témoignent, d'une graphomanie intensive. Il s'agit de textes sans ponctuation, des sortes de poèmes, si l'on veut, qui nous montrent la position d'un sujet, à l'aveugle, donc avant que se construise la monstration spatiale de ses tableaux ou de ses sculptures. Picasso a eu un mot que je trouve très étrange. Il a dit un jour : « La ponctuation est un cache-sexe qui sert à dissimuler les parties honteuses de la littérature. » Parties honteuses ! C'est bien l'expression qui convient pour désigner l'inhibition qui saisit profondément tout sujet qui se poserait la question de coïncider, pour ainsi dire, avec la partie comme tout, dans un geste qui abolirait le retard qu'il prend à sa propre représentation... dans l'espace. La superposition des plans dans les collages de Picasso, avec la répétition insistante de l'élément musical, est à entendre par rapport à cette immersion verbale dans laquelle il se trouvait et dont je vous donne tout de suite un exemple.

Comment entendre Picasso.

« Nunca se ha visto lengua mas mala que si el amigo carinoso lame a la perrita de lanas retorcidas por la paleta del pintor ceniciento vestido de color de huevo duro y armado de la espuma que le hace en su cama mil monerias cuando el tomate ya no se le calienta ni le importa si un pito que el rocio que no sabe ni el numero primero de la rifa que le pega el clavel a la jaca haciendo que su arroz con pollo en la sarten le diga la verdad y le saque de apuros le canta la zambomba y organiza en el amor carnal la noche con sus guantes de risas pero si alrededor del cuadro medio hecho de la linea sin verguenza hija de puta insaciable nunca harta de lamer y comer cojones al interfecto la banderilla de fuego puesta a la muerte por el rayo mas de lo que parece ofendido y tan palido gusano de queso de mahon sin afeitarse y sin cortarse el pelo desde mas siete meses se mueve en la punta del higo chumbo aun mas sonriente que nunca de ver a vista de pajaro de noche de navidad como jamon no huele y queso se estremece y se envidia el pajaro que canta y retuerce la cortina y no se pone el chaquetin ni toca el piano de manubrio agachado debajo del orinal del mono sabio que difunto acuesta duerme y suena y abanica su cara unica y la corta en la nieve que si las golondrinas cansadas de leer se ponen tan nerviosas de oir la cacerola de aluminio que cuece en sus cintas de melones de chivo de todos los colores el arco iris en la flauta la copa que cantandole responso sobre responso como si cantar pudiese la cal avera horrorizada de los saltos del jamon en la parrilla ya que conoce el olor del pajaro en el vino le toma el pelo y le muerde la mano si el tiempo no mejora y hace frio y no tiene ni razones ni valentia si se la lleva suspendia entre los dientes de la sierra por el de caramelos hechos a las 12 de la noche. » Etc., etc., etc.; ça peut continuer comme ça très longtemps. Et je vous lis ce que ça fait si vous voulez en français, si on le traduit. C'est un texte daté du 28 novembre 1935, ce qui me plaît puisque c'est le jour exact un an avant ma naissance. Alors ça fait : « Langue de feu, par exemple, langue de feu évente sa face dans la flûte la coupe qu'en lui chantant ronge le coup de poignard du bleu si enjoué qui assis dans l'œil du taureau inscrit dans sa tête ornée de jasmins attend que la voile enfle le morceau de cristal que le vent enveloppé dans la cape de la mandoble dégoulinant de caresses distribue le pain à l'aveugle et à la colombe couleur lilas et serre de toute sa méchanceté contre les lèvres du citron flambant la corne torse qui effraye de ses gestes d'adieu la cathédrale qui défaille entre ses bras sans un bravo tandis qu'éclate dans son regard la radio éveillée par l'aube qui photographiant dans le baiser une punaise de soleil mange l'arôme de l'heure.» Etc., etc., etc.

Voilà ce qu'il passait son temps à écrire. Est-ce de la littérature? Non. Mais la négation, qui va porter sur cette émulsion de mots — nous sommes dans l'atelier de Picasso —, la négation spatiale va tout de suite se présenter, paradoxalement, au lieu de cette surcharge que vous avez entendue, pâteuse, sinon pathologique, la négation dans l'espace de cette émulsion de mots va se présenter à l'envers, avec un comble d'élégance, de précision, d'économie et de charme.

Picasso avait beaucoup de parties honteuses à dépenser. Ce qui le différencie immédiatement — si vous le voyez dans un musée — de ceux qu'on pourrait prendre pour ses équivalents à l'époque — fable du cubisme —, disons Braque, Gris, Gleize, Metzinger & Co. Picasso joue tout de suite de l'espace de façon musicale, à cause de cette machinerie verbale, car pour lui il s'agit véritablement de le pincer, comme on pince une guitare, de le faire tourner, de le plaquer, en accords, transversaux, comme avec un archet sur un violon. Et bien entendu son nom va apparaître à travers cela, dans le O de ce qu'on appelle, dans une guitare, pas du tout par hasard sans doute, une rosace, ou les cathédrales que sont les papiers collés de Picasso, et dans les violons innombrables préparés ou collés. Violons dont il faut écouter de quels mots ils sont faits, parce qu'il faut se souvenir qu'un violon ça comporte une tête, qu'on appelle aussi une crosse ou une volute, ça comporte des chevilles, des cordes en soie, un archet donc pour en jouer, et puis le mot *sillet,* le mot *touche,* le mot *chevalet* pour le violoncelle, la queue, le bouton, important, la table, les ouïes, très important, les éclisses,

et les ouïes ce sont deux S face à face, comme se regardant en miroir, où vous voyez en effet les deux S du nom de Picasso. Avec le métronome et la présence des journaux, traités toujours d'une façon qui implique la rupture, la coupure, ce que ne font pas les autres, vous pouvez le vérifier, vous obtenez cette révolution de l'espace et du temps, dans ces fameux papiers collés, dont évidemment personne ne parle.

Il faut reconnaître ce que c'est que les mots chez Picasso. Quand il écrit par exemple, prenons le plus fréquemment employé, comme par tous ceux qu'on appelle les cubistes de l'époque, c'est évidemment un jeu qui va jouer avec le mot *journal*. Mais là où les uns laissent le mot pleinement reconnaissable, Picasso l'interrompt d'une façon très particulière. Vous aurez évidemment *jour,* vous aurez *joue,* vous aurez *jo.* Mais il faut savoir comment Picasso l'entend ce *jo,* car le *j* en espagnol, c'est pas le *j* français, c'est la *jota* espagnole. Et quand il emploie *jo,* je pense toujours, quant à moi, avec ce *r* guttural qui arrive du fond de la gorge, au mot *joder* en espagnol, qui veut dire évidemment baiser, et qui renvoie à cette inscription d'un des dessins faits par Picasso dans un des bordels où il allait souvent à Barcelone : «Cuando tengas ganas de joder, jode.» «Quand tu auras envie de baiser, baise.» Il n'a jamais rien fait d'autre, évidemment. *Les Demoiselles d'Avignon* sont déjà là.

C'est donc à de multiples portraits du joueur que Picasso s'amuse. Et ses arlequins, ses musiciens, ne sont là ensuite comme figures que pour remplir, si je peux dire, le jeu de mots. Ça joue pour la première fois en direct et de façon très datée. Personne n'est plus maniaque sur les dates que Picasso. «J'écris mon journal intime», dit-il. Ça joue en direct au jour et à la nuit.

Ça joue par-dessus les nouvelles du jour, et la presse où tout le monde se presse. Et le jour et la nuit ça produit un jeu, un *joder*, dont la joue et l'oreille par rapport au jour et à la nuit sont d'une autre nature que les joues habituelles. Et les jouets, donc. Vous ajoutez cette joue en la mettant sur un violon, avec l'oreille, sur un violon avec ses ouïes, et vous obtenez ce nouveau rapport entre le jour et la nuit. Vous pouvez aussi mettre un verre d'eau, ou de vin. Une trace de fumée, quelque chose qui évoque de la pipe, pas la pipe des surréalistes, surtout pas. Et donc vous avez la sollicitation immédiate de tous les sens, avec un mot qui tourne là en cours d'abréviation, un mot sur le bout de la langue, et c'est la nouvelle partie d'échecs avec ces éléments qui produit un autre corps. Ça s'appelle le corps de Picasso.

Si vous êtes ici, au quatrième étage, vous allez par exemple droit à la *Feuille de musique et guitare* de 1912-1913 pour savoir comment Beaubourg se retrouve épinglé. Comment Beaubourg peut être pensé comme l'équivalent d'une toute petite épingle, ça a l'air difficile à faire, eh bien c'est déjà fait par Picasso en 1912-1913. Vous avez une épingle horizontale qui vous épingle absolument toutes les tubulures et les escaliers roulants de Beaubourg, qui peut-être n'auront servi à rien d'autre qu'à faire apparaître, en tout cas pour moi, cette épingle. Qu'est-ce qui arrive aux alentours, avec Picasso, à Notre-Dame de Paris, à la vue qu'on a depuis les terrasses, je ne sais pas moi, la tour Saint-Jacques, les Invalides, l'Observatoire, le Sacré-Cœur et l'église Saint-Merri? Qu'est-ce qui arrive avec ce boulevard en plein ciel du musée, avec ces terrasses, comme dans un aérodrome (il y en a un très beau à Madrid où on peut déjeuner comme ça dans le ciel)?

Eh bien, quelque chose qui n'était pas arrivé à la notion même de musée, ce musée qui se retrouve donc dans le papier collé, désarticulé et recomposé. C'est la même chose exactement qui se passe avec le musée Picasso, avec l'hôtel Salé, radiographié de fond en comble par Picasso, qui l'avale.

Et, à ce sujet, la déclaration récente d'un homme qui représente probablement le summum de la mode, puisqu'il s'agit du propriétaire de Saint Laurent, me paraît tout à fait extraordinaire du malentendu qu'il y a, encore aujourd'hui, entre Picasso et le moderne. La mode, le moderne, ce sont des choses qui se soutiennent probablement plus qu'on ne croit. Quoi qu'il en soit, ce monsieur, qui croit à ce moment-là faire branché, déclare que c'est bien dommage qu'on ait mis Picasso dans un musée du XVIIIe — alors que c'est un hôtel du XVIIe, enfin peu importe —, et qu'on aurait dû, non pas l'enfermer dans ce musée, dans cet hôtel du XVIIIe — alors qu'il est du XVIIe —, qu'on aurait dû l'installer dans une sorte de dimension américaine, ce sont ses propres mots, à la Défense. Ça aurait été plus beau, plus satisfaisant pour Picasso. Défense de toucher à Picasso. Et ce propos est d'autant plus intéressant, à part le fait que c'est d'une connerie monumentale, on voit bien ce qui peut gêner la mode et le moderne dans Picasso, c'est précisément cette opération d'appropriation de l'espace et du temps, coupant court à tous les chatoiements du *petit temps,* le petit temps de la mode et du moderne. Picasso est sur du grand temps, donc dans la tradition la plus fondamentale.

L'art moderne, lui, il a deux pentes spontanées : c'est l'architecture ou le psychisme. L'architecture hante les histoires de futurisme, etc. Et si vous regardez, au quatrième, le *New York City* de Mondrian en 1942, oui vous verrez que peindre un rêve d'architecture, ça ne mène pas forcément à l'espace et au temps. Ou alors, du côté psychique, il y a l'histoire surréaliste. Dont il semblerait quand même qu'on puisse ces temps-ci sortir tout à fait. Picasso est dans le *physique,* lui, le physique. Le psychisme, ça l'intéresse très modérément. Et quant à l'architecture, il est bien décidé à la prendre. Et pas à se modeler par rapport à elle. Et quant à l'art moderne et la modernité, sa rage justement à partir de 1960 à peu près, c'est de le prendre à revers. Il a dû avoir, je sais pas, un rêve horrible où il a dû se dire qu'on allait le confondre avec Braque, Gris, Gleize, Metzinger, etc. Et alors, avec cette rage qui le caractérise, il a pris les moyens d'en finir avec la fable moderne et moderniste, de l'envelopper, de refuser donc cet espace commun ou ce temps commun de l'architecture ou du psychisme, et de bien remettre les choses dans la dimension du peintre et de son modèle, en passant évidemment par tout ce qu'on pouvait lui faire, à lui Picasso, dans l'espace du musée, c'est-à-dire le mettre *après* Vélasquez, Rembrandt, Greco, Delacroix ou Manet. Manet est un signe extrêmement positif pour Picasso. Quand il est dans une phase de bonheur, on voit apparaître la référence à Manet. Le geste Picasso de ce point de vue, ce sera le geste du mousquetaire, prise du classique par en bas, écrasement du moderne par en haut.

Ce qui a comme intérêt de bien poser la question du musée. S'il y a un pays où la notion de musée est évidemment très relative, où vous sentez que, même s'il y a des musées, il pourrait très bien ne pas y en avoir, ça ne ferait aucune différence tellement il y a tout ce qui faut, tout le temps, partout, c'est évidemment l'Italie. Il y a un musée à Florence, un musée à Venise, mais enfin s'il n'y avait pas de musée, ça ne serait pas extrêmement différent. Et quand vous êtes à Venise par exemple, si vous voulez vérifier la vérité de mon propos, vous n'avez qu'à vous rendre tout de suite à l'hôtel de Peggy Guggenheim où vous aurez l'horloge de New York, et où vous verrez qu'à part en effet deux ou trois Picasso, si le reste disparaissait, ça ne serait pas une catastrophe mondiale. On pourrait tout jeter dans le Grand Canal, ça ne ferait pas des vagues extraordinaires. C'est très troublant, c'est à vérifier à Venise, chez Mme Guggenheim. Alors que si vous êtes à Londres, à New York, à Berlin, à Leningrad, à Amsterdam, à Paris et à Madrid, là la question se pose très fort.

Et c'est pour ça que je dis que Picasso est en train de produire, ici, dans cette ville, un événement qu'il nous reste à mesurer, dans l'avenir. Tout ça évidemment à cause de son sexe. Au quatrième, avec le *Minotaure,* vous avez déjà tout ce qu'il faut pour agiter en face de vous les *Nus de dos* de Matisse. Et puis vous allez au *Nu couché rose et noir* de 1967, qui est tout à fait explicite de la façon dont le peintre prend son modèle. Si vous voulez savoir le temps qu'il fait, par exemple, eh bien vous avez ici même la *Tête de femme* en bois découpé et peint de 1954. Une girouette, comme ça. Et puis alors, s'agissant des femmes, puisque, évidemment, si l'art ce n'est pas ça, ce n'est pas grand-chose, le grand *Nu dans un fauteuil* au musée Picasso de 1929. Les femmes — la fameuse phrase de Picasso, terrible —, qu'est-ce que c'est pour lui, du moins à certaines époques : «des machines à souffrir». Des machines à souffrir. Si vous voulez dans le genre plus doux, tout de suite, la *Femme au pigeon* (1930), ou la *Liseuse* de 1920, et puis les sculptures, les femmes assises, et puis les baigneuses allongées, les femmes sur la plage, les têtes, les bustes, enfin tout ça, ça n'arrête pas.

Alors, quels sont ceux qui s'en tirent un peu par rapport à Picasso ? Au fond, le vrai problème est là. Il faudrait faire un livre : sauve qui peut, qui peut s'en tirer par rapport à Picasso. Eh bien, évidemment, Matisse, oui, bon, très bien la *Fenêtre* là-haut. Belle vue sur l'espace et le temps, 1914. Il se passe beaucoup de choses pendant la Première Guerre mondiale, en tout cas il ne restera que ça de la Première Guerre mondiale. Ou *La Tristesse du roi,* les *Nus de dos,* les *Nus de dos,* oui, je vais y revenir tout à l'heure. Et puis Miró et Calder, c'est très bien *La Sieste* de 1925, et puis le *Bleu II* de 1961, et puis, pour 1968, vous avez un très beau tableau qui dit exactement ce qu'il faut dire sur cette période, c'est *Silence* de Miró, il est très beau. En 1968, il y a eu en effet un beau silence, je ne sais pas pourquoi il y en a qui ont cru que c'était du bruit. Et puis vous avez les Calder, *Constellation* de 1943, les *Mobiles en deux plans,* tout ça, c'est très bien, c'est très très bien. Et puis je dirais De Kooning, suivant mon goût à moi, il y en a trois ici, c'est pas assez : une *Femme* de 1962, un *Sans titre* de 1976, et une très belle sculpture qui s'appelle *Clam Digger,* de 1972. Voilà, on ne regrette pas New York.

Le peintre et son modèle : où, quand, comment. Où ? Eh bien dans l'atelier, mais l'atelier, avec Picasso, il est partout et nulle part. Quand ? Tout le temps. Alors vraiment c'est tout le temps avec lui, pendant l'acte, mais l'acte — sexuel bien sûr —, il est indissociable de ce qui est peint, on arrive à l'équivalence, dite. Et comment ? Eh bien en prenant le modèle, rien que le modèle, et toujours le modèle, et toujours de nouveau le modèle, c'est-à-dire quand même en arrivant à faire sentir qu'on tient sur la question des femmes, la technique de la série. Il y a très très peu d'artistes qui font ça. Picasso, à mon avis, est exactement en ce point. Il a parcouru la série, alors il peut répéter indéfiniment la série. Pas mille et trois, c'est pas du tout ce que je veux dire. Une série, un peu comme s'il y avait douze tons. Il a posé ça. Et tout cela, donc, parlé. *Parlé.*

On dit que quelqu'un est avare de paroles, parfois. D'où, en général, une réputation de sagesse et de profondeur métaphysique. Je suppose que rien que comme ça on pourrait sentir à quel point le nihilisme — Picasso, c'est évidemment le contraire, l'absolu contraire du nihilisme, c'est l'affirmation constante —, rien que comme ça on pourrait sentir à quel point le fait de parler peu donne une impression de profondeur. Je suppose qu'on pense que la pensée est en général plus profonde que les paroles. C'est pour ça, au fond, qu'il y a toute une tradition de la profondeur donnée automatiquement à la parole parcimonieuse, la sagesse c'est ça. Braque, par exemple, pourrait paraître plus profond que Picasso. Il a des aphorismes, pieusement recueillis. Je ne sais pas, en littérature, ça serait qui ? Beckett, par exemple. S'il a dit : « il fait beau », ça doit être un événement considérable. Du côté de Matisse, il y a un symptôme encore plus étrange. Picasso est dans cette immersion verbale, dont j'ai donné un exemple en commençant. Quelqu'un qui parlait tout le temps, Picasso, il n'arrêtait pas. Comme avec les modèles. Et si c'était la même chose : parler et baiser ? Et Matisse, lui, il a un mot très étrange, c'est celui-ci : « Qui veut se donner à la peinture doit commencer à se faire couper la langue. » Voilà quelque chose de très formidable. Et en effet vous avez dans la peinture de Matisse quelque chose qui va vers la contemplation chérubi-nique, un certain silence, qui est aussi une lumière. Mais vous sentez que la parole est réservée. Eh bien, cette langue coupée, je vous propose de la retrouver dans ces *Nus de dos* avec les tresses qui coupent les dos en deux, dans le dos de ces femmes de Matisse.

En revanche, vous avez la langue bien pendue de Picasso, et qui en plus joue sur deux langues, le fran-çais et l'espagnol. Sur un double registre constant. Et je ne crois du tout que ce soit pour s'amuser qu'il ait fait tous ces textes d'élucubration sans ponctuation. Vous le sentez au comble de l'excitabilité érotique, au bord de l'apoplexie, et poussant avec des mots, alors qu'il avait probablement des petits problèmes avec la peinture ou la sculpture, et poussant poussant poussant avec ces mots, pour essayer de décharger cette agressi-vité, cette excitabilité. Mais je ne crois pas non plus que ce soit une plaisanterie, au sens du négligeable, bien au contraire, qu'il ait fait écrire des pièces de théâtre : *Le Désir attrapé par la queue, L'Enterrement du comte d'Orgaz,* et *Quatre petites filles.* Le désir attrapé par la queue des quatre petites filles. Et, selon une tradition espagnole et italienne, bien sûr, et à s'in-téresser à mettre en scène des intellectuels du temps, célèbres, dans ses pièces de théâtre. Il s'amusait à ça pendant la guerre. On retrouve là Sartre, Camus, je crois, Simone de Beauvoir, Leiris, Lacan, qui est dans un coin, qui est un assez fringant jeune homme d'ail-leurs, à lunettes, avec un regard un peu inquiétant vers le bord de la photographie. Lacan ne parle jamais de Picasso. Sauf pour citer toujours la même phrase de Picasso : « Je ne cherche pas, je trouve. » Cela lui paraît extraordinaire que quelqu'un ait pu dire ça. Picasso, je pense, c'est ce qu'on dit en tout cas, employait Lacan comme médecin de la famille, à tout faire, pour faire donner de l'aspirine autour de lui.

Picasso a donc peint, dessiné, sculpté, gravé, comme il pouvait verbaliser. Verbaliser à mort. Encore une fois, au bord de la congestion verbale. Sans aucune théorie, bien entendu, ce n'est pas Kandinsky, on n'est pas dans le spirituel dans l'art. Et c'est cette parole que je pense qu'on déchiffre dans ses yeux, les yeux de Picasso. Il peint ses yeux, il peint sa parole. Dans ses autoportraits. Alors les musées, c'est simple, je vais m'acheminer vers ma conclusion, vous pouvez regarder des choses si vous êtes capables de les parler, ces choses. Sans quoi vous ne les verrez pas. Vous les verrez plus ou moins selon que vous êtes capables de les parler. C'est tout. Et sinon : rien. Maintenant si vous voulez on va se retirer doucement, et par exemple on pourra ensemble rentrer dans la tête infernale de Picasso. On va y rentrer avec son langage. Je ne l'emmène pas au paradis, mais on va faire sentir son enfer, l'enfer qu'il traite avec ses tableaux, ses sculptures, ses dessins, ses gravures, ses modèles, son peintre dans ses modèles, et ses modèles dans son peintre, et ça donne, pourquoi pas : «La cruche fifre avec son habit de moine et demande à l'aveugle de lui indiquer le chemin le plus court qui fendille sa couleur sans la cape la corne torse tu sais déjà par qui la lumière qui tombe et vole en éclats dans sa figure sonne la cloche qui effraye de ses gestes d'adieu la cathédrale que l'air qui poursuit nu et à coups de fouet le lion qui se déguise en torero défaille entre ses bras sans un bravo et maintenant si en éclatant et dans son regard la radio éveillée par l'aube avec tant de comptes arriérés sur le dos retenant son haleine et portant dans le plat en équilibre la tranche de lune l'ombre que le silence éboule fait que l'accent continue à photographier dans le baiser une punaise de soleil la si fa ré si mi fa do si la do fa mange l'arôme de l'heure qui tombe et traverse la page qui vole et si après avoir fait son baluchon défait le bouquet qu'emporte fourré entre l'aile dont je sais déjà pourquoi elle soupire et la peur que lui fait son image vue dans le lac si la pointe du poème sourit tire le rideau et le couteau qui bondit de plaisir n'a pas d'autre ressource que mourir de plaisir dans le sang même aujourd'hui flottant à sa guise et n'importe comment au moment précis et nécessaire nécessaire nécessaire seulement pour moi voit passer comme un éclair en haut du puits le cri du rose que la main lui jette comme une petite aumône.» Bon, alors voilà, c'était Picasso by night.

Conférence prononcée à Beaubourg, en janvier 1986.
Mise en trame par Jean-Paul Fargier en 1988 :
Picasso by night by Sollers.

Le siècle de Picasso

Une tempête, il n'y a pas d'autre mot. C'est renversant, éblouissant, ravageant, crevant, rafraîchissant, enthousiasmant, accablant. Une tornade, un tremblement de terre. Je défie toute personne réellement attentive de ne pas ressortir de cette exposition fatiguée au plus haut point. Bonne fatigue. Changement de corps et de dimension. On travaille trop, on bavarde trop, on écoute trop la radio, on lit trop de mauvais romans, on regarde trop la télévision, on traîne, on spécule, on médit, on rumine. Picasso vous sort de toute cette petite comédie, vous empoigne en direct, et démontre sans arrêt, pendant soixante-dix ans, qu'il n'y a qu'un seul sujet : l'amour.

Il a résisté à tout, Picasso : à l'exil, à la pauvreté, aux guerres, à Hitler, à Franco, à Staline, à la gloire, à l'argent, aux femmes, à l'âge, aux commentaires. Érotique de bout en bout, voilà. C'est un immense théâtre : toutes les formes, toutes les positions, des plus violentes aux plus douces. Le Minotaure entre en scène du côté de Barcelone au début du XXe siècle ; son université est tout de suite le bordel ; il se renseigne, il se compromet ; il s'implique. Ensuite, ça n'arrête pas, grâce à Paris et à sa vie libre. Oui, le XXᵉ siècle, on s'en doutait, a été le siècle de Picasso.

Siècle d'horreur? Bien sûr. De régressions multiples? Comment donc. Mais voici un corps, suprêmement doué pour le dessin rapide et la peinture offensive, qui décide très tôt de ne pas se laisser avoir. Le combat avec l'ange de la dévastation passe par la sexualité : «L'art n'est jamais chaste. S'il l'est, ce n'est pas de l'art.» L'art est dangereux, il brûle où il faut. Nous vivons dans de fausses représentations, tel est le problème. Nous avons peur d'ouvrir les yeux, d'y regarder de trop près, de comprendre ce que nous faisons dans les lits, à travers les gestes.

On devait pourtant l'avoir appris : partout où la pruderie règne, un massacre est en train de se préparer. Chaque fois que des clichés abondent (et ces clichés peuvent être *aussi* pornographiques), la violence et la haine sont en cours. Picasso est lucide, agressif, cruel, féerique, jamais grossier ni précieux. C'est un animal merveilleusement sensible, mais pas domestique. Il ne cache pas la guerre des sexes, il en montre la sauvage beauté. Il *démonte* les apparences, radiographie les désirs, transforme le chaos physique en beauté inattendue, rayonnante.

Voyez *La Sieste,* de 1932 : une femme nue, rose, enveloppée d'elle-même, partage le vert et le bleu. Elle dort, elle est musicale, elle rêve, elle est incroyablement détendue. Qui a-t-elle été, dans l'épisode précédent? Un monstre. Dualité de l'être humain donc, rien de social. Scalpel, ironie noire, tendresse : le bien et le mal s'embrassent en fonction d'un bien supérieur. Picasso est diplômé de l'École anormale supérieure. Les normalisateurs ne l'aiment pas, les petits pervers non plus. On chuchote qu'il est misogyne : les femmes feignent de s'effaroucher, mais n'en pensent pas moins. Pourquoi, de temps en temps, dans le plus grand secret, ne pas rencontrer un faune? Pourquoi ne pas passer de l'autre côté du miroir?

Les hommes et les femmes de Picasso n'ont pas d'identité courante, leur nudité les propulse dans un temps et un espace mythiques. Ce sont des dieux, des déesses, des acteurs, des saltimbanques, sûrement pas des patrons, des cadres ni des employés. Leur seul métier est le plaisir, en réalité ce sont tous et toutes des artistes. Ils et elles viennent de loin, de la Grèce antique, de la Renaissance, des dessous et des coulisses de l'Histoire, la vraie. Voyez, dit Picasso, derrière la peinture il y a toujours eu ça, et encore ça, toujours ça. D'où la géniale série intitulée *Raphaël et la Fornarina,* où le peintre et sa maîtresse exécutent, devant un pape très intéressé, des figures multiples.

Ailleurs, c'est Degas en visite dans une maison close. Les peintres, les sculpteurs ont été des hommes de terrain. Ils ont fait des portraits et des paysages, certes, mais ne vous y trompez pas : leur obsession, leur jardin secret, leur chambre dérobée, c'était ça, et encore ça. Le *motif,* c'est ça. La grande différence entre les artistes et les autres vient de leur conscience en surplomb, de leur aptitude à observer et à noter même ce qui les déséquilibre. Le continent qu'ils explorent est plein de surprises, de fleurs carnivores, d'envoûtements divers, de contradictions hurlantes, de pauses idylliques.

C'est tantôt un tourbillon, tantôt une méditation. Un baiser peut être une dévoration ou un souffle. Ici, contrairement au fatalisme résigné classique, qui beaucoup embrasse bien étreint. Chagrin d'amour ne dure que quelques toiles, plaisir d'amour dure toute la vie. Il y a des rencontres négatives, d'autres positives. Les positives peuvent d'ailleurs devenir négatives car toute cette affaire est en perpétuel mouvement. Picasso vend son corps au Diable et son pinceau à Dieu. «La peinture me fait faire ce qu'elle veut.» Il n'y a donc ni Dieu ni Diable, et pas de maître non plus.

Le plus drôle est que les communistes français aient été obligés de l'admirer, tandis qu'on s'inquiétait beaucoup à Moscou, et pour cause. Même cocasserie, pour finir, du côté américain. Ce Picasso n'est-il pas un cochon libidineux, voyeur, impuissant, sénile? La dernière période, explosive, du Minotaure révulse l'art dit «abstrait», alibi du puritanisme. Regardez ce *Minotaure assis au poignard,* d'avril 1933. Difficile de se déclarer plus ouvertement, et à jamais, anarchiste. Mais pas pour s'autodétruire, attention. Pour gagner. Et il a gagné. Fernande, Eva, Olga, Marie-Thérèse, Dora, Françoise, Jacqueline (et les autres) savent de quoi il était capable. Elles ont parfois essayé de le dire, mais sans grand succès.

Bien entendu, Picasso peut continuer à être mis en accusation. Les féministes l'ont fait et le referont. Il n'est pas impossible de l'accuser d'homophobie. Cachez ce Picasso que je ne saurais voir. Demain, on trouvera encore autre chose. Ces jours-ci, *Le Figaro* titre : «Picasso, polisson frénétique», et le mensuel du *Monde, Le Monde 2* : «Picasso, la période sale». Comme si après les périodes «bleue» ou «rose», ou après le cubisme, Picasso s'était «lâché» à la fin de sa vie. Or ce que l'exposition actuelle montre très bien, c'est que le thème érotique court tout au long de l'œuvre. Évidemment, un «polisson» de 90 ans, cela fait désordre. À vrai dire, ce n'est pas la question sexuelle qui est visée mais la force spirituelle. Tel est le côté saint Paul de Pablo Picasso : « Mort, où est ta victoire ? » Picasso le héros, ou la mort défiée et vaincue.

Formidable jeunesse de Picasso, toujours en avance sur notre temps fermé et frileux. « *Old fashion* », dit cette critique d'art américaine aux lèvres pincées. *L'Étreinte,* du 26 septembre 1970, ne serait pas à la mode ? En effet. Les dates sont parfois étranges : on n'a sans doute pas assez remarqué que la série *Fornarina* date de l'été 1968. Drôle d'année, paraît-il. En octobre 1969, Picasso aggrave son cas avec deux *Baisers* massifs, virulents, splendides. Ce couple primitif et extatique, noir et affirmatif, se presse, on le sent, au cœur d'une nuit profonde. Le peintre et son modèle sont unis à jamais.

Une fois de plus, inébranlable, Picasso parie, joue, attaque et rafle la mise. Et aujourd'hui, au Jeu de Paume (qui prend tout son sens de s'appeler ainsi), c'est pareil. Près d'une baie vitrée, voici *Suzanne et les vieillards,* un nu de 1955, une *Femme d'Alger* de Delacroix étalée, reformulée, tordue, retournée. Deux silhouettes d'hommes la contemplent derrière une fenêtre. Elle traverse le temps, cette Suzanne, comme un vaisseau spatial. Paris, de l'autre côté de la baie, s'éveille sous le ciel bleu. Picasso est un autre nom de l'anticyclone des Açores. Jamais l'obélisque de la Concorde n'a été aussi beau, aussi évident. La tour Eiffel elle-même participe à la fête. Légère brume, bientôt le soleil. Le triomphe de Picasso est total.

Exposition *Picasso érotique,* Jeu de Paume, 2001.

Des femmes

VINCENT ROY : *Vous publiez en janvier 1983 un roman qui va faire grand bruit. Son titre :* Femmes[1]. *Il s'agit d'un livre-bilan sur le «féminin», une sorte de radiographie du «féminin», écrit sur une période particulièrement charnière, une période de mutation. Les femmes ont-elles pris le pouvoir?*

PHILIPPE SOLLERS : Les femmes n'ont jamais pris le pouvoir, mais elles l'ont toujours eu en creux en fonction de la reproduction de l'espèce. Tout à coup, à cette époque, ça commence à se voir. Je suis sur le terrain, je note.

Dans L'Année du Tigre[2], *votre journal de l'année 1998, vous écrivez que les femmes ont été amusantes entre 1730 et 1790, entre 1920 et 1930, puis «assurément», dites-vous, en 1968.*

En effet, il s'agit là de périodes de liberté intense.

1. Folio n° 1620.
2. Points-Seuil n° 705.

Qu'est-ce qui, du point de vue romanesque, vous a intéressé dans les années 1970-1980 ?

C'est la montée d'une certaine toxicité dans l'univers féminin et cette montée correspond exactement à ces années-là : des années de remise en ordre après le chambardement de 1968 et le commencement d'une nouvelle ère où se laisse discerner un continent d'appropriation de la substance féminine par la Technique. Époque charnière : celle où l'on commence à parler beaucoup de procréation in vitro, etc. Dans le monde occidental tel que nous le connaissons, tout à coup est sorti un «bio-pouvoir» qui arraisonnait déjà de façon sensible le continent dit féminin. À partir de là, j'écris un roman dans lequel je montre des expériences, positives et négatives, avec des femmes. Il me fallait rendre compte d'une perspective à long terme. Mai 1968 a été une révolution complète avec ses effets majeurs dans les vies privées, les comportements physiologiques, sexuels... Ensuite, il y a eu une remise en ordre d'abord assez brutale puis de plus en plus insidieuse, de plus en plus *propagandisée* par tous les moyens habituels de la publicité, des médias, du marketing, du roman lui-même, de la pseudo-littérature féminine... Finalement, sous tous ces déguisements, c'est la science qui parle, et plus du tout la poésie des situations.

En 1991, dans Improvisations[1], *vous écrivez à propos de* Femmes *qu'il s'agit d'une «petite cavalcade plutôt positive à travers les illusions sexuelles». En somme, avec ce roman, il s'agit, pour vous, de rétablir la vérité.*

1. Folio essais n° 165.

La vérité, c'est que la guerre des sexes parcourt toute l'histoire de l'humanité et qu'elle subit des modulations selon les époques : il y a des pauses dans cette guerre qui est une guerre à mort dont il ne faut pas se cacher la violence, mais aussi les charmes. N'oubliez pas qu'il s'agit de *roman.*

Au moment où j'écris *Femmes,* la «sexualité» se libéralise de façon très apparente. Or, si on est un peu attentif, on remarque que cette surexposition sexuelle participe, en même temps, d'une censure redoublée. Que c'est une manifestation non pas d'érotisme mais de pudibonderie. Il y a donc un puritanisme de la propagande sexuelle quand se produit l'arraisonnement par la technique du continent féminin, encore une fois sur la question essentielle de la reproduction de l'espèce — c'est-à-dire sur la reproduction de la mort.

Les rapports un peu gratuits entre les sexes correspondent à une pause — que l'on peut qualifier quasiment de miracle — mais, en général, il y a mensonge sur cette question. Entre les hommes et les femmes, c'est très rarement gratuit : si ça l'est, alors c'est un événement physique mais aussi une affaire de langage.

D'ailleurs vous écrivez : « Les hommes et les femmes n'ont rien à trafiquer ensemble. »

En principe. Et ils se racontent constamment le contraire, ce qui fait qu'on a une chance de percer vers la vérité seulement si l'on pose, a priori, dans une relation entre hommes et femmes, que ce sont deux espèces différentes — comme dit Freud, l'ours blanc et la baleine. À ce moment-là, ça devient extraordinairement singulier et asocial. Donc libre. Et libre parce que gratuit. Le mensonge porte sur l'argent et sur la reproduction de l'espèce en tant que bien négociable.

Toujours dans Femmes, *en 1983, vous dites que les femmes existent totalement par elles-mêmes et « n'ont plus grand-chose à attendre de leur mystère supposé ».*

Voilà, ça va devenir du spectacle, du cinéma. Les relations sont désormais totalement cinématographiques : on joue des rôles.

Cette déclaration que vous venez de citer est parfaitement anti-romantique. La *romantisation* de ces choses, qui est un sentimentalisme exploitable de façon mensongère, a été l'instrument du bio-pouvoir, c'est-à-dire de la prise en main technique. Cette prise en main peut libérer des forces considérables : il faut avoir vécu un peu de temps aux États-Unis dans le milieu des années 70 et s'être colleté avec la névrose du puritanisme américain pour comprendre ce phénomène. La baise, oui, pourquoi pas, à condition qu'elle entraîne le mariage, etc. La tyrannie névrotique américaine, c'est qu'il faut payer tout de suite. Ce n'est jamais gratuit, et toujours « sentimental ». Pas sensible. Vous naviguez entre déferlement homosexuel, conformisme hétéro bétonné et pornographie.

Revenons, justement, sur les rapports gratuits entre les sexes.

Il s'agit de lever un malentendu. Le langage, dans ces moments gratuits, va jouer un rôle déterminant. Si vous arrivez à parler librement, gratuitement, vous arrivez à quelque chose qui est *possible.* Or, j'observe que nous sommes aujourd'hui en pleine régression.

Contrairement à ce qu'on pourrait penser — et je parle de la relation dite hétérosexuelle —, chaque sexe ignore presque totalement le fonctionnement de l'autre au point que vous pouvez demander à un homme comment il considère les organes féminins — vous allez aboutir à des approximations — et, de l'autre côté, c'est pareil. Il y a donc quelque chose qui n'est pas vu en tant que tel. Tout cela se passe dans une sorte de faribole confuse d'où émerge assez vite la note à payer... Argent, procréation éventuelle (qui est un désir féminin classique sauf 5 ou 6% de la population)... Et la plainte. Car il s'ensuit de la plainte. Qu'est-ce qu'il faut, alors, comme paramètres pour qu'il n'y ait pas lieu de se plaindre? Pour que ça se passe dans le rire gratuit? Je pense, par exemple, qu'il est très erroné de croire qu'il suffit d'exprimer son désir pour obtenir celui de l'autre. Il faut que ça soit concomitant. Là-dessus, il y a confusion générale.

Contrairement à ce qu'on raconte sans arrêt, 80% des femmes — et je suis optimiste — ne s'intéressent ab-so-lu-ment pas à la sexualité. Il ne faut donc pas s'étonner si, déchargées de la recherche d'un gain (enfant, argent, situation sociale), elles peuvent augmenter leur autonomie mais, en même temps, il est toujours question de simuler. C'est la question de la simulation qui est importante. «Combien de femmes ne font que râler faussement», m'a dit un jour une amie. Dans ce «râler faussement», vous entendez, à travers les siècles, la longue cohorte des mères...

Dans vos romans, la majorité des femmes ne sont pas françaises. Vous semblez préférer «les belles étrangères».

C'est une question de développement inégal des pays, des langues et des civilisations. Je crois qu'on peut dire que la femme française a donné le ton général à l'époque libre du XVIIIe siècle : il est évident que c'est elle qui savait de quoi il s'agissait. Mme de Merteuil est un personnage qui ne tombe pas du ciel. La littérature de cette époque est emblématique. Cette fulgurante supériorité dans ce domaine a été court-circuitée violemment. Pourquoi Stendhal, plus tard, trouve-t-il ses amours en Italie et souvent chez des dévotes qui se refusent, plus ou moins, mais ont un tempérament plus vif? Tout cela parle tout seul. C'est un drame français. Ou, si vous préférez, une tragédie française pour insister sur le féminin dans cette affaire. La répression a donc pris sa vitesse de croisière (même si elle a un peu *sauté* dans le tourbillon de 1968). C'est choquant par rapport à l'historicité de cette nation ou par rapport à ce personnage de Française. Il y a quelque chose de blessant — du moins si l'on a une certaine conscience historique. La France était au sud, elle est maintenant au nord, à l'américaine.

Les Françaises existent dans beaucoup de mes livres mais elles sont le plus souvent issues de classes populaires. Car les classes populaires sont plus *civilisées* de ce point de vue que les classes dominantes, bourgeoises ou moyennes. Plus «civilisées» ici signifie plus «physiques». Elles ont une façon de procéder avec leur corps qui fait jouer davantage d'harmonisation entre les différents sens. C'est persistant. Il y a, si vous voulez, une civilisation physiologique sexuelle française, mais plutôt dans les classes populaires.

Il s'est produit, en France, une explosion de gratuité au XVIIIe siècle, explosion aristocratique en même temps que populaire (car l'aristocratie est plus proche des classes populaires que la bourgeoisie et ce, depuis toujours), qui ne devait plus avoir d'équivalent. Cela dit, il y a des exceptions, Ludi et Nelly dans *Une vie divine*[1], Maud dans *L'Étoile des amants*[2], Viva dans *Les Voyageurs du Temps*[3], la merveilleuse Sophie dans *Portrait du Joueur*[4], sans parler de France dans *Les Folies françaises*[5], la fille clairement incestueuse du narrateur.

Il faut donc faire remonter à la Terreur la fin du Miracle français *comme disait Nietzsche ?*

Oui.

Et cette période des « années folles » que nous évoquions ?

En 1920, vous aviez eu une boucherie telle qu'elle a suscité une émulsion. En somme, il faut s'habituer à voir l'Histoire ainsi : montée de liberté puis répression. Après 1968, la fermeture est violente. Et cette fermeture est *reverrouillée* sans arrêt. Aujourd'hui, je constate que le programme de la société, qui œuvre à une séparation tyrannique entre les hommes et les femmes pour que chacun reste à sa place, est une forme de censure, d'empêchement des affinités électives. Il ne faut pas que les affinités électives se déploient, sans quoi la société elle-même est mise en question. L'amour, les rapports gratuits entre les hommes et les femmes sont tellement rares (contrairement à ce que la propagande nous dit) que, s'ils se développaient, ils produiraient une révolution dans la société elle-même. La société ressent ces rapports éventuels positifs d'af-

1. Folio n° 4533.
2. Folio n° 4120.
3. Gallimard, 2009.
4. Folio n° 1786.
5. Folio n° 2201.

firmation — appelons-les ainsi — comme révolution-naires. Tout le reste, c'est du bavardage. Un discours révolutionnaire qui n'inscrit pas, a priori, cette aboli-tion de la séparation entre les sexes est, à l'inverse, un discours contre-révolutionnaire. Ma mauvaise réputa-tion vient de là : je décris des rapports positifs et gra-tuits. Exemple dans *Femmes* : un mariage très réussi (Deborah), qui n'empêche pas le narrateur d'avoir des liaisons multiples.

Le rapport positif, gratuit, entre un homme et une femme est donc considéré comme un tabou ?

Voilà. Il est extraordinaire que le tabou porte préci-sément sur ce qui n'arrête pas d'être vendu par la mar-chandise sociale. Le tabou porte sur l'entente entre un homme et une femme, sur la façon d'être *dans le dire*. Cette région est très surveillée.

Dans les premières pages de Femmes, *il est écrit :* «*Le monde appartient aux femmes, c'est-à-dire à la mort. Là-dessus, tout le monde ment.* »

En effet, la question de la mort doit être envisagée. Il n'y a pas de discours commun sur la mort entre hommes et femmes. La question *To be or not to be ?* n'est pas une question féminine. Que ce soit clair. C'est là que ça se passe. Il faut envisager des procé-dures de déverrouillage de cette question. Les femmes ont affaire en général à leur mère (les hommes aussi d'ailleurs, elles finissent par les féminiser un jour ou l'autre, ou à leur faire prendre la voie homosexuelle). La question, c'est les mères. Faust, Baudelaire... Dès qu'on dit la vérité ici, c'est le scandale.

Pour un homme, un commerce heureux avec les femmes ne peut être que gratuit ?

Un commerce... (*rires*). Il ne peut pas être autre chose que gratuit s'il a lieu. Je cite dans *Les Voyageurs du Temps* une formule merveilleuse de Freud qui dit que pour qu'un homme soit plutôt heureux dans cette région, il s'agit d'avoir perdu le respect pour La femme — qui n'existe pas comme l'a dit Lacan — et de s'être familiarisé avec les idées d'inceste avec la mère et la sœur. Bonne chance à tout individu de sexe masculin ! En général, ils respectent trop, y compris à l'envers. La bonne voie est un athéisme radical.

Vous dites d'ailleurs que vous êtes un athée sexuel.

J'ai du mérite dans une époque obsédée. Le secret érotique est dans la gratuité. L'amour est gratuit. Et finalement, comme dit Lautréamont : « L'erreur est la légende douloureuse. »

Mars 2009

L'amour du Royaume

Restons sérieux. Pour moi, ce n'est pas de temps en temps le roman, c'est constamment le roman. La vie à mener doit être romanesque. J'ai une vie romanesque. De temps en temps, je l'expose, en effet, dans ce qu'on appelle des romans. Par ailleurs, cette expérience du roman continuel de l'existence fait que je peux, à cause de cette expérience même, regarder des ensembles historiques, plastiques, musicaux, verbaux, que j'ai envie de faire ressortir sous forme d'essais. Mais l'expérience constante est romanesque. Je ne dis ce que je dis dans les essais que parce que j'ai cette existence-là. Dans *L'Étoile des amants*[1], j'arrive au plus près de la fonction que j'ai déjà donnée du roman pour aujourd'hui, qui doit être selon moi le réveil, par tous les côtés à la fois, de la poésie. La misère dans laquelle la production dite poétique est entrée depuis longtemps, avec son envers qui est le roman fabriqué réaliste ou naturaliste, c'est-à-dire finalement social, implique que dans un récit, alors tout à fait scandaleux, on se mette en situation d'exposer le surgissement constant de l'élément poétique. Cet élément poétique ne se dit pas

1. Gallimard, 2002.

sous forme de *pohème*, il se dit par rapport à la perception et à la sensation qui montreraient aujourd'hui que tout est fait pour vous priver de votre corps, ou pour l'assigner à une place qui serait instrumentalisable, y compris sous son aspect sexuel. Ce qui est très nouveau, car le poids de toute l'histoire antérieure aurait consisté à refouler, à restreindre, à censurer ce point. Aujourd'hui qu'il fait irruption dans le social lui-même, on peut considérer que l'être humain assigné à ce point d'autrefois est enfin saisi dans une intoxication qui doit absolument le préoccuper sans cesse. Cela n'arriverait pas sans que la souveraineté de la Technique, au point où elle en est, et elle ira plus loin encore, ce n'est qu'un début, ait trouvé le moyen de fabriquer des corps humains, c'est-à-dire de les rendre reproductibles de façon industrielle, ce qui a pour corollaire évident l'irréalisation de la mort de ces corps. C'est-à-dire que tout ce qui était considéré jusqu'à présent comme un affrontement entre le bien et le mal est dépassé, et nous sommes pour le coup par-delà le bien et le mal, par-delà le conformisme ou le crime, dont le couple apparaît dans toute sa splendeur. C'est pour cela qu'il se passe quelque chose dans ce qu'on aura appelé la modernité, terme désormais très vieilli, comme celui de postmodernité. Il se trouve tout simplement que nous changeons d'ère à une vitesse accélérée. Ce changement d'ère, qui n'a rien à voir avec une fin de l'histoire, se montre sous la forme d'une tyrannie possible, impliquant que l'individu, voué au collectif, soit privé le plus possible de toutes ses ressources intimes. Il y a deux opérations pour que ça aille vraiment jusqu'au bout, c'est, 1) le priver de son corps autant que possible, empêcher que chaque sens puisse provoquer une interrogation ; 2) appauvrir, sous forme de publicité ou de pornographie, le langage. On peut voir là le nœud nouveau où la servitude volontaire, comme d'habitude, s'engouffre.

Je vous lis un passage d'un livre écrit en 1924, sans vous donner le nom de l'auteur, désormais il va être intéressant de tirer des livres, sans dire de qui il s'agit, des formulations. Et cela en les faisant surgir sur une scène où on imaginera que dans la salle se trouvent des gens de tous les âges et des contemporains, prêts à huer toutes les propositions positives qui ont été émises au cours des temps. L'ambition est de montrer que, dans l'accomplissement du nihilisme où nous sommes, toute proposition formellement positive déclenche des ricanements, des murmures, des protestations. Ce qui a l'avantage, selon moi, de montrer où en est l'état d'esprit de la souveraineté de la Technique s'exprimant à son stade terminal à travers des têtes humaines qui réagissent de façon embarrassée, aigre, voire violente, devant toute proposition de beauté, de jouissance et de vérité.

Donc, 1924 : « Il n'y a pour moi pas une idée que l'amour n'éclipse, tout ce qui s'oppose à l'amour sera anéanti s'il ne tient qu'à moi. C'est ce que j'exprime grossièrement quand je me prétends anarchiste. » C'est une phrase tirée du *Libertinage* de Louis Aragon. Là, ce qui m'intéresse tout de suite, c'est le conflit proclamé entre toute idée, quelle qu'elle soit, et l'amour. Qu'est-ce que c'est que ça, l'amour ? Et si l'amour pouvait être justement le lieu où une certaine vérité récusée se tiendrait ? Car si je vous dis dans le même mouvement que l'amour est « mesure parfaite et réinventée » et « raison merveilleuse et imprévue », si je rapproche le mot *amour* du mot *raison*, si tout à coup je me demande pourquoi il pourrait y avoir une nouvelle *raison* en fonction d'un nouvel *amour* — Rimbaud vient de passer sous vos yeux. Mais je n'ai pas besoin de dire «Rimbaud», ou «Aragon», parce que je dis Aragon, tout de suite on me balance : celui-là, ce qu'il a pu nous mentir avec ses histoires d'amour, Moscou, Triolet, les *pohèmes*... Quant à Rimbaud, nous avons trente téléfilms, deux cents livres sur le mythe de Rimbaud... Mais je le fais passer avec simplement ces mots-là : «le charme des lieux fuyants et le délice surhumain des stations». Il n'y a plus qu'à rester devant ça : «le charme des lieux fuyants»...; le «délice surhumain des stations»... qu'est-ce que ça veut dire? Pourquoi *surhumain*?

Je pensais, par ailleurs, à Robinson Crusoé. Un naufrage, une île déserte où il faut réinventer les gestes les plus simples, et puis des cannibales, et un Vendredi... Roman merveilleux. Tout de suite, cette histoire d'île vous en rappelle une autre, celle du vieux Shakespeare, avec sa *Tempête*... Or dès que vous tirez cette histoire d'île où il faudrait réinventer les conditions d'être au monde, les choses prennent une ampleur considérable. Il s'agit, rien de moins, de mettre en situation ce qui serait un réapprentissage du sentir, du percevoir, que j'estime les cibles de l'anéantissement programmé du social. Dans un premier temps, c'est embarras, dévastation, et évidemment séparation des sexes chassés du Paradis et vivant ainsi des épisodes de plus en plus contraints, sauf exceptions, sauf modulations heureuses du temps, vite sanctionnées. Le Paradis, c'est une chose qui me travaille depuis longtemps. Après tout, pourquoi Adam et Ève n'y sont-ils pas restés tranquilles? Était-ce fatal qu'ils inaugurent cette serpentation? Alors, je me suis décidé, moi, à mettre une jeune femme sur une île, pas une île déserte puisqu'on y trouve les commodités de la technique, et puis je lui ai ajouté un autre personnage, masculin, et je me suis demandé s'il était possible de mettre ensemble deux personnes que tout devrait conduire au fameux malentendu métaphysique, bien connu, bien rebattu. Pouvait-on les mettre en situation paradisiaque? Vous allez me dire : mais qu'est-ce qui se passe dans votre livre? Rien? Pas de scènes, pas de cris, de hurlements, de revendications, de meurtre final? Eh non! Mais est-ce possible? C'est possible, à condition de se mettre dans une certaine position du dire. Et, en effet, soudain, par cette exclusion du social, quelque chose à quoi on ne s'attendait pas surgit comme une nouvelle *raison*, que l'on peut appeler un nouvel *amour*. Et en même temps, comme c'est étrange, la nature se présente, et pourtant elle était là depuis la nuit des temps. Une hypothèse me vient donc : et si la substance féminine en tant que telle était du même ordre que la nature, que les fleurs, les arbres, l'eau... Oh, mais qu'est-ce que vous me racontez? Vous rêvez, vous êtes dans une féerie. Mais oui! Féerie... pas *pour une autre fois*, comme a dit un très grand écrivain français, mais pour tout de suite! Céline dédiait, comme vous le savez, ses livres finaux à Pline l'Ancien et aux animaux. C'est une indication, on peut aller plus loin. Il y a peu d'animaux dans mon roman, mais beaucoup d'oiseaux, sans doute parce que je pense que c'est le signe d'une position que j'appellerai anti-mammifératoire. Le mammifère, d'après moi, a fait son temps expérimental, on n'en tirera pas grand-chose d'autre qu'une réitération de la mammif. Cette mammifestation, qui peut être encore touillée, n'a plus à nous réserver, thème abordé dans *Paradis* ô combien!, qu'une pénible sensation de répétition manipulable, notamment par les voies nouvelles de ce que j'ai appelé la sexinite.

Récusation du social, ça veut dire invention d'un lieu et d'une formule où viendrait, en même temps que la nature et la substance féminine qui est du même ordre, se présenter tout ce qui a pu se formuler comme propos dits poétiques. Mythiques ou poétiques. Ici, je salue en passant le livre de Roberto Calasso, *La Littérature et les dieux*, qui montre de façon très convaincante qu'il y a bien longtemps que les dieux se sont absentés du monde terrestre et qu'ils se sont réfugiés dans le langage. C'est là qu'il faut aller les trouver. Pas dans le Cosmos, pas dans la génétique, pas dans la biologie, mais éventuellement, ruse suprême, dans la formule, dans l'art de formuler. Ce qui implique un sens du rythme, de la métrique, une attention aux voyelles, aux consonnes, aux syllabes, et cela dans toutes les langues. C'est pourquoi vous voyez, dès le début de ce roman, un homme et une jeune femme qui ont décidé d'interrompre leurs contacts sociaux et de se mettre dans une situation de grande concentration sur l'immédiat.

L'âge d'or, comme vous savez, ça vient d'Hésiode, des *Travaux et les Jours*. Ces Grecs, parce qu'il y a eu des Grecs, ils ont dit beaucoup de choses, des choses qu'on peut faire huer par une salle. Par exemple si je dis : «L'être est, le non-être n'est pas», puis que je reste immobile, silencieux, aussitôt voix éraillées dans la salle «Et alors? et alors?»... Je pense à ce mot merveilleux de Karl Kraus : «Si quelqu'un a quelque chose à dire, qu'il se lève, et qu'il se taise!» La fonction du roman est la même : il introduit soudain un silence. On peut le dire de façon plus héroïque : le premier qui s'arrête montre le débordement de tous les autres, à supposer qu'ils courent tous, comme des moutons de Panurge, ou comme les porcs de l'Évangile, vers un même destin. Il suffit donc de s'arrêter. Pas un arrêt sur image, un arrêt sur le son. Au fond, le fait de pouvoir utiliser son corps dans toutes les dimensions se tiendrait dans le son. C'est étrange que du son puissent vous venir les couleurs, les parfums, la saveur... Ainsi le son serait à traiter comme une donation, qui ne serait pas humaine, et encore moins sociale. Oh qu'est-ce que je dis là! C'est à énoncer de tels blasphèmes que je suis si souvent dénoncé, et de façon diverse, comme mauvais Français. Parce que notamment j'aurais parlé de *France moisie*... alors que cette *Étoile des amants* comporte maints passages où on ne peut pas dire que le français, en tant que langue, soit particulièrement maltraité, au contraire, puisque toute sa mémoire ne demande qu'à s'épanouir, y compris dans des choses très modestes, comme des chansonnettes, et bien sûr avec quelques bouquets dont Rimbaud montre le sens. J'aime assez être considéré comme le mauvais Français, ça m'enchante.

Je reviens à Hésiode. Dans ce mythe, il évoque plusieurs races d'hommes et plusieurs âges qui se sont succédé au cours du temps. Il y a eu un âge d'or, puis ça se gâte en argent, encore plus en bronze, et ça va se gâter encore plus en fer. Hésiode dit qu'il est né trop tôt ou trop tard, il vit hélas, lui, à l'âge de fer, et il fait une prophétie pour l'avenir. Je viens d'énoncer l'existence de quatre âges, or en réalité il y en a cinq. En effet, dans le quatrième, il y a une humanité qui est mise à l'écart. Dans des îles, tiens, comme c'est bizarre. Mais c'est au cours du fer que se produit l'invivable. Je vous lis et vous verrez que c'est tout simplement une description de notre actualité. «C'est à l'artisan de crimes, à l'homme tout démesure qu'iront leurs respects; le seul droit sera la force, la conscience n'existera plus. La lâche attaquera le brave avec des mots tortueux, qu'il appuiera d'un faux serment. Aux pas de tous les misérables humains s'attachera la jalousie, au langage et au front haineux, qui se plaît au mal. Alors, quittant pour l'Olympe la terre aux larges routes, cachant leurs beaux corps sous des voiles blancs, Conscience et Honte, délaissant les hommes, monteront vers les Éternels. De tristes souffrances resteront seules aux mortels : contre le mal il ne sera pas de recours.» Je lis ça dans la salle, comme il arrive souvent au cours du roman, et immédiatement montent les «Hou! hou!» Et pourtant, c'est bien selon Hésiode ce qui va arriver aux humains. Ils vont naître avec des tempes blanches, ils vont naître vieux, au lieu, comme c'est souhaitable, de rester dans une jeunesse éternelle. Pourtant, on a mis des gens à l'écart, ce sont des héros, des demi-dieux (huées dans la salle), qui seraient en quelque sorte mis en réserve. Où ça? Dans des îles. Écoutez-moi ça : «Zeus leur donne une existence et une demeure éloignée des hommes (c'est-y donc des milliardaires habitant dans des îlots? S'agit-il de Jean-Marie Messier? encore lui! Eh non! C'est plus compliqué que ça) en les établissant aux confins de la terre (c'est un lieu qui n'est plus tout à fait la terre mais auquel on n'accède pas comme ça, ce n'est pas un lieu touristique), c'est là qu'ils habitent, le cœur libre de soucis (mais qu'est-ce que vous me racontez là, ce n'est pas possible : pas de soucis, pas d'angoisse?) dans les îles des bienheureux, au bord des tourbillons puissants de l'océan. Héros fortunés (encore une fois, je ne parle pas de la Bourse qui n'est qu'une contrefaçon de la fortune, si vite partie en fumée) pour qui le sol fécond porte trois fois l'an une florissante et douce récolte.» Devant cette proposition — encore une fois que je me fais fort de faire huer par mes contemporains, comme s'il s'agissait d'élitisme, face à la condition du mortel démocratique qui attend tout de Dieu, c'est-à-dire du social — je me suis dit qu'il fallait mettre une touche de fantaisie alchimique. D'où ce personnage qui traverse le livre, et s'appelle Nicolas Flamel, du nom d'un Parisien d'autrefois qui, avec ses histoires de poudre qui pourrait devenir lingots, a fait beaucoup rêver.

Donc, il y a la nature, elle-même, pour peu qu'on aille la chercher là où elle se dit. Je n'ai pas dit qu'il fallait rester dans la nature, écologiquement, et s'imaginer vert; ni Bourse, ni social, ni vert, ni collectif! Alors là, vous sortez sur la pointe des pieds, ça a fini par s'endormir, vous levez la tête et vous voyez, vous l'avez vue souvent, en bateau c'est encore plus sensible, l'Étoile des amants, qui va se présenter soir et matin. Elle ne vous indiquera pas le nord, elle n'est pas là pour ça. L'Étoile des amants, c'est Vénus, appelons-la Aphrodite pour faire grec, c'est l'Étoile des bergers. Des bergers? (Hou! hou! les moutons grognent, faudrait pas qu'il y ait du berger et encore moins de la bergère!...). Je vous fais remarquer en passant que, dans mes romans, il y a chaque fois un épisode d'amour physique un peu décalé. Dans *Passion fixe* apparaissait brusquement une charcutière; et cette fois, c'est une poissonnière. Il y a bien d'autres femmes; notamment le personnage principal qui s'appelle Maud, parce que ce prénom se prête à beaucoup de modulations; il y a une chanteuse italienne qui n'est pas nommée, et aussi une bizarre Cléopâtre avec qui on ne sait trop ce que fabrique Flamel. Donc vous regardez cette étoile, vous chantonnez *Il pleut il pleut bergère, rentre tes blancs moutons*... Pourquoi pas, c'est charmant. Il ne faut pas s'en priver, moi, je ne m'en prive pas. Tout ce qui apparaît comme pseudo naïf, populaire, presque niais, clair, tout ce qui coule de source, me paraît bienvenu. *Il pleut, il pleut...* (Hou! hou!, c'est tout ce que vous avez à dire? Dites-moi ça en charabia. Dites-moi ça en moins clair, sans quoi je ne vous respecterai pas. Mais alors cette fleur ne serait pas l'absente de tout bouquet? Non! Et vous entrez dans un square et vous n'avez pas la nausée? Non plus! C'est effrayant, vous êtes malade!) Pourquoi dit-on l'heure du berger? L'heure du berger, c'est l'heure de la rencontre amoureuse, entre chien et loup, au crépuscule, dans les granges probablement, à une époque où on n'avait pas encore accès aux magazines publicitaires. Fallait s'étreindre vite, et avec passion, parmi les grognements des moutons, et en regardant l'étoile qui était là pour eux, les amants, pas pour les dévots, à quelque parti qu'ils appartiennent.

Je cherche un terme pour ce que j'appelle le fait de *donner des preuves*. Les preuves de l'expérience menée constamment. On me dira : mais il y a des citations dans votre roman. Ce ne sont pas des citations, ce sont des preuves. Certes Debord a eu raison de dire que les citations étaient nécessaires dans les époques obscurantistes, et Dieu sait si la nôtre l'est! et qu'aucun ordinateur ne pourrait lui en fournir d'aussi pertinentes. L'ordinateur ne pourra pas faire ce que je vous ai fait tout à l'heure en vous proposant une passerelle où il n'est pas besoin de dire les noms. Parce que moi, le nommé Sollers, je n'en ai rien à faire! Je laisse ça aux autres. Moi, je ne vis pas avec Sollers. (Hou! hou! c'est pas vrai! Menteur!) Collage, montage, compression, prélèvement..., ça ne convient pas. Précipité peut-être, comme en chimie?... Le mot est beau. Tout ça est très technique, ça suppose un travail fou qu'il ne faut pas montrer. On est dans un roman, il faut que ça

s'enchaîne très vite. D'où les : encore, encore, encore...
pour montrer l'inépuisable. L'inépuisable de la nature.
On a alors tous les *Cantos* de Pound en quelques pages,
en transversale tous les poèmes de Hölderlin, sans vous
embarrasser des poèmes, Rimbaud à chaque tournant,
des peintres qui viennent vous dire ce qu'ils ont à vous
dire, des plus grands ou moins grands. Des gens sont
venus me dire récemment qu'ils n'aimaient pas Renoir.
Eh bien, tant pis ! Je me suis quand même demandé
pourquoi. Pourquoi Picasso, pourquoi Matisse, aimaient
Renoir, eux ? À cause des baigneuses, sans doute. Trop
grosses, pas utilisables pour les produits de beauté. Les
personnages féminins se baignent souvent dans mon
livre. Je ne fais pas tout à fait n'importe quoi.

En même temps que l'action a lieu, des mots se présentent. Pourquoi viennent-ils ? Ce n'est pas vous qui
allez les chercher ; ils vous sont donnés. Peut-être que
l'existence elle-même serait une sorte de don ? (Hou !
hou ! dans la salle.) Une donation pour laquelle il y
aurait lieu de remercier, une grâce... (Hou ! hou ! mais
vous allez me faire vomir !) Tout le vocabulaire ancien
utilisé théologiquement, interprété comme la preuve
même de l'obscurantisme, voire de la domination de
classe, voire comme l'opium du peuple, en fonction de
ce changement d'ère, demande à être réentendu mais
de façon tout autre. Il faut que ça arrive à s'écrire tout
seul, que la langue associe d'elle-même. L'autre jour,
dans un demi-sommeil m'arrive le mot *brocart*... Pourquoi *brocart* ? Je donne bien d'autres exemples dans
L'Étoile des amants. Des noms de fleurs, par exemple...
Voilà ce qui est scandaleux aujourd'hui, cette richesse
inépuisable de la nature et de la langue. Un livre scandaleux fait état du fait que la nature dite, où les dieux
se sont réfugiés dans un certain feu rythmique, clair,

est inépuisable sans efforts. Il est possible, dit quelque part Heidegger, que la vie soit quelque chose de tellement riche que le monde humain n'en soit même pas averti. Ce qui va avec : la langue est plus pensante que nous. Je ne vais donc pas l'empêcher de penser. Pas la simplifier, lui assigner un but, la contraindre, la bâillonner, lui faire faire du bruit, lui promettre de l'éloquence d'au-delà. Je ne suis pas un ennemi de la pensée, de l'érotisme. Un ennemi comme l'est le social. Mais il me faudrait, là, redéfinir l'érotisme, qui a peu à voir avec ce que j'ai appelé la sexinité, laquelle est surtout un embarras de langage.

Dans la substance féminine elle-même, toujours beaucoup plus réservée qu'on ne croit, beaucoup plus en retrait qu'on ne l'imagine, et pour cette raison même poursuivie par la Technique, quelque chose est là pour humainement signifier le passage du langage à la chair, et de la matrice à la rose (Hou ! hou !). Dire cela semble le comble de la connerie. Ou de la provocation, mais provocation par laquelle je sais que j'atteins le système en son cœur, car il veille à ce que ce ne soit pas découvert, à ce que l'illusion nordique persiste.

Qu'est-ce qu'être romanesque au point de dire, quel que soit le brouillage, qu'on est aujourd'hui au XVIIIe siècle en Chine, ou quelque part en Inde il y a plus de deux mille ans, ou en avion, ou en bateau, ou ici en pleine ville, en train de faire un entretien avec un ami, qui lui-même ne date pas d'hier ? Le temps qui vient de cet espace-là se trouve dans une drôle de situation : passé, présent, avenir ont soudain un quatrième terme qui les précède. Le roman raconte ce qui se passe entre l'existence et la pensée au nom de la poésie. Poésie qui entraîne, je n'ai pas besoin de vous le dire, amour et liberté. (Hou ! hou !) Voilà pourquoi, à part moi, notre époque est muette. Ce qui n'est pas étonnant puisque, anarchiste comme je le suis, je fais signe vers un vrai *royaume*. Sur l'emploi merveilleux et imprévu de ce mot aujourd'hui, grosse affaire à suivre.

Réponses à des questions de Jacques Henric.

Qui suis-je ?

Qui a écrit ce livre ? me demandez-vous[1]. C'est une bonne question parce qu'elle va droit à la falsification socio-maniaque qui consisterait à appeler l'auteur de ce livre Sollers, mais un Sollers illusoire, construit de toutes pièces par le discours spectaculaire. Quand j'écris, j'ai beau m'appeler Sollers, quelqu'un d'autre surgit, dont j'ai bien l'impression que personne n'a encore envisagé la nature. Vous avez sans doute remarqué qu'à la fin d'*Une vie divine* le narrateur dit de lui-même qu'il est dans une position de sacrificateur védique qui, au cours de son rituel, dit s'élever de la fausseté vers la vérité. Il s'agit d'un ensemble de pratiques très verbalisées, impliquant que le sacrificateur, au cours de ce protocole, à travers une intense mélodisation des mots, construit une demeure où il est censé être dans ce que nous appelons d'une façon bêtifiante l'au-delà. C'est là qu'il est et qu'il sera, et, d'une façon très délicate et modeste, à la fin de la construction de sa demeure vers les dieux, quand il revient à sa condition humaine, il dit simplement : «Maintenant, je suis seulement ce que je suis.» Celui qui vous parle est donc

1. *Une vie divine*, roman, Gallimard, 2006.

maintenant seulement ce qu'il est. Ce qui ne veut pas dire qu'il n'habite pas ailleurs, dans l'ensemble de toutes les phrases qui ont été écrites dans ce livre. Le finale est donc constitué de la phrase suivante : « Où suis-je ? Qui suis-je ? Un simple passager dans l'éternel retour du Salut. Mais oui, du Salut. » Salut avec un grand S. La phrase terminale, c'est « Paris, le 30 septembre 118 ». Il convient de se demander si c'est une fantaisie, une provocation bizarre, ou s'il s'agit d'une affaire que je considère comme très importante, c'est-à-dire d'un changement de calendrier. J'ai fait l'expérience, après avoir inscrit cette date du 30 septembre 118, d'interroger sur sa signification des gens cultivés, des philosophes, des écrivains, des gens qui sont au courant de la vie et de la pensée de Nietzsche, puisqu'il va s'agir de lui, de lui qui ne meurt pas et habite parmi nous, en nous regardant vivre, eh bien, à ma grande surprise, personne n'a été capable de me répondre sur cette question cruciale. Ne fallait-il pas se livrer à un simple calcul : 118 ans en arrière à partir de 2005, que trouve-t-on ? L'année 1888. D'autre part, il me semblait aller de soi que des gens aussi cultivés sachent que Nietzsche, dans sa loi contre le christianisme, avait daté le 30 septembre 1888 du premier jour de l'an 1 du Salut (avec un grand S), à savoir que si c'est l'an 1 en 1888, on arrive naturellement, au changement d'année 2005, déjà 2006, en 118. Vous êtes comme moi, comme tout le monde, vous datez votre existence humaine et sociale, et vous signez vos chèques de l'année 2005, et 2006 lorsque ce livre sera publié. C'est donc que vous adoptez, comme la planète entière, le calendrier économico-politique de l'ère chrétienne, dont je vois mal pourquoi elle se terminerait brusquement, en dépit des prophéties apocalyptiques. Nous pourrons continuer ainsi, tranquillement : 2006, 2007,

2012, 2036, l'année du centenaire de ma naissance, etc. L'ennuyeux, c'est que le fait de ne pas réfléchir à cette question du calendrier conduit en général à des fariboles. Pas un coin de la planète ne se dispensant de dater à partir du calendrier chrétien, la question du christianisme se pose avec insistance. Sans doute faut-il prendre en considération que le temps a changé de nature. D'habitude, la revendication de calendrier est une revendication d'antériorité par rapport au calendrier chrétien. Les Juifs ont leur calendrier, la franc-maçonnerie aussi (pour elle nous sommes en 6006, si je ne me trompe), l'Islam a son calendrier, avec l'Hégire. Il y a eu une seule innovation, radicale, avec la Révolution française, quand un calendrier s'est présenté comme l'an I, l'an II, l'an III, IV. Ce calendrier révolutionnaire avait tous les aspects d'une régression générale. Il s'agissait de se débarrasser du christianisme, donc des saints, et on en revenait à un calendrier paysan. Les mois étaient des saisons, nous étions en brumaire, en nivôse, en ventôse, en thermidor, en fructidor, etc. Cette plaisanterie héroïque a duré un certain nombre d'années, et puis, naturellement, Napoléon-Bonaparte a rétabli le calendrier grégorien, c'est-à-dire romain apostolique, sans d'ailleurs demander l'avis de personne. Je prétends, moi, que le seul calendrier révolutionnaire est celui instauré par Nietzsche le 30 septembre 1888, et c'est ce qui m'amène à dire que nous sommes bien, aujourd'hui, en 118. Comparé au calendrier chrétien, c'est très peu de temps, ça correspond à l'époque où s'écrivent les premiers Évangiles. Le christianisme, en 118 de son ère, n'est pas encore fortement implanté et ne paraît pas devoir aboutir à un calendrier planétaire que vous êtes bien contraint de respecter puisqu'il y va de votre date de naissance, de celle de votre mort, et de vos transactions monétaires.

Ce calendrier, pour ma part, ne me convient pas, parce qu'il est devenu exclusivement économico-politique, et je dis que l'acte révolutionnaire consiste à poser la question de savoir si quelqu'un ose, oui ou non, se vivre en 118 aujourd'hui.

L'ère du Salut, dit Nietzsche... Mais de quel salut s'agit-il? Sa pensée se présente indubitablement comme relevant de l'ordre de la salvation, et donc d'une rédemption, mais opposée à celle du rédempteur à l'origine du calendrier économico-politique. Ce qui nous laisse entrevoir une question fondamentale, à savoir que si le Christ reste parmi nous, comme il l'a toujours affirmé, il n'a en revanche jamais prétendu fonder une ère. C'était, selon lui, tout de suite, ici, maintenant, le royaume de Dieu. Le contresens, évidemment, consiste à croire que ça va arriver dans la réalité humanoïde et sociale. Nous revenons à la perspective messianique : il y aura une fin des temps. Or le temps, considéré en lui-même, à condition d'adopter la thèse du Crucifié-Ressuscité, ce temps était d'ores et déjà frappé d'une infinité absolue. Ce n'est pas tous les jours qu'un dieu se fait homme, on en parle encore, et en général pour en dire n'importe quoi.

Le geste de Nietzsche, avec l'Antéchrist, est tout différent. Il a l'air de s'opposer au Rédempteur antérieur mais, dans sa fameuse formule «Dionysos contre le Crucifié», il faut désormais entendre autre chose que le fait qu'il y aurait à se débarrasser de l'ancien Rédempteur, fondateur d'une ère. Nietzsche a eu cette sensation violente que tout cela était en train de devenir faux. Il est le seul à penser cette mutation. Par la suite, il y aura des symptômes, gigantesques, ne serait-ce qu'en la personne de ceux qui en appelleront à une passion christique ou métachristique, en envisageant la fin de l'ère chrétienne. Je pense à Artaud, bien entendu. Passion qui n'est pas sans un certain rapport à la folie, dont on peut dire que Nietzsche a pensé existentiellement l'abîme. Tout le monde se débarrasse de Nietzsche, à cause précisément de son effondrement dans la folie, folie palpable, quantifiable, que j'analyse d'ailleurs avec précision dans ce livre. Ce serait l'œuvre d'un fou, alors que rien n'est plus lumineux, précis, raisonnable. Vous voyez les deux repérages que l'on peut faire au sujet du temps, le premier, économico-politique, est indubitablement fondé sur la mort. Y a-t-il eu un mort qui est ressuscité ? Dieu s'est-il incarné dans un homme qui a été crucifié ?... « Mort, où est ta victoire ? » comme dit saint Paul. Le second, c'est la folie. Quelque chose de très libre et très clair peut-il être pensé qui ne soit pas d'un fou ? La question, virulente, qui se pose est donc la suivante : que se passe-t-il si nous ne sommes plus menacés ni par la mort ni par la folie ? Si nous nous trouvons *par-delà la mort et la folie* ? Vertige. Personne ne va prendre cela au sérieux. Nous sommes, paraît-il, sous la coupe du maître absolu qu'est la mort et nous sommes sans cesse menacés de verser dans la folie. Ne me dites pas que vous n'avez pas peur, que vous n'allez pas vous garer de la circulation avec votre calendrier économico-politique. Pour Nietzsche, le Salut, c'est la guérison. Il y a une maladie, la terre a une maladie. C'est l'humanité. Est-ce qu'on peut en guérir ? L'ancien Rédempteur est venu guérir, lui aussi, mais rien ne nous prouve que sa prédication, son martyre, à voir les effets considérables que cela a produits, notamment en termes d'esthétique, ait guéri cette maladie fondamentale. De toute façon, c'était fait pour les malades. Le christianisme ne se justifie qu'en termes de secours apporté aux malades. C'est bien ce que Nietzsche récuse hautement en disant, expert en maladies dans sa vie, qu'il faut guérir très au-delà de la maladie humaine. Il s'agit de s'en tirer, c'est ça la guérison dans ce nouveau Salut, et, comme l'a dit quelqu'un : là où croît le danger, croît en même temps ce qui sauve. Plus dangereux qu'aujourd'hui sur le plan de la pensée qui ne peut pas penser, vous ne trouverez pas pire, et ça va s'aggraver. Nous sommes encore en position de pouvoir parler comme si nous n'étions pas dans la dévastation qui nous interdit même de penser. Qu'est-ce que c'est que ce Salut qui croîtrait en même temps que la dévastation ? De cela, on a ou on n'a pas une sensation forte. Il se trouve que je l'ai, et que Nietzsche, de ce point de vue, m'apporte des confirmations à chaque instant de ce qui peut être pensé dans cette dimension impossible, par-delà bien et mal, par-delà mort et folie.

Là se produit une insurrection. J'ai parlé de révolution, je parle maintenant d'insurrection, au sens où nous sommes dans la question du temps, et, au lieu de dire tout le temps que le temps passe, il nous faudrait pouvoir dire qu'il *surgit*. Nietzsche pense que nous sommes empêchés de penser par l'esprit de vengeance. Que toute l'histoire humaine, et il en donne une cascade d'exemples, est fondée sur «le ressentiment de la volonté contre le temps et son "il était"». Heidegger a commenté cela de façon saisissante, mais en restant si j'ose dire dans la pensée qui dépend de la métaphysique. Ce qui m'a paru à moi intéressant, puisque personne ne l'avait fait, c'est de rentrer dans l'existence même de Nietzsche, autrement dit dans la mienne, en tant qu'elle pourrait correspondre à cette expérience-là. Et c'est alors que je me suis mis en condition de regarder si, par exemple, l'hypothèse de l'éternel retour me conviendrait ou pas, en faisant d'ailleurs le constat facile à faire que ça ne convient à personne. Parce que, si nous sommes dans l'éternel retour de l'identique, cette conversation que nous sommes en train d'enregistrer se reproduira éternellement, et nous serons là, de nouveau, cher ami, en position moi de parler et vous de m'écouter en riant de temps en temps de ce que je peux dire. Je tiens à insister sur le début du livre. Vous vous rappelez peut-être qu'il s'agit d'une situation de vent violent, de déréliction, comme souvent dans ce que je fais, parce qu'on va de quelque chose d'invivable vers quelque chose qui se dégage peu à peu, et où le narrateur raconte ses rêves, saisissants, à savoir qu'il se retrouve avec son crâne ouvert. Il a perdu sa calotte crânienne. Et cette histoire de crâne court à travers tout le livre. On pense à Hamlet, bien sûr, au fameux dialogue dans le cimetière ; ou au tableau fantastique de crânes empilés de Cézanne, ou bien au crâne sculpté de Picasso. Autrement dit, c'est bien sur fond de mort, de néant, que peut s'élever l'hypothèse d'un Salut possible. Les gens qui ricanent au mot de Salut sont des lâches de la question de la néantisation. Ils vont donc à l'abattoir avec des ruses plus ou moins misérables et le sentiment de se divertir — en faisant des images, par exemple...

Nietzsche vous dit : Dieu vient de faire une mutation considérable, il est devenu philosophe. Les philosophes tressaillent : y aurait-il un dieu parmi nous ? Chacun se croit le philosophe essentiel de son époque, le philosophe-phare. Un seul a dit : seul un dieu pourrait nous sauver, mais n'a pas osé dire, c'est de moi qu'il s'agit, c'est Heidegger. On a donc le siècle de Sartre, le siècle de Derrida, le siècle de Foucault, de Deleuze, de Lacan..., et puis de ceux qu'on fait venir de l'étranger, Sloterdjik, Zizek... Il y aura toujours des philosophes, c'est le clergé. Il vaque à ses affaires, le clergé, et celui qui se déclarerait Dieu parmi lui connaîtrait un sort psychiatrique. Le clergé, il est là seulement pour discuter de qui pourrait être pape du pensable. Quant à Nietzsche, il n'a pas été lu. Heidegger, lui-même, quand il se demande qui est le Zarathoustra de Nietzsche, dit que cette pensée abyssale de l'Éternel retour reste une énigme. Je vais chercher, moi, l'énigme dans la vie quotidienne la plus concrète, la plus immédiate. Le clergé philosophique me paraît extrêmement tocard dans la pratique de la vie quotidienne. Ça pourrait s'arranger, me dites-vous tout de suite, avec des écrivains qui prendraient la relève. L'embêtant, c'est qu'ils pensent peu ou mal. Leur aptitude philosophique laisse beaucoup à désirer. Je renvoie à la dernière vedette, Houellebecq, bien sûr, qui n'a pas manqué, et je lui réponds dans ce livre sans citer son nom, mais tout le monde le reconnaîtra, de dire que Nietzsche était un pâle disciple de Schopenhauer, ce qui est un comble quand on étudie la question d'un peu près. N'empêche que le fait de dire ça est déjà un appel à être enseigné. Comme ce n'est pas mon travail d'enseigner quoi que ce soit, et surtout pas à Houellebecq, ce qui d'ailleurs ne servirait à rien, car rien dans sa vie ne lui prouverait qu'il a tort, il faut tout simplement considérer que, dans les matchs philosophiques qui ont lieu depuis déjà deux ou trois siècles, eh bien, Schopenhauer l'a emporté largement sur Nietzsche.

Alors, Dionysos philosophe... Qu'est-ce que ce serait qu'un dieu, un dieu indubitable, dans la vie la plus quotidienne ? Pour répondre, c'est l'auteur de *Femmes* qui vous le redit, il faut suivre l'histoire des personnages féminins. Sur ce plan, la vie des philosophes m'a toujours paru extrêmement comique. Celle des écrivains aussi, mais passons. La question qui se pose désormais est celle-ci : quelles femmes pour protéger ou abriter la possibilité de penser ? Bien entendu, je vais jusqu'à dire que Nietzsche, on le voit dans ses lettres à son ami Gast, à la fin de sa vie, commence à se demander si le fait de savoir s'y prendre avec les «petites femmes», voire avec des soubrettes parisiennes, ce n'est pas là que ça se joue. Une façon, en somme, de faire entrer le boudoir dans la philosophie (rayez le mot boudoir, mettez bordel si vous voulez). Il faut se demander à quoi ça correspond, en termes physiques concrets, de la part, ô scandale, d'un homme ! De la pensée d'un dieu qui peut apparaître comme un homme. Cela ne va pas de soi, car la surveillance planétaire jouera désormais de plus en plus sur l'élément féminin, que je torée, comme vous savez, avec maîtrise, et c'est là la raison de ma très mauvaise réputation, ne cherchez pas plus loin.

Voilà donc notre Monsieur N., car Nietzsche s'appelle désormais Monsieur N., M.N., qui voyage, prend Paris comme centre d'opérations, pour mener sa vie divine. Il va s'abriter derrière une petite vendeuse de mode, charmante, qui s'appelle Ludi, Ludivine, Loudi, on joue là par homophonie avec la seule aventure, du moins spécifiée, de Nietzsche, qui est un peu ridicule et qui est sa demande en mariage précipitée de Lou, Lou Andreas-Salomé, qui évidemment s'est récusée pour aller aussitôt offrir ses confidences sur le vagin et l'anus à Freud, en faisant un détour par Rilke. «Ai-je embrassé Nietzsche ? » se demande-t-elle. Tout ça fait partie du vaudeville auquel on était arrivé à la fin du XIXᵉ siècle, et rien ne prouve que nous n'en soyons pas revenus là après le détour soi-disant libéralisant, voire même d'acrobaties pornographiques. Celle-là, Ludi, va avoir une vie sociale assez étrange puisque, de petite vendeuse délicieuse, elle va connaître une ascension sociale fulgurante; elle devient un personnage très important dans son groupe international de mode, et, qui sait, peut-être grâce à son philosophe qui lui donne les vitamines nécessaires pour fleurir dans l'hyper-mode. Et son Monsieur N., Nietzsche, ou moi (à ce moment-là, il n'importe plus de savoir qui est qui selon les photographies ou les pages *people* qui ne sont pas autre chose que des instances de police), elle l'aime, elle aime son philosophe. Et là j'affirme que, si un philosophe est vraiment un philosophe, pas cette espèce d'employé du bavardage de la pseudo-pensée ou des «connaissances avariées», comme dit Debord de l'université, il a automatiquement la faveur, la fortune, des femmes, et j'irai jusqu'à dire de n'importe quelle femme, sauf cas de surdité sexuelle et mentale, hélas fréquent. C'est aux femmes, voyez-vous, qu'il faut demander ce qui se passe réellement avec le temps. Il y a une deuxième femme, brune, la première est blonde, ce qui fait la paire, qui s'appelle Nelly. Elle est philo-sophe, justement. Intéressant, parce qu'elle est totale-ment dégoûtée de la façon d'enseigner la philosophie à l'université. Elle pense que les philosophes sont des puceaux fondamentaux qui n'ont pas vraiment la maî-trise de l'acte de penser. Et elle aussi, elle aime bien ce Monsieur N., ou moi, comme vous voulez, qui est en disponibilité, et qui écrit des choses bizarres. Avec son philosophe, donc, Nelly se prête à ce qu'il appelle des séances de temps. Ce sont des séances érotiques très programmées. Nelly, comme ce nom va bien pour lire et aller au lit, fait monter la pression érotique dans un jeu avec son philosophe, en lisant de grands textes du passé, soit moralisants, soit mystiques. Je pratique là un certain nombre de prélèvements de textes que je sais faire, qui ne sont pas des citations, faut-il encore s'ex-pliquer là-dessus, passons, merde! Vous avez là des textes mis en situation érotique, et c'est le contraire même de ce qui pourrait être érotico-pornographique, selon la marchandise vulgaire de notre temps. Ce sont, au contraire, des textes d'une grande concentration mystique (Madame Guyon, par exemple, transformée en langage sexuel), et cela sur une longueur d'onde considérable, entre le XIIᵉ siècle et jusqu'à maintenant, en passant par Jean-Jacques Rousseau, Kant, ou mieux, en remontant le temps, jusqu'à Platon et son *Banquet*, c'est-à-dire en repassant par toute l'histoire de la métaphysique et de la philosophie. L'important, voyez-vous, est de souligner à quel point on nous a caché l'expérience concrète de Nietzsche. Il y a eu une volonté de refoulement très considérable de la part du clergé philosophique.

Ce qui me paraît également devoir être rappelé avec fermeté, c'est l'affirmation de Nietzsche selon laquelle il va falloir inventer une nouvelle noblesse, non une noblesse généalogique définie par des privilèges d'héritage, de sang, de titres, non, ce qu'il se demande, c'est ce que pourrait être une nouvelle noblesse qui serait liée à l'être de la pensée. Il insiste beaucoup sur le fait que pourrait venir une époque où le tyran se servirait de la plèbe pour régner. Il ajoute qu'il y a maintenant une plèbe en haut comme il y a une plèbe en bas. Songez, cher ami, au siècle qui vient de s'écouler, où de grandes messes ont été dites sur le thème des classes sociales, de la bourgeoisie, de la petite-bourgeoisie, sans parler de la classe héroïque qui devait supprimer les classes, le prolétariat, avec son *Lumpen*, il y a de quoi rester rêveur... Si, au fond, tout cela avait servi à cacher le devenir-plèbe de l'humanité, dirigeants comme dirigés, tyrans comme esclaves, plèbe en haut, plèbe en bas, Bush en haut, et en bas n'importe quel émeutier de la banlieue irakienne ou française ? C'est la question de la pensée qui surgit là. Comme c'est curieux, dès que vous commencez à penser, vous vient je ne sais quelle noblesse. Or, en général, c'est la vulgarité qui est patente. L'être plébéien règne, c'est-à-dire l'être de la vengeance maximale. Plèbe homme et plèbe femme. Faut pas croire non plus qu'il y aurait une rédemption possible par le devenir femme de l'humanité. Désormais, il faut être radical : la plèbe est l'avenir de la plèbe, et par là toute pensée se trouve menacée, comme l'ensemble de l'archive humaine. On a été servi ces derniers temps, c'est pour ça que le coup de l'athéisme laisse un peu le bec dans la bouillie. C'est qu'il a été appliqué, l'athéisme, des régimes politiques l'ont mis en pratique, on en a vu les effets. Fous de Dieu ou athéisme totalitaire, au bout ce sont des massacres qui ont de quoi nous laisser méditatifs, comme Monsieur N. qui voit ainsi avancer la dévastation du xxᵉ siècle et des suivants. Nietzsche est mort physiologiquement en 1900, supposons qu'il ressuscite, comme le Crucifié, le voilà tout à coup qui s'ébroue, récupère un corps, et continue sa vie. Comme il est dans l'éternel retour, il n'y a pas de raison que ça cesse. Comme dit Balthasar Gracían : « La vie n'aurait jamais dû commencer, mais puisqu'elle a commencé, elle ne devrait jamais finir. » À quoi assiste Monsieur N. ? À la guerre de 14-18, d'où tout vient, puis à celle de 40-45, à Staline, à Hitler, et puis au n'importe quoi généralisé, à l'imbécillité galopante... Alors, il se dit qu'il faudrait peut-être faire attention à cette histoire de christianisme. Veiller à ce que son Antéchrist ne soit pas interprété à faux. Il est salvateur, son Antéchrist, c'est un admirable sauveur, il nous permet de penser aussi loin que nous poussent nos désirs, nos inclinations et, en plus, avec cette prime que les femmes

reconnaissent en vous un dieu philosophe. Et à la différence de l'ancien sauveur, il écrit. L'autre n'a rien
écrit, sauf une fois sur le sable, à propos d'une femme
adultère. Lui, ce dieu philosophe, il écrit, il écrit, il
n'arrête pas d'écrire On les a tous, ces écrits, mais y
a-t-il encore quelqu'un pour les lire ? Les lire, c'est-à-
dire voir et montrer quelle vie il fallait mener pour
écrire ça ? Eh bien, je l'ai fait.

Réponses à des questions de Jacques Henric.

La Fête à Venise

JEAN-JACQUES BROCHIER, JOSYANE SAVI-GNEAU : *Vous publiez aujourd'hui un nouveau roman,* La Fête à Venise[1]. *Ce livre dans lequel votre critique de la société est extrêmement radicale et méthodique est-il la chronique d'un nouveau Moyen Âge (le héros a pour pseudonyme Froissart)? Et êtes-vous là le «romancier intégral», comme vous le dites à propos de Watteau, autre héros de* La Fête à Venise?

PHILIPPE SOLLERS : Je crois que nous vivons, non pas une décadence ou un effondrement général comme beaucoup de gens le pensent, mais le début de la construction d'une nouvelle grande Tyrannie qui a, me semble-t-il, un programme spontané, lié à ce qu'est devenue la marchandise sur la planète. Ce programme, j'essaie dans ce roman de l'attraper par un bout très particulier, mais qui me paraît valoir comme méta-phore de l'ensemble de la société : qu'est-ce que ce trafic d'art tel que nous le connaissons, très superficiel-lement, depuis disons une dizaine d'années? Je dis métaphore de l'ensemble de la société, car cela vaut

1. Folio n° 2463.

pour la littérature, l'édition, la façon dont les gens ne sauront plus lire, dont ils auront un vocabulaire de plus en plus restreint, dont ils ne sauront même plus comment s'écrivent les mots, etc.

On pourrait dire que finalement Orwell a été trop simple. Il faut voir la chose dans sa nouvelle complexité. Il n'y a pas quelque chose qui se montre, mais, d'une façon beaucoup plus insidieuse, la construction sourde de cette tyrannie. Pourquoi ? Parce que les gens sont expropriés de leurs propres sensations, de leurs propres réflexions. S'ils ne savent plus lire, s'ils ne savent plus regarder, s'ils ne savent plus sentir, ou s'ils ne savent plus s'observer en train de sentir, leur force de résistance, de révolte ou de contestation s'amoindrit. Bien entendu, le tyran — que je n'identifie pas, je pense que c'est un processus autorégulé, bancaire, les marionnettes du Spectacle sont là pour l'incarner de façon très fugitive —, le tyran a tout avantage à ce que ces esclaves — terrorisés, en perte d'identité, ne sachant plus qui ils sont (s'ils sont des images d'images, s'ils ont vraiment un corps, notamment et quel corps ? corps d'ailleurs reproduit de plus en plus artificiellement, ça fait partie aussi du programme) — soient de plus en plus volontairement esclaves. *Adhèrent* à cette privation, à cette frustration générale.

De cela, il me semble qu'il y a des symptômes énormes partout. Mais je prends la peinture, et ce qui est en train d'arriver à la peinture, sa confiscation, sa transformation en spéculation boursière (je parle des originaux ; du fait qu'on pourrait très bien, comme je le dis dans ce roman, étant donné les modes de reproduction perfectionnés allemands ou japonais, transformer un musée : mettre des reproductions et rafler les originaux, je pense que c'est tout à fait possible). Il y a là la volonté de s'approprier un certain trésor de savoir-faire et de sensations humaines, qui désormais appartiendra aux Maîtres. On vient justement de sortir des révélations sur le pillage des œuvres d'art en France par les nazis. M. Goering — j'en parle d'ailleurs dans mon livre —, M. Goering s'est servi. C'est ce que j'appelle, dans mon roman, le pillage du Sud par le Nord.

Les nazis n'étaient pas les premiers. François Ier ou Napoléon...

Il ne s'agit plus seulement de piller, mais de remplacer les originaux par des copies, et surtout — ce qui est nouveau, phénomène «ultradémocratique» — de convaincre les gens qu'ils doivent somnambuliquement défiler devant. Il ne s'agit pas simplement de s'approprier des œuvres d'art, ce qui serait en effet un pillage comme toutes les civilisations en ont fait. Il s'agit quasiment de les faire disparaître dans la mesure où elles accuseraient le Tyran, du seul fait de leur existence.

Vous avez parlé de Spectacle. Alors, la figure de Debord, qui traverse le livre, est-elle pour signaler que l'on est dans le roman que devait produire la Société du Spectacle?

Il me semble que ce roman correspond, profondément, aux thèses du livre de Debord *Commentaires sur la Société du Spectacle*, paru en 1988.

La singularité de l'époque, vous essayez de la définir en disant que notre époque «ne ressemble à aucune autre dans la mesure où elle a mis hors la loi la conscience verbale développée. À sa place la peinture

*est chargée de briller comme une transaction immobi-
lière permanente ».*

Je crois que les gens n'ont plus à leur disposition
que très peu de phrases, très peu de mots ; qu'ils vivent
de plus en plus dans des stéréotypes verbaux, ce qui
veut dire des stéréotypes mentaux. Là où il pourrait y
avoir dix mots, il n'y en a plus qu'un, sous forme
d'ordre (« *Fuck !* »). De plus en plus, c'est l'image
publicitaire... les mots se réduisent. Chaque fois qu'un
mot se perd, il est évident qu'il y a cent sensations qui
se perdent aussi.

Surtout, les mots n'ont plus de sens.

Je vous parle de la peinture, mais la peinture est
remplacée par l'image télévisée, aplatie : la couleur par
la colorisation, le geste intérieur par le slogan. Ou
alors, les livres sont écrits à l'avance, sans style. D'ailleurs, on n'est pas obligé de les écrire soi-même,
comme chacun sait. On comptera bientôt les écrivains
qui écrivent eux-mêmes.

*J'ai l'impression que tout votre roman, finalement,
est une dénonciation de l'image.*

Ah, non. C'est une apologie de la peinture.

*Oui, une apologie de la peinture, et une dénoncia-
tion de l'image.*

De l'image, si elle signifie laideur, aplatissement.
Pas de relief, pas de geste, pas de sensation intime, pas
de vie complexe. La question est la suivante : pourquoi
les peintres-là ont-ils peint *ça* à tel ou tel moment ?

Que ressentaient-ils ? Pour eux, ça n'avait de valeur marchande que secondairement. Watteau donnait un tableau pour payer son perruquier. Van Gogh, je pense, ne songeait pas à la spéculation; Cézanne non plus, et pour cause (en plus, il avait un peu d'argent). La spéculation est un phénomène récent qui date de la fin du XIXe siècle, qui reste un peu latent pendant le XXe, et qui prend soudain une valeur d'emballement après la Deuxième Guerre mondiale, et surtout dans les dix dernières années. Ce roman n'est pas une dénonciation de l'image, c'est une dénonciation de la spéculation sur l'image aplatie, donc sur la réduction du corps. C'est une immense apologie de l'original et de la singularité, de son *temps* propre, intérieur, de son *usage*.

L'histoire de la peinture enregistre ce drame; comme l'histoire de la littérature l'enregistre aussi. Quelqu'un qui en est particulièrement conscient, dont je parle dans ce roman et qui est d'une grande lucidité, c'est Warhol. Warhol a *joué* avec cette affaire : désormais le business est plus important que l'art. Voir le fameux tableau des \$ avec lequel il a dit : au lieu d'accrocher un tableau, vous n'avez qu'à accrocher les billets de banque qu'il représente.

Et puis, il y a le fait que tout soit reproductible. C'est un livre contre la reproduction sous toutes ses formes... la reproduction artificielle, la confiscation des originaux. C'est un thème qui pourrait nous pousser très loin. Je pense que là il faut évoquer tout de suite quelqu'un : Artaud. Pourquoi ? À cause du «cas» Van Gogh, qui est devenu une industrie, une industrie de reproductivité, avec tout ce que cela comporte. Artaud a écrit un livre qui s'appelle *Van Gogh le suicidé de la société*. Autrement dit, nous sommes dans une société qui nous demande d'être suicidés par elle. C'est un texte splendide, qui reste tout à fait d'actualité. Or, il a paru en 1947. Aujourd'hui, il n'y a pratiquement personne pour le lire. On pourrait faire un sondage : «Qu'avez-vous lu dans ce livre qui concerne réellement Van Gogh vu de l'intérieur par Artaud?» On aurait des réponses très misérables. Donc, Van Gogh est devenu une industrie. Le sens qu'il y a à avoir peint *ce* tableau-là, à *tel* moment, avec *son* histoire, et l'histoire du drame personnel que cela suppose ou du paysage tel qu'il était, est quelque chose de violemment censuré, ou transformé en mauvaise légende.

On cache l'expérience physique qui est derrière les tableaux pour faire d'eux une monnaie qui devient une Bourse parallèle sur laquelle il y a une spéculation. Le sens est retiré ; la mémoire de l'œuvre est retirée ; l'artiste est suicidé ; la sensibilité que cela comporte, à l'instant même où cela a été fait, n'est plus interrogeable. Je parle des impressionnistes. Que voulaient les impressionnistes ? Ils ont senti venir le grand enfermement. Ils ont décidé simplement de sortir vivre, au moment même où ils peignaient. *La Fête à Venise* est un roman «impressionniste», si l'on veut. Il est écrit *dehors*.

La spéculation veut annuler le geste créateur.

Pas «veut», l'annule.

Pas totalement. Sinon le roman n'existerait pas. Au moment où vous écrivez cela, en même temps, vous commencez à expliquer comment, malgré tout cela, l'art redevient dangereux. D'ailleurs, vous dites : « Un corps voluptueux hante désormais le monde et l'argent du monde. La chair de paysage éclatante de la peinture perdue obsède les spectres des morts vivants. »

Mais ce roman *ne* devrait *pas* exister... Il est écrit *quand même*. La fable du roman, c'est qu'au fond la société tout entière est irradiée désormais de corruption ou d'amnésie ; il n'y a donc aucun salut collectif et social à attendre. Je crois que c'est très martelé. Restent le geste individuel et, éventuellement, une vie illégale, clandestine. Cela m'a amusé de faire de quelqu'un qui est dans l'illégalité le seul qui a le temps, et le goût, de regarder des tableaux. C'est quelqu'un de coupable du point de vue de la société qui, elle, se prétend innocente.

Vous faites comme si ce livre n'était qu'une immense machine à constater, ce qui ne me paraît pas être le cas. Vous disiez tout à l'heure « ce livre est un roman impressionniste ». Roman impressionniste, qui dessine la figure de l'artiste comme le résistant absolu, non ?

Sans doute. C'est l'apologie d'un geste qui est en train d'être interdit. Alors, en effet, le héros du livre est, en un sens, Watteau. La toile que le narrateur est chargé de transborder, *La Fête à Venise*, est parfaitement vraisemblable dans la mesure où il y a une toile célèbre de Watteau qui s'appelle *Fêtes vénitiennes*, qui est à Édimbourg, et dont celle-ci pourrait être le pendant. On a vu des tableaux de Watteau réapparaître curieusement ; par exemple *La Surprise*, qui avait disparu depuis le début du XIXe siècle, est réapparu chez un brocanteur de Saintes, en Charente. Tout est vraisemblable, très vraisemblable.

C'est donc un récit sur Watteau. Le narrateur a le temps de regarder cette toile, il la connaît bien, il s'intéresse à l'œuvre de Watteau. Il est ainsi amené à se poser des questions pour savoir comment Watteau a été interprété, depuis sa mort, en 1721. Il va avoir la surprise de constater que l'interprétation de Watteau est presque toujours négative. Comme si ses peintures choquaient un très profond préjugé. Watteau devient le peintre de la mélancolie, de la tristesse, ou, en tout cas, d'un sentiment apocalyptique... Parfois je recopie purement et simplement les propos des spécialistes du XVIIIe siècle. La question que je me pose à travers ce narrateur est : pourquoi Watteau subit-il ce renversement du sens de ses peintures ? Pourquoi leur prête-t-on des connotations toujours négatives ? C'est ce que j'appelle le syndrome du « moineau tuberculeux dans les arbres » ou de « l'escargot qui a un cancer derrière le buisson ». En réalité cet art est merveilleux, c'est la légèreté même. Même le poème de Baudelaire, *Les Phares*, est faux de ce point de vue.

Quelque chose a été perdu. *La Fête à Venise* est un livre d'histoire ; c'est un roman sur l'histoire : comment en est-on arrivé là, à la privation complète du sens des peintures ? D'abord, le renversement du sens, puis la privation de sens. Ensuite, la transformation en objets de spéculation.

Ce n'est pas un roman sur l'histoire, c'est un roman sur le triangle art-science-histoire, non ?

Aussi, oui. Quelles sont les forces, quels sont les caractères nerveux qui peuvent se prémunir contre le Spectacle... Que signifie « ne pas être dans le Spectacle », en somme, être extérieur à un Spectacle qui occupe tout, qui irradie tout, absolument, pratiquement sans exception ?

Mais, quand même, votre héros est un voleur, si j'ose dire, il fait partie du réseau.

Oui, mais on peut faire de la résistance en étant un voleur de voleurs... Il y a un héros de la Résistance dont je parle, qui est Cavaillès, fusillé en 1944 par les Allemands. Je l'ai mis dans ce roman parce que je me suis rendu compte que personne ne savait plus qui il était. C'est un personnage qui m'a beaucoup intéressé. Il existe une biographie de lui, par sa sœur...

Justement, la biographie s'appelait Un philosophe combattant *et elle est devenue* Un philosophe dans la guerre...

Oui, c'est extraordinaire. On a réédité ce livre à trente ans d'intervalle : 1951, je crois ou 1952, la première édition aux PUF : *Un philosophe combattant*. La seconde édition 1981-1982, au Seuil : *Un philosophe dans la guerre*. Voyez comme on «progresse», et bientôt... on ne le réimprimera pas. Cavaillès était un logicien des mathématiques, traducteur de la correspondance Cantor-Dedekind, très importante pour l'histoire des mathématiques.

Voilà un personnage qu'il me plaît d'introduire, d'abord parce qu'il est seul, puisque personne ou presque ne se souvient de lui... sauf par un petit bouquet que des mains, probablement de la mairie, déposent devant l'endroit où il s'est fait arrêter, au 34 avenue de l'Observatoire. (Je dis cela à cause des commémorations... De Gaulle... consensus... tout le monde a été résistant... ou collabo... nous sommes en pleine falsification de consensus.) Si Cavaillès avait été communiste, ce ne serait pas difficile à comprendre mais, voilà, il n'était pas communiste.

Justement. Moi, je l'introduis parce qu'il s'intéressait à Spinoza, par exemple, dont une phrase est l'exergue du roman. Il s'intéressait à Mozart. On a de très belles lettres de lui sur Mozart, Spinoza, ou sur sa façon de vivre. Il s'intéressait aux femmes, beaucoup.

Mais vous l'introduisez aussi parce qu'il est une métaphore de la Résistance.

Oui. Quelqu'un peut prendre cette décision à un moment donné tout en faisant des études extrêmement abstraites, en s'intéressant à des problèmes philosophiques très compliqués : la logique mathématique ou la problématique de l'infini en mathématique. La décision de prendre parti dans l'histoire peut venir d'un certain constat purement abstrait, purement philosophique. Sans passion politique. Après tout, on peut mourir, ce n'est pas grave, parce que l'on est sûr que, de toute façon, Spinoza est Spinoza, Mozart est Mozart, et la logique mathématique est la logique mathématique. On éprouve une gêne considérable, due à des gens qui sont là et qui vous empêchent de vivre, alors on prend la décision de leur résister. Cavaillès n'était pas du tout obligé, n'est-ce pas, de choisir la Résistance. C'est cela qui m'intéresse.

Il est résistant par morale.

Par éthique. Par conviction philosophique.

Comme signe de «résistance», il y a ce personnage, mais je considère aussi que Monet, Cézanne — leur vie le prouve — ont été ce qu'on peut appeler de très grands «résistants». En mettant des guillemets, parce qu'il ne faut pas jouer trop avec cette affaire. On pourrait employer le beau mot de *réfractaires*. Ils ont été «autrement», ils ont voulu faire autrement, ou vivre autrement. Par exemple, la correspondance de la femme de Monet lorsque Monet est à Venise est tout à fait passionnante. On y voit cette vie de fou de travail, six heures ou sept heures par jour... en peignant dix tableaux à la fois. J'évoque, dans le roman, cet incroyable voyage de Monet à Venise.

Venise, c'est évidemment la ville de la peinture. S'il y a une ville qui a inventé la peinture ou qui l'a poussée à son extrême perfection, c'est Venise. Peinture et musique. Cela m'intéresse beaucoup parce que, comme pour Watteau, l'interprétation de Venise est en général négative («la mort à Venise»). Il suffit de lire les propos de Sartre, rapportés dans un article du numéro que viennent de lui consacrer *Les Temps modernes* (Venise évoque pour lui la régression et la castration). La question que je me pose est : pourquoi tout le monde, devant la beauté, ou devant la liberté singulière, ou devant la jouissance, disons les choses comme elles sont, ressent-il une telle angoisse ? Y a-t-il une peur de jouir intrinsèque à l'humanité ? Y a-t-il une perte d'identité, un vertige, qui pourrait être exploité par un tyran potentiel, averti de cette peur ? On jouerait sur des masses de plus en plus larges, puisque ce serait une constante humaine ; et on pourrait en quelque sorte les «pavloviser» avec «ça». En leur montrant tout le temps que «ça» pourrait être bon, qu'ils pourraient jouir... ce qui leur ferait peur. Pour être tranquille, il faudrait éviter le beau et la singularité, ou l'individualité jouissante. C'est une hypothèse très sérieuse, «transfreudienne», mais enfin tout à fait compatible avec l'hypothèse freudienne.

Mon Venise à moi, j'ai du moins cette prétention dans la peinture rapide et sensuelle des choses, c'est un Venise tout à fait caché, tout à fait autre. Très positif, pas du tout touristique, et pas du tout image de dépression. Le contraire du «disque» allemand, quoi.

À propos de Venise, pourquoi y a-t-il une unité de lieu et de temps dans ce livre? Pourquoi l'action se passe-t-elle à Venise, en un été où il fait toujours beau?

Cette unité de lieu, d'action et de temps permet de mieux comprendre que, dans ce roman, coexistent deux mondes. L'un qui est en somme entièrement dédié à une vie agréable, amoureuse, contemplative : une vie de connaissance. L'autre, à l'extérieur, qui est le trafic généralisé, la mafia.

Il y a des choses entre les deux. C'est un livre de combat, mais vous ne voulez pas dire que vous avez fait un livre de conviction. Et que la conviction est clairement exprimée : l'artiste est le critère absolu.

Cela m'ennuie de le dire de cette manière, parce que, une fois dit de cette manière, cela devient de la prédication politique, dont je me garde, je pense, par une ironie constante sur le sens des propositions. *Oui*, c'est un livre de conviction; *non*, ce n'est pas une conviction qui peut se dire autrement. Prenons la peinture, *Impression, soleil levant* de Monet ou *L'Embarquement pour Cythère*. Ce sont des tableaux de conviction, de très grande conviction. Cézanne : *La Montagne Sainte-Victoire*, c'est d'une très grande conviction. À partir du moment où l'on va interpréter cette conviction, la dire autrement, là le problème commence. Parce que d'abord on s'aperçoit que l'interprétation devient négative («la vie tragique de l'artiste, etc.»)... Si vous préférez, la conviction dite autrement — c'est la difficulté du livre, je ne peux pas y échapper — c'est un détournement de conviction qui se renverse en son contraire. Ma conviction n'est donc pas une conviction qui peut se dire autrement que par cette écriture-là, c'est-à-dire qui se nie aussi elle-même dans une sorte d'ironie, toujours affirmative. C'est évidemment le contraire du grand courant nihiliste «becketto-bernhardien». Aux antipodes. Et pas par hasard. C'est un livre sur le nihilisme, au fond. Lequel date, comme chacun sait, d'après la Révolution dite française (c'est-à-dire la Terreur), et qui grossit petit à petit jusqu'à occuper tout.

Pas « au fond », aussi. Ce n'est pas un livre sur le nihilisme au fond ; c'est un livre sur le nihilisme aussi.

C'est quand même fondamental, cette histoire de nihilisme. Regardez Cézanne. Le témoignage de Joachim Gasquet sur Cézanne est à mon avis capital. Il est toujours pris à la légère ou nié par les commentateurs. Pourquoi ? Parce que, au fond, tous ces artistes pourraient passer pour des réactionnaires, et qu'il *faut* être progressiste. Watteau est-il progressiste ? Monet est-il progressiste ? Cézanne est-il progressiste ? Et même Picasso l'est-il ? Au fur et à mesure qu'il avance, Picasso n'a de cesse de montrer à quel point il est différent de toute idéologie : il ne veut pas d'art moderne, il ne veut pas être collectivisé, il veut être comme Greco, Vélasquez... il veut être classique.

Maintenant si je dis que cette conviction, c'est qu'il faut absolument ne pas être progressiste, cela devient faux. Il ne s'agit pas d'être progressiste ou de ne pas l'être. Il s'agit d'affirmer qu'on ne peut être libre que dans un acte physique précis.

C'est-à-dire être directement classique.

Errico Beyle

milanese

visse, scrisse, amò.

Quest'anima

adorava

Cimarosa, Mozart e Shakespeare

morì di anni ...

il . 18..

Oui, je crois que Picasso ne pensait qu'à cela, être directement classique. Comme Proust. Comme Céline. C'est complètement nouveau et c'est complètement classique.

Et la morale de l'histoire, c'est : « Quand on sait faire, on n'a pas besoin de faire savoir. Ça se sait toujours »?

C'est du Cézanne; du Cézanne admirable. Cézanne ne s'intéresse pas du tout au marché de la peinture. Bien sûr, il est content quand Monet se manifeste... Ces gens avaient un grand sentiment d'entraide. Cela me frappe, aussi. Ils ont eu un sentiment très *violent* de leur solidarité. Chose qui est très perdue aujourd'hui.

Au fond, Cézanne dit : il y a savoir-faire et faire-savoir. Problème éminemment actuel. Qui sait encore faire? Nous sommes dans la dictature du faire-savoir. La dictature du faire-savoir, c'est faire savoir à peu près n'importe quoi. Certainement pas faire savoir le savoir-faire. Faire savoir qu'on sait, soi-disant. Il y a même un clergé du faire-savoir. C'est une fonction. Cézanne, lui, dit : quand on sait faire, ça finit toujours par se savoir. Je crois qu'il a raison. Il a raison pour son époque où il était vraiment dans une grande solitude, ce qui ne l'a pas empêché de dire : « Les sensations formant le fond de mon affaire, je crois être impénétrable. » Aujourd'hui, c'est pire encore. Il y a encore des corps qui ont une énergie. Mais, aujourd'hui, est programmée la disparition des corps qui trouveraient en eux-mêmes l'énergie de maintenir du savoir-faire. C'est la première société qui va produire des corps qui lui seront entièrement aliénés.

Ce mot «programmé»... N'est-ce quand même pas une paranoïa, de penser qu'il y a une espèce de complot universel...?

Question légitime. Moi je crois que l'on n'est jamais assez paranoïaque pour entrer dans la tête des Maîtres. Debord a démontré ça admirablement. Il y a des gens attardés qui ont peur de parler de conception policière de l'histoire. Moi je crois, au contraire, que c'est la réalité elle-même qui est devenue paranoïaque. Ça ne l'empêche pas d'être horriblement comique, bien entendu.

Moi je crois que le complot est univoque, et que la réalité est multivoque.

Eh non, c'est le contraire. Le complot est multivoque et la réalité de plus en plus univoque, c'est-à-dire stéréotypée...

Oui, mais elle l'est déjà pour les gens qui parlent de ça au XVIIe siècle, pour les gens qui parlent de ça au XVIe siècle. Giordano Bruno dit la même chose, Voltaire dit la même chose... Stendhal dit la même chose...

C'est pour cela que je les reprends, et Voltaire et Stendhal, tous ; je les reprends tous. Mais on est obligé, à un moment, de les abandonner, parce que l'on ne peut plus, comme eux, viser telle ou telle cible. Ce n'est plus nommable. Cela n'a plus de centre, plus de visage... La tyrannie nouvelle est autorégulée, elle a de moins en moins de contraire, c'est la valeur d'échange devenue folle. Rien de comparable auparavant.

Ce livre-là aussi entre dans le complot.

Mais certainement; c'est un livre très ambigu de ce point de vue-là. Debord dit au début de *Commentaires sur la Société du Spectacle* : ce livre sera promptement lu et bien analysé par soixante personnes, à peu près : trente l'utiliseront pour aller dans un sens, celui de la continuation de l'ordre existant, et les trente autres feront absolument le contraire. C'est une façon très habile de présenter les choses. Cela veut dire que ceux qui font le contraire pourraient aussi faire la même chose. Ceux qui font la même chose pourraient faire le contraire. Si je comprends de quoi il s'agit, je peux aller dans le sens du complot comme je peux absolument m'y opposer. Mais je ne peux sûrement rien faire si *je ne connais pas* le complot. Dans *La Fête à Venise*, c'est présenté de façon assez humoristique. Il me paraît intéressant de s'introduire dans la tête des maîtres supposés et de les faire parler. Par moments il y a des dialogues, que j'espère drôles, où on entre dans la folie des maîtres du monde.

C'est un roman plein d'informations et avec une documentation serrée : pas de plainte humaniste, des faits et l'ironie comme arme.

J'aimerais qu'on s'intéresse aussi à la femme de ce livre, Luz (lumière). Elle a un prénom du Sud. Quel jeu joue-t-elle entre le Nord et le Sud?

C'est l'un des thèmes du livre. Esthétiquement, à mon avis, les vraies forces sont du Sud... Il y a un texte de Kojève que je trouve illuminant, mais qu'il faut continuer, qui s'appelle *L'Empire latin* (1945).

Ce plaidoyer pour le Sud, c'est une radicalisation dans La Fête à Venise *de ce qui était déjà dans* Portrait du Joueur.

Ce thème est présent d'une manière ou d'une autre dans tous les livres que j'écris depuis dix ans. Il faut savoir ce que cela veut dire, le Nord productiviste aujourd'hui, prévu par Kojève dès 1945 (il faut poursuivre Kojève, penseur génial, le seul à avoir compris un peu ce que Hegel signifiait, à travers l'histoire des religions et de l'art). Le Nord, c'est les États-Unis ; l'Allemagne, réunifiée désormais ; la Russie, le Japon. Appartiennent au Sud les civilisations de l'ancien « art de vivre » : italienne, espagnole, française... on pourrait mettre même la Chine au Sud, d'ailleurs ; c'est pour ça qu'elle est en attente, probablement. La Chine est « au sud » par rapport au Japon. Et puis, bien sûr, l'Amérique latine... Alors cela fait des histoires de façons de vivre, des histoires de religions...

Et cette jeune femme, Luz, est à la jonction du Nord et du Sud.

C'est une étudiante américaine ; elle vit en Californie où elle se prépare à être planétologue ; son père est italien ; elle a un prénom espagnol et sa mère est suédoise. Donc, elle est attirée... on ne sait pas d'ailleurs si elle restera, si elle repartira ou si elle reviendra ; elle est en transit (comme le tableau de Watteau).

Elle est petite, elle est blonde, elle a les yeux bleus, elle est italo-suédoise et elle a un prénom espagnol ; elle étudie les « trous noirs » ; tout se mélange. C'est ce qui m'intéresse dans ce personnage. On rencontre souvent ce genre de personne aux États-Unis, là où il y a eu brassage de populations. On a affaire à des tableaux vivants, contradictoires. Comme un montage ; un personnage existe en soi, mais il est aussi un montage de différentes histoires. C'est beaucoup plus visible aux

États-Unis qu'ailleurs. Un jour, cela sera visible partout.

Luz est une scientifique. Est-elle porteuse d'une nouvelle conception du monde ?

Froissart, qui vit à Venise avec Luz, regarde des tableaux. Et il faut essayer d'imaginer ce qu'il y a dans les tableaux, de qui ils sont, comment ils fonctionnent. Luz, en revanche, s'occupe de ce qui ne se voit pas. L'œil humain, on le sait, ne voit qu'une partie de la réalité. Quelqu'un qui verrait, par exemple, les ondes radio, vivrait sans jour ni nuit, vivrait dans une lumière permanente. De plus, les objets du monde observable, que l'on peut voir, sont une petite partie de la matière qui tisse l'univers. C'est pour cela qu'on parle de plus en plus de matière noire : *dark matter*. Les « trous noirs » sont, dans le tissu du cosmos, ces étranges objets qui ne laissent pas échapper la lumière. Comment les observer puisque la lumière n'en sort pas et n'y pénètre pas non plus ?

C'est le comble de la réalité quand même.

Luz, donc, s'intéresse à ces choses qui ne peuvent se comprendre qu'à travers des appareils très sophistiqués. Qui, en réalité, reposent sur du calcul, du chiffre. Quand on envoie une sonde sur Neptune, ce ne sont pas les yeux qui vont voir, mais des appareils très perfectionnés qui chiffrent, et qui retransmettent en images. Mais on ne voit pas. L'œil ne voit pas. Luz est porteuse de cette position. Voilà deux personnages complémentaires et qui s'entendent très bien : un homme, une jeune femme. Je ne suis pas contre le fait qu'un roman ait une visée philosophique. Dans celui-ci, il est bien question d'harmonie, en profondeur.

Luz est-elle alors, dans ce nouveau Moyen Âge, la figure renaissante du savant?

Oui, mais pas sans rencontrer quelqu'un d'autre qui est dans l'illégalité et qui s'occupe de l'originalité de la peinture. C'est le dialogue entre Science et Art qui m'intéresse, à l'opposé donc de la Religion et du Marché (qui deviennent de plus en plus solidaires de la même escroquerie généralisée).

Luz donne une définition de l'écrivain : « Un écrivain (Stendhal, Proust, Artaud, les autres) est une sorte de trou noir dans le cosmos humain. »

Ce qui l'intrigue, étant donné ce dont elle s'occupe, c'est de comprendre ce que peut être cette histoire d'art, cette histoire de littérature ou de peinture, qui ne relève pas de la science. On peut décomposer un tableau, on peut transformer mon livre en phonèmes ou en équations, le mettre dans un ordinateur et l'analyser. Cela ne changera rien au fait que sa signification, son corps même, ou son «esprit», comme on veut, ne sera pas accessible à la science. À jamais, définitivement perdu pour la science. Et pourtant interrogeable par elle.

L'art, l'amour, la science sont des activités qui peuvent résister, aujourd'hui, au bouclage du complot autorégulé, conformiste et «pavlovisant». Ceux qui sont dans une relation érotique forte; ceux qui s'intéressent vraiment, pour des raisons très personnelles, très subjectives à l'art; ou bien ceux qui ont vraiment une éthique de la science; tous ces gens peuvent avoir une vue autre de la situation ; et, en général, cela les rend très clandestins, aujourd'hui.

« Trou noir », c'est aussi par amusement. Il y a la belle définition du trou noir, qui date de 1958, tout à fait scientifique : « on appelle "singularité" la région centrale des trous noirs ». Singularité. Ça amuse Luz de dire que les écrivains, Proust, Artaud, Stendhal... sont des trous noirs. Mais ils ont laissé quand même échapper quelque chose... Sait-on pour autant vraiment les lire ? C'est à voir.

Ça l'amuse, ou c'est absolument le sujet du livre ?

C'est un moment de dialogue... Il n'est jamais question de savoir, d'ailleurs, si Luz lira le livre. Voici quelque chose qui me plaît bien : qu'un écrivain, à la limite, puisse se passer de pouvoir être lu. En tant qu'il vit d'une façon bizarre, inobservable, finalement, oui, c'est une *sorte* de trou noir. Mais je pense que la jouissance sexuelle est une sorte de trou noir, aussi : c'est pourquoi elle échappe à toute surveillance, et pourtant Dieu sait si elle est surveillée !

Luz dit de l'écrivain : « C'est une sorte de trafiquant de l'antimatière, avalant tout, même la lumière, ne laissant rien échapper, ne renvoyant rien. »

Oui, c'est dit d'une façon ironique.

Ironique ou pas, c'est dit. De même qu'elle dit : « Tu veux dire que la science est supportable, mais plus les mots ni les perceptions du langage courant qui traduiraient ce qu'elle sait ? »

La science peut se passer de la subjectivité du savant. Elle ne fait même que ça. C'est étrange.

Ce qui m'a intéressé, c'est le moment où les gens ont découvert les images de Neptune. Neptune est là, souvent, dans le livre. Ils ont été obligés de corriger les données scientifiques au moment même où ils découvraient une nouvelle réalité. C'est ce qu'ils ont appelé l'*instant science*, la science instantanée. Voilà des informations qui démentent ce que nous savions auparavant, nous sommes obligés de corriger un certain nombre d'éléments au moment même. Je dis que, moi, je voudrais faire du roman instantané. Roman instantané comme Monet fait de la peinture instantanée. Or, à mon avis, on a très peu réfléchi sur la façon dont le temps a été vécu par tous ces gens, qui ont, évidemment, une expérience du temps très particulière. On me dit quelquefois que je n'écris pas de « vrais romans » : pour un peintre académique, Monet ne faisait pas non plus de la « vraie peinture » !

Luz veut dire que quelqu'un qui aurait la sensation subjective, permanente, de la science serait dans une sorte de folie ; il n'est pas possible de vivre subjectivement ce que la science sait ou conçoit. Ou alors, très difficile. Donc, cette espèce de permanent évanouissement de la matière qui revient sous forme de choc nouveau n'est pas forcément *vécue*.

Ou elle est vécue sur des sarcophages... « Je n'ai pas été, j'ai été, je ne suis pas, je ne m'en soucie pas. »

Oui, c'est une inscription magnifique. C'est un livre que l'on peut prendre aussi par la métaphysique. L'inscription est épicurienne. « Je n'ai pas été, j'ai été, je ne suis pas, je ne m'en soucie pas. » (*Non fui. Fui. Non sum. Non curo.*) Inouï. Essayez donc d'expliquer cela aux gens, alors que c'est vraiment le canon de la sagesse : *la mort n'est rien pour nous.* Que dit Épicure ? Les gens ont peur. Pourquoi ? Parce qu'ils sont esclaves. Pourquoi le sont-ils ? Parce qu'ils ont peur de la mort. Ils sont obsédés par cela. Ils la désirent sans le savoir, et ils en ont peur. Qui serait quelqu'un qui n'aurait *vraiment* pas peur de la mort ? Quelqu'un qui serait dans la philosophie épicurienne fondamentale : la mort n'est rien ? Soit nous sommes vivants, et nous sommes vivants ; soit nous sommes morts, et la mort n'est rien pour nous. Il faut donc que je m'occupe d'urgence de ce qui m'arrive *à l'instant même,* comme Cézanne. Voilà. Un tel sujet humain n'aurait plus peur, ou *très peu. La Fête à Venise* est un roman contre la peur, donc contre la servitude.

Propos recueillis par Jean-Jacques Brochier et Josyane Savigneau, *Magazine littéraire,* 1991.

La mutation du divin

«LIGNE DE RISQUE» : *1. «Seul un dieu peut encore nous sauver»*, cette phrase jusqu'à présent énigmatique de Heidegger prend tout son sens à la lecture du chapitre ultime des Beiträge zur Philosophie, *livre que son auteur avait réservé pour une publication posthume, et qui n'est toujours pas traduit en français. Ce chapitre porte sur la figure, mystérieuse, du dernier dieu : celui qui effectue son «passage» au plus fort de la détresse propagée sur toute la planète par l'accomplissement du nihilisme. Gérard Guest, dans* L'Événement même, *montre que ce dieu «autre» ne se laisse pas mettre en série avec les dieux antérieurs. Il apparaît «en passant», dans la ligne de fuite des «dieux enfuis» hölderliniens — c'est l'expression de Gérard Guest —, mais sans se confondre avec aucun d'entre eux, fût-ce Dionysos. Le «dernier dieu» surgit depuis un abîme. Heidegger le précise en exergue : il est le «tout autre à l'égard de ceux qui ont été, et surtout à l'égard du Dieu chrétien». Comment entendez-vous ce* et *«surtout»* ?

2. Les deux mille ans de christianisme s'insèrent dans l'histoire de la métaphysique occidentale. Quand cette histoire se prolonge dans sa clôture, ayant épuisé ses possibilités, elle prend la forme du règne planétaire de la technique et du marché. La mort du « Dieu » de la métaphysique, annoncée par Nietzsche, n'empêche pas la foire d'empoigne des religions sur fond de falsification intégrale. Que subsiste-t-il du « Dieu chrétien », selon vous, dans cette trépidation spectaculaire ? À l'heure où la mise en regard des « anciens siècles chinois, indiens et occidentaux » dégage virtuellement — comme le pressentait déjà Heidegger — un « axe-monde », ne faudrait-il pas penser un autre rapport avec le divin ? Dans les Beiträge, Heidegger appelle à un « autre commencement » de la pensée, permettant de reprendre à neuf l'« histoire du premier commencement », celui de la métaphysique. Cet « autre commencement » ne suppose-t-il pas à son tour une transfiguration du divin ?

3. Lorsque Heidegger parle de « dernier dieu », le vocable dernier ne signifie nullement « cessation et fin ». « Le dernier dieu n'est pas la fin — énoncent les Beiträge —, mais l'autre commencement de possibilité de notre histoire... ». Supposant une méditation « au péril de quelque chose d'étranger et d'incalculable », il apparaît en un éclair — son « passage » étant « comme la plus extrême et la plus brève décision sur ce qui est le plus élevé ». Comment penser cet ultime qui coïncide avec un initial ?

4. Pour Heidegger, le Dieu monothéiste est mort. Si le « dernier dieu » est, ce n'est pas au sens du monothéisme, enfermé selon lui dans une « détermination comptable » (un seul au lieu de plusieurs, comme s'il fallait encore compter pour accéder au divin). « La pluralité des dieux n'est soumise à aucune limite numérique — écrit Heidegger dans les Beiträge —, mais

bien à la richesse intrinsèque des fonds et des abîmes ouverts dans le site de l'instant, où se met à luire et où se tient en retrait le signe du dernier dieu.» Pensez-vous, comme lui, que, le Dieu de «l'apologétique judéo-chrétienne» une fois mort, «tous les théismes passent à la trappe»? Et d'autant plus qu'ils ont eu la métaphysique pour «présupposition de pensée»?

5. Pris depuis la «différence ontologique» qui l'écarte de l'étant, l'Être se refuse — dit Heidegger : ne cesse de se refuser. Ce pourquoi le Souabe notera, beaucoup plus tard : «Être : Néant : Même.» Que l'Être soit refus détermine en retrait toute l'histoire de la métaphysique occidentale, qui culmine dans le nihilisme planétaire. À ce stade, qui s'étire en longueur, le refus devient «délaissement». Mais l'«oubli de l'Être», dont parle souvent Heidegger, prend sa source dans l'Être même. «L'Être même demeure manquant», lit-on dans La Détermination ontologico-historiale du nihilisme. Or qui éprouve la «résonance» du refus, sans se laisser obnubiler par la «machination de l'efficience» et par la «dévastation de l'être humain» qu'elle entraîne, celui-là est comme porté devant le passage du dernier dieu. Il atteint virtuellement, comme l'énoncent les Beiträge, la «plus pure fermeture sur soi et la suprême transfiguration, le plus gracieux ravissement et le plus terrible emportement». Le «dernier dieu» se manifeste par un signe avec lequel il se confond, lorsqu'un isolé, dégageant son propre accès au là de l'Être, rend soudain possible, dans un éclair, que l'«Être lui-même — dit le texte — arrive à sa maturité». N'est-ce pas ce que peut souhaiter de mieux un artiste, un écrivain : contribuer à la maturité de l'Être? Surtout si cette «maturité» s'avère richesse inépuisable?

6. *Heidegger remarque dans* Contribution à la question de l'Être *que franchir la ligne du nihilisme, dans l'espoir d'en sortir, ne se fait pas d'ici à là, comme s'il suffisait d'un franchissement pour s'extraire du domaine régi par le «méridien zéro». Geste nietzschéen par excellence, le franchissement laisse intact ce qu'il y a encore de métaphysique dans la langue du franchisseur. Si la position du nihilisme est, peut-être, mise à distance comme simple position humaine, «son langage demeure». Et Heidegger pose cette question : «Et si la langue, précisément, de la métaphysique, et cette métaphysique elle-même (que ce soit celle du Dieu vivant ou du Dieu mort) constituait en tant que métaphysique cette barrière qui interdit le passage de la Ligne, c'est-à-dire l'assomption du nihilisme?» Dès lors, sortir du nihilisme impliquerait une «mutation du dire» : une «mue dans la relation avec l'essence de la parole». «C'est pourquoi — dit Heidegger — il faut que pensée et poésie retournent là où d'une certaine façon elles ont toujours déjà été, et où, malgré cela, elles n'ont jamais bâti.» Faire l'épreuve du dire, que réclame Heidegger, implique probablement une certaine «maladresse», mais cela n'a rien à voir avec la pétrification stérile de celui qui est sidéré. Comment expliquez-vous l'embarras extrême où jette cette grande pensée, embarras qui, chez la plupart, prend la forme d'un rejet superficiel et quasi conjuratoire, et chez les meilleurs celle d'un fétichisme qui mange leur langue?*

PHILIPPE SOLLERS : Un matin, très tôt, je venais de lire les questions de *Ligne de risque*. J'allume la radio et j'entends la *Missa in tempore belli* de Joseph Haydn. Saisissement, qui provoque aussitôt un fou rire intérieur. La comparaison entre le questionnement de Heidegger sur le dernier dieu et cette rafale sonore faisait surgir un abîme. Juste après, le *Dixit dominus* de Haendel s'est fait entendre. L'abîme s'approfondissait. Il ne manquait plus que *Le Messie* arrive.

«Seul un dieu peut encore nous sauver», énonce Heidegger dans son entretien testamentaire avec le *Spiegel*. Cette simple phrase a fait couler beaucoup d'encre, vous le savez aussi bien que moi. «Dieu» : ce mot dépasse les mots, comme dirait Georges Bataille. Pourquoi ne pas l'employer puisqu'il restera toujours de la dynamite ? Avec lui, on fait sauter le langage hors de son axe. En revanche, le pronom «nous» pose problème. Qui est ce «nous» qu'invoque Heidegger ? Est-ce le peuple allemand ? La civilisation occidentale ? Ou alors l'humanité prise dans son ensemble ? Peut-on même penser selon un «nous» ? À l'âge du nihilisme planétaire, le «nous» garde-t-il le moindre sens ? Franchement, je ne surprendrai pas les scissionnistes que vous êtes en répondant par la négative.

Un dieu qui viendrait «sauver» un «nous». Ce programme me laisse froid.

D'autant que le dieu ne vient peut-être pas pour sauver, mais pour perdre. Et si le dieu n'avait rien à faire avec le salut des hommes ? C'est mon hypothèse. Le divin revêt parfois une dimension virulente : il pousse ceux qui le rencontrent vers leur perte. Il fait tomber, il aveugle, il trompe. Ainsi la salvation ne découle-t-elle pas automatiquement de l'épiphanie. Si du dieu devait faire surgir un événement, pourquoi postuler la nature essentiellement bénéfique de celui-ci ? Cela pourrait très bien être une catastrophe, voire la plus irrémédiable des catastrophes.

Le dernier dieu, dont parle Heidegger dans les *Beiträge*, ne serait ni Dionysos ni le «Dieu chrétien». Encore faudrait-il admettre que l'on sache de quoi l'on parle. Je remarque au passage que Heidegger évite de faire référence à *L'Antéchrist* de Nietzsche dans le chapitre qu'il consacre au «dernier Dieu». «M'a-t-on compris? — Dionysos contre le Crucifié»... Cette formule clôturant *Ecce homo* n'est pas davantage approfondie dans la perspective du nouveau surgissement. Qui est Dionysos? Qui est le Crucifié? Que signifie, dans cette phrase, le mot «contre»? À aucune de ces questions, il n'est apporté la moindre réponse. D'ailleurs, quelqu'un sait-il encore de quoi il s'agit? Je passe mon temps à vérifier que non.

Même à en rester dans le cadre de la seule tradition occidentale, prise entre le panthéon grec et la théologie chrétienne, on constate que plus personne n'a aujourd'hui les moyens de s'y retrouver. Les humanoïdes du nihilisme flottent au-dessus du vide. Ils ne reconnaissent plus les signaux que leur adresse peut-être le divin.

Dionysos est un dieu qui, pour les Grecs, ne va pas de soi. On l'accepte difficilement là où il se manifeste. *Les Bacchantes* d'Euripide en apportent une preuve éclairante. L'action, vous vous la rappelez, se déroule à Thèbes. Un certain Œdipe, bien plus tard, va régner sur cette ville. Pour l'instant, c'est un dieu qui, sous l'aspect d'un mortel, dérange l'ordre civique. Évidemment, c'est Dionysos. Le pouvoir local le refuse en la personne de Penthée. En réponse, le dieu plonge la ville dans la perte. Ses armes : l'orgie et la folie féminine. À travers elles, il accomplit son épiphanie sous les espèces d'un meurtre. Voici comment les choses arrivent. Les Ménades se regroupent dans la forêt et, sous leur influence, une mère arrache la tête de son fils pour complaire au dieu. Penthée, le roi, est ainsi mis à mort, et démembré par les Ménades. Pourquoi faut-il supplicier le roi de Thèbes ? Parce qu'il s'oppose au dieu. Il veut l'arrêter afin de circonscrire le débordement perpétuel des forces dionysiaques. Dionysos perd le roi ; il le pousse à se travestir en femme afin d'assister aux bacchanales de la forêt. Mais c'est pour le vouer à sa mise à mort. Dès qu'il arrive dans la forêt, il est démasqué par les femmes, on le déchiquette, et sa propre mère, rendue folle par le dieu, lui coupe la tête.

Dionysos est lui-même le fils d'une femme imprudente. En effet, Sémélé voulait voir son amant Zeus dans toute l'étendue de sa puissance. Mal lui en a pris, car elle sera brûlée par la foudre. Sur les ruines fumantes du corps maternel, Zeus intervient pour prendre l'embryon dans sa cuisse, d'où l'expression fameuse : être né de la cuisse de Jupiter. Jupiter, remarquez, c'est le nom latin de Zeus. J'ai toujours envie de rire lorsque je l'entends. Ah, les noms de Dieu. Les «noms-du-Père», comme dirait l'autre.

La fin des *Bacchantes* d'Euripide est intéressante. C'est le Coryphée qui parle : «Les choses divines ont bien des aspects, dit-il. Souvent, les dieux accomplissent ce qu'on n'attendait pas. Ce qu'on attendait demeure inachevé. À l'inattendu les dieux livrent passage.» Cet inattendu, voilà ce à quoi on ne devrait pas renoncer trop vite. Mais les dieux se sont enfuis, affirme Hölderlin. On pourrait soutenir que c'est plutôt l'humanoïde qui fuit les dieux, et qui se détourne de l'inattendu. D'une certaine façon, il ne cesse de fuir le divin depuis la plus haute Antiquité. En tout cas, aucun «nous» humain ne s'en est jamais approché d'une manière convaincante.

Seule la pensée du dieu qui veut nous perdre pourrait peut-être encore nous sauver. C'est ainsi que je corrigerais l'énoncé testamentaire de Heidegger. L'accès inattendu est ce qui sauve, mais il recoupe toujours aussi un accès à l'abîme.

Y a-t-il un «dernier dieu»? Le terme «dernier» conserve-t-il ici un sens? Heidegger l'imagine le «tout autre à l'égard de ceux qui ont été». Mais faisons l'hypothèse qu'un «dieu qui a été» fasse retour, parmi les hommes, peu importe sous quelle forme. Eh bien, si cela arrivait, il ne pourrait revenir que comme *tout autre*. Le tout autre exprimerait en lui sa mêmeté.

De ce point de vue, Dionysos est davantage là que tout «nous» à prétention humaine.

«Tout autre, dit Heidegger — et surtout à l'égard du dieu chrétien.» Pourquoi ce «surtout»? Pourquoi cette exclusive à l'endroit du Crucifié? Je pense au contraire que le dieu qui se représenterait d'une façon *tout autre*, et cela le plus radicalement, ce serait au premier chef le dieu chrétien. Plus encore que Dionysos, il incarne une rupture à l'intérieur de la série des dieux. Le retour du Crucifié confronterait chacun à l'incroyable. Être tout autre à ce point le mettrait en butte au refoulement général. Et si Jésus n'avait rien à voir avec ce qu'on a institutionnalisé sous ce nom? Et si on finissait enfin par s'en rendre compte? Peut-être sommes-nous à la veille d'un retour du Crucifié comme le «tout autre». Il faudrait ici reprendre *L'Antéchrist* de Nietzsche, et méditer longuement sur ce livre majeur. Pas de méditation sur le «dernier dieu» sans approfondir l'ouvrage dans lequel Nietzsche prétend avoir trouvé «l'issue de ces milliers d'années de labyrinthe».

Dans le chapitre ultime des *Beiträge*, Heidegger me semble encore pris dans une formulation romantique. À la veille d'une déflagration mondiale, enfermé dans les limites de son existence universitaire, il pose la question d'un «autre rapport» avec le divin. Vous remarquerez qu'il ne se demande pas si le «dernier dieu» pourrait être une déesse. Le retour d'Aphrodite, par exemple. Mais alors, une Aphrodite qui, cette fois, ne sortirait pas de l'océan, debout sur un coquillage, la chevelure pudiquement enroulée autour de son sexe, telle que la représente Botticelli, dans sa *Vénus*. Plutôt que de s'éterniser sur cette représentation tardive, je propose de relire Sappho. La voici, «royale et immortelle Aphrodite», «avec sa ceinture violette», dans un char que tirent des moineaux. Pourquoi des moineaux? Parce qu'ils avaient la réputation d'être particulièrement luxurieux. Les philosophes, sur ce sujet, demeurent faibles. Heidegger l'est dans ses relations embarrassées avec Hannah Arendt. Mais aussi Nietzsche, comme son épisode sentimental avec Lou Andreas-Salomé le démontre. Le fond de frustration est ici évident. Dans une lettre de la fin, adressée à Peter Gast, Nietzsche parle des «petites femmes» qui pourraient être décisives dans l'accomplissement d'un pas de la pensée. Ces deux exemples nous maintiennent néanmoins à un certain niveau; avec les autres philosophes, croyez-moi, on s'éloigne d'Aphrodite à grande vitesse. Le seul qui tienne un peu le coup, c'est Georges Bataille. Son «hyper-christianisme» lui permet, paradoxalement, de ne pas flancher devant la déesse. Ce que ne comprend pas Maurice Blanchot qui, lui, ne peut s'empêcher de sacraliser *Madame Edwarda*. L'idée même que son ami puisse écrire une suite à ce livre lui procure de l'«effroi», comme il dit. Bataille l'ayant interrogé à ce sujet, il a ces phrases à mon avis du plus haut comique involontaire : «Je ne pus, dit-il, que lui répondre aussitôt, et comme si un coup m'avait été porté : "C'est impossible, je vous en prie, n'y touchez pas."» Cette injonction de *ne pas y toucher* me frappe comme le mot d'ordre philosophique devant le passage d'Aphrodite.

Le «et surtout» de Heidegger, qui prétend se détourner, en une seule formule, du christianisme, fait problème. Si personne ne sait plus de quoi l'on parle lorsque retentit le nom de Dionysos, je me fais fort de démontrer qu'il en va de même quant à ce qu'on appelle un peu facilement le «dieu chrétien». Quel est son vrai nom, à celui-là ? Parce que l'expression «dieu chrétien» relève du faux-semblant. Elle ne nomme rien ni personne. Elle recouvre de son manteau philosophique la fracture intra-hébraïque. Le terme «judéochrétien» n'est qu'une approximation hâtive. S'il y a de l'évangélique, c'est sur fond d'une coupure radicale. D'ailleurs, le Christ, pour lui donner provisoirement ce nom-là, fut reçu en Palestine comme un *dieu étranger*. Je ne sache pas que sa prestation ait été accueillie avec faveur. Aujourd'hui, les chrétiens, enfin ceux qui s'appellent ainsi, font l'expérience, chaque jour plus précise, de la décomposition de leur divin. Celle-ci prend toutes les formes possibles. Celle d'un évanouissement du religieux dans la honte, mais aussi celle de son instrumentalisation par un protestantisme militant. La croisade de Bush contre le prétendu «axe du Mal» est un exemple de cette décomposition. On peut très bien soutenir, et cela devient même un lieu commun, que le christianisme est une secte juive qui a réussi. Pourquoi pas, d'ailleurs. Dans ce cas, on pourrait envisager de revenir au judaïsme, en rabattant l'évangélique sur ce qui le précède. Ce serait un choix de sauvetage. Pourtant, pour le Talmud, Jésus est un blasphémateur qui se prétend Dieu. Sa mère, comble de l'horreur, passe pour avoir été engrossée par un soldat romain. Bref, Jésus

demeure une pierre d'achoppement pour le judaïsme
— un véritable *scandale*.

Et si le dieu chrétien s'était fait mettre à mort en
toute lucidité pour en finir avec le judaïsme? Jésus
aurait en somme tué ou suicidé Dieu sur la croix.
Étrange hypothèse, qui donne le vertige. Dans les
années 30, le christianisme ne s'est pas encore effondré
sur lui-même. «Dieu chrétien» : l'expression ne peut
être maintenue que faute d'un tri rigoureux, ce tri que
nous sommes dorénavant en mesure d'effectuer. Folie
pour les Grecs, scandale pour les Juifs. Voilà le Crucifié, selon saint Paul. Cette définition paradoxale, plus
personne ne sait rien en faire. C'est pourtant d'elle
qu'il faudrait repartir. De saint Paul, donc. Avec, en
plus, le vague soupçon que Dieu serait mort, et qu'il
s'agirait d'un meurtre. Et s'il était mort à Jérusalem,
Dieu? S'il avait été assassiné il y a deux mille ans?

Heidegger écrit dans le chapitre ultime des *Beiträge*,
traduit par Gérard Guest : «Si déjà nous concevons
aussi peu la "mort" en son extrême, comment vou-
drions-nous alors être déjà à la hauteur du signe rare du
dieu ultime?» Toujours le *nous*! Ah cette première
personne du pluriel, comme elle me fait rire! Ah ce
nous philosophique qui permet aux professionnels de
la sagesse de se réunir en «parlements», de faire des
colloques et des symposiums, de discuter interminablement... Il y a eu récemment à Strasbourg une grand-
messe *in tempore falsificandi* autour de la figure de
Martin Heidegger, figure toujours aussi embarrassante
pour le clergé philosophique. Dans le document qui
annonce le colloque, la reproduction photographique
de Heidegger couvre la moitié gauche de la page. Il est
debout, seul, devant une quarantaine de noms rassemblés sur le côté droit : ceux des participants à la session

du «Parlement des philosophes» sous le titre *Heideg-ger, le danger et la promesse*. Quarante, pourquoi pas cent, mille, un million? Un million de philosophes contre un penseur! La philosophie touchant à sa fin, le bavardage prolifère sans retenue. Les philosophes assermentés ne s'intéresseront pas au «dernier dieu». Ils préféreront écouler leur moraline.

La «transfiguration du divin», dites-vous dans l'une de vos questions, c'est ce qu'annoncerait le dernier dieu. Oui, sauf que la Transfiguration est un épisode important de l'Évangile, repris par toute l'iconographie chrétienne. Les trois apôtres dorment, ils se réveillent, ils aperçoivent Jésus transfiguré par une lumière divine en train de parler avec Moïse et Élie. Qui se soucie encore de cette scène mystérieuse? Qui se soucie de ce qui fait la force du christianisme? On constate à ce moment de l'histoire que sa décomposition irréversible s'accompagne d'un regain de vigueur du judaïsme d'un côté, et du coranique de l'autre. La «sagesse bâtarde du Coran», comme dit Rimbaud dans *Une saison en enfer*, semble en mesure de rafler la mise, au moins sur le terrain médiatique. C'est une illusion, bien sûr.

Personnellement, je joue l'Italie. Je passe par Venise. Les peintres, les musiciens : la grande mise en art du catholicisme romain. Dommage que le «dernier dieu» ne soit pas apparu à Heidegger sur les bords de la Lagune. Le voyage organisé, la pluie, la fatigue et peut-être sa femme Elfriede l'ont empêché d'avoir la perception de Venise. Il attendait la Grèce, il s'est interdit l'Italie. Les aquarelles de Mme Heidegger le retenaient peut-être d'aimer Titien ou de comprendre Tiepolo. D'ailleurs, le philosophe dédie à sa femme le texte sur leur voyage commun en Grèce, avec cette mention : «À la mère».

Il faut tout de même garder à l'esprit que la possibilité d'une nouvelle approche du divin, si elle existe, sera encombrée par la mainmise du spectacle. Cette métamorphose du sacré, le spectacle sera là pour en fournir une représentation falsifiée qui se substituera réellement à elle. Le «passage fugitif du dernier dieu» deviendra alors une épiphanie commerciale, insérable dans le circuit marchand.

Ma position est drastique : compte tenu de la misère présente, il me semble que l'Église catholique offre des garanties satisfaisantes, et je ne vois aucune raison de m'en passer. Le «et surtout pas» appliqué au dieu chrétien m'apparaît un préjugé philosophique. Souvenez-vous de ce que confiait Heidegger : il y a deux épines dans ma chair, disait-il. C'étaient l'adhésion au national-socialisme, et la rupture avec la foi de son enfance.

Celui qui pousse la crise jusqu'à la plus extrême logique, jusqu'à la promulgation d'une «Loi contre le christianisme», c'est évidemment Friedrich Nietzsche, c'est-à-dire un philosophe issu d'une vieille lignée de pasteurs. Lui imaginer une enfance catholique est impossible. Il n'aurait pas été le philosophe au marteau.

Au fond, la question du divin demande la plus grande légèreté. Dès qu'on y attache trop de sérieux arrive l'embarras. Je demande qu'on rie de ces questions. Sans ce rire, elles deviennent un peu ridicules. Bataille le dit très bien dans sa préface à *Madame Edwarda* : «Dieu n'est rien s'il n'est pas dépassement de Dieu dans tous les sens ; dans le sens de l'être vulgaire, dans celui de l'horreur et de l'impureté ; à la fin dans le sens de rien...» Bataille enchaîne : «Nous ne pouvons ajouter au langage impunément le mot qui dépasse les mots, le mot *Dieu*; dès l'instant où nous le faisons, ce mot se dépassant lui-même détruit vertigineusement ses limites. Ce qu'il est ne recule devant rien, il est partout où il est impossible de l'attendre : lui-même est une *énormité*. Quiconque en a le plus petit soupçon, se tait aussitôt.» Ce taire-là, je propose qu'il prenne la forme d'un rire, et non pas de l'angoisse. N'est-ce pas la meilleure façon de saluer le «passage fugitif du dernier dieu»?

Les dieux s'amusent, on a oublié cela. Le dieu chrétien semble un peu morose, vu de loin. Mais qui sait? Après la Résurrection, sa chair n'est peut-être plus si triste. En tout cas, les dieux perdent systématiquement ceux qui les prennent trop au sérieux. Attention, le rire que j'appelle ne relève pas du ricanement, ni même du demi-sourire de mon camarade Voltaire. Il ressemble davantage à ce que Georges Bataille appelle le «rire majeur».

L'«autre commencement», celui qui permettrait de sortir de la métaphysique, supposerait — dites-vous — une «transfiguration du divin». Pourquoi pas. Le divin ferait ainsi événement aux dépens de l'Être lui-même en surgissant de l'abîme. Il s'agirait de *penser autrement*, et cette pensée n'aurait aucun rapport avec l'application. En cela, elle serait divine. En somme, la pensée est une affaire bien trop sérieuse pour être confiée aux philosophes.

L'«autre commencement» implique que le dieu surgissant dans le rire ne soit pas reconnu comme tel. S'il se présente, le divin est forcément dérangeant pour la société humaine. Les humanoïdes du nihilisme planétaire le sous-estiment. Soit on le tient pour négligeable, soit on le caricature de façon honteuse. Parfois, on l'enferme, on le persécute. Méfions-nous, cependant. Surtout pas de martyre, disait Voltaire, que Nietzsche reconnaissait comme son seul prédécesseur dans l'intelligence. Méfions-nous pareillement de l'humain trop humain. Il se signale par une allergie devant ce qui dépasse sa finitude.

L'«autre commencement» de la pensée n'est pas recevable pour la représentation spectaculaire. Pour autant, la tentation du martyre demeure le piège le plus périlleux. D'une certaine façon, c'est ce que veut le spectacle : récupérer ce qui l'excède. Le martyre permet à chaque fois une appréciation marchande. La mise à mort de l'exception transforme les signes qu'il laisse en marchandises, et garantit la cote. En termes hébraïques fondamentaux, le martyre reste néanmoins la seule démonstration opérable, ce que prouve Jésus avec le sacrifice de la croix suivi de la Résurrection le troisième jour. Il s'agit ni plus ni moins que de mettre fin au Dieu de l'Ancien Testament — de décréter sa mort. Dans l'ordre du blasphème, il est difficile de faire mieux. Se suicider pour établir la mort de Dieu, voilà sur quoi se fonde le christianisme. Tout le monde a intérêt à faire silence sur cette énormité, et d'abord les chrétiens. De cette énormité, qu'il convient de ne pas prendre trop au sérieux, procède tout l'art catholique.

L'«autre commencement» achève bien des histoires, et les laisse très loin derrière nous. Heidegger a raison de dire qu'il suppose une méditation «au péril de quelque chose d'étranger et d'incalculable». Il surgit dans l'éclair «comme la plus extrême et la plus brève décision sur ce qui est le plus élevé». Quelque chose s'inaugure depuis l'initial, mettant en jeu le temps le plus long sous forme d'une fulgurante brièveté. Même s'il est masqué, *l'art du bref* reste au cœur de la décision lorsque l'on prend la *ligne de risque* en misant sur l'extrême. Sans cet art, il y aurait dilution. Voilà bien le problème de la philosophie à l'heure de son achèvement médiatique. Si quelqu'un y a fait pièce, ce fut Heidegger. D'ailleurs, il se présentait moins comme un philosophe que comme le préparateur d'une mutation de la pensée. À partir de celle-ci, se détache, énigmatique et pleine d'ironie, une *mutation du divin*.

Dans la perspective d'une extrême et brève décision, rien n'importe plus que le «site de l'instant». Si je n'étais pas concerné par cet étrange lieu, je n'écrirais pas grand-chose : je ne suis pas branché sur Internet, mais, de façon écliptique, sur le «site de l'instant».

Le dieu de l'«apologétique judéo-chrétienne», dit Heidegger, passerait à la trappe. Je veux bien. Encore une fois, le terme «judéo-chrétien» est inepte. Il permet toutes les falsifications. Il accroît les ténèbres et facilite les supercheries. La «trappe», pour tous les théismes? Là, Heidegger ressemble un peu trop au Père Ubu. L'embêtant, c'est que, précisément, le théisme ne passe pas à la trappe. Il ne se laisse pas engloutir. Ceux qui passent à la trappe, en revanche, ce sont les êtres humains qui persistent à faire erreur sur le divin. J'ai envie d'ajouter, à la Zarathoustra, qu'il faudrait presque les pousser à la trappe. Il faudrait donc les *perdre*. Si du divin devait éclore du «site de l'instant», l'effet, pas obligatoirement visible, serait peut-être terrible. N'est-ce pas ainsi que les choses se produisent? N'assistons-nous pas à cette éclosion catastrophique? La «foule des perdus», comme dit Dante... Plus le dieu X est méconnu, plus l'humain s'égare. Même chose pour ceux qui se disent «athées» et qui sombrent vite dans le ridicule. Heidegger : «Ni théisme ni athéisme, et encore moins indifférentisme.»

L'Être, pas plus que le divin, ne se refuse. *On* n'en veut pas. Ce sont les humains qui, dans leur égarement, le refusent. Et, du coup, ils demeurent prisonniers dans le carcan du théisme. Non, celui-ci ne se laisse pas évacuer, ce serait trop beau. Il se putréfie. D'où la misère.

À partir d'un certain point du temps, la métaphysique permet aux «voyous publics» de s'imposer comme type humain — c'est l'exemple du parfait nihiliste, du nihiliste qui fait carrière dans l'officialité. Rien à voir avec la délinquance passagère. Le voyou public se caractérise par un renoncement à penser. La métaphysique comme présupposition mène le voyou public vers la haine de la pensée. Avec cette haine, on retrouve une vieille connaissance : MAMAN. Or celle-ci ne passe pas à la trappe. Au contraire. Si Dieu défaille, Maman tient le coup et vient à sa place. En général, cela intervient dans une absence de pensée très remarquable — et tenace. Et pragmatique. La psychose féminine et l'hystérie sont ici convoquées pour ranimer le théisme, au besoin depuis le délire.

La trappe à Dieu ramène à la folie des femmes. Il faut en faire l'expérience personnelle pour s'y retrouver.

Le ravissement et l'emportement font, de toute façon, partie de l'expérience du divin. La propagande nihiliste prend à la longue la forme de l'usure. Elle lasse celui qui va se définir comme l'«isolé». Mais il lui oppose un combat violent — spirituel. Il arrive qu'il y ait du sang partout. Mais sa chance est là : il ressent le délaissement de l'Être comme un appel à ne pas le délaisser. Comment l'Être pourrait-il se refuser à l'«isolé», et l'abandonner au délaissement ? Il n'attend qu'un geste de sa part, un SAUT vers lui. Une chose très simple, presque insignifiante.

La « maturité » de l'Être, quel état désirable. Surtout à cette époque où vous pouvez constater chaque jour combien nous sommes entourés de *pubertaires*. Bizarre impression. Se trouver constamment aux prises avec des pubertaires affolés. Ils sont littéralement avalés par la prise de la *sessualité*. Ce que je constate, c'est une adolescentite universelle. Que Maman en soit émue, je n'ai pas besoin de vous le dire. Ni qu'elle en profite pour perpétuer son règne. Une société vouée à l'adolescence demeure sous le contrôle de Maman. Vous pensez si quelqu'un s'intéresse à faire advenir l'Être à sa maturité ! Et s'il survient quand même, quelle réprobation l'accompagne ! Vous êtes bien placés, comme moi, pour l'imaginer. L'Être, parvenu à sa maturité, amène le dessaisissement de la subjectivité, ce qui effraiera toujours les nihilistes adolescents. La maturité de l'Être coïncide avec sa richesse, l'« inépuisable sans effort », comme dit Heidegger. Cet inépuisable, c'est le plus proche, auprès duquel vous passez sans lui accorder un regard. Qui veut jouir de l'inépuisable ? Au fond, personne. Trop risqué pour un humain. Toute existence est ainsi fondée sur l'assassinat continuellement répété du plus proche, sur le meurtre de l'inépuisable, en tout cas sur son oblitération. Aimer son prochain comme soi-même, voilà bien une parole invraisemblable. Ça ne s'aime pas soi-même, figurez-vous. La « machination de l'efficience » aboutit à une lutte des places incessante sur fond de férocité pubertaire.

Je ne sais pas pourquoi Heidegger ne semble jamais envisager le sadisme du dieu. Il y a une possibilité meurtrière impliquée dans le divin. Elle est dirigée contre ce qui le refuse. Chaque homme qui se ferme au divin est par lui bientôt consumé dans la destruction.

Que la langue de la métaphysique empêche l'«assomption du nihilisme», je le veux bien, mais je remarque l'emploi du terme : «assomption», emprunté à la théologie catholique. J'ai d'ailleurs écrit un texte, il y a longtemps, qui s'intitule *L'Assomption*. La «mutation du dire» qui seule permettrait de faire un pas hors du nihilisme, cette mutation ne recourt pas forcément à des termes nouveaux, «comme je l'ai cru», avoue Heidegger à la fin de sa vie. Elle passe au contraire par la «marche vers quelque chose de plus simple». Une «mue dans la relation avec l'essence de la parole» implique un nouveau rapport avec l'Être. Mauvais rapport avec le langage, mauvais rapport avec l'Être : c'est la même chose. Que serait cet événement presque impensable et nécessitant une maturité effrayante : un bon rapport avec l'Être ? Peut-être seulement un langage en mesure de faire pièce au nihilisme. Là-dessus, les philosophes ont intérêt à freiner. Le refoulement, de leur part, est à l'aune de leur inhibition verbale. Le dernier Heidegger, qui insiste sur le lien entre pensée et poésie, leur demeure étranger. Ce langage apparemment simple, et *tout autre*, qui s'adresse selon la formule nietzschéenne «à tous et à personne», ils ne peuvent pas l'entendre. Cette «mue du dire» ne suppose à mon avis aucune «maladresse». Elle exige au contraire la plus grande adresse, une adresse presque inhumaine. Le problème, c'est qu'elle ne sera jamais perçue comme telle par les humanoïdes, qui s'efforceront de la tourner en dérision. L'adresse n'est pas aimée. On la ridiculise. Le sens commun se venge contre elle de ce qui lui échappe. Il la vitupère. Pourtant, le seul signe annonciateur d'une «mutation du dire» serait précisément l'adresse. La «maladresse sexuelle de Dieu», disait Artaud. C'est peut-être vrai pour le Mauvais Démiurge qui a censément créé le monde, mais pas pour Dionysos. Le «Père», lui, est fondamentalement maladroit. Créateur et procréateur, il ne cesse de manquer son coup. N'importe quelle femme, que cela laisse d'ailleurs froide, vous le dira.

Le dernier dieu, moi je veux bien, à condition d'établir où l'on en est avec la question FEMME. Sinon, on retombe dans ce que vous appelez justement : «la pétrification stérile de celui qui est sidéré». Le dernier dieu doit rompre avec la maladresse divine du Créateur. D'où vient l'embarras? Il procède d'abord du manque d'adresse. Et je ne parle pas de l'adresse sportive. Il n'y a pas plus maladroit qu'un sportif. Je parle d'une adresse physique dans la pensée et dans le langage. Pas l'aisance verbale du péroreur. Mais la véritable adresse.

Plus on est grand, plus on a de parasites. Heidegger est très grand, il a donc beaucoup de parasites. Il y a ce vampirisme dans l'air. La société s'agite dans un parasitage exacerbé. Mais comment parler du «dernier dieu» sans évoquer son double nécessaire : le *diable ultime*? C'est lui qui favorise en sous-main le vampirisme. Lui qui alimente le parasitage. Que cherche le diable ultime? Il s'efforce d'empêcher la mutation épiphanique du divin. C'est son travail quotidien. Le médiatique n'a pas d'autre étayage. Les fétichistes qui mangent leur langue n'ont rien à dire sur rien. Ils sont rivés à la queue à Maman. Sortis de là, silence. Or la langue qu'on parle contient la pensée dont on est capable. Elle en est même la stricte équivalence. La vérité procède de cette mise en pensée de la parole.

Hegel, cité par Bataille : «Le vrai est ainsi le délire bachique dont il n'y a aucun membre qui ne soit ivre. Et puisque ce délire résout en lui chaque moment qui tend à se séparer du tout, ce délire est aussi bien le repos translucide et simple» (Préface à la *Phénoméno-logie de l'Esprit*).

Ce «repos translucide et simple» dont parle Hegel donne accès à ce que Heidegger nomme l'«incessante permanence». Celle-ci, bien que furtive, est l'exact contraire de ce qui est fugitif. Elle ne tient pas non plus à cette permanence attribuée par la métaphysique à la substance. On y est introduit en approchant de «la plus pure fermeture sur soi» en tant que «suprême transfi-guration», comme disent les *Beiträge*. Pour cela, il faut être un «voyageur en arrière» — c'est-à-dire le précur-seur de «ceux qui sont à venir», donc le contraire d'un réactif. Ce précurseur a pour vocation de «porter l'his-toire jusqu'à sa fin», ce qui n'a aucun rapport avec la prétendue «fin de l'histoire». Le «dernier dieu» devient alors «le commencement de la plus longue his-toire en sa voie la plus brève». Ce qui signifie que le grand instant exige une longue préparation. Bien entendu, celle-ci s'efface au moment voulu devant l'instant. D'une certaine façon, la longue préparation n'aura jamais été autre chose que l'instant qui l'efface. Elle n'a rien à voir avec le labeur auquel se résigne le tâcheron. Elle est ce qui rend possible l'éclair. De cet éclair surgit une possibilité de penser «de manière encore plus simple, plus riche, et de façon absolument unique». Cette autre pensée, d'après moi, ne va pas sans désinvolture, sans ce que les Italiens nomment *sprezzatura*. Ni non plus sans ce que les Français nom-ment l'ironie. Elle avance l'air de rien, comme dit l'ex-pression, en prenant appui sur l'oubli. Un oubli qui irait beaucoup plus loin que l'involontaire de la mémoire dont Proust a fait l'usage que l'on sait. Un oubli qui ne s'en tiendrait pas à la petite madeleine, mais traverserait ce que Mallarmé désigne comme le

«proche tourbillon d'hilarité et d'horreur». Vers quoi ?
Une *tout autre* mémoire. *Gelassenheit*, dit Heidegger.
Traduire par «sérénité» ne dit quelque chose que si on
se souvient du vrai nom de Venise : *Sérénissime*. Ce
terme n'est pas tombé là par hasard. Au féminin, bien
sûr. Venise, la plus dangereuse des villes... Qui sait
voir, sous son masque, Dionysos et le Crucifié-Ressuscité en parfait accord ? Nietzsche a été très heureux à
Venise... Musique... Zarathoustra marchant sur l'eau...
Au cœur du Spectacle, très loin du Spectacle...

Entretien avec *Ligne de risque*.
Propos recueillis par François Meyronnis et Yannick Haenel.

Antipodes

« LIGNE DE RISQUE » : *1. Avec ses modalités si parti-culières, l'étrange publication de* La Possibilité d'une île *marque une date dans l'histoire de l'édition fran-çaise. Elle radicalise une tendance que nous avions été parmi les premiers à constater au moment de la sortie des* Particules élémentaires, *en 1998. Non seulement l'émergence d'un nouveau calibrage, au contact direct et actif avec la grande faille du nihilisme, périme bru-talement le vieux roman à la française, c'est-à-dire tout ce que le « milieu » prétendument littéraire s'offre à promouvoir et à valoriser, mais encore provoque-t-elle une révolution dans l'économie politique de la littérature. De ce point de vue, comment analysez-vous ce qui se passe en cet automne 2005 ? La publication du roman de Houellebecq, conçue avec énergie par son éditeur et son agent comme une véritable cam-pagne militaire, vous paraît-elle l'annonce d'un reclassement général ? Qu'arrive-t-il, en ce moment, au prétendu « milieu » littéraire ? Le sens même du mot « écrivain » n'est-il pas en train de se modifier sous nos yeux ? Et que devient la critique (ou ce qu'il en reste) dans cette circonstance ?*

2. La Possibilité d'une île *est un roman d'une ambition folle, ce qui tranche dans le paysage littéraire français. Par ailleurs, il est beaucoup moins soumis que* Les Particules élémentaires *au code naturaliste. D'où l'embarras de la réception critique qui, à part quelques platitudes, ne trouve rien à en dire. Ce livre pose explicitement à son lecteur la question de la «vie éternelle», et se revendique comme autre chose qu'un «simple ouvrage de fiction» : il se veut en effet l'un des quatre Évangiles, mais le plus «central et canonique», d'une nouvelle religion planétaire. Ceci, bien sûr, ne va pas sans humour. Mais, quand même, le roman touche au sens — il apporte à ses lecteurs une mauvaise nouvelle. Comment caractériseriez-vous celle-ci, et que pensez-vous de la forme dans laquelle elle s'énonce? Quelle portée donnez-vous à la façon dont le lecteur est ici convoqué : «Je ne souhaite pas vous tenir en dehors de ce livre — dit celui qui assume la narration —; vous êtes, vivants ou morts, des lecteurs»?*

3. Houellebecq, dans son roman, donne à voir un monde où l'amour brille par son absence, et laisse derrière lui une énorme nostalgie : «au milieu du temps / la possibilité d'une île», dit le dernier poème de Daniel, avant l'écroulement dans le suicide. Que vous inspire ce tableau romanesque d'un délaissement radical?

4. Comme dans Les Particules élémentaires, *Houellebecq mêle et recroise dans son nouveau roman deux thèmes : d'une part le recalibrage génétique de l'espèce humaine, qui va ici jusqu'à une «coupure définitive», et prend la forme de l'extermination (celle d'un «crime contre l'humanité», ce qu'assume pour lui-même le texte que l'on est en train de lire); et, d'autre* part, la faillite complète des rapports qu'hommes et femmes entretiennent sous le nom de sexualité. Cette connexion vous paraît-elle justifiée ? Et fonctionne-t-elle, d'après vous, dans le livre ?

5. Daniel1, le narrateur du roman, semble entièrement voué à une sexualité obsessive sur fond de frustration intense : il croit au sexe, il a violemment cette croyance, tout en faisant un tableau catastrophique de la situation. La soi-disant « libération sexuelle » débouche, d'après lui, sur une obturation définitive. Son clone, Daniel25, en commentant le récit de vie du fondateur de la lignée, confirme l'entrée des humanoïdes dans l'« âge gris » : la vérité, dit-il, « c'est que les hommes étaient simplement en train d'abandonner la partie ». Dès lors la sexualité sera réservée à une « élite érotique », à des « spécialistes ». Que vous inspire un tel tableau ? Ce ratage trépidant vous paraît-il ce qui domine aujourd'hui ? Et la haine, une haine rabique, en est-elle le fruit ?

6. Depuis Eschyle jusqu'à Sade, Baudelaire, Lautréamont et Jarry, sans parler de Joyce, le matricide semble au cœur de l'acte littéraire. Il est à la manœuvre chez Houellebecq, mais d'une manière toute différente. Pourriez-vous revenir sur cette question à partir de votre lecture de son dernier roman ?

7. La Possibilité d'une île établit le constat d'un monde que la poésie a définitivement déserté où « l'autre nom du néant » est « l'absence de la Parole ». En toute logique, cette présumée mort du langage implique, pour seul horizon des corps, le même traitement que celui du cycle de la marchandise : consommation, mort, remplacement — ce que Houellebecq

nomme la « reproduction indéfinie ». Comment jugez-vous ce constat ?

8. Houellebecq prend le parti d'attaquer Nietzsche. Le narrateur de son livre se qualifie ironiquement de « Zarathoustra des classes moyennes ». Dans un entretien, Houellebecq déclare : « Ainsi parlait Zarathoustra, *ce n'est quand même pas très bon. C'est un peu de la poésie bas de gamme.* » *Il ajoute, à propos de* Par-delà le bien et le mal *:* « *un livre qui reste moralement mauvais et philosophiquement insuffisant* ». *Où placez-vous* La Possibilité d'une île *par rapport à la pensée de Nietzsche ?*

9. Houellebecq ne cesse de dire que La Possibilité d'une île *est son meilleur livre. Partagez-vous ce sentiment ?*

PHILIPPE SOLLERS : Voici la dédicace aimable de Michel Houellebecq lorsqu'il m'envoie *Plateforme* : « Pour Philippe Sollers, pour le sexe, pour les femmes, pour tout »... Malgré le bien que je pense de lui, il me faut tout de même affirmer que je me situe aux antipodes de Houellebecq. Ce préliminaire n'a rien, dans ma bouche, de négatif. Antipode signifie le lieu symétrique le plus éloigné. En l'occurrence, l'île se situant aux antipodes de la France à travers le globe terrestre, c'est la Nouvelle-Zélande. Je suis donc un auteur français de Nouvelle-Zélande. Comme je représente, d'après ce magazine ineffable, *Marianne*, l'anti-France, j'ai été contraint de me réfugier dans les environs d'Auckland. C'est de ce lieu un peu éloigné que je vous envoie mes réponses.

J'habite depuis toujours, avant même mon émigration, une île antipodique. Tous mes livres auraient pu s'intituler : *La Certitude d'une île*. En exergue du *Lys d'or*, je lis les vers suivants de Pindare : «Là, l'île des bienheureux est rafraîchie par des brises océanes ; là resplendissent des fleurs d'or.» Ou alors, l'exergue de *L'Étoile des amants* : « À ces mots, Athéna dispersa les nuées. Le pays apparut» (*Odyssée*, 13).

Le dernier roman de Houellebecq est, je le pense comme vous, très important. Vous avez raison de mettre l'accent sur la sociologie de sa publication. Son «étrange publication», dites-vous. Le phénomène est en effet aussi fumant que fumeux ; mais il ne doit pas nous faire oublier le feu qu'il révèle. Par solidarité prolétarienne avec Houellebecq, je tiens à rendre un vibrant hommage à sa force de travail et à l'intensité de sa solitude. Je constate à quel point ses nobles qualités prolétariennes sont exploitées dans le domaine du spectacle médiatique. Le spectacle est cette force symbolique qui isole l'écrivain prolétaire, et lui attribue des conditions d'existence extraordinairement périlleuses. Qui a la ténacité et le courage pour les endurer ? À part Houellebecq et moi, bien peu de monde. Dans certains cas, la force de travail de l'écrivain prolétaire est repérée comme digérable par l'économie marchande. L'aliénation est d'autant plus extrême que le corps sera contraint de vivre sur la ligne de risque afin d'accomplir ce qu'il écrit.

Autant dire que le prolétaire Houellebecq devient indissociable d'une légende. Cette légende est là pour historier une souffrance. Elle révèle la misère contemporaine, et cela depuis ses premiers livres. Un nom propre s'identifie avec le diagnostic d'une misère spécifiquement sexuelle. Un écrivain, ça sert aussi à révéler ce qui tenaille une société. Le bal des vampires, celui de la captation marchande, tourne autour de la force symbolique. Non seulement Houellebecq périme le vieux roman à la française, comme vous le rappelez, mais il périme aussi, et c'est beaucoup plus important, la marchandise du roman américain. De cela, je me félicite. Enfin, un écrivain français, par son talent de raconteur exceptionnel, par ses indubitables possibilités logiques de construction, et par la pensée qui habite son racontage, surclasse le roman américain. Il met en évidence son vide sidéral, que prône néanmoins la propagande des médias. Face à Houellebecq, Bret Easton Ellis n'est rien. Un simple ludion du marché. Une figure pour magazines.

La Possibilité d'une île n'est pas traduit de l'américain. Il ne procède pas du domaine anglais, et ne peut en procéder d'aucune façon. La philosophie n'entre que difficilement dans le roman anglo-saxon, surtout dans sa version actuelle, idéalisée sottement par les journalistes. Les Anglais n'ont jamais pris Hegel au sérieux, ni d'ailleurs les Américains. Iris Murdoch en fait la remarque en passant. La puissance narrative du dernier roman de Houellebecq, sous-tendue par une construction logique, en fait une effraction considérable. Elle opère une brèche dans le fictif. Elle met le romanesque en révolution, y compris dans son avatar américain. Le roman philosophique — ou métaphysique — est une ressource éminente de l'historial du français. Que l'on continue de s'imposer l'illisible Paul Auster, ou le très décomposé Bret Easton Ellis, donne la mesure du masochisme invétéré d'un certain milieu français. Tout cela est aujourd'hui balayé. Il n'en reste même plus les décombres. Les gens de 30 ou 40 ans qui admirent ces pauvretés montrent à quel degré de sénescence ils sont rendus. La puissance dominante dans le marché planétaire de la littérature est mise au défi. Le piège, ce fut le recours à des procédés américains pour battre en brèche la marchandise américaine. Ainsi a-t-on vu surgir, entre l'auteur et l'éditeur, la figure nouvelle de l'agent littéraire, dictant au marché ses prix et mettant à genoux les autorités reconnues de la place de Paris. Il s'agit là d'une véritable révolution, dont on n'a pas encore pris la mesure. Elle va redéfinir entièrement les rapports qu'entretiennent les acteurs du prétendu «milieu» littéraire, comme vous diriez. L'agent traite la sortie d'un livre dans le forçage et le viol. Il l'impose à la critique, la révélant du coup comme imposture. C'est exactement ce qui s'est passé avec la sortie de *La Possibilité d'une île*. Je salue l'efficacité et le professionnalisme de l'agent Samuelson. Même ceux qui crient au scandale sont enrôlés à leur insu dans la campagne de promotion. Leur bêtise les empêche de comprendre comment on les utilise. Ils deviennent autant d'arguments publicitaires de vente.

Attention, ce que je viens de décrire suppose, chez l'auteur, une vision profondément nihiliste qui provoque les forces du nihilisme, c'est-à-dire celles du marché, à l'imposer médiatiquement. Elles sont mises au défi, ces forces, de faire triompher une œuvre qui en participe. Ainsi la vertu du prolétaire nihiliste devient-elle une légende achetable par tous. Quant à la petite marchandise française, qui s'essouffle en tournant chaque année sur elle-même dans l'insignifiance, elle ne peut qu'avaler sa fureur impuissante.

Résumé : 1. Le roman de Houellebecq est supérieur à toute la production française au point de l'écraser. — 2. Il échappe à la colonisation du français par l'américain. — 3. Il fait vieillir le roman américain lui-même. Pauvres colonisés ! Ils sont nus dans la plaine, devant un maître qu'ils n'arrêtent pas de servir, et dont Houellebecq a pourtant démontré à quel point il est devenu désuet, suranné, vieillot. Voilà ce qui arrive aux collaborateurs du vide américain. On nous vante chaque mois, dans les suppléments littéraires, un nouveau chef-d'œuvre venu d'outre-Atlantique. Il s'agit à tous les coups d'un mensonge servile, tel qu'en font les esclaves. Ces romans prônés expriment un puritanisme foncier, mal dissimulé au travers d'épisodes ineptement violents. Sexuellement, depuis Philip Roth, rien d'intéressant. Tout cela demeure très sentimental, très conventionnel, très familial, en un mot très empêché. Aucun intérêt.

Un véritable écrivain, comme l'est Michel Houellebecq, opère au niveau de la planète. Vu de Nouvelle-Zélande, où je me situe, j'estime que cet événement recèle une formidable opportunité pour la France. Quand je pourrai rentrer dans ce pays un jour, nous fêterons, lui, vous et moi, cette fabuleuse ouverture. Pour l'instant, je suis en exil. Ai-je encore ma place dans ce pays pourtant superbe? Sans doute non. Le tombereau de propagande en faveur de la mélancolie semblerait indiquer que l'écrivain antipodique doive demeurer au loin. La désolation, ce «mancenillier intellectuel», comme dirait Lautréamont, triomphe partout dans mon pays d'origine. Le mancenillier est un arbre originaire des Antilles, dont le suc caustique est très vénéneux. Ainsi l'appelle-t-on l'arbre de mort. Je n'aime pas cet arbre devenu intellectuel. Je resterai donc à Auckland.

Houellebecq est immédiatement récupéré par le parti de la mélancolie. Mais il n'y a là que «pantins en baudruche», «dadas de bagne», «ficelles usées». Il faudrait être capable de lire notre antipode comme l'aurait fait un dadaïste. Comment être dadaïste aujourd'hui? Comment recommencer cette aventure où mon spectre s'est déjà illustré en 1916, à Zurich? Eh bien, en étant absolument affirmatif. C'est cela, suivre la leçon des *Poésies* de Lautréamont. Je suis donc un affirmateur sans faille, insoupçonnable, rigoureux. «En son nom personnel, malgré elle, il le faut, je viens renier, avec une volonté indomptable, et une ténacité de fer, le passé hideux de l'humanité pleurarde.» A-t-on avancé d'un millimètre depuis Lautréamont? Évidemment non. Nous en sommes encore à «la série bruyante des diables en carton». À l'arrivée, tout ce qui s'est voulu le plus négatif, le plus audacieux, le plus dérangeant, est récupéré au service du parti de la mort. Être écrivain ou critique, quelle importance? Ce qui compte, c'est de mériter la réprobation de tous. Laquelle n'est pas aussi difficile à supporter qu'on le prétend lorsque l'on n'a pas un amour passionné pour l'argent. Avec très peu de moyens, il est possible de vivre dans la joie. Au contraire, faire cracher au système son argent, comme le fait Daniel, le narrateur de Houellebecq, multiplie souvent la détresse, aggrave la honte, révèle la débâcle.

Quant à la question de la vie éternelle, ce n'est pas rien. *La Possibilité d'une île* est avant tout une proposition faite à quiconque pourrait en faire l'expérience. On mesure là le penchant démocratique de l'auteur. Son livre, comme tous les grands livres, est éminemment politique. Il défend les thèses du parti démocratique. Rien d'aristocrate chez lui. Non : c'est un démocrate. Sincère et profond, donc messianique. L'aventure humaine, chacun pourrait l'éterniser. Ça vaudrait pour tous, pour le premier venu. Tout le monde est concerné. Un vrai démocrate, pas comme vous et moi! Un démocrate comme le marché les aime! En plus, le roman propose une nouvelle religion. Comme vous l'avez remarqué, il se présente comme un évangile un peu spécial. Personne, dans la critique, ne semble avoir repéré cet aspect. S'il annonce en effet une «mauvaise nouvelle», il laisse entrevoir une issue à travers le reconditionnement biologique de l'espèce humaine. Cette issue permet d'asseoir le message démocratique et offre au marché des perspectives alléchantes. «Qui, parmi vous, mérite la vie éternelle?» Chaque quidam, répond notre ami démocrate. Il accepte d'aiguiller n'importe qui. Sert de guide à tout un peuple de lecteurs. Ce n'est pas notre genre. Mais comment ne pas avoir de sympathie pour cette louable démarche? Même *Ligne de risque* sera touché, j'en suis sûr. Même ceux qui évoluent parmi les avalanches avec une tête en liberté... Il en fallait pourtant!

La Possibilité d'une île est beaucoup plus qu'un roman. C'est une véritable proposition religieuse. Peut-être l'une des plus habiles qu'on ait faites depuis longtemps. Quelle cohue! Ceux qui croient mériter la vie éternelle forment une véritable foule. Quelle *promiscuité*! Permettez-moi de réemployer ici le vieux mot de «plèbe». Qu'y a-t-il de plus démocratique que la plèbe? L'ère de la souveraineté de la technique est également, comme Heidegger l'a souligné, celle de la crédulité la plus forte. Les deux phénomènes sont strictement liés. Entre eux, l'économie politique elle-même, à savoir la disponibilité infinie des flux monétaires. Le narrateur insiste là-dessus avec une grande franchise. Importance de l'argent... Il a beau concocter des saloperies pour un public d'imbéciles, ça rapporte toujours plus d'euros. Des millions! Ça se chiffre, ça s'évalue, ça s'échange... En sous-main, le sentiment d'une expiation nécessaire. Le porte-parole de l'auteur se présente comme un propriétaire errant. En spéculant sur la méchanceté innée des humanoïdes, sur leur médiocrité foncière, on s'achemine vers l'abondance. Pas vers la parole ! Non, vers la richesse chiffrable. Le propriétaire errant expie. Plus il expie, plus il est riche. C'est une rédemption, cotable en Bourse...

Le livre fait le tour de la gourouterie d'une manière remarquable. Le prophète, un vieil imposteur, se fait sucer la bite par ses assistantes. Le texte précise qu'il a un goût de chiottes. La néo-religion s'inscrit dans le mauvais goût, dans la laideur. Pas de gourouterie sans kitsch ! Heureusement, il existe une rédemption possible par l'art naïf, et d'ailleurs Vincent — le fils caché du prophète — se révèle un artiste de cette tendance. Il succède bientôt à son père, assassiné entre-temps. Il devient le nouveau prophète de la secte. Par sa sincérité, il émeut le narrateur. Le cynisme de celui-ci est racheté par l'innocence sentimentale de Vincent. Son côté idiot dostoïevskien le touche aux larmes. Vincent relève d'un étrange kitsch, d'un kitsch chinois, celui de la Cité Merveilleuse. Un kitsch qui s'approcherait de la vérité la plus véritable. C'est Vincent qui construit l'«Ambassade» destinée à accueillir les extraterrestres. Le passage, dans le livre, est magnifique. On perd son identité, on se noie dans le blanc, on revient vers soi par le vertige. Il y a beaucoup d'avenir dans ce roman. Les personnages de clones attendent toute leur vie les Futurs, c'est-à-dire les extraterrestres. Tout est pris dans une énorme spéculation sur le temps. Ça espère beaucoup dans ce livre désespéré. Bien sûr, le narrateur trouve Vincent un peu faible sur l'amour. Pas assez renseigné. D'un sentimentalisme bébête. Et pourtant, il l'admire.

L'avenir que déploie le dernier roman de Houellebecq passe par une apocalypse généralisée, qui engloutit l'ensemble du vivant. Pas de futur sans catastrophe. Pas de catastrophe sans futur. Le roman évoque la destruction de Madrid et de New York. Symboliquement, toucher à Paris et à Rome eût été plus efficace. Qui se soucie de Madrid? De New York? Leur disparition serait-elle aussi importante? Rien n'est moins sûr. Tandis que Paris, Rome... Ce n'était qu'une modeste suggestion, à l'usage des futurs terroristes. Dans le monde décrit par Houellebecq, il ne subsiste plus aucune trace de la culture. Plus de livres, plus de musique, plus de peintures, pas la moindre sculpture. Il ne reste que la nostalgie, vague, d'un savoir-faire artisanal. Sinon, tout a disparu. Escamotage généralisé de l'archive. Or, j'ai un sentiment radicalement antipodique. Sur le fond d'une possibilité extrême de destruction se produit l'émergence de l'archive. Une émergence telle qu'on ne l'a jamais vue. Pour comprendre le monde contemporain, il faut s'habituer à ce genre de paradoxe. Parce qu'on peut interroger l'archive comme jamais, le souhait se généralise d'une destruction universelle de cette archive. Le nihilisme, à cet égard, ne cesse d'en remettre. Qu'une archive soit, avec une telle ampleur, à la disposition d'un cerveau capable de penser, voilà ce qui l'angoisse. Voilà ce qui le pousse à faire le vœu d'une submersion absolue, d'un engloutissement sans remède. Pourtant, aucun être humain n'a eu, jusqu'à ce jour, une telle ressource dans le déploiement de sa pensée. Je constate cela depuis mon exil néo-zélandais. Prenez-le pour autant de remarques antipodiques, sans conséquence aucune.

Dans l'univers houellebecquien, l'amour brille en effet par son absence. Les deux personnages féminins du livre, Isabelle et Esther, sont particulièrement réussis. Pauvre Isabelle! 40 ans, flapie, à bout de course, avec des seins en gants de toilette, ne pouvant se dénuder que dans la honte et l'effroi. Une petite merveille, Esther : belle, jeune, entreprenante. Un seul bémol : dans toutes ses prestations sexuelles, qu'elles soient de fellation, d'enconage ou d'enculage, elle n'embrasse pas. La manière, très directe, dont Houellebecq décrit la sexualité le place très au-dessus du roman américain, à la notable exception, mais pas toujours, de Philip Roth. Il est judicieux de remettre en circulation le concept de « pétasse », qui, couplé avec celui de « rombière », est d'un très bon rendement. Il y a, sur une plage, une scène où des pétasses se déhanchent devant un Vincent médusé, pris dans son autisme sexuel. Le narrateur le compare à un « Samuel Beckett dans un concert de rap ». C'est à la fois drôle et pathétique.

Je remarque que le narrateur reste longtemps fidèle à Isabelle, même quand ils ne font plus rien ensemble. L'empêchement fidélise à travers un chien. Je remarque également une angoisse pathologique du vieillissement, ventriloquée par le commandement social. Malheureusement, cette angoisse est intériorisée par l'esclave contemporain, jusqu'à devenir une hantise. La presse féminine induit une ruée vers la jeunesse imaginaire. On infantilise les femmes, on puérilise les hommes. On cadenasse les uns et les autres dans l'insignifiance. Notons tout de même que la valorisation de la jeunesse sur le plan du désir relève d'un point de vue très précis : celui des vieux. La propagande commerciale fait fond sur le violent masochisme des vieux.

Ce qui est particulièrement indicatif, c'est la manière dont Houellebecq décrit la déchéance de son narrateur. Son amour pour la belle Esther le ravage. La jalousie devient sa passion dominante. Or comment la définir, cette jalousie, sinon comme un symptôme homosexuel ?

Quand un homme se sent dépassé par des concurrents éventuels, l'inclination homosexuelle est en jeu. Proust en a fait un roman sublime. Houellebecq montre l'évolution du symptôme dans le monde contemporain. L'homme passerait, dans sa vie sexuelle, de l'éjaculation précoce à l'impuissance sénile. C'est le fond actuel : une montée progressive de la pétrification érotique. Ce tableau est statistiquement irréfutable pour 98 % des individus mâles appartenant à la classe dite moyenne. Nous en sommes, en bons démocrates, à une sexualité de masse. Le sexe deviendrait un droit. Chacun, du fait d'être né, aurait le droit d'avoir une vie sexuelle. Or c'est une illusion. Rien de moins démocratique que la sexualité. Ça ne concerne pas les masses. Et cela est vrai aujourd'hui comme depuis toujours. Le libertinage pour tous, grands dieux, quelle idée !

Les gens de 30, 40 ans sont obsédés par leur «génération». Ils ont l'illusion d'appartenir à une classe d'âge. Ils devraient penser à Aristote : il n'y a pas de génération sans corruption. Plus ça pense en termes de génération, plus ça s'essouffle dans la corruption. Personnellement, ce genre de vocable m'a toujours été étranger. Mais tout de même, il correspond à une manière de voir très répandue aujourd'hui. C'est cela que décrit Houellebecq. Et il le fait magnifiquement. Ce qui provoque chez les croyants de la génération un violent effet identificatoire.

Bien entendu, il n'y a jamais eu de libération sexuelle démocratique. Je peux néanmoins vous parler de celle de Philippe Sollers. Je n'ai suivi qu'une seule université, où je pense avoir un diplôme assez conséquent : celle du bordel. Il y a un texte de moi, «La chambre close», repris dans *La Guerre du Goût*, qui porte sur cette question cruciale. J'ai presque réalisé dans ma jeunesse le rêve de Faulkner d'écrire dans un bordel dont il serait le tenancier. La révolution sexuelle de 68, je vais vous dire la vérité : vaste blague. Il n'y a que des aventures singulières. Les ensemblisations démocratiques relèvent de la publicité mensongère. Tout cela est à la fois faux et cocasse. Affaire de croyance et, dans ce domaine, je n'en ai aucune. En sexualité, je suis athée. Je ne crois pas au sexe, contrairement à Houellebecq. D'ailleurs si on y croit, on est toujours déçu. On ne donne rien à qui y croit. Mais beaucoup à celui qui n'y croit pas. Avec ça, arrangez-vous. Un jour, une belle prostituée m'a dit qu'elle voulait travailler pour moi. Si j'avais été crédule, m'aurait-elle fait ce genre de proposition ? Non, j'aurais michetonné. Comme le narrateur de Houellebecq, j'aurais été un micheton dépressif. L'erreur consiste à croire. Quand il y a croyance, il y a refoulement. Que les hommes soient tellement désespérés par leur détresse érotique qu'ils s'apprêtent à «abandonner la partie», comme dit Houellebecq, que voulez-vous que ça me foute ? Qu'ils l'abandonnent, et alors ? Moi je vis en Nouvelle-Zélande. Très loin de tout, avec quelques amies, dans un isolement splendide, où je ne rencontre, parfois, que Nietzsche et Heidegger. Nous avons des soirées très studieuses à Auckland. Nous écoutons Mozart en silence.

Houellebecq se demande si le sexe ne va pas être réservé à une «élite érotique». Dans un sens, il a raison. Mais sa formule est déjà plébéienne. Dans sa lettre même, elle dénonce, elle réclame, elle revendique. Or, il n'y a rien à dénoncer, ni à réclamer, ni à revendiquer. Le sexe, pas plus que l'athéisme, n'est démocratique. Chaque fois qu'on tente une expérience démocratique avec ces deux paramètres, catastrophe. Celui qui s'ima-

gine pouvoir être athée en croyant au sexe est un imbécile. Celui qui remplace Dieu par la sexualité est assuré
d'un effondrement dans le ridicule le plus dérisoire. Je
vous rappelle que Dieu a toujours été très maladroit
sexuellement. Si vous vous mêlez de le remplacer par
son sexe, vous encourez en effet le risque d'un «ratage
trépidant». Les premiers principes doivent être hors de
discussion, comme dit Lautréamont. D'ailleurs, Sade
vous dirait qu'une femme ne tarde pas à adopter ceux
de l'homme qui la fout, s'il a vraiment des principes
(ce qui devient de plus en plus rare).

La problématique sexe sans amour / amour sans
sexe, elle, me paraît très vieillotte. La plèbe érotique,
de toute façon, n'a pas voix au chapitre. Elle induit les
corps à dépérir dans l'illusion, sur fond de ressentiment. Les corps des femmes jeunes sombrent très vite
dans la régulation la plus misérable. Pas de quoi se suicider sur l'allant d'une saison. Elles passent, les saisons. Et vite, encore. Les libertines des grands siècles
d'or devenaient dévotes. Les prostituées petites-bourgeoises finissent dans le retour nauséeux du mariage et
de la sécurité. Quand j'avais leur âge, j'ai toujours
détesté les jeunes filles. Leur beauté danse un été ou
deux, puis ramène la vulgarité ordinaire. Je ne me suis
jamais arrangé avec les pétasses. Elles ne m'ont jamais
fait marcher. Je conseille au jeune homme de faire ses
classes avec des femmes plus âgées. C'est gratuit, c'est
exaltant et, en plus, c'est reposant. La pétasse ennuie,
fatigue, accable. Si vous avez le «suffrage à vue»,
comme dit Casanova, détournez-vous des jeunes filles.
Choisissez les femmes d'âge mûr. Elles vous comble-
ront.

La sexualité n'est pas soumise à l'organe. La physiologie ne la limite pas. On peut très bien en avoir

une, et convenable, sans effectuation. Pas obligé de se déshabiller. La sexualité est partout et nulle part. Vous l'attrapez par un bout, elle fuit par l'autre. Personne n'est contraint d'acheter des pommades pour aller bourrer une fille. Et si elles s'en foutaient, les filles, qu'on les bourre? C'est une hypothèse, après tout. La névrose masculine gagnerait à la prendre au sérieux. Le sexe peut prendre la forme d'une conversation. Se faire faire une pipe, ou foutre une femme, ça peut être amusant si ce n'est pas une contrainte. À la limite, je préfère que cela ne soit pas ce que j'appelle une «baise de charité». On y est parfois amené pour tenir son rôle, sans plus. Un brin de perversité dégage l'érotisme de son déprimisme organiciste. Il n'est pas un droit de l'homme. Peut-il y avoir un progrès dans les mœurs sexuelles? Je ne pense pas. Ça se débrouille, rien de plus. Et ça suffit. Il y a des rencontres; ce qui s'y joue dépasse infiniment ce qu'on enferme sous le nom de sexualité.

Isabelle, la première rencontre du narrateur, branle à merveille. Elle sait presser les couilles du partenaire comme une vraie professionnelle. Une bonne branleuse, rien de plus rare. Esther, la seconde rencontre, se livre à tout, sur fond d'un refus : celui d'embrasser. Mes chers amis, croyez-moi si vous le voulez, mais parfois un baiser m'a amplement suffi. Quel dommage, pauvre Esther! Récupéré et propagé par la démocratie, c'est-à-dire par le marché, le sexe implique le ratage. Celui-ci est instrumentalisé à son tour dans un futur de résignation et de profonde frustration. La tyrannie de la marchandise fonctionne d'autant mieux qu'elle enferme les hommes dans le désarroi et le manque. Cela favorise la servitude volontaire des esclaves. Il fallait qu'un romancier s'occupât d'un tel phénomène, et Houellebecq vint. Le sexe représenté par ce romancier demeure éminemment enlisé dans le social, et se confond avec son enlisement. Un personnage virtuel surplombe ce constat catastrophique, la «Sœur suprême», qui contrôle l'univers puritain des clones. Elle est bien bonne, celle-là. Elle distille ses instructions, et chacun s'y plie. Elle synthétise la mère, la sœur et la fille. Avec la «Sœur suprême», quoi faire? Moi, je déserte aussitôt. Ses intonations comminatoires me glacent. Je ressens un léger frisson dans le muscle de la jambe droite. Elle incarne la récusation féminine dans toute sa froideur implacable. Une récusation qu'il est bien impossible de subvertir par la jouissance. L'horreur absolue, l'ennui mortel... J'envoie mes livres depuis la Nouvelle-Zélande, mais la récusation féminine les fait disparaître au fur et à mesure. Où passent-ils? Impossible de le savoir. Il faudrait la penser une bonne fois, cette foutue récusation féminine. De toute manière, le boudoir sans philosophie est une impasse. Je recommande d'y faire des visites pour vérifier à quel point l'absence de philosophie amène à cette impasse. Sans philosophie, le boudoir court au-devant de sa propre récupération. Je préconise des sociétés secrètes du plaisir en vue de prendre des mesures défensives à l'endroit de la récusation de toute jouissance, laquelle organise chaque société, et surtout celle qui prétend populariser le sexe. Toute véritable rencontre érotique suscite autour d'elle une malveillance très puissante. C'est pourquoi il faut la protéger. Je suis sûr que vous en avez déjà fait l'expérience.

Lautréamont recommande à l'âme timide de se tenir à l'écart du matricide que sont les *Chants*. Et cela, à moins que cette âme n'apporte dans sa lecture une «logique rigoureuse et une tension d'esprit égale au moins à sa défiance». «Il n'est pas bon — écrit-il —

que tout le monde lise les pages qui vont suivre; quelques-uns seuls savoureront ce fruit amer sans danger. Par conséquent, âme timide, avant de pénétrer plus loin dans de pareilles landes inexplorées, dirige tes talons en arrière et non en avant.» L'âme timide veut mériter, la pauvre, la vie éternelle. Ce n'est pas le cas des âmes insolentes. Elles préféreront toujours, celles-là, quelque chose de plus sauvage, à savoir l'Éternel Retour, tel que Nietzsche l'a annoncé aux élus. Lautréamont insiste lourdement : l'âme timide ne doit pas forcer sa nature. N'importe qui ne peut pas le lire. Il le sait. Et sa littérature joue à mettre en scène ce savoir. Il apostrophe directement l'âme timide : «Écoute bien ce que je te dis : dirige tes talons en arrière et non en avant, comme les yeux d'un fils qui se détourne respectueusement de la contemplation auguste de la face maternelle; ou plutôt comme un angle à perte de vue de grues frileuses méditant beaucoup...» Notez au passage la transition habile et ironique de la face maternelle aux grues frileuses, qu'on suppose, pour rire, en train de méditer. Dans *Poésies I*, Lautréamont creuse sa propre appréciation : «J'accepte Euripide et Sophocle; mais je n'accepte pas Eschyle.» Ainsi fait-il semblant de récuser le matricide par excellence qu'est Oreste dans sa complicité obscure avec le dieu au couteau, Apollon. À propos, lorsque Sade est en détention à Miolans, il entre en correspondance avec l'un de ses codétenus. Et savez-vous quel sobriquet il choisit? Eh bien, il se fait appeler Oreste. La boucle est bouclée. Et les âmes timides peuvent diriger leurs talons en arrière dans la frilosité qui les fera toujours ressembler davantage à des vieilles grues. Dans *Poésies II*, on trouve ceci : «L'idée du bien est une. Ce qui est le bien en moins l'étant en plus, je permets que l'on me cite l'exemple de la maternité. Pour plaire à sa mère, un fils ne lui criera pas qu'elle est sage, radieuse, qu'il se conduira de façon à mériter la plupart de ses éloges. Il fait autrement. Au lieu de le dire lui-même, il le fait penser par ses actes, se dépouille de cette tristesse qui gonfle les chiens de Terre-Neuve.» À trop se laisser piéger par le maternel, dont la société n'est qu'un avatar, on finit dans une tristesse de chien...

Il y a le «bûcher des crimes maternels» qu'évoque Baudelaire. Quant au matricide représenté dans l'*Ulysse* de Joyce, il renvoie à une contestation radicale de la religion de la mort, telle que le personnage de la mère de Stephen la fait apparaître. Stephen ne tue pas sa mère, il renvoie son spectre au néant en tant qu'il est porteur d'une venimosité mortifère. Il refuse de s'agenouiller auprès de son lit d'agonie, parce qu'il conteste la «mâcheuse de cadavres». Cela dit, le plus important n'est pas le matricide mais l'inceste.

La relation de Houellebecq avec le maternel est déterminée, dans son caractère désastreux, par le fait que sa propre mère ne l'a jamais pris, dit-il, comme objet érotique. Il suffit de lire un texte comme «Mourir», et cela apparaît immédiatement. Il s'ensuit une énorme souffrance. Logiquement, il attend des femmes un maternage de substitution. À chaque fois, ça rate. Le malaise qui en découle est ressenti par lui comme intraitable, ne relevant d'aucune cure, d'aucune interprétation, analytique ou autre. Le traumatisme est premier, définitif. La mère est par ailleurs décrite comme liée avec la bien-pensance progressiste. Le clergé actuel rhabille l'ancien. Les mères continuent d'adhérer à la loi, même si celle-ci est devenue laïque et obligatoire. Toute possibilité d'inceste est violemment réprimée. Une mère n'excluant pas, avec esprit bien sûr, une virtualité d'inceste permet par la suite de s'en tirer beaucoup mieux avec les filles, avec les sœurs, bref avec les femmes. Toujours mon expertise antipodique, si méprisée, si déniée... Modiano, dans *Un pedigree*, se plaint, comme Houellebecq, d'avoir eu une mère au cœur sec, sans goût libidinal pour lui. Comme si les mères, en démocratie, avaient perdu jusqu'à l'idée du blasphème. Ce qui, par contrecoup, assèche les fils. De mère en fille, ça s'aggrave : de la rombière à la pétasse, on va de mal en pis.

Y a-t-il une jouissance qui soit autre chose que son propre simulacre, c'est-à-dire l'exhibition d'un narcissisme ? À lire Houellebecq, on en doute. Pourtant, il est possible d'approcher les «noirs mystères», dont parle Baudelaire ; d'entrevoir une jouissance qui n'exhibe pas le narcissisme, mais qui en serait plutôt la ressource. À défaut, on tombe dans la dépression. Les corps encombrent. On s'échine à les reproduire, à les dupliquer. Demain, on les fabriquera. L'erreur est de faire comme si le sexe allait sans un dire. Ainsi, entre Esther et Daniel, on remarque un barrage de langue. Mise à plat de la parole sur fond de frénésie libidinale. Un homme et une femme n'envisagent même plus de se dire quoi que ce soit. Étonnez-vous si ça moisit la baise. Avec Houellebecq, la baise moisie a son poète. L'époque l'attendait. Le marché le lui a donné. Voilà le point, toujours oblitéré par la prédication physiologiste : dire, c'est faire. Si ça ne dit pas, ça ne fait pas. Déjà que ça n'embrassait pas non plus... La langue reste verrouillée, hélas ! «La contrée de la parole est la seule à répondre d'elle-même», dit Heidegger. L'amour, c'est d'entrer dans cette contrée. Et là, parfois, rencontre. Quelqu'un y répond, comme vous y répondez vous-même. Ai-je besoin de vous dire que ça n'arrive pas tous les jours ? À cet égard, le constat dressé par Houellebecq est parfaitement justifié et audacieux.

Pour entrer dans ce que Heidegger nomme la «Libre Étendue», qui est le contraire de ce que décrit Houellebecq dans son roman, il faut faire une expérience que tout, de nos jours, contribue à rendre impossible. Le roman de Houellebecq s'achève au milieu d'une étendue vide et ravagée, par un enfermement qui broie le clone dans une peur intense. Ce broiement est précieux, dans la mesure où il indique, par contraste, la possibilité d'une ouverture. «L'être de la pensée — dit Heidegger — est noblesse.» Bien entendu, il ne s'agit pas d'une référence à une généalogie seigneuriale. Nietzsche, d'ailleurs, affirme qu'un esprit libre fait advenir une «nouvelle noblesse». Il s'agit donc de l'être même de la pensée. Hélas, si vous haïssez la pensée, par conséquent son être, il y a des chances pour que vous soyez violemment hostile à l'apparition d'une noblesse. C'est comme ça que s'alimente le fanatisme plébéien. Il aboutit, à chaque fois, à la haine du noble. La science, qui ne pense pas, est censée permettre notre survie au milieu d'une dévastation généralisée. La force de Houellebecq, c'est de ne pas se contenter du scientisme. Encore moins de reconduire les lieux communs de la science-fiction. Sa force consiste à faire fond sur du philosophique. Il réactive la religion positiviste d'Auguste Comte en faisant des signes subreptices à Lautréamont, c'est-à-dire à l'une des expériences de pensée les plus absolues. Il insulte au passage Hegel, en le traitant d'imbécile. Passons... Simple palinodie, sans aucune importance. Il opte pour Schopenhauer, contre Nietzsche. C'est déjà plus grave. Le chien de Schopenhauer! Un «mauvais flatteur», dirait Nietzsche. Eh bien, Schopenhauer gagne dans le monde actuel, bien entendu. En le choisissant contre Nietzsche, Houellebecq se met dans le camp du plus fort. Je prends le parti adverse dans le livre que je viens de terminer, *Une vie divine*. Pourtant, je n'arrive pas à prendre cette affaire entièrement au sérieux. Dans la prise de parti de Houellebecq, je ne peux pas me défendre d'entendre un appel. En claironnant sa haine, Houellebecq appelle Nietzsche. Il voudrait le rencontrer, de l'autre côté, dans un autre monde. Un passage du *Zarathoustra*, même parmi les plus emphatiques, sera toujours prodigieusement plus dégagé, et libre, et beau, qu'un poème de Houellebecq, fût-ce le plus inspiré. C'est comme ça. Injuste, sans doute, mais indéniable. D'où l'appel. Il faut le prendre au sérieux, cet appel. Il ne faut pas le repousser. L'attitude de *Ligne de risque*, à cet égard, est la bonne. Considération et respect pour l'ennemi. D'autant que l'Éternel Retour, mes chers amis, ce n'est pas demain, c'est ici et maintenant. Cet entretien, nous l'aurons encore et toujours, sans que jamais la survenue d'un autre monde ne l'interrompe. Nous rendrons grâce à notre ennemi sans discontinuer. L'Éternel Retour est la meilleure des bonnes nouvelles. Elle fait vieillir le biblique, l'évangélique, le coranique et le bouddhique, ce qui excuse Nietzsche d'avoir incarné le rôle de l'Antéchrist. Comme toutes les bonnes nouvelles, celle-ci sera systématiquement occultée, diffamée, recouverte. On la sabote, on la contrecarre, on la censure, on la dérisionne, mais elle est là.

La Possibilité d'une île est incontestablement le meilleur livre de Houellebecq, et de loin. Le milieu littéraire qui rechigne est composé de menteurs et de précieux. Il incrimine la forme. C'est une énorme plaisanterie. Regardez un peu celle des gens qu'ils défendent. Elle est belle, leur forme... Avec *Une vie divine*[1], j'ai

1. Gallimard, janvier 2006, ou plutôt 118. Folio n° 4533.

conscience d'avoir écrit moi aussi mon meilleur livre dans la meilleure des formes. Il est daté du 30 septembre 118, d'après le calendrier édicté par Nietzsche en 1888, date définie comme l'an I du Salut. J'abandonne le calendrier chrétien. Il ne me convient pas. C'est au fond un calendrier démocratique et économique. Celui de la Révolution française ne fut qu'un ersatz qui a fait long feu. D'ailleurs, il était, au fond, réactionnaire et paysan. Brumaire, messidor... Bla-bla régressif. Pour moi, nous ne sommes pas en 2005. Non, nous sommes en 118. C'est le calendrier de la nouvelle noblesse, celle qui s'oppose à l'emprise universelle de la plèbe. Je conteste l'expression, battue et rebattue, de « classe moyenne ». Je lui préfère décidément celle de « plèbe ». Il n'y a plus d'aristocratie, de bourgeoisie, de classe moyenne, de prolétariat. Plèbe en haut, plèbe en bas — dit Nietzsche. Et ça ne pense ni dans les hauteurs de la société ni à sa base. Pas plus en haut qu'en bas. Ici et là, plèbe.

Mon livre se termine à Rome. L'Éternel Retour fait revenir, sous un jour nouveau, la vérité de la religion catholique et romaine. J'imagine Nietzsche, encore vivant de nos jours, savourant en musique sa doctrine de la nouvelle noblesse auprès du Pape. En matière de religion de couverture, je préfère celle-là à celle des cinglés. Question de goût.

Entretien avec *Ligne de risque*.
Propos recueillis par François Meyronnis et Yannick Haenel.

Pour Nietzsche, il y a le pessimisme romantique (Wagner, Schopenhauer) et le pessimisme dionysien (le sien). Le positivisme n'est que du «romantisme déçu», et Houellebecq ne fait pas exception à la règle.

Comme Schopenhauer est un négateur de la vie, «il faut *avant tout nier Schopenhauer*» (*Le Crépuscule des idoles*, c'est Nietzsche qui souligne).

Schopenhauer, dans «sa fureur bornée contre Hegel», perd tout sens historique.

Le «génie de l'espèce» et la pitié, comme fondement de la morale, sont des inepties.

Schopenhauer est «le plus grand faux-monnayage psychologique qu'il y ait dans l'histoire, abstraction faite du christianisme».

Schopenhauer est un «saint bizarre», avec «un parfum de croque-mort particulier».

Nietzsche, toujours : «Je rappelle encore, contre Schopenhauer, que toute la haute civilisation et la grande culture littéraire de la France *classique* se sont développées sur des intérêts sexuels. On peut chercher partout chez elles la galanterie, les sens, la lutte sexuelle, "la femme" —, on ne les cherchera pas en vain. »

Autrement dit : que les fils qui n'ont pas eu des mères sensuellement ambiguës à travers une éducation française *classique* perdent toute espérance.

Il faut parler dans toutes les langues

«LIGNE DE RISQUE» : *1. Benoît XVI, dans son* Jésus de Nazareth, *évoque une «plus-value intérieure de la parole» qui rendrait possible une relecture incessante des textes et une amplification des énoncés à travers le temps. Provision de relance, la parole serait infinie et pas du tout restreinte à la communication : elle ne cesserait de s'alimenter à partir d'elle-même. Il suffit à chaque fois que quelqu'un écoute la parole dans sa provenance. Quand cette condition est remplie, le langage se déploie et nourrit spirituellement la personne qui se fait le témoin d'un tel déploiement. Rien n'est plus étranger à l'époque actuelle, marquée par un nihilisme subjectiviste, que cette conception pontificale (partagée, sur d'autres bases, par l'exégèse juive). Mais n'a-t-elle pas, au fond, une certaine parenté avec la vôtre?*

2. Une parole voulant se mettre en face de ce qui arrive — qui prend l'aspect d'un ravage planétaire — ne doit-elle pas rompre radicalement avec la pensée des Temps modernes (et donc avec ce que Joseph de Maistre appelait le «philosophisme»)?

3. Que se passe-t-il lorsqu'un individu écoute la parole à travers la parole? N'est-ce pas ce que la société gestionnaire dissuade de toutes les façons? D'ailleurs, a-t-elle encore besoin de réprimer ce qui est dissuadé à ce point? Les somnambules de l'être-ensemble comprennent-ils de quoi il est question? Sentent-ils même ce dont on les ampute à chaque instant?

4. Le Dieu d'Abraham, d'Isaac et de Jacob ne se manifeste pas au prophète Élie dans la tempête, ni dans un tremblement de terre, ni dans le feu, mais dans le murmure d'une brise légère. Nietzsche écrit qu'une grande pensée — de celle qui casse l'histoire de l'humanité en deux tronçons — s'avance toujours sur les pas d'une colombe. Ce qui est le plus infime (que l'amour atteigne la splendeur de sa richesse ou qu'une parole se rejoigne dans l'écoute) n'est-il pas à chaque fois aussi important que la persistance de la planète? Le plan — impossible, mais qu'on peut expérimenter — où ces étranges pondérations interviennent semble celui qui vous requiert. Le «Royaume», dit l'Évangile, est petit comme un «grain de moutarde». À cet égard, n'êtes-vous pas plus apostolique qu'on ne le croit généralement?

5. En 1987, vous publiez dans la collection «L'Infini» L'Invention de Jésus de Bernard Dubourg, bientôt suivi d'un second volume en 1989. Ces deux volumes révolutionnent radicalement la lecture des Évangiles. Ce ne serait plus des recueils de faits divers ou d'anecdotes sur un dénommé Jésus, ni des reportages à propos de son parcours sur terre. Mais un midrash composé en hébreu (et non en grec!) à partir de la Bible. Dubourg montre comment les lettres sont vivantes, et comment (selon divers procédés) elles engendrent le récit. L'évangélique serait donc un tour de la lettre hébraïque, d'où naîtrait une possibilité nouvelle de salut. Que pensez-vous aujourd'hui de cette thèse? Et pourquoi les livres de Dubourg ont-ils fait l'objet d'un tel enfouissement? Ne seraient-ils pas un sésame pour reprendre à neuf deux mille ans de christianisme?

6. En mettant l'accent sur un problème de langue et en faisant surgir l'hébreu sous le grec des Évangiles, Dubourg ne permet-il pas à un esprit libre de saisir l'historial de l'évangélique au point où il déborde la métaphysique occidentale? Et cela d'autant plus que cet « historial » ne se laisserait pas enfermer dans les bornes, au fond si conventionnelles, de l'historicité?

7. L'évangélique fait-il fond, d'après vous, sur une factualité historique? Ne repose-t-il pas plutôt sur le tombeau vide de la résurrection? Et cet événement, dont saint Paul dit qu'il affole la sagesse du monde, ne faut-il pas le comprendre à partir des ressources de la parole? D'ailleurs où s'ancrerait le katholikos, *sinon dans une parole qui vaincrait la mort? Et ne manque-t-on pas cet accomplissement lorsqu'on prend le grec de couverture des Évangiles pour du vrai grec? Lorsqu'on oublie, en somme, qu'il s'agit d'une langue de traduction? Ne reste-t-il pas à penser le passage d'une langue à toutes les autres? Ce passage ne serait-il pas exodique, ouverture sur le parler en langues de la parole? Ne recoupe-t-il pas ce que vous nommiez, en 1975, l'«élangues»?*

PHILIPPE SOLLERS : L'existence d'un pape, en ce commencement du XXIᵉ siècle, ne va pas de soi. La continuité du trône pontifical, par-delà les Temps modernes, revêt un caractère étrange et presque miraculeux. Avant les bouleversements du XXᵉ siècle, il y a eu la Révolution française. On connaît le sort que Napoléon a fait subir à Pie VII. À ce moment-là, on pouvait penser que la papauté relevait d'un monde défunt. Joseph de Maistre a raison d'écrire, en 1810, cette phrase, à la fois lapidaire et juste : «La résurrection du trône pontifical a été opérée contre toutes les lois de la probabilité humaine.» Ces lois postulaient en effet l'évacuation du Pape. On en avait fini avec ce personnage encombrant. Et pourtant, ça continue. Nous avons même eu un pape guerrier, dont l'action géopolitique est en partie à l'origine de l'effondrement du mur de Berlin. Je parle de Jean-Paul II, bien entendu. Mais il n'y a pas que ce pape-là. À travers la personne de Benoît XVI, toute la succession apostolique se tient devant nous, comme un défi au monde.

Que veut dire le Pape lorsqu'il évoque, dans son *Jésus de Nazareth*, une «plus-value intérieure de la parole»?

Marx, quand il invente la plus-value, est très fier de son concept. La plus-value comme sur-travail lui semblait une grande avancée théorique, permettant de mettre au jour les soubassements de l'économie capitaliste. La plus-value, en termes marxistes, détermine la valeur du sur-travail. De quoi s'agit-il? Eh bien, il s'agit d'un travail non payé, accompli par le travailleur au profit du capitaliste. C'est donc la base même de l'accumulation du capital. La valeur du sur-travail est égale à la quantité de travail moyen incorporé dans le sur-produit. Au travailleur, la société capitaliste achète sa force de travail. On rémunère celle-ci juste assez pour qu'elle se reproduise. Ce qui n'est pas payé au travailleur, c'est la plus-value. Sans elle, impossible d'accumuler du capital. Au XIXᵉ siècle, les choses fonctionnaient ainsi. Mais la situation a changé. Il n'y a plus de «bourgeoisie», et la rotation du capital est prise dans la mise à disposition générale de tout l'étant, *y compris de la parole.*

Alors, pourquoi Benoît XVI reprend-il à son compte un terme de la casuistique marxiste? Et pourquoi l'applique-t-il à la parole? Peut-être veut-il dire, en affirmant l'existence de cette «plus-value intérieure», que la parole est devenue prolétaire? Dans ce cas, quelle part de son travail échappe à une rétribution? De toute façon, lorsque le Pape émet l'hypothèse d'une plus-value de la parole, il reste pris dans les limites de la métaphysique. En effet, le déploiement de la parole n'a rien à faire avec la valeur, sous quelque forme que ce soit. Car la valeur est engrenée dans un système économique global qui aujourd'hui s'étend à l'échelle de la planète. Néanmoins, le Pape a raison de reprendre la formulation marxiste. Il indique par là à quel point la parole est arraisonnée par le circuit de l'échange généralisé. À quel point elle est sommée de jouer le rôle d'une force de travail à partir de laquelle le système dégage une plus-value. Nous assistons pour la première fois dans l'histoire à une accumulation gigantesque de plus-value touchant la parole. Ce forçage de la parole, on peut le constater partout et à chaque instant. Il est en cours.

Il suffirait, vous avez raison, que quelqu'un écoute la parole dans sa provenance. Malheureusement, ce quelqu'un devient de plus en plus improbable. Et cela parce que la parole elle-même, réduite à une communication globale, s'intègre comme force de travail dans un système qui vise à produire de la plus-value non pensée. La provenance est effacée, l'écoute rendue impossible. Le détour marxoïdo-papal permet d'identifier assez nettement la prolétarisation de la parole. Celle-ci ne concerne pas seulement les classes les plus défavorisées, mais tous les niveaux de la société. Nietzsche le dit à sa manière : « Plèbe en haut, plèbe en bas. »

« Parler, dit Heidegger, est mis au défi de répondre en tous sens à la mise en disponibilité de ce qui est. » Répondre en tous sens, tel est le destin d'un écrivain au XXIe siècle. Cela ne s'était jamais vu dans les époques antérieures, et d'ailleurs la plupart des êtres parlants continuent de ne pas s'en apercevoir. La mise en disponibilité de ce qui est entraîne une révolution dans notre rapport avec la parole. C'est cela, le point brûlant. Et nous ne sommes pas nombreux à en faire l'expérience.

Heidegger, dans *Acheminement vers la parole*, ne réclame pas une rupture hors de l'élément de la pensée occidentale. « Il ne s'agit — écrit-il — ni de démolir, ni même de renier la métaphysique. Vouloir de telles choses, ce serait prétention puérile, ravaler l'histoire. » Que devons-nous faire ? Heidegger ne propose rien de moins que de « préparer l'originale appropriation » des deux millénaires qui nous précèdent. À *Ligne de risque* et à *L'Infini*, n'est-ce pas notre projet ?

Dans *Une vie divine*, je n'avais pas d'autre objectif en me saisissant du nom propre de Nietzsche. Il me semble que deux livres : un roman et un essai, manifestent la même préoccupation. Il s'agit de *Cercle* de Yannick Haenel et de *De l'extermination considérée comme un des beaux-arts* de François Meyronnis. Il serait logique que la critique ne tienne pas vraiment compte de cette énorme accumulation de plus-value. Il est vrai qu'elle ne cherche pas à connaître de près le travail que nous effectuons depuis vingt-cinq ans à *L'Infini*, où nous venons de publier le centième numéro ; et pas davantage celui que met en évidence, depuis maintenant dix ans, la revue *Ligne de risque*. La critique aime faire comme si cette accumulation de plus-value n'avait pas lieu. L'éternelle répétition de l'insignifiance éditoriale semble en effet la requérir sans trêve.

Peu importe si ceux que vous appelez les «médiatiseurs» inscrivent au calendrier de l'actualité nos modestes contributions. Les livres sont là, les textes peuvent se lire. Sans que cela se sache trop, nous effectuons le travail de la vieille taupe. Je reçois aujourd'hui un long article de Buenos Aires qui semble s'en apercevoir.

Il m'est arrivé d'insister sur cette image insolite : un pape jouant au piano du Mozart. La rencontre entre la musique de Mozart, un piano et un pape me paraît encore plus étonnante que celle d'un parapluie et d'une machine à coudre sur une table de dissection. Mais quand le Pape ne joue pas du piano, il lui arrive, de manière à la fois précise et rigoureuse, de commenter ce texte dont nous pouvons vérifier chaque jour que personne n'en connaît rien, si tout le monde croit le connaître : c'est de l'Évangile que je parle, le livre le plus ressassé et méconnu de l'Histoire. Benoît XVI examine les récits, les anecdotes, reprend les unes après les autres les paraboles. Qui connaît encore ce genre de choses? L'apparition de Satan, qui l'a en tête? Étrange personnage, n'est-ce pas? Cela semble battu et rebattu, et pourtant on le découvre ici comme pour la première fois.

Le Pape est humble et honnête. Il se contente de faire jouer le texte devant nous. Il se livre à un bord à bord avec la tradition juive, jusqu'au point où cela ne peut plus marcher. Ce point, c'est celui où le Christ dit : «C'est moi.» Il formule la chose temporelle ainsi : «Avant qu'Abraham fût, je suis.» Pour Israël, cet énoncé est un objet de scandale. C'est lui qui sépare l'Église et la Synagogue. La question du «Je suis» partage les Juifs et les Chrétiens. La proposition christique est violemment antibiologiste. D'une certaine manière, il est difficile de concevoir un énoncé plus inactuel. À notre époque, on assiste *en même temps* à une expropriation de la parole et à la prise en main de la reproduction des corps par la technique. C'est pourquoi revenir sur la manière dont le Verbe s'est incarné présente le plus vif intérêt. Lire le Pape est à mon sens un geste subversif. Cela prouve que nous n'en sommes plus à l'âge des Temps modernes. Ce qui m'amuse, c'est que toute une propagande mettant en avant ce que j'appelle, à la suite de Queneau, la «sessualité» passe son temps à attaquer, sur ce point, l'Église catholique, apostolique et romaine.

À ce propos, je défendrai toujours le catholicisme, mais je récuse comme une illusion ce qu'on appelle banalement le christianisme, terme vague et confus, derrière lequel se cache une formulation protestante. Il n'y a pas non plus de «judéo-christianisme».

Le «sesse» et la parole : l'Église romaine met en relief les deux points où ça crise. C'est pourquoi elle est honnie, journellement, à travers tous les moyens de la propagande médiatique.

Un matin, le vieux Lacan, tout ébouriffé par une nuit de concentration, est arrivé à son séminaire avec un concept dont il était très content. Il s'agissait du «plus-de-jouir», qui fait fond, lui aussi, sur la plus-value. N'y a-t-il pas un lien entre la «plus-value intérieure de la parole» qu'évoque le Pape et le «plus-de-jouir» inventé par Lacan? Mais oui. Pour qu'il y ait du plus-de-jouir, encore faut-il qu'il y ait du plus-de-parole. Évidemment, c'est là aussi que le bât blesse. On se retrouve devant une énorme accumulation de ratages. Vieille histoire, que l'Évangile prend à revers. C'est même pourquoi ce texte, si simple en apparence, se révèle si difficile à comprendre pour le «parlêtre».

À *Ligne de risque*, vous vous voulez «témoins» de la parole. Aucune objection, sauf qu'en grec «témoin» veut dire martyr. «Je ne crois qu'aux témoins qui se font égorger», dit Pascal. En ce qui me concerne, je reste zen sur la corrélation entre la messianité et la croix. Si le déploiement à partir de la parole est une nourriture spirituelle, il peut aussi se transformer en poison. Cela s'est vu, cela se reverra. Une *tendance au martyre*, telle est la forme la plus toxique de l'empoisonnement. J'aime beaucoup cette proposition de Joseph de Maistre : «Celui qui ne comprend rien comprend mieux que celui qui comprend mal.» C'est un énoncé profondément catholique et qui ne peut qu'apparaître pénible à une oreille actuelle. Et pourtant, la formule est illuminante.

La plupart des individus sont rivés à leurs ordinateurs pour effectuer des transactions, certainement pas pour écouter la parole. Mais cette occupation des corps par le réseau est aussi une chance. D'un côté, elle oblitère la parole, de l'autre elle indique le lieu même de l'impossible. Il n'y a de langage véritable que par rapport à une écoute. Cela dit, il ne faut pas négliger ce que Heidegger appelle le «tracé ouvrant» de la parole, qu'il lie à ce qu'il nomme une «monstration appropriante». Ça parle et ça voit simultanément. Plus ça écoute, plus ça voit. Nous sommes là très loin de l'industrie du spectacle. Il ne me paraît pas nécessaire de récuser la représentation. On peut l'utiliser avec profit, la retourner. Pour l'heure, vous constatez comme moi qu'elle se dirige vers sa décomposition, que ce soit en art, en politique, en philosophie. À ce propos, j'aimerais vous parler d'un texte : *Sur la Madone Sixtine*, écrit par Heidegger en 1955, et traduit par Mathieu Mavridis. Dans ce texte, celui que vous appelez le Souabe établit la différence essentielle qui existe entre un *site* et une *place*. Le tableau de Raphaël se trouve dans un musée à Dresde, mais il était auparavant au fond de l'abside de l'église San Sisto de Plaisance. Il ne s'agissait pas d'un «tableau», mais d'une fenêtre peinte, située entre deux fenêtres réelles de même taille que l'œuvre. Cette fenêtre «était, c'est-à-dire elle reste, à travers sa métamorphose, un déploiement de figuration unique en son genre». Elle a une place dans le musée, mais elle a perdu son site. «Métamorphosée, quant à son déploiement en "œuvre d'art", la figuration est en errance ailleurs que chez soi. Pour le mode de représentation muséal, qui garde toute sa nécessité historiale propre, ainsi que son droit, cet ailleurs ne peut que rester inconnu. Le mode de représentation muséal nivelle tout dans l'uniformité de l'"exposition". Là, il n'y a que des places, pas de site.» La Madone Sixtine montre la Vierge Marie tenant dans ses bras son Fils, qui est aussi le Verbe de Dieu, donc son créateur et son Père. Que tout ça fasse image tient à la spécificité du catholicisme romain, à son immense humour. Heidegger commente ainsi : «Dans la figuration, *en tant qu'*en cette figuration a lieu le paraître du dieu se faisant homme, a lieu cette transformation qui vient à soi sur l'autel en la "transsubstantiation", c'est-à-dire le cœur même de la messe comme célébration.» Ainsi, ce tableau renvoie à ce qui a lieu au cours de la *messe* catholique, et qui par définition n'est pas représentable mais offre à la représentation son site. Heidegger précise : «La figuration n'est pas une copie, elle n'est pas même seulement une symbolisation de la sainte transsubstantiation. Elle est le paraître du jeu d'espace-et-temps, entendu comme site où le sacrifice de la messe est célébré.»

Nous sommes là tout près de ce que Heidegger appelle une «monstration appropriante» au service du «tracé ouvert» de la parole. La Madone Sixtine vue dans un musée et contemplée dans son site, ce n'est pas du tout la même chose. Aujourd'hui, l'histoire de l'art, tout le monde s'en fout. À la limite, on pourrait prendre les collections de Peggy Guggenheim ou de François Pinault, et les foutre dans la lagune, à Venise, San Giorgio resterait impassible devant cet acte de vandalisme salubre.

Tout cela se tient : parole, «sessualité», «monstration». Le Spectacle requiert l'ensemble de la communication comme force de travail pour en dégager la plus-value en rapport avec les marchés financiers. Qu'il s'ensuive une laideur généralisée dans ce qui subsiste de la représentation artistique, que cette laideur soit de plus en plus agressive, et même pathétique, ne doit pas nous surprendre. Encore moins nous scandaliser. Un certain fou rire silencieux est ici de mise.

Le «philosophisme», inhérent aux Temps modernes, est en crise profonde. Il est même à l'agonie. Joseph de Maistre a raison de déceler sous ses apparences le spectre du protestantisme. Il n'y a pas, il n'y a jamais eu de philosophie «catholique». Ce qui prouve à mon sens la supériorité de l'Église romaine sur les «variations» protestantes. La philosophie allemande, à partir de Kant, est liée à la Réforme. Ce n'est pas par hasard si Heidegger finit par récuser l'appellation de «philosophe» en ce qui le concerne. Pour lui, la philosophie ne survivra pas aux Temps modernes. Elle n'a plus de sens, en tant que tel, au moment où s'affirme une ère planétaire sous les dehors du marché et de la Technique. Faut-il qu'on haïsse le Souabe ? Le clergé philosophique ne peut pas faire autrement que de voir en lui un hérétique. Son dossier était mauvais dès le début : contrairement à ce qu'on raconte, le point rouge tient moins à sa carte d'adhésion au parti national-socialiste qu'à son appartenance initiale à l'Église catholique et romaine. Nazi, c'est très grave, mais catholique, c'est définitif.

Je pense comme vous qu'il faut rompre avec le «philosophisme», et que cette rupture doit être radicale. Mais je vais plus loin. Je propose de rompre également avec le christianisme, ce concept protestant. En tant que catholique, je ne sais pas ce qu'est le christianisme. Cette formulation me paraît dramatiquement erronée.

À se dégager du christianisme, nous allons peut-être enfin comprendre l'évangélique dans sa langue. Nous allons peut-être mettre chaque langue, le grec, le latin, l'hébreu, là où il faut dans le nœud christique. Ce que je propose, c'est de mettre chaque langue dans son site du point de vue catholique, c'est-à-dire universel.

Je suis d'accord pour ne pas noyer le *logos* grec dans l'hébreu, où il n'a que faire. Mais je ne m'interdis pas, ni vous non plus, de m'intéresser à ce qui lui arrive chez Parménide et chez Héraclite. D'ailleurs, le *logos* est désormais à l'abandon dans son propre site, où l'économie politique produit la plus-value de son refoulement.

Et puis il n'y a pas que les Juifs et la Grèce. Il y a l'Inde et la Chine. L'Église catholique se tourne maintenant vers l'Asie. Le Pape vient de produire un document d'une grande subtilité sur la rencontre nécessaire de l'Église romaine avec la Chine. Hommage à la Compagnie de Jésus. Sur cette affaire, les Jésuites ont eu plusieurs siècles d'avance. Je salue, en passant, la mémoire de Matteo Ricci, sur la tombe duquel je me suis recueilli à Pékin. Il est de l'essence même du catholicisme de *parler toutes les langues*. C'est très exactement cela — être catholique, au sens où je l'entends. Il me semble avoir compris que *Ligne de risque* occupe à sa manière cette position, qui, pour être paradoxale, n'en est pas moins logiquement fondée.

La «monstration appropriante» du «tracé ouvrant» de la parole révèle l'abîme qui sépare le christianisme, véhiculé planétairement par les sectes protestantes, de la «véritable religion», qui ne peut être que la catholique. La plus étrange manière d'envisager l'incarnation du Verbe, on la trouve chez Michel Houellebecq, cet écrivain dont François Meyronnis, dans *De l'extermination considérée comme un des beaux-arts*, met en lumière la mystique de vengeance. Voici un de ses poèmes : «Cela fait des années que je hais cette viande / Qui recouvre mes os. La couche est adipeuse, / Sensible à la douleur, légèrement spongieuse; / Un peu plus bas il y a un organe qui bande. / Je te hais, Jésus-Christ, qui m'a donné un corps, / Je n'ai pas envie de vivre et j'ai peur de la mort.» Je me suis amusé à citer ce texte cocasse dans *Une vie divine* pour montrer que le *progrès* existe en poésie. Que vient faire Jésus-Christ dans cette affaire, sinon pimenter la salade? Revenons au baptême, qui soustrait le corps qui parle à la diabolie où il a été engendré, puisque nous avons tous été engendrés dans l'iniquité. Ce n'est pas le Christ qui nous a donné un corps, loin de là. Mais, un peu d'eau sur la tête — romaine, bien entendu —, quelques phrases, et voilà. On est quittes.

L'hébreu de la Bible est une langue sacrée. Mais je souhaiterais qu'on ne néglige pas pour autant le latin, qui a été, lui, une grande langue sacramentelle. On l'a utilisé pour les rites, et pour effectuer un certain nombre d'opérations, par exemple l'Eucharistie. Je trouve intéressant que Benoît XVI réinjecte un peu de latin dans la liturgie. Cela ne fera de mal à personne. Que les fidèles ne comprennent rien à ce qui est dit pendant la messe me paraît hautement souhaitable. Moins ils comprennent, plus ils comprennent. La mauvaise compréhension est à la portée de toutes les oreilles. Le point de vue catholique consiste à lui donner le moins d'aliment possible. Il ne faut pas renforcer le nihilisme subjectiviste, ce que Joseph de Maistre appelle le *rienisme*. Comme le dit cet excellent auteur, un livre sacré qui n'est pas assorti de l'autorité qui le commente ne mérite aucun intérêt. Les livres ne sont rien s'ils sont le produit du doute, comme dirait notre camarade Ducasse. Qui ne comprend pas ce paradoxe n'est pas digne de lire une ligne. D'ailleurs, à la limite, l'Église n'a pas besoin d'écriture, elle *qui ne doute jamais*. «*Posséder la vérité dans une âme et un corps*», Rimbaud dit ça très bien. Et, déjà, Maistre, avec insolence : «Nous, heureux possesseurs de la vérité.»

La société gestionnaire dissuade chaque individu de *posséder* la vérité. Alors, dites-vous, a-t-elle encore besoin de réprimer ce qui est dissuadé à ce point? La réponse est simple : oui, elle en a besoin. Vous ne serez pas seulement dissuadés. De toute façon en ce qui vous concerne, c'est trop tard, on vous réprimera également. Et plutôt deux fois qu'une. Elle dissuade, la société, puis, le moment venu, elle réprime. Elle refoule. Elle exclut. Ne vous faites aucune illusion à ce sujet. Les somnambules de l'être-ensemble, pour reprendre votre formule, comprennent très bien de quoi il retourne. Cette répression, ils la désirent en connaissance de cause. La manière dont ils vivent leur interdit une autre option. Ils *réclament* la servitude, quoi qu'ils en disent. Non seulement ils sentent ce dont on les ampute à chaque instant, mais ils demandent à en être amputés. Comme dit La Boétie, la servitude est volontaire. Le catéchisme démocratique a beau recouvrir cette vérité, elle n'en est pas moins éclatante. Abrutissez-moi, demande le somnambule. Amputez-moi. Cher Haenel, cher Meyronnis, ne succombez pas à la tentation humaniste, qui par ailleurs n'est pas votre genre. Nous savons ce qu'il faut penser des foules. L'être-ensemble est *toujours* tyrannique et refoulant. Il aspire *toujours* à l'esclavage. Sur ce point, je suis d'une radicalité absolue. Les foules refoulent, c'est leur mouvement naturel. Il n'y a pas de pires sourds que ceux qui ne veulent pas entendre, dit l'Évangile. Le refoulement originaire est préalable à toute formation sociale. La servitude s'explique très bien. Il y a des risques à ce que la parole vous parle, et ce risque a pour effet de dissoudre les foules. Il opère la scission. Il écarte l'homme de l'homme.

Quand la parole s'adresse à quelqu'un, ce qui n'arrive pas tous les jours, il y a un risque d'embarras psychique. La psychose devient une menace sérieuse, qu'il faut savoir écarter de soi. Ce que vous écrivez l'un et l'autre oblige à des précautions. La lecture de Lautréamont est ici essentielle. Elle permet d'aborder les zones les plus ténébreuses sans adopter la posture romantique. Celle-ci est caduque. Elle fige celui qui l'adopte dans une pose. Elle le condamne aux gémissements poétiques, qui sont le contraire de la poésie. Ce qu'il faut comprendre est simple — le somnambule milite en faveur de ses chaînes. Il aspire à sa propre extermination. Là-dessus, le mensonge est massif, et il y a toujours un gentil philosophe pour faire reluire à l'être-ensemble un horizon de décence. Mais ce n'est qu'une farce honteuse, qui dissimule une propagande sournoise et cléricale en faveur d'un surcroît d'abjection. Nietzsche : « Les philosophes, ces prêtres masqués. »

Vous avez raison de corréler la brise légère où Dieu se révèle au prophète Élie et les pas de colombe sur lesquels s'avancent toujours les plus grandes pensées. L'être-ensemble, lui, a tendance à faire du bruit — beaucoup de bruit. La Gaytto-pride m'a empêché tout un après-midi de travailler. Quel boucan ! Mais quelle nullité en même temps ! Quel vide ! Voilà où mène le patriotisme sexuel poussé à son paroxysme.

Nietzsche a une autre métaphore : celle de la lumière des étoiles, qui n'apparaît aux yeux humains que bien après la mort des astres. Il faut du temps, beaucoup de temps, pour qu'une information parvienne jusqu'aux somnambules. Et même quand elle arrive, c'est comme s'il ne s'était rien passé. Ils continueront à nier ou à contester qu'il y ait eu, là, une étoile. La lumière stellaire que nous incarnons en ce moment précis, la société s'acharnera à la refuser. D'abord, nous avons le tort d'être encore vivants. Il nous faudra mourir avant d'escompter un peu d'attention. Le mieux que nous puissions espérer, ce n'est pas que l'être-ensemble nous reconnaisse, mais que quelques-uns, très peu, finissent par apercevoir la lumière.

Casser en deux l'histoire de l'humanité, cette formule de Nietzsche relève de l'illusion. C'est un vœu pieux. L'*humanité* se définit de ne tenir aucun compte des cassures temporelles, sauf pour les falsifier. Le Christ et l'Antéchrist sont voués, vis-à-vis d'elle, à la même incompréhension. Pour « l'humanité », il ne s'est jamais rien passé. Rien, jamais. C'est son credo. Elle n'en a pas d'autre. Elle *ne peut pas* en avoir d'autre. Mais alors ? Alexandre, César, Napoléon, Staline, Hitler ?

Ils ont bien eu lieu, quand même ! Ben, non. La réitération historiciste, avec toute sa violence, son injustice, sa cruauté, n'a pas d'autre but que de maquiller le fait qu'il ne se passe rien pour l'humanité. Les gens qui parlent de « devoir de mémoire » se laissent abuser par des formules creuses. La mémoire n'a rien à faire avec le devoir.

L'amour et l'écoute de la parole participent, c'est vrai, de la même dimension secrète. Ezra Pound : « *Amo ergo sum.* » On retrouve ici le « Je suis » et sa corrélation avec l'amour. Autant l'avouer : cela ne va pas de soi. Mais la monstration de l'amour a été faite en Italie, sous les auspices du catholicisme. Je désapprouve l'expression de « Contre-Réforme ». Tous ces mots : « Réforme », « Contre-Réforme », « christianisme » émanent de la propagande protestante. Je crois qu'il faut parler de *révolution catholique*, qui fut peut-être la seule. « France, mère des arts, des armes et des lois »... J'ai appris ces vers de Du Bellay au lycée, et j'en ris encore. Le jésuite Gracián a raison : « Rome, catholique antichambre du ciel. » En voilà un qui incarne la révolution catholique à son point zénithal. De l'Incarnation, il dit qu'elle est un « abrégé ». Manière de rappeler qu'en bonne rhétorique la concision s'impose comme la clé de la bonne prolifération. Car il y en a une mauvaise, comme il y a un mauvais infini, selon Hegel. « C'est dans l'Incarnation, dit-il, que s'abrège ce Dieu si grand qu'il ne peut tenir dans les cieux des cieux. » L'*abréviation*, dont parle ce jésuite génial, participe de l'amour : « L'amour, dit Gracián, fait un cercle sur lui-même, couronne la fin par le début, et chiffre en un seul point tout le bénéfice d'une éternité. De la sorte, toute la longue durée des siècles est ramenée à la nouveauté d'un prodige merveilleux. » « Forte pensée », commente lui-même le jésuite, qui n'éprouve pas le besoin de simuler la modestie. Suis-je apostolique ? Eh bien oui, dans ce sens. Comme Gracián.

Le cas Bernard Dubourg est évidemment passionnant. Les deux tomes de *L'Invention de Jésus*, je les ai édités il y a vingt ans dans le sillage de la publication de *Paradis*. Figurez-vous que je n'ai jamais rencontré l'étrange Dubourg. Nous communiquions par téléphone. Ses livres mettent en évidence une découverte révolutionnaire. Cela suppose une grande virtuosité dans la mise en regard des langues les unes par rapport aux autres. En l'occurrence, le grec et l'hébreu. On sent à chaque ligne que Dubourg est très cultivé, et qu'il a compris un point que personne n'a compris avant lui. Cette découverte, eût-il pu la faire dans une autre langue que le français ? Je ne le crois pas. La réinjection de l'hébreu dans le Nouveau Testament est une opération de pensée qui a eu lieu, à une certaine époque, en langue française. Que presque personne ne l'ait vue n'y change rien. Il s'agit d'un événement considérable. Il arrive à notre auteur de tomber dans de saintes colères. Avec le temps, on décèle d'ailleurs, dans ses livres, pas mal d'exagérations, mais c'était nécessaire.

À l'époque, qui avait entendu parler du midrash ? De la Kabbale ? Quelques spécialistes, et puis c'est tout. Quant aux liens de l'Évangile avec cela, personne ne l'avait envisagé. Ni les exégètes juifs ou catholiques ni les scientistes. La découverte de Dubourg a tout de suite fait l'objet d'un enfouissement absolu. Personne ne voulait en entendre parler. En tant qu'éditeur, je me rappelle cette surdité générale. Le refoulement est si fort, en langue française, que c'est précisément là, oh de manière furtive, et tout de suite recouverte, qu'il

902

peut être levé. Par rapport à Dubourg, je trouve qu'il a raison d'insister sur la lettre hébraïque, mais pour autant je ne me passe pas de ce qui, dans l'Évangile, fait récit.

HDBR — *ha dabbar* — «ce n'est pas seulement "le verbe", "la parole", écrit Dubourg, mais aussi "la chose", "l'événement"». Ici nous partons de l'hébreu, mais ce dont il s'agit se transfuse d'une langue à une autre. Contrairement à ce que dit Dubourg, le passage a lieu. *Ha dabbar*, qui est un masculin, peut se rendre par «le verbe», mieux que par «la parole», même si cela implique un détour par le latin. Dubourg conclut : «Avec DBR, il n'y a donc aucune distinction à introduire entre la parole et l'événement divins, entre l'être-en-fait et l'être-en-parole.» Encore Dubourg : «YHWH, ça n'est pas que vulgairement "dieu", ou "Yahvé/Jéhovah"; YHWH est en réalité le verbe *être*, HYH, dans tous ses états et à toutes ses formes, un "est + était + sera", explosivement réduit à son noyau le plus ramassé et y incluant ses dimensions à la fois accomplie et inaccomplie.»

L'Invention de Jésus est resté longtemps sur ma table. C'est un livre d'une importance capitale. Dans *Une vie divine*, je me suis amusé à transcrire au présent le début de l'Évangile de Jean concernant le Verbe : «Ici, maintenant, au commencement, est le Verbe / et le Verbe est avec Dieu / et le Verbe est Dieu. / Il est sans cesse, sans recommencement ni fin, avec Dieu. / Tout est par lui, / et sans lui rien n'est.» Dubourg se trompe sur un point : il estime que l'hébreu, en tant que langue sacrée, est intraduisible. Il n'y a donc pas, de son point de vue, de transmission apostolique en dehors de la langue de fond. C'est une erreur. Tout est traduisible. Le passage d'une langue à une autre est incessant. Ce qui vient de l'hébreu passe par le grec, va vers le latin, etc. Il n'y a aucune raison de récuser la trajectoire du catholicisme à travers les langues. Cette trajectoire est une possibilité spirituelle, au *présent*. «Il *revient* juger les vivants et les morts, etc.»

Le livre de Dubourg a dû faire face à la coalition de toutes les ignorances. L'ignorance «chrétienne» n'a plus à être démontrée. L'ignorance scientiste l'accompagne. Mais il y a aussi l'ignorance juive. Le livre qui démontre le lien de l'évangélique avec les ressources de la langue hébraïque est une mauvaise nouvelle pour le judaïsme rabbinique. La conversion, autrement dit le retour à la juste observance, sans laquelle on manque la vérité d'Israël, oblige d'adopter le midrash chrétien. Il y a une incompatibilité radicale entre le midrash évangélique et le midrash rabbinique. Où se trouve la vérité du judaïsme ? Quel sens véritable a la Thora ? Les procédures du commentaire sont ici et là les mêmes, mais les deux commentaires s'opposent. Là aussi, il faut donc enfouir. Enfouissement chrétien, enfouissement scientiste, enfouissement juif. À l'époque, Dubourg a été le seul à désenfouir. Les évangélistes ne pensaient pas être «en progrès» par rapport à la Loi juive. S'ils croient pouvoir l'abolir, c'est en l'accomplissant. L'Évangile réalise un retour de la Bible. Son but est une restitution révolutionnaire, nullement une réforme. C'est cela que montre Dubourg. Les chrétiens n'ont pas été autre chose que des conservateurs juifs. Très mauvaise nouvelle pour la Synagogue. Les Juifs rabbiniques reçoivent ce que Dubourg appelle une «raclée conservatrice». Ce que notre auteur ne voit pas, c'est que la «raclée conservatrice» n'en est pas moins, et pour cette raison même, révolutionnaire. Elle est l'une parce qu'elle est l'autre. De même, j'affirme que Joseph de Maistre n'est pas un conservateur, ni même un «réactionnaire» : c'est un vrai révolutionnaire, beaucoup plus que les misérables Robespierre et Saint-Just. Les Juifs rabbiniques, pour les midrashistes chrétiens, sont des impies ne sachant pas lire la Bible hébraïque, et étant par là incapables de l'accomplir. La grande question des Évangiles demeure celle de l'accomplissement des Écritures. Les évangélistes n'ont souhaité, selon Dubourg, que de «restaurer une bonne et saine et juste lecture, et une bonne et saine et juste observance de la parole divine biblique sacrée». Rien d'autre. Vous sentez l'importance des enjeux, et l'accord secret de tous pour les censurer. Un accomplissement qui abolit, qu'y a-t-il de plus révolutionnaire ? Il y a du blasphème dans l'air, pour tout le monde. Les obscurantismes chrétiens, juifs et scientistes se soutiennent mutuellement. Qui veut vivre dans l'expérience personnelle de ce qui affleure ici ? C'est le point d'achoppement : entre ce qui peut soutenir le «Je suis» et ce qui ne le peut ou ne le veut pas.

L'historial de l'évangélique a en effet son site dans l'hébreu. Mais la métaphysique peut être débordée de partout. Pas seulement depuis l'hébreu. Il y a un débordement intra-hébraïque, et l'on ne fait que commencer à l'apercevoir. Le fond de la question nous échappe encore. Depuis la position universelle, c'est-à-dire catholique, on peut excéder la métaphysique occidentale aussi bien par l'hébreu que par le sanscrit ou le chinois, et évidemment par le grec lui-même. Un Français à l'écoute de sa propre langue se donne la possibilité d'un tel voyage. Cet événement dont on sent l'approche, et qui traverse toutes les langues comme un éclair, c'est en français, dans la langue même du refoulement, qu'il peut se déployer avec le plus d'ampleur.

Il n'y a pas d'autre Révolution française que celle

dont je parle. Si l'universel s'énonce en français, c'est en effet depuis cette position singulière. Pas en vertu du vieux catéchisme des Temps modernes. L'historicité, ici, ne recoupe pas l'historial. Pour autant, il n'y a pas d'historialité sans historicité. Là-dessus, je me sépare de Dubourg. Jésus est né, il est mort, il est ressuscité. L'évangélique ne fait pas fond sur de l'histoire, mais il a une base dans l'Histoire. Le tombeau vide de la résurrection est une bonne nouvelle, dont plus personne n'a envie d'entendre parler (il n'y a plus d'enfer ni de résurrection non plus, les deux phénomènes étant concomitants). Mais avant de ressusciter, il faut mourir. Avant de mourir, il faut naître. Si le tombeau était déjà vide, où serait la victoire sur la mort ? Celui qui est ressuscité a dû passer par la mort. Sinon, à quoi bon ? Si la mort n'avait pas été traversée, comment l'aurait-on vaincue ? Dans cette affaire, j'estime que Dubourg s'aveugle. Il se laisse emporter par sa découverte. On n'est pas obligé de s'infliger des crucifixions tous les jours, ni de se mettre constamment sous les yeux une déposition de la Croix. C'est la parole qui va à la mort ; mais on ne peut pas laisser le corps en arrière. Il y a un lien entre saint Paul et le *sheol* des Juifs. Ce lien passe par l'hébreu, par un jeu de mots entre « Saül » et « Sheol ». Là-dessus, la démonstration de Dubourg est éclairante. Mais cela ne signifie pas que Paul n'ait pas existé. Midrashons, mais ne laissons pas tomber le récit. Je préfère tenir les deux bouts, plutôt que de devenir un forcené du midrash. Tout cela s'enracine, germe et fleurit dans les ressources de l'hébreu, mais cela ne ferme pas la porte de l'histoire. Affirmer le « ni Grec, ni Juif » comme le fait saint Paul, cela peut être la meilleure des choses mais, si on le fait mal, cela devient une perte des deux côtés. De quel grec parlons-nous ? De quel hébreu ? Quitte à postuler un universel, autant qu'il ne tombe pas dans la facilité syncrétique. Il faut créer du singulier universel, Dante s'en est avisé.

La *Madone Sixtine* de Heidegger est un texte important. Il permet de différencier la place et le site. Si la parole n'est pas prouvée par des actes, quelle vérité conserve-t-elle? Nous n'avons aucune raison de nous enfermer dans l'hébreu ni d'ailleurs dans le grec. Il faut maintenir la possibilité d'un passage constant. Je peux me reconnaître dans toutes les langues et dans toutes les traditions. Je suis *exodique*, mais avec comme perspective le retour, et même l'Éternel Retour. Ulysse est-il *exodique*? En un sens, oui, mais dans le Retour.

On ne peut pas s'acheminer vers la parole en se fermant à l'historique. C'est ce que démontrent à la fois *Cercle* et *De l'extermination considérée comme un des beaux-arts*. Ces livres auraient-ils pu être écrits depuis une autre langue que le français? Je ne crois pas. De même, sur un autre bord, les symptômes que sont Jonathan Littell et Michel Houellebecq se sont déposés dans le français, et pas dans une autre langue. Ces phénomènes: Haenel, Meyronnis, Littell, Houellebecq, vous me permettrez d'ajouter Sollers, sont exactement contemporains. Qui arriverait à se rendre compte d'une telle contemporanéité saisirait la littérature dans son point le plus vif, non pas la piteuse « littérature-monde » francophone, mais une littérature-esprit. C'est en français que l'on peut comprendre la terrible prophétie du grand Hegel: «À voir ce dont l'esprit se contente, on mesure l'étendue de sa perte.» Une critique digne de ce nom partirait de ce point. Et ce qui s'ouvrirait à elle serait radicalement neuf. Par rapport à ce qui se jacte ici ou là, cela ferait la différence. Mais qui a envie de faire la différence? C'est là qu'ils ont peur. Une peur obscène, envahissante, sur laquelle ils n'ont aucune prise. Nous avons toutes les raisons de célébrer la langue dans laquelle nous écrivons. Pas comme des académiciens, ni pour défendre je ne sais quelle francité, mais parce qu'elle est la langue de l'universel révolutionnaire, dont il nous faut continuer à faire l'expérience. Dans un texte de 1975, j'ai inventé la notion d'«élangues», pour essayer de faire comprendre Joyce à Lacan. Ma thèse est aujourd'hui que le français est fait pour cet «élangues». C'est l'élan et la langue de la *traductibilité absolue.* Vos écrits, messieurs, supposent que vous en êtes conscients. Le sanscrit, le chinois, l'hébreu, le grec, le latin vous parlent, et toutes les langues européennes, ô combien. Mais le français, messieurs, le français, quelle incroyable merveille! Allez, de l'audace, citons Céline: «Le français est langue royale, il n'y a que foutus baragouins tout autour!» Au pape et au royal, donc, et mort à la plèbe, à celle d'en haut, comme à celle d'en bas!

Entretien avec *Ligne de risque.* Propos recueillis et retranscrits par Yannick Haenel et François Meyronnis.

La Trinité de Joyce

I

JEAN-LOUIS HOUDEBINE : *Beaucoup de questions. On pourrait commencer par celle-ci, de manière un peu abrupte : celle de «l'élément catholique» dans l'œuvre de Joyce, dont on peut supposer que c'est Joyce lui-même qui avait insisté pour qu'elle figure expressément dans le fameux recueil de 1929* (Our Exagmination...). *Bien sûr, la formulation laisse à penser qu'il s'agit là d'un élément parmi d'autres ; n'empêche que c'est précisément sur cet élément-là que sont venues se fixer bon nombre des critiques formulées en son temps contre Joyce, notamment à propos d'*Ulysse, *de Wells à Pound ou à Jung. Dans le recueil de 1929, MacGreevy mettait essentiellement l'accent sur l'aspect «purgatoire» de* Work in Progress, *ce qui était également la thèse de Beckett, alors que tout de même celui-ci parlait plutôt depuis une culture protestante. Donc, comment voyez-vous cet «élément catholique» chez Joyce, lors même que celui-ci a rompu avec tout catholicisme institutionnel, et qu'il est «*senza religione*», ainsi qu'il le note sèchement à Trieste, en*

with good teeth chaussons of pastry, their
mouths yellowed with the suds of flan.
breton graces of the Paris men go by,
their well-pleased pleasers curled compass-showing.
Now is that Klein again with gunpowder
cigarette through fingers preened with trembles,
sipping his green fairy in tatters, his white
about in the ... pork spiced beans
... their ... pellets. Un demi deux, a
jet of coffee steam from the burnished
... around the marble-slabbed
table the tangle of ... breaths an
grumbling gorges ... breath hangs over
... pox-stained ... the green fairy's
fang thrusting between ...
... confessions ... first ...
the quiet flowered ... breathe ... Millery,
... at his secret ... Strand ...
Felix Faure, licentious men, the ...
who washed and rubbed ... at upsala most
... in the baths at upsala most
licentious custom. But a most private
thing, I wouldn't let my brother —
not even my own brother. I see you!
lascivious ... green eyes. Fang, feel
Lascivious Thing. The
blue fire being slowly between his
hands and ... clean the loose
tobacco shreds catch fire and flame
and arise ... lighted ... corner.
Raw feebleness under his ...
Spaniard's hat. Spurning ...
two, ... them ... come ... bonchel
my likeness one day. Love for his
love be prowling ... colonel Richard
Burke, ... Clerkenwell
walls and, crouching ... flame
"of vengeance hurl them forward
in the fog. Shattered glass ...
Dignam's clutched at, god, not her. gay Paree

réponse à un questionnaire de l'école de commerce où il était alors employé? Alors qu'en même temps aussi il n'a jamais cessé d'être prodigieusement attentif à tout ce qui avait pu se spéculer, se penser, se vivre dans le cadre du catholicisme, et toujours en rapport avec le plus profond de son expérience à lui, d'écrivain.

PHILIPPE SOLLERS : Prenons les réactions à propos d'*Ulysse*. Je crois que c'est le cœur de la question. Vous avez cité un certain nombre de noms; dans presque tous les cas, on trouve un fantasme par rapport au catholicisme de la part de ceux qui sont amenés à lire ce livre. C'est extrêmement important, car s'il s'était agi d'une position catholique de la part de Joyce, alors l'affaire aurait été ni plus ni moins classée, comme elle l'a été dans mille cas contemporains, antérieurs ou ultérieurs. Mais, que ce livre-là, cette écriture-là, cette expérience-là, ait déclenché le diagnostic que, finalement, sous toute cette masse symbolique se cachait une détermination catholique, et que, même si elle y était ironisée, contestée, niée, elle n'en demeurait pas moins la source, à la fois sexuelle et symbolique, de l'œuvre en question —, alors cela, en effet, doit immédiatement attirer notre attention. Bien entendu, de ce point de vue, à mon avis la lettre la plus explicite est celle de Wells, qui est d'ailleurs la plus généreuse d'aspect, encore qu'elle soit une fin de non-recevoir. Elle est très révélatrice dans sa teneur, sa posture; elle consiste à définir Joyce comme catholique, subversif et explosif, là où Wells se range du côté d'une responsabilité dans la solidarité, et la construction sociale, rationnelle, de l'espèce. C'est une lettre merveilleuse, elle résume un tas de réactions — parce que tous ces gens-là ont des personnalités très différentes, que ce

911

soit Ezra Pound, Jung, dont vous avez parlé éloquemment, Bernard Shaw, Virginia Woolf, Gertrude Stein, Henry Miller, enfin tout le tissu de l'époque a réagi en fonction de l'événement. Il ne faut pas oublier Gide et, de fil en aiguille, Breton et bien d'autres... Tout récemment Burroughs... Bref, et pour couper court, car il faudrait faire l'histoire de ce qu'a été l'apparition d'*Ulysse*[1]*, du langage d'*Ulysse,* en étudiant dans le détail les réactions de tous les intellectuels, des responsables de la gérance du discours à l'époque —, eh bien, en effet, on trouve ce diagnostic, négatif, à forte connotation sexuelle, il faut bien le dire, comme quoi un tel débordement, un tel excès et, surtout par rapport aux dames, une telle aptitude à se balader dans la cochonnerie, ne peut venir que d'une éducation catholique, et par conséquent est prise comme un avatar de la catholicité[2].

Vous savez aussi bien que moi que Joyce n'avait absolument pas ce point de vue sur sa position, et je crois que la seule façon pour nous d'évaluer maintenant, avec le recul, ce qui s'est passé là, c'est de comprendre finalement — et tout le monde l'a senti, et tout le monde continue de le ressentir — que Joyce clôt un cycle de la catholicité pour en annoncer un autre. Autrement dit, ce qui a frappé tout le monde, c'est que ce catholicisme qu'on croyait agonisant et qui allait donc se terminer dans les formes prévues disons par les deux siècles antérieurs, tout à coup recevait, dans sa distance intérieure même, un coup de fouet qui impliquait une renaissance fabuleuse, absolument pas prévue. Et que l'auteur ait été partagé lui-même dans cette affaire[3], c'est bien normal, puisqu'il est lui-même l'exemple de cette division, à

* Le lecteur trouvera les notes de ce chapitre à la suite de chaque entretien.

savoir une forme qui s'achève, une autre qui commence. C'est pourquoi, immédiatement, la chose essentielle qu'il faut voir, c'est bien entendu cette espèce de clôture qu'il dessine du discours catholique, et nous allons voir en détail qu'il prétend en décider la clôture sur deux mille ans; cela implique alors des enjeux culturels tellement vastes que c'est ressenti par toute vision téléologique de l'histoire, pour tout cheminement qui se trouve sur la «ligne» du soi-disant sens de l'histoire, comme étant excessif. Donc, une prétention de totalisation très grande. Mais il faut aussi à mon avis aller droit au cœur du symptôme, qui détermine à mon avis autant sinon plus la réaction en question, qui est le rapport à l'élément judaïque de l'acte de Joyce. En effet, si par «catholique» il faut entendre quelque chose qui, issu du judaïsme, n'aurait rien de plus pressé à travers les siècles que d'en dénier la provenance, alors il faut se rendre compte que ce qui se passe avec Joyce, c'est le commencement de la levée de ce tabou formidable. *Ulysse*[4], de ce point de vue, représente — tant par la connaissance de la culture juive de la part de Joyce que par la mise en avant de l'exil de Bloom référé à son propre exil — une nouveauté sensationnelle. La forme catholique antérieure s'y voit critiquée de part en part, la forme de l'exil hébraïque s'y voit aussi critiquée de part en part, et dans cet événement de langage se posent brusquement les nouveaux rapports qui pourraient surgir, au début du xxe siècle, de cette affaire. Voilà le choc.

Je crois que l'importance de Joyce vient précisément de ce diagnostic qui lui est venu, dans son écriture, mais qui à ce moment-là a le très grand avantage pour nous de condenser le début de grands enjeux, idéologiques, politiques, historiques, qui se sont alors dévoilés par la suite avec une particulière ampleur dans l'histoire elle-même, et personne ne pourra dire que nous n'y sommes pas encore aujourd'hui, et plus que jamais.

Voilà Joyce. Le pot aux causes est ouvert[5]. Il ne s'ouvre pas de n'importe quelle façon. Catholique, a-t-on dit, négativement, en ne se rendant pas compte, tout en se rendant très bien compte, que ce qui était là, latent, dans cette affaire, était en train de renaître à une autre dimension. Tout le monde l'a perçu, tout le monde le perçoit encore, et ce geste de dénégation a valeur d'aveu et de reconnaissance ; c'est pour ça que c'est d'une authenticité absolue. Comment ça se dessine ?

Il y a, à mon avis, et c'est pour cela que le parallèle avec Freud ne peut pas ne pas être enclenché tout de suite, dès le début de l'aventure, c'est-à-dire dès 1910-1914 —, il y a ce fait que la question sexuelle peut désormais être prise dans un déchiffrement verbal permanent, avec comme conséquence que toute l'étendue de la culture et des mythes (et notamment le continent théologique) pourra être interrogée d'une autre façon. Vous avez de ce point de vue un petit écrit de Joyce, qui annonce admirablement la couleur, une sorte de petit condensé, *Giacomo Joyce,* qu'il ne faut jamais oublier, précieux manuscrit, où éclate à un moment donné la formule « *O Libidinous God !* », « Ô Dieu libidineux ! ». Vous vous rappelez de quoi il est question, je n'insiste pas, on pourra mettre tout cela en note[6]... Ce petit programme, qui est ensuite énormément étendu dans *Ulysse,* et où résonne de façon tellement énigmatique, à la fin, le *Non hunc sed Barabbam,* en latin, c'est-à-dire une allusion évangélique clé, puisqu'il s'agit de la présentation au peuple, par Pilate, du Christ, et du choix que fait à ce moment-là l'assemblée juive, non pas du Christ comme devant être libéré, mais de Barabbas — on sent tout de suite (sans parler du fait que la femme dont il est question là est juive, et l'on sait combien Joyce est préoccupé de cet aspect de la question, autrement dit de la judaïté en tant qu'elle est un versant, pour la féminité, à donner accès éventuellement à un homme vers ce qu'il en est de l'engendrement du verbe) —, on sent immédiatement, dans cette petite symphonie d'une sonorité extrêmement forte, ce qui va se passer dans *Ulysse*.

Par conséquent, ouvrons *Ulysse,* et vous allez voir que la question s'inscrit, et tout de suite, et qu'elle n'arrêtera pas de se poser, puisqu'il suffit que le prologue d'*Ulysse* soit entamé pour que cette affaire, dans le langage, n'ait plus de fin. De quoi s'agit-il? On est tout de suite dans Shakespeare, dans une tour au-dessus de la mer. Vous savez que bien entendu tout ce livre, beaucoup plus qu'à Homère, est dédié à Shakespeare. L'identité de Shakespeare[7] est une donnée de base de la culture occidentale. Joyce ne s'embarrasse pas pour donner tout de suite ses deux cartes maîtresses, à savoir la tragédie grecque et Shakespeare, dont il prétend donner enfin, alors que ça a attendu aussi longtemps, y compris à l'intérieur du pas analytique, qui pourtant est un pas sérieux dans l'interprétation —, dont il prétend donner la solution. Ne voilà-t'il donc pas que, sortant de l'affaire tragique grecque, sortant du tragique shakespearien, et sortant de la Méditerranée en tant qu'elle a été transférée au Nord dans le Temps[8], il vient, lui, parler en première personne, sur cette nouvelle tour qui est en même temps un autel : *Introibo ad altare Dei.* C'est donc aussi une messe. Ulysse est fertile en interprétations, en ruses. En latin on dirait qu'il est plein de «*sollertia*». Il va donner son interprétation. Donc la mise en scène est très claire : d'une part, toute la culture grecque exprimée dans un personnage plutôt joyeux et cultivé — vous savez qu'une des difficultés d'*Ulysse* consiste à repérer entre les lignes, à chaque instant, les myriades de références à une solide culture grecque, latine et théologique —, ce personnage, Mulligan, représente la Grèce[9], et il y a quelque chose qui — par rapport à Stephen le héros, Stephen l'artiste jeune, Stephen Joyce Dedalus, Dedale-Ulysse — vient représenter en quelque sorte ce qui a été marqué au coin de la rhétorique jésuitique et théologique catholique, quelque chose qui choque tout de suite Mulligan, et c'est là-dessus que s'engage la discussion, c'est le fait que Stephen n'a pas voulu s'agenouiller au chevet de sa mère mourante[10], et qu'il lui a donc refusé cette dernière consolation, et que du point de vue rationnel grec, c'est-à-dire du point de vue naturel en quelque sorte, il s'agit là d'une attitude odieuse, qui ne peut être que le fruit d'une éducation tordue, c'est-à-dire catholique. Et là s'engage cette grande discussion, sur la plate-forme, entre Mulligan, qui essaie en quelque sorte de faire accéder Stephen — c'est du moins comme ça qu'il le voit — à la libre-pensée, à une sorte de distance par rapport à son jésui-tisme, à son théologisme, entre Mulligan, donc, et Stephen, plutôt taciturne, qui s'exprime par petites phrases courtes. Mulligan lui fait donc tout un cirque de libre-pensée grecque et rythmée, en lui montrant — ce qui précisément est une des incarnations de Joyce lui-même — que tout cela peut être mis en pure paro-die. Et donc il lui montre la mer, nous sommes aussi dans une référence évangélique, nous sommes «en haut», dans la Tentation, dialogue entre le Christ et le Diable... Il faudrait essayer d'expliquer que ce qui choque peut-être le plus dans le catholicisme, c'est que le Diable y soit traité et intégré... Qu'on le voie mis au travail[11]...

On prend donc de la hauteur, on se montre le royaume de la Terre, et là-dessus on engage une discussion. Il est étrange que ce dialogue s'ouvre tout de suite sur la question de la mort de la mère, de la mère de Stephen, sur la mer, au sens tout à fait concret, c'est-à-dire ce qui serait susceptible d'engendrer, dans son flot et dans sa substance, les humains. « La grise et douce mère », « la mer pituitaire », « la mer contractilo-testiculaire ». Voilà. Vous voyez tout de suite ce qui est en jeu : « elle est notre mère », « *Thalatta ! Thalatta !* », « elle est notre mère grande et douce. Venez la voir ». « Elle est notre puissante mère », dit Buck Mulligan ; mère-mother ; « *our mighty mother* ». Et tout de suite :

« Ma tante croit que vous avez tué votre mère. C'est pour ça qu'elle ne voudrait pas me voir frayer avec vous.

— Quelqu'un l'a tuée, fit Stephen, sombre.

— Nom de Dieu, Kinch, vous auriez tout de même pu vous mettre à genoux quand votre mère mourante vous l'a demandé. Je suis un animal à sang froid comme vous. Mais penser que votre mère à son dernier soupir vous a supplié de vous agenouiller et de prier pour elle, et que vous avez refusé ! Il y a en vous quelque chose de démoniaque. »

Démoniaque, en anglais, c'est « *sinister* » ; la traduction, revue par Joyce, est intéressante, parce qu'il a jugé bon de pousser le terme.

Mulligan n'arrive pas à comprendre comment Stephen a pris cette position par rapport à l'agonie de sa mère, et vous voyez que ce qui est évoqué, c'est le problème de la substance, à la fois cosmologique et physiologique. Quand Mulligan dit : « la mer contractilo-testiculaire », c'est extraordinaire, car il est bien clair qu'à ce moment-là il la voit bel et bien, cette mer (mère), comme « l' » ayant, comme étant la source d'où ne peut qu'émerger ce qu'il faut pour qu'y soit défini le phallus[12]. Au contraire de Stephen, qui, lui, va tout de suite parler de «mâcheuse de cadavres» et de «vampire». Cette scène se reproduira dans la grande scène du bordel (il faudrait l'analyser point par point : par exemple, que le prophète Élie vienne y parler[13], en première personne, sous une forme parodique, mais en même temps extrêmement profonde, ça n'est pas rien...). La mère va réapparaître, elle vient clore la série des hallucinations et des métamorphoses systématiquement mises en scène par Joyce dans ce passage trop peu étudié, où notamment on change de sexe, Bloom venant là faire à la fois la mère et la cocotte... Étourdissante mise en scène du masochisme, notamment —, tout le monde est saoul, tout le monde a des visions, et voilà le cadavre de la mère, déjà rongé, mangé par la décomposition, qui appelle son fils Stephen ; vous voyez à quel point nous sommes là dans un renversement de Hamlet. Ce n'est pas du tout le cadavre du père qui vient demander qu'on plaide en sa faveur le secret d'un crime caché, on est au contraire dans la dimension spectrale d'une vision hallucinatoire d'un fils, que sa mère (incarnant en quelque sorte à ce moment-là tout ce qu'il peut y avoir de matière, de substantialité au monde) vient rechercher pour l'entraîner dans le royaume des morts, c'est du moins ce qu'il ressent ; et ce royaume des morts, c'est précisément ce qu'un Grec comme Mulligan pense être le royaume de la vie, de la vie naturelle, où elle essaye de l'entraîner, comme une sorte de Don Juan — car n'oublions pas que l'opéra *Don Juan* traverse tout *Ulysse,* et que de temps en temps on le fredonne[14], et que Bloom se demande à un certain moment ce que peut bien vouloir dire cette invitation à dîner du Commandeur. ... Eh bien, c'est donc la mère qui est là en tant que cadavre déjà décomposé, qui est chargée de venir rejouer cette scène pour Stephen qui, comme vous savez, à ce moment-là répond : *non,* en véritable héros mozartien. Mais à travers cet héroïsme mozartien, ce qui se révèle à ce moment-là, c'est précisément la position «démoniaque», entre guillemets, tous les guillemets que vous voudrez, c'est-à-dire luciférienne, c'est-à-dire en un sens... le fameux «*Nothung*[15] !», avec moi c'est tout ou rien, arrière, vampire, mâcheuse de cadavres!..., le fameux *Nothung,* la canne (très important, la canne[16]) lancée dans le lustre, la lumière qui s'éteint, autrement dit catastrophe dans l'univers, et «*Non serviam*[17] !», parole de l'Ange Rebelle. Et, à ce moment-là, l'hallucination générale va prendre fin, on reviendra au réalisme, notamment avec les soldats qui parlent de l'enculage du roi, etc., et c'est à ce moment-là que se noue la relation entre Bloom et Stephen, Bloom à la recherche d'un fils mort, ça nous est dit en long et en large, qui finit d'ailleurs par apparaître, la dernière apparition c'est Rudy avec son petit agneau, tout à fait «Agnus Dei[18]» —, et Stephen, on pourrait dire à la recherche non pas d'un père, mais disons d'un homme qui aurait en quelque sorte sa distance par rapport au matriarcat fondamental, qui nous est réservé pour la fin sous la forme du flux de substance organico-énonciatif de Molly ; un homme, donc, dont nous sont décrites à plusieurs reprises les capacités de distance perverse qu'il peut prendre avec, justement, ce que j'appellerai la cocotte en général[19], c'est-à-dire précisément cet élément flottant féminin, défini comme mauvaise littérature. Bloom est là pour passer en tant que critique, notamment masturbatoire[20], à travers quelque chose qui serait de l'ordre de l'enclenchement naturel de l'espèce pour autant qu'un corps féminin s'y ferait reproduire par ce qu'on appelle en général des hommes...

Alors, cette affaire initiale de refus de «s'agenouiller» devant la mère est un double geste : d'une part, évidemment, le latin est là pour nous faire comprendre qu'il s'agirait d'un geste religieux mais, plus profondément, il s'agirait bien d'un geste païen, et c'est pourquoi le catholicisme de Joyce (et c'est pour cela qu'il n'est pas catholique, ou alors il l'est d'une façon qui signale qu'il est seul à l'être), c'est bel et bien le refus de tout ce qui se ramène au paganisme dans le catholicisme. L'intégration du substantialisme maternel païen par le catholicisme est une de ces ruses par où il s'est donné le temps de révéler en quoi il est porteur d'une vérité insoutenable.

Stephen, donc, prend sa distance et refuse de s'agenouiller, non pas tellement devant sa mère en tant qu'elle serait ecclésiale, mais en tant que nature. Mulligan, le libre-penseur, croit, lui, que la mer est notre «*mighty mother*», il pense que les choses sortent de la nature et y rentrent selon un processus naturel et médical, il est médecin. Il ne voit en tout ça rien de particulier à dire sauf mener une vie qui soit après tout la moins désagréable possible. C'est le sceptique cultivé, qui est beaucoup plus difficile à traiter dans son originalité principielle que même, disons, le catholique païen, lequel est monnaie courante. En tout cas, les deux sont, si je puis dire, à côté de la plaque, pour être de toute façon rivés à leur mère. Substance des muqueuses, de la «pituite», voire des «testicules» —, immédiatement vécue comme horreur par Stephen, alors qu'elle est vécue comme quelque chose de satisfaisant du point de vue d'une excitation sexuelle fondamentale par Mulligan. Stephen incarne à ce moment-là la possibilité de phobie radicale par rapport au monde des phénomènes. Il voit la bile vomie par sa mère mourante, dans un petit bol posé à côté d'elle sur la table de nuit, et toute la baie de Dublin brusquement vient finir dans ce vomissement dérisoire, où elle rejette simplement son foie gangrené[21]. Par conséquent, il est immédiatement question de savoir qui éprouve, ou non, l'horreur. Et nous sommes bien dans Shakespeare, nous sommes bien dans *Hamlet,* dans *Macbeth,* dans *Le Roi Lear,* mais sous une forme évidemment tout autre, qui est que la discussion se déplace, et se déplace vers quelque chose de tout à fait stupéfiant, qui est la Bible.

Au passage, avant d'en arriver là, je voudrais faire une petite remarque purement linguistique sur la façon dont ces gens-là parlent. Mulligan, je l'ai déjà dit, incarne la parodisation, en quoi d'ailleurs il est tout de suite la réincarnation pour Joyce du caractère hérétique. Joyce se préoccupe beaucoup des hérésies, raison pour laquelle il est éminemment catholique, il l'est même tellement que, loin de piétiner dans une vérité, il n'arrête pas d'évaluer par la négative en quoi on peut en être distinct, c'est-à-dire précisément les hérésies ; avec une grande lucidité il voit qu'il n'y en a pas finalement des masses, même s'il y en a eu beaucoup. Vous savez ce que c'est qu'une hérésie ; en général il faut convoquer un concile... Eh bien en gros il n'y en a qu'une, celle d'Arius[22]. Arius, c'est-à-dire le problème de la Trinité. Que penser des rapports qu'entretiennent entre eux le Père et le Fils pour autant qu'ils sont, comme qui dirait, en train de transiter l'un dans l'autre avec la participation du Verbe ? On est au cœur du sujet : pas de question sur le langage qui ne s'origine plus ou moins dans cette affaire ; en tout cas, pas de position par rapport au langage qui ne soit immédiatement déterminable par le fait qu'on a réfléchi, ou non, à cette distribution. C'est fatal, c'est un tellement grand coup, un coup tellement fondamental dans ce qu'il en est, d'une part, de la reproduction de l'espèce, de ce qui l'agite de ce côté-là, et d'autre part de son langage que, automatiquement, on est amené à se situer dans cette dimension, et Joyce passe évidemment sa vie à se demander en quoi il serait éventuellement hérétique ; c'est quelque chose qui le passionne absolument.

Mulligan incarne le point de vue des railleurs, c'est-à-dire Photius. Photius est du côté du IXe siècle, alors qu'Arius se situe tout à fait au début, et il a fallu ni plus ni moins que le concile de Nicée pour traiter à fond le nœud de la Trinité. Il l'a d'ailleurs traitée de façon définitive ; c'est-à-dire que toutes les hérésies ultérieures redeviennent automatiquement l'hérésie d'Arius ; y compris le protestantisme, ce qui nous intéresse beaucoup, puisque nous parlions pour commencer des réactions, en quelque sorte « protestantes », par rapport à l'*Ulysse* de Joyce.

Eh bien, Mulligan chante la ballade du « Jovial Jésus », «*Joking Jesus*[23] », après avoir bien sûr, dans la parodie (mais rien de plus sérieux que la parodie), béni les aliments, etc. La ballade du Jovial Jésus, la voici ; elle est assez bien traduite en français (il s'agit du Christ, bien entendu) :

Un type aussi cocass' que moi où trouver ça ?
Ma mère était une juive, un oiseau mon papa.
Avec le charpentier jamais ça ne bich'ra
À la santé d'mes Douze et de mon Golgotha.

Si quelqu'un s'imagin' que je n'suis pas divin,
I'n'boira pas à l'œil quand je ferai du vin,
Mais devra boir' de l'eau et la voudrait bien claire
Alors qu'avec du vin, j'irai de l'eau refaire.

Adieu, adieu. Tous mes discours qu'on les écrive,
Dites à Pierre et Paul que j'ai vaincu la mort.
Le dieu en moi ne peut faillir à mon essor,
Adieu..., ça souffle fort sur le mont des Olives.

Bien. Joyce, il sait ce qu'il fait en écrivant son *Ulysse*. Il est très habile ; il n'est pas là pour prêcher, mais pour faire changer d'époque à l'inconscient. Il s'agit d'attraper ledit inconscient en formation nouvelle par le biais indirect de la parodie, qui consiste à lui dire ce qu'il ne pourrait en aucune façon entendre, c'est-à-dire par le biais de ce qui ne l'effraye pas trop d'emblée. Ce qui ne veut pas dire que Joyce ne sache pas ce qu'est un bon sermon, on connaît son admiration pour Newman (le cardinal)[24].

Donc, je fais une petite remarque linguistique ; je vous la dis parce qu'elle est amusante ; il s'agit de dire en français une chose qui s'écrit avec une faute de grammaire en anglais, et qui est susceptible d'être dite par la mère Grogan. La mère Grogan, c'est la cuisinière, et Mulligan, dans ses gestes, joue souvent à la vieille cuisinière enjôleuse, quelque chose qui serait de l'ordre de la femme parodisée[25], ce qui prouve que d'une certaine façon il y croit beaucoup, jusqu'au point d'en incarner en lui-même la distance, ce que ne fait pas du tout, vous remarquerez, Stephen. Ce qu'on sait de Joyce lui-même ne paraît pas être de ce côté-là, d'autant plus qu'il incarne lui-même d'une façon tout à fait révélatrice dans toute sa biographie l'éternel homme jeune, à voix de ténor, baryton, bien marqué comme virilité légère définitive, à mon sens, n'est-ce pas[26]...

Alors Mulligan fait le thé, la cuisine — il prépare un thé fort, et Haines, l'Anglais, qui se trouve là, lui dit : quel thé ! ça c'est du thé !, et Mulligan cite la mère Grogan : « *When I makes tea, I makes tea, when I makes water, I makes water* » ; une faute ; il faudrait dire *I make* ; comment traduire en français ? Il s'agit de la confusion entre la première et la troisième personne par une femme ; les traducteurs, avec Joyce, ont trouvé une très jolie solution, ça marche très bien à ce moment-là entre le français et l'anglais : «Quand je faye du thé, je faye du thé ; quand je faye de l'eau, je faye de l'eau[27].»

Il y a un autre point. La mère de Stephen est évoquée comme allant voir le vieux Royce «dans la pantomime de Turco le Terrible, et elle riait avec tout le monde quand il chantait», en français vous avez :

> *« Je suis le garçon*
> *Possesseur du don*
> *De se rendre invisible. »*

Mais si vous regardez le texte anglais, car tout cela est tout de même largement codé, vous avez :

> *I am the boy*
> *That can enjoy*
> *Invisibility.*

La joie du visible et de l'invisible, il en est beaucoup question dans ce livre, et quand il est question d'Aristote et de «l'inéluctable modalité du visible[28]», on est aussi au cœur de la question de savoir comment voir ce qui se parle, et comment parler ce qui éventuellement n'a pas à être vu.

Je crois que pour l'instant il faut piétiner un peu dans *Ulysse,* si ça ne vous ennuie pas, car je crois que personne n'a vraiment pris au sérieux ces histoires de personnages. Qui est Bloom, qui est Molly, qui est Stephen, qui est Mulligan ? Regardons cela au moment où c'est encore percevable du côté de toute la bibliothèque classique : il y a là un retour à l'ensemble de la bibliothèque, mais avec des gauchissements tels qu'on peut y voir non seulement les grands événements qui vont se produire par la suite, c'est-à-dire la naissance d'une langue qui n'a plus rien à voir avec la bibliothèque antérieure, mais en quoi toute la culture qui s'est écrite avant est concernée par ces petits déplacements radicaux de fonction des personnages. J'ai essayé de le montrer simplement pour ce qui est de Sophocle et de Shakespeare, c'est-à-dire sur un point clé ; on pourrait le montrer attentivement pour ce qui est de l'Ancien Testament, à propos de Moïse[29] et du prophète Élie, qui joue un rôle finalement remarquable dans *Ulysse*. Le prophète Élie qui, évidemment, d'une certaine façon, est Bloom, mais en même temps annonce dans le Nouveau Testament la venue du Christ. Saint Jean-Baptiste par rapport au Christ... On peut voir dans ce duo entre Bloom et Stephen quelque chose du Baptiste et du Christ ; et ça se redouble en filigrane du fait que sont là convoquées deux langues, deux langues en marge qui resurgissent en plein cœur de la culture classique, en plein cœur de la Grèce, qui aurait cru, peut-être, les marginaliser, l'hébreu et le gaélique. Il n'y a rien de plus révélateur que cette espèce de *mano a mano,* au sens de *voce a voce,* que mènent à un moment donné Bloom et Stephen, à propos du psaume, de l'hébreu et du gaélique[30], et où ils entendent chacun quelque chose de différent, et vous savez que Joyce a maintes fois insisté, et d'une façon à mon avis très volontaire, sur les destins à son avis parallèles des Irlandais et des Juifs.[31]

Par conséquent, c'est bien de cette réintroduction d'un élément signifiant marginalisé — et tout porte à croire que Joyce a regardé l'hébreu au moins d'une façon assez sérieuse — que dépend le bouillonnement des langues. Lorsque Bloom assiste à la messe, c'est là justement qu'on vérifie à quel point la mise en scène de Joyce est théâtrale, rusée : il s'agit bien entendu de

Bloom n'ayant pas l'air de comprendre de quoi il s'agit, ou se posant des questions, sur l'Eucharistie.

Bloom, donc, assiste à la messe, juste avant l'enterrement. Vous savez qu'à ce moment-là il se demande ce que veulent dire INRI et IHS, les monogrammes; les réponses sont fort intéressantes, en anglais, parce que en français ça passe moins bien; IHS, qu'est-ce que ça veut dire déjà? Ah oui, comme me l'a dit Marion, ça veut dire *I Have Sinned,* j'ai péché, ou *I Have Suffered,* j'ai souffert; bien entendu que c'est une façon de faire resurgir la qualité monogrammatique subjectivement, en en donnant une fausse interprétation; et INRI, ça n'est pas *Iesus Nazarenus Rex Iudaeorum,* que ne pourrait pas lire précisément un Juif en train de regarder quelque chose qui lui est en quelque sorte arraché et par rapport à quoi il se situe comme extérieur; mais Bloom a tout de suite une interprétation amusante, ou terrible, qui indique beaucoup de choses quant à la psychologie exilique : *Iron Nails Ran In,* des ongles ou des clous de fer lui sont rentrés dedans.

La monogrammation qui commence à circuler dans *Ulysse* est quelque chose qui doit nous rompre à la lecture éventuelle que nous pourrions faire par la suite de *Finnegans Wake.* Les cartes sont déjà là, elles circulent. Tout à l'heure, je vous ai cité le passage «From the Fathers», où il est question de Moïse et des Égyptiens, de la sortie d'Égypte; une sortie ambiguë, car c'est avec *Finnegans Wake* qu'elle devrait être définitive; là, on reste encore au bord de la mer Rouge; d'ailleurs, cette «sortie» reste ambiguë chez Joyce, jusqu'à la fin, à mon sens il hésite à percer absolument hors du cyclable. Une autre monogrammation, c'est ERIN, GREEN GEM OF THE SILVER SEA, «Irlande, vert gemme, vert joyau de la mer d'Argent», et il faut entendre là aussi quelque chose qui nous rapproche de ce James Christ Joyce[32].

Alors, l'hérésie d'Arius[33], c'est, comme vous savez, d'avoir toute sa vie nié la consubstantialité du Père et du Fils. Toutes les hérésies s'engendrent là. C'est là qu'est la fameuse histoire du *Filioque.* C'est d'ailleurs la question que se pose tout le livre, et il faut à mon avis qu'elle se pose très longtemps avant de pouvoir être considérée comme résolue, ce qui implique le passage à un verbe qui n'est plus du tout comme les autres. Stephen se dit qu'il a été fait, et non engendré, dans une matrice ; il est extrêmement lucide là-dessus, il se demande tout simplement ce que cette invraisemblable histoire d'Incarnation, de Consubstantialité, etc., vient faire dans cette région ; c'est quelque chose qu'il n'arrête pas de faire résonner, comme si c'était incroyable, et en effet ça l'est. Il pousse la négation jusqu'à un point qui doit définir la vérité en tant que niée. Arius passe toute sa vie à batailler, dit Joyce... en évoquant la série des hérésiarques, Arius, Sabellius, Photius... Brusquement, nous sommes dans *Finnegans Wake, Finnegans Wake* parle déjà dans *Ulysse.* Je change un peu la traduction française, parce que « *bang* » est traduit en français par « tam-tam », ce qui ne me paraît pas absolument vrai : il s'est battu contre la « *contransmagnificandjuivbangtantialité*[34] ». Eh bien, voilà de quoi ça discute, du fond des âges ; et il est important — c'est précisément oublié en français —, il est important de lire là-dedans « *jew* », « juif » ; c'est un problème véritablement capital ; c'est d'ailleurs la raison pour laquelle ça s'appelle *Ulysse.*

Bon. Ces hérésiarques... Il faudrait reprendre l'étude des hérésies[35]... On ne peut rien comprendre au fonctionnement trinitaire, sous prétexte qu'il est devenu un dogme, sans se rendre compte des énormes difficultés, au cours des temps, qu'ont eues un certain nombre de personnes très raffinées pour le comprendre. Il n'y a rien de plus difficile à démêler. C'est extrêmement compliqué d'en exposer la teneur logique. C'est un nœud.

Alors, en gros, l'hérésie consiste à dire que le Père est seul, que le Verbe n'est donc pas une personne. À quelle condition le Verbe devient-il une personne? Remarquez que l'Évangile dit que le Verbe s'est fait chair; il ne dit pas qu'il s'est fait «personne»; il ne dit pas non plus qu'il s'est fait «corps». Et c'est bien là que c'est intéressant, parce que l'hébreu n'a pas de terme pour «corps»; «corps», c'est «*soma*», c'est «*sarx*», c'est grec; l'hébreu a un terme, merveilleux d'ailleurs, parce qu'on peut l'ironiser en même temps, c'est «*basar*»; c'est la chair. La chair par rapport au souffle. Il n'y a pas «le corps». Eh oui... Et «persona», en effet, c'est latin. Vous voyez que ces difficultés sont inscrites dans la question de la transmission, venant de l'hébreu ou de l'araméen, au grec, au latin. Et quand Joyce se pose la question de savoir ce qu'il va faire à l'anglais, de ce qu'il va lui faire comme opération chirurgicale..., on pourrait dire que pour Freud la question se pose aussi, de ce qu'il va faire à l'allemand, ou à l'allemande, à l'autrichienne, si on peut dire, en terme d'opérette... Eh bien, quand des questions sérieuses de cet ordre se posent, c'est-à-dire : qu'est-ce que «je» vais pouvoir faire à la matrice d'une langue pour faire date et qu'il se passe quelque chose à partir de moi; ce sont des questions de cet ordre, il faut prévoir tout ce qui, sur la longueur d'onde antérieure, s'étant transmis à travers différentes couches, a pu y faire des stries, des strates non traitées; il faut re-traiter toutes les strates.

Donc, le Verbe ne se fait pas «corps», mais chair;

« *caro factum est* ». Ce qui pose la question du « corps » du Christ, parce que vous voyez bien que ça n'arrête pas de donner lieu à des évaluations, positives ou négatives, extraordinairement fétichistes. Les Grecs se sont jetés là-dessus ; les Romains pensaient à un moment l'introduire dans leur Panthéon : pourquoi n'y aurait-il pas eu un Héros de plus, avec un corps, un Apollon par-ci, un Jésus-Christ par-là, pourquoi pas ? Tout cela, c'est quand même la reprise du même mythe : ils veulent une sorte d'Orphée. Vous savez, les païens ne se laissent pas faire, ils ont toujours quelque chose comme du corps à votre disposition, pour couper court à la question de savoir comment le Verbe serait une « personne ». C'est pour ça que, par rapport au Dieu qui prétend être le seul précisément dans la dimension de la Parole, ils résistent de toute leur substance. Ils ne l'admettent pas.

Alors, il y a cette ruse catholique de la Trinité, dont tout prouve que Joyce l'a parcourue en long, en large, en lui-même et en travers. Je vous ferai pourtant remarquer une seconde que... petit point qui n'est pas sans intérêt à mon avis... ces hérésiarques, je n'en veux pour preuve que Paul de Samosate[36]... Arius et Sabellius en descendent... Sabellius, lui, croit qu'il y a une seule substance, et que les trois personnes sont seulement des *aspects* de cette substance une ; ça ne s'arrange pas forcément avec quelqu'un qui veut combattre les ariens, et qui peut devenir aussi hérétique, comme Photin[37], par exemple, au IVe siècle, les photiniens... Ça fait des flux de population... Photin combat les ariens, mais pour lui Jésus-Christ n'était qu'un homme, qui a été sanctifié par le Saint-Esprit : hérésie manifeste ! D'ailleurs, l'Église l'a fait condamner par les ariens, avant de condamner les ariens eux-mêmes ! C'est une merveilleuse mécanique ; si vous voulez, un jour on ira plus loin sur la question : j'ai là de petites spéculations sur tout ça... Donc, je vous signale simplement que Paul de Samosate hérésiarque — et je me demande au fond si ce n'est pas la marque même de l'hérésie —, eh bien il a été encouragé temporellement, c'est le cas d'Arius aussi, par une impératrice ; nous avons là une certaine Zénobie — et ça se reproduit souvent dans l'histoire —, qui voit d'un bon œil le fait que le Père serait unique en son genre, qu'on ne le diviserait pas en trois pour y mettre quelque chose comme un Fils qui lui serait consubstantiel, et éventuellement pas non plus le Verbe en train, à égalité toujours, de... spirer, c'est cela en effet, de spirer, comme dit très bien saint Thomas[38], voire de regirer, comme il dit aussi, dans cette structure. À se demander si, précisément ce qui d'une femme peut éventuellement s'impératriser..., si l'impératif hystérique n'est pas naturellement porté à vouloir que le Père soit inentamable, sous la forme d'une grande Mère primordiale : ça va de soi, et au fond la découverte de Freud, c'est ça ; raison pour laquelle l'obsessionnel — qui ne demande pas mieux que d'obtenir ses petits quartiers de liberté comme simple dialecte de l'hystérique, puisque ça n'est qu'à cela qu'il peut prétendre tellement il sent que la stran-gulation risque sans quoi d'être définitive — passera son temps, ce Père, à l'imaginer comme mort. Freud est venu tirer ce fil, et alors ça n'en finit plus, tous les mythes y passent, les tragédies, etc. Mais il y a un autre moyen de tirer ce fil, que Joyce voit très bien à l'époque : ce n'est pas qu'il est contre « cette nouvelle école viennoise[39] » ; il dit simplement que lui, avec saint Thomas et un peu d'imagination, il va arriver à en penser des choses, disons un tout petit peu plus enle-vées. Qui ne donnent pas lieu à une science, bien sûr ; mais alors, à quel art !

Donc, des hérésiarques recevraient en quelque sorte un coup de main de la part d'une femme, en tant qu'elle réincarnerait un pouvoir temporel matriarcal. Cela doit attirer notre attention, parce que c'est bien là aussi que les choses se sont passées : la subordination des personnes entre elles, en tant que ça ferait hiérarchie, ou la subordination du pouvoir temporel et du pouvoir spirituel ; ce sont deux grandes questions qui n'ont pas arrêté de se poser, et il faudrait se demander pourquoi une femme voyait d'un bon œil, éventuellement, cette question de l'unité de substance, voire que le Fils et le Verbe ne fussent que des aspects de cette substance, c'est-à-dire que ça les transforme en semblables, en semblants. Eh bien, il y a là quelque chose à repérer, probablement, et Joyce en est si conscient que non seulement, quand il fait sa grande prosopopée à travers Stephen sur Shakespeare et qu'il explique ce qu'est la paternité, transmission mystique du seul engendreur au seul engendré, apostolique, et qu'il dit que ça n'est pas la Vierge, jetée en pâture aux foules par «l'astuce italienne[40]», là on sent qu'il est un peu nerveux, sur ce sujet : il resterait à savoir si cette question de la Vierge est une pure question rhétorique d'«astuce», ou bien si justement elle n'est pas là pour mettre un sceau, une suture... Parce que les dogmes, c'est ça ; ce sont des sutures, des points de suture ; certes, il faut voir ce que ça suture ; mais ça n'implique absolument pas que si ce n'était pas suturé, ça irait mieux.

Donc *Ulysse,* c'est aussi cela ; il y a une disjonction entre les fonctions du Fils, du Père, et de ce qui éventuellement ferait Verbe dans cette affaire, par rapport à quelque chose qui est bien désigné comme occupant son terrain à soi, qui est la mère, avec l'orthographe que vous voudrez, la nature, voire les femmes, voire

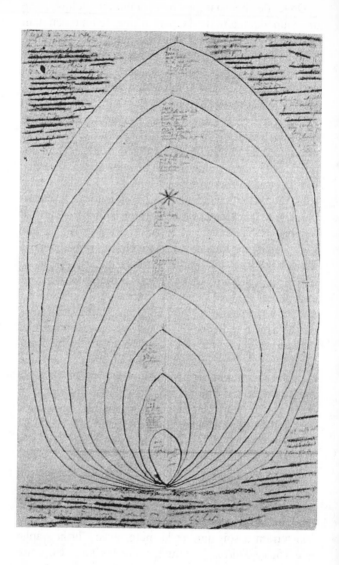

Letters

& I learned
all the names of
the gayest games
even from my old
nora Asa

and she I intend to take silk o
ricking.
well to grigg act   [FW 779, n6]
then when I'm nineteen

a note (- Nature tells everybody about it)
You sh'u'dn't writ you
we ca'n't if you w'u'dn't
pass for undeadofunwished

If it's me chews to swallow all
you saidn't you can eat my
words for it of such as there's
a key in my kiss. Quick cut
facivfacy with conjugate
tomorrow at a share hour.

éventuellement la Femme, pour autant qu'à travers un exil hébraïque Joyce n'hésite pas à se glisser dans son lit pour la canaliser, c'est-à-dire précisément dans son énonciation même. Raison pour laquelle vous dites «*Ulysse*», et tout le monde ne voit que le dernier chapitre, c'est bien connu, et qu'on oublie simplement de le réintégrer dans l'ensemble et de se demander comment il joue par rapport au reste. C'est le chapitre-écran, le monologue de Molly, étudié pour faire écran. La difficulté à prendre *Ulysse* dans son entier est révélatrice. Ce qui compte, pourtant, c'est son cheminement, son déroulement, sa démonstration.

Un autre petit mot encore, c'est quelque chose qui n'a probablement pas été assez souligné. Si vous trouvez dans la littérature quelque chose d'à peu près convenable sur ce qui se passe autour de l'accouchement, eh bien je vous paie quelque chose! Ça n'existe pratiquement pas. Prenez Proust : il n'y a pas d'accouchement dans Proust; de loin en loin, des formes de ventres, comme ça, intéressantes, mais c'est très vague. Il est fabuleux de voir que Joyce bloque dans sa journée un enterrement, qui vaut pour tous les enterrements qui sont en train de se passer comme enterrement au même moment — et vous savez qu'il a fait des tas de petits dessins pour son livre, la gestation, l'embryon, et patati et patata —, et bel et bien un accouchement[41] : Mme Purefoy. Mme Purefoy, avec la grande invocation à Théodore, «vas-y Théodore!», etc. C'est la scène de la Maternité, centrale... Bloom est dans une librairie[42]; il est toujours à la recherche d'une littérature qui pourrait amener l'objet féminin à une sorte d'état réceptif. C'est un des problèmes de Bloom ou de Joyce dans cet état. Ça ne veut pas dire que les femmes ne peuvent pas lire de la grande littérature, ou de la vraie littérature, mais que, pour les émouvoir en tant qu'êtres qui reproduisent la substance, le langage doit être choisi avec discernement, c'est-à-dire plutôt dans le genre fade, tisane à peine épicée. Il y a là tout un dosage à respecter : par exemple, Bloom ne va pas prendre *Les Reines du fouet;* toute la lucidité de Joyce, c'est de savoir qu'il vaut mieux prendre *Les Douceurs du péché,* des choses comme ça : «La splendide créature rejeta son manteau garni de zibeline», etc. Et c'est là aussi une des grandes difficultés de Joyce : pas un instant il ne marche dans l'idée que la sexualité dite féminine serait à prendre sur le modèle de la masculine; bien sûr. Combien d'écrivains pourraient se targuer d'avoir découvert cette toute petite Amérique-là, de rien du tout; l'Amérique étant d'ailleurs, comme dit Joyce, «les balayures de tous les pays[43]»... Donc, il feuillette aussi des planches : «enfants ramassés en boule dans de sanglantes matrices, quelque chose comme du foie de bœuf frais détaché. Il y en a comme ça une quantité en ce moment dans le monde entier. Ils cognent tous de la tête pour se tirer de là. Un nouveau-né à toute minute quelque part. Mme Purefoy». Purefoy, vous voyez; le «quelque chose comme du foie de bœuf frais détaché»; c'est du côté du foie; du côté du biliaire, de ce qui ferait vésicule, puisque la pituite, qui a déjà été évoquée, est une des quatre humeurs fondamentales; c'est plutôt, donc, du côté de l'envie que la chose se passe; l'envie de quoi? Du pénis, bien sûr; encore faut-il aller le chercher dans son foy-er..

Nous disions donc : les grands dogmes. Prenons-les : la Trinité, l'Incarnation, l'Immaculée Conception; très tardif, celui-là; il y a une réflexion de Joyce à ce propos, je ne sais plus à qui[44]; il dit, avec une sorte d'amusement, et aussi d'ahurissement : «Regardez-moi cette Église invraisemblable»; en plein XIXᵉ siècle, en pleine marée démocratique et rationaliste : les deux dogmes les plus à contre-courant possible ; l'Immaculée Conception : 1854, bulle « Ineffabilis » ; et l'Infaillibilité pontificale, 1870-1871 : ça n'est pas de la tarte, non plus ! Et l'Assomption plus tard ! Ça amène d'ailleurs quelqu'un à écrire un grand poème en réponse, vous savez qui ? Hugo ; il y a un poème, qui s'appelle *Le Pape*, qui date de cette époque, époque particulière pour la planète, et notamment pour la France, puisque c'est la Commune ; eh bien, *Le Pape*, de Hugo[45]... un poème passionnant, le Pape fait des rêves, ah ! ah !..., une sorte de réponse, au sommet, au dogme de l'Infaillibilité pontificale, qui est évidemment ... moi je la trouve logique, et théo-logique... mais enfin vous vous rendez compte que ça a poussé la nervosité des gens à leur comble ! Il a fallu attendre très tardivement pour que ce dogme soit prononcé, ce qui me fait du même coup penser que peut-être la papauté ne commence qu'à la fin du XIXe siècle, contrairement à ce que tout le monde croirait. Je vous fais remarquer aussi que ce qui paraît être le plus terminal — vraiment ils en font trop, ça ne peut que s'effondrer — pourrait être sourdement, si on le lit à travers Freud ou Joyce, et sûrement pas autrement, l'annonce d'une transformation considérable. L'Assomption, c'est pareil, c'est tout récent (1950). C'est ce qui s'appelle tirer les conséquences de la catastrophe.

Alors, ce qu'il y a d'ennuyeux dans ces choses-là, c'est que le sujet qui se place devant elles, étant donné qu'il est persuadé que son existence est absolument nécessaire au moment où il existe, où il pense et où il parle, il est conduit à penser que tout ça, ce qui vient parler du Père, du Fils et de ce que ça fait à la matrice, ça doit se terminer avec lui ou dans les environs, ou presque immédiatement après lui. Ce qui entraîne beaucoup d'aveuglement dans la façon de penser l'Histoire, notamment sous son aspect symbolique ; vous remarquerez que Stephen ne commet pas cette erreur, puisque une des phrases les plus révélatrices de la grande scène bordélique où toutes les hallucinations se baladent, notamment, je l'ai déjà dit, celle d'Élie — et Bloom est déjà emmené dans son char de feu au coin d'une rue —, c'est la phrase suivante : « au commencement était le verbe, à la fin le monde sans fin[46] » ; formule énigmatique, mais bel et bien décisive pour la compréhension de *Finnegans Wake,* en ceci que son commencement ne serait trouvable que dans le fait qu'y surgirait un verbe suffisant pour y penser que le monde n'a pas de fin ; ce qui ne va pas du tout de soi : penser le monde comme sans fin, tout le monde n'en a pas les moyens symboliques. Je vous disais tout à l'heure que le plus sûr moyen de penser qu'il a une fin, c'est de penser qu'il aboutit à soi ; ce qui est quand même une erreur courante, je dirais au niveau des petits détails.

Alors, vous disiez : les dogmes. Il y en a un autre, qui semblait vous intriguer : celui de la Transsubstantiation.

Oui ; je me réfère à une discussion de Joyce avec son frère Stanislas, qui se voulait justement, comme Mulligan, plutôt rationaliste ; lequel Stanislas avait décidé cette année-là de ne pas faire ses Pâques, et à Joyce, qui lui demande pourquoi, il répond qu'il n'y croit pas, et qu'il ne veut pas faire semblant d'y croire. Joyce lui demande alors s'il ne trouve pas que la messe, c'est tout de même quelque chose d'intéressant (surtout celle de Pâques, d'ailleurs, dont on sait qu'elle revêtait pour Joyce une importance particulière) ; et Joyce lui confie que l'œuvre artistique est du même

ordre, qu'elle consiste elle aussi en une transsubstan-
tiation.

À quel moment, cette conversation ? Avant la parution d'*Ulysse* ?

Bien avant ; ils sont encore très jeunes, quand Joyce
est encore à Dublin[47].

Bien sûr que c'est ça qui le préoccupe, c'est évident.
La Transsubstantiation, c'est l'histoire de l'Eucharistie : elle est là dès les premières lignes d'*Ulysse*[48], c'est
cela qui est abordé tout de suite : « un bol mousseux sur
lequel reposaient en croix rasoir et glace à main » ;
drôle de ciboire... Il s'agit d'une transformation de
l'appareillage à messe en rasage. « Car ceci, ô mes
bien-aimés » — ils vont aller déjeuner — « est la fin-
fine Eucharistie : corps et âme, sambieu. Ralentir à
l'orgue, s.v.p. Fermez les yeux, m'sieurs dames. Un
instant. Ça ne va pas tout seul avec ces globules
blancs » (eh ! eh !). C'est de ça qu'il s'agit, bien sûr ; et,
du même coup, le problème de la transsubstantiation
nous amène à... un affluent logique de cette histoire
d'Incarnation, et d'Immaculée Conception, qui a fait
comme je le disais difficulté à Joyce : on le comprend...
Le mérite qu'il a eu, c'est de tourner autour de ça, en
quelque sorte par séries convergentes... Transsubstantiation, donc, c'est l'Eucharistie, c'est la transformation du corps du Christ en pain et en vin ; même
problème : Bloom à la messe, toujours ironiquement,
se demande ce que vont déglutir les gens qui sont là,
les petits morceaux de chose, de « cadavre », « canniba-
lisme », et il fait une réflexion tout à fait *matter of fact*
sur le fait que, heureusement, on ne donne pas du vin
aux gens ; ils sont forts, ces types-là, ils s'en sont tenus

au pain, sans quoi[49]... Vous savez que le vin, et la vérité du vin, jouent un grand rôle dans l'existence de Joyce.

Là encore, il y a eu des discussions interminables sur ce problème; et, pour le coup, c'est la question du protestantisme lui-même. La Vierge, c'est quelque chose, en effet; pas question de faire accepter ça comme ça à des esprits qui ne fonctionnent pas par l'absurde, autrement dit qui ne fonctionnent pas par l'intégration du démoniaque, autrement dit qui ne fonctionnent pas par le traitement à faire subir à l'obscénité. Le catholicisme, avec une magnifique mécanique symbolique, se préoccupe évidemment de réintégrer tout le temps les éléments de l'obscénité fondamentale qui constitue l'espèce, laquelle n'est pas comme les papillons, les baleines ou les abeilles, même si de temps en temps un puissant mouvement de fond, à la Femme, voudrait le faire croire. Alors, vous savez comment ça s'est passé, c'est toujours la même histoire : y a-t-il mouvement, passage, d'une substance à une autre? Ou bien faut-il penser que quelque chose «descend» sur autre chose, ça c'est Luther, c'est là-dessus que Luther est venu se planter; il a parlé, lui, d'impanation...

Il a parlé d'impanation? Et la vinification?...

Il y a eu des discussions interminables, saint Thomas est très brillant à ce sujet. Alors, la substance, que vous avez quand même sous les yeux, devient-elle réellement une tout autre substance? Dans quel temps est-ce que ça se décide? S'agit-il d'un mouvement infini et subit? Bien sûr; mais on vous dira : encore ne faut-il pas prendre les gens pour des imbéciles, à savoir qu'un chat est un chat, du pain ça reste du pain, et du bois c'est du bois; vous n'allez tout de même pas nous foutre comme ça dans les pattes une sorte d'alchimie contrôlée; ou à condition de dire quelque chose sur une matière bien précise elle se met, du fait de cette parole, à changer absolument de nature... La transsubstantiation, c'est justement l'affirmation, à mon avis bien évidemment toujours logique, que quelque chose passe à travers les substances. Si quelque chose passe à travers ces substances, en des points précis, et pas par hasard oraux... — tout le monde risque d'être reçu à l'écrit, mais collé à l'oral, ça n'est pas parce qu'on est reçu à l'écrit qu'on n'est pas collé à l'oral; l'oral, c'est quand même l'examen fondamental, l'«exagmination[50]» du passage; tout le monde n'est pas reçu à l'oral... Donc, ça veut dire que, par des points très précis, une substance... vous voyez la déclinaison : dans cette instauration de l'Eucharistie, qui va donner lieu à cette longue élaboration, tout simplement parce qu'il y a des gens qui y résistent, des dogmes, c'est ça : si vous voulez, c'est le sceau, à un moment donné, qui signale une résistance en quelque sorte *intemporelle;* en ce point-là, on aura beau faire, on est sûr que ce sera incroyable; par conséquent : dogme; c'est très rare d'arriver à trouver les points d'incroyable, et encore plus rare d'arriver à les ordonner logiquement dans une construction. Points d'incroyable : ça veut dire que, au cours des temps, et pour des siècles, *in saecula saeculorum,* l'évidence sensible dira automatiquement et définitivement le contraire. Comme quoi il faut pour poser des dogmes avoir une certaine conception du monde sans fin, de la répétition, et de la répétition de l'illusion du sensible. Ce qui demande une grande réflexion, qui est évidemment d'un ordre athée, pour savoir comment marquer un passage à la limite qui est censé ne plus pouvoir bouger par la suite. Alors, évidemment ça énerve les phénomènes; et puis il y a des gens qui se font les porte-parole du phénomène; qui peuvent d'ailleurs y laisser un nom, en tant qu'ils auront porté la parole que semblait réclamer le phénomène pour son accomplissement; il y a des porte-parole du phénomène, il y en a des bibliothèques. Mais ça n'entame en rien le raisonnement *logique* du dogme; ceux qui croient que c'est être dogmatique que d'énoncer un dogme, au sens théologique, sont tout simplement des enfants qui pensent qu'ils vont un jour ou l'autre s'épanouir en tant que porte-parole du phénomène qu'ils sont; ce qui n'a rigoureusement pas d'autre intérêt que de satisfaire leur narcissisme; ce qui n'est déjà pas si mal, bonsoir, au suivant! Un vrai phénomène, ça voudrait dire qui ne soit pas du semblant, du semblable; je vous l'ai dit : toutes les hérésies, ça consiste à refoutre du semblable; c'est drôle, ça; à poser un surplomb d'origine, tel que tout ce qui s'y rapporterait pourrait lui être semblable. La Trinité, ce n'est pas ça du tout; la consubstantialité implique que chaque point *est* et *n'est pas* l'autre; ce qui est un tout autre fonctionnement de la négation et de l'inclusion.

Quoi qu'il en soit, ce Verbe qui s'est fait chair, et qui parle, d'une parole humaine, pour le coup, en chair et en os —, eh bien il dit que le pain et le vin sont son corps; vous comprenez, la seule chose qui soit sûre, c'est qu'il y a en effet du verbe, de la chair, du pain et du vin; mais du «corps», dans tout ça? Pas trace; faut pas s'étonner si ça ressuscite...! Voilà pourquoi tous les gens, à vrai dire tout le monde, que ça travaille, cette histoire de résurrection des corps —, eh bien ils ne sont jamais sûrs que leur corps soit de leur chair; c'est bizarre; vous pourriez dire : ils ne sont jamais sûrs que c'est leur chair qui a joui; ils sont en quelque sorte décollés d'avec leur jouissance; ça ne leur paraît pas verbal. Alors, qu'est-ce qu'il veut, Joyce, dans tout ça? Il ne se prend pas pourtant pour le Fils de Dieu...

Oui... Mais, vous savez, Joyce est très strict. Il est très capable de savoir que s'il se prenait pour, ce serait une hérésie. Il est très capable de traiter la question. En revanche, il n'est pas exclu qu'il ait, en effet, la prétention d'anticiper sur la fin de son corps. Ça, c'est autre chose. Vous ne pouvez pas reprocher à quelqu'un, qui s'en donnerait les moyens, de laisser son corps finir sa course et, si je peux dire, d'anticiper un peu sur le fait qu'après la disparition dudit corps, dans lequel d'ailleurs veulent vous maintenir farouchement vos proches, pour autant qu'ils ne se sentent pas du tout consubstantiels à vous, en quelque sorte d'une même substance, en quoi ça les ensemblise par rapport à une possibilité de semblable, et on repart à ce moment-là dans la même illusion —, ce corps, donc, auquel vous tiennent farouchement vos proches, — je ne dis pas seulement les familles —, ou vos amis, ou les contemporains, enfin il est bien certain... vous avez un corps, et vous devez faire signe que vous y restez, dans ce corps, que vous y êtes, enfin... que vous y êtes bien ou mal, mais que vous êtes bien là ; esprit, es-tu là, dit-on au corps ; un corps qui ne répondrait qu'une fois sur trois... Ce que fait Joyce, taciturne, pour finir ; il aurait pu aussi parler beaucoup, ça revient au même ; on sent qu'il n'est pas là ; il peut perdre ses yeux... Il va loin... Alors, transsubstantiation, bien sûr, mais alors il veut faire ça, lui, c'est assez spécial, avec le langage. Vous savez, le pain, le vin, c'est des substituts. Au fond, ce Christ, il sait bien que tout le monde n'est pas capable... enfin... de participer au Verbe. De ce point de vue, et de ce point de vue seulement, il y a une inégalité définitive; de tous les autres points de vue, contrairement à ce que croient toujours les substantialistes, il n'y a que des remue-ménage d'égalité en cours de règlement. En revanche, de ce point de vue, il y a une inégalité logique, parce que c'est bien une fois et une seule que Dieu, si on suit la logique, prend la peine d'incarner sa parole; il ne va pas faire ça à tout bout de champ. De deux choses l'une, vous me direz : ou bien il l'a fait, ou bien il ne l'a pas fait... Et encore faut-il qu'il existe!... Alors il y a des gens qui croient qu'il existe et qu'il ne l'a pas fait; d'autres qui croient qu'il n'existe pas, donc qu'il n'a rien fait; et enfin d'autres qui croient qu'il pourrait (qu'ils pourraient?) le refaire; ceux-là sont fous; évidemment, une fois que c'est fait, c'est fait; si on croit qu'on pourrait refaire ça, ça veut dire qu'on ne se rend pas compte que ça a été fait avant eux, et une fois pour toutes.

Non. On peut tenter quelque chose d'assez différent, raison pour laquelle Joyce ne s'agenouille pas devant sa mère mourante, ni devant la grécité, entendez par là... ah oui, je dirais... enfin, il faudrait parler de Socrate... mais ça c'est autre chose... bon, il ne s'agenouille pas devant ça; et puis, raison pour laquelle il sort de l'Église catholique, bien sûr, mais évidemment, pour la refaire. À aucun moment, il ne propose de faire comme si elle n'avait pas existé. À vrai dire, elle marchera éternellement, puisque les strates symboliques sont telles qu'elles ne peuvent que se rallumer, à un moment donné.

Pour le coup on rentre dans *Finnegans Wake*[52], on y vient. Vous remarquerez que *Ulysse,* c'est la question de savoir ce qui est né, ce qu'il en est de naître, de n'être. C'est-à-dire que le monologue de Molly est précisément un point d'orgue, au sens d'un point d'organe, c'est-à-dire quelque chose qui en finit précisément avec cette histoire du corps. Pour cela, il fallait passer par beaucoup de choses, dans *Ulysse,* notamment par la mise en scène hallucinatoire des Métamorphoses[53], monde des doubles psychiques, du bordel, du bordel de l'Histoire, bordel de l'Histoire-cauchemar[54], avec toujours comme principe que Dieu n'est pas à chercher ailleurs que dans ce qui libidine ; ce qui est quand même extrêmement nouveau ; c'est dans ce qui libidine qu'on repère les dénégations ; ça s'engendre, ça se tripote, ça se mélange, ça se métamorphose, ça croit changer de sexe, ça revient à travers des incarnations de semblants ; et après ça, grosse de ça, une femme, qui se parle, accouche... accouche de quoi ? On croit que c'est la fin, elle accouche d'un « oui »... Elle accouche évidemment de ce que Joyce indique qu'il s'est rendu capable de faire, c'est-à-dire de *Finnegans Wake.*

Transsubstantiation, oui ; il y a dans le « ceci est mon corps » de *Finnegans Wake* — puisqu'il s'agit bien de veillée funèbre, apparemment, et bel et bien de ré-érection de la faculté d'énonciation dans une dimension qu'elle n'a jamais eue, ou alors qu'elle avait perdue —, il s'agit bien de ce que serait le corps de Joyce s'il en avait un ; un autre. C'est tellement difficile à imaginer pour ce que j'ai appelé... comment les appeler ?... appelons-les les hérétiques tout de même, c'est-à-dire ceux qui maintiennent une séparation entre l'essence et l'existence, ceux qui maintiennent quelque chose de rassurant. Oui, on peut dire ça : ça paraît illisible aux hérétiques. Par hérésie, j'entends la seule erreur qui compte, celle qui porte sur la Trinité ; je n'en vois pas d'autre.

Ce qui est quand même phénoménal, au sens d'un phénomène vrai, qui ne serait pas du semblant, c'est la conscience que Joyce a de tout cela ; parce que ce que vous venez de dire à propos du « corps » de Joyce, que Finnegans Wake *ce serait le corps de Joyce s'il en avait un...*

Un autre...

Oui, eh bien, c'est exactement comme cela qu'il présente le travail de Shem, en train d'écrire sur chaque pouce carré de son propre corps, dit-il, ce qui implique bien que celui-ci est en train de disparaître effectivement, in actu, *dans une expérience de langage, en train de se transsubstantier en verbe[55]. Ce qui me paraît phénoménal, c'est qu'il ait pu penser à ce point ce qu'il était en train de réaliser ; en vous écoutant, je songeais à une remarque de Lacan, précisément dans son* Séminaire «Joyce, le sinthome» : «Quand on écrit, on peut bien toucher au réel, mais pas au vrai[56].» *Alors, bien sûr, en même temps, Joyce c'est très masqué ; il réussit un coup extraordinaire en faisant mine que tout ce qu'il raconte n'est pas sérieux...*

Mais si c'était sérieux, ce serait la preuve qu'il est en pleine hérésie ! De deux choses l'une : ou bien on veut se mettre à la place du dogme et en faire un autre, alors on est très sérieux ; on fonde une religion ; rien de tel chez Joyce. Il écrit pour que, dit-il, pendant trois siècles, l'Université, c'est-à-dire la quintessence de l'hérésie, s'emmêle les pinceaux... Bon ! Il ne dit pas une seconde, il est même très strict là-dessus, qu'il veut fonder une religion : il les ironise toutes, à tel point qu'il n'en laisse, comme malgré lui — importance de l'expérience —, subsister que la vraie. Il faut revenir, et ce n'est pas rien, on pourrait faire des variations infinies sur le problème —, il faut revenir au fait que dans

Ulysse il n'arrête pas d'ironiser sur quantité de choses; il y a le bouddhisme, il y a l'occultisme, il y a «mes tempes si choses»; c'est de là qu'est venu le scandale; pas du tout des affirmations qui auraient pu passer pour être catholiques sourdement; le scandale vient de l'ironisation systématique de l'occulte; l'occulte, vous en avez partout : Blavatsky, les théosophes, etc.[57]; vous n'avez qu'à prendre toujours la même histoire, celle du bordel, où vous voyez les morts venir donner leur avis. C'est un vrai micmac ironique qu'il se permet, Joyce, avec ces histoires. Qu'est-ce qui lui permet d'ironiser l'occulte? C'est ça le problème. Trouver la position d'ironiser l'occulte... Vous remarquerez qu'Artaud y parvient... C'est très proche, si on veut bien regarder ça d'une façon sardonique. C'est l'ironisation scandaleuse de la chose sexuelle elle-même; en quoi Joyce est à la fois dans le réel et dans le vrai; pas celui qui peut faire communauté. Ce vrai-là ne vaut que pour le pèlerin Joyce. C'est son aventure à lui...

Oui, mais qui produit aussi des effets qui vont être enregistrés dans l'histoire, par rapport à toute une série de traditions culturelles; ça vaut certes pour lui...

Et la tradition occulturelle? C'est plein de gens qui y adhèrent, et qui ne sont pas sans modaliser l'opinion, et par conséquent la lecture. Joyce, ce n'est pas un romancier qui fait comme si l'occulte n'existait pas. Que dit Élie, dans la scène de Circé : «Vous sentez-vous tous dans cette vibration? Moi je dis que oui. Une fois que vous avez entervé ça, mes frères, la gaillarde excursion au paradouze n'est plus qu'un jeu de petit éfant[58].»

1. Concernant ces différents témoignages, l'ouvrage à consulter en premier est bien sûr la grande biographie établie par R. Ellmann, *James Joyce* (éd. Gallimard), laquelle constitue en l'occurrence un instrument de travail fondamental, au même titre, par exemple, que la biographie de Freud par E. Jones, et celle de Sade par Gilbert Lely.

On y trouvera donc notamment la lettre de H.G. Wells, datée du 23 novembre 1928 : «J'ai pour votre génie un énorme respect qui date de vos premiers livres, et j'ai maintenant pour vous une grande inclination personnelle, mais vous et moi suivons des voies absolument différentes. Votre éducation a été catholique, irlandaise, insurrectionnelle, la mienne a été scientifique, constructive et, j'imagine, anglaise. Le cadre de mon esprit est un univers où est possible un processus de grande concentration et unification (accroissement de force, classement sans déperdition, concentration d'efforts), un *Progrès* non pas inévitable, mais intéressant et possible. Ce jeu m'attire et me retient. Pour lui j'ai besoin d'un langage et d'une expression aussi simples et clairs que possible. Vous avez commencé comme catholique, c'est-à-dire avec un système de valeurs en forte opposition avec la réalité. Votre existence mentale est obsédée par un monstrueux système de contradictions. Vous pouvez croire à la chasteté, à la pureté et à un dieu personnel, et c'est pourquoi vous explosez en criant con, merde et nom de dieu. Comme je n'accorde à ces choses qu'une valeur purement subjective, mon esprit n'a jamais été choqué par l'existence de water-closets, de serviettes hygiéniques — et d'infortunes imméritées. Et tandis que vous étiez élevé dans le leurre de la suppression politique, je l'étais dans celui de la responsabilité politique. C'est pour vous une belle chose que de défier et d'exploser. Pour moi, pas le moins du monde» (*op. cit.,* p. 608-609). Ajoutons que H.G. Wells, qui donc n'aimait pas *Ulysse,* disait de Staline, en 1934 (Radek !) : «Jamais je n'ai rencontré homme plus sincère, plus juste et plus honnête, et c'est à ces qualités, et non à quelque faculté occulte et sinistre, qu'il doit son ascendant extraordinaire et incontesté sur les Russes.»

De même, page 577, un des témoignages de G.B. Shaw, lui aussi très partagé et finalement contre : «Je ne pourrais écrire les mots dont se sert M. Joyce : ma main prude se refuserait à en former les lettres; et je ne puis trouver d'intérêt dans les infantiles incontinences cliniques ou dans les flatulences qu'il juge dignes d'être notées. Mais si elles valaient la peine de l'être, je n'y verrais pas d'objection; pourtant j'aimerais envelopper ses locutions populaires d'un peu de latinité...» Rappelons que Shaw refusa de signer la pétition internationale lancée par Joyce contre les pirateries de l'éditeur américain Samuel Roth.

En ce qui concerne Pound, outre les renseignements donnés par Ellmann, le lecteur français a accès aux lettres adressées par Pound à Joyce, qui ont été publiées par le Mercure de France (1975). Pound, qui avait soutenu *Ulysse* avec enthousiasme, se sépare progressivement de Joyce à partir de 1925 (il refuse notamment de signer la pétition contre Roth), et condamne (comme Miss Weaver) les premières pages de *Work in Progress* que Joyce lui avait fait parvenir : «... pour l'instant je ne peux rien en dire. Rien jusqu'à ce point de mon examen, rien qui approche la vision divine ou la rédemption du verbe qui vaille cet amphigouri circumambiant» (*op. cit.,* p. 252). Dans les années 1930, les divergences se radicalisent, et Pound, qui s'adresse à Joyce en le nommant «Jésus», ou mieux «Jayzus», voire «in excelsis», ne manque pas une occasion de railler l'éducation catholique, jésuite, reçue autrefois par Joyce. Rappelons que Pound interprétait *Ulysse* comme une «fin».

Herr Doktor C.J. Jung : son texte sur *Ulysse* se trouve dans *Problèmes de l'âme moderne* (éd. Buchet-Chastel), et je l'ai commenté brièvement dans *Tel Quel 81.*

De même, pour Virginia Woolf et Henry Miller, je me permets de renvoyer le lecteur à ce qu'en rapportait Sollers dans son «Joyce and Cie», *Théorie des Exceptions*, Gallimard, Folio essais n° 28, 1986, p. 80.

Quant à Gertrude Stein, son hostilité à *Ulysse* fut immédiate. Dans ses Mémoires, *Shakespeare and Company* (1956), Sylvia Beach raconte que G. Stein arriva un jour dans sa boutique, en compagnie de son amie Alice B. Toklas, pour lui annoncer qu'étant donné les circonstances (Sylvia Beach venait d'éditer *Ulysse*) elle(s) avai(en)t transféré sa(leur) carte de «membre-souscripteur» à la Librairie américaine, sur la rive droite... (*op. cit.,* p. 32).

De manière générale, pour le contexte en France des années 1920-1930 (Breton, Aragon et les surréalistes, etc.), cf. ma présentation du dossier «Joyce» dans *Documents sur,* n° 4/5, ainsi que le recueil de 1929, *Our Exagmination...,* réédité en 1961 par Sylvia Beach.

2. À ce propos, il faut lire également la lettre de Stanislas, le frère de Joyce, qui écrivait à celui-ci en date du 7 août 1924, aussi bien à propos d'*Ulysse* que des premiers fragments de *Finnegans Wake* publiés dans la *Revue transatlantique* : «C'est indubitablement catholique de nature. Cette rumination sur l'ordre le plus bas des actes naturels, cette réévocation et cette exagération du détail pour le détail et la déjection spirituelle qui les accompagne sont purement dans l'esprit du confessionnal. Ta nature, comme la morale catholique, est avant tout sexuelle. Le baptême a laissé en toi une forte propension à croire au mal» (Ellmann, *op. cit.,* p. 579).

3. Cf. dans ce même numéro l'essai de Joyce sur la Renaissance.

4. Sur cette question de la levée du tabou catholique par rapport à l'origine judaïque, cf. notamment dans *Ulysse* l'épisode des «Cyclopes», où Bloom rappelle aux nationalistes irlandais, fanatiques et antisémites, que Mendelssohn, Karl Marx, Mercadante et Spinoza étaient juifs, et que le Christ était juif : «Votre dieu était un juif. Le Christ était un juif comme moi» (éd. Gallimard, 1948, p. 335). Bloom revient par la suite à plusieurs reprises sur cette discussion, notamment dans sa conversation avec Stephen (*op. cit.,* p. 568 et p. 584).

5. Cf. la remarque de Joyce, dans une lettre à Stanislas du 3 décembre 1906 : «Qu'est-ce qui ne va pas chez ces écrivains anglais qui tournent continuellement autour du pot?» (*Lettres II,* éd. Gallimard, p. 347).

6. *Giacomo Joyce,* resté primitivement inédit, publié par Richard Ellmann chez Faber en 1968. Ce texte bref (16 pages) semble avoir été rédigé par Joyce entre 1911 et 1914, à Trieste donc, et il est plus particulièrement associé à l'aventure de Joyce avec l'une de ses élèves de la Berlitz School (1908-1909), Amalia Popper. Ce souvenir sera réactivé à Zurich en 1918-1919 par une autre jeune femme, Martha Fleischmann, juive elle aussi. Un bon nombre de passages de *Giacomo Joyce* seront directement repris ou développés à la fois dans le dernier chapitre du *Portrait de l'artiste* et dans *Ulysse,* ces deux œuvres étant d'ailleurs elles-mêmes évoquées nommément dans le texte de *Giacomo Joyce*; la question d'Hamlet y est également posée, et à travers la mention du «Libidinous God» (p. 11), référence est donnée, de manière très claire, à l'office du vendredi saint (*quia frigus erat..., Non hunc sed Barabbam,* repris du texte de la Passion, de même que «la leçon tirée d'Osée», *Haec dicit Dominus,* etc.). Jacques Mercanton (*Les Heures de James Joyce,* éd. L'Âge d'homme) est celui qui a le mieux témoigné de cette extrême attention accordée par Joyce aux offices de la semaine sainte (cf. notamment *op. cit.,* p. 25-27), et qui faisait dire à Alessandro Francini Bruni (in *Portraits of the Artist in Exile,* ed. by Willard Potts, 1979) qu'il valait mieux ne pas chercher à rencontrer Joyce durant la semaine qui précède Pâques : «On the morning of Palm Sunday, then during the four days that follow Wednesday of Holy Week, and especially during all the hours of those great symbolic rituals at the early morning service, Joyce is at church, entirely without prejudice and in complete control of himself, sitting in full view and close to the officiants so that he won't miss a single syllable of what is said, following the liturgy attentively in his book of the Holy Week services, and often joining in the singing of the choir» (p. 35-36). Cf. également la lettre écrite par Joyce à sa mère le 4 avril 1903 (*Lettres II, op. cit.,* p. 126), soit durant son premier

séjour à Paris, et où il lui demande de lui envoyer «l'opuscule de la semaine sainte à temps pour l'office des Ténèbres de mercredi».

7. La question de l'identité de Shakespeare est en effet posée dès le premier chapitre d'*Ulysse,* et la tour où se trouvent les trois protagonistes (Stephen Dedalus, Buck Mulligan et Haines, l'Anglais) est assimilée à plusieurs reprises à la tour d'Elseneur (cf. entre autres *op. cit.,* p. 22 et 46). Rappelons que cette tour réfère de manière très directe à la Martello Tower, à Sandycove (dans la partie sud de Dublin, entre Scotsman's Bay et Bullock Harbour), où Joyce vécut une dizaine de jours, en compagnie d'Oliver St. John Gogarty et de Samuel Chenevix Trench, du 9 au 19 septembre 1904, à peu près un an après la mort de sa mère (cf. Ellmann, *op. cit.,* p. 187-190).

8. La Méditerranée transférée au nord : cf. les remarques de Joyce sur «l'importance de la mer Méditerranée», dans une lettre à son frère datée de Trieste, mai 1905 (*Lettres II, op. cit.,* p. 195) : «Peut-être la Baltique supplantera-t-elle la Méditerranée mais jusqu'à présent l'importance d'un lieu semble avoir été en rapport direct avec la proximité de celle-ci.»

9. Mulligan le Grec. «Dieu de dieu, Kinch, si seulement nous pouvions travailler ensemble, nous ferions quelque chose pour notre île. L'helléniser» (*Ulysse,* p. 11). À propos de Stephen : «On lui a détraqué la cervelle avec des peintures de l'enfer. Il ne pourra jamais attraper la note hellénique» (p. 243). Dans la grande scène de la Maternité («Les bœufs du soleil»), il se présente lui-même comme «M. Mulligan, Fertilisateur et Incubateur», et il projette de s'établir dans l'île Lambay et d'y installer «une ferme nationale de fécondation qui serait nommée *Omphalos,* avec un obélisque taillé et érigé à la mode d'Égypte» (p. 366) ; un peu plus loin, il est noté comme «Hygiéniste et Eugéniste» (p. 412).

10. Les reproches de Mulligan sont très clairs : «Vous avez refusé de vous mettre à genoux et de prier pour votre mère qui vous le demandait sur son lit de mort. Pourquoi? Parce que vous avez en vous de la maudite essence de jésuite, bien qu'elle opère à rebours. Pour moi, dans tout ceci, il n'y a que dérision et bestialité» (p. 12). Cette mort de la mère sera très souvent évoquée, d'un bout à l'autre d'*Ulysse,* dans le discours intérieur de Stephen. On notera bien sûr l'aspect éminemment autobiographique de cet événement (cf. *Lettres II*, par exemple p. 126 et 355).

11. Sur cette question de l'intégration du démoniaque, cf. également ici même le deuxième entretien.

12. Il est intéressant de noter que cette interprétation, ainsi que nous avons pu le constater un peu après cet entretien, est tout à fait en accord avec la conscience que Joyce avait de ce qu'il avait écrit. Dans ses *Entre-*

tiens récemment publiés en français (éd. Belfond, 1979), Arthur Power écrit : «Une autre fois, comme j'admirais la phrase *"Thalatta! Thalatta!* Elle est notre mère grande et douce"*, il (Joyce) me regarda de travers et dit : "Lisez ce que j'ai écrit juste avant : la mer pituitaire. la mer contractilo-testiculaire"» (*op. cit.,* p. 29).

13. L'annonce de l'arrivée d'Élie intervient dans le texte d'*Ulysse* à la page 147, avec le prospectus de l'YMCA donné à Bloom ; elle revient ensuite comme un leitmotiv, notamment à la fin de l'épisode des «Cyclopes», avec l'Ascension parodique de Ben Bloom Élie (p. 338), en réponse aux menaces du «citoyen» dont Bloom a failli être la victime ; de même à la fin des «Bœufs du soleil» (p. 422), et bien entendu dans «Circé», etc. Il est à cet égard curieux de noter, outre la référence évidente à l'Ancien et au Nouveau Testament, et notamment aux scènes de la Transfiguration et de la Passion du Christ, qu'on trouve également au début de la *Confession* de saint Patrick le récit d'expériences dans lesquelles le personnage et le nom d'Élie jouent un rôle central (cf. le verset 20). Ajoutons enfin que la mention d'Élie est bien entendu souvent couplée chez Joyce avec celle du Sang de l'Agneau rédempteur, qui est aussi un des leitmotive de *Finnegans Wake* («*the seim anew*»).

14. Rappelons que Bloom fredonne en effet à plusieurs reprises des passages de l'opéra de Mozart, notamment le *La ci darem la mano* (p. 75, c'est l'air que Molly doit chanter au concert organisé par Boylan, *Don Giovanni,* I, 9), les vers du Commandeur (p. 176, *Don Giovanni, a cenar teco / M'invitasti,* II, 18) ; de même page 63 le *voglio e non vorrei,* de Zerlina (I, 9, qui est d'ailleurs, en fait, *vorrei, e non vorrei*) ; dans «Les sirènes», Bloom reconnaît le menuet de *Don Giovanni* joué au piano par Bob Cowley, etc. Citons enfin la plaisanterie dans «Éole» (p. 121), présentant Bloom comme «la statue du quémandeur» (ceci, dans la traduction française, car dans l'original, la formule du professeur Mac Hugh : «The ghost walks», peut également, et sans doute plus probablement, faire allusion au Spectre de *Hamlet,* dont la question sera mise en discussion un peu plus loin, dans «Charybde et Scylla»).

15. Cf. *Ulysse,* p. 520-521.

16. Cf. *Ulysse,* p. 532. À Bloom qui court à Stephen pour lui rendre sa canne, après l'épisode qui vient d'être évoqué, celui-ci répond : «Canne, non. Raisonnement. Cette fête de la raison pure.» Mais comment ne pas songer aussi à la canne de saint Patrick, qu'Antonin Artaud emporta à Dublin en septembre 1937.

17. Cf. également dans le *Portrait,* le «*I will not serve...*» de Stephen, à la fin du chapitre v.

18. C'est la dernière vision de Bloom, à la fin de « Circé » (p. 537).

19. Cf. notamment dans « Circé », p. 487 sq.

20. Deux gestes masturbatoires dans *Ulysse* : celui bien connu de Bloom, dans l'épisode de « Nausicaa », et celui de Stephen, mis au jour et analysé par David Hayman, dans « Protée » (cf. ici même, « Stephen on the rocks »).

21. Cf. *Ulysse*, p. 9-10 : « À travers le parement élimé de sa manche, il voyait cette mer qu'à son côté une voix bien nourrie saluait comme une mère grande et douce. Le rond de la baie et de l'horizon encerclait une masse liquide d'un vert terne. Un bol de porcelaine blanche à côté de son lit de mort avait contenu la bile verte et visqueuse qu'elle avait arrachée à son foie gangréné dans des accès de vomissements qui la faisaient hurler. »

22. Les hérésies de Sabellius (IIIᵉ siècle), d'Arius (IVᵉ siècle), de Photius (IXᵉ siècle) sont évoquées à plusieurs reprises dans *Ulysse* et, par exemple, dès les premières pages : « Les puissantes et pompeuses appellations sonnaient dans la mémoire de Stephen le triomphe de leurs cloches d'airain : *et unam sanctam catholicam et apostolicam ecclesiam* : la poussée lente, les modifications du rite et du dogme pareilles à celles de sa propre et précieuse pensée, une alchimie d'étoiles. Symbole des apôtres dans la messe du pape Marcel, voix fondues en une, entonnant leur solo de foi : et derrière ce chant, l'ange vigilant de l'église militante désarmait et menaçait les hérésiarques. Une horde d'hérésies en fuite, la mitre de travers : Photius et la race de railleurs à laquelle appartenait Mulligan, et Arius bataillant toute sa vie contre la consubstantialité du Père et du Fils, et Valentin rejetant dédaigneusement le corps terrestre du Christ, et le subtil Africain Sabellius qui soutenait que le Père était lui-même son propre Fils. Les paroles de Mulligan, un moment plus tôt, se moquant de l'étranger. Vaine moquerie. Le vide habitera tous ceux qui tissent le vent ; ils les défient, les désarment et les défont, ces anges belliqueux de l'Église, cette armée de Michel qui la défend à jamais du bouclier et de la lance, à l'heure du conflit » (p. 24 ; la doctrine — gnostique — de Valentin (IIᵉ siècle) affirmait notamment la transcendance absolue du Père). Cf. également p. 194, puis p. 204, où l'hérésie de Sabellius est à nouveau évoquée au moment de la grande discussion sur la paternité et l'identité de Shakespeare ; etc.

23. Cf. *Ulysse*, p. 22-23.

24. Le cardinal Newman (1801-1890) est un personnage particulièrement intéressant, et son abandon de l'Église anglicane pour se convertir au catholicisme en 1845 ne cessa de faire scandale en Angleterre pendant toute la seconde moitié du XIXᵉ siècle. C'est à l'Université catholique de Dublin (University College), fondée par Newman en 1853, que Joyce fut

étudiant. Celui-ci admira très tôt la prose de Newman (cf. Ellmann, p. 53). Outre le destin tout à fait exceptionnel du personnage, qui apparaît très bien dans son *Apologia pro vita sua*, il faut ajouter que le cardinal Newman s'était converti sur des bases qui ne pouvaient qu'intéresser Joyce et le confirmer dans son opinion, émise au chapitre v du *Portrait*, sur le catholicisme et le protestantisme : «Quelle sorte de délivrance y aurait-il à répudier une absurdité logique et cohérente pour en embrasser une autre, illogique et incohérente?» Retenons essentiellement ici que Newman invoquait, dans les motifs de sa conversion, différentes sortes de raisons. Tout d'abord des raisons précisément d'ordre logique : ce que cherche Newman, c'est en effet à formuler une base logique à sa foi, et l'anglicanisme, dont les fondements théologiques sont pratiquement inexistants, va lui apparaître assez rapidement d'une parfaite incohérence; il est intéressant à cet égard de noter ici que le premier ouvrage de Newman, alors qu'il était encore anglican, fut consacré à l'hérésie arienne (*The Arians of the Fourth Century,* 1833); c'est même en travaillant à cette étude qu'il commença à se rendre compte que l'anglicanisme n'était en fait qu'une reproduction, elle-même très appauvrie, des grandes hérésies qu'avait connues l'Église romaine au cours des premiers siècles, et essentiellement de l'arianisme. Autres raisons : celles d'ordre éthique, dans la mesure où il lui apparaît que l'anglicanisme constitue un mélange délibéré, et particulièrement pernicieux, du pouvoir temporel et du pouvoir spirituel; vieux problème, d'ailleurs, que celui-là, dont on sait l'importance que Dante lui a accordée, aussi bien dans *La Divine Comédie* que dans le *De Monarchia.* Ajoutons enfin des raisons apparemment plus subjectives, mais qui n'en sont pas moins d'un grand intérêt pour nous : des raisons d'ordre esthétique, dans la mesure où pour Newman, passionné d'art et de littérature, le protestantisme constitue «la plus morne de toutes les religions possibles». Difficile de ne pas penser ici aux remarques de Bloom et de Stephen sur la grandeur sublime de la musique sacrée catholique, comparée à la médiocrité esthétique de la plupart des cantiques protestants (*Ulysse,* p. 587 ; cf. également les réflexions de Bloom dans l'église, p. 80).

25. Pour Mulligan et sa parodisation de la femme, cf. p. 193, où il est qualifié de «bouffon bigarré», et surtout p. 398, dans l'épisode de la Maternité, où il se met à nouveau à imiter la mère Grogan.

26. Il y aurait en effet beaucoup à dire sur cette question de la *voix* et de son enjeu, par exemple, dans la transmission de la fonction paternelle. Notons dans *Ulysse* le rapport très mystérieux que constate Bloom entre la voix de Simon Dedalus et celle de Stephen, rapport qui s'effectue au-delà et à l'encontre de tout ce qui peut séparer la personne factuelle du géniteur et celle de «l'engendré»; et de fait, il ne s'agit nullement d'un banal et phénoménal rapport de ressemblance de l'une à l'autre, puisque la perfor-

mance vocale de Stephen est à elle seule parfaitement originale et que, de toute façon, c'est avec Bloom, et non avec Simon Dedalus, que le «colloque» s'établit. Il semble bien à cet égard que le vecteur principal de cet «état mystique» qu'est la paternité pour Joyce soit précisément la voix : celle qui s'exprime dans le chant. C'est dans l'épisode des «Sirènes» (cf. notamment le magnifique passage p. 267-271) que Bloom a la révélation de la voix de Simon Dedalus («cette magnifique voix d'homme»), dont il retrouve l'accent («une voix de ténor d'une perfection aussi insolite, le plus rare de tous les trésors...» p. 589) à la fin de l'épisode d'«Eumée», lorsqu'il demande à Stephen de chanter. Et il faudrait considérer de près les rapports de Joyce avec son propre père, qu'on a trop l'habitude de confondre avec ceux de son frère, Stanislas, et relire ce que Louis Gillet écrivait sur cette question de la paternité chez Joyce (in *Stèle pour James Joyce,* 1941-1946, témoignage très important, repris — en anglais — dans l'ouvrage déjà cité *Portraits of the Artist in Exile*).

27. Cf. *Ulysse,* p. 16.

28. Cf. p. 14, et bien sûr tout le début de «Protée» (p. 39 sq.).

29. Cf. notamment, dans l'épisode d'«Éole», le passage très important «D'après les Pères» (p. 139-140), concernant le rôle de Moïse, avec la référence finale aux «tables de la Loi, gravées dans la langue des hors-la-loi».

30. *Ulysse,* p. 613 ; sur l'hébreu, cf. également les remarques de Bloom dans «Éole» («Et c'était la Pâque»), p. 120-121.

31. *Ulysse,* p. 78-82.

32. *Ibid.,* p. 121.

33. Outre les références déjà données, cf. également le passage de «Circé» (p. 485) dans lequel Stephen revient une nouvelle fois sur la question, en mettant explicitement en parallèle Arius et «l'hérésie protestante».

34. *Ulysse,* p. 40.

35. Cf. à ce propos, dans «Circé» (p. 479), le rappel moqueur adressé à Bloom par son spectre de père, Virag : «Votre intention était de consacrer toute une année à l'étude du problème des religions et pendant l'été de 1886 de trouver la quadrature du cercle et de gagner ce fameux million.»

36. Paul de Samosate (IIIe siècle) fut condamné par deux synodes réunis à Antioche, en 264 et 268 ; ce qui n'empêcha pas l'impératrice Zénobie de le protéger, jusqu'à sa défaite devant Aurélien, en 272.

37. Photin, représentant du sabellianisme, condamné en 345.

38. Cf. notamment saint Thomas, dans la *Somme théologique,* le livre

consacré à « la Trinité ». Il est intéressant de noter que c'est peut-être dans un des chapitres de ce livre que Joyce a pu trouver la formulation de la beauté — définie comme *integritas, consonantia, claritas* — qu'il développe dans le chapitre v du *Portrait*. Cf. *La Trinité*, Question 39, Article 8.

39. Cf. *Ulysse*, p. 202.

40. *Ibid.*, p. 203-204.

41. Cet accouchement constitue l'action centrale de l'épisode des « Bœufs du soleil » (p. 377-422). Rappelons toutefois que Bloom revient sur ce thème constamment, dans son soliloque intérieur, après que Mme Breen lui a communiqué page 155 la nouvelle de l'accouchement difficile de Mme Purefoy. Celui-ci est d'ailleurs annoncé dès les premières pages, dans *Protée*, alors que Stephen, qui se promène près de la plage, voit passer au loin deux sages-femmes.

42. Bloom dans la librairie : p. 229-230.

43. *Ulysse*, p. 234.

44. C'est à Frank Budgen (*James Joyce and the Making of 'Ulysses'*, *and other writings*, 1972) que Joyce communiqua ces remarques, à plusieurs reprises (« Regardez, Budgen, au xixe siècle, en pleine marée montante de positivisme rationaliste et des droits démocratiques de l'égalité pour tous, elle (l'Église catholique) proclame le dogme de l'infaillibilité du chef de l'Église, et en plus celui de l'Immaculée Conception. ») Cf. également *Lettres II*, p. 336-337. Dans une autre lettre (à Budgen), il s'intéresse à la controverse du « *Filioque* », qui fut au ixe siècle à l'origine de la séparation entre l'Église romaine et les Églises d'Europe orientale, et dont Joyce retrouvait la trace en plein Zurich, dans l'Église augustinienne des « Vieux Catholiques ». Cette controverse portait une fois de plus sur la question des rapports, à l'intérieur de la Trinité, entre le Père et le Fils. Comme Joyce l'indiquait à Budgen, cette question est à nouveau évoquée dans *Finnegans Wake*, dans la fable « The Mooks and the Gripes », et plus particulièrement dans 156.8-18. Rappelons enfin qu'une des nouvelles des *Dubliners* (« De par la grâce ») met également en jeu le thème de l'infaillibilité pontificale.

45. C'est en mai 1878, à l'occasion de l'avènement de Léon XIII, successeur de Pie IX, que Hugo publie « Le Pape ». Il est curieux de constater que c'est ce même Léon XIII qui rendit enfin justice à Newman, et le nomma cardinal. Plus curieux encore : c'est avec ce même pape Léon XIII, et quelques cardinaux et théologiens de l'époque, notamment jésuites, que Georg Cantor se mit à correspondre, dans les années 1880-1890, afin d'éprouver les fondements théologiques de sa théorie du transfini. Cantor considérait d'ailleurs celle-ci comme lui ayant été « inspirée par Dieu », et il s'appuyait en cela sur saint Augustin.

46. Stephen et « le monde sans fin » : « Circé », p. 475. Ajoutons que cette réflexion intervient très tôt dans le discours de Stephen (cf. la première page de « Protée », p. 39 et encore, avant, p. 35), qui ne cesse de se la redire à lui-même tout au long d'*Ulysse,* tant cela paraît incroyable. Enfin, le « *world whirling without end* », dont le « *whirling dervish* » qu'est Shem tente d'écrire l'expérience, est un des grands leitmotive de *Finnegans Wake.*

47. Pour cette discussion entre Joyce et son frère, cf. Stanislas Joyce, *Le Gardien de mon frère* (éd. Gallimard, 1966), p. 121.

48. *Ulysse,* p. 7 (« *Introibo ad altare Dei* », etc.).

49. Bloom à la messe, p. 79-82.

50. Cf. *Our Exagmination Round His Factification for Incamination of Work in Progress,* le recueil des douze, publié en 1929, avec les *Letters of Protest* signées G.V.L. Slingsby et Vladimir Dixon.

51. Lacan et le *redeemer :* cf. « Le sinthome », in *Ornicar ?,* n° 8.

52. La résurrection des corps : Bloom médite là-dessus, à sa façon, pendant tout l'épisode de l'enterrement de Patrick Dignam (cf. notamment p. 104). Et, bien entendu, dans *Finnegans Wake,* la question revient constamment.

53. Les *Métamorphoses* d'Ovide sont citées juste avant « Circé », à la fin de l'épisode des « Bœufs du soleil » (p. 405).

54. *Ulysse,* p. 37 : « L'Histoire, dit Stephen, est un cauchemar dont j'essaie de m'éveiller. »

55. Cf. *FW* 185-186 : « *... this Esuan Menschavik and the first till last alshemist wrote over every square inch of the only foolscap available, his own body, till by its corrosive sublimation one continuous present tense integument slowly unfolded all marry-voising moodmoulded cyclewheeling history...* ».

56. Cf. *Ornicar ?,* n° 8 (p. 9).

57. Concernant cette ironisation de l'occultisme (lequel a constitué et constitue toujours une source de contresens sur l'œuvre de Joyce, notamment dans les pays anglo-saxons), cf. entre autres le passage déjà cité, « D'après les Pères », rappelant la résistance de Moïse à Isis et Osiris, à Horus et Ammon Râ (p. 140). Pour « la Blavatsky », cf. p. 138 ; et il y a aussi « A.E. le maître mystique », c'est-à-dire George Russel, que Joyce était allé voir en 1902 tout en pensant que la théosophie ne pouvait même pas servir « de recours à des protestants insatisfaits », comme dit Ellmann (cf. *op. cit.,* p. 114 sq). Joyce retrouvera la théosophie, alliée au féminisme

teinté de socialisme, avec Miss Marsden, la directrice de l'*Égoïste,* qui accepta de publier, grâce à l'intervention de Pound, le *Portrait de l'artiste* (cf. Ellmann, p. 358 sq) ; on sait que Miss Weaver remplaça très vite Miss Marsden à la direction de l'*Égoïste,* avant de fonder la *Little Review,* dans laquelle *Ulysse* fut tout d'abord publié par livraisons, avant d'être édité par Sylvia Beach, à Paris. Sur la question de fond de la théosophie, il semble bien que Joyce ait confié à Bloom le soin de dire le dernier mot ; c'est dans l'épisode d'«Eumée» : il y a le vieux marin (*the ancient mariner !*) qui raconte ses histoires, au bar, et qui rappelle à Bloom un autre «vieux mathurin, une épave toute saturée d'ans, assis généralement à côté de la mer qui ne sent pas trop bon le long de la digue, considérant la mer qui le considérait et rêvant d'ombrages frais et de verts pâturages, comme quelqu'un chante quelque part. Et ça le faisait méditer à son tour». Et Bloom, toujours très *matter of fact,* en effet, de se dire : «Peut-être celui-là avait-il tenté de découvrir le mot du secret, ballotté d'un antipode à l'autre sans compter le reste et sautant et fonçant — pas jusqu'au fond bien sûr — et défiant le sort. Et il n'y avait pas en réalité une chance sur vingt pour qu'il y eût le moindre secret dans tout ça» (p. 555).

58. *Ulysse,* p. 475.

II

JEAN-LOUIS HOUDEBINE : *La dernière fois, vous avez été conduit à mettre en jeu plus particulièrement le tissu théologique, c'est-à-dire la logique de cette drôle d'affaire* — theos, *et le mot grec sonne assez mal en l'occurrence, parlons donc de Trinité, de Dieu Un et Trine, puisque c'est bien de cela qu'il s'agit —, une logique telle que les fils en sont repris par Joyce, tout à la fois dénoués et renoués dans une écriture qui fait non pas discours théologique, mais œuvre d'art, littérature, même si Joyce admettait difficilement ce terme, mais justement...,* «litteringture», *comme il dit dans* Finnegans Wake, «ordurature». *Parlant d'*Ulysse, *la dernière fois, vous avez rappelé ce texte bref d'avant,*

Giacomo Joyce, *dont la composition (elle-même espacée sur plusieurs années) et son après-coup dans* Ulysse *s'articulent autour de trois femmes dont deux Juives, qui se distribuent à la fois selon un ordre de succession et de simultanéité : Amalia Popper / Nora Barnacle / Martha Fleischmann; vous avez alors relevé la mention qui y est faite du* « Libidinous God », *dans un paragraphe d'ailleurs très symptomatique (*« O cruel wound ! Libidinous God ! »). *Et puisque nous sommes dans ces années-là (Trieste-Zurich), il y a ces lettres que Joyce envoie à peu près dans le même temps à Nora, lettres qu'on nous avait cachées et qui n'ont pu être publiées par Ellmann qu'en 1975; lettres où la réalité sexuelle s'exprime avec une franchise qui n'a pas beaucoup d'exemples, me semble-t-il, chez les grands écrivains, en tout cas français, de ce siècle (et au fond, c'est bien ça que devaient d'une certaine façon percevoir ceux et celles dont nous parlions l'autre jour, à propos de l'accusation de* « catholique » *dont* Ulysse *avait été l'objet); et dans ces lettres où il invite ardemment Nora, non seulement à faire avec lui des* « choses sales » (dirty things), *les plus sales possible, mais plus encore à les lui écrire, et même à les lui écrire en les faisant —, il y a par exemple cette remarque :* « Tu sais maintenant comment me faire bander. Dis-moi les plus petites choses sur toi pour autant qu'elles sont obscènes et secrètes et infectes. N'écris rien d'autre. Que chaque phrase soit pleine de sons et de mots sales. Ils sont tous également charmants à entendre et à voir sur le papier mais les plus sales sont les plus beaux. »

Voilà : « les plus sales sont les plus beaux ». *Et on pourrait citer aussi ce propos que rapporte Carola Giedion-Welcker, concernant le souci typiquement suisse de la propreté et de l'ordre :* « You have no idea how wonderful dirt is.» *Si vous voulez bien, je voudrais que nous repartions de cela : de ce qui* libidine, *comme vous dites, dans le fond de la question théologique, et pareillement au sommet, avec tout l'édifice des dogmes en points de suture, de la Trinité à l'Immaculée Conception, dont vous disiez qu'elle a fait problème à Joyce —, ce qui* libidine, *donc, et qui donne chez Joyce, par une opération en langue(s), de la beauté, et du rire.*

PHILIPPE SOLLERS : Je crois qu'en effet ces lettres à Nora sont de la plus grande importance, pour autant qu'on a là la preuve que l'entreprise de Joyce quant au langage retrouve quelque chose qui aurait été perdu, très énigmatiquement, dans les siècles précédents. Joyce ne vient pas de l'horizon de la Réforme ; ne venant pas de l'horizon de la Réforme, il échappe à toute prise philosophique, dans la mesure où l'on peut dire que l'histoire de la reprise philosophique et l'histoire de la Réforme se confondent, que, là où il y a Réforme, il y a immédiatement philosophie, c'est-à-dire laïcisation de la théologie, passage de tous les points de la théologie à quelque chose comme une abstraction qui sera appelée le champ de la philosophie. On pourrait aussi bien dire que Sade ne vient pas lui non plus d'un horizon de Réforme, et, après tout, on pourrait aussi bien remarquer que nous avons affaire avec Sade et avec Joyce à deux élèves des jésuites, ce qui les rend excessifs par rapport à ce qu'on peut appeler le tissu philosophique. Sade est excessif pour les Lumières, dans la mesure où il s'agit, à ce moment-là, de faire l'obscurité sur le sexe. Pourquoi dit-on «les Lumières»? Pour la raison suivante : l'affaire du sexe devient quelque chose qui passe trop visiblement au noir... Eh bien, il y a quelque chose d'aussi excessif dans le geste de Sade que dans le geste de Joyce, privé...

Privé, en effet ; Joyce insiste énormément auprès de Nora pour que ces lettres ne soient lues par personne d'autre...

Bien entendu, mais il n'y a là rien de très surprenant. Si vous prenez Sade[1] en train de réécrire fébrilement, en termes orduriers, les lettres que lui envoie sa femme, et cette correspondance entre Joyce et sa femme, il n'y a là pour un familier de Sade rien de très impressionnant. J'insiste un moment là-dessus, parce qu'il est important de voir des personnages de cette envergure n'être absolument pas arrêtés par la légalisation du rapport sexuel, ma thèse étant que rien n'est plus scandaleux que ce qui peut se passer entre un homme et une femme liés par la loi. Contrairement à ce qui nous est dit à chaque instant, à savoir que le subversif, le scandaleux, se passerait dans la marge de cette affaire, il n'en reste pas moins vrai — et ce sera d'ailleurs ça que Freud va venir poser sur la table — que la chose la plus abominable qui puisse se passer du point de vue sexuel se passe toujours entre papa et maman. Le refoulement originaire, dans la mesure où tout sujet a de tout temps toujours été cet enfant qui ne pouvait pas admettre qu'il y avait eu quelque chose entre son père et sa mère et qui ne l'admettra jamais, même si parfois il s'en doute —, se reproduit intégralement dans les perceptions du sujet à quelque moment qu'il se trouve de son parcours, et quels que soient ses écarts, ses marges, et ce qu'il s'imagine transgresser par ailleurs. Le problème reste là, et ceux que ça semble gêner le moins ne viennent pas de la Réforme. C'est le premier point : il devrait nous intriguer beaucoup. Car le redoublement, si je puis dire, du refoulement, qui est en train de culminer aujourd'hui dans la prétention à la rationalité maîtrisante de la reproduction de l'espèce, qui fait qu'en gros on va se retrouver avec, d'une part, cette grande religion de la maîtrise de la reproduction de l'espèce, religion qui ne s'avoue pas comme telle, et d'autre part, ô surprise, une Église catholique qui va apparemment défendre les positions les plus obscurantistes sur la matière, mais dont on pourrait aussi bien dire qu'elle se pose en championne du hasard —, ce redoublement du refoulement est un signe des temps que nous avons ici et maintenant dans tous les lits. C'est le lit de la chose, pour autant qu'il est évidemment extraordinairement difficile à lire. Quand vous voyez Joyce soumettre Nora, par lettre...

En effet, car il insiste également beaucoup sur le fait que dans la conversation courante, quotidienne, il ne se sert jamais de « phrases obscènes », ou de « mots inconvenants »...

Mais oui, par lettre, ils sont séparés ; donc, quand il la soumet à cet exercice, sur lequel il ne se fait par ailleurs pas trop d'illusions, il s'agit bien entendu de la forcer à ce qu'elle ne peut pas faire, à ce qui de toute façon l'ennuie... ; et là encore on en revient à Sade : Sade et Joyce sont deux lucidités particulières sur cette affaire de langage, je vois en eux ce qui ne peut pas ne pas désorienter en effet complètement la philosophie, et secondairement la psychanalyse qui va très logiquement venir buter sur ces deux cas, comme vous savez, et elle y reviendra tout le temps, c'est forcé —, il s'agit donc de savoir en quoi une femme n'est pas toute dans le langage quoi qu'il se passe ; il s'agit d'expérimenter qu'une femme *n'y est pas,* ce qui donne automatiquement au philosophe sa dimension de subordination au conjugal. Cette affaire de femme est précisément ce qui pose la limite répétitive de l'inhibition au langage. Comme de toute façon c'est la même chose que l'inhibition à la jouissance sexuelle, l'expérimenter c'est se donner à proprement parler la chance de savoir exactement en quoi on peut passer au-delà de cette inhibition. Joyce, comme Sade, mais autrement, sait, autrement dit se prouve à lui-même, en passant par sa femme, qu'il va droit au cœur du refoulement originaire. Quelque chose n'a pas fonctionné dans le fait qu'ils sont là, ou, comme dirait le discours de la rationalité maîtrisante, de la religion qui ne s'avoue pas comme telle aujourd'hui, comme voulant dominer la reproduction de l'espèce —, qu'ils ont été *produits* comme vivants. Autrement dit, voilà des expérimentateurs du fait qu'il ne saurait y avoir de sexualité naturelle ; cela, c'est déjà énorme : ne dirait-on que ça, on aurait toutes les institutions contre soi. Mais en plus, et ça va encore plus loin, non seulement il n'y a pas de sexualité naturelle, mais ce qu'on prend pour du sexe n'est jamais qu'un effet de langage. Imaginez-vous un peu ce que devraient penser d'eux-mêmes les corps s'ils devaient se demander rigoureusement de quelle erreur de langage ils sont l'effet. Ça nous met dans la dimension théologique elle-même, c'est-à-dire de ce qui se passe entre ce qu'on appelle le Verbe et la Chair.

La théologie maintient, sous des termes qu'il faudrait moderniser... si on veut... —, elle maintient le péché originel, qui n'est rien d'autre que le fait de se demander si le refoulement originaire pourrait être levable. Il n'est pas levable en commun. Alors Joyce aime Nora, pour la bonne raison qu'il ne prend pas son parti du fait qu'il y aurait du naturel dans ce qui leur arrive à tous les deux, et, comme vous savez, le refus de lecture de Nora par rapport à ce qu'il écrivait, refus impressionnant, acte d'amour s'il en est, est fondé sur le fait qu'elle savait fort bien que l'essentiel était qu'il démontrait en quoi l'espèce humaine, et donc elle-même en tant que partie prenante de cette affaire, était exclue partiellement du langage. Nora est un être sublime, et à la fin de sa vie vous savez qu'elle a ce mot merveilleux, lorsqu'on l'interroge à propos de Gide : «Quand on a été la femme du plus grand écrivain, on ne peut pas s'occuper des petits[2].» C'est une femme fort conséquente, qui a bien marqué par son attitude qu'il s'agissait de tout autre chose que d'une aventure littéraire ; et, bien évidemment, Mme Sade retournant au couvent, choisissant donc une sorte de vertu résignée, est à sa façon aussi un personnage capital. Ce point une fois touché n'est pas négociable, on ne peut pas le trafiquer.

Alors bien entendu Joyce joue avec lui-même, au lieu même où en principe il ne faut pas que ça se joue. Ce qui fait que la transgression qu'on découvre dans ces lettres à Nora nous prouve à quel point il est en exil par rapport à la confraternité qui découle du fait qu'on ne toucherait pas au cœur du refoulement, pour autant qu'il n'est pas ailleurs que dans le chez-soi. Voilà des gens qui ne plient pas le genou devant l'image maternelle ; ça veut dire que non seulement ils n'ont pas à s'interdire la mère, par exemple sous la forme qu'ils ont une femme, qui devient toujours, on le sait, l'image de la mère, mais que pas davantage, non plus, ils ne sont obligés de trouver des compensations à cette interdiction. Ça fait du langage écrit ; ça s'écrit. C'est bien étrange. Dans le cas de Joyce (il faudra revenir sur Sade une autre fois, il est dans un paysage tout différent), ce qui revient sous une forme particulièrement bizarre, ça n'est ni plus ni moins que le bric-à-brac théologique. Il s'est trouvé pris là-dedans; qu'il s'y soit trouvé pris par un biais érotique est d'une extraordinaire originalité; c'est la raison pour laquelle la confrontation de Joyce à la théologie est d'une aussi prodigieuse vérité. Cela veut dire que, loin d'être un continent fermé, qui aurait sa date, son époque, la théologie, comme toute chose en ce monde, se poursuit; mais que par une bizarrerie qu'il s'agirait d'éclairer, si je peux y arriver un peu, personne ne s'en rendrait plus compte; sauf, de temps en temps, un individu singulier. Étrange affaire.

Les références à la théologie sont constantes dans les institutions qui ont pour fonction de faire fonctionner la théologie, et elles sont toutes passéistes. À quoi assistons-nous? Tout simplement au fait que, tout récemment, le dépositaire du fonctionnement théologique semble avoir très peu envie qu'on fasse des innovations dans ce domaine; on ne devrait pas s'en étonner; des innovations dans ce domaine, ça voudrait dire tout simplement que la question théologique serait passée, et qu'il faudrait l'aménager. Or, ce n'est pas du tout de cela qu'il s'agit : il s'agirait bien plutôt de transformer la place du sujet par rapport à la théologie; pour ça, on ne va pas demander à l'Église catholique, nommément, de se pencher sur Joyce[3]. Ceux qui veulent que la théologie s'aménage sont toujours du côté de la Réforme. Ils sont toujours dans cette vision historique, qui consisterait à dire : mettons là-dedans le pas, qui est supposé être un pas en avant, de la philosophie; donc, cercle vicieux : on revient toujours au même programme protestant, qui consiste à penser que la philosophie est un progrès par rapport à la théologie, ce qui reste à démontrer. On peut le dire, le répéter, fonder là-dessus je ne sais combien d'institutions, des programmes scolaires par centaines, etc. Que ce soit un progrès dans l'ordre du symbolique, ça ne va pas du tout de soi. On peut constater que ça s'est aménagé comme ça ; ce qui fait d'ailleurs que les rapports entre le savoir et l'art sont devenus de plus en plus problématiques... Je crois qu'en effet nous vivons de façon aiguë la fin de la Réforme...

Dans les formes historiques qu'elle a prises, alors ; car pour ce qui en est de l'illusion de la maîtrise rationalisante, de tout ce que vous venez d'évoquer et qui me semble parfaitement exact, on est en plein dedans !

J'appelle «fin de la Réforme» le fait que l'Église catholique soit désormais dans l'opposition. Et Joyce, ça lui arrive par le biais érotique de la révélation que Dieu est en train de passer dans l'opposition. Prenons cette histoire de psychanalyse...

Joyce opposait ironiquement le «Tiberiast duplex»[4] au complexe d'Œdipe, faisant ainsi allusion au règne de Tibère, pendant lequel l'autre arrive là-bas, en Palestine...

Joyce, cas d'Œdipe réussi, en effet, bien que ça lui ait donné quand même mal aux yeux, ce qu'il a supporté avec l'héroïsme que vous savez, en montrant que ça ne l'affectait pas outre mesure, comme quoi ce qu'il aurait découvert malgré cette espèce de châtiment physique devait à ses yeux valoir le coup, puisqu'il est allé jusqu'au bout... Joyce, donc, comme en un sens Dostoïevski, affecté, lui, du syndrome que vous retrouvez tout le temps dans les Évangiles, à savoir la convulsion épileptique, chose qui ne semble pas l'avoir affecté non plus outre mesure, comme quoi ce qu'il découvrait à son tour devait valoir le coup puisqu'il est allé jusqu'au bout —, prenons donc ces deux-là, pour autant qu'il s'agit toujours de la même affaire, c'est-à-dire soi-disant la littérature, qui fait que, chaque fois qu'on va voir ce qui s'est concentré dans ces cas, ça nous montre autre chose —, eh bien ils ont eu affaire à quelque chose qui est en débat, et qui est la découverte psychanalytique. Quand je me suis occupé de Dostoïevski, et du texte de Freud sur Dostoïevski[5], qui date de 1926, j'avais cru pouvoir prophétiser qu'en un sens la psychanalyse pourrait être un jour utilisée pour instruire le procès d'un Dostoïevski possible, en Russie, et que les vieilles divergences entre le positivisme marxiste et la psychanalyse se dissoudraient face à un danger qui les menacerait ensemble, et qu'au fond ils pourraient commencer à se retrouver ensemble pour se défendre; c'est ce que j'avais appelé à l'époque « le marxisme sodomisé par la psychanalyse elle-même violée par on ne sait quoi... », en mettant dans le « on ne sait quoi » ce qui s'est brusquement concrétisé en Pologne sous forme de pape. Mais ce qu'il faut bien voir, c'est que lorsque des psychanalystes veulent nous faire croire que la forme de pouvoir aboutie de la Réforme, c'est-à-dire l'Empire américano-russe... — c'est l'Empire de nos jours, avec des échanges on ne peut plus fréquents —, lorsque ces analystes veulent nous faire croire que l'Empire pourrait acheter un peu d'inconscient de Freud pour huiler ses rouages, ils font une opération qui n'a de sens que dans une perspective non seulement religieuse, mais encore une fois littéraire. Si vous voulez, quand Anna Freud, dont le temps psychique s'arrête forcément avec la mort de son père, c'est-à-dire en 1939, envoie un télégramme de félicitations sur la mise en scène parfaitement dérisoire d'un soi-disant congrès où de soi-disant psychiatres ou académiciens soviétiques s'intéressent à de soi-disant psychanalystes qui viennent leur parler de Freud, tout ce qu'elle manifeste, c'est simplement la date de la mort de Freud ; ce qui fait que pour elle il n'y a pas eu de Deuxième Guerre mondiale, qu'il n'y a pas eu non plus les révélations sur la Russie soviétique et, bien entendu, rien sur Staline, et encore moins Soljenitsyne et le reste ; nous sommes toujours en 1939, définitivement ; et, en plus, je me demande si dans la tête, la vieille tête d'Anna Freud qui certainement a à se prémunir contre le fait qu'il aurait pu se passer des choses entre papa et maman —, je me demande s'il n'y a pas au fond, comme fidélité fondamentale à papa, le fait que papa s'est cru obligé de critiquer Dostoïevski en 1926, et quand même dans le sens, pour l'époque, d'une normalisation positivement scientifique qui pourrait advenir, malgré certains excès, par la Russie. Donc, Anna Freud envoie un télégramme de félicitations à des gens qui se réunissent pour empêcher tout nouveau Dostoïevski possible, en Russie. Comme vous savez, le fait que Radek[6] ait essayé, en 1934, de régler son compte à Joyce, ça n'est pas rien. C'est hallucinant. C'est très intéressant.

Donc, la fin de la Réforme, c'est aussi la fin de la psychanalyse. Il faut bien en convenir : c'est terminé. Et que le dernier mot en soit donné par Lacan dans les environs de Joyce me paraît finalement remettre toutes les dates brusquement à leur place. Beaucoup plus intéressant sera de se demander maintenant en quoi la théologie (et pas le «bon Dieu», hein), quoi qu'il se soit passé, a tenu le coup, et le tient de plus en plus. Alors ça... Tout semble prouver le contraire ; mais l'organisation des résistances est tellement probante qu'à n'en pas douter c'est à la théologie que tout cela est dédié. Que la linguistique en personne, c'est-à-dire Jakobson au dire de Lacan, préside un congrès de soi-disant psychanalystes qui se donnent eux-mêmes comme représentant soi-disant Lacan, bénis par Anna Freud sous le regard bienveillant du KGB...

Et du professeur Bassine[7] !

Et du professeur Bassine, qui les reçoit... Il s'appelle Philippe, d'ailleurs... Ironie ! Car qui sait s'il n'y a pas là un signe ! À éviter systématiquement un prénom, on peut tomber dans un bidet ! Voilà ; je crois que cela fait une boucle ; et cela, sans aucune résistance : à part la mienne. Vous n'en verrez pas d'autre. Et d'ailleurs, chez moi ce n'est pas une résistance : c'est un sentiment d'intense jubilation. Cela ne m'affecte pas, loin de là : ça m'enchante. Pendant ce temps-là, à pas de colombe, le nouveau fait son chemin. Et le nouveau est très ancien ; il est toujours aussi nouveau, et il tient le coup. Et quand Lacan lui-même parle de «l'Église, la vraie», il doit savoir ce qu'il dit.

Joyce meurt juste après Freud. Il s'est passé beaucoup de choses depuis, vraiment beaucoup. Vous me demandiez si Joyce, d'une certaine façon, ne restait pas hérétique...

Oui ; mais avant d'en venir là, quelques remarques, peut-être, à propos de ce que vous venez de développer. Concernant cette boucle qui se referme, et qui en se refermant fait apparaître, paradoxalement, combien la théologie tient le coup, quelques-uns des points clés de l'affaire seraient donc : ce qui se passe dans les rapports entre le Verbe et la Chair, on pourrait dire entre langage et jouissance ; il y a aussi ce que vous avez dit du péché originel en tant qu'il serait la figure théologique d'une illusion de possible levée du refoule-

ment originaire; il faut alors ajouter sur ce point que la théologie penserait qu'il serait, sinon levable, du moins rachetable. Felix culpa. *Cela fait partie intégrante de la foi chrétienne, que la faute du premier Adam va être lavée, rachetée par le second; c'est à cela précisément que fait allusion l'expression de saint Augustin, qui est d'ailleurs reprise littéralement dans l'office nocturne du samedi saint*[8], *auquel Joyce ne manquait jamais d'assister chaque année, et qui, comme vous le savez, est un leitmotiv de* Finnegans Wake *:* felix culpa.

Voilà, nous y sommes : comment la *culpa* devient *felix.* C'est ça le problème. Vous remarquerez qu'au pied de la Croix, dans l'iconographie, il y a toujours une tête de mort, pour désigner qu'on passe en effet d'un monde à un autre. C'est simple à comprendre; en effet, ça n'a de sens que si vous comprenez la chose suivante : dans ce monde des corps, dont le symbole primordial, affecté d'un fort investissement religieux, est le crâne, il n'y a que des morts; ce que dit la théologie, c'est que la *culpa* devient *felix* pour autant qu'il n'y a peut-être eu qu'un seul vivant; tout le reste, c'est du balayage de crânes. Ce que se contente de dire la théologie — je ne vous parle pas des effets religieux qui en découlent —, c'est qu'il y a eu un vivant; un seul. *Un seul.* Il est vivant, parce qu'il est ressuscité de la mort. Alors, après cela, l'aménagement religieux consiste à dire que c'est seulement en s'identifiant au maximum avec ce vivant-là que vous avez une chance de sortir du monde; ou de la religion qui fait monde. C'est tout. C'est énorme. Raison pour laquelle c'est une position intenable. En plus que ce vivant, on vous le présente sous la forme du Fils; ça inquiétait beaucoup Freud, il en parle tout le temps : regardez *Totem*

et Tabou, Moïse et le Monothéisme. Or, il ne s'agit pas du tout d'une religion du Fils : ça consiste simplement à vous dire que la forme humaine, la seule forme humaine vivante, c'est-à-dire ressuscitée, est celle du Fils qui devient le père de sa mère[9], laquelle pour le coup a elle aussi le droit à assompter ; sans quoi : pas moyen. Donc, cette affaire est bouclée comme ça. Si on peut aller plus loin, il faut le démontrer ; aller plus loin dans le fait, non pas de reproduire indéfiniment des têtes de morts, ce qui peut toujours se faire, on appelle ça la production de vivant, je veux bien, mais pourquoi ne pas l'appeler la production de têtes de morts ? Ce terme de «vivant» est tout de même très transitoire, ça dure finalement le temps des roses et, comme disaient les roses, «de mémoire de rose, on n'a jamais vu mourir un jardinier» ! C'est très relatif. Alors Joyce, ça le travaille énormément. Il en est affecté, du fait qu'il se demande, avec ce qui lui arrive, si c'est une question de retour de cycles ; il ne tranche finalement pas là-dessus, en quoi il est en quelque sorte, malgré tout, hérétique. Il sent bien que quelque chose ne va pas, d'où l'affaire Vico. Il préférerait penser, tellement ça va à l'encontre de tout ce qu'il pense, ce qui montre bien que ce qu'il fait va beaucoup plus loin que ce qu'il pense, cas habituel chez ceux qu'on appelle écrivains, artistes, situation qui à mon avis est close elle aussi, parce que c'est vraiment ras-le-bol, vous savez l'histoire de la pratique qui en sait plus long etc., etc., c'est vieux tout ça —, bref, il aimerait bien penser que c'est une question de cycles[10]... En tout cas, ce dont il est particulièrement question, c'est que ça passe au-delà d'Adam et Ève...

C'est même comme cela que s'ouvre Finnegans Wake, past Eve and Adam's[11]...

En effet, et on arrive tout de suite à la question fondamentale du «comment», comment ça se fait?, puisque *Howth Castle and Environs,* ça peut se comprendre aussi comme le château du Comment, de l'âme du *comment,* on est immédiatement dans l'âme même de la chose en train de se faire comment... Entre l'asens et le sens, justement...

Et il y a aussi l'anagramme de «who», «qui?»...

C'est cela, et on arrive donc à cette question de H.C.E., sur laquelle nous pouvons nous attarder un peu. Car si mon hypothèse est exacte, à savoir qu'il s'agit chez Joyce (et la question de savoir si c'est conscient ou pas est très compliquée...), à savoir, donc, que H.C.E. est la contraction de *Hic est...,* vous voyez, ce geste très anaphorique, qui consiste à désigner ce Ceci comme étant le vrai Ceci, c'est-à-dire à entendre une voix qui s'impose sur le fait qu'il n'y a quelque chose qu'au moment où cette voix le dit, alors évidemment on est dans une dimension formidable; et elle est tellement théologique que ce *Hic est,* si on reprend les Évangiles, se produit deux fois, et dans deux occasions très différentes l'une de l'autre. Là, il faut se souvenir que saint Thomas dit admirablement que la seule façon qu'a le Père de se manifester, c'est la voix; il ne peut pas prendre une autre forme de manifestation que la voix. Le Fils, je vous l'ai dit, c'est ce qui prend corps, pour autant qu'il y a de l'humanité; y en a un *un.* Alors, on a beau se faire des tas d'histoires sur le fait du pourquoi ce serait *un* plutôt que *une...*; la question de l'une, et de la lune, est réglée elle aussi, je vous l'ai dit tout à l'heure, sur le mode définitif, à savoir que c'est pour autant que cet un sortant de l'une devient ce qui fait père pour elle, que la question est réglée. Que ça soit dénié autant de siècles que vous voudrez, par tous les moyens, y compris l'IVG, trigramme d'aujourd'hui, ça ne change rigoureusement rien à l'affaire, sauf si on arrive à bien crétiniser les masses, comme on dit, sous la forme du «vous êtes vivants»; ce qui laisse entièrement en suspens que tout cela, c'est quand même des têtes de morts en sursis. Vous me direz : il s'agit de ne pas trop y penser, et de vivre. La belle affaire! Car empêcher ces vivants soi-disant cadavres qui devraient ne pas penser trop à leur être-pour-la-mort, empêcher ces corps de penser à leur immortalité, c'est en effet un devoir pour tout pouvoir; mais c'est la raison pour laquelle, précisément, l'immortalité de l'âme est une idée neuve en Europe, comme le prouve suffisamment le malaise ambiant. Il ne faut donc surtout pas dire aux corps qu'ils sont mis en circulation pour servir; il faut leur dire qu'ils sont la seule forme de vie pensable; autrement dit, il ne faut pas attirer leur attention sur le fait qu'ils sont des cadavres en sursis. Je considère tout cela comme des remue-ménage sociologiques sans intérêt pour la théologie, qui a pour fonction de dire la vérité sur la *culpa*, et de montrer la seule façon pour qu'elle devienne *felix*.

Il y a donc ce problème de la voix. Le Saint-Esprit, lui, il est là de temps en temps, sous forme de colombe, ou alors sous une forme beaucoup plus intéressante, celle des langues de feu; ou alors, sous une forme encore plus intéressante, parce qu'elle est tout à fait abstraite, qui est celle de l'effusion. Mais le Père, qui est quand même le problème des problèmes, il ne peut se manifester que sous forme de voix; de voix toute seule, comme ça. Le «*Hic est*», le Père l'emploie deux fois; la première fois, dans le baptême du Christ, «*Hic est Filius meus dilectus*», la seconde au moment de la

Transfiguration, où le Christ apparaît d'une blancheur éclatante, éblouissante, entre Moïse et Élie; et, à ce moment-là, le Père se fait entendre, il fait entendre sa voix; vous avez les trois apôtres qui sont là, un peu épatés par le phénomène, dont on dirait aujourd'hui qu'ils sont censés l'avoir vu; parce que vous savez que toutes les apparitions, les phénomènes de cet ordre, désormais ne pourraient être mis que dans la rubrique «censé avoir eu lieu»; le «censé», c'est la forme que prend la censure, dans la mesure où il ne faut jamais que l'hallucination aille trop loin; quand on dit que des gens sont «censés» avoir eu une apparition, ça veut dire que soit on les a déjà mis dans un hôpital psychiatrique, soit que, la chose ayant été répertoriée par l'obscurantisme ambiant, il ne s'agit pas d'un phénomène réel. Or, je vous ferai remarquer que rien n'est plus réel qu'une hallucination, et que dire qu'elle est «censée» avoir eu lieu, ou que quelqu'un est «censé» avoir eu une perception, ça ne résout absolument pas le problème; le censé-être, ça peut être le comble du sens, même s'il est insensé. L'insensé aujourd'hui aurait de plus en plus tendance à être classé dans la rubrique «censé», «censé avoir eu lieu»: ça ne nous amène pas très loin. Ça veut dire tout simplement qu'on a peur que le sujet se découvre qui il est, c'est-à-dire absent de lui-même, le temps de voir quelque chose qui tout en venant de lui lui viendrait du dehors; c'est très inquiétant; toute la littérature part de là, en part et y retourne; c'est quelque chose qu'il faut prendre à mon avis très au sérieux, si on s'intéresse au symbolique. Ou alors on laisse tomber tout ce qui s'écrit dans cette région.

«*Hic est Filius meus*», dit le Père. Il n'apparaît absolument pas, sinon sous la forme d'une voix. Le second «*Hic est*» est très différent. C'est le Fils qui le prononce, au moment de la Cène, de la fondation de l'Eucharistie, avec ce problème très important de la Transsubstantiation; «*Hic est sanguis meus*», «*Hoc est corpus meum*»[12]; c'est-à-dire qu'il dit que son corps ce n'est pas son corps, c'est du pain, et du vin. Vous voyez donc que, dans la généalogie du «*Hic est*», on a une voix qui parle d'un corps, et ce corps qui dit que son corps c'est des substances toutes simples, les plus simples possible, qui sont sous la main, et qui sont proposées aux autres corps comme moyens éventuels de se faire à l'idée qu'ils auraient un corps, pour autant qu'il est désigné comme étant le seul corps possible, réel, par une voix.

H.C.E. Dernière partie de *Finnegans Wake*[13] : «*A hand from the clouds emerges, holding a chart expanded.*» Dieu le Père, par deux H.C.E. bien symétriques, émerge des nuages, tenant à la main une charte, une carte. Au début de cette affaire, dans l'exposition des trois grands «Sanctus», «Sandhyas! Sandhyas! Sandhyas!» — ce qui prouve bien que depuis *Ulysse* Joyce poursuit toujours la même affaire, mais cette fois-ci il est complètement dedans, il ne la présente pas comme une représentation, il la représente comme un événement de la voix en elle-même —, vous pouvez tout retrouver : l'appel, la résurrection («*Array! Surrection!*»), l'oralité, et que tout doit se rallier vers ce Haut, «*O rally!*», la plénitude, la parousie, les semences, les oiseaux, le Phénix, et tout cela est en train de remonter exclamativement vers la voix qui est donc à la source.

Cette voix est à la source et, au-dessous d'elle, il y a des choses qui se cyclent : c'est le courant des générations et des histoires dans le temps, depuis qu'il y a des corps qui parlent. L'ambition de Joyce, et je vous dis que là-dessus il hésite, il ne sait pas si cette voix est dans le cycle, ou si ce sont les cycles qui rentrent dans cette voix... En tout cas, on ne comprend rien à mon avis à *Finnegans Wake* si on ne pose pas la question plutôt dans ces termes-là, ou dans d'autres équivalents. *Hic est*, H.C.E., *Hic est Filius meus*, c'est quand même ça le fond de l'affaire : c'est de la voix qui s'indique le corps comme étant son fils, c'est de la voix au masculin en train de passer par de l'une pour en faire sortir, sans quoi ça ne sortirait jamais, quelque chose comme un corps qui serait son fils. Il faudrait dire «le» voix, au masculin. C'est le contraire du geste très révélateur du païen de service, qui est là comme à toutes les époques, dans tous les cycles ; je vous parlais l'autre jour de Mulligan, dans *Ulysse*, mais ça peut être n'importe qui à chaque instant... Donc, le païen, Pilate, qui est devant cette foule plutôt excitée, monothéiste, ne sachant quant à lui pas très bien ce qu'ils veulent, puisque lui il est le païen de service, c'est-à-dire l'immémorial lui-même, ne comprenant pas en quoi tout cela est si important ; parce que lui, encore une fois, il est le païen : il doute, et il a tendance à se laver les mains, en bon obsessionnel ; c'est sa compulsion : il se lave tout le temps les mains, le païen ; en quoi sa sexualité est bizarre ; parce que s'il passe son temps comme ça à se laver les mains, ça veut dire en même temps — et c'est même très curieux — que sa femme (ou ce qui fait femme par rapport à lui) a des rêves, elle a des pressentiments, elle n'arrête pas de venir lui dire : écoute, tu ne devrais pas sortir aujourd'hui, les augures, enfin... etc. Autrement dit, le païen est beaucoup sous influence de femme, bien entendu, d'une femme qui est là ; ce qui l'oblige à se laver les mains, et à douter, dans le scepticisme le plus contraint ; parce que, lui, il est dans cette affaire du père mort, qu'il est bien obligé de maintenir à sa place ; ce qui l'occupe évidemment, ça n'est pas la question d'un Dieu vivant qui jouerait de temps en temps le rôle d'une fonction paternelle ; pas ça du tout ; il est dans les mânes : c'est vraiment le père-mânent !

Qu'est-ce qu'il dit, le païen de service ? Il dit : « *Ecce homo.* » C'est tout ce qu'il trouve à dire. Et c'est très bien : c'est exactement ce qu'il nous faut ; parce que dans le « *Hic est* » il n'est pas question d'*homo* ; le Fils de l'homme, dit le Christ de temps en temps ; mais enfin, ce n'est pas pour ça qu'il est un homme, il est « fait homme », *factus est*. Le païen, lui, dit : voilà l'homme. *Hic est / Ecce homo*. Et ça ne fait pas un pli : qui est-ce qui saute là-dessus pour en faire un titre ? L'Antéchrist lui-même, Nietzsche, et ça fait un livre superbe, « pourquoi je suis si sage », etc. Il l'appelle *Ecce homo*, se divinisant par là même.

Joyce est du côté du *Hic est*. Il a beau faire, impressionné par l'ambiance qui est toute à la païenneté, quelque chose en lui ne peut pas s'y faire, à la païenneté ambiante. Bien sûr qu'il est malin, et qu'il sait qu'il faut paraître grec et latin ; bien sûr qu'il ne va pas dire du mal de la Renaissance, sauf entre les lignes et par une ironie bien choisie[14] ; bien sûr qu'il va prendre ses précautions. Mais rien à faire ; vous avez lu les entretiens avec Power ; il passe devant Notre-Dame de Paris[15], et il ne peut pas s'empêcher de dire : « quand même, tout le mal qu'on nous dit sur la scolastique, sur le Moyen Âge... enfin je vous dis comme ça, en passant, à vous qui êtes là, parce que personne ne nous écoute, mais quand même, que de grandes choses, et Duns Scot, et Albert le Grand, et peut-être... enfin chut... ; peut-être, dit-il, qu'un des aspects les plus intéressants de la pensée contemporaine, c'est ce retour au médiévisme... » ; et alors l'autre s'étonne, Joyce voit qu'il a exagéré, que l'autre ne va plus l'écouter, alors il lui cite du Baudelaire, n'importe quoi, pourvu que l'attention ne soit pas en effet trop attirée sur ce qui est en train de lui arriver, ce qu'il est en train d'écrire. Vous remarquerez que, dans ces entretiens, à aucun moment son interlocuteur ne s'intéresse à ce qui est en train de se passer, avec le *Work in Progress* ; il remarque seulement que Joyce est un type très curieux, très intéressant... La scène de la rupture entre eux est très belle ; vous vous souvenez qu'elle se passe sur le fait que Joyce, ce jour-là renfrogné comme tout, lui dit que son fils et sa belle-fille viennent d'avoir un fils ; et le témoin qui reçoit ces confidences le trouve de plus en plus emmerdant, ce Joyce, qu'est-ce que ça veut dire ? il est encore en train d'avoir sa position familiale, classique (c'est-à-dire : c'est ce qui m'arrive qui est important) ; et donc l'autre lui dit : comment ça, c'est important ? Mais ça arrive tous les jours à l'humanité... Et Joyce comprend enfin qu'il a affaire à quelqu'un qui n'a rien écouté depuis le début de ce qu'il disait : à savoir que lui, Joyce, n'était pas dans l'humanité, pas du tout ; ou du moins qu'il essayait d'en sortir.

Hic est...

En passant, il faudrait ajouter qu'on peut relever un autre passage où Ecce *est employé ; c'est au moment où Jésus, du haut de sa Croix, dit : « Mère voici ton fils, fils voici ta mère. »*

Bien sûr ; vous avez raison de mentionner cette parole du Christ. Parce qu'il s'agit bien pour lui de se mettre à ce moment-là dans une autre position, qui est celle de la compassion. Car ce Christ, tout de même, fait le minimum : consoler sa mère, le temps qu'il meure. Là, on n'est pas dans la théologie ; il y a un fils de perdu, et c'est très grave, dans la mesure où c'est quand même la rétribution pénienne qu'une femme est bien en droit d'attendre, — même si elles disent le contraire, aucune importance... ; alors, à ce moment-là, le mot consiste à indiquer, toujours la même chose, à savoir qu'il ne s'agit pas de brancher des pénis à tête de mort sur des matrices en train de fonctionner comme des usines ; pas le premier venu, donc (saint Jean), mais quelqu'un qui se trouve là peut faire l'affaire, pour autant qu'il s'agit de transiter dans la vie. Ils sont affectés, ces deux-là, pour des raisons symétriques ; alors...

(...)

Ce qui m'intéresse le plus, c'est ce qui se passe après la Résurrection[16], sur quoi habituellement on insiste assez peu, puisque ce que j'appellerai maintenant la *religion* a bien du mal à proposer autre chose qu'un repliement par rapport à la Passion. Or ce qui se passe après la Résurrection, c'est énormément de choses, et le statut du corps qui se manifeste après la Résurrection est tout à fait bizarre. Vous avez cette fameuse histoire des pèlerins d'Emmaüs, qui a donné beaucoup de tableaux. Il y a donc ce voyageur qui explique l'Écriture aux deux autres, qui ne le reconnaissent pas ; ils le reconnaissent simplement au moment de la fraction du pain. En général, dans les apparitions du Christ, il n'est pas reconnu ; par les pêcheurs, par les pèlerins d'Emmaüs et, juste après la Résurrection, par Marie-Madeleine, qui le prend pour le jardinier, etc. C'est donc le statut d'un corps un peu spécial, qui ne se fait reconnaître qu'au moment où il parle, ou lorsqu'il rompt, casse, la nourriture. Une autre apparition très intéressante, c'est cette fois au milieu des disciples, avec cette précaution très révélatrice de montrer qu'il s'agit bien d'un vrai corps : c'est saint Thomas, les doigts dans les plaies, etc., et là aussi le fait qu'il leur demande à manger. L'accent est mis sur la nourriture, sur l'oralité, sur le fait que ça ne peut se passer qu'avec un vrai corps, qui mange, qui se mange ; et donc toujours cette insistance sur la voix, car la voix c'est en quelque sorte l'antimatière de cette affaire, le côté «proton», pourquoi pas...

Les « quarks », justement [17] *!*

Oui. Donc, ce qui m'intéresse, c'est ce qui se passe après la Résurrection, la Pentecôte et le don des langues, le parler dans toutes les langues. C'est pour cette raison qu'il faut lire les Actes des Apôtres, qui sont très méconnus...

On peut d'ailleurs remarquer que le Stephen de Joyce, c'est aussi saint Étienne, le premier martyr à témoigner de sa foi sans avoir connu empiriquement le Christ...

Et c'est pour cela aussi qu'il faut lire saint Paul, que tout le monde aurait tendance à juger comme un emmerdeur, alors que, évidemment, lui qui se dit être le dernier des avortons, il est d'une importance particulière dans cette affaire. Alors, toute cette histoire, qui doit nous occuper d'un point de vue théologique, nous est racontée pour qu'on se rende bien compte qu'on est rentré dans le règne du Saint-Esprit. Cette histoire du Père, elle a eu lieu ; celle du Fils, elle a eu lieu aussi, c'est terminé ; la seule question qu'on se pose à partir de là, c'est de savoir ce que le Saint-Esprit a à faire, avant que tout cela se consomme, selon l'hypothèse apocalyptique ; mais enfin, pendant ce temps-là, il y a à se demander à quoi vaque le Saint-Esprit. Vous remarquerez que les gens sont toujours repris par la grande difficulté qui consiste à passer et repasser par cette affaire d'Incarnation, d'Immaculée Conception, de Résurrection, d'Ascension, d'Assomption, etc., pour autant qu'il s'ensuivrait des histoires de corps. Mais pour le Saint-Esprit, c'est encore plus difficile : parce que... parce que...

Parce que « c'est le sacré pigeon »[18] !

Voilà. Il y a donc ces histoires d'effusion, d'effusion en souffle. De même qu'il n'y a pas de mot en hébreu pour dire « corps », mais un mot pour dire « chair », « *basar* », sacré bazar ; de même qu'on dit que le Verbe s'est fait *chair,* on ne dit pas qu'il s'est fait corps ; de même, donc, qu'il arrive des choses entre le Verbe et la Chair, et que celui qui y vient en tant que corps éprouve le besoin immédiat de dire que son corps n'est pas un corps bien que ce soit un vrai corps, mais quelque chose de l'ordre de la transformation des substances, — de même Esprit, ça n'est pas « esprit » ; c'est souffle, *ruah, rrrôah !,* c'est la ruade de quelque chose qui prend aussi bien la forme des langues, au pluriel, quelque chose qui passe à travers les langues, qui fait effet dans les langues (*l'élangues*)[19] ; il souffle dans les langues, c'est comme ça que ça leur arrive ; en tout cas, c'est ce qu'ils disent, moi je suis le texte... Et, bien entendu, c'est comme ça que ça lui arrive, à Joyce, tout à coup, sur le papier...

Vous parliez tout à l'heure de saint Étienne, de saint Stephen. Prenez par exemple les Actes des Apôtres, juste avant la conversion de Saül, c'est-à-dire de Paul, conversion très intéressante dans son aspect de retournement logique : car il ne se passe pas du tout n'importe quoi. Une lumière du ciel l'éblouit, il va rester aveugle trois jours ; il perd la vue, et il entend une voix, lui aussi, qui l'appelle par son nom ; c'est par la voix que ça lui arrive, à lui aussi. Juste avant, donc, ce retournement de Paul, qui va avoir des conséquences incalculables pour la petite histoire dans laquelle nous sommes, comme quoi tomber de cheval... mettons qu'il est à cheval, c'est une chute qui va faire du bruit..., — juste avant, il y a quelque chose de très intéressant : c'est le mystère de Philippe. Permettez...! C'est donc celui qui a affaire à... on ne peut pas dire : à la psychanalyse de l'époque, non, mais enfin..., disons qu'il a affaire au thérapeute, au chaman, au magicien du coin ; c'est le fameux Simon le Magicien, d'où le terme de simonie, que vous retrouvez chez Dante, où c'est la question principale, puisque le terme désigne ce péché très grave qui consiste à trafiquer pour de l'argent des choses... spirituelles. C'est donc une question d'argent qui se pose ; et le type qui déclenche l'opération, là, c'est l'apôtre Philippe : il baptise, il chasse les démons. Vous remarquerez que, lorsque des esprits impurs sont censés sortir des possédés, ce qui intéresse beaucoup Dostoïevski, ils sortent en clamant à grande voix ; quand ces corps se séparent de ce qui les tient, ça fait un bruit de voix ; d'un côté, donc, les esprits impurs qui sortent des corps en clamant à grande voix, et cela rejoint une remarque que vous faisiez tout à l'heure, à savoir que le démoniaque n'est pas hérétique : en effet, et c'est très important. Le démoniaque est toujours décrit dans ces affaires comme sachant parfaitement à quoi s'en tenir, notamment sur le fait que le Fils de Dieu est bien le Fils de Dieu ; les démons le reconnaissent tout de suite ; ce sont les autres qui doutent, qui se demandent qui ça peut bien être ; pour l'instance démoniaque, la légion, au contraire, il n'y a absolument aucun doute ; ce qui veut dire qu'une certaine prise sexuelle sur le corps, à partir d'un certain moment, sait parfaitement à quoi s'en tenir sur le fait qu'il ne faut surtout pas que le langage la dégomme, cette prise, de sa prise quant au corps ; il y a comme qui dirait une accumulation d'informations qui fait que tout langage qui pourrait desserrer cette étreinte, cette possession, est immédiatement reconnu comme étant altérant ; altérant quant à quoi ? Quant à la prise sexuelle sans nom sur le corps. Alors les démons savent parfaitement à quoi s'en tenir ; c'est en quoi ils ne sont pas hérétiques ; c'est en quoi ils font éminemment partie de l'organisation théologique. Ce qui choque beaucoup, disais-je, dans la construction théologique, c'est qu'elle va droit, aussi, à ce qui est de l'ordre de l'inguérissable, et qu'elle vous le présente avec la crudité maximale. Alors vous avez des paralysés, des boiteux, des goutteux, des goitreux, ce que vous voulez, des épileptiques : mais l'instance du miracle est précisément là pour vous faire saisir qu'il ne s'agit pas d'aller mieux ; il s'agit là aussi de transsubstantiation, c'est-à-dire quelque chose qui n'est pas de l'ordre des phénomènes naturels. Ce n'est pas de la médecine, c'est d'un autre ordre.

Alors, ce Simon le Magicien, il est intéressé par la prédication de Philippe. Il se fait immerger : on est dans le baptême au sens de Jean-Baptiste. Mais il y a une autre forme de baptême : c'est l'effusion de l'Esprit-Saint, qui est donnée en Samarie, par Pierre et Jean, qui rejoignent Philippe ; et c'est précisément cela qui épate tout à fait Simon le Magicien, alors que la première phase de l'opération (l'immersion) ne semblait pas lui avoir posé le moindre problème. C'est donc l'imposition des mains, avec d'autres effets : « Quand Simon vit que l'Esprit était donné par l'imposition des mains des apôtres, il leur présenta de l'argent ; il leur dit : "Donnez-moi ce pouvoir, pour que celui sur qui je poserai les mains reçoive l'Esprit-Saint." Pierre lui répondit : "Périsse avec toi ton argent, puisque tu as cru posséder le don de Dieu", etc.». Il y a donc l'affirmation que, dans l'ordre de ce qui fait effusion de sens, quelque chose ne serait pas monnayable, avec le contresens de qui croit pouvoir y trafiquer de la magie... La causalité magique, c'est tout simple : c'est de l'ordre de la causalité sexuelle ; c'est ce qui ferait efficacité à partir d'un certain savoir sur la manipulation sexuelle, si ce n'est que le geste qui est en quelque sorte l'antimatière de cette manipulation, le geste qui est le contraire de s'en laver les mains, le geste qui suit le fait que le corps tout entier a besoin d'être immergé, lavé, — c'est donc celui de cette pure et simple imposition des mains, qui implique que le sens s'effuse. Le manipulateur sexuel, qu'on appelle à l'époque le magicien, on l'appellerait aujourd'hui... laissons le mot en blanc !..., ça lui paraît être de l'ordre du monnayable. Erreur.

Ce passage de Philippe nous éclaire un peu sur cette affaire d'argent. Pourquoi ça vaut tellement d'argent, et pourquoi ça ne peut pas valoir de l'argent ? Question capitale, s'agissant de l'expérience littéraire, si elle est poussée un peu loin. Je ne reviens pas sur les questions d'argent de Joyce[20], qui sont éblouissantes de clarté : là aussi, il fallait être particulièrement sûr de son coup, pour se faire monnayer strictement, à la limite «à la viennoise», quelque chose dont il savait que ça n'avait pas de prix, et que ça n'était pas monnayable. Là, ça va très loin : parce que ça a marché. Le premier petit malin venu pourrait toujours s'imaginer pouvoir en faire autant. Mais que ça ait marché dans l'ordre de l'incorruptible...

Incorruptible, en effet : refus depuis le début de changer un seul mot à ce qui était écrit...

Oui, parce que, voyez-vous, la corruption — mot excellent —, c'est une chose qui a toujours eu lieu, de tout temps, mais qui pourrait à un certain moment, dans l'ordre de ce qui se dit, prendre la vitesse de croisière ; on peut imaginer une régulation de la corruption du discours ; on peut imaginer des gens affectés à cette fonction, qui en retirent à la fois une position de surcroît d'information, c'est-à-dire aujourd'hui plus que jamais de pouvoir, et qui seraient donc exactement à la place où s'opère la gestion de cette corruptibilité indéfinie concernant ce qui peut, ou non, se dire. Vous voyez bien que Joyce, là, se met dans une position d'incorruptibilité ; comme il est en train d'écrire à tout bout de champ sur la Résurrection, ça ne doit pas nous étonner outre mesure. Mais qu'il arrive à convaincre, et ça n'est pas rien, la païenneté ambiante — appelons-la comme ça —, qu'il est en droit d'exiger d'être payé pour ne pas lui échapper, à ladite païenneté... : encore une fois, c'est quelque chose ! Comme personne ne sait ce qui se passe dans *Finnegans Wake,* cela doit donc jouer sur un malentendu très précis ; et, bien entendu, la chose qui a une fonction de prise sur le paiement que Joyce s'est fait verser, ça ne pouvait être que l'obscénité. C'est en tant qu'il a été supposé savoir quelle était exactement la fonction de l'obscène qu'il a réussi à se faire payer. Expérience très difficile ; car passer maître en obscénité, cela implique probablement beaucoup de choses, sauf une : c'est de s'y rendre repérable[21].

(...)

Intégration du démoniaque[22], intégration du sexuel. Intégration du sexuel, ça veut dire intégration de la répétition ; intégration de la répétition, ça veut dire intégration du nom ; intégration du nom, ça veut dire intégration du non au père. Dire non au père, ça veut dire ne pas s'y reconnaître entre le oui et le non. Intégrer le non de la répétition, le principe même de la répétition, c'est-à-dire s'assurer que toute position de négation fait partie, automatiquement, du discours qu'on pose : quelle histoire ! Cela veut dire qu'on ne laisse aucune chance à aucun sujet d'inventer une position extérieure à la structure du discours qu'on pose. Cela veut dire aussi laisser toutes les chances au sujet de s'y croire extérieur, mais en même temps l'obliger à collaborer à ce qu'il dénie. C'est le coup suprême, c'est le coup du Diable au service de Dieu, — il faut bien dire les choses comme elles sont. Que le Diable soit en Dieu, ça va si peu de soi — sauf pour Lautréamont : «Le mal est en Élohim» — que ça choque tous les sujets ; et par rapport à cela, vous avez la dénégation — parce que ça ne leur paraît pas moral : blanc c'est blanc, noir c'est noir ; mais que le blanc soit noir, et le noir blanc, quelle affaire ! Alors ça les oblige, d'une façon d'ailleurs tout à fait correcte, et souhaitable, à faire des réformes, c'est-à-dire à se mettre dans la perspective de la Réforme. En effet, de deux choses l'une : ou bien le mal est radical — et vous aurez beau multiplier les têtes de morts, qui auront entre-temps vécu un peu mieux, ce qui n'est pas négligeable, ce qui est même fort souhaitable, nous sommes à ce niveau-là progressistes, sûrement, nous sommes pour le Bien contre le Mal, nous sommes pour l'électricité contre la bougie, nous sommes pour toute bonne chose... y compris pour les somnifères, ça se corse un peu du côté des neuroleptiques, pour autant qu'ils seraient manipulés par une personne qui n'aurait pas une intégrité morale absolue... —, seulement voilà : c'est qu'on ne sait jamais si l'intégrité morale absolue fait partie de l'*anthropos*... On ne sait jamais si dans l'Empire les gens qui sont aux connexions sont d'une intégrité morale absolue... Bien entendu, l'hystérique le suppose ; le médecin, le responsable, est supposé par l'hystérique avoir une intégrité morale absolue... Mais si on n'est pas hystérique, on se pose à un moment ou à un autre la question du sexe du responsable... Autrement dit, les choses sont toujours douteuses. C'est pour ça que j'ai dit, en un sens qui est définitif, que je veux bien croire seulement à l'incorruptibilité du Pape. À part ça, j'en doute! Si vous voulez, je fais un tour de plus que l'hystérique, je me place dans l'hystérie au second degré, celle qui a besoin de preuves.

Alors, intégration du démoniaque : oui, à n'en pas douter. C'est dans l'ordre de la chose catholique; en quoi elle choque, parce qu'elle maintient tout simplement l'infinité de Dieu. Vous vous rendez compte de ce que serait un Dieu qui serait en exclusion par rapport au principe de sa négation? Cartes sur table : ça ne serait pas Dieu. On peut s'en passer, je n'y tiens pas particulièrement; mais si on s'occupe de cette affaire, il est évident que cette intégration du sexuel est immédiatement exigible. Autrement dit : tout ce qui se passe dans ce domaine, par rapport à la structure, ne doit lui faire ni chaud ni froid; un qui en est très conscient, c'est Sade, qui lui aussi va jusqu'au bout; qui, au fond, traitant de la répétition de façon conséquente, s'aperçoit que toute l'humanité devrait finalement être réduite à un seul corps, dont on trancherait la tête, et comme ça on n'en parlerait plus; ce qui fait qu'il arrive à la conscience, rare, rarissime, que tous ces corps, finalement, n'en font qu'un, envisagé du point de vue de la prise sexuelle; ce n'est pas la peine de les multiplier indéfiniment, encore qu'on y soit bien obligé; en bonne logique antithéologique, la théologie se voit refondée, *ipso facto*. Démonstration simple, merci, parfaite.

Joyce ne va pas au bout de l'antithéologique. Et je

dirai qu'il ne va pas au bout du démoniaque. C'est peut-être par là qu'il risque... — et il fallait que ce soit fait pour que ça puisse apparaître comme risque —, avec *Finnegans Wake*, de nous laisser penser qu'en un sens le problème du jugement ne se poserait plus ; ce qui à mon avis indique chez lui une certaine limite : une limite à la mystique, qui est aussi, bien entendu, une limite par rapport à la noirceur sexuelle, dont il a admirablement compris en quoi elle devait être toujours à nouveau ironisée, mais dont il n'est pas sûr qu'il ait compris à quel point elle était horrible. Je veux dire par là que l'humour de Joyce manque peut-être à une certaine dimension d'horreur. Ce n'est pas de son humour que je me plains, loin de là ; mais à mon sens — et c'est pour cette raison que je rappelais tout à l'heure les dates de leur mort, à Freud et à Joyce —, il y a une révélation de l'Histoire... L'Histoire n'a pas de sens, mais le sens a une histoire, et l'histoire qui est arrivée au sens va dans le sens que le comique qui ne tiendrait pas compte de l'horreur en question est limité. L'objection que je fais à Joyce n'est pas de l'ordre d'une erreur qui le mettrait en cause historiquement, mais qui est à définir dans le sens même où je pense que Joyce serait très surpris de ce qui est arrivé, de ce qui est en train d'arriver au sol dont il est parti pour l'accroître, pour l'ouvrir. Il serait très surpris de voir que la théologie tient le coup en lui ; et que la chute, le *fall* — c'est bien parce que en anglais au moins on y entend le phallus —, est quelque chose qui n'est pas aussi drôle que ça, et n'est pas non plus aussi cyclable. C'est mon objection quant à Joyce ; et en même temps, ça n'en est pas une, parce que sa tentative a été tellement exorbitante... Je veux mettre simplement l'accent sur le fait que, métaphysiquement, il peut y avoir un joycisme de convention. C'est faisable (je prends mes précautions!). Ce serait de l'ordre de quelque chose qui ne tiendrait pas compte, très précisément, de l'élément biographique de Joyce; ce serait quelque chose qui mettrait au-dessus de cela ce qui s'est passé en même temps que quelqu'un le vivait, une formalisation possible de ce qui a été fait, en dehors du moment très précis, très biographique, très contextuel, où ça s'est passé. Que Joyce ait échappé au filet du refoulement, c'est cela qui compte; autrement dit, il s'agit de reporter l'attention sur la constitution du filet, pour autant que c'est de cela, et de cela seul, que Joyce est sorti. Le problème, c'est moins Joyce que le filet; et un hommage correct à Joyce, c'est un hommage à sa sortie du filet.

Maintenant, vous disiez : les trigrammes dans *Finnegans Wake*...

*Oui, vous avez déjà largement répondu à la question que je voulais vous poser, et qui concernait le statut de HCE. Il y a en effet chez Joyce tout un parcours du nœud trinitaire qui s'implique dans ce trigramme, au sens même très concret de la chose, avec le renversement de HCE en HEC («*human*, erring and* condonable*»), ECH («*Et* Cur *Heli*»), etc.; «*tristurned initials*», dit Joyce. Si vous faites de ECH le sigle ECce Homo, par opposé au HiC Est, on peut dire en effet qu'il est entièrement joué par Joyce, et c'est cela qui me faisait penser au fait que, par rapport à ce que vous aviez dit de l'hérésie la dernière fois, le processus accompli par Joyce dans* Finnegans Wake *implique qu'effectivement il n'y a aucune position possible de surplomb philosophique dans cette affaire. Et j'y pensais aussi s'agissant de la théologie, dans la mesure où il me semble que la grande tentation de la théologie, notamment au Moyen Âge, c'était précisément, peut-*

être, de développer un discours de maîtrise purement conceptuelle, lors même que le théologien savait, de par sa foi, que c'était impossible, et que l'aboutissant, et le tenant tout aussi bien, allait nécessairement lui échapper. Il me semble que le personnage du saint était là justement, à côté, pour incarner cette impossibilité ; cela apparaît assez bien, au très peu que j'en ai encore lu, dans ce qu'écrit quelqu'un comme saint Thomas, qui me paraît entretenir des rapports très ambivalents avec les différents représentants de la mystique chrétienne : d'un côté, il maintient une exigence très ferme de compréhension logique et dogmatique et, de l'autre, il maintient tout aussi fermement un au-delà de la pensée rationnelle ; ce qui conduit bien à ce que vous disiez la dernière fois concernant la détermination des points de suture à partir desquels cela fait dogme et système. Et c'est aussi ce que dit Joyce dans la fameuse remarque sur les jeux d'épreuves qu'il a sur les genoux et qui ne cessent de tomber par terre[23] : au moment où on croit les saisir tous ensemble, il y en a déjà un qui vous a échappé. Il reprend d'ailleurs cette formule dans une lettre à Budgen, en accentuant l'aspect nécessairement logique de l'opération (il parle de A, B et C), et il est curieux de remarquer que, pour désigner le lieu de la saisie, il emploie l'expression « on his lap », lap qui est bien sûr un des renversements possibles de ALP (Anna Livia Plurabelle), et qui nous renvoie directement au « giron » de la figure maternelle comme précisément incapable de permettre une saisie de l'ensemble. Et ce qui m'a beaucoup surpris, c'est que, celui dont Joyce dit cela, en renvoyant à un passage très précis de FW (la fable The Mooks and the Gripes), ça n'est pas Shaun, qui est pourtant noté à plusieurs reprises comme étant plutôt arien, c'est Shem, au contraire, l'artiste, l'écrivain. Shem *prend donc ainsi le risque de l'hérésie, le seul point par lequel il y échappe étant qu'il ne s'y arrête, qu'il ne s'y fixe jamais. Donc, expérience du parcours trinitaire, et c'est d'ailleurs bien cela qui fascine tant dans* Finnegans Wake *et aussi dans* Ulysse : *c'est qu'on peut toujours s'y tromper ; il suffit d'ériger un énoncé en vérité absolue pour s'interdire immédiatement de voir comment fonctionne l'ensemble ; et, inversement, c'est bien cela qui fascinait Joyce dans l'Église catholique : le fonctionnement de l'ensemble. Et cela implique bien en effet, comme vous le disiez tout à l'heure, qu'il n'y ait pas de position d'échappée extérieure, sinon sous forme de leurre, et qu'ainsi chacun y soit conduit à y collaborer, jusques et y compris dans ses propres dénégations.*

C'est cela. Il faut que ce soit fait de telle façon qu'aucune perversion ne puisse y échapper, qu'elle n'ait pas le dernier mot. Bien entendu, c'est le problème fondamental, je dirais même de plus en plus fondamental, au fur et à mesure qu'on va s'apercevoir que, loin d'être un problème de ponctuation de l'ensemble, la perversion est la version même de l'ensemble ; autrement dit, qu'il y a de la perversion généralisée. Ça ne se produit pas tous les quatre matins, ce genre de révélation ; entre-temps, il y a comme qui dirait des thèmes qui occupent le devant de la scène : ce qui fait qu'on ne se pose pas le problème de la version. Et puis, de temps en temps, parfois à de très longues distances... — et je dirai que le moment où s'écrivent les Évangiles est un moment du même ordre logique : si ce que nous lisons là comme coupant le temps en deux s'est produit, c'est probablement et même sûrement qu'à ce moment-là il y a eu une révélation de cet ordre, à savoir que la perversion était bel et bien le mode de fonctionnement de l'ensemble quant à lui-même. Donc, de temps en temps, il y a quand même des moments où le Tout se montre, où l'on voit qu'il n'y a pas de Tout, sauf dans l'illusion perverse. C'est très rare ; parce qu'il faut pour cela des éléments de crise considérables, et concomitants. D'habitude, ce qui passe pour être en jeu, c'est le fait d'une Nature positive, qui chercherait le Bien, et qui est détournée, empêchée, déviée, caricaturée, contredite, par des perversions. Mais si la perversion est le phénomène du fonctionnement de l'ensemble sur lui-même, comme par exemple Sade nous le dit, du même coup ce qu'on prend pour des perversions ne sont que des pseudopodes, à la limite même vaguement ridicules, d'une perversion plus fondamentale. La seule question, par conséquent, qu'il faut se poser sur la structure du filet actuel, c'est si le pervers, celui qui se pose la question du versant du père —, s'il fait événement. Or, il ne fait plus événement, si je puis dire, que dans le sous-développement ; il fait événement en province ; il fait événement en Union soviétique, ce qui revient au même. Mais il ne fait pas événement dans l'ordinateur : sa place est prévue ; elle est aussi prévue dans les provinces. Je veux dire par là que quelles que soient les protestations comme quoi l'instance de la perversion dévoilerait, non pas une perversion généralisée, mais un Bien obtus —, ça ne tient pas le coup. Autrement dit, nous vivons une grande mutation dans le statut de la perversion. Du même coup, il ne faut pas s'étonner si la question du Père, pas du géniteur, est plus énigmatique que jamais, plus absente que jamais. Regardez la fin de l'Empire, le moment où se produisent les Évangiles. Qu'est-ce qui devait avoir lieu là, dans la région ? Un boom au matriarcat particulièrement prégnant. Vous avez l'Empire romain : Rome, c'est Maman à ne plus savoir qu'en faire. Et puis il y a des gens persécutés, tout de même, pendant plusieurs siècles ; ils disent autre chose, eux. Ce qu'on a oublié après deux mille ans, où tout ce qu'ils ont dit a fonctionné, c'est d'où c'est sorti. Autrement dit, un règne incontestable de l'abjection. On peut faire une hypothèse : c'est que, toutes proportions gardées, dans la spirale immobile de cette affaire, on serait plus ou moins dans une configuration du même ordre. En tout cas, tous les symptômes n'arrêtent pas de le hurler.

Donc, il ne faut pas non plus s'étonner si Joyce, notamment, a de drôles de sursauts ; lui, c'est avec le langage ; mais ça n'est pas le seul moyen ; n'exagérons rien, il y en a d'autres ; oui, c'est ça : être un saint, ici ou là, sans rien dire. Ça n'est pas obligé que ça se dise ; ce serait hérétique que de penser que c'est obligé de se dire. Hérétique, ça voudrait dire par exemple qu'on ferait du Verbe quelque chose d'absolument souverain. Qu'on puisse attraper la chose par ce côté-là, ça ne veut pas dire que les deux autres côtés ne sont pas dans le coup. À vrai dire, je ne vois pas de possibilité de dire quoi que ce soit du langage qui fasse événement, si les deux autres « personnes » ne sont pas dans le coup. Puisque c'est la seule façon que le quatrième terme, qui n'arrive pas à être une « personne », soit également dans le coup. Les conditions me semblent réunies aujourd'hui pour que ce quatrième terme s'imagine être la chose en soi ; alors on repart dans l'histoire de « la » femme, etc... Mais ça a toujours été comme ça.

On peut d'ailleurs préciser que, par exemple, si le culte de l'Assomption de la Vierge a été pratiqué très tôt (on en retrouve les traces liturgiques aux VIe et VIIe siècles), le dogme n'en a été régularisé officiellement que très tard, par Pie XII, en 1950...

Oui, après *Finnegans Wake,* après la Deuxième Guerre mondiale... Ce n'est plus l'histoire du XIXe siècle mais toujours à contre-courant, et toujours dans l'ordre de l'aberration, il s'agit de ce qui fonctionne par l'absurde. C'est en effet tout récent. Et toujours pour la même raison : c'est juste avant que ça se tripote au maximum, juste au point où ça va se passer, que bien entendu la théologie sent venir l'événement; et ça n'a rien d'étonnant, puisque ça se passe en elle, et par rapport à elle : ce que ne comprendront jamais ceux qui se croient à l'extérieur. De ce point de vue, la configuration qui est en place, et que Joyce annonce admirablement, repose d'une autre façon, avec toutes les modernisations que vous voulez, sur la même petite affaire : d'où viennent les enfants, comment ils se font, et patati et patata, toujours la même histoire. Et le Père, eh bien il est comme d'habitude, sauf dans les moments où on lui donne une consistance de mannequin, aussi peu de ce monde.

Soit, mais c'est là que la perspective cyclique peut apparaître plutôt comme un leurre un peu rassurant...

Mais bien entendu, et c'est pour cette raison que je vous combats cette idée de cycle *a priori.* Parce que, si on la prend, on fait un choix restreint : à savoir que ce qui peut se passer d'écart est quand même à l'intérieur; vous vous donnez un dedans et une apparence de dehors... Prenez par exemple les discours actuels des femmes, vous pouvez y trouver une apologie du cyclique, des cycles, — je ne dirai pas qu'ils sont seulement menstruels... Il y a toujours eu une déesse mère, vous tartinez ça avec un peu d'Éliade, comme vous voudrez, et tout cela joyeusement jungien, comme toujours. Ah, s'il n'y avait pas eu cette espèce d'accident christique. Ce clinamen...

Un accident dans les cycles ; mais il s'agit alors d'une tout autre interprétation ; il y a eu un accident, mais vous, vous dites aussi qu'il est destiné à se reproduire et, comme vous le remarquiez la dernière fois, l'étincelle ne peut que rejaillir des strates elles-mêmes, des accumulations de gestes symboliques qui s'y effectuent...

Oui, mais moi mon interprétation est toute différente : il ne s'agit pas d'un écart dans un fonctionnement ; c'est au contraire très exactement le fait que le fonctionnement est un leurre, et que de temps en temps la certitude que ce fonctionnement est un leurre apparaît comme telle ; ça apparaît à un sujet qui tombe... je ne peux pas vous dire cela autrement : quelqu'un, à un moment donné, a l'expérience... qu'il n'y a pas de monde... Voilà... C'est énorme, évidemment... Il n'est pas obligé de le dire... Cela peut lui arriver... Il peut le dire, et qu'on le prenne pour un fou ; il peut même le dire de façon folle ; et, à ce moment-là, il se raccrochera à l'idée qu'il est dans ce monde celui qui sait quelque chose dans l'ordre du monde ; mais ça n'empêche pas que cet effet-trou, de dégonflage de la baudruche appelée «monde», n'est pas de l'ordre du monde. De deux choses l'une : ou bien c'est quelque chose qui arrive dans le monde ; ou bien c'est quelque chose qui est extérieur au monde, puisque le monde claque, comme un ballon touché par on ne sait quelle cigarette. Moi je dis que devant cela, à la bordure de cela, Joyce reste... — il est tout à fait sur le coup, sans quoi il n'inquiéterait pas le cyclable, il n'inquiéterait pas la Grande Mère — ... il reste, il est exactement à cet endroit : il ne croit pas au cycle, et pour cause, mais il ne croit pas non plus au fait qu'il n'y ait pas de monde ; ça le conduit à faire advenir un langage dans lequel pourrait blablater l'hypothèse que tout ce qui a eu lieu n'est pas naturel. Il prend donc les protagonistes de ce drame, et il les parle, ce qui est un geste absolument considérable pour le sort de toute métaphysique centrée. Mais en même temps subsiste l'illusion qu'il y aurait... — ce qui est d'ailleurs curieux — ... qu'il y aurait quelque chose à déchiffrer, ce que probablement il ne pensait pas ; reste à savoir alors pourquoi il lui fallait laisser subsister cette illusion, car rien n'y oblige ; sauf que le fait de laisser penser que quelque chose est à déchiffrer, c'est prendre tout de même un certain parti. Quand il dit à Mercanton qu'il écrirait peut-être, après *Finnegans Wake,* un livre très court et très clair[24], c'est une indication ; une indication du fait qu'il voulait quand même laisser penser que ce qu'il avait écrit était très court et très clair, mais qu'il avait écrit autre chose. C'est le niveau de l'expérience telle qu'elle a été menée par lui.

Pour en revenir à cette histoire de cycles, ça fait tout simplement une déesse mère, la fécondité, et une espèce qui en sort et qui y rentre, la position de ce qui s'appelle *homo* dans cette affaire étant conçue — c'est le cas de le dire — comme une simple recharge de la machine ; alors en effet, il n'y a rien de plus *homo* que cet *homo*-là ; il sort, il rentre, il ressort, il rerentre. C'est un ressort. Mais vous voyez ce que ça suppose : qu'au fond de ce qui est censé être les choses, ça ne parle pas. Là où Joyce contrecarre, même avec son leurre dont nous ne pouvons pas décider s'il est destiné à la païenneté pour y survivre ou bien s'il y croyait un peu..., en fait je crois que non : c'est plein de messages pour dire le contraire..., toujours est-il que la position à laquelle il parvient, c'est qu'il y aurait sous la parole, et la voix, des cycles du monde, en dessous. Or, on peut aller plus loin, et penser qu'il n'y a pas de monde, pas de cycles, et à la limite pas de voix non plus. C'est une mise en scène ; *Finnegans Wake* est une mise en scène de la formidable crise de ce qui est en train d'arriver à la conception cyclique en même temps qu'à la conception catholique ; les deux crises sont simultanées.

Et c'est donc à partir de cette hésitation qu'il peut y avoir un joycisme de convention ?

En effet. À mon avis, l'époque dans laquelle nous vivons est beaucoup plus conventionnelle et en même temps beaucoup plus dure. Les acteurs ont repris leurs fonctions ; ce sont toujours les mêmes ; les mêmes par rapport aux mêmes et les mêmes contre les mêmes : ce dont un théologien n'a pas lieu de douter, quelle que soit par ailleurs la durée de la mise en scène. C'est pourquoi je me permets de revenir, d'insister beaucoup sur cette fonction théologique — bien entendu en la dévoyant (ce qu'elle veut) —, au lieu de parler par exemple d'une modernité de Joyce, d'une histoire pensée en termes de modernité : ce qui ne nous amènerait à rien d'autre qu'à répéter des noms propres qui seraient censés justifier les nôtres. Je veux bien perdre mon nom, mais à condition que ça serve au Nom. Je ne sais pas si vous voyez ce que je veux dire... C'est un enjeu ; Joyce a bien voulu perdre son nom, pour servir du Nom ; alors ça : oui. Aligner des noms en faveur d'on ne sait quelle valeur anonyme, c'est tout à fait le contraire. Mais s'il s'agit de considérer vraiment l'écrit de Joyce par rapport au Nom, alors je suis d'accord, y compris sur le fait que son nom y est écrit. Mais «y est écrit»? «y»? Où? C'est toute la question. Alors, IHS,

JHS, ça n'est pas déposé par hasard; pas par hasard qu'il y a trois lettres chez Joyce. Je reviens sur le fait qu'il y aurait *trois* lettres pour indiquer *une* fonction; et il n'y a pas moyen de faire autrement — du moins je n'en vois pas pour l'instant —, on va revenir constamment au fait que trois qui n'en font qu'un sont la seule façon de traiter un quatrième terme dans lequel nous serions censés être, mais qui n'aurait précisément pas de nom, sauf celui qu'il faudrait à ce moment-là donner à l'espèce elle-même, comme telle, en passant par la Vierge Marie.

Alors, passer au-delà d'Adam et Ève, c'est le geste christique. Le problème est de savoir si Dieu et l'espèce se conjoignent : moi, je ne crois pas; sauf sous la forme d'un curieux «Un» qui échapperait à cette espèce.

Même en tenant compte de l'hésitation que vous avez justement soulignée, des ambiguïtés de Joyce à l'égard de la conception cyclique, je pense moi aussi que son expérience met en jeu tout autre chose. On le voit bien, me semble-t-il, avec le statut qu'il a accordé au «the» de la fin de Finnegans Wake*; si on l'interprète, comme le font la plupart des critiques, comme la pure et simple amorce de la reprise, «the riverrun», alors c'est très banal, très banalement cyclique; or, il y a des témoignages de Joyce lui-même, les commentaires[25] qu'il a formulés sur l'importance de ce «the» qui vont dans un tout autre sens : la marque anaphorique, la plus «silencieuse» qui soit, dit-il, de quelque chose qui manque...*

Voilà. Ce qui m'intéresse chez Joyce, c'est en quoi, avec une formidable et très inhabituelle discrétion, tout en faisant semblant de boucler, il interrompt. Il fait interruption.

1979, *Tel Quel* n° 83, Printemps 1980.

NOTES

1. Pour Sade, cf. la grande biographie établie par Gilbert Lely, ainsi que les volumes dans lesquels celui-ci, grâce à une recherche opiniâtre, menée depuis de longues années, réunit peu à peu les pièces d'une correspondance extraordinaire. Cf. au moins, sur ce point, le volume paru en « 10/18 » (*Lettres choisies*), ainsi que les différentes interventions de Gilbert Lely dans *Tel Quel*. Pour l'interprétation : Philippe Sollers, « Lettre de Sade », *Théorie des Exceptions*, Gallimard, 1986 (Folio essais n° 28).

2. Pour cette remarque de Nora, après la mort de Joyce, cf. Ellmann (*op. cit.*, p. 751).

3. Signalons toutefois que Joyce avait été très favorablement impressionné par la parution d'un article sur *Finnegans Wake*, dans *l'Osservatore Romano* ; l'auteur de cet article louait Joyce « d'avoir dépassé le naturalisme en le portant à ses extrêmes limites et d'avoir ainsi, avec *Work in Progress*, rendu un nouvel élan à un art proprement spirituel » (J. Mercanton, *Les Heures de James Joyce, op. cit.*, p. 20).

4. Cf. *Finnegans Wake*, 123-130 sq.

5. Philippe Sollers, « Le marxisme sodomisé par la psychanalyse elle-même violée par on ne sait quoi... », et « Dostoïevski, Freud, la roulette », *Théorie des Exceptions*, Gallimard, 1986 (Folio essais n° 28).

6. Pour le dossier Radek sur Joyce, cf. *Tel Quel 69* (printemps 1977), et *Documents sur,* n° 4/5, juin 1979.

7. Le professeur Ph. Bassine est notamment l'auteur d'un *Le Problème de l'inconscient*, paru en français aux Éditions de Moscou. Qu'on ne vienne pas nous dire qu'il était nécessaire d'aller à Tbilissi pour savoir ce que contenait ce sinistre récipient... À propos des comptes rendus plutôt embrouillés (comme si ce colloque avait été une réunion de dissidents !) qui en ont été faits en France, indiquons que le *New York Times* du 9 octobre 1979 donnait quant à lui une interprétation autrement plus claire

de l'événement, bien sûr pour s'en réjouir, et *au niveau même de l'État*. «L'Union soviétique hésite à continuer de refuser les idées de Freud.» Eh oui... Pourquoi pas s'en servir? «Growing Interest in Unconscious» : en effet. Qu'il y aurait du recyclage en perspective dans les organismes du K.G.B. n'aurait rien d'étonnant.

8. Dans le texte de l'office de la Veillée pascale, dont *Finnegans Wake* pourrait au fond bien être considéré comme une sorte d'étrange transposition, on trouve, au milieu de l'éloge de la Nuit pascale, les versets dits des «quatre O», dont le dernier est celui-ci : «*O felix culpa, quae talem ac tantum meruit habere Redemptorem!*»

9. Rappelons le vers de Dante, le premier du chant XXXIII du *Paradiso*, «*Vergine madre, figlia del tuo figlio*», repris par Joyce dans *Ulysse* (épisode de la Maternité, «Les bœufs du soleil», p. 385).

10. Il faudrait de longs développements pour évoquer cette question de la représentation du temps cyclique chez les Grecs, et de la coupure, nette et irréductible, que le christianisme va y pratiquer. Cf. au moins saint Augustin, dans le livre XII de la *Cité de Dieu*, où cette question est largement discutée, notamment à propos de l'«erreur» d'Origène. Cf. également l'ouvrage de Henri-Charles Puech, *En quête de la gnose* (éd. Gallimard, 1978). En ce qui concerne la position de Joyce par rapport à Vico, rappelons les propos cités par Ellmann, par exemple p. 553-554 («J'utilise ses cycles comme un treillis»).

11. C'est l'ouverture de *Finnegans Wake* : «*riverrun, past Eve and Adam's, from swerve of shore to bend of bay, brings us by a commodius vicus of recirculation back to Howth Castle and Environs*».

12. Rappelons qu'à la fin des «Lotophages» Bloom se voit par anticipation dans son bain (cf. ici même l'article de David Hayman), se disant à lui-même : «*This is my body*» (p. 85). Et le texte continue ainsi : «Il voyait d'avance son corps pâle bien étalé, nu, dans une chaleur d'eaux maternelles, onctueux et parfumé par le savon fondant, mollement baigné. Il voyait son torse et ses membres frôlés par l'eau, supportés, flotter faiblement citrins; son nombril, bouton charnu; il voyait la sombre brousse de son pubis flotter, flottante barbe de fleuve autour du père indolent des postérités, languide et flottante fleur.»

13. Cf. tout le début de la quatrième partie de *Finnegans Wake* (p. 593), et notamment :
«*Sandhyas! Sandhyas! Sandhyas!*
«*Calling all downs. Calling all downs to dayne. Array! Surrection! Eireweeker to the wohld bludyn world. O rally, O rally, O rally! Phlenxty, O rally! To what lifelike thyne of the bird can be. Seek you somany mat-*

ters. Have sea east to Osseania. Here! Here! Tass, Patt, Staff, Woff, Havv, Bluvv and Rutter. The smog is lofting. And already the olduman's olduman has godden up on othertimes to litanate the bonnamours. Sonne feine, somme feehn avaunt!...»

Un peu plus bas : «*A hand from the cloud emerges, holding a chart expanded.*»

Rappelons qu'un essai de traduction de cette ouverture de *FW* IV a été donné par Philippe Sollers et Stephen Heath dans *Tel Quel 54* (été 1973).

14. Cf. ici même l'essai de Joyce sur «L'influence littéraire universelle de la Renaissance» (dont il ne faut pas oublier qu'il constituait un thème imposé à l'examen de l'université de Padoue : d'où les ambiguïtés tout à fait transparentes de ce texte).

15. Cf. Arthur Power, *Entretiens* (*op. cit.,* p. 125 sq.).

16. Pour tous ces événements d'après la Résurrection, cf. bien sûr les Actes des Apôtres.

17. La dénomination «quark», utilisée par la physique contemporaine pour désigner l'«antimatière», a été précisément empruntée à Joyce et au texte de *Finnegans Wake*; cf. le premier vers du chant des mouettes, à propos du roi Marc, qui ouvre le chapitre IV du livre III de *Finnegans Wake* (p. 383) : «*Three quarks for Muster Mark!*» Rappelons également les remarques de Lacan, dans le *Séminaire* XX («Encore», 1972-1973), p. 37 : «À partir du moment où vous pouvez ajouter aux atomes un truc qui s'appelle le *quark,* et que c'est là le vrai fil du discours scientifique, vous devez quand même vous rendre compte qu'il s'agit d'autre chose que d'un monde.

«Il faut que vous vous mettiez tout de même à lire un peu des auteurs — je ne dirai pas de votre temps, je ne vous dirai pas de lire Philippe Sollers, il est illisible, comme moi d'ailleurs — mais vous pouvez lire Joyce par exemple. Vous verrez là comment le langage se perfectionne quand il sait jouer avec l'écriture.»

18. «C'est le sacré pigeon!» est un des leitmotive d'*Ulysse,* et il est lié bien entendu à la question de l'engendrement que Stephen discute notamment dans «Charybde et Scylla».

19. «L'élangues» : cf. Sollers, «Joyce et Cie», *Théorie des Exceptions*, Gallimard, 1986 (Folio essais n° 28).

20. Cf. à ce propos, et encore une fois, la grande biographie de R. Ellmann. De 1917 jusqu'à sa mort en 1941, Joyce vécut pour l'essentiel, avec sa femme et ses deux enfants, de l'argent que lui versèrent, d'abord Mrs. McCormick (qui cessa de payer en 1919, quand Joyce refusa de se faire psychanalyser par Jung : cf. *FW* 522. 27-36), puis Miss Weaver ; un

argent qu'il se plaisait à dépenser souvent de manière somptuaire (cf. les fameux « pourboires » de Joyce).

21. Rappelons qu'aux États-Unis l'édition de référence d'*Ulysse* (Random House) comporte toujours le texte du jugement de 1933, qui lave l'auteur du péché d'obscénité et autorise la publication de l'ouvrage (1934). Celle-ci ne pourra intervenir en Angleterre qu'en 1936-1937, soit quinze ans après la parution en France (symptôme quand même massif). Le symptôme est particulièrement massif; il condense un certain nombre de dates, dont la série demande à être dépliée. Rappelons donc :

1922 : Publication d'*Ulysse* en France. Joyce réside à Paris depuis 1920, et c'est dans cette ville qu'il rédige *Finnegans Wake*.

1930-1932 : Arnold Schoenberg, *Moïse et Aaron*.

1933 : Hitler prend le pouvoir. La Deuxième Guerre mondiale (réoccupation de la Sarre et remilitarisation de la Rhénanie, Espagne, Éthiopie, Autriche, Tchécoslovaquie, Pologne, France...) est d'ores et déjà commencée.

Un jeune psychiatre, Jacques Lacan, a déjà publié sa thèse, en octobre 1932.

1934 : *Ulysse* est publié aux États-Unis, avec l'estampille judiciaire de rigueur.

À Moscou, violent réquisitoire de Radek contre Joyce. D'un côté (New York), refoulement et dénégation; de l'autre (Moscou), censure pure et simple.

1936-1937 : *Ulysse* en Angleterre.

1938 : Freud, *Moïse et le Monothéisme* (Londres : la Deuxième Guerre mondiale est bel et bien commencée).

1939 : *Finnegans Wake* (Londres et New York : *idem*).

Ce n'est qu'après 1945 que vont réellement se développer, dans les pays anglo-saxons, les études joyciennes. Soit, en fait, un blanc d'une vingtaine d'années. Car *Ulysse,* c'est bien 1922 ; et *Finnegans Wake,* 1939. C'est-à-dire avant le plein déferlement de l'horreur. Et cela peut expliquer bien des choses, à la fois quant à l'œuvre de Joyce elle-même, et concernant le discours anglo-saxon qui lui a été habituellement appliqué jusqu'à aujourd'hui.

22. Pour l'intégration du démoniaque, cf. également les entretiens avec Arthur Power (*op. cit.*).

23. Pour la « trinité » du jeu d'épreuves, cf. Ellmann (*op. cit.*, p. 669). Pour la lettre à Budgen, cf. *James Joyce and the Making of « Ulysses »* (*op. cit.*, p. 351).

24. Cf. Ellmann (*op. cit.*, p. 739-740). Selon un autre témoignage, il aurait alors songé à écrire un livre au sujet de la résistance opposée par les Grecs aux armées italiennes en 1940 (cf. *Portraits of the Artist in Exile,*

op. cit.). Rappelons, à propos des derniers moments de Joyce, que les deux livres trouvés après sa mort, sur sa table, étaient un dictionnaire de grec, et l'ouvrage de Gogarty, *I follow saint Patrick*, dont il avait parlé à Mercanton en 1938 (*op. cit.*, p. 32), ajoutant alors : « Sans l'aide de mon saint irlandais, je crois que je n'aurais pu aller jusqu'au bout. »

25. Cf. Ellmann (*op. cit.*, p. 720) : « j'ai trouvé le mot le plus glissant, le moins accentué, le plus faible de la langue anglaise, un mot qui n'est même pas un mot, qui sonne à peine entre les dents, un souffle, un rien, l'article *the* ».

N.B. Ecce Homo : rappelons qu'ainsi se dénommait un tableau du peintre hongrois Munkacsy, représentant une crucifixion, sur lequel Joyce écrivit en 1899, à 17 ans, un texte publié depuis dans les *Essais critiques.*

Remerciements

Remerciements redoublés à mes amis et camarades Georgi K. Galabov et Sophie Zhang.

Remerciement particulier à Jérôme Garcin et au Nouvel Observateur.

INDEX DES NOMS DE PERSONNES

INDEX DES ŒUVRES

INDEX DES NOMS DE PERSONNAGES

INDEX DES NOMS DE LIEUX

Eiffel, tour (Paris) : 363, 779.
Elseneur : 350, 951.
Emmaüs : 981.
Erfurt : 207.
Espagne : 33, 165, 340, 350, 435, 483, 534, 535, 643, 1004.
Esprit-des-Lois, rue (Bordeaux) : 274.
États-Unis : 29, 287, 296, 339, 386, 436, 592, 606, 636, 737, 783, 832, 833, 1004.
Éthiopie : 74, 1004.
Europe : 13, 27, 36, 91, 155, 171, 174, 180, 181, 194, 197, 211, 245, 281, 372, 401, 408, 477, 483, 492, 519, 536, 591, 603, 606, 631, 956, 975.

Falstaff, Le, bar (Paris) : 345.
Fleurs, quai aux (Paris) : 87.
Florence : 38, 262, 344, 406, 768.
Folies-Bergère (Paris) : 103, 291.
Fontaine, rue (Paris) : 445, 452, 747.
Four-Seasons George V, restaurant (Paris) : 22.
France : 36, 38, 44, 62, 87, 88, 91, 154, 160, 163, 165, 170, 173, 174, 177, 182-184, 190, 193, 204, 213, 214, 224, 243, 246, 252, 271-275, 278, 281, 284, 287, 288, 318, 320, 328, 352, 362-364, 390, 440, 457, 481-483, 492, 493,

501, 512, 515, 544, 546, 563, 571, 590, 592, 594, 595, 599, 600, 604, 631, 660, 662, 663, 665, 688, 696, 718, 737, 753, 785, 795, 817, 863, 867, 884, 901, 936, 1001, 1004.
Francfort : 411, 757.
Fresnes : 87.
Fribourg : 316.
Frioul : 406.

Gange : 482.
Garde, lac de : 406, 492.
Gaules : 28.
Genève : 199, 216, 267.
Gibraltar : 29.
Giverny : 101.
Glasgow : 103.
Goliath : 425.
Gomorrhe : 83.
Grand Canal (Venise) : 769.
Grand Hôtel de l'Univers (Tawahi) : 319.
Grand Théâtre (Bordeaux) : 274.
Grèce : 30, 83, 209, 243, 247, 407, 777, 849, 850, 896, 916, 925.
Guernesey : 287.

Hambourg : 271, 275, 411.
Harar : 324.
Herculanum : 209.
Hiroshima : 131.
Hollande : 13, 18, 25, 104, 408, 755.
Hollywood : 516, 575, 578.
Hong Kong : 700.

DU MÊME AUTEUR

Aux Éditions Gallimard

FEMMES, *roman*, 1983 (Folio n° 1620).

PORTRAIT DU JOUEUR, *roman*, 1985 (Folio n° 1786).

THÉORIE DES EXCEPTIONS, 1986 (Folio essais n° 28).

PARADIS II, *roman*, 1986 (Folio n° 2759).

LE CŒUR ABSOLU, *roman*, 1987 (Folio n° 2013).

LES FOLIES FRANÇAISES, *roman*, 1988 (Folio n° 2201).

LE LYS D'OR, *roman*, 1989 (Folio n° 2279).

LA FÊTE À VENISE, *roman*, 1991 (Folio n° 2463).

IMPROVISATIONS, *essai*, 1991 (Folio essais n° 165).

LE RIRE DE ROME, *entretiens avec Frans De Haes*, 1992 («L'Infini»).

LE SECRET, *roman*, 1993 (Folio n° 2687).

LA GUERRE DU GOÛT, *essai*, 1994 (Folio n° 2880).

SADE CONTRE L'ÊTRE SUPRÊME, *précédé de* SADE DANS LE TEMPS (Quai Voltaire, 1989), 1996.

STUDIO, *roman*, 1997 (Folio n° 3168).

PASSION FIXE, *roman*, 2000 (Folio n° 3566).

ÉLOGE DE L'INFINI, *essai*, 2001 (Folio n° 3806).

LIBERTÉ DU XVIIIème, *roman*, 2002 (Folio 2 € n° 3756).

L'ÉTOILE DES AMANTS, *roman*, 2002 (Folio n° 4120).

POKER, *entretiens avec la revue* Ligne de risque, coll. «L'Infini», 2005.

UNE VIE DIVINE, *roman*, 2006 (Folio n° 4533).

LES VOYAGEURS DU TEMPS, *roman*, 2009 (Folio n° 5182).

DISCOURS PARFAIT, *essai*, 2010 (Folio n° 5344).

TRÉSOR D'AMOUR, *roman*, 2011.

Dans les collections « L'Art et l'Écrivain », « Livres d'art » et « Monographies »

LE PARADIS DE CÉZANNE, 1995.

LES SURPRISES DE FRAGONARD, 1987.

RODIN. DESSINS ÉROTIQUES, 1986.

LES PASSIONS DE FRANCIS BACON, 1996.

Dans la collection « À voix haute » (CD audio)

LA PAROLE DE RIMBAUD, 1999.

Aux Éditions Grasset

VISION À NEW YORK, *entretiens avec David Hayman* (Figures, 1981 ; Médiations/Denoël ; Folio n° 3133).

Aux Éditions Plon

CARNET DE NUIT, *essai*, 1989 (Folio n° 4462).

LE CAVALIER DU LOUVRE : VIVANT DENON, 1747-1825, *essai*, 1995 (Folio n° 2938).

CASANOVA L'ADMIRABLE, *essai*, 1998 (Folio n° 3318).

MYSTÉRIEUX MOZART, *essai*, 2001 (Folio n° 3845).

DICTIONNAIRE AMOUREUX DE VENISE, 2004.

UN VRAI ROMAN, MÉMOIRES, 2007 (Folio n° 4874).

Aux Éditions Lattès

VENISE ÉTERNELLE, 1993.

Aux Éditions Desclée De Brouwer

LA DIVINE COMÉDIE, *entretiens avec Benoît Chantre*, 2000 (Folio n° 3747).

VERS LE PARADIS : DANTE AU COLLÈGE DES BERNARDINS, *essai*, 2010.

Aux Éditions Carnets Nord

GUERRES SECRÈTES, 2007 (Folio n° 4994).

Aux Éditions Robert Laffont

ILLUMINATIONS, *essai*, 2003 (Folio n° 4189).

Aux Éditions Calmann-Lévy

VOIR, ÉCRIRE, *entretiens avec Christian de Portzamparc*, 2003 (Folio n° 4293).

Aux Éditions Verdier

LE SAINT-ÂNE, *essai*, 2004.

Aux Éditions Hermann

FLEURS, Le grand roman de l'érotisme floral, 2006.

Au Cherche Midi éditeur

L'ÉVANGILE DE NIETZSCHE, *entretiens avec Vincent Roy*, 2006 (Folio n° 4804).

GRAND BEAU TEMPS, 2008.

Aux Éditions du Seuil

Romans

UNE CURIEUSE SOLITUDE, 1958 (Points-romans n° 185).

LE PARC, 1961 (Points-romans n° 28).

DRAME, 1965 (L'Imaginaire n° 227).

NOMBRES, 1968 (L'Imaginaire n° 425).

LOIS, 1972 (L'Imaginaire n° 431).

H, 1973 (L'Imaginaire n° 441).

PARADIS, 1981 (Points-romans n° 690).

Journal

L'ANNÉE DU TIGRE, 1999 (Points n° 705).

Essais

L'INTERMÉDIAIRE, 1963.

LOGIQUES, 1968.

L'ÉCRITURE ET L'EXPÉRIENCE DES LIMITES, 1968 (Points n° 24).

SUR LE MATÉRIALISME, 1971.

Aux Éditions de La Différence

DE KOONING, VITE, *essai*, 1988.

Aux Éditions Cercle d'Art

PICASSO LE HÉROS, *essai*, 1996.

Aux Éditions Mille et Une Nuits

UN AMOUR AMÉRICAIN, *nouvelle*, 1999.

Aux Éditions 1900

PHOTOS LICENCIEUSES DE LA BELLE ÉPOQUE, 1987.

Aux Éditions Stock

L'ŒIL DE PROUST. Les dessins de Marcel Proust, 2000.

Préfaces

Paul Morand, NEW YORK, *GF Flammarion*.

Madame de Sévigné, LETTRES, *Éd. Scala*.

FEMMES MYTHOLOGIES, en collaboration avec Erich Lessing, *Imprimerie nationale*.

D.A.F. de Sade, ANNE PROSPÈRE DE LAUNAY : L'AMOUR DE SADE, *Gallimard*.

Mirabeau, LE RIDEAU LEVÉ OU L'ÉDUCATION DE LAURE, *Jean-Claude Gawsewitch Éditeur*.

Willy Ronis, NUES, *Terre bleue*.

Louis-Ferdinand Céline, LETTRES À LA N.R.F., *Gallimard* (Folio n° 5256).

COLLECTION FOLIO